Titelbild: Heiratsvertrag (Ketubba) aus Gradisca 1744, Landesmuseum für Kärnten.

1000 JAHRE ÖSTERREICHISCHES JUDENTUM

KLAUS LOHRMANN
(Herausgeber)

AUSSTELLUNGSKATALOG

EDITION ROETZER 1982

STUDIA JUDAICA AUSTRIACA IX

Die Studia Judaica Austriaca werden herausgegeben vom Verein ,,Österreichisches Jüdisches Museum in Eisenstadt''.

Herausgeber: Edition Roetzer, 7000 Eisenstadt, Mattersburger Straße 25.

Verantwortlicher Redakteur: Univ.-Prof. Dr. Kurt Schubert, Institut für Judaistik der Universität Wien, A-1090 Wien, Ferstelgasse 6/12, Tel.: 43 00 / 25 02, 25 04.

Gedruckt mit Unterstützung des Bundesministeriums für Wissenschaft und Forschung bei Rötzer Druck Ges. m. b. H. & Co. KG., 7000 Eisenstadt, Mattersburger Straße 25.

Herstellungs- und Verlagsort: 7000 Eisenstadt.

ISBN 3-85374-096-0

ZUM GELEIT

Das Österreichische Jüdische Museum in Eisenstadt eröffnet mit der Ausstellung „1000 Jahre österreichisches Judentum" seine Pforten. Mit der Gründung dieses Museums wurde eine Idee realisiert, die jahrtausendalte Tradition des Judentums in Österreich, seine enge Verflechtung mit der Geschichte unseres Landes in einer großen musealen Zusammenschau zu erschließen und die reichen Zeugnisse jüdischer Kultur, jüdischen Geisteslebens und Gelehrsamkeit zu bewahren.
Der Blick auf die Geschichte des Judentums in Österreich zeigt aber zugleich auf, wie sehr sich diese große geistige und kulturelle Kraft als stark erweisen mußte, um die Wirren der Jahrhunderte, in denen Humanität und Toleranz harte Proben bestehen mußten, zu überdauern und für die Zukunft zu wirken.
Ich wünsche dem Österreichischen Jüdischen Museum zu seiner Eröffnungsausstellung einen reichen Besucherstrom, vor allem aus den Reihen der Jugend. Möge es ihm gelingen, jenen Geist der Humanität und Toleranz trotz aller Wunden, die geschlagen wurden, auf die Menschen von heute zu übertragen.

DR. HERTHA FIRNBERG
Minister
für Wissenschaft und Forschung

Mehr als 10 Jahre vergingen, bis die Vorbereitungen zur Eröffnung des Österreichischen Jüdischen Museums in Eisenstadt abgeschlossen waren. Die Wahl für den Standort fiel auf Eisenstadt, weil nicht nur die Initiative zur Errichtung dieses Museums, sondern auch der größte Beitrag dazu vom Burgenland ausgegangen ist.

Dieses Museum soll die Geschichte und Kultur des österreichischen Judentums dokumentieren und auf die enge Verflechtung der christlichen mit der jüdischen Geschichte und Kultur hinweisen. Die in der Geschichte tief verankerten Divergenzen können und sollen auch nicht verschwiegen werden. Schon die Eröffnungsausstellung — sie gilt dem Thema „1000 Jahre österreichisches Judentum" und reicht vom 10. bis in das 20. Jahrhundert — macht deutlich, daß die christliche Mehrheitsgesellschaft nur selten Kenntnis vom Wesen des Judentums hatte und die Juden meistens nur vom Opportunitätsstandpunkt aus beurteilte. Wenn man meinte, ohne Juden besser auszukommen, wurden sie vertrieben, wenn man ihrer bedurfte, wurden sie toleriert.

Die Emanzipation des Judentums als Folge der josephinischen Toleranzgesetzgebung brachte neue Probleme sowohl für die Juden selbst als auch für die übrige Bevölkerung. Vielfach reagierte man emotionell, blieb weiterhin von den traditionellen Vorurteilen geprägt und suchte nicht das Gegenüber aus seinen jeweiligen Voraussetzungen heraus zu verstehen. Diese bedauerliche Unkenntnis des Judentums führte schon im Mittelalter zur Verteufelung, in unserem Jahrhundert aber zur furchtbarsten Katastrophe, die Menschen je über ihresgleichen gebracht haben. Nach dem Holocaust sollte die Betroffenheit endlich zu Konsequenzen führen und dem Opfer von Millionen Achtung und Ehrfurcht erweisen, indem wir alle die Beseitigung jener falschen Voraussetzungen, aus denen sich dieses Inferno zusammenbraute, zu unserem persönlichen Anliegen machen. Das Österreichische Jüdische Museum in Eisenstadt wird ohne Zweifel zu einem Symbol dieses Bemühens und zu einem Wahrzeichen österreichisch-jüdischer Gemeinsamkeit.

Der Landeshauptmann von Burgenland:

Theodor Kery

Das erste jüdische Museum der Welt wurde im Jahre 1895 in Wien eingerichtet. Wien war damals die Metropole eines Vielvölkerstaates, in dem auch die Juden ihr ehrlich verdientes Heimatrecht hatten. Dieses erste jüdische Museum dokumentierte die Geschichte und die kulturellen Leistungen des Judentums. Damit begann in Österreich die Pionierarbeit auf diesem speziellen Gebiet der Kunstgeschichte und Volkskunde.

Die Vereinnahmung Österreichs im Jahre 1938 durch den Nationalsozialismus brachte nicht jene erwartete politische Neuordnung, die leider allzuviele erhofft hatten; sondern die Liquidation des Rechtsstaates und der Menschlichkeit überhaupt. Wer das zuerst und am nachhaltigsten zu spüren bekam, das waren wie so oft in der Geschichte die jüdischen Mitbürger.

Österreich ist nach dem zweiten Weltkrieg wiedererstanden, — die bitteren aber heilsamen Erfahrungen haben einen überzeugteren Glauben denn je an diesen Staat geschaffen, doch kann man nicht in allem dort fortsetzen, wo man einmal aufhören mußte. Wiederaufbau und Wohlstand dürfen nicht darüber hinwegtäuschen, daß mehr als 100.000 Menschen ermordet oder vertrieben worden sind — das bedeutet eine reale und moralische Veränderung der Landschaft, die sich weder durch Zeit noch durch Geld, die beiden Wunderheiler, rückgängig machen läßt. Es war daher auch ein bedeutsamer Schritt zu einem moralischen Wiederaufbau, als der Bund zusammen mit den Bundesländern und der Freistadt Eisenstadt beschlossen hat, in Eisenstadt ein „Österreichisches Jüdisches Museum" zu errichten.

Die Wahl fiel auf Eisenstadt, weil vom Burgenland die Initiative und der größte Beitrag ausgegangen war. Der Grund dazu bestand darin, daß hier in diesem Lande jenseits der Leitha seit Jahrhunderten Judengemeinden nach alter Tradition gelebt hatten und in Eisenstadt die Anlage von Gasse und Friedhof noch erhalten war.

Nunmehr eröffnen wir nach 87 Jahren in einer ganz anderen Zeit im ehemaligen Ghetto in Eisenstadt ein jüdisches Museum. Viele Erinnerungen werden mit der Errichtung dieses Museums wachgerufen; es liegt an dem Museum, sie wieder lebendig zu machen und für die Nachwelt zu bewahren. Jeder Jude, stamme er nun aus einer burgenländischen Familie, oder folge er auch nur den Spuren seiner Vorfahren oder der Geschichte, soll kommen und sehen, daß es Menschen guten Willens gibt, die bestrebt sind, das unbekannte und vielverkannte Judentum in Vergangenheit und Gegenwart verständlich zu machen.

Dr. Gerald Mader
Landesrat

Dr. Ivan Hacker
PRÄSIDENT DER
ISRAELITISCHEN KULTUSGEMEINDE WIEN

Zur Ausstellung ,,1000 Jahre österreichisches Judentum'' darf ich Ihnen im Namen der Wiener Juden aufs herzlichste gratulieren. Es ist kein Zufall, daß diese Ausstellung in Eisenstadt eröffnet und gezeigt wird.
Das Burgenland war immer eine eigenartige Landschaft, in der verschiedene Nationalitäten, darunter auch Juden, bei aller Verschiedenheit in einem eigenartigen Landespatriotismus verbunden miteinander lebten. Zwar war diese friedliche Koexistenz gerade in unserem Leben durch eine ganz besondere Finsternis zerstört, doch jahrhundertelang war dieses friedliche Miteinander ganz unvergleichlich in der Welt. Diese Geschichte ist seit 1000 Jahren mit einer Kulturwelt verbunden, von welcher die Juden des Burgenlandes nicht wegzudenken sind, da sie daran außerordentlichen Anteil hatten. Ihre Geschichte ist ein wesentliches Stück der österreichischen und europäischen Geschichte.
Die Ausstellung ist daher ein besonderer Beweis, wie dieses Miteinander möglich ist und wie der Weg zum Frieden über die Landesgrenzen hinaus gefunden werden kann. Darin sollte auch ihr besonderer Wert liegen.
Wenn wir Juden uns heute wieder allgemeinen Respekts erfreuen können, auf den wir Anspruch haben, so ist dies nicht zuletzt Verdienst solcher Ausstellungen.
Als Angehöriger einer der ältesten Familien des Burgenlandes freut es mich auch persönlich, Ihnen zur Verwirklichung Ihrer Ziele einen besonderen Erfolg zu wünschen.

Mit besten Grüßen

Präsident

VORWORT

Die Eröffnungsausstellung *1000 Jahre österreichisches Judentum* ist vor allem aus historisch ausgerichteten Forschungen erwachsen. Seit 1979 ist der Herausgeber dieses Kataloges mit der Geschichte der Juden Wiens befaßt. Bei diesen Forschungen wurden zwei Schwerpunkte gebildet, die nun auch für die Ausstellung entscheidend wurden. Erstens die Funktion der Juden eingebettet in die nichtjüdische Umwelt — vor allem ging es dabei um wirtschafts- und sozialgeschichtliche Fragestellungen — zweitens die Untersuchung der Ursachen antijüdischer Haltung. Vorzügliches Untersuchungsmaterial waren dabei rechtsgeschichtliche Quellen. Wir haben vor allem dem Fonds zur Förderung der wissenschaftlichen Forschung in Österreich dafür zu danken, daß diese Forschungen möglich waren und vorliegender Katalog ist ein Produkt dieser Arbeiten. Neben diesen Forschungen waren es Arbeiten am dritten Band der Germania Judaica, die vor allem für die Darstellung der mittelalterlichen Siedlungstätigkeit die Basis legten. Direkt aus der Ausstellungsvorbereitung erwuchsen die Aussagen zur Geschichte des 19. und 20. Jahrhunderts. Man konnte sich zwar teilweise auf frühere Ausstellungen des Vereines Österreichisches Jüdisches Museum in Eisenstadt stützen, doch die völlig neue Konzeption der Darstellung dieses Zeitraumes ist die Leistung einer eigens für die Ausstellung herangezogenen Mitarbeiterin. Die Herausgeber kommen gerne der Pflicht nach, den Mitarbeitern an Ausstellung und Katalog herzlich zu danken.

Kurt Schubert Klaus Lohrmann

im Mai 1982

Wir danken folgenden Personen und Institutionen, die uns Originale zur Verfügung stellten:

Allgemeines Verwaltungsarchiv, Wien
Univ. Prof. Dr. Meir Ayali, Kibbutz Yifat
Bezirksmuseum Alsergrund, Wien
Bundesmobilienverwaltung, Wien
Burgenländisches Landesarchiv, Eisenstadt
Haus- Hof- und Staatsarchiv, Wien
Historisches Museum der Stadt Wien, Wien
Hofkammerarchiv, Wien
Institut für Geschichte der Medizin, Wien
Institut für Judaistik, Wien
Israelitische Kultusgemeinde, Wien
Kriegsarchiv, Wien
Landesmuseum für Kärnten, Klagenfurt
Niederösterreichisches Landesarchiv, Wien
Österreichische Nationalbibliothek, Wien
Oberösterreichisches Landesarchiv, Wien
Sammlung Max Berger, Wien
Sammlung Li Handler, Perchtoldsdorf
Sozialistische Partei Österreichs
Stadtarchiv und Stadtmuseum Wr. Neustadt, Wr. Neustadt
Steiermärkisches Landesarchiv, Graz
Steiermärkische Landesbibliothek, Graz
Stift Melk, Melk
Stiftsarchiv Klosterneuburg, Klosterneuburg
Stiftsbibliothek Vorau, Vorau
Verein für Geschichte der Arbeiterbewegung, Wien
Wiener Stadt- und Landesarchiv, Wien
Wiener Stadt- und Landesbibliothek, Wien

Weiters danken wir folgenden Institutionen, die die Erlaubnis zu Reproduktionen einzelner Stücke aus ihren Beständen gaben:

Bayerisches Hauptstaatsarchiv, München
Biblioteca Ambrosiana, Mailand
Biblioteca Apostolica Vaticana, Rom
Biblioteca Palatina, Parma
Bibliothèque Nationale, Paris
Gesellschaft der Musikfreunde, Wien
Historisches Museum, Frankfurt/Main
Kärntner Landesarchiv, Klagenfurt
Schottenstift, Wien
Stadtgemeinde Friesach, Kärnten
Stiftsbibliothek Zwettl, Zwettl

Für fotografische Arbeiten sei Herrn Peter Zenz und den Mitarbeitern der MA 20 gedankt.

MITARBEITER (in Klammer Sigle im Katalog):

Dr. Jacob Allerhand,
Institut für Judaistik, Univ. Wien

Dr. Gerda Barth,
Wiener Stadt- und Landesbibliothek

Dr. Dipl.-Ing. Ruth Burstyn

Dr. Bernhard Denscher (B. D.),
Wiener Stadt- und Landesbibliothek

Dr. Helmut Leitner (H. L.),
Institut für Geschichte der Medizin, Univ. Wien

Dr. Klaus Lohrmann (K. L.),
Wiener Stadt- und Landesarchiv

Naama Magnus (N. M.)

Dr. Hans Morgenstern

Dr. Jonny Moser

Hofrat Dr. Anton Pick

Univ.Prof. Dr. Kurt Schubert (K. Sch.),
Institut für Judaistik, Univ. Wien

Dr. Nikolaus Vielmetti (N. V.),
Institut für Judaistik, Univ. Wien

Dr. Wilhelm Wadl (W. W.),
Kärntner Landesarchiv, Klagenfurt

Dr. Markus Wenninger (M. W.),
Institut für Geschichte, Univ. Klagenfurt

Graphische Gestaltung:
Dipl.-Graphiker Erwin Moravitz

INHALTSVERZEICHNIS

Klaus Lohrmann und Kurt Schubert

Einleitung

Das Gebiet

Die Darstellung der Geschichte der österreichischen Juden muß von der Tatsache ausgehen, daß die Geschichte Österreichs bis weit in die Neuzeit die Geschichte einzelner Länder ist, die allerdings durch den gemeinsamen Landesfürsten gewisse gleichlaufende Strömungen aufweist. In den folgenden Beiträgen wurde im allgemeinen das heutige Bundesgebiet Österreichs in den Mittelpunkt gestellt.
Der engere Begriff Österreich umfaßt dabei das heutige Nieder- und Oberösterreich, also den österreichischen Donauraum. Obwohl die Steiermark seit 1192 zu Österreich gehörte, weist die Geschichte der steirischen Juden einige eigene Entwicklungen auf. Kärnten, erst seit 1335 unter der Herrschaft der Habsburger, stand unter dem herrschaftlichen Einfluß verschiedener Kräfte, unter denen vor allem das Erzbistum Salzburg erwähnt sei. Die historischen Verhältnisse in der Steiermark und in Kärnten rechtfertigen es, über die Grenzen des heutigen Österreich hinaus, auch Gebiete von Marburg und Cilli bzw. Krain zu berücksichtigen.
Salzburg, erst seit 1816 bei Österreich, muß gesondert behandelt werden, weil der Einfluß des Erzbistums auch in andere Gebiete Österreichs reichte. Tirol kam 1363 bzw. 1713 zu Österreich, und auch hier verlief die Geschichte der Juden in anderen Bahnen als in den Donauländern. Die Geschichte der burgenländischen Judengemeinden greift schließlich auf die ungarische Geschichte über, die bezüglich der Juden eine enge Verbindung zu den babenbergischen und später habsburgischen Ländern aufweist. Im wesentlichen ausgeklammert blieben die Länder der böhmischen Krone.

Zeitraum und Periodisierung

In den beschriebenen Gebieten lebten Juden seit der Karolingerzeit. Der dokumentierte Zeitraum reicht also vom Frühmittelalter bis in die Zeit nach 1945. Die Geschichte der in Österreich lebenden Juden nach 1945 hebt sich sehr deutlich von den vorhergehenden Jahrhunderten ab, weil zwischen 1938 und 1945 fast alle Vertreter des österreichischen Juden-

tums entweder in den Konzentrationslagern ermordet wurden oder auswanderten. Die Zeit der nationalsozialistischen Gewaltherrschaft und der europaweiten Judenverfolgungen wird aus der Ausstellung selbst ausgeklammert, da ihr zu ebener Erde eine eigene Dokumentation mit dem Titel „Der gelbe Stern in Österreich" gewidmet ist, eine Reprise der Ausstellung von 1978 in dem noch nicht renovierten Wertheimerhaus. Das österreichische Judentum nach 1945 besteht einerseits aus Überlebenden und Rückwanderern und andererseits aus neuen Zuwanderern im Rahmen der großen europäischen Wanderbewegungen nach dem zweiten Weltkrieg.
Das jüdische Mittelalter endet mit der Aufklärung im 18. Jahrhundert. Aufgrund einer besseren Übersichtlichkeit blieb aber die vertraute Periodisierung der österreichischen Geschichte bestehen. Die herkömmliche Scheidung von Mittelalter und Neuzeit um 1500 schien auch durch die Vertreibung der Juden aus der Steiermark 1496 gerechtfertigt, da dieses Ereignis zusammen mit der Vertreibung aus Österreich 1421 einen Einschnitt in der Geschichte der Juden bedeutet.

Klaus Lohrmann

Die institutionellen und historischen Grundlagen der jüdischen Niederlassungen in Österreich

Zur Zeit des frühesten Auftretens von Juden in Österreich waren sie im Karolingerreich vor allem als Fernkaufleute tätig, aber auch in Berufen, deren Technik von den Christen noch wenig beherrscht wurde. Besonders ist hier auf die Ärzte zu verweisen. Vermutlich Erzbischof Arn (798—821) sandte schon einen Boten an einen Grafen mit der Bitte, ihm einen bestimmten „jüdischen oder slawischen Arzt" — letzteres bedeutete wahrscheinlich einen Juden, der sich im Slawenland aufhielt — zu schicken. Kat. Nr. 233

Die Handelswege der Kaufleute, also auch jüdischer Händler, berührten die Donau. Der persische Schriftsteller Ibn-Khordadbeh beschrieb die Waren, die von Juden von Europa in den Orient gebracht wurden und nannte darunter Sklaven und Pelzwerk. Sklaven brachte man im Frühmittelalter vor allem aus dem Gebiet der Slawen (lateinisch Sclavi), und auch das Pelzwerk stammte vorwiegend aus diesem Gebiet. An der Donau lagen mehrere Zollstätten, über die eine Art Verzeichnis in der 906 erlassenen Zollordnung von Raffelstetten angelegt wurde. Diese Gebühren mußten alle Kaufleute bezahlen, und zwar *Iudaei et ceteri mercatores* (Juden und andere Kaufleute). Die Juden hatten an jenem Teil des Handels, der die Donau berührte, nach dieser Formulierung einen besonders hohen Anteil. Unter den Waren wurden die Sklaven besonders erwähnt. Dies deckt sich mit dem Bericht des Ibn-Khordadbeh. Der Handelsweg führte aus dem Slawenland nach Süden, erreichte die Donau bei Mautern und ging dort flußaufwärts nach Regensburg und von dort in die Kerngebiete des Frankenreiches am Rhein und in die Île-de-France. Kat. Nr. 1

Grundlage der Handelstätigkeit der Juden war der Königsschutz, den einzelne Juden genossen, die sich dem König kommendiert (anvertraut) hatten. Zu diesem Schutz gehörte der Friedensbann, der die Verletzung des Schützlings unter eine besonders hohe Strafe stellte, und das Vorrecht, sich in allen Angelegenheiten an das königliche Gericht wenden zu können. Aus diesen Schutzprivilegien geht hervor, daß die Handelstätigkeit der Juden wie die der übrigen Kaufleute vor allem für die Versorgung der Pfalzen von Interesse war. Ein direkter Zusammenhang zwischen den Privilegien der christlichen Kaufleute und denen der Juden bestand nicht. Die Vorrechte der Juden waren noch günstiger als die der christlichen Kaufleute, wofür sie allerdings dem König auch einen größeren Anteil von ihrem Gewinn zu bezahlen hatten (Juden ein Zehntel des Gewinns, Christen ein Elftel).

Die jüdischen Kaufleute kamen meist aus dem Süden — Lyon hatte z.B. eine bedeutende Judengemeinde —, aber auch aus dem benachbarten Spanien, wie ein fränkisches Privileg für den aus Saragossa stammenden Juden Abraham beweist.

Die Juden wohnten fast immer in Städten. Die Gemeinde war der natürliche rechtliche Rahmen, in dem sich Juden zusammenschlossen. Daher war ihr Wohnraum auch die Stadt: Dort, wo sich das antike Städtewesen über die Völkerwanderung hinweg erhalten hatte, waren auch Judengemeinden angesiedelt.

Kat. Nr. 2 Die Zollordnung von Raffelstetten (906), die auch von zwei Leuten namens Isaak und Salaman bezeugt wurde, fällt in eine Zeit, in der es in Mitteleuropa keine Städte im vollen Sinne des Wortes gab. Daher erfährt man aus dieser Urkunde lediglich, daß Juden zwar die Donau bei ihren Handelsreisen benützten, doch ist fraglich, wie weit jüdische Ansiedlungen in unserem Raum schon bestanden. Voraussetzung für jüdische Siedlungen war das neuerliche Aufblühen der Städte. Die politischen Voraussetzungen dafür waren zur Zeit der Entstehung der Städte am Rhein im 11. Jahrhundert ganz anders als 150 Jahre später, als Mitteleuropa einen Gründungsboom von Städten erlebte. Die Reichsgeschichte des 12. Jahrhunderts ist geprägt von der Entstehung der Territorialstaaten; die Erhebung Österreichs zum Herzogtum 1156, über die im Privilegium minus berichtet wird, markiert einen der ersten Schritte in dieser Entwicklung. Zwischen 1000 und 1150 war das Gebiet an der Donau intensiv kolonisiert worden. Die Babenberger bauten in der letzten Phase dieser Entwicklung ihre Position ziemlich unabängig vom König auf. So ist es nicht überraschend, daß nach Abschluß der Organisation des Landes ein politisches Gebilde entstand, das sich von Baiern löste.

Hier gab es aber keinen Bischof, der in der Verwaltung des Landes Erfahrung hatte, vor allem aber fehlten Institutionen, die Geld einbrachten. Um diesem Übel abzuhelfen, brauchte man ein Handel treibendes Bürgertum, also Städte, und Leute, die das nötige Kapital zur Verfügung stellten. Dies waren offenbar die Voraussetzungen, die eine bewußte Ansiedlung von Juden förderten.

Der Zeitpunkt, als der erste namentlich bekannte Jude nach Österreich kam, erlaubt es auch, eine ganz konkrete Antwort auf die Frage nach den Gründen jüdischer Ansiedlung zu geben. Dieser Mann war ein gewisser Schlom, der zwischen 1194 und 1196 in Österreich nachweisbar ist. Her- Kat. Nrn. 5—8

Kat. Nr. 5

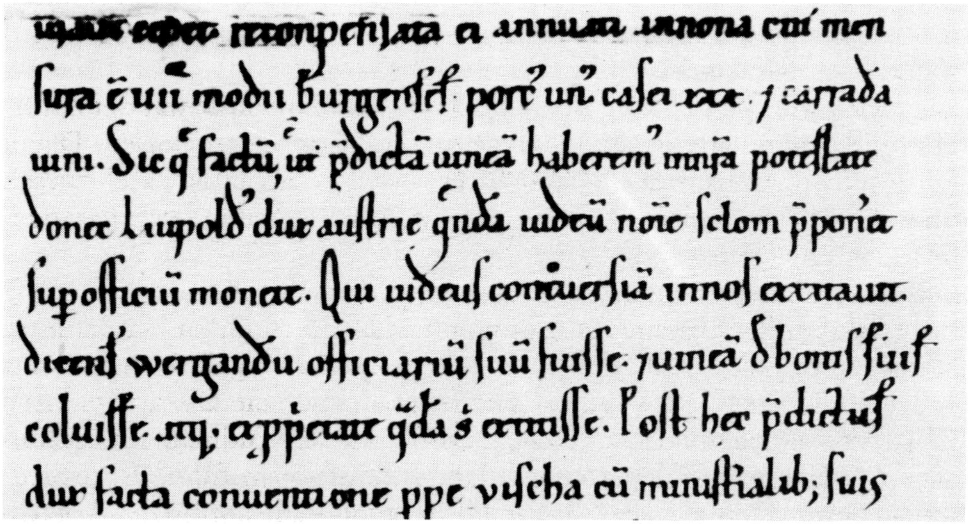

Abb. 1: Erste Erwähnung des Juden Schlom im Formbacher Traditionskodex

zog Leopold V. ernannte ihn zum Münzmeister; und zwar zu jenem Zeitpunkt, als er das englische Lösegeld für die Freilassung des Königs Richard Löwenherz erhielt. Zu dieser Zeit wurde in Wien die Münzstätte eingerichtet, und es spricht alles dafür, daß Schlom vom Herzog nach Österreich berufen wurde, um seine Erfahrung bei der Münzprägung zur Verfügung zu stellen, da es sicher „währungstechnische" Probleme bei der Ausprägung von 50.000 Mark Silber gab. Er trug somit indirekt auch zum Ausbau und zur Befestigung der Städte Hainburg und Wr. Neustadt bei. Schlom erhielt einigen Besitz, in Baumgarten an der Wien besaß er Weingärten und in der Stadt selbst vier Grundstücke, die neben der Synagoge lagen.

Die Herkunft Schloms und der vielleicht zu seinem Haushalt gehörigen Juden ist unbekannt. Neben diesen sehr konkreten Nachrichten über Kat. Nr. 3

Schlom gibt es Hinweise, daß Juden ihre Handelswege spätestens seit dem ausgehenden 11. und im 12. Jahrhundert von Italien her über die Ostalpen nahmen. Jedenfalls kam es auch auf diesem Weg zur Ansiedlung von Juden im Gebiet des heutigen Österreich. Indizien dafür liefern die Ortsnamen, nämlich die ‚Judendörfer' in den alpinen Gebieten. Besonders interessant ist hier Friesach, weil auch dort eine Münzstätte bestand. Friesach lag aber auch an einem wichtigen Nord-Süd Handelsweg. Ursprünglich waren diese Judendörfer wohl jüdische Handelsstützpunkte, aus denen oder in deren Nähe sich später städtische Siedlungen entwickelten. Charakteristisch ist aber auch die Lage von Judendorf bei Steyr an jener Stelle, wo der Weg über den Pyhrnpaß die Berge verläßt und am Endpunkt derselben Straße Judenau bei Tulln, sowie jenes nicht genau lokalisierbare Judendorf im Lungau zwischen Katschberg oder Turrach und Radstätter Tauern.

Der geglückte Versuch der Babenberger, das Städtewesen an der Donau und in der Steiermark zu fördern, führte dazu, daß sich die Bevölkerung der Städte durch Zuwanderung vermehrte. Die Neubürger hatten einen ständigen Kapitalbedarf, der in wachsendem Maße die Anwesenheit der Juden erforderte. Dazu kam als weitere Entwicklung, daß Wien von einer Pfalz zur Residenzstadt wurde. Der Hof hatte Bedarf an Geld und Luxusgütern, und schon in den dreißiger Jahren des 13. Jahrhunderts schien es
Kat. Nr. 22 üblich gewesen zu sein, daß Juden am Herzoghof als Berater tätig waren.
Kat. Nr. 21 Am bekanntesten wurde Teka (Techanus), der aus Ungarn stammte und 1225 an der Beilegung eines Streites zwischen Leopold VI. und König Andreas II. von Ungarn durch Übernahme einer Bürgschaft über 2000 Mark Silber für den Herzog unmittelbar beteiligt war. 30 Jahre waren seit der Ermordung des Schlom vergangen, und es scheint, daß für die jüdische Zuwanderung nach Ostösterreich damals Ungarn die bedeutendste Rolle spielte. Teka besaß ein Haus in Wien, sein Geschäftsbereich dehnte sich bis nach Baiern aus — seine Haupttätigkeit war die eines königlichen Steuerpächters in Ungarn.

Als die beiden wichtigsten Grundlagen haben demnach das aufstrebende Städtewesen und die Erfordernisse einer immer komplizierter werdenden
Kat. Nr. 3 Finanzverwaltung zu gelten. In eine frühere Epoche jüdischen Berufslebens weisen die Judendörfer zurück, die noch an die jüdischen Fernhändler erinnern.

Klaus Lohrmann, Wilhelm Wadl und Markus Wenninger

Die Entwicklung des Judenrechtes in Österreich und seinen Nachbarländern

Das Judenprivileg Kaiser Friedrichs II. (1238)

Das Judenrecht ist der Inbegriff aller Satzungen, die den Juden vom Kaiser oder vom Landesherrn erteilt wurden. Ursprünglich hatte nur der Kaiser bzw. der kaiserliche König — in Frankreich war die Stellung des Königs durchaus eine kaiserliche — als unmittelbarer Herr aller in seinem Reiche lebenden Juden das Recht, Satzungen für sie zu erlassen. Als im Reich die Territorialherren (die Fürsten) den Einfluß des Kaisers in ihren Ländern erfolgreich zurückdrängten, errangen sie Zug um Zug auch das Recht „Juden zu halten" (*ius tenere Iudeos)* und ihnen Satzungen zu geben. Dieses Recht kann man auch als Judenregal (Regalien = ursprünglich königliche Rechte) bezeichnen.

In Österreich fanden die ersten Versuche, Juden anzusiedeln, schon am Ende des 12. Jahrhunderts statt. Als der herzogliche Münzmeister Schlom 1196 von Kreuzfahrern wohl in Wien ermordet wurde, zog Herzog Friedrich I. (gest. 1198) die Rädelsführer zur Verantwortung und sprach über sie Todesurteile aus. Diese Maßnahme zeigt, daß der Herzog von Österreich in diesem Fall den Judenschutz ausübte. Kat. Nr. 8

Unter Herzog Friedrich II. mit dem Beinamen *der Streitbare* (1230 bis 1246) wurde der Einfluß der Juden am herzoglichen Hof schon deutlich spürbar, wie man zeitgenössischen Quellen entnehmen kann. Als der Herzog sich 1235 mit seinem Namensvetter Kaiser Friedrich II., dem großen Staufer, zerstritt, da der Kaiser die militärischen Unternehmungen des Herzogs nicht unterstützen wollte, geriet Friedrich der Streitbare in eine äußerst unangenehme Lage gegenüber seinen Nachbarn Ungarn, Böhmen und Baiern. Herzog Friedrich reagierte mit Zoll- und Ausfuhrsperren, von denen ein Chronist berichtet, er hätte sie auf Einflüsterung der Juden verhängt. Kat. Nr. 22

Der weitere Verlauf dieser Auseinandersetzung interessiert nur insoweit, als der Kaiser im Jänner 1237 nach Wien kam und daselbst sich drei Monate aufhielt und den Reichsrechten in Österreich Nachdruck verlieh. Bedeutendste Maßnahme war die Erhebung Wiens zur reichsunmittelbaren

Kat. Nr. 10 Stadt. Im Stadtrecht wurde auch der Ausschluß der Juden von öffentlichen Ämtern ausgesprochen, wobei die theologische Begründung jener des Kaisers Theodosius II. aus dem Jahre 438 nachgebildet wurde. Daß die Wiener Bürger an diesem Passus Interesse hatten, ist klar. Und sie konnten ihren Forderungen Nachdruck verleihen, da sie zu einem guten Teil die Kosten des monatelangen Aufenthaltes des Kaisers und seines Gefolges finanziert hatten. Aber auch die Juden traten wahrscheinlich als Geldgeber auf, denn anders ist es kaum zu erklären, daß Kaiser Friedrich II. ein Jahr später bei der Belagerung von Brescia den Wiener Juden
Kat. Nr. 11 ein Privilegium ausstellte (1238). Neben der konkreten Verpflichtung, die gegenüber den Juden bestand, nahm der Kaiser aber auch die Möglichkeit wahr, gegenüber dem Herzog die kaiserlichen Rechte über die Juden zu betonen.

Vorbild der Urkunde war die Judenordnung aus dem Jahre 1236, die für die Wiener Juden neu bearbeitet wurde. Adressat waren die Wiener Juden, die Kammerknechte des Kaisers. Die Vorgeschichte dieses Begriffes ist umstritten: einerseits existierte die theologische Lehre, die Juden seien die Knechte der Christen, andererseits gehörten sie schon seit 1157 zur königlichen Finanzkammer, als deren Dienstpflichtige — *servi* — sie später unter dem Einfluß des wieder neu eingeführten römischen Rechtes mit Person und Besitz Eigentum des Königs bzw. der anderen Inhaber des Judenregals wurden. Daher bestimmte die Kammerknechtschaft seit 1236 die Rechtslage der Juden bis zum Zeitalter der Emanzipation. Bis dorthin war die Duldung bzw. Abschaffung der Juden allein im Ermessen des Landesherrn und seiner Finanzbehörden gelegen.

Die einzelnen Bestimmungen des Privilegs Kaiser Friedrichs II. haben, jede für sich, eine oft weit in die Geschichte der Judengesetzgebung zurückreichende Genesis. Seit der Spätantike hatten der Kaiser und seine Gesandten das Recht, wo immer sie wollten, Herberge zu nehmen, und man war verpflichtet, ihnen auch Beförderungsmittel zur Verfügung zu stellen. Neben anderen Leuten waren seit Ludwig dem Frommen auch die Juden davon befreit, diese Bestimmung wurde auch von Kaiser Friedrich II. übernommen. Kaufte ein Jude gestohlenes Gut und der rechtmäßige Eigentümer belangte ihn deswegen, mußte es der Jude gegen Bezahlung des von ihm unter Eid genannten Kaufpreises herausgeben. Dieses Recht wurde lange Zeit als ‚jüdisches Hehlerrecht' bezeichnet und als

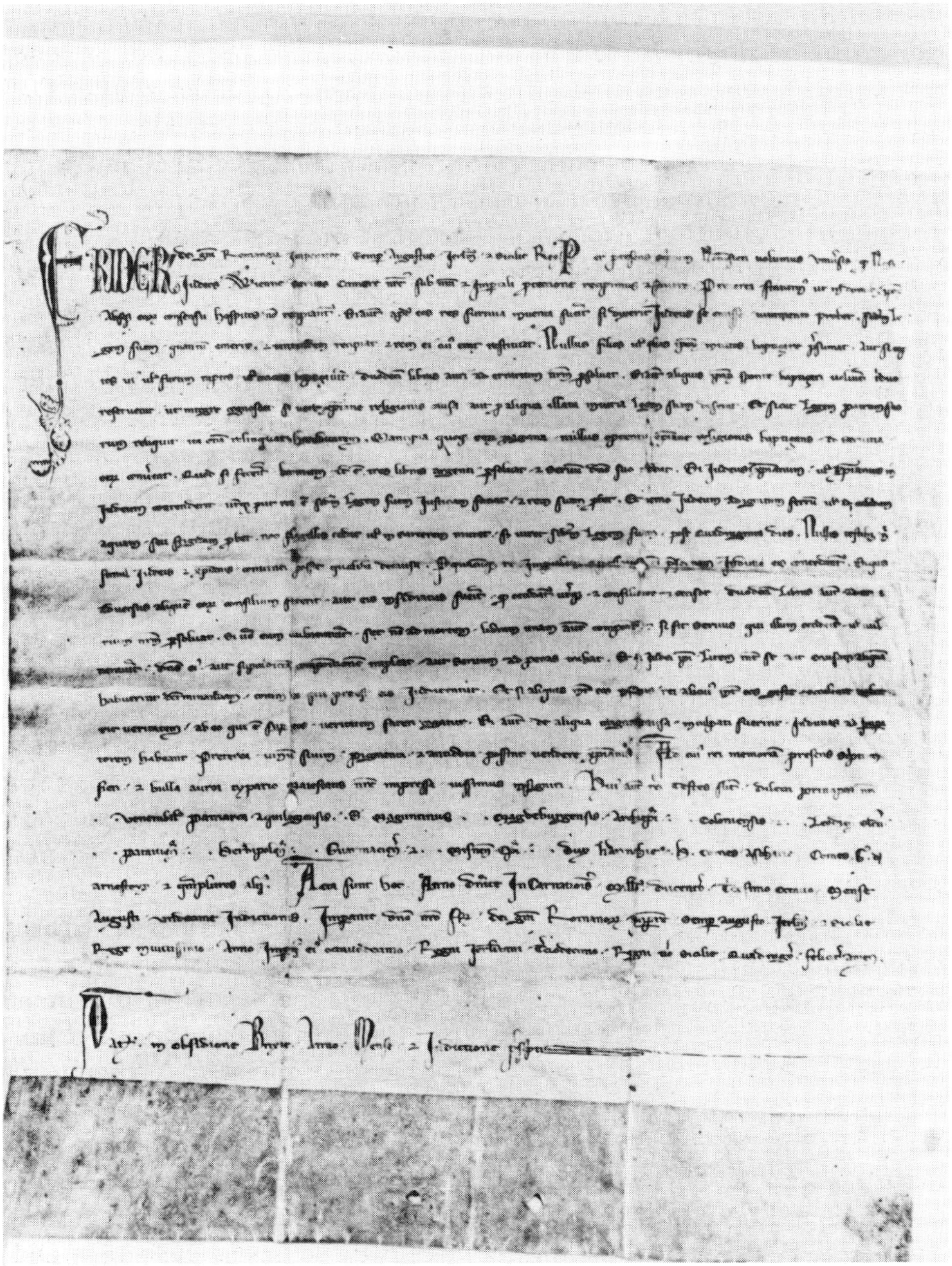

Abb. 2: Judenordnung Kaiser Friedrichs II., 1238

Beispiel für ,jüdische Unmoral' in den Vordergrund gestellt, 1090 wurde es von Kaiser Heinrich IV. den Juden von Worms und Speyer erstmals gewährt. Es konnte viele Geschäfte beschleunigen oder überhaupt erst ermöglichen, da ein Kaufmann oder Geldverleiher nicht in jedem Fall der Herkunft einer Ware oder eines Pfandes nachgehen konnte. Lombarden und Kawerschen, die ebenfalls im Geldgeschäft tätig waren, genossen das gleiche Recht, und mancherorts wurde es auch den ebenfalls christlichen ,,Unterkäufeln'' (Makler), welche vorwiegend im Pfandleihgeschäft tätig waren, verliehen. Daß die Hehlerei bereits im Talmud erlaubt wäre, erwies sich als unzutreffende Beschuldigung, denn die Rabbiner selbst wandten sich scharf gegen diese Unsitte.

Das Verbot der Zwangstaufe bestand seit Gregor dem Großen (590—604), auch der freiwillige Übertritt zum Christentum stand zumindest theoretisch durch Verlust des Erbrechtes oder sogar des gesamten Eigentums unter Sanktion, um einen Übertritt aus Überzeugung und nicht aus materiellen oder sozialen Motiven zu gewährleisten. Rabbiner beschäftigten sich mit diesem Problem seit dem 9. Jahrhundert und der Kaiser bestand auf der Enterbung des Neuchristen, weil dadurch der Besitz in jüdischer Hand blieb und die Finanzkraft der jüdischen Untertanen ihm erhalten blieb. Ebenso durften die Dienstleute und Sklaven der Juden gegen den Willen ihrer Herren nicht getauft werden, da es den Juden verboten war, christliche Dienstboten zu haben, und diese daher durch die Taufe die Freiheit erlangt hätten. Die Anerkennung des jüdischen Rechtes und der sogenannte ,,gemischte Zeugenbeweis'' — Klagen gegen Juden mußten von christlichen wie jüdischen Zeugen belegt werden — gehen auf das Judenprivileg Kaiser Heinrichs IV. für Speyer zurück, ebenso das Verbot, Juden Gottesurteilen auszusetzen. Mit den alten karolingischen Schutzprivilegien für die Juden hängt es zusammen, daß sich die Wiener Juden jederzeit bei Gerichtsverfahren an den Kaiser als ihren Oberherrn wenden konnten, vor dem sie mehr Chancen auf positive Erledigung ihrer Streitsachen hatten als vor anderen Gerichten.

Besonders interessant ist die Erwähnung eines Vorstehers der Juden, der Recht sprechen sollte, wenn sich Streit unter ihnen erhob. Für Speyer hatte Heinrich angeordnet, daß die Juden solche Fälle unter sich ausmachen sollten, bei Verschleierung der Wahrheit sollte das Bekenntnis erzwungen werden. Diese Aufgabe oblag jenem Mann, den der Bischof

von Speyer zum Vorstand der Synagoge gemacht hatte, an anderen Orten war die Wahl des Gemeindevorstandes jedoch eine interne jüdische Angelegenheit. Der Gleichklang der Bestimmungen für Speyer und Wien macht es sehr wahrscheinlich, daß man in Wien ebenfalls mit einem ernannten Vorsteher der Synagoge zu rechnen hat (die Synagoge ist seit 1204 bekannt). Offenbar erfolgten also Eingriffe der christlichen Obrigkeit in die personelle Leitung der Judengemeinde. Das Bestehen einer Judengemeinde in Wien ist also für das Jahr 1238 als sicher vorauszusetzen. Die Erwähnung der Synagoge 1204 und die Nachricht von der Ermordung des Juden Schlom, der herzoglicher Münzmeister war, 1196 zeigt, daß die Wiener Gemeinde um 1200 entstanden ist.
Die Erlaubnis zum Verkauf von Wein, Färbemitteln und Arzneien geht ebenfalls auf die gleichlautende Bestimmung Kaiser Heinrichs IV. für Speyer zurück.

Die Judenordnung Herzog Friedrichs des Streitbaren (1244)

Nachdem sich Kaiser und Herzog versöhnt hatten und Friedrich der Streitbare wieder Herr seiner Länder war, stellte er am 1. Juli 1244 den Juden in Österreich und Steiermark ein Privileg aus, das so abgefaßt war, daß man es als Ergänzung zum kaiserlichen Diplom auffassen konnte. Dieses Fridericianum unterscheidet sich von der kaiserlichen Judenordnung beträchtlich, war zeitgemäß und wurde Vorbild für die meisten späteren Judenordnungen des östlichen Mitteleuropa. Die Lebens- und Wirtschaftsbedingungen der Juden fanden in so hohem Maße Berücksichtigung, daß wir aus dieser Urkunde diesen Bereich jüdischer Geschichte recht gut rekonstruieren können. Breitesten Raum nehmen die Pfandbestimmungen ein, denen wir uns aber erst im nächsten Abschnitt, der Wirtschaftsgeschichte der Juden, zuwenden wollen.

Kat. Nr. 12

Friedrich vermied es mit Rücksicht auf den Kaiser, die Juden als seine Kammerknechte zu titulieren. Die Regelung der Gerichtsbarkeit ist von besonderem Interesse. Da heißt es, daß bei Streitigkeiten der Juden untereinander der Stadtrichter über sie nicht rechtsprechen sollte, sondern der Herzog selbst oder der oberste Landeskämmerer (Leiter der Finanzen). Wir erfahren also, daß die Juden in Städten wohnten und daß sie, obwohl keine Kammerknechte, der herzoglichen Kammer unterstanden.

Ein schwieriges Problem ist die Beschreibung der Aufgaben jenes Richters, der in dieser Urkunde *iudex Iudeorum* genannt wird. Aus Quellen des frühen 14. Jahrhunderts kennt man den Judenrichter, der Christ war, meistens ein angesehener Bürger oder herzoglicher Ministeriale, der sein Amt einer Ernennung durch den Herzog verdankte. Er war Einnehmer der Judensteuer (jedenfalls am Ende des 14. Jahrhunderts), führte das Judenbuch und entschied als Vorsitzender des aus Christen und Juden bestehenden Judengerichts — als solches nur in der Steiermark nachgewiesen — auch Streitigkeiten zwischen Angehörigen dieser beiden Gruppen. Ist nun dieser Funktionär mit dem *iudex Iudeorum* im Privileg von 1244 identisch? Wir wissen vom *iudex* nur, daß er zivile Streitfälle, die sich zwischen Juden erhoben, nicht vor sein Gericht ziehen sollte, es sei denn, ein Kläger wäre vorhanden. Aus dieser Bestimmung ist aber doch der Schluß zu ziehen, daß der *iudex Iudeorum* schon damals ein Christ war. Die Rabbiner wollten das Anrufen christlicher Richter vermeiden, wenn es sich um innerjüdische Angelegenheiten handelte. Der Herzog schränkte dagegen die rabbinische Gerichtsbarkeit ein, indem er dem Judenrichter ein Eingreifen bei erhobener Klage gestattete. Wäre der Judenrichter ein Jude, wäre diese Bestimmung sinnlos. Als Gerichtsort war der Platz vor der Synagoge bestimmt, außer bei Prozessen vor dem Herzogsgericht.

Im Gegensatz zum Privileg Kaiser Friedrichs II. stellte der Herzog die Ermordung eines Juden unter Todesstrafe. Für die Verwundung mußten 12 Mark Goldes und bei leichter Körperveretzung (ohne Blut) 4 Mark bezahlt werden. Der Jude erhielt die entsprechenden Beträge in Silber und wurde auch für die Arztkosten entschädigt. Überhöhte Zollforderungen beim Passieren von Zollstätten wurden verboten. Keine Gebühren sollten bei der Überfahrt der jüdischen Toten eingehoben werden. Solche Leichenüberführungen müssen demnach häufiger vorgekommen sein und es ist daher der Schluß naheliegend, daß in den babenbergischen Ländern, ebenso wie in vielen anderen Gebieten, nur die größten jüdischen Gemeinden Friedhöfe anlegten.

Mit der Todesstrafe war auch die Schändung dieser Friedhöfe bedroht. Hier ist auch vom Judeneid die Rede, mit dem ein Jude vor Gericht seine Unschuld erweisen konnte. Schon Karl der Große hatte genaue Bestimmungen erlassen, wie dabei vorzugehen war. Zentrales Ereignis war dabei

oft die Selbstverfluchung für den Fall eines Meineides, wobei die Hand auf die Bibel gelegt werden mußte. Die Form war nicht selten in mehr oder weniger erniedrigender Weise gestaltet, in Österreich wurden den Juden diese Zeremonien aber erspart.
Mit dieser Judenordnung hatte der Herzog bei aller Vorsicht einen Schritt in Richtung der Aneignung des Judenregals vollzogen. Doch war diese Frage noch lange nicht entschieden. Dem von Herzog Friedrich gewiesenen Weg folgte König Ottokar II. (1254—1278 in Österreich). Seine Privilegien folgen dem Text der Urkunde Herzog Friedrichs genau, neu aufgenommen wurde 1262 das Verbot der Blutbeschuldigung.

Kammergraf

1257 schlossen zwei Kammergrafen namens Lublin und Nekelo einen Vertrag mit dem Bischof von Freising. Die beiden waren Juden und hoben im Auftrag des Landeskämmerers Steuern ein, d. h. sie gaben dem Kämmerer zuerst das zu erwartende Geld und trieben dann auf eigene Rechnung Steuern im Lande ein. Die beiden stammten aus Ungarn und ihr Vater hatte dieses Amt schon im Dienste des Königs von Ungarn ausgeübt. Durch sie kam es nach Österreich, nach ihnen waren aber christliche Bürger in dieser Funktion tätig. Kat. Nr. 23

Wiener Konzil 1267

Daß die Juden sich nicht länger in dieser Position behaupten konnten, hängt wahrscheinlich mit den antijüdischen Bestimmungen zusammen, die auf dem Konzil der Salzburger Kirchenprovinz 1267 erlassen wurden. Diese Satzungen wurden in ganz Europa seit dem Vierten Laterankonzil 1215 systematisch verbreitet. Wesentlich scheint die Drohung der Bischofsgemeinschaft gegen den Landesfürsten und seine Richter mit Exkommunikation bei Nichtbeachtung der Konzilsbeschlüsse gewesen zu sein. Die Bestimmungen des Konzils gegen die Juden bezogen sich auf die Kleiderordnung (gehörnter Judenhut), Verbot von Verkehr zwischen Christen und Juden in jeder Weise und auf das Verhalten der Juden an hohen Feiertagen. Sie durften bei Prozessionen der Christen ihre Häuser nicht verlassen, ebenso mußten sie am Karfreitag zu Hause bleiben (diese Anordnung geht schon auf die Konzilstätigkeit in der Zeit der Merowinger zurück: die Juden sollen nicht *wie zum Hohne* von Gründonnerstag Kat. Nr. 26 Kat. Nr. 27

bis Ostern auf der Straße spazieren gehen, zw. 511—558), und durften keine neuen Synagogen bauen oder alte vergrößern (Theodosius II. 438 im gleichen Sinne).
Die Durchsetzung dieser Bestimmungen gelang im wesentlichen aber nicht, zumindest nicht im Augenblick. Nach dem Ende der jüdischen Gemeinden in Österreich und Steiermark 1421 bzw. 1496/97 lebten in der neuzeitlichen Judengesetzgebung all diese Restriktionen wieder auf und bewiesen bis 1782 ein zähes Leben.

Das Recht, Juden zu halten

Als die Habsburger bald nach König Ottokars Ende in Österreich ihre Hausmacht aufbauten, nahmen auch sie die Politik ihrer Vorgänger wieder auf. Die Problematik österreichischer Territorialpolitik in ihrer Stellung zum Reich wurde einige Jahrzehnte lang verschleiert, da der Herzog von Österreich zugleich auch deutscher König war. Als König Rudolf 1277 unter ausdrücklicher Bezugnahme auf das Privileg Friedrichs des Streitbaren eine Judenordnung erließ, nahm er die Juden in den Schutz des römischen Reiches, der Geltungsbereich war aber Österreich. Bei der Belehnung der österreichischen Herzöge mit ihren Ländern durch den König (1292, 1289 und 1309) kam das Problem des Judenschutzes in den Urkunden nicht zur Sprache: manche Gründe könnten dafür angeführt werden, wie z. B. die damals offenbar ungelöste Frage der Reichssteuer der Juden, da die früher von diesen bezahlte Steuer inzwischen größtenteils an die jeweiligen Territorialherren übergegangen war. Ältere an das Reich abzuführende Abgabenformen waren nicht überall exekutierbar, und an neuen Steuerformen fehlte es noch. Unter diesen Umständen hatte der König wohl geringes Interesse an einer prinzipiellen Diskussion über das Judenregal. Versuche zur Lösung dieser Frage im Sinne einer starken Zentralgewalt gab es, als Albrecht I. den König von Frankreich aufforderte, ihm, dem Kaiser, die in Frankreich lebenden Juden ins
Kat. Nr. 32 Reich zu schicken (so in der Darstellung der steir. Reimchronik). Vieles deutet darauf hin, daß der Habsburger Friedrich der Schöne, seit 1314 König, die Judensteuer wieder regelmäßig einhob, zumindest in Österreich. Abschluß dieser Entwicklung ist die 1342 von König Ludwig IV. eingeführte Kopfsteuer, der „Goldene Opferpfennig". Jedenfalls war das Problem nach dem Tode Friedrichs des Schönen 1330 so wichtig ge-

worden, daß sich die Herzöge von Österreich das Recht, Juden zu halten, von Kaiser Ludwig IV. bestätigen ließen.

Seit dem 4. Mai 1331 hatte der Landesfürst in Österreich ausdrücklich das Recht erhalten, den Judenschutz und die damit verbundenen — vor allem fiskalischen — Rechte wahrzunehmen. Die Formulierung des Königs zeigt aber, daß es sich bei dieser Verleihung nur um die Bestätigung alter Gewohnheitsrechte handelte. Immerhin war aber dieses Recht so wichtig, daß Rudolf der Stifter (1358—1365) den Judenpassus auch in die berühmte Fälschung *Privilegium maius* übernahm, nachdem Kaiser Karl IV. 1356 in der *Goldenen Bulle* den Kurfürsten dieses Recht übertragen hatte.

Kat. Nr. 14

Einzelprivilegien und Garantien des Herzogs

Die gesamte seit Ottokar beschriebene Entwicklung des Judenrechtes baute auf dem Fridericianum von 1244 auf. Mit der vollen Ausbildung der Landeshoheit wurde es für die Juden schwieriger, ihren Standort zu verändern, da die Landesfürsten sich gegenseitig vertragsmäßig absicherten, daß Juden nicht einfach ihren Herrn wechselten; dies hätte ja eine Steuereinbuße bedeutet. Trotzdem versuchte man immer wieder, reiche Juden mit güstigen Angeboten in den eigenen Herrschaftsbereich zu ziehen, und trotz der möglichen oder zu erwartenden Sanktionen versuchten immer wieder Juden, aus dem Schutzgebiet eines Herrn in das eines anderen zu gelangen. So kam es immer mehr zu Einzelprivilegien. Ähnlich wie in der Zeit Ludwigs des Frommen wurden einzelne Juden und ihr Besitz in den besonderen Schutz des Landesherrn aufgenommen. Damit verschob sich auch das Schwergewicht der Judengesetzgebung von prozeßrechtlichen auf praktische wirtschaftliche Fragen. Aus einigen Hinweisen ist festzustellen, daß den österreichischen und steirischen Juden 1377 nach Jahrzehnten wieder ein allgemein gültiges Privileg ausgestellt worden war. Inhaltlich unterscheidet sich dieses rekonstruierte Privileg deutlich von seinen Vorgängern. Abgesehen von der Aufnahme in den herzoglichen Schutz und der Bestätigung des gemischten Zeugenbeweises (siehe oben) wurden sehr praktische Garantien gegeben: Die Juden durften sich in den Ländern der Herzöge niederlassen, wo sie wollten; die Herzöge würden ihnen beim Eintreiben ihrer Schulden behilflich sein, verzichteten auf außerordentliche Steuern und das Ausstellen

Kat. Nr. 24

Kat. Nr. 23

von Ungültigkeitserklärungen von Schuldbriefen (sog. Tötbriefe). Diese Verpflichtungen, die der Landesfürst auf sich nahm, haben aber nur wenig mit dem eigentlichen Judenrecht zu tun.

Die Vertreibung der Juden

In Österreich, das ist das Gebiet des heutigen Ober- und Niederösterreichs mit Ausnahme des Innviertels und des Gebietes um Wr. Neustadt, trieben die Dinge einem schrecklichen Ende entgegen: 1420 kam es zur Ausweisung der armen Juden aus Österreich, die reichen aber wurden vor ihrer Verbrennung noch gefoltert, damit sie die Verstecke ihrer Schätze preisgäben. Mit der Ausweisung erlosch das Recht zur Gemeindebildung in Österreich, das eine der Grundlagen der jüdischen Ansiedlung war. Die Juden waren eine fest umrissene Gemeinschaft in der Bewohnerschaft der mittelalterlichen Stadt; der Herzog hatte mit ihren Vertretern auch nach jüdischem Recht Probleme gelöst und ihnen das Eintreiben der Steuer in eigener Verwaltung überlassen.

Kat. Nrn. 65, 66

Durch die Ausweisung hatten sich die Verhältnisse grundlegend geändert. Juden, die ehemals in österreichischen Gemeinden gewohnt hatten, lebten in den folgenden Jahren vor allem in Ungarn, dazu gehörte auch das Burgenland, und in der Steiermark. Jene Leute, die bei Juden Schulden hatten, hatten sich aber zu früh gefreut. Die neuen Herren der ausgewiesenen Juden, Kaiser Sigmund und Herzog Ernst von Steiermark, erhoben Ansprüche auf das Geld, das man *ihren* Juden schuldete.

Man ist heute allgemein der Auffassung, daß durch die Ereignisse von 1420/21 die Kontinuität des Judenrechtes in Österreich gebrochen wurde. Diese Frage ist aber, obwohl sie im Laufe der Jahrhunderte immer wieder gestellt wurde, nicht eindeutig zu beantworten. Kaiser Friedrich III. war keineswegs dieser Meinung. Allerdings mußte er sich bei seinen Versuchen, in Österreich wieder Juden anzusiedeln, gegenüber den Ständen absichern. Daher erwirkte er sich von Papst Nikolaus V. eine am 20. September 1451 ausgestellte Bulle mit den Eingangsworten *Romanus pontifex,* in der ihm ausdrücklich zugestanden wurde, daß kirchlicherseits keine Einwände gegen die Ansiedlung von Juden bestünden. Am 6. Jänner 1453 verlieh er als Kaiser den österreichischen Fürsten — das heißt seinem Neffen Ladislaus *Posthumus,* dessen Vormund er war — das Recht, Juden zu halten und von ihnen Steuern einzuheben. In den fol-

genden Jahren hatte er deswegen harte Kämpfe mit den Ständen zu bestehen. Hauptargument für seinen Standpunkt war das kaiserliche Recht bzw. die Pflicht, Juden unter seinen Schutz zu nehmen. Friedrich stützte sich dabei auf das alte kaiserliche Judenregal, stieß damit aber auf den Widerstand der Landstände, nach deren Auffassung dieses Recht inzwischen auf den Landesfürsten übergegangen war, gegen den sie ihre Forderungen leichter durchsetzen konnten. Ähnliches zeigt sich ja auch in der Steiermark, in der anscheinend die Landstände von Herzog Friedrich V. (dem späteren Kaiser Friedrich III.) 1438/39 die Ausweisung der Juden aus der Landeshauptstadt Graz hatten erzwingen können, deren Wiederansiedlung dieser einige Jahre später dadurch erkaufte, daß er die Angehörigen der Landstände von der Pflicht zum Erscheinen vor dem Judengericht, dessen Recht bekanntlich den Juden bevorzugte, befreite.
Seit der Mitte des 15. Jahrhunderts also haben die Juden fast beständig einen Konfliktstoff in der Auseinandersetzung zwischen dem Landesfürsten und den steirischen Ständen gebildet. Angesichts der stets prekären Finanzlage des Landesfürsten erwies es sich für die Juden als verhängnisvoll, daß die *Judenfrage* auf den Landtagen der Jahre 1494/95 mit der Frage ständischer Steuerbewilligungen zur Türkenabwehr verknüpft wurde. Um von den steirischen Ständen mehr Geld bewilligt zu erhalten, war Maximilian schließlich bereit, der von diesen geforderten Ausweisung der Juden zuzustimmen. Nach langwierigen Verhandlungen erklärte sich der steirische Landtag mit der Zahlung von 38000 Pfund Pfennigen als Entschädigung für die durch die Judenausweisung bedingte Minderung der landesfürstlichen Einkünfte einverstanden.
Im Gegensatz zur Steiermark sind die Kärntner Landstände nicht so sehr von sich aus aktiv geworden, sondern vom Landesverweser Veit Welzer geradezu animiert worden, die *Judenfrage* auf die Tagesordnung zu setzen. Um einen für Ende 1494 geplanten Landtag in St. Veit, dessen Hauptthema naturgemäß die Bewilligung einer Türkensteuer war, eine rege Beteiligung zu sichern, schlug der Landesverweser von sich aus vor, auch die Frage der Judenausweisung zu behandeln. Diese Beratungen der Stände und ihre Verhandlungen mit dem Landesfürsten sind aber nirgends überliefert, sehr wohl jedoch ihr Ergebnis. Am 8. 3. 1496 urkundet nämlich Maximilian, daß die Kärntner Landschaft ihm für die Einkünfte, die er von den Juden bezogen habe, die Zahlung einer Ent-

schädigungssumme von 4000 fl. rheinisch zugesichert habe. Am folgenden Tag wurde die Ausweisungsurkunde ausgestellt. Sie ist ein Musterbeispiel an rhetorischer Demagogie und geht mit keinem Wort auf den Kuhhandel zwischen dem Landesfürsten und den Ständen ein, sondern führt alle Standardvorwürfe zur Begründung der Ausweisung an, die das Mittelalter gegen Juden parat hatte. Dieselben ‚Argumente' (Hostienfrevel, Ritualmord, Urkundenfälschung) verwendet auch der *brief von Austrei-*
Kat. Nr. 68 *bung der judischait aus Steyr* (18. 3. 1496). Von dieser Urkunde waren auch die in der ehemaligen Grafschaft Pitten gelegenen Städte Neunkirchen und Wiener Neustadt betroffen, die nominell nach wie vor zur Steiermark gerechnet wurden. 1515 schließlich wurden die Juden auf Drängen der Stadt auch aus Laibach, das die einzige nennenswerte Judengemeinde Krains beherbergte, ausgewiesen. Diese Judenvertreibungen stehen in einem gesamteuropäischen Zusammenhang. Auch aus vielen anderen Territorien des Deutschen Reiches wurden die Juden gegen Ende des 15. Jahrhunderts in einer Welle von Ausweisungen vertrieben. Fast gleichzeitig erfolgte auch die für das jüdische Volk ungemein folgenschwere Vertreibung von der Iberischen Halbinsel (1492 Spanien, 1497 Portugal). Allseits entledigte man sich damit einer sozialen Gruppe, die lange Zeit ein Träger des wirtschaftlichen Fortschritts gewesen war, nun aber für diese Schrittmacherdienste nicht mehr benötigt und nur noch als lästiger Konkurrent empfunden wurde.

Wie wenig Maximilian selbst an die Schauermärchen im Motivenbericht der Ausweisungsurkunden glaubte und wie sehr sein Verhältnis zu den Juden von rein fiskalischen Erwägungen geprägt war, beweisen die Begleitumstände der Ausweisung. Der Landesfürst war nämlich sehr darauf bedacht, daß seinen Juden alle offenen Forderungen beglichen wurden, denn er wollte diese wertvollen Steuersubjekte keineswegs ganz aus seinem Reich verbannen, sondern lediglich in andere Erbländer umsiedeln. So kam es zur Ansiedlung der ausgewiesenen Juden vor allem in Marchegg und Eisenstadt, also im Machtbereich des Kaisers. In Kärnten wurde eine sechsmonatige Frist vereinbart. Der Ritter Leopold Aschpach, der diese Frist verstreichen ließ, wurde von landesfürstlichen Organen gepfändet, damit der St. Veiter Jude Mosche Preundel zu seinem Geld kam. In der Steiermark war eine gemischte landesfürstlich-ständische Kommission, vor der alle jüdischen Gläubiger persönlich zu erscheinen hatten, für die Regelung der noch offenen Schuldforderungen zuständig. Diese Kommission erklärte nach zahlreichen Verhandlungen und Ausgleichen ihre Arbeit am 23. 2. 1502 für beendet und alle noch auftauchenden Forderungen für verwirkt. Einzelne Juden wandten sich aber auch direkt an den Landesfürsten bzw. an dessen Kammergericht in Wiener Neustadt um Unterstützung bei der Eintreibung ihrer Schuldforderungen. Dagegen verwahrten sich noch 1510 die Stände unter Hinweis auf die längst abgeschlossene Arbeit der Kommission.

Kat. Nr. 70

Die Synagogen und sonstigen Einrichtungen der Judengemeinden fielen dem Landesfürsten zu, der sie meist den entsprechenden städtischen Magistraten verlieh. Die übrigen im Besitz einzelner Juden befindlichen Liegenschaften wurden von diesen an Christen veräußert. Zeitdruck hat dabei sicher vielfach zu Verkäufen unter dem tatsächlichen Wert geführt. Allerdings scheint man auch vielen der ausgewiesenen Juden die Frist für die Auswanderung erheblich verlängert zu haben, da diese Liegenschaftsverkäufe oft erst einige Jahre nach der Vertreibung von 1496 erfolgten.

Kat. Nr. 71

Die Trendwende in der Judenpolitik der Stände ist im Einzelnen noch nicht erforscht; es scheint neben der Glaubensspaltung noch ein zweites Moment dabei mitgewirkt zu haben: der Verlust der wirtschaftlichen Bedeutung des Bürgertums, der sich im Laufe des 16. Jahrhunderts immer stärker abzeichnete. Gerade die Bürger waren es aber, die die wirtschaftliche Konkurrenz der Juden besonders fürchteten.

In der Regierungszeit Kaiser Maximilians (1493—1519) entstanden offenbar einige jüdische Landgemeinden in Niederösterreich. Damals gab es erstmals nach langer Zeit auch wieder Diskussionen um die jüdische Kleiderordnung. 1267 waren diesbezüglich Vorschriften in Wien auf dem bekannten Provinzialkonzil erlassen worden.

1511 erließ Maximilian ein Dekret, in dem er anordnete, daß die Juden nur bei ihrem Aufenthalt in Wien den *Flecken* (wohl der Gelbe Fleck) tragen sollten, zu Hause sollte man sie aber mit solchen Vorschriften nicht behelligen.

Kat. Nr. 84

Von ganz vereinzelten Ausnahmen abgesehen gab es in Innerösterreich seit den Vertreibungen von 1496 bzw. 1515 bis zur Mitte des 19. Jahrhunderts keine ansässigen Juden. Vom Ende des 15. Jahrhunderts bis in die Zeit Josephs II. wurde das in den Ausweisungsurkunden fixierte Niederlassungsverbot für Juden nicht in Frage gestellt, wenn es auch nie so rigoros gehandhabt wurde, daß nicht doch einige Ausnahmen möglich gewesen wären.

Ansätze zu einer neuerlichen Besiedlung

An den fürstlichen Höfen der absolutistischen Ära übernahmen die jüdischen Hoffaktoren eine führende Rolle als Bankiers und Heereslieferanten. Angesichts des Fehlens einer Herrschaftszentrale bestand in Kärnten und Krain in der frühen Neuzeit keine staatliche Notwendigkeit zur Ansiedlung solcher Hofjuden. Anders lagen die Dinge in der Steiermark, deren Landeshauptstadt Graz zwischen 1564 und 1619 die Residenz der innerösterreichischen Linie der Habsburger war und auch danach noch wichtige Zentralbehörden beherbergte. Die steirischen Stände waren jedoch stets bemüht, das 1496 erreichte Verbot der Ansiedlung von Juden nicht aushöhlen zu lassen und gewährten daher auch jüdischen Hoffaktoren und Heereslieferanten nur nach hinhaltendem Widerstand gelegentlich Einzelprivilegien zum zeitlich begrenzten Aufenthalt in der Steiermark, nicht ohne immer wieder zu betonen, daß am allgemeinen Niederlassungsverbot nicht zu rütteln sei. Der Masse der armen jüdischen Trödler und Hausierer war der Aufenthalt generell verboten. Ihre niedere soziale Stellung und ihre Rechtlosigkeit kommt deutlich in einzelnen Weistümern der frühen Neuzeit zum Ausdruck. So bestimmen die aus dem 17. und 18. Jahrhundert stammenden Gerichtsordnungen von Straßfried und Arnoldstein (Kärnten), daß *kein gerichtmann und unterthon in Straßfriderischen Gericht ledigmassige persohnen und herrenlos gesindl so wenig juden, schotten, sofeyer, unbekant petler, zigeiner, landsknecht und andere landfahrer ohne forwissen und erlaubniß beherbergigen und aufhalten, sondern wo auf ain oder andere persohn der wenigste verdacht vorhanden, dasselbig dem gerichtsherrn alßbalden anzaigen und wissend machen lassen* solle. Im 13. und 14. Jahrhundert waren die finanzkräftigsten unter den Juden aufgrund ihrer ökonomischen Macht auf einer sozialen Stufe mit dem städtischen Patriziat gestanden, auch wenn sie aufgrund ihrer fremden Religion naturgemäß nur teilweise in die christliche mittelalterliche Gesellschaft integriert gewesen waren. Nun aber führten die Juden die Liste des *herrenloß gesindl* an, der sozial deklassierten und heimatlosen *Landfahrer,* die der neuzeitliche absolutistische Staat unter Beobachtung halten wollte.

In Österreich bildete die Landjudenschaft an einzelnen Orten Gemeinden und ihr Zusammenleben unter jüdischem Recht wurde auch anerkannt. 1529 soll Ferdinand I. sogar die Judenordnung Herzog Friedrichs II. bestätigt haben (*R. Saitschik,* Rechtliche Stellung, 55). Diese Voraussetzungen änderten sich bis zum Jahre 1669 nicht. Im Laufe des 17. Jahrhunderts versuchte Kaiser Ferdinand III. sogar, die jüdischen Steuerleistungen in größerem Umfang dem Staat nutzbar zu machen. Dazu bedurfte es der rechtlichen Ausschaltung der Grundherren, auf deren Grund und Boden zum Teil die Juden angesiedelt waren.

Kat. Nr. 87

Insgesamt waren die Einnahmen von den Landjuden aber nicht so hoch, daß sie für die Hofkammer, die zentrale Finanzverwaltung der Monarchie, von größerer Bedeutung gewesen wären. Anders in Wien, wo um 1570 eine neue Phase der Judenpolitik erkennbar wird. Die am 18. Mai 1536 erlassene Judenordnung betraf den vorübergehenden Aufenthalt von einheimischen und fremden Juden in Wien. Der alten Rechtskonstruktion entsprechend, wurden die in den habsburgischen Ländern wohnenden Juden zum Kammergut gezählt. Die Bedingungen für den Aufenthalt in Wien wurden für die Zukunft richtungsweisend. Der Jude mußte sich von der Behörde, in deren Auftrag oder auf deren Anordnung er sich in Wien befand, eine Bestätigung ausstellen lassen. Die Aufenthaltserlaubnis war auf wenige Tage befristet. Die Erlaubnis für den Aufenthalt ausländischer Juden erteilte der Stadtrichter. Es ist aber die Tendenz zu erkennen, daß der Bürgerschaft jeglicher Einfluß auf Judenangelegenheiten entzogen werden sollte.

Aus der finanziellen Notwendigkeit, Juden an einem so wichtigen Ort wie Wien anzusiedeln, entwickelte sich das Institut der *befreiten* bzw. *hofbefreiten* Juden. Vergleichbar ist dieser Vorgang mit der Politik Kaiser Friedrichs III., der ja ebenfalls gegen die Wünsche der Bürger an seinem kaiserlichen Vorrecht, Juden nach seinem Gutdünken zu privilegieren, festgehalten hatte. Einzelne Juden waren auch im 16. Jahrhundert in Wien privilegiert worden. Die Entstehung einer rechtlich klar definierten Gruppe von befreiten Hofjuden geht mit der Ansiedlung einer eigenen Judengemeinde in Wien Hand in Hand. Doch die ersten Versuche schlugen fehl.

Die befreiten Hofjuden

Für die Einzelprivilegierungen hatte sich ein Formular entwickelt, das dem Privilegierten sicheres Geleit, Wohnmöglichkeit in Wien und freie Geschäftstätigkeit einräumte. Seit 1582 sind die befreiten Hofjuden schließlich nachweisbar. Sie waren von allen Abgaben an Stadt und Land befreit, mußten für ihre Ware keine Zölle zahlen und waren von aller Gerichtsbarkeit der Städte und anderer Gerichte befreit. Ihr Gerichtsstand war vor dem Obersthofmarschall. Ebenso waren sie vom Tragen des Judenzeichens befreit. Diese Privilegien bezogen sich nicht nur auf den Hofbefreiten selbst, in der Regel ein reicher Jude, sondern auch auf seine Angehörigen und Brotgenossen. Sehr bald läßt sich auch eine Organisation der Hofbefreiten feststellen. 1582 bestand schon der Judenfriedhof.

Der Grund für diese freundlichere Haltung gegenüber den Juden ist auch damals in finanziellen Motiven zu suchen. Der Türkenkrieg, der 1592 begonnen hatte, war einige Jahre später in ein bedenkliches Stadium getreten, und man mußte zusätzlich Mittel aufbringen, um Söldner anzuwerben und Kriegsausrüstung zu beschaffen. Bei den Verhandlungen mit den Juden über die Zuschüsse zeigte es sich, daß die Grundlage der *hofbefreiten* Stellung das Einzelprivileg war. In dieser Phase unterschieden sich die Hofbefreiten sehr wenig von den Hofjuden des 18. Jahrhunderts. Allerdings schritt die Entwicklung zur Gemeinde unaufhaltsam fort. 1601 konnten die Juden bereits erfolgreich dagegen protestieren, daß der Bürgermeister eine Zählung der Juden durchführen wollte, da ihm doch keinerlei Jurisdiktion über die Juden zustand. Wenige Tage später verfaßten die Juden der *beiden befreiten Schulen* (d. h. es bestanden zwei Synagogen) eine Eingabe an den Kaiser und am 5. 1.
Kat. Nr. 77 1603 wurde Veit Munk zum Vorsteher *der ganzen von uns befreydten Judenschafft* ernannt. Die Sonderstellung der Hofbefreiten kam auch darin zum Ausdruck, daß man die nichtbefreiten Juden der Jurisdiktion der Stadt unterstellte.

Da man auf die Darlehen und Steuerleistungen der Juden immer mehr angewiesen war, eroberten sie auch Stück um Stück ihrer alten Rechtsstellung zurück. Seit 1620 erhielten zwei Juden auch wieder das Recht, aus Bruchsilber Münzen zu prägen und 1624 nach dem Sturz des betrügeri-
Kat. Nr. 80 schen Vorstandes des Wiener Münzkonsortiums Zwirner wurde Israel

Wolf Auerbach an die Spitze dieses Gremiums gestellt. Es scheint kein Zufall zu sein, daß gerade in diesem Jahr die Neubildung der Wiener Judengemeinde abgeschlossen erscheint.

Am 6. Dezember 1624 erging zusammen mit der Wohnungsanweisung im ‚Unteren Werd' ein Judenprivileg. Neben den Bestimmungen über Anlage eines Judenviertels auf dem Boden der heutigen Leopoldstadt enthält das Privileg Kaiser Ferdinands II. einige Bestimmungen, die stark an die mittelalterlichen Judenordnungen erinnern. Es fehlt aber jeder bewußte Hinweis auf diese Urkunden. Die schon bekannten Anordnungen bezüglich des Gerichtsstandes wurden wiederholt, die körperliche Sicherheit der Juden aber besonders garantiert. Die Funktionäre der Gemeinde wurden einzeln aufgezählt und die schon bisher geübte Wahl jüdischer Richter gestattet. Besonders interessant ist die Befreiung vom Einquartierungszwang, die an das Judenprivileg Kaiser Friedrichs II. erinnert. Kat. Nr. 78

Am 8. März 1625 stellte Ferdinand II. ein weiteres Privileg aus, das sich mit Handels- und Pfandgeschäften befaßt, also in gewisser Weise der Judenordnung Herzog Friedrichs II. entspricht. Schließlich folgte am 23. November 1632 ein Patent des Kaisers, in dem Angelegenheiten des Gerichtswesens geregelt wurden. Voraussetzung für die Entstehung der neuen Judenstadt war die Verleihung der Besitzfähigkeit, d. h. die Juden hatten das Recht, Grund und Boden zu erwerben. Unter Ferdinand III. (1637—1657) verschlechterten sich die Rechtsverhältnisse der Juden wieder fühlbar. Besonders kam dies darin zum Ausdruck, daß die Stadt Wien Einfluß auf Belange der Judengemeinde nehmen konnte.

Es ergab sich also die Situation, daß die Landjuden und die Hofbefreiten in Wien unter ähnlichen Rechtsformen lebten (die niederösterreichischen Juden hatten einen Landesrabbiner, waren also auch organisiert), die allerdings verschiedener Herkunft waren. Für die Landjuden ist es wahrscheinlich, daß sie seit dem 15. Jahrhundert wieder unter mittelalterlichem Recht lebten, die Hofbefreiten stützen sich aber auf die Privilegien Ferdinands II. Die Ähnlichkeit im Inhalt führte dazu, daß im Laufe des 17. Jahrhunderts die verschiedene Herkunft dieser Rechte nicht mehr erkannt wurde, und die Juden in Ober- und Niederösterreich wieder als einheitliches Ganzes aufgefaßt wurden. Daher betraf der Vertreibungsbefehl von 1669 alle Juden in diesem Gebiet. Kat. Nr. 89

Das Zeitalter der Hofjuden

Bald nach der Ausweisung wurde manchen Behörden klar, daß die Vertreibung der Juden ein entscheidender Fehler war. Es stellte sich heraus, daß der Hof und das Heer ohne Juden einfach nicht die nötigen Geldmittel aufbringen konnten, die für die Türkenkriege notwendig waren.
Kat. Nr. 94 Wie nach 1420 waren die Einzelprivilegierungen das einzige Mittel, mit dem man diesem Übelstand abhelfen konnte. Hatte damals der Landesfürst eine Wiederansiedlung für wünschenswert gehalten, so wurde am Beginn des 18. Jahrhunderts das Privileg für einzelne zahlungskräftige Juden zum Prinzip erhoben. Überspitzt formuliert könnte man das Judenrecht dieser Zeit als geglückte Erpressungsversuche gegenüber einzelnen Personen bezeichnen.

1715 versuchten der Kaiser und die Hofkammer, einige Bestimmungen zu einer Judenordnung zusammenzustellen, zu einer zusammenhängenden Publikation kam es aber erst 1753 unter Maria Theresia. Zur Zeit Karls VI. begnügte man sich, gegen auftretende Mißstände einzuschreiten, wie zum Beispiel das Einschleichen fremder Juden, aber auch die Schmähung von Juden durch Studenten. Im wesentlichen beschränkte man sich aber darauf, festzustellen, ob die Aufenthaltsprivilegien dieses oder jenes Juden abgelaufen waren und dann konnte dieser nur mit großen Geldleistungen eine Verlängerung seines Privilegs erwirken.

Zum Handel war nur der *capo*, der Haushaltsvorstand, ermächtigt, er durfte in seinem Haus zwar Bedienstete haben, diese mußten aber unverheiratet sein. Diese Bedienten konnten aber durch eigene finanzielle Leistungen ein eigenes Privileg erhalten. Isaak Arnsteiner war zum Beispiel im Hause des Samson Wertheimer angestellt, ehe er selbst privilegiert wurde. Die Juden unterstanden der Gerichtsbarkeit des Obersthofmarschalls, ihre Abgaben hob das Merkantil- und Wechselgericht ein.

Da die Juden nach ihren Privilegien eng an den Hof und die Zentralbehörden gebunden waren, lebten sie nur in Wien. Auf dem Land gab es damals keine Juden. In der Praxis konnte sich hie und da einmal ein Handelsjude aus Mähren nach Niederösterreich verirren, die Regel war es am Beginn des 18. Jahrhunderts noch nicht. Der Kaiser ging jedenfalls gegen solche Vorkommnisse scharf vor. Trotzdem vermehrten sich die

Trödeljuden im Laufe des 18. Jahrhunderts sehr rasch, da sie wichtige Aufgaben zu erfüllen hatten. Aufmerksamkeit verdient eine erstmals 1715 erlassene Bestimmung, mit der den Juden verboten wurde, an Sonn- und Feiertagen vor 10 Uhr auszugehen. Dies erinnert an das Ausgehverbot in der Osterzeit, das über die Juden in der Merowingerzeit verhängt wurde. Eine Ausnahme von diesem Verbot gab es nur, wenn ein Jude von einem Herrn *ministro ob exigentes causas publicas, so keinen Verschub leiden* zu sich gerufen wurde.
Vermißt man in der Regierungszeit Karls VI. ein eigentliches Judenrecht, so haben die beiden Judenordnungen Maria Theresias von 1753 und 1764 dieses Fehlen gründlich beseitigt. Die Juden wurden dadurch in das politisch-ökonomische System des neuen Staates einbezogen. Im Grunde blieben die alten Richtlinien der Judenpolitik aber erhalten: möglichst wenige Juden unter maximaler Kontrolle als notwendiges Übel zu dulden.
Die Ordnung von 1753 faßt die rechtlichen Rahmenbedingungen, in denen sich das Leben der Hofjuden abspielen sollte, sehr deutlich zusammen: Grundlage ihrer Existenz waren sachbezogene Privilegien, die den Juden gestatteten, mit allen jenen Waren Handel zu treiben, die sie vertragsmäßig dem Hof liefern sollten. Als besonders wichtige Bestimmungen sind das Verbot des eigenen Gerichtswesens und des Erwerbs von Grund und Boden herauszugreifen. Nicht nur durch die Judenordnung versuchte man, fremde Juden am Aufenthalt in Wien zu hindern bzw. sie einer genauen Kontrolle zu unterwerfen: Ein nicht privilegierter Jude mußte Auskunft über Art und Dauer seiner Geschäfte in Wien angeben und bekam für einen bestimmten Zeitraum einen Passierschein.
Wurden all diese Angelegenheiten 1753 zum Teil noch unscharf formuliert, so läßt die zweite Judenordnung von 1764 weitaus größere Systematik erkennen. Man versuchte bezüglich der fremden Juden alle Möglichkeiten der Einschleichung zu berücksichtigen und das Wachstum der jüdischen Haushalte weiter zu beschränken. Es kam aber in dieser Judenordnung zu einem zukunftsweisenden Neuansatz. Es mutet wie Ironie an, daß gerade jene Judenordnung, die der Wiener Judenschaft die engst möglichen Grenzen setzen sollte, ihnen zugleich den Weg zum künftigen Aufstieg wies. Neu war die Aufforderung, daß die Juden Fabriken gründen sollten. Dadurch bekamen sie einen festen Platz in der Wirtschafts-

Kat. Nr. 98

Abb. 3: Antijüdische Bemerkung Maria Theresias auf einem Hofkanzleivortrag, 1777

politik Maria Theresias. Die Folgen blieben nicht aus: waren Juden bisher meist nach Ablauf ihrer Privilegien ausgewiesen worden (mit Ausnahme der seit den Türkenkriegen ansässigen Familien), wurden die Verlängerungen seit den sechziger Jahren des 18. Jahrhunderts meistens anstandslos durchgeführt.

Zwar äußerte Maria Theresia noch 1777 in scharfer Form ihren Unmut über die Anwesenheit von Juden in der Stadt, den neuen Entwicklungen, die sie selbst nach Kräften gefördert hatte, konnte sie sich aber nicht erfolgreich entgegenstellen. Trotz einer persönlich ablehnenden Haltung erkannte die Königin den Nutzen, den der Staat durch die Juden hatte. Kam sie aber zu dem Schluß, daß die Juden in einem besonderen Fall Schaden verursachten, ging sie drakonisch gegen sie vor. In diesem Zusammenhang ist an die Austreibung der Juden aus Böhmen und Mähren Kat. Nr. 97 zu erinnern, die 1745 verfügt wurde.

Vieles weist darauf hin, daß die letzten Jahre in der Regierungszeit Maria Theresias als geistige Vorbereitung auf die Toleranzpolitik zu betrachten sind. Besonders in der Hofkanzlei waren fortschrittliche Kräfte am Werk, die sich z. B. sehr klar gegen eine Verschärfung der Judenordnung von 1764 aussprachen.

Das Toleranzpatent Kaiser Josephs II.

Bei aller Vielschichtigkeit, die dem Toleranzpatent Josephs II. vom 2. Kat. Nr. 100 Jänner 1782 innewohnt, war es doch der Beginn einer sich stürmisch vollziehenden Umbildung des Judenrechtes. Die Problematik des Toleranzpatentes wird in verschiedenen Bereichen fühlbar. So wurde ausdrücklich erklärt, daß das Patent nicht auf eine Vermehrung der Judenschaft abziele. Hier ist zu erkennen, daß die nicht ungünstigen Rechtssätze für eine kleine Gruppe galten und die Masse der umherziehenden jüdischen Hausierer nach wie vor als Vagabunden und gefährliche Menschen betrachtet wurde. Die geteilte Aufnahme, die das Patent in allen Ländern der Monarchie fand, hat nicht zuletzt darin ihren Grund, daß es einen Keil zwischen reiche und arme Juden trieb. Einerseits bot es den Juden die Möglichkeit, sich im Sinne der Aufklärung zu assimilieren, andererseits versagte es aber jenen Juden, die ihre kulturelle und religiöse Identität wahren wollten, die Möglichkeit, ihre Lage zu verbessern.

Damit im Zusammenhang steht die Tendenz des Privilegs, jeder Beson-

Kat. Nr. 100

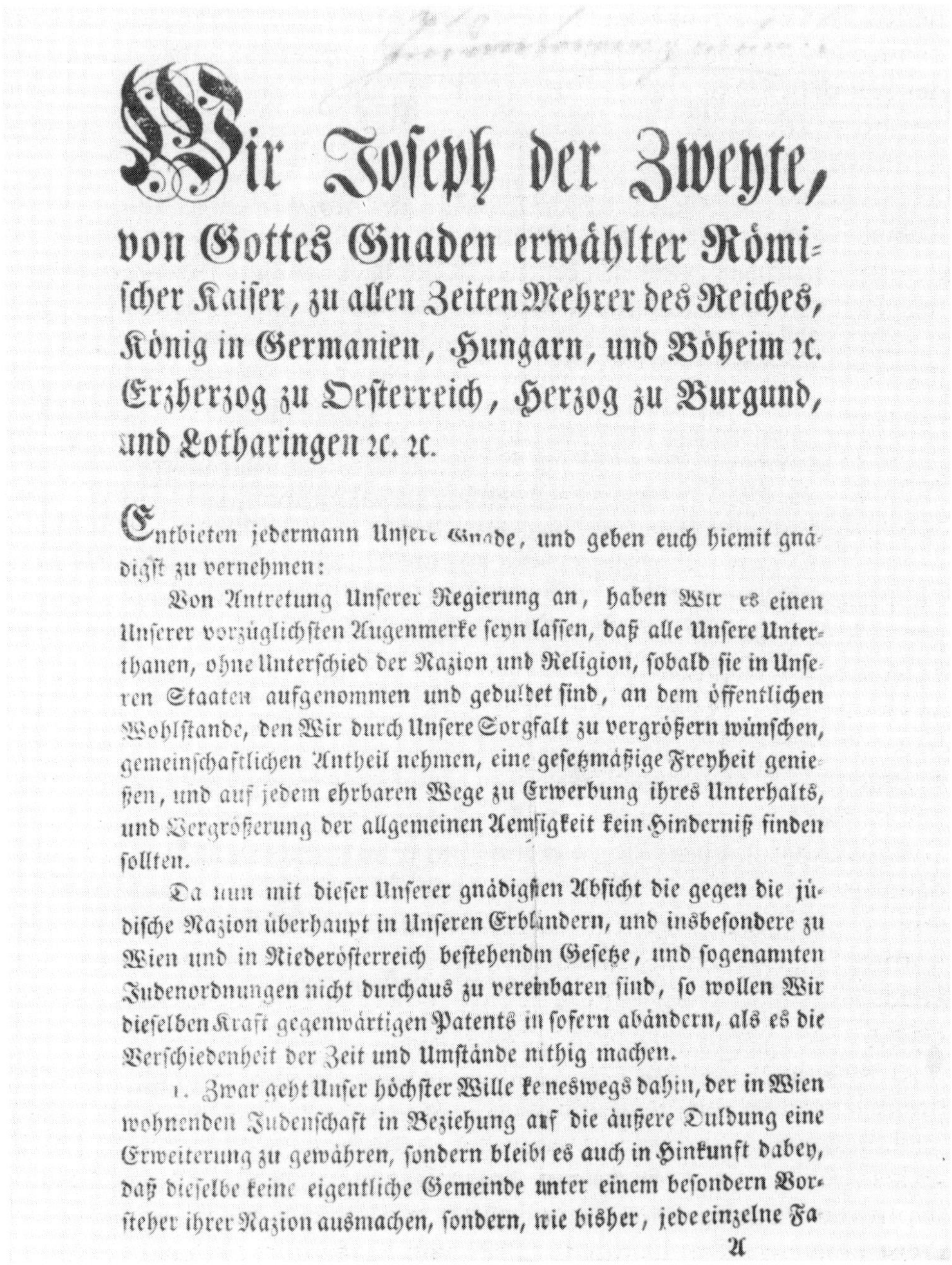
Wir Joseph der Zweyte,
von Gottes Gnaden erwählter Römischer Kaiser, zu allen Zeiten Mehrer des Reiches, König in Germanien, Hungarn, und Böheim ꝛc. Erzherzog zu Oesterreich, Herzog zu Burgund, und Lotharingen ꝛc. ꝛc.

Entbieten jedermann Unsere Gnade, und geben euch hiemit gnädigst zu vernehmen:

Von Antretung Unserer Regierung an, haben Wir es einen Unserer vorzüglichsten Augenmerke seyn lassen, daß alle Unsere Unterthanen, ohne Unterschied der Nazion und Religion, sobald sie in Unseren Staaten aufgenommen und geduldet sind, an dem öffentlichen Wohlstande, den Wir durch Unsere Sorgfalt zu vergrößern wünschen, gemeinschaftlichen Antheil nehmen, eine gesetzmäßige Freyheit genießen, und auf jedem ehrbaren Wege zu Erwerbung ihres Unterhalts, und Vergrößerung der allgemeinen Aemsigkeit kein Hinderniß finden sollten.

Da nun mit dieser Unserer gnädigsten Absicht die gegen die jüdische Nazion überhaupt in Unseren Erbländern, und insbesondere zu Wien und in Niederösterreich bestehendm Gesetze, und sogenannten Judenordnungen nicht durchaus zu vereinbaren sind, so wollen Wir dieselben Kraft gegenwärtigen Patents in sofern abändern, als es die Verschiedenheit der Zeit und Umstände nöthig machen.

1. Zwar geht Unser höchster Wille keneswegs dahin, der in Wien wohnenden Judenschaft in Beziehung auf die äußere Duldung eine Erweiterung zu gewähren, sondern bleibt es auch in Hinkunft dabey, daß dieselbe keine eigentliche Gemeinde unter einem besondern Vorsteher ihrer Nazion ausmachen, sondern, wie bisher, jede einzelne Fa-

A

Abb. 4: Beginn des Toleranzpatentes, 1782

derheit der jüdischen Bedürfnisse entgegenzuwirken. Man wollte einfach den Juden die Möglichkeit geben, sich zu dem zu entwickeln, was man in der Aufklärung für einen nützlichen und guten Menschen hielt. Es blieb also beim Verbot der Gemeindebildung, Synagogen durften auch weiterhin nicht gebaut werden und aus der Grundschulerziehung sollte das religiöse Moment weitestgehend eliminiert werden.

Zukunftsweisend war aber die Aufhebung der meisten Schikanen, vor allem der Leibmaut (eine Art Schutzzoll) und der Verpflichtung, das jüdische Zeichen zu tragen. Noch wesentlicher war die Öffnung vieler Berufe für die Juden, die sich zwar nicht in kurzer Frist auswirken sollte, aber auf die Dauer eine wesentliche Voraussetzung für den Aufstieg der Juden im liberalen Zeitalter bedeutete. Seit dem Regierungsantritt Josephs II. kam es auch in Innerösterreich zu Diskussionen über die Judenfrage. Im Juni 1781 wurde den Ständen die *allerhöchste Absicht* auf Tolerierung der Juden mitgeteilt. Die Landstände Kärntens und der Steiermark lehnten eine solche ab und verwiesen auf die Privilegien Maximilians von 1496 und die gleichzeitig erfolgten Entschädigungszahlungen. Schon im November 1781 wurden sie dahingehend beruhigt, daß die Absicht des Kaisers *keineswegs dahingehe, die jüdische Nation in den Erblanden mehr auszubreiten, oder da, wo sie nicht ist, neu einzuführen, sondern nur da, wo sie ist, und in dem Maß, wie sie als toleriert bestehet, dem Staate nützlich zu machen.* Daher seien alle die Juden betreffenden Verfügungen für Innerösterreich gegenstandslos.

Die Diskussion flammte jedoch zwei Jahre später erneut auf, als die Handelsjuden Lazarus Isak und Simon Jakob aus Paskowitz in Mähren bei Joseph II. um die Erlaubnis ansuchten, die Jahrmärkte in Steiermark, Kärnten und Krain besuchen zu dürfen. Dieses Ansuchen wurde den Landständen der innerösterreichischen Territorien zur Begutachtung vorgelegt. Von den Kärntner Ständen wurde es (die anderen Stellungnahmen sind nicht überliefert) überraschend positiv beurteilt: Die Klagenfurter Jahrmärkte seien zur Zeit sehr bescheiden. Der ganze Markt bestehe lediglich aus 20—30 Standeln („Boutiquen"), von Großhandel könne keine Rede sein. Die ortsansässigen Händler seien teilweise mit Exklusivprivilegien ausgestattet und benützten diese Monopolstellung zu Preistreibereien. Das Darniederliegen von Klagenfurt als Marktplatz stehe im Gegensatz zur günstigen Infrastruktur (schiffbare Drau, Handelsweg von und nach Italien, Montanexport, Lebensmittelimport). Daher sei die Zulassung fremder Händler, egal welcher Konfession, zu begrüßen, weil die einheimischen ,,Kramer'' dann nicht um 25 Prozent höhere Preise als in Graz verlangen könnten. Auch würde sich der Bekanntheitsgrad der heimischen Produktion dadurch erhöhen und diese mehr Absatz finden! Von der Öffnung der Märkte seien auch für den Fiskus steigende Mauteinnahmen zu erwarten. Dieses Votum stehe nicht im Gegensatz zu 1496, da dieses nur von ansässigen Juden spreche. Das Gubernium verfügte daraufhin, daß die Jahrmärkte zu Graz, Klagenfurt, Laibach und Linz *sowohl von In- als Ausländern christlich oder ander Religion gegen Entrichtung der gewöhnlichen Gebühren* besucht werden dürften, nicht jedoch die kleinen Märkte. Auch blieb jeder Hausierhandel verboten.

Damit war zwar das Niederlassungsverbot nicht gefallen, aber doch der zeitweilige Aufenthalt von Juden in Kärnten erstmals seit 1496 wieder möglich. Diese beschränkte Aufenthaltserlaubnis und das gleichzeitige Niederlassungsverbot waren aber schwer administrierbar, zudem trachteten die zu den Jahrmärkten reisenden Juden, auch unterwegs Hausierhandel zu treiben, was ihnen schon 1784 ausdrücklich untersagt wurde. Daher unternahm das Grazer Gubernium schon 1787 einen neuerlichen Vorstoß in Richtung auf Niederlassungsfreiheit der Juden in Innerösterreich, die Stände lehnten dies aber als zu weitreichendes Zugeständnis ab. Zwar konstatierte ein ständischer Referent, daß da, wo es auf *allgemeine Rechte der Menschheit* ankomme, die Religionsverschiedenheit keine Rolle spielen dürfe, begründete jedoch seine ablehnende Haltung im selben Atemzug mit einem wirtschaftlichen Vorurteil, den angeblichen Wuchereien der Juden.

Obwohl Joseph II. und seine Bürokratie den Ständen sonst wenig geneigt waren, haben sie in diesem Punkt ihren Vorstellungen entsprochen. Juden blieb deshalb die Niederlasung im innerösterreichischen Bereich bis weit in das 19. Jahrhundert hinein verwehrt.

Weitere Reformen

Mit dem Toleranzpatent war die josephinische Judengesetzgebung in Österreich keineswegs abgeschlossen. Einerseits standen in der Praxis immer wieder Probleme an, die auf dem Verordnungsweg gelöst werden

Kat. Nr. 103

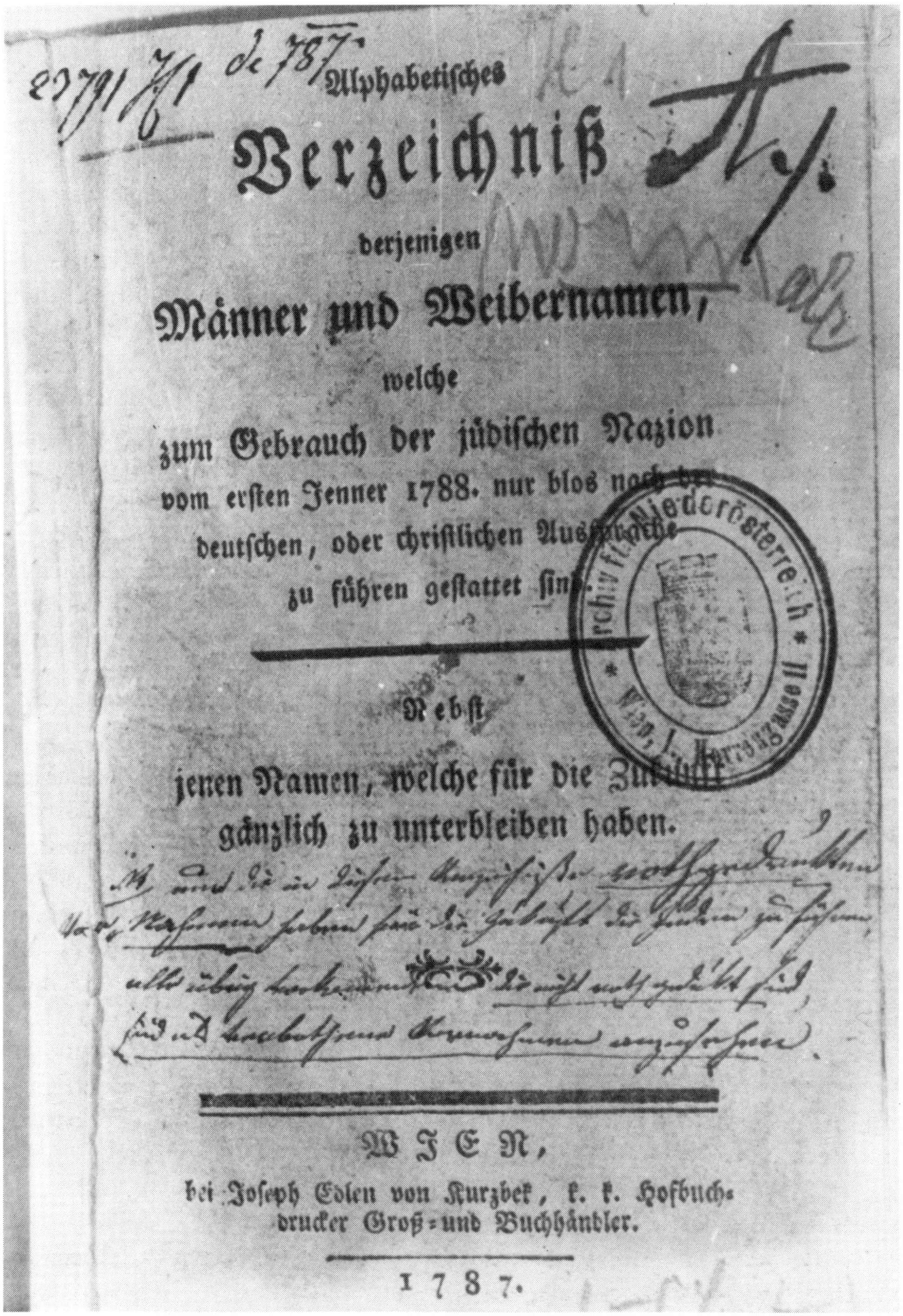
Alphabetisches
Verzeichniß
derjenigen
Männer und Weibernamen,
welche
zum Gebrauch der jüdischen Nation
vom ersten Jenner 1788. nur blos nach der
deutschen, oder christlichen Aussprache
zu führen gestattet sind.

Nebst
jenen Namen, welche für die Zukunft
gänzlich zu unterbleiben haben.

WIEN,
bei Joseph Edlen von Kurzbek, k. k. Hofbuchdrucker Groß- und Buchhändler.

1787.

Abb. 5: Verzeichnis der erlaubten jüdischen Vor- und Geschlechtsnamen

mußten, andererseits entstanden durch die vielen Verwaltungsreformen Josephs II. immer wieder Situationen, die einer Regelung bedurften. So mußte der Instanzenweg bei jüdischen Rechtsangelegenheiten neu dekretiert werden, allerdings wurden Religionsangelegenheiten nach jüdischem Gesetz geregelt. 1784 wurde der Bau eines jüdischen Bethauses untersagt, die Geburts-, Trauungs- und Sterbebücher über die Juden wurden gesondert von den Christen durch den Magistrat geführt.
Besonders war das jüdische Eherecht von den josephinischen Reformen im Gerichtswesen betroffen. Schon 1783 galt für die christlichen Untertanen, daß neben dem sakramentalen Eheband ein Zivilvertrag bestand, der nur durch die Gerichte zu lösen war. Nach Verhandlungen, die sich über ein Jahr hinzogen, wurde die gleiche Regelung auch für die Juden getroffen. Die bei den Beratungen vorgebrachten Hinweise auf die bestehenden oder erst kürzlich überwundenen Verhältnisse geben manches prinzipielle Problem auf, das eine neue Sicht der Entwicklung des Judenrechtes möglich erscheinen läßt. Ein Argument sei hier besonders herausgegriffen: zwei Hofräte der vereinigten Hofstelle hielten als Voraussetzungen für ihre Stellungnahme zum Ehegesetz für die Juden folgendes fest: die vormaligen jüdischen Gerichte seien aufgehoben, folglich die Juden den ordentlichen Gerichten unterworfen. Auf die besonderen Gesetze der Juden sei keine Rücksicht zu nehmen, da diese sich auf die Verfassung ihres Staates gründen, der *nun zerstört sei.*
Es erhebt sich nun die äußest wichtige Frage, wann denn die beiden Hofräte die Zerstörung des jüdischen Staates ansetzten? Die Formulierung legt nahe, daß dies erst im 18. Jahrhundert der Fall gewesen wäre. Das ergäbe ein ganz anderes Bild, als jenes, das wir von der Wirksamkeit des jüdischen Rechtes haben.
Überspitzt formuliert heißt das, daß die josephinische Judengesetzgebung zwar vor allem der jüdischen Oberschicht gewisse Erleichterungen gewährte, sonst aber das Judentum in seinen Strukturen aufzulösen trachtete. Eine weitere judenrechtliche Bestimmung aus der josephinischen Zeit war die 1789 erlassene Erlaubnis zum Ankauf von Staatsgütern, auf denen die Juden Fabriken errichten sollten. Zu erwähnen ist auch die Regelung der jüdischen Familiennamen. Es wurde eine Namensliste herausgegeben, aus der die Familien- und Vornamen ausgewählt werden mußten.

Die Folgen der Toleranzpolitik

Zwiespältig wie die josephinischen Reformen selbst waren auch ihre Folgen. Neuere Forschungen ergaben den richtigen Schluß, daß durch die Toleranzpatente eine ambivalente Phase der Judengesetzgebung eingeleitet wurde. Zunächst bewahrte Josephs Bruder und Nachfolger Leopold II. die einmal eingeschlagene Linie. Schlagartig begannen aber mit dem Tod Josephs II. die Gegner der Juden, Vorschläge für eine Abänderung des Toleranzpatentes vorzulegen. Als Ergänzung zum Toleranzpatent erschien am 30. Oktober 1790 eine neue Judenordnung, die sich vor allem mit dem Problem der fremden Juden befaßte. Die Juden hatten sogar gegen die gedruckte Kundmachung protestiert, da die restriktiven Maßnahmen nicht zu übersehen waren. Die niederösterreichische Regierung, die die Zurückziehung des Patentes unbedingt verhindern wollte, vermerkte den Protest der Juden auch sehr übel. In diesem Regierungsbericht vom 11. Jänner 1791 wurde auch erstmals der Antrag zur Errichtung des später berüchtigten Judenamtes gestellt. Trotz dieser Bemühungen mußte am 26. März die neue Judenordnung aber zurückgezogen werden. Das Toleranzpatent blieb also die Grundlage für die Rechtsstellung der Juden. In der Regierungszeit Franz II. wurde seine Wirkung allerdings durch eine Fülle von Bestimmungen ausgehöhlt, unter denen die Gründung des Judenamtes und die Einführung der Bolettentaxe besonders zu erwähnen sind. Diese Einrichtungen sollten die Einwanderung von Juden nach Wien behindern und den Behörden die Möglichkeit geben, sich rasch über die Zahl der in Wien vorübergehend oder ständig lebenden Juden zu informieren. Die Bolettentaxe bildete im Grunde eine Wiedereinführung der Leibmaut, deren Abschaffung Joseph II. nur gegen größten Widerstand gelungen war.

In Innerösterreich wurden nach Josephs Tod die steirischen Stände bei Leopold II. vorstellig und drängten u.a. auch darauf, den freien Besuch der Grazer Jahrmärkte durch Juden, eine Beeinträchtigung ihrer landschaftlichen Freiheiten, wieder aufzuheben. Ihr Ansinnen wurde jedoch abgewiesen.

Danach ruhte die Diskussion der Judenfrage, bedingt durch die kriegerischen Ereignisse der Franzosenzeit, für viele Jahre. Einigen wenigen Juden, welche sich 1812—14 im Villacher Kreis, der 1809 an Frankreich gefallen war, niedergelassen hatten, wurden ihre Rechte 1817 mittels Hofdekret belassen. Auch die Familie des Juden Abraham Heimann aus Memelsdorf in Bayern, die 1809 in Laibach, dem damals französischen Königreich Illyrien, ein Manufakturgeschäft eröffnet hatte, durfte nach dem Ende der Franzosenherrschaft dort verbleiben, war allerdings noch für einige Jahrzehnte die einzige jüdische Familie in ganz Krain. Die im revolutionären Frankreich erstmals deklarierte staatsbürgerliche Emanzipation der Juden hatte also in der kurzen Phase französischer Herrschaft auch in Teilen Innerösterreichs zur Niederlassung einiger weniger Juden geführt, deren Rechte von der österreichischen Regierung respektiert wurden. Die unter christlich-konservativen Vorzeichen stehende Restaurationsära war aber den jüdischen Emanzipationsbestrebungen im allgemeinen wenig geneigt.

Außerhalb der Jahrmarktszeit durften sich Juden auf der Durchreise nur 24 Stunden im Stadtbereich von Graz aufhalten. Wer länger zu bleiben gedachte, bedurfte einer ständischen Sondergenehmigung. Immerhin war es aber im Vormärz bereits möglich, daß ein Jude mit Billigung der steirischen Stände sein Medizinstudium in Graz absolvieren konnte.

Den mit dem Export ungarischer Agrarprodukte befaßten Juden kam die 1819 erfolgte Aufhebung des Getreidehandelsverbotes sehr zugute. Während also der jüdische Großhandel gewisse Erleichterungen erfuhr, wurde der Hausierhandel durch Juden auch im Vormärz immer wieder mit Verboten belegt — ein deutliches Zeichen dafür, daß er weit verbreitet war.

Obwohl die oktroyierte Verfassung vom 4. 3. 1849 den Grundsatz enthielt, daß der Genuß bürgerlicher und politischer Rechte vom Religionsbekenntnis unabhängig sei, wurden einzelne ungarische Juden, die sich 1849/50 in Graz niederzulassen gedachten und um Gewerbebewilligungen ansuchten, von den Behörden abgewiesen. Die steirische Statthalterei und die ihr unterstellten Bezirksbehörden beriefen sich dabei auf die fehlenden Durchführungsbestimmungen zur Verfassung und die in der Steiermark nach wie vor bestehenden Sonderregelungen in bezug auf Juden. Mit der Aufhebung der oktroyierten Verfassung durch das Silvesterpatent (31. 12. 1850) waren diese Sonderregelungen, insbesondere das in Innerösterreich *de iure* nach wie vor gültige Niederlassungsverbot, für Juden wieder unbestritten. Die gesellschaftliche Realität schritt allerdings über dieses Relikt spätmittelalterlicher ständischer Privilegien hinweg.

Mitte der fünfziger Jahre des 19. Jahrhunderts lebten in Graz bereits zahlreiche Juden, die sich offiziell nur auf der Durchreise befanden, *de facto* aber beständig in Geschäften hier weilten, während die Familie nach wie vor in der alten Heimat (meist in Ungarn) verblieb. Ein Ansuchen einer jüdischen Delegation unter der Führung Emanuel Baumgartens an die Statthalterei um Gewährung einer definitiven Aufenthaltsgenehmigung blieb 1857 noch ohne Erfolg. Im Jahre 1861 jedoch genehmigte der steiermärkische Landtag über Antrag von Dr. Rechbauer die geänderten Statuten der Stadt Graz, die es Juden nunmehr endlich gestatteten, sich auch über Nacht in der Stadt aufzuhalten.

Erst das Staatsgrundgesetz vom 21. 12. 1867 aber ermöglichte auch in den übrigen Orten der Steiermark, in Kärnten und Krain die ungehinderte Ansiedlung von Juden. Diese erfolgte in der liberalen Ära unter den gegenüber allen früheren Zeiten völlig neuen Bedingungen von Gewerbe- und Niederlassungsfreiheit. Damit begann eigentlich erst die neuzeitliche Geschichte der Juden in Innerösterreich.

In Wien wurde ein Gremium von fünf Vertretern der Judenschaft eingerichtet, das als Vorläufer der jüdischen Gemeinde gelten kann, die erst 1849 geschaffen wurde. Trotz der Fülle von zum Teil schikanösen Anordnungen, die die Juden in den ersten Jahrzehnten des 19. Jahrhunderts zu erleiden hatten, zeichnete sich langsam ihre Gleichstellung ab, die schließlich mit der Revolution 1848 bzw. dem Staatsgrundgesetz 1867 realisiert wurde.

Ein eigenes Judenrecht gehörte damit der Vergangenheit an. Die späteren Verordnungen und Gesetze, die im 19. Jahrhundert für die Juden noch erlassen wurden, betrafen sie nur als eigene Religionsgemeinschaft. Gerade in der Diskussion zum Israelitengesetz im Jahre 1890 zeigte es sich aber, daß die rechtliche Gleichstellung der Juden mit allen anderen Staatsbürgern ihre Einschätzung nicht unbedingt verbessert hatte. Die Argumente, die im Reichsrat vorgebracht wurden, um das Israelitengesetz zu verhindern, könnten ebenso von einem mittelalterlichen Annalisten stammen: Hostienschändung, Ritualmord und Brunnenvergiftung wurden noch 100 Jahre nach dem Tod Josephs II. als Verteufelungsargumente gegen Juden gebraucht. Das Ende eines eigenen Judenrechtes brachte es aber immerhin mit sich, daß im modernen Rechtsstaat Unrecht gegen die Juden als solches erkennbar wurde.

Kat. Nr. 212

Klaus Lohrmann, Wilhelm Wadl und Markus Wenninger

Wirtschafts- und Sozialgeschichte

Die allgemeine Lage

Die wirtschaftliche Funktion der Juden im mitteleuropäischen Raum lag ursprünglich in ihrer Tätigkeit als Fernhändler. Als internationale Händler hatten sie natürlich von Anfang an gelegentlich auch mit Wechselgeschäften zu tun, und da sie in dieser geldarmen Zeit zu den wenigen gehörten, die über Kapital verfügten, befriedigten sie wohl auch im Frühmittelalter schon eventuell auftretende Kreditbedürfnisse. Aufgrund ihrer Erfahrung in diesen Bereichen — über längere Zeit waren die meisten Verbindungen zwischen dem Abendland und dem arabischen Raum, in dem Münzgeld eine Selbstverständlichkeit war, über sie gelaufen — wurden sie schon damals verschiedentlich mit der Ausmünzung von Edelmetallen betraut. Das war auch die Aufgabe des Münzmeisters Schlom in Wien. Später, um und nach 1300 können auch Juden in den Münzstätten von Völkermarkt, St. Veit, Meran und Obervellach nachgewiesen werden. Die Rolle der Juden im Münzwesen war bis in die Neuzeit hinein recht bedeutend. Zwar klagten die christlichen Münzgemeinschaften immer wieder, daß die Juden ihr Geschäft störten, doch mußten die Herzöge sich immer wieder der Hilfe der Juden versichern.

Mit dem Aufkommen der Geldwirtschaft und dem immer mehr vermehrten Geldbedarf zunächst der Adeligen, später auch der Bürger und Bauern, aber auch wegen des allmählichen An-Sich-Ziehens des Fernhandels durch christliche Kaufleute vor allem im Gefolge der Kreuzzüge, verlegten sich die Juden zunehmend auf Kredit- und Pfandgeschäfte.

Jüdisches Geld und herzogliche Privilegien hatten die Bürger der Donaustädte erst in die Lage versetzt, in den europäischen Handel einzusteigen. Der Adel war auf Kredite angewiesen, da einerseits die Kriegsausrüstungen und das Turnierwesen immer teurer wurden, andererseits der Wert der „ewig gleich bleibenden" Grundrenten sank. Das Kreditgeschäft auf Pfänder war eine wirtschaftliche Notwendigkeit, und zunächst hatten die Juden dabei wenig Konkurrenz zu fürchten; denn in diesem Bereich hatten sie gegenüber den Christen durch das seit 1215 ausformulierte kanonische Zinsverbot, welches diesen im allgemeinen — wie überall, so gab

Kat. Nr. 50

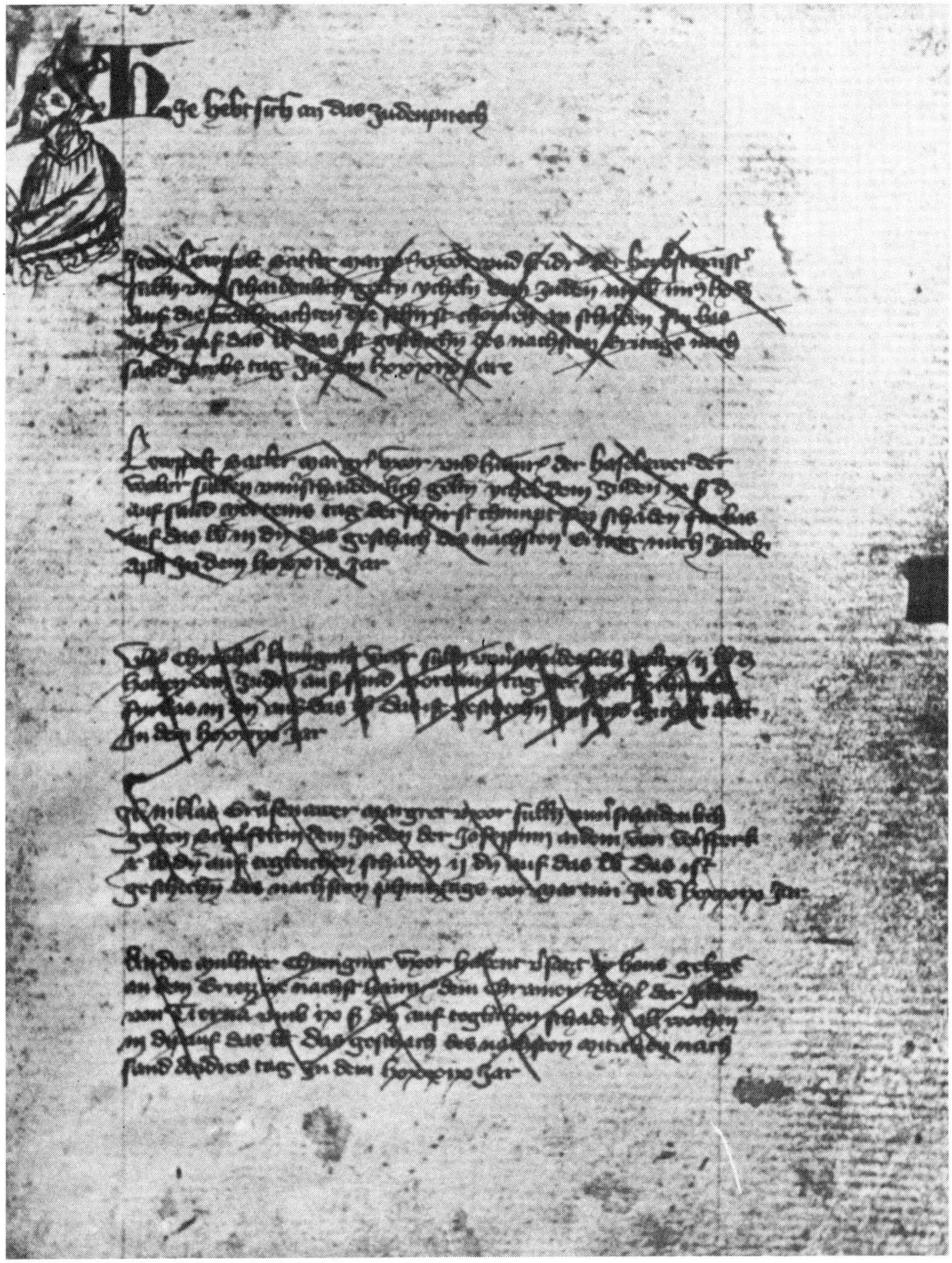

Abb. 6: Judenbuch der Scheffstraße

es auch hier Ausnahmen — untersagte, von Glaubensgenossen für geliehenes Kapital Zinsen zu nehmen, sowie durch das aus dem alten friesischen Handelsrecht stammende „jüdische Hehlerrecht" gewisse Vorteile. Sowohl aus diesen Gründen als auch wegen der von den Juden zu entrichtenden hohen Steuern, die lange Zeit einen wesentlichen Teil der ordentlichen Einnahmen der Fürsten bildeten, und weil diese zum Teil selbst auf Kredite von ihnen angewiesen waren, förderten sie die Ansiedlung und Geschäftstätigkeit von Juden. Dies konnte sowohl durch die rechtliche Bevorzugung in Form eines besseren Gerichtsstandes als auch durch wirtschaftliche Erleichterungen wie Erlaß von Zöllen und Mauten, Steuerfreiheit ihrer Liegenschaften oder durch ein gesetzlich festgelegtes Zinsniveau geschehen. Nicht selten erfolgte auch eine ganz bewußte Ansiedlung von Juden durch einen Fürsten, um durch den Kapitalzufluß einerseits die wirtschaftliche Situation einer Region, andererseits die eigenen Finanzen zu verbessern.
In der zweiten Hälfte des 14. Jh.'s setzte aber mit gewissen regionalen Verschiebungen auf mehreren Gebieten eine tiefgreifende Änderung dieses Zustandes ein, deren eine Wurzel in der stetig zunehmenden Geldwirtschaft, die andere im territorialstaatlichen Ausbau des Landesfürstentums lag. Denn waren die Juden — zumindest im österreichischen Raum — bisher in erster Linie Geldgeber der Adeligen und Klöster, aber auch der jeweiligen Landesfürsten, gewesen, so schoben sich nun immer mehr die Bürger und Bauern in den Vordergrund, deren Bedürfnis nach meist kleineren und kurzfristigen Krediten die Juden deckten, während die großen Geschäfte mehr und mehr von Christen übernommen wurden. Von Bedeutung mag dabei nicht zuletzt die bei den großen Schuldentilgungen unter König Wenzel (1376—1400) von vielen Fürsten und Adeligen, also den Großschuldnern, gemachte Erfahrung gewesen sein, daß sie der jeweilige Herr der Juden duch ihre hohe Verschuldung bei diesen finanziell in der Hand hatte, und dies umso mehr, als die Freizügigkeit der Juden durch den verstärkten Landesausbau der Fürsten, die sich ihre Rechte und Einkünfte an den Juden sichern wollten, immer mehr eingeschränkt wurde. Druckmittel dabei war die Vermögenskonfiskation, die gegen Juden, welche sich einen neuen Schutzherrn suchten, ohne vorher vom alten die Erlaubnis dazu eingeholt zu haben, verhängt werden konnte, da sie ja nach der gängigen Rechtsauffassung

mit Person und Besitz Eigentum ihres Schutzherrn waren. So kam es vor allem in der zweiten Hälfte des 14. Jh's zu vielen sogenannten „Tötbriefen", mit welchen Landesherren Schuldnern ihrer „geflüchteten" Juden ihre Schulden erließen, dafür aber meist selbst den größten Teil davon kassierten. Die Schuldtötungen waren leicht durchzuführen, weil viele Kredite durch immobile Pfänder gesichert waren, die der Jude bei seiner Flucht zurücklassen mußte. Aus dem Verkauf der Liegenschaftspfänder entwickelte sich auch ein umfangreicher Grundstückshandel bzw. dessen Vermittlung. Aber nicht nur die Rechte und Geschäftsmöglichkeiten der Juden, sondern auch ihre Einnahmen verringerten sich im Laufe der Zeit; denn hatte der geringe Kapitalverkehr im 13. und frühen 14. Jahrhundert noch hohe Zinsen gerechtfertigt — seit dem Fridericianum von 1244 Kat. Nr. 12 waren bis zu 173 % jährlich erlaubt, doch handelte es sich meist wohl nur um kurzfristige Kredite —, so sank der Zinssatz mit der Zunahme der Geldwirtschaft und damit des verfügbaren Kapitals stetig und erreichte in der zweiten Hälfte des 15. Jahrhunderts meist ca. 45 %. In Wien und davon ausstrahlend im übrigen Österreich kam es zu einem entscheidenden Sinken der Zinsen infolge der Pulkauer Verfolgung von 1338. Die Herzöge Albrecht II. *(fautor Judeorum)* und Otto schützten zwar die Juden in Wien und Wr. Neustadt, erließen aber eine Bestimmung, die von den Wiener Judenmeistern bestätigt wurde, nämlich den Zinsfuß von acht auf drei Pfennige je Pfund und Woche zu senken. (Dabei gab es allerdings beträchtliche regionale Unterschiede; im Grenzgebiet zu Ungarn etwa mußten meist erheblich höhere Zinsen bezahlt werden, in den westlichen Ländern geringere; in den größeren Reichsstädten und vor allem in den romanischen Ländern erreichten dagegen die Zinsen zu dieser Zeit kaum mehr als 20%.) Da die vielfältigen Steuern und sonstigen Belastungen, welche den Juden — und zwar nicht nur den Geldleihern, sondern auch den allerdings selten nachweisbaren jüdischen Warenhändlern — auferlegt waren, aber eher gesteigert als verringert wurden, da auch viele Christen das kanonische Zinsverbot zunehmend mehr mißachteten und die Juden daher auch im Pfandgeschäft auf immer härtere Konkurrenz stießen, kam es zu einer allmählichen Verarmung vieler von ihnen.

Schließlich waren sie oft nicht mehr Darlehensgeber, sondern übernahmen von christlichen Geldleihern schwer eintreibbare Forderungen, um

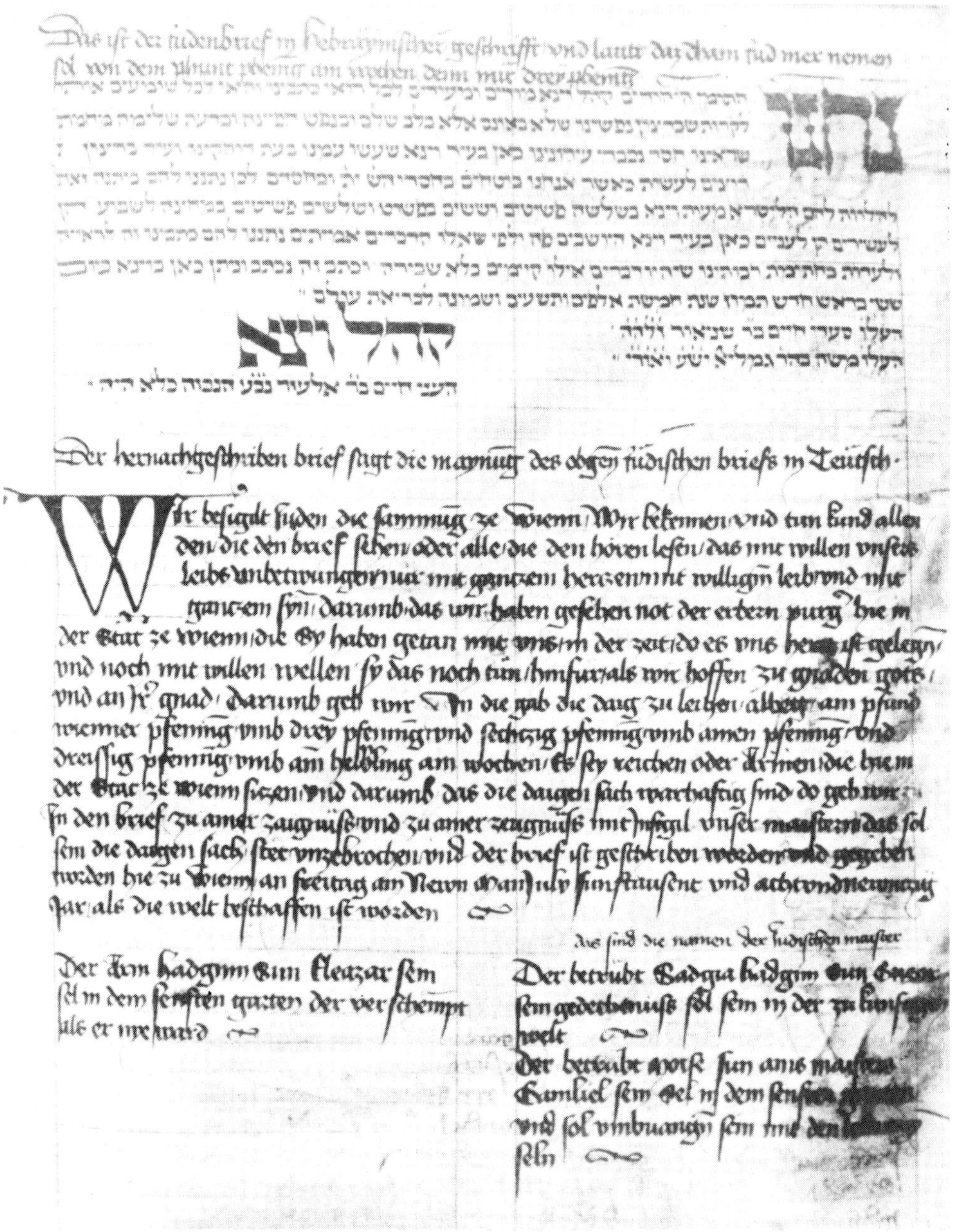

Abb. 7.: Hebräische und deutsche Fassung des Zinsrevers von 1338 im Eisenbuch der Stadt Wien.

sie inklusive eines Zuschlags für die Spesen vom Schuldner einzutreiben, was ihnen durch ihren besseren Gerichtsstand leichter als den christlichen Gläubigern möglich war (Schadennehmen).
Das Absinken der rechtlichen und wirtschaftlichen Stellung der Juden hatte schließlich auch eine grundlegende Änderung ihrer sozialen Position zur Folge, und dies um so mehr, als verschiedene Verfolgungen gezeigt hatten, daß es meist kein besonderes Risiko war, Juden zu drangsalieren oder auch zu töten. Von besonderer Bedeutung war in diesem Zusammenhang auch die zunehmende religiöse Unduldsamkeit der Christen. Sie hatte vor allem während des ersten Kreuzzuges 1096 zu schweren Verfolgungen geführt. 1215 wurde auf dem 4. Laterankonzil beschlossen, zur möglichsten Unterbindung „versehentlichen" Kontaktes zwischen Christen und Juden letztere eindeutig zu kennzeichnen, eine Praxis, welche allerdings z. B. der Islam schon Jahrhunderte früher Andersgläubigen gegenüber angewandt hatte. Von vielen Provinzialsynoden wurden diese Bestimmungen in der Folge in teils modifizierter Form wachgehalten, auf dem Gebiet des heutigen Österreichs vor allem 1267 in Wien und 1418 in Salzburg. Kat. Nr. 26
Die Zunahme der Wundergläubigkeit und die damit verbundene Unduldsamkeit ist ein Symptom grundsätzlicher Veränderungen in der christlichen Kirche. Seit der Mitte des 11. Jahrhunderts wurde in Österreich das Pfarrnetz wesentlich dichter, so daß man von einer Art Binnenmission sprechen kann. Das Christentum war bisher geistige Beschäftigung lateinisch gebildeter Kreise gewesen und vor allem wichtiger Bestandteil der Herrscherideologie. Durch die Binnenmission wurde es Besitz ungebildeter Bevölkerungsschichten, die die Liturgie nicht mehr als Symbolon von Geist und Umwelt begriffen, aus der eine neue Wirklichkeit entsteht, sondern die Vorgänge im Gottesdienst als Realität, also als Geister-Metaphysik, erlebten. Letztlich also in religiösen Vorstellungen begründet sind auch die den Juden im Spätmittelalter immer wieder gemachten abergläubischen Vorwürfe der Hostienschändung und des Ritualmordes, die nicht selten mehr oder weniger scheinlegale Verfolgungen auslösten. Beide Vorwürfe trafen allerdings nicht die Juden allein, sondern wurden auch verschiedenen häretischen oder sonst in Opposition zur herrschenden kirchlichen Meinung stehenden Gruppen immer wieder gemacht. Ähnliches gilt für praktisch alle Angriffe und Beschränkun-

Kat. Nr. 35

Abb. 8: Hostienschändung in Pulkau, Pulkauer Altar

gen, denen die Juden im Mittelalter irgendwann unterworfen waren; nie waren sie allein betroffen, immer litten auch andere, aber nur sie traf es immer wieder, da keine andere Gruppe zeitlich wie räumlich so weit verbreitet war wie sie.
Dabei waren die Juden — in erster Linie aufgrund ihrer wirtschaftlichen Stellung — ursprünglich auch sozial in höchster Position gestanden, in Österreich zumindest bis in das 14. Jahrhundert; ein Beweis dafür ist, daß Konvertiten ihr neues Leben im christlichen Bereich meist mit hervorragender Startposition begannen. So wurde ein Neuchrist in Villach noch zu Lebzeiten seiner jüdisch gebliebenen Mutter Ratsherr dieser Stadt und vermutlich sogar Stadtrichter.
Die radikal gesunkene soziale Stellung der Juden, bei der auch die zunehmende Feindschaft niederer Schichten, die in wachsendem Maße bei

Kat. Nr. 39

Abb. 9: Judensau aus Wr. Neustadt

den Juden verschuldet waren, eine Rolle gespielt haben könnte, fand in verschiedenen bildlichen Darstellungen einen nachhaltigen Ausdruck: Skulpturen und Gemälde, welche sich auf einzelne Juden oder das Judentum als Ganzes bezogen, wurden während des Spätmittelalters immer mehr ins Negative geformt, wobei man auch hier zwischen einem geistlich-religiösen und einem profanen Bereich unterscheiden kann. Zu ersterem gehören vor allem verschiedene Kreuzigungsdarstellungen, bei welchen sich die symbolischen Gestalten der ihrer Herschaft enthobenen Synagoge — sie steht stellvertretend für den durch Christus aufgehobenen alten Bund — und der von Christus gekrönten Ecclesia, der Kirche, gegenüberstehen.
Profane ‚Kunstwerke', welche im Gegensatz zu den Synagoga-Darstellungen von vornherein die Juden verspotten und wohl auch aufs schwerste beleidigen sollten, begegnen uns vor allem in Gestalt der sogenannten Judensau, der Darstellung eines Schweines in mehr oder weniger obszöner Verbindung mit einem oder einigen Juden, die seit dem 13. Jahrhundert immer öfter und in zunehmend ärgerer Form an öffentlich zugänglichen Orten angebracht wurde.
Durch alle diese Dinge — die gestiegene religiöse und soziale Feindschaft gegenüber den Juden in breiten Kreisen der Bevölkerung; ihre gesunkene wirtschaftliche Leistungsfähigkeit und damit ein vermindertes Steueraufkommen, wodurch sie für die Fürsten leichter entbehrlich wurden; das Eindringen der Christen in die Geld- und Pfandleihe, wodurch man auf die Tätigkeit der Juden verzichten konnte, bei gleichzeitig immer strengerer Abschließung der (meist straff christlich ausgerichteten) Zünfte, wodurch den Juden die Ausübung eines Handwerks im allgemeinen unmöglich gemacht wurde —, vor allem aber wegen des angeblichen Wuchers der Juden, der jene Christen, welche gezwungen waren, bei ihnen Geld auszuleihen, in den Ruin treibe, wuchsen im 15. Jahrhundert allerorts die Tendenzen, die Juden womöglich zu vertreiben. Hatte es aber Kaiser Friedrich III. mit Rücksicht auf die ihm zustehenden Steuern und vor allem im Hinblick auf die Rechte, die er an den Juden hatte, und auf die er aus prinzipiellen Gründen nicht verzichten wollte, mehrfach abgelehnt, seine Juden vertreiben zu lassen, so scheint sein Sohn Maximilian eher nach rein wirtschaftlichen Gesichtspunkten gehandelt zu haben. Er ließ sich nämlich durch die Bezahlung einer grö-

ßeren Summe, deren Höhe etwa einem Kapital entsprochen haben dürfte, dessen Zinsen der jährlichen Judensteuer entsprachen, durch die steirischen und kärntnerischen Landstände bewegen, die Juden 1496 aus diesen Ländern, 1515 auch aus Krain, auszutreiben. Da er sie außerdem teils in niederösterreichischen Städten, vor allem aber in seinen westungarischen Gebieten, wiederanzusiedeln suchte und auf diese Art nach wie vor größere Steuerbeträge von ihnen einheben konnte, war es für ihn ein positives Geschäft. Natürlich war Maximilian wie die meisten anderen jener Fürsten, welche überhaupt noch Juden auf ihrem Gebiet duldeten, vor allem an den reichen, von welchen höhere Steuern eingehoben werden konnten, interessiert. Andererseits hatten die Vertreibungen für viele Juden den Verlust großer Teile ihres Vermögens mit sich gebracht, da sie ihre liegenden Güter wegen des plötzlichen großen Angebots jedenfalls nur weit unter dem wahren Wert verkaufen konnten. Zudem mußten sich an den wenigen Orten, die ihnen noch offen standen, immer mehr von ihnen die noch vorhandenen Geschäftsmöglichkeiten teilen, so daß es rasch zur völligen Verarmung eines großen Teiles von ihnen kam. Das Bettel- und Hausierjudentum, welches neben den Hofjuden das jüdische Bild der frühen Neuzeit entscheidend prägte, nahm hier seinen Anfang.
Nach den großen Vertreibungen lassen sich daher klarer als im Mittelalter zwei soziale Gruppen unterscheiden. Zunächst eine zahlenmäßig sehr kleine Schicht, die in den klassischen Erwerbszweigen wie Darlehensgeschäft, Edelmetallhandel und dem Münzwesen tätig war. Als zweite Gruppe wird aber nun die Masse der auf dem Land lebenden Juden faßbar. Schon in mittelalterlichen Quellen finden sich Hinweise auf Juden, die sich mit Kleinhandel und Weinbau beschäftigen, doch seit dem 16. Jahrhundert wissen wir erst mehr über ihre Tätigkeit.
Im Spätmittelalter und der frühen Neuzeit bildete die Warenverteilung ein besonderes Problem: so kam es z. B. bei der Beschaffung von Fellen, Häuten und Federn zu Schwierigkeiten. Diese Rohprodukte sollten in die Städte gelangen, wo sie von Handwerkern weiterverarbeitet wurden. Die Viehzucht wurde aber auf den Gütern der einzelnen Grundherrschaften betrieben. Die Ländereien, die zu einer solchen Herrschaft gehörten, waren meist verstreut und selbst dem Grundherrn fiel es schwer, die Rohprodukte zentral einsammeln zu lassen. Da sprangen die jüdischen Kleinhändler in die Bresche. Der Grundherr kassierte eine re-

gelmäßige Abgabe, dafür durften die Juden die Felle, Häute und Federn kaufen, indem sie von Hof zu Hof zogen und die Ware auf den städtischen Jahrmärkten anboten. Ursprünglich lief dieses Geschäft wohl recht gut, doch die Abgaben an den Grundherrn schmälerten die Gewinne und so wurde das Geschäftskapital immer knapper. Die Folge war, daß sich reiche Juden in das Geschäft einschalteten, und die früher selbständigen Händler die Arbeit für geringe Beteiligung durchführten.
Mit dieser Tätigkeit steht wohl auch in Zusammenhang, daß schon im 16. Jahrhundert Juden als Fleischhändler ihren Unterhalt verdienten. Wer die Haut kauft, hat wohl auch Gelegenheit, das zugehörige Fleisch zu erwerben. Die Fleischversorgung gab immer wieder den Städten Anlaß zur Klage, und so trugen die Juden auch auf diesem Gebiet bei, notwendige Maßnahmen zu setzen bzw. die Methode der Warenverteilung zu verbessern. Eine zweite Voraussetzung für dieses Gewerbe — oft beschäftigten sie sich auch mit Fleischhauerei — war die Erfahrung, die manche von ihnen als Schächter hatten.
Von großer Bedeutung war auch der Tuchhandel, der in Verbindung mit dem Schneidergewerbe zu den Anfängen der Konfektionsanfertigung von Kleidern führte. Insbesondere wurde diese Entwicklung durch Heeresaufträge gefördert.
Auch im Weinhandel waren Juden tätig. Der Gewinn mußte beträchtlich gewesen sein, denn die Langenloiser Juden, die sich vor allem in dieser Branche betätigten, leisteten ein Viertel der Zahlungen zum jährlichen Steueraufkommen der niederösterreichischen Landjuden. Im Zusammenhang mit den zunehmenden Lieferungen an das Militär spielte auch der Pferdehandel eine gewisse Rolle. Es zeigte sich aber, daß alle diese Handelszweige im Laufe des 17. Jahrhunderts immer mehr unter den Einfluß der reichen Juden gerieten.
Reiche Juden hatten sich mit Sondergenehmigungen auch nach der Vertreibung 1420/21 in Wien aufgehalten. Im Laufe des 16. Jahrhunderts nahm die Zahl der hier lebenden Juden ständig zu. Sie beschäftigten sich, wie schon erwähnt, mit den klassischen spätmittelalterlichen Erwerbszweigen. Doch das Darlehensgeschäft wurde durch zahlreiche Wucherverbote immer weniger einträglich. Der Edelmetallhandel und das Münzgeschäft florierten zunächst noch. Doch die Goldschmiede erhoben ihre Forderungen, daß die Juden keine handwerklichen Arbeiten an den

Schmuckstücken ausführen durften, denn dies sei *ihr* Beruf. Dadurch mußten die Juden auch hier Einbußen hinnehmen. Trotzdem waren die jährlichen Steuern, die von den Wiener Juden bezahlt wurden, mehr als doppelt so hoch, als die der Landjuden. Der Grund dafür ist darin zu suchen, daß die Wiener Juden sich immer stärker in die Geschäfte der Landjuden einschalteten und diese Branchen durch internationale Verbindungen belebten. In der Wiener Judenstadt im Unteren Werd scheint sich eine solide Mittelschicht ausgebildet zu haben.
Im 17. Jahrhundert erlebte unter Kaiser Ferdinand II. die Familie Oppenheimer ihren politischen und wirtschaftlichen Aufstieg. Diese Tatsache sollte noch von größter Bedeutung für Österreich werden.
Obwohl der Staat unter Kaiser Leopold I. dringend auf die Steuergelder der Juden angewiesen war, kam es 1669 zur Ausweisung, die sich für die Finanzen auch katastrophal auswirkte. Das hatte man aber schon vorher geahnt, denn der Kaiser hatte besonders darauf hingewiesen, daß für den Ausweisungsbeschluß zuerst theologische, dann politische und zuletzt ökonomische Gründe erwogen werden sollten. Die Beamten der Hofkammer schilderten kurz nach der Ausweisung die Folgen in schwärzesten Farben.
Die Türkenkriege erforderten dagegen höchsten materiellen Einsatz und so kam es zur Berufung *Samuel Oppenheimers* nach Wien; Oppenheimer stand in einem internationalen Beziehungsnetz, in das Juden in ganz Europa eingebunden waren. Die Entstehung dieser Gruppe von Großhändlern im Barock hängt mit den überseeischen Unternehmungen Englands, Hollands und Spaniens zusammen. Man weiß, daß die Verbindungen Oppenheimers vor allem in die westeuropäischen Hafenstädte reichten. Er war nur für die Belieferung des Heeres mit Waffen, Kleidern und Pferden zuständig, schoß aber auch den Sold für die Truppen öfters vor. Die glänzenden Siege in den Türkenkriegen wären ohne Oppenheimer nicht möglich gewesen. Er stand an der Spitze einer Kette von Kreditgebern, bei denen er selbst Schulden hatte, und konnte Kredite beschaffen, die ihm nur aufgrund seinen großen Ansehens unter den Juden gewährt wurden. Sein Verwandter *Samson Wertheimer,* der auch als Teilhaber bei Oppenheimer arbeitete, ließ sich auf diese riskante Tätigkeit nicht ein. Er verlegte sich vor allem auf das Bank- und Finanzwesen.
Diese beiden bedeutenden Juden, von denen besonders Wertheimer

durch seine große Bildung und seine sozialen Hilfeleistungen Ansehen genoß, waren die ersten sogenannten Hofjuden. Vor allem waren es Verwandte, die nach Wien kamen, eine zeitlang im Geschäft des Privilegierten arbeiteten und dann ein eigenes eröffneten. So kam auch der Wiener Stammvater der berühmten Familie *Arnsteiner* in das Haus Wertheimers. Theoretisch stand den tolerierten Juden das Recht zu, die klassischen Geschäfte zu betreiben, einträglich waren aber vor allem die Hoflieferungen. Später waren sie auch am Aufbau des staatlichen Tabakmonopols maßgeblich beteiligt. Diese enge Verbindung zum Hof, der Armee und dem Staat blieb bis 1764 typisch für die Hofjuden. Erst danach, als die rechtlichen Grundlagen dafür durch Maria Theresia geschaffen waren, kam es zur Bildung von Handelskompanien und zur Errichtung von Manufakturen. Die Schaffung einer exportorientierten Industrie lag Maria Theresia sehr am Herzen und in der Tat gingen die Juden erfolgreich ans Werk. Hier berührte sich dann die Tätigkeit der tolerierten reichen Juden wieder mit der der Landjuden. Die Manufakturen waren auf die Zulieferung von Rohstoffen angewiesen. Diese sammelten die Landjuden nach wie vor auf Rechnung des Inhabers der Manufaktur ein (Verlagswesen).

Diese Juden standen an der Spitze einer sozialen und wirtschaftlichen Entwicklung, die zur Ausbildung des Großbürgertums im 19. Jahrhundert führte. Durch das Toleranzpatent (1782) veränderte sich die Situation der Juden in beruflicher Hinsicht. Joseph II. gab ihnen die Möglichkeit, sich in allen Berufen zu etablieren. Besonders wirkte sich das bei den akademischen Berufen aus. Weniger gelang es, die Juden in die landwirtschaftliche Produktion zu integrieren, wozu es völlig an den Voraussetzungen fehlte. Ähnlich verhielt es sich beim Handwerk. Durch das Nachstoßen anderer Bevölkerungsgruppen in die fabriksmäßige Produktion, wurden die Juden auch von hier langsam verdrängt. Eine Ausnahme bildete das Textilgewerbe, wo sie sich länger halten konnten. Im wesentlichen zogen sie sich aber in das Bankwesen zurück. Untrennbar sind mit dieser Entwicklung Namen wie *Arnstein, Eskeles* und vor allem *Rothschild* verbunden. Mit dem Fortschreiten der Emanzipation wandten sich die Juden immer mehr Berufen zu, die nicht mehr als typisch jüdische, d. h. erzwungene, Berufe zu werten waren.

Die wirtschaftliche Stellung der Juden in Innerösterreich

Jene Juden, die innerösterreichische Märkte besuchten und sich ab der Mitte des 19. Jahrhunderts hier niederließen, waren fast ausschließlich im Handel tätig. Mit fortschreitender Emanzipation ging der Anteil der in dieser Sparte tätigen Juden allerdings stark zurück. In der frühen Neuzeit war der Unterschied zwischen den privilegierten Hofjuden, welche die innerösterreichischen Länder gelegentlich mit besonderen Bewilligungen betreten durften, und den heimlich im Land umherziehenden „Kramerjuden" denkbar groß. Auch die Mehrzahl der jüdischen Marktfahrer des 18. und frühen 19. Jahrhunderts dürfte der letzteren Gruppe zuzurechnen sein. Gegen diese reisenden jüdischen Kleinhändler richteten sich die immer wieder erneuerten Hausierverbote. Im Gegensatz dazu konnte der Großhandel eher mit Begünstigungen rechnen, da in den Montanregionen Kärntens und der Steiermark ein großer Bedarf für den vermittelnden Großhandel mit Agrar- und Bergbauprodukten gegeben war. Einer kleinen Zahl von — überwiegend aus dem ungarischen Raum stammenden — Juden ist durch diesen Handel zwischen den alpinen Industriezonen und der ungarischen Reichshälfte in der zweiten Hälfte des 19. Jahrhunderts ein bemerkenswerter wirtschaftlicher Aufstieg gelungen. Aus dem Agrarland Ungarn importierten sie Vieh, Getreide, Leder in die innerösterreichischen Industriegebiete, aus denen u. a. Produkte der Eisenindustrie und Holz nach Ungarn exportiert wurden.

Im Zeitalter liberaler Gewerbefreiheit wurden die urspünglichen rechtlichen Unterschiede zwischen den privilegierten jüdischen Großhändlern und der Masse der kleinen jüdischen Handelstreibenden zwar beseitigt, doch blieben die ökonomischen Unterschiede bestehen, ja sie vertieften sich sogar noch. Der glänzende Aufstieg einiger weniger, meist schon längere Zeit in Graz ansässiger Familien (Öhler, Rendi, Stern, Kolmann), der schließlich in der Gründung von Industriebetrieben und Beteiligung an Eisenbahn- und Straßenbahnbauten gipfelte, darf nicht den Blick dafür verstellen, daß die große Masse der Grazer Juden im Kleinhandel tätig war.

In der steirischen Landeshauptstadt waren 1910 über 60 % der Juden in Handel und Geldwesen tätig, waren in dieser Berufssparte also stark überrepräsentiert, da nicht einmal ein Viertel aller Erwerbstätigen diesem

Bereich angehörten. Trotzdem betrug der jüdische Anteil am Handel nur 3,2 %. Die Grazer Juden wiesen 1910 einen wesentlich höheren Akademikeranteil auf (6,5 %) als die Grazer Gesamtbevölkerung (1,4 %), doch war der Anteil von Juden in akademischen Berufen mit 0,7 % trotzdem verschwindend gering. Die jüdischen Akademiker waren nicht nur freiberuflich (Ärzte, Rechtsanwälte), sondern auch als Beamte und in der Industrie tätig.

Im Vergleich zu Graz war die wirtschaftliche Stellung der Juden in den kleineren Orten in der Regel schwächer. Aufgrund der zahlreich überlieferten Gewerbekonzessionen läßt sich zeigen, daß z. B. der Großteil der jüdischen Kaufleute in Klagenfurt bloße „Marktlieferanten" und „Krämer" waren, besonders zahlreich mit Textil- und Kurzwaren. Sieht man von Dr. Adolf Fischhof, dem berühmten „Weisen von Emmersdorf" ab, gab es in ganz Kärnten bis zum Ende der Monarchie nur einen einzigen weiteren jüdischen Arzt. Auch im juristischen Bereich waren Juden außerhalb von Graz im 19. Jahrhundert kaum vertreten. Angesichts der geringen Zahl von Juden und ihrer recht schwachen Position in angeblich von Juden dominierten Bereichen (Handel, freie Berufe) waren in Kärnten und in der Steiermark keine Entwicklungsmöglichkeiten für einen „bodenständigen" Antisemitismus gegeben, der in diesen Gebieten allerdings weiterhin von mittelalterlichen Vorurteilen genährt wurde. In anderen Kronländern war das deutschnationale Lager seit den achtziger Jahren des 19. Jahrhunderts auf den Antisemitismus festgelegt. In Kärnten und der Steiermark aber war die Auseinandersetzung mit dem den Gesamtbestand der Länder bedrohenden slawischen Nationalismus eine viel wichtigere Aufgabe als die wenig einleuchtende Bedrohung durch eine verschwindend kleine jüdische Minderheit. Dazu kommt, daß die Juden selbst ja durchwegs deutschliberal, teilweise sogar betont deutschnational orientiert waren. Doch auch der christlichsoziale Antisemitismus erschöpfte sich in den österreichischen Alpenländern in gelegentlichen Presseangriffen ohne größere Resonanz.

Die Zeit von 1860 bis zum Ende der Monarchie brachte auch im innerösterreichischen Bereich die verspätet einsetzende politische und wirtschaftliche Emanzipation der Juden, die auch von einer starken sozialen und religiösen Assimilation begleitet war, die der zur Jahrhundertwende einsetzende Zionismus zunächst nur schwach einbremsen konnte.

Klaus Lohrmann, Wilhelm Wadl und Markus Wenninger

Überblick über die jüdischen Siedlungen in Österreich

Allgemeines

Über die ersten Anfänge der Besiedlung Österreichs durch Juden wurde bereits berichtet. Um 1200 ist ein Neuansatz der Siedlungstätigkeit zu bemerken, der mit dem gleichzeitigen Aufschwung des Städtewesens zusammenhing. Bis zu den großen Vertreibungen aus Österreich 1420/21 und der Steiermark und Kärnten 1496 waren es demnach vor allem Städte, in denen die Juden als eigene Gruppe unter den Stadtbewohnern lebten. Gegen Ende des 14. Jahrhunderts, vor allem während der Regierungszeit Rudolfs IV., zogen viele Juden in die größeren Städte, wo sie günstigere Lebensbedingungen vorfanden.

Nicht nur die Juden allein unterschieden sich als soziale und rechtliche Gruppe von den Bürgern; auch die Geistlichkeit, der Adel und die auswärtigen Kaufleute gehörten nicht zu den Stadtbürgern und lebten daher unter besonderen rechtlichen Bestimmungen. Die Juden waren allerdings enger an die Stadt gebunden als die genannten Gruppen. Sie förderten einerseits durch Steuern, die sie zum Teil als Äquivalent für den Kriegsdienst, den sie seit dem Ende des 13. Jahrhunderts im allgemeinen nicht mehr leisten durften, da sie nicht mehr zu den waffenfähigen Personen gehörten, den Ausbau der Wehranlagen der Stadt; andrerseits waren sie bei Gefahr verpflichtet, sich an Löscharbeiten und beim Zureichen von Kriegsgerät zu beteiligen. Im 13. Jahrhundert war es wohl noch häufig der Fall, daß sich Juden auch selbst am Kampfe beteiligten.

Kat. Nr. 29

Im allgemeinen wohnten die Juden nicht in der Stadt verstreut, sondern vorwiegend oder ausschließlich in einem relativ eng begrenzten Bezirk, dem Judenviertel, in den Quellen meist *vicus Iudeorum, judengasse* oder ähnlich genannt. Der Zusammenschluß rechtlich und sozial homogener Gruppen in einem gemeinsamen Wohngebiet ist in den mittelalterlichen Städten eine allgemeine Erscheinung, die nichts mit Ghettobildung zu tun hat, wenn man von den osteuropäischen Judenvierteln absieht.

Die Judenhäuser standen meist in einer Gasse oder waren um einen Platz geschart, und an einer Stelle, die die Regelmäßigkeit der Anlage durchbrach, stand häufig die Synagoge *(scola Iudeorum, judenschul)*. In den

Abb. 10: Der Judenplatz in Wien, 1609

Kat. Nrn. 54, 55, 64

großen Judensiedlungen Wien und Wr. Neustadt läßt sich diese besondere topographische Situation deutlich zeigen, in den kleineren Orten weniger. Die Rückseiten der Häuser bildeten meist den Abschluß des Judenviertels nach außen und waren auf dieser Seite gewöhnlich nicht zugänglich. Im Laufe des 14. Jahrhunderts wurden freibleibende Stellen oft durch eine Mauer abgeschlossen. Manchmal konnte man die Judenstadt durch eigene Tore betreten (Wien, Wr. Neustadt). Dieser äußerliche Abschluß der Judenviertel entwickelte sich erst gegen Ende des 14. Jahrhunderts, als es zu einer Verschlechterung des Judenrechtes in der Praxis kam. Die Juden selbst waren an Schutzvorrichtungen gegen außen interessiert, die Ummauerung war ursprünglich ein Privileg, das ihnen zusätzlich Schutz gewähren sollte; von einem Ghetto kann also nicht die Rede sein. Erst im 15. Jahrhundert setzte sich allmählich der Gedanke durch, daß man die Juden aus religiösen wie sozialen Gründen möglichst von der Umwelt isolieren sollte.

Den Juden war es im österreichischen Raum nicht verwehrt, Besitz außerhalb ihres meist ohnedies nicht streng abgegrenzten Wohnbezirkes zu er-

Kat. Nr. 48

Abb. 11: Judenmeister Lesier.

werben. Ihr Hausbesitz konzentrierte sich zwar dort, allein der oft sehr bedeutende Weingartenbesitz zeigt, daß die Juden besitzfähig waren.

Im Judenviertel selbst befanden sich je nach der Größe der Gemeinde eine Reihe von Gebäuden, die dieser gehörten. Es waren dies neben der Synagoge das Spital, das im Mittelalter weniger ein Krankenhaus als Armenasyl und Altersheim war. Ferner gab es die Fleischbank bzw. den Schlachthof, ein oder mehrere Badehäuser und schließlich eine jüdische Garküche. Bedeutende Rabbiner hatten zuweilen auch ein eigenes Lehrhaus. Jüdische Tanzhäuser sind in Österreich nicht nachzuweisen, wenn man von einem schwachen Hinweis auf Wr. Neustadt absieht. Außerhalb der Stadtmauern lag der Friedhof. Die Frage, wieviele Judenfriedhöfe in den einzelnen Ländern bestanden, wird in der Forschung noch immer diskutiert. Früher war man der Ansicht, daß in jedem Land ein ‚Zentralfriedhof' vorhanden war; die zahlreichen Funde von Grabsteinen beweisen aber, daß man mit mehr Friedhöfen rechnen muß. In Niederösterreich gab es in Krems, Wr. Neustadt und Wien einen solchen. Wahrscheinlich auch in Hainburg, wie aus Grabsteinfunden zu schließen ist. Leopold Moses meint, noch in anderen Orten Friedhöfe nachweisen zu können, seine Beweisführungen überzeugen aber nicht.

Im steirisch-kärntnerischen Raum existierten mit Sicherheit Friedhöfe in Graz, Marburg, Völkermarkt, Villach, Friesach und Judenburg, wahrscheinlich auch in Voitsberg; andrerseits ist belegt, daß die Juden von Hartberg und wohl auch jene von Bruck/Mur ihre Toten zum Begräbnis nach Graz brachten.

Von den öffentlichen Einrichtungen, welche die Juden im Mittelalter besaßen, existieren leider nur noch dürftige Reste; im allgemeinen waren sie im Zuge der diversen Ausweisungen und Verfolgungen an den jeweiligen Landesherrn bzw. Inhaber des Judenregals gefallen, der sie an Gefolgsleute vergab oder an den Meistbietenden — meist die Stadt — verkaufte. Die Gebäude wurden in der Folge zweckentfremdet, oft auch abgerissen (in Wien wurden Steine der Synagoge zum Aufbau der Universität verwendet) und die Grabsteine der Friedhöfe bei neuen Bauwerken
Kat. Nr. 53 verwendet. Die Synagogen wurden häufig in Kirchen umgestaltet, doch schon bald geriet ihre ursprüngliche Verwendung in Vergessenheit. Erst das genaue Studium von Grundbüchern und der topographischen Be-

zeichnungen des 15. und 16. Jahrhunderts entriß den ehemaligen Standort einer Synagoge der Vergessenheit.

Der Bedeutung und Funktion nach lassen sich die jüdischen Siedlungen in drei Gruppen unterteilen.

1.) Orte, an denen von der Umwelt anerkannte Gemeinden bestanden. Ausdruck dieser Anerkennung war die Existenz eines Judenrichters bzw. eines Judenmeisters. Sie waren von ihrer Ersterwähnung bis zur jeweiligen Vertreibung kontinuierlich besiedelt. Meist waren in solchen Gemeinden angesehene Rabbiner tätig (z.B. Wien, Wr. Neustadt, Marburg, Graz).
2.) Dauernd besiedelte Orte, die einige, aber bei weitem nicht alle jüdischen Einrichtungen, besaßen. Meist ist eine solche Gemeinde nur an der Existenz einer Synagoge erkennbar (z.B. Mödling, Korneuburg).
3.) Vorübergehend von Juden bewohnte Orte.

Niederösterreich

Entlang der bedeutenden Handelswege entwickelten sich Städte. Zwei Phasen sind dabei zu erkennen: erstens der Ausbau von Siedlungen an der Donau, die schon lange bestanden, im 13. Jahrhundert aber einen großen Bedeutungsaufschwung mitmachten; hier sind die großen Juden- Kat. Nr. 4
siedlungen in Krems und Wien zu nennen, aber auch Tulln, Korneuburg und Hainburg. Die zweite Phase fiel in das 14. Jahrhundert. Damals gründete man in der Nähe alter Zollstellen Kleinstädte. Die meisten lagen im Gebiet nördlich der Donau. Es sind dies jene Siedlungen, die anläßlich der Pulkauer Judenverfolgung im Jahre 1338 genannt wurden (z.B. Zwettl, Horn, Retz). Ungefähr zu gleicher Zeit wie Wien und Krems, vielleicht etwas später, entstand die Gemeinde in Wr. Neustadt, die eine wichtige Funktion für die Verbindung zu den großen steirischen Gemeinden hatte. Im 14. Jahrhundert wohnten Juden in einigen Orten im Süden Wiens, wie z.B. in Mödling, Perchtoldsdorf und Himberg. Die ostösterreichischen Gemeinden, besonders Hainburg, Bruck/Leitha und Wr. Neustadt, hatten innige Beziehungen nach Ungarn, und je nach der politischen Lage wanderten ungarische Juden nach Österreich oder österreichische nach Ungarn aus. Auch der alte Verkehrsweg Wien — St. Pölten war noch von Interesse, wie die Gemeinden ebendort und in Neulengbach beweisen. Wr. Neustadt und Neunkirchen gehörten 1522 zur

Steiermark, waren also von der Vertreibung der Juden 1420/21 aus den österreichischen Städten nicht betroffen, und besonders Wr. Neustadt nahm viele der geflüchteten Juden auf.

Trotz der dramatischen Ereignisse der Jahre 1420 und 1421, die den Gedanken nahe legen, daß es seit damals keine Juden im Lande mehr gegeben hätte, deutet manches darauf hin, daß bald danach wieder welche zurückkamen. In der Zeit zwischen 1485 und 1585 kam es zu 23 Ausweisungsdekreten, die doch nur dann sinnvoll sein können, wenn damals Juden in Niederösterreich gelebt haben. 1652 wurden von der Hofkammer die niederösterreichischen Juden in Steuerbüchern erfaßt und Leopold Moses nimmt an, daß die dort genannten Orte bereits viel früher von Juden bewohnt waren; er bringt die jüdischen Ansiedlungen mit den Grundherrschaften des protestantischen Adels in Zusammenhang, d.h. Juden scheinen vor allem in Orten, die zur Herrschaft eines protestantischen Adeligen gehörten, gewohnt zu haben. Hier steht allerdings eine ins Detail gehende Untersuchung noch aus. Die persönliche antijüdische Haltung Martin Luthers spielt dabei keine wesentliche Rolle; Lutheraner und Juden wurden offenbar durch den Druck der Katholiken da und dort in eine sie verbindende Defensive gezwungen.

Grundlegender Unterschied zu den mittelalterlichen Verhältnissen ist die Tatsache, daß sich diese Judensiedlungen in ländlichen Dörfern befanden. Sie zeigen allerdings eine gewisse geographische Nähe zu den alten Gemeinden. Einerseits mag das mit der Betreuung der mittelalterlichen Friedhöfe zusammenhängen, andrerseits hatte man es nicht weit zu den Märkten in Krems, Wr. Neustadt und Wien, die auch in diesem Zeitabschnitt von den Juden regelmäßig besucht wurden. Welche Waren hier gehandelt wurden und welches die Hauptbeschäftigung der Juden damals war, wurde andernorts untersucht.

Eine unvergleichliche Stellung nahm damals die Wiener Gemeinde ein. Mit kaiserlichem Patent vom 6. Dezember 1624 wurde den in Wien le-
Kat. Nr. 78 benden hofbefreiten Juden gestattet, sich jenseits der Schlagbrücke (beim Rotenturmtor) im Unteren Werd (Leopoldstadt) anzusiedeln. Diese Zuweisung bildet den äußerlichen Höhepunkt einer Reihe von Privilegien, die in ihrer Gesamtheit eine Wiener Gemeinde konstituierten. Der Untere Werd gehörte dem Magistrat bzw. dem Wiener Bürgerspital, das auch jährlich an Grundzins 400 Gulden erhielt. Darüber hinaus mußten

an das Stadtsteueramt 600 Gulden abgeführt werden. Die Juden hatten volle Handelsfreiheit und auch eigene Gerichtsbarkeit. In der Judenstadt gab es zwei öffentliche und mehrere private Synagogen. Schon früher, vermutlich um 1580, existierte ein neuer Judenfriedhof, und zwar in der Seegasse im heutigen 9. Wiener Gemeindebezirk. 1625 standen in der Judenstadt 15 Häuser, deren Zahl bis 1669 auf 132 stieg. Die Verkaufsläden der Juden befanden sich in der Stadt am Kienmarkt (Ruprechtsplatz). Als interessante Beobachtung ist festzuhalten, daß das Gebiet Seitenstettengasse, Ruprechtsplatz, Judengasse, seit der ersten Ansiedlung von Juden in Wien bis heute eine wichtige Rolle spielte. Die Judenstadt im Unteren Werd bestand bis 1670.
Mit der Ausweisung der Juden 1670 aus Österreich verschwanden aber auch die Siedlungen der Landjuden und erst nach 1782 (Toleranzpatent) setzte eine zögernde Neubesiedlung Niederösterreichs durch Juden ein.

Oberösterreich

Im wesentlichen spielten für die Ansiedlung von Juden in Oberösterreich zwei Handelswege die entscheidende Rolle: der Donauweg und die Nord—Süd-Verbindung über den Pyhrnpaß in die Steiermark. Die bedeutendste Judengemeinde war im 14. Jahrhundert jene in Linz. Linzer Juden wanderten auch nach Krems und Wien. Fast ebenso bedeutend war die Gemeinde in Enns. Die Stadt bildete einen wichtigen Verkehrsknotenpunkt nahe der Donau und nahe den von dort abzweigenden Wegen: die Salz- und Eisenstraße und nach Norden die Naarntalstraße aus dem Nordwald. Die Dichte der Judensiedlungen in Oberösterreich war wesentlich geringer als in Niederösterreich. Neben Linz waren nur Enns und Steyr von Bedeutung. Von Wels weiß man fast nichts, Ansiedlungen in Freistadt, Garsten und Eferding sind nicht völlig gesichert. In Linz befand sich eine Synagoge. Auch die oberösterreichischen Juden waren von der Ausweisung 1420 betroffen. Seit 1494 durften Juden wieder in Linz die Jahrmärkte besuchen, wobei vereinzelt wohl auch Ansiedlung von Juden möglich war.
Die neuzeitliche Geschichte der Juden in Oberösterreich ist noch ungenügend erforscht, lediglich für Linz ist man etwas informiert. Erst im Laufe des 18. Jahrhunderts, vor allem in der Regierungszeit Josephs II., belebte sich wieder die jüdische Zuwanderung nach Linz. 1789 erhielten

die Linzer Juden die Erlaubnis zur Abhaltung von Gottesdiensten. 1824 richtete man eine Badstube ein und 1863 wurde die Linzer Kultusgemeinde gegründet.

Tirol und Vorarlberg

Aus diesen beiden Ländern ist über Juden relativ wenig bekannt. Ein Grund dafür ist sicher die mangelnde Überlieferung von Quellen, wie das Beispiel Trients zeigt, über dessen nicht kleine Gemeinde ohne den Ritualmordprozeß von 1475 so gut wie nichts bekannt wäre; wesentlicher dürfte aber noch die Nähe Italiens sein: Die dort mehr und früher als im Norden und Osten vorhandene Geldwirtschaft hatte sicher auch Auswirkungen auf die unmittelbar benachbarten Gebiete; vor allem waren aber hier die Lombarden, d.h. christliche italienische Geldleiher, in größerer Zahl präsent, wodurch die Juden unter wesentlich härterem Konkurrenzdruck standen.

Wegen der oft nur vereinzelten Nennungen von Juden kann über eine Reihe von Orten kaum mehr gesagt werden, als daß dort zeitweise Juden lebten (Bregenz, Innsbruck, Hall, wahrscheinlich Rattenberg, Bozen, Brixen, Meran, Riva und Rovereto). Immerhin muß es noch im frühen 15. Jahrhundert für tirolische Territorialherren interessant gewesen sein, Juden zu besitzen, da etwa 1403 Bischof Ulrich II. von Brixen dort bewußt Juden ansiedelt und ihnen ein recht günstiges Aufnahmeprivileg ausstellt; ähnlich geht der Herzog in Bozen vor, wo allerdings schon eine ältere Judensiedlung bestanden haben muß. In Meran waren um und nach 1300 Juden im Zusammenhang mit der landesfürstlichen Münzstätte tätig, in Riva gab es unter dem Protektorat des Trienter Bischofs Christoph v. Madrutz im 16. Jahrhundert eine jüdische Siedlung und um 1560 sogar eine jüdische Druckerei. Aus Rovereto, wo im 15. Jahrhundert mehrfach Juden nachgewiesen sind, wurden sie um 1500 ausgewiesen, kehrten aber anscheinend bald zurück, da es um 1550 dort und in Bozen neuerlich zu Ausweisungsbefehlen kam, deren Durchführung allerdings nicht gesichert ist.

Von etwas größerer Bedeutung scheinen die Gemeinden von Feldkirch, Lienz und Trient gewesen zu sein. Das Stadtrecht von Feldkirch, wo zur Pestzeit 1347 eine Verfolgung stattfand, nach der dort für einige Jahre kein Jude mehr lebte, enthielt etliche auf Juden bezügliche Bestimmun-

gen; Juden scheinen hier im größten Teil des 14. und zumindest in der ersten Hälfte des 15. Jahrhunderts gewohnt zu haben.
In Lienz lebte um 1300 ein bedeutender jüdischer Bankier, einer der führenden Geldgeber der Herzöge Otto und Heinrich von Kärnten, der aber kaum der erste Jude in dieser Stadt war, auch wenn vor ihm keine bekannt sind. Aber schon bei seinem Neffen enden die urkundlichen Nennungen von Juden in Lienz, denn die Geschichte vom angeblichen Ritualmord im Jahr 1442 könnte erst im Zusammenhang mit den Trienter Ereignissen von 1475 erfunden worden sein.
Das ohne Zweifel bekannteste Ereignis um Tiroler Juden ist der angebliche ‚Ritualmord', den die Juden von Trient zu Ostern 1475 verübt haben sollen, und der folgende Prozeß, der im gesamten süddeutschen Raum bekannt wurde und eine Welle ähnlicher Beschuldigungen hervorrief (in Regensburg, wo die Juden nur durch das Eingreifen Kaiser Friedrichs einer Verurteilung entgingen, kam es ebenfalls zu einem Prozeß; auch der Hostienschändungsprozeß von Passau könnte im Zusammenhang damit stehen; an einer Reihe anderer Orte wurde der Vorwurf des Ritualmordes zumindest inoffiziell erhoben oder den Juden nachträglich angedichtet). Die jüdische Gemeinde von Trient wurde jedoch durch die Todesfälle während des Prozesses bzw. die Hinrichtungen im Anschluß daran völlig vernichtet. Kat. Nr. 38
Aufgrund der zersplitterten Herrschaftsverhältnisse, aber auch wegen der relativ geringen Bedeutung der Juden im westösterreichischen Raum kam es dort, im Gegensatz zu den übrigen österreichischen Ländern, nie zu einer völligen Vertreibung. An einzelnen Orten scheinen auch in der Neuzeit durchgehend Juden gelebt zu haben. So sind sie in verschiedenen Südtiroler Orten im 16. Jahrhundert bezeugt, in Innsbruck auch im 17. und später. Im Gebiet des heutigen Vorarlberg existierte seit 1617 eine Judengemeinde in Hohenems. 1676 wurden die dort lebenden Juden vertrieben, konnten sich aber im Dorf Sulz bei Feldkirch ansiedeln und kehrten aufgrund eines Ausweisungsbefehles aus Sulz unter Maria Theresia nach Hohenems zurück (vgl. den Hohenemser Namen Sulzer).

Salzburg

Sehr wechselvoll gestaltete sich das Schicksal der Juden im Machtbereich der Erzbischöfe von Salzburg. Im heutigen Bundesland Salzburg wohn-

ten nur in der Stadt selbst und in Hallein Juden, aus dem inneralpinen Bereich ist dagegen kein einziger bekannt. Allerdings gab es auch in weiter entfernt liegenden ehemals salzburgischen Gebieten Juden, so im heute bayrischen Mühldorf und Tittmoning, im untersteirischen (heute jugoslawischen) Friedau/Ormoz und Pettau/Ptuj (s. Steiermark), sowie in Friesach (s. Kärnten), von denen die beiden Letzteren zeitweise vielleicht bedeutender waren als die eigentliche Salzburger Gemeinde.
Über Halleiner Juden ist wenig bekannt; immerhin besaßen sie Synagoge und Bad und bildeten also eine eigene Gemeinde, deren Schicksal weitgehend mit dem der Salzburger Gemeinde konform ging.
Der erste in Salzburg bekannte Jude war 1282 in der Finanzverwaltung des Erzbischofs tätig, doch muß zu dieser Zeit in der Stadt wie auch im übrigen Land schon eine größere Anzahl von Juden gelebt haben, zum größten Teil — aber nicht ausschließlich — wohl in der auch heute noch so genannten Judengasse. 1349 wurde die Gemeinde im Zuge der Pestpogrome zum ersten Mal vernichtet, doch waren die übrigen erzbischöflichen Juden davon nicht betroffen; schon wenige Jahre später hatten sie sich aber neu formiert, und in der Folge sind eine Synagoge und ein Schulmeister nachzuweisen, Mikwe und Friedhof dürfte es ebenfalls gegeben haben. Eine angebliche Hostienschändung war 1404 der Anlaß für eine zweite grausame Verfolgung, bei welcher mit Ausnahme der Kinder, zweier schwangerer Frauen und eines Juden, welche sich später taufen ließen, alle Juden der Städte Salzburg und Hallein verbrannt wurden. Das gleichzeitige Ende der Friesacher Gemeinde scheint mit diesen Ereignissen zusammenzuhängen, und auch in Pettau dürfte es zu einer Vertreibung gekommen sein (s. Steiermark). Die jüdische Gemeinde, welche sich in Salzburg in den folgenden Jahrzehnten wieder bildete, blieb klein und relativ unbedeutend. Als 1498 Erzbischof Leonhard von Keutschach, wohl in Anlehnung an die in Kärnten und der Steiermark gerade durchgeführten Aktionen, auch aus dem Erzstift alle Juden verwies, existierten anscheinend nur mehr in der Stadt Salzburg selbst sowie in Hallein kleine Judensiedlungen. Bis zur Mitte des 19. Jahrhunderts durften dann Juden die Stadt nur kurzfristig betreten, und erst seit 1867 konnten sich wieder Juden ansiedeln.

Kärnten

Das Gebiet des heutigen Kärnten war in jenem Teil des Mittelalters, in welchem Juden urkundlich belegbar sind — d.h. im wesentlichen ab dem späteren 13. Jahrhundert —, durchaus kein einheitliches Gebilde. Wesentliche Gebiete und mit ihnen die beiden bedeutendsten Städte des Landes, Friesach und Villach, unterstanden dem Erzbischof von Salzburg bzw. dem Bischof von Bamberg, und der Bischof von Gurk hatte ebenfalls reichen Besitz. Seit 1335 die Habsburger die Nachfolge der meinhardinischen Linie der Görzer als Herzöge von Kärnten angetreten hatten, war das verbleibende herzogliche Gebiet zusätzlich zwischen diesen beiden Geschlechtern geteilt. Da aus wirtschaftlichen Gründen jeder dieser Herren nicht nur eigene Städte, sondern auch eigene Juden besitzen wollte, kam es neben den größeren Städten auch in weniger bedeutenden Orten zur Ansiedlung von solchen. Die bevölkerungsmäßig größten und wirtschaftlich bedeutendsten Judengemeinden des Landes waren die salzburgische in Friesach, die bambergische in Villach und die herzogliche in Völkermarkt, welche gleichzeitig die ältesten sind, eventuell noch die ebenfalls herzogliche in St. Veit. Alle übrigen waren von untergeordneter Bedeutung, meistens kann in ihnen nur ein einziger Jude bzw. eine einzige Familie gleichzeitig nachgewiesen werden, wie in den herzoglichen Orten Klagenfurt, Bleiburg, Windischgraz (wurde im Mittelalter i.a. zu Kärnten gezählt) und Unterdrauburg, und dem görzischen Obervellach. In Wirklichkeit mögen es zwar mehr gewesen sein, da meist nur ein Bruchteil aller Juden quellenmäßig erfaßbar ist, aber sie bildeten wohl nie eigene Gemeinden. Etwas wichtiger waren die Siedlungen von Wolfsberg und Straßburg.

Gemeinsam ist den meisten dieser Siedlungen die auffällige Tatsache ihres frühen Endes, welches in einigen Fällen begründet werden kann, in anderen aber viele Fragen offen läßt. Jedenfalls scheinen im größten Teil des 15. Jahrhunderts nur mehr die Gemeinden von Völkermarkt und St. Veit existiert zu haben, und das nicht nur deshalb, weil sich die Juden wie in der benachbarten Steiermark in wenigen großen Orten konzentrierten. Allerdings scheinen umgekehrt auch die Anfänge der meisten kärntnerischen Judensiedlungen weiter zurückzuliegen als jene der steirischen, denn nicht wenige von ihnen gehen mit Sicherheit auf das 13. Jahrhundert, einige wohl schon auf das 12., zurück, was in der Steier-

mark nicht so häufig der Fall zu sein scheint. Letztlich zeigt sich aber die Zersplitterung des kärntnerischen Raumes auch beim Vergleich des Endes der einzelnen Judensiedlungen, welches für kaum zwei von ihnen gleichzeitig angenommen werden darf.
Eine offene Frage ist auch noch die nach der Herkunft der kärntnerischen Juden. Die Einwanderung erfolgte jedenfalls entlang der bedeutenden Handelswege von Wien nach Italien bzw. vom bayrisch-salzburgischen Raum nach dem Südosten, doch kann nicht gesagt werden, ob das italienische, deutsche oder ungarische Gebiet die führende Rolle spielte; Beziehungen der kärntnerischen Juden dürfte es in alle drei Richtungen gegeben haben.
In *Völkermarkt* muß es Juden schon im frühen 12. Jahrhundert in größerer Anzahl gegeben haben, wie die Bezeichnung *„forum judeorum"* für einen Teil des Ortes zwischen 1105 und 1126 beweist, doch sind dann erst im späten 13. Jahrhundert wieder Juden nachgewiesen, als sie sich zusammen mit christlichen Bürgern der Stadt an großen Darlehensgeschäften beteiligten, 1333 hören wir auch von einem *„judenmayster"*, womit das Bestehen einer jüdischen Gemeinde gesichert ist. Trotz spärlicher Quellen und sogar einer viele Jahrzehnte langen Lücke muß diese in voller Blüte bis zum Ende des 15. Jahrhunderts bestanden haben, wie den wenigen Hinweisen zu entnehmen ist. Einer ihrer bedeutendsten Vertreter war Levi, der in den 80er Jahren des 15. Jahrhunderts von Kaiser Friedrich III. *„von seiner kunst wegen"* zum *„Hochmeister"* der Juden des Reichs ernannt wurde und als solcher nach Nürnberg übersiedelte. Seine diesbezügliche Tätigkeit scheint aber nicht sehr erfolgreich gewesen zu sein, da er sich bei den Juden keines Ansehens erfreute, welche in ihm — wohl nicht ganz zu Unrecht — einen Vertreter des Königs, der dessen finanzielle und zentralistische Interessen durchsetzen helfen sollte, sahen. Einige Zeit dürfte hier auch zusammen mit seinem Vetter Mosche Preundl der jüdische Wundarzt Michel gelebt haben, der von Kaiser Friedrich 1478 mit besonderen Rechten begnadet wurde, da er sich um die *„erledigung unserer lanndtleut, so von den turken gefangen und gen Constantinopel gefurt worden sein"*, besondere Verdienste erworben hatte, und sich demnach persönlich längere Zeit im türkischen Reich aufgehalten haben muß.
Um 1296 wurde das *St. Veiter* Stadtrecht um einige Artikel erweitert,

welche sich auf die Geldleihe der Juden sowie auf ihr Leben in der Stadt bezogen; unter anderem wurde ihnen nicht nur die Nutzung der Gemeindeweide, sondern überhaupt jeglicher Besitz von Vieh verboten. Wahrscheinlich sollte damit der vielerorts seit alters übliche Viehhandel der Juden unterbunden werden, so daß sie als Konkurrenten der Fleischhauer und Viehhändler der Stadt ausfielen. Im Zuge der Eingliederung Kärntens in den habsburgischen Machtbereich wurden diese Sonderartikel wieder beseitigt, und den Juden in St. Veit das Recht jener in den anderen habsburgischen Städten — außerhalb der Städte scheint es demnach zumindest im habsburgischen Machtbereich keine Juden gegeben zu haben — erteilt. Im 15. Jahrhundert (und wohl schon früher) existierte in St. Veit auch eine Synagoge, welche jedenfalls in der ehemaligen Judengasse (heute Bräuhausgasse) lag.

Die Judengemeinde in *Friesach* gehörte sicher zu den ältesten in Österreich: Die Annahme ist berechtigt, daß spätestens seit der Erwähnung des nahegelegenen Judendorf 1124 kontinuierlich Juden hier wohnten, auch wenn sie erst 1255 durch Grundbesitz in der Stadt nachgewiesen sind (wie weit die Erwähnung von Juden im ,,Frauendienst'' Ulrichs von Liechtenstein anläßlich des Friesacher Turniers auf historischer Realität beruht, ist nicht geklärt). Sie unterstanden dem Erzbischof von Salzburg, welcher in Friesach auch eine bedeutende Münzstätte unterhielt. Eine Synagoge hatten sie außerhalb der heutigen Stadtmauern zwischen dem Stadtgraben und dem Moritz-Stift. Enge Verbindungen bestanden vor allem zu den nahegelegenen Judensiedlungen von Judenburg, Murau und Straßburg. 1404 scheinen die Juden aus Friesach vertrieben worden zu sein, da der Erzbischof ihre Häuser offensichtlich beschlagnahmte. Eine Wiederansiedlung erfolgte nicht.

In *Villach* waren durch das Vorhandensein einer Maut und Münzstätte alle günstigen Voraussetzungen für das Entstehen einer jüdischen Gemeinde gegeben. Wie Grabsteine aus der Mitte des 13. Jahrhunderts, welche auf dem Friedhof im nahegelegenen Judendorf gefunden wurden, zeigen, muß zu dieser Zeit und wohl schon einige Jahrzehnte vorher tatsächlich eine jüdische Gemeinde bestanden haben, welche am unteren Ende der Freihausgasse auch eine Synagoge besaß. Die Nachricht von einer Judenverfolgung, welche hier angeblich 1349 stattgefunden haben soll, entbehrt vermutlich historischer Realität. Sicher hatten aber auch die Juden durch das schwere Erdbeben vom Jahr zuvor arg gelitten: Der Wiederaufbau ihrer eigenen Häuser scheint sie so in Anspruch genommen zu haben, daß ein reicher Friesacher Jude den Neubau der Synagoge bestritt. Die Gemeinde erlangte zwar bald wieder einige Bedeutung, doch war dies nur von kurzer Dauer. Im 15. Jahrhundert scheint es zunächst noch vereinzelt Juden in Villach gegeben zu haben, doch löste sich die Gemeinde bald gänzlich auf.

Wolfsberg war zwar Sitz der bambergischen Verwaltung in Kärnten, doch ungleich weniger bedeutend als Villach. Juden kamen vielleicht schon im 13., sicher im frühen 14. Jahrhundert, hierher. Aufgrund einer angeblichen Hostienschändung kam es jedoch 1338 zu einer blutigen Verfolgung (ein Zusammenhang mit den Ereignissen in Pulkau ist nicht unwahrscheinlich), nach der sich aber bald wieder Juden ansiedelten. Doch schon 1348/49 wurden sie wieder verfolgt, diesmal wohl unter den Auswirkungen der großen Pest, welche vor allem in Deutschland das Ende so vieler Judengemeinden ausgelöst hatte. Die wenigen Juden, welche sich in der Folgezeit wieder hier ansiedelten, scheinen wegen mangelnder wirtschaftlicher Möglichkeiten Wolfsberg bald wieder verlassen zu haben.

Die übrigen Judensiedlungen waren weder wirtschaftlich von besonderer Bedeutung, noch überspannten sie einen größeren Zeitraum. Erwähnt sollen allerdings die etwas wichtigeren Gemeinden von Murau und Lienz werden, welche im Mittelalter zu Kärnten gehörten, hier aber entsprechend ihrer heutigen Lage behandelt werden.

Gegen Ende des 15. Jahrhunderts wurde die Stellung der Juden in Kärnten immer unhaltbarer, und wie die steirischen Stände, so ersuchten schließlich auch die kärntnerischen König Maximilian um die Erlaubnis zur Judenausweisung, welche ihnen gegen Bezahlung von 4.000 Gulden auch erteilt wurde. In den landesfürstlichen Gebieten dürften aber zu dieser Zeit ohnedies nur mehr in Völkermarkt und St. Veit Juden gewohnt haben, in den bambergischen und salzburgischen, auf welche die Erlaubnis Maximilians ohnedies keinen Einfluß gehabt hätte, überhaupt nirgends.

Steiermark

Fast alle Judensiedlungen der Steiermark, zu welcher im Mittelalter auch das Gebiet um Wr. Neustadt sowie die jetzt in Jugoslawien liegende Untersteiermark gehörten, lagen entweder entlang der großen von Wien nach Süden führenden Handelswege oder im Grenzgebiet zu Ungarn; Ausnahmen hiervon bildeten nur Voitsberg sowie Murau und Windischgraz. Die beiden letzteren gehörten nicht dem Herzog, sondern Landherren, welche sich vor allem aus steuerlichen Gründen eigene Juden halten wollten, Voitsberg war immerhin auch ein relativ großer, am nicht unwichtigen Weg von Graz nach Kärnten gelegener Ort.
In der Steiermark lebten — wohl wegen der besseren rechtlichen Bedingungen (hier galt das Fridericianum von 1244) — wesentlich mehr Juden als in den übrigen innerösterreichischen Ländern, und hier gab es auch die meisten großen Judengemeinden, als wichtigste Wr. Neustadt, Judenburg, Graz, Marburg und Radkersburg. In diesen Orten konzentrierten sich im 15. Jahrhundert die Juden, während die zahlreichen kleineren Siedlungen zu bestehen aufhörten. Am Ende des Jahrhunderts lebten außer in den genannten Städten nur noch in Voitsberg Juden. Ausschlaggebend für diese Konzentrierung waren in erster Linie die besseren wirtschaftlichen Bedingungen, welche die Juden in den größeren Städten vorfanden, aber wohl auch das Vorhandensein eines ständigen Judengerichts in diesen Orten, was Gerichtsverfahren gegen säumige Schuldner wesentlich vereinfachte. Vielleicht wurde wegen der größeren Anfeindungen, denen sich die Juden in dieser Zeit seitens der Christen ausgesetzt sahen, auch das Gemeindeleben wieder mehr in den Vordergrund gerückt und der Zusammenhalt betont.
In oder bei Graz und Judenburg gab es jedenfalls alte Judensiedlungen, wirklich faßbar werden die Juden aber erst um 1300, also wesentlich später als in den benachbarten Ländern Kärnten und Oberösterreich; bis in die zweite Hälfte des 13. Jahrhunderts gehen nachweisbar nur Marburg und Pettau zurück. Aus dem 14. Jahrhundert sind Juden in Cilli, Friedau/Ormoz, Schwanberg und Leoben bezeugt, aus dem 14. und 15. Jahrhundert in Bruck/Mur, Hartberg und Windischfeistritz. Obwohl von den Juden dieser Orte meist nur einzelne Nennungen überliefert sind, müssen zum Teil in ihnen echte Gemeinden existiert haben, da es in Hartberg eine Synagoge und in Windischfeistritz einen Friedhof gab.

Die Ursache für das Ende dieser Judensiedlungen ist nur von Cilli bekannt, wo Graf Hermann II. aus religiösen Gründen die Juden auswies. Auch aus Pettau scheinen die Juden 1404 ausgewiesen worden zu sein; später lebten zwar wieder welche dort, am Ende des Jahrhunderts aber anscheinend nicht mehr. Etwas später soll auf die genannten großen Gemeinden eingegangen werden.

Da 1304 in *Graz* bereits ein Friedhof bestand, ist der Beginn der Gemeinde wohl um wenigstens einige Jahrzehnte früher anzusetzen. Auf diesem Friedhof wurden später nicht nur die verstorbenen Grazer Juden, sondern auch jene aus Hartberg und wohl auch aus Bruck/Mur bestattet, gemäß dem Gebot, die Toten möglichst auf schon vorhandenen jüdischen Begräbnisstätten zu begraben. Der Höhepunkt der Grazer Gemeinde lag wohl in den Jahren um 1400, nachdem Graz herzogliche Residenzstadt geworden war. 1438 wurden, anscheinend auf Betreiben der Landstände, die Juden aus Graz vertrieben, doch konnte sie der Herzog und spätere Kaiser Friedrich III. schon wenige Jahre später wieder ansiedeln, indem er die Landstände von der Pflicht zur Verantwortung vor Judengerichten befreite. Vermutlich wurde nach der Ausweisung die Synagoge in die Gottesleichnamshalle, die heutige Stadtpfarrkirche, umgewandelt, ein Akt, der nach einer Judenvertreibung nicht selten gesetzt wurde und davon zeugt, daß bei solchen Fällen religiöse Motivation nie außer Acht gelassen werden darf. Als Residenzstadt Kaiser Friedrichs zog Graz in der Folge wieder viele Juden an und wurde, obwohl die Geschäftsmöglichkeiten nicht mehr so gut waren wie früher, rasch wieder zur größten steirischen Gemeinde, deren Bedeutung durch das nach wie vor bestehende rabbinische Gericht (einer innerjüdischen Instanz zur Regelung interner Streitigkeiten) unterstrichen wurde.

Am Beginn des 14. Jahrhunderts gab es in *Judenburg* anscheinend bereits eine Gemeinde, der bedeutende Bankiers angehörten, die aber nie sehr zahlreich gewesen zu sein scheint. 1467 befahl Kaiser Friedrich, alle Juden, welche nicht durch Hausbesitz als in Judenburg ansässig ausgewiesen waren und keine regelmäßigen Steuern bezahlten, aus der Stadt auszuweisen; verantwortlich dafür dürften seine fiskalischen Interessen gewesen sein. Um wieviele Juden es sich dabei handelte, ist nicht bekannt.

In *Marburg* sind Juden seit dem späten 13. Jahrhundert nachweisbar; die Gemeinde scheint (vor allem im 14. Jahrhundert) von großer Bedeutung gewesen zu sein, wie der große Bereich des rabbinischen Gerichtes Marburg, zu dem noch Salzburg gehörte, ebenso belegt wie die Tätigkeit mehrerer bedeutender Rabbiner, vor allem des berühmten Israel Isserlein, welcher später nach Wiener Neustadt übersiedelte, das im 15. Jahrhundert wegen seiner Nähe zum judenlosen Wien und den damit verbundenen Geschäftsmöglichkeiten die eigentlichen steirischen Gemeinden bei weitem überflügelte. Anders als die meisten steirischen Judenviertel lag jenes von Marburg nicht in der besten Wohngegend, sondern etwas abseits, wenn auch in unmittelbarer Nähe der wirtschaftlich bedeutenden Brücke über die Drau. Die in der Judengasse gelegene Synagoge wurde nach der endgültigen Vertreibung in eine Kapelle umgewandelt.
Erstmals sind einige jüdische Familien 1338 in *Radkersburg* nachgewiesen, welche anscheinend in einer gewissen Abhängigkeit zur Grazer Gemeinde standen, da sie von dieser besteuert werden konnten. Wahrscheinlich begruben sie ihre Toten in Graz und besuchten dort zeitweise auch die Synagoge, da es eine solche in Radkersburg nicht gegeben zu haben scheint; in der Judengasse besaßen neben etlichen Juden auch einige Christen Häuser.
Gegen Ende des 15. Jahrhunderts spitzte sich das Verhältnis zwischen Juden und Christen in der Steiermark immer mehr zu. Die Geschäftsmöglichkeiten der Juden wurden mehr und mehr eingeengt, und die Landstände arbeiteten beim Landesfürsten zielstrebig auf eine Ausweisung hin. Während sich aber Kaiser Friedrich einer solchen immer widersetzt hatte, war sein Sohn Maximilian eher geneigt, zugunsten eines kurzfristigen Vorteils auf die dauernde Nutzung seiner Judenrechte zu verzichten. Daher gestattete er gegen Zahlung von 38.000 Gulden 1495 die Ausweisung, welche in den folgenden Jahren auch durchgeführt wurde. Außerdem zog er jene liegenden Güter, welche die Juden nicht mehr verkaufen hatten können, an sich, und suchte die Vertriebenen möglichst in seinen westungarischen und niederösterreichischen Gebieten anzusiedeln, um nach wie vor von ihnen Steuern erhalten zu können und auf diese Art aus der Vertreibung dreifachen Nutzen zu ziehen.

Krain

Das ehemalige krainische Gebiet gehört zwar heute nicht mehr zu Österreich, soll aber hier trotzdem kurz gestreift werden, da es nicht nur durch Jahrhunderte mit den heutigen österreichischen Gebieten fest verbunden war, sondern gerade auch seine Juden in mannigfaltiger Beziehung zu jenen der Steiermark und Kärntens standen, obwohl sie selbst zum größten Teil aus Cividale, Görz und anderen Orten dieser Region gekommen sein dürften.

Entsprechend der relativen wirtschaftlichen Rückständigkeit dieses Gebietes kamen Juden erst sehr spät ins Land und siedelten auch später einzig in *Laibach*. Dementsprechend wurden gerade sie im Gegensatz zur meist üblichen Praxis in zeitgenössischen Urkunden nicht durch Herkunftsnamen näher identifiziert, was heute eine eindeutige Zuordnung oft schwierig macht. Dafür ist der Zeitpunkt der ersten Ansiedlung von Juden in Laibach so eindeutig wie in kaum einer anderen österreichischen Stadt gegeben: 1327 siedelte Herzog Heinrich VI. von Görz-Tirol einige Familien aus Görz und Cividale an, weitere scheinen bald gefolgt zu sein. Die Zeit der großen Geschäfte für die Juden war auch hier das 14. Jahrhundert, doch kann die Situation auch im 15. Jahrhundert nicht schlecht gewesen sein. Zu einigen Einschränkungen kam es erst in den Jahren um 1500; 1514 stellte Kaiser Maximilian auf vielfältiges Drängen der Laibacher den Befehl zur Ausweisung der Juden aus, ließ diese aber dann in Eggenburg/NÖ ansiedeln. Die Stadt Laibach hielt in der Folge i.a. streng auf die Einhaltung ihres Privilegs der „Judenfreiheit" und berief sich noch im 19. Jahrhundert vehement darauf. Wenn sich auch zeitweilig Juden aus Handelsgründen mehr oder weniger illegal im Land oder der Stadt aufgehalten hatten, so war eine wirkliche Ansiedlung doch erst in der Zeit der französischen Besetzung 1809/14 und dann wieder nach Einführung der allgemeinen Judenfreiheit in Österreich möglich.

Die Auswanderung der Juden

Kat. Nr. 71 Die meisten Juden haben Kärnten und die Steiermark nicht — wie es die Ausweisungsurkunden verordneten — binnen weniger Monate verlassen. Noch nach 1500 haben sich immer wieder Juden in diesen beiden Ländern aufgehalten, um alte Schuldforderungen einzutreiben und Liegenschaften zu veräußern.

Nur eine Minderheit der Juden dürfte den habsburgischen Herrschaftsbereich nach 1496 völlig verlassen haben, da Maximilian bemüht war, die Ausgewiesenen, deren Steuerkraft noch immer beträchtlich war, in anderen Territorien seines Machtbereiches anzusiedeln. Daher hat er es gegen den Widerstand der österreichischen Stände durchgesetzt, daß sich ein Teil der ausgewiesenen steirischen und Kärntner Juden in Marchegg, Zistersdorf, Eisenstadt und einigen anderen ostösterreichischen und westungarischen Grenzorten niederlassen durften, nachdem er ihnen schon vorher Neunkirchen und Wiener Neustadt als Zwischenaufenthalt bis Georgi 1497 zugestanden hatte.
Ein Teil der Ausgewiesenen wandte sich nach Südwesten in den oberitalienischen Raum, zu dem die innerösterreichischen Juden stets enge verwandtschaftliche und wirtschaftliche Beziehungen pflegten, und ließ sich in den habsburgischen Territorien an der oberen Adria (Görz, Gradisca, Triest, Istrien) nieder.

Die Verbotszeit

Ungeachtet der Ausweisungsurkunde und des darin ausgesprochenen Niederlassungsverbots lebten in der ersten Hälfte des 16. Jahrhunderts noch einzelne Juden in Villach und Völkermarkt. Selbst die judenfeindlichen Stände haben gelegentlich jüdische Spezialisten (z. B. Ärzte) ins Land gerufen. Auf Drängen der landesfürstlichen Organe waren die Landstände immer wieder genötigt, jüdische Hoffaktoren und Heereslieferanten ins Land zu lassen, ja selbst mit diesen in Verhandlungen zu treten, da den jüdischen Bankiers in der frühen Neuzeit häufig die von den Ständen bewilligten und erst noch aufzubringenden Steuern im vorhinein verpfändet wurden, da die Finanzkrise des Staates infolge der vielen kriegerischen Ereignisse eine permanente war. Schon aus diesen Gründen konnte den Juden der Zutritt nach Innerösterreich auch in der Verbotszeit nicht völlig verwehrt werden, sosehr die Stände auch bemüht waren, ihr Privileg nicht durch immer neue Ausnahmegenehmigungen untergraben zu lassen.

Kat. Nr. 234

Die Neuansiedlung

Die jüdischen Händler, welche die Erlaubnis zum Besuch der innerösterreichischen Märkte nach 1783 nützten, kamen zum überwiegenden Teil

aus Westungarn, zum geringeren Teil auch aus den Sudetenländern. In der Steiermark setzte — zunächst noch ohne rechtliche Grundlage — die Niederlassung von Juden schon 1848 ein. Von den steirischen Juden des 19. Jahrhunderts stammt mehr als die Hälfte aus dem Königreich Ungarn, ein beträchtlicher Teil davon aus jenen westungarischen (und später burgenländischen) Judengemeinden, in denen die ausgewiesenen steirischen Juden sich nach 1496 niedergelassen hatten. Man kann also etwas überspitzt davon sprechen, daß teilweise die Nachfahren der Ausgewiesenen wieder in die Heimat ihrer Urahnen zurückkehrten. Etwa ein Drittel der steirischen Juden stammt aus Böhmen und Mähren, wobei Wien bei diesen Einwanderern vielfach eine Zwischenstation bildet. Galizien und die Bukowina stellen weniger als 10 % der Zuwanderer. Der Anteil dieser Ostjuden stieg jedoch während und nach dem ersten Weltkrieg bedingt durch die vielen Flüchtlinge etwas an.
Die Zuwanderung erfolgte zunächst nur in die Zentralorte der einzelnen Länder; in den Provinzstädten ließen sich die Juden dann meist erst mit erheblicher zeitlicher Verspätung und auf dem Umweg über die Landeshauptstädte nieder.

In Kärnten erfolgte die Niederlassung einer größeren Anzahl von Juden erst in den siebziger und achtziger Jahren des 19. Jahrhunderts. Diese zeitliche Verspätung bedingte bei den zahlenmäßig kleineren Kärntner Judengemeinden eine wesentlich andere herkunftsmäßige Zusammensetzung. Die ärmeren ostjüdischen Zuwanderer sind weit stärker vertreten als in der Steiermark; bedingt durch die Nähe zum italienischen Raum gibt es auch eine Anzahl von Zuwanderern von dort. Einzelne galizische und westungarische Judengemeinden (z. B. Lackenbach!) sind als Herkunftsorte in Kärnten besonders häufig. Der Zuzug einer Familie und deren wirtschaftliche Konsolidierung im neuen Heimatort zog eben vielfach das Nachfolgen von Bekannten und Verwandten nach sich.

Die zahlenmäßige Stärke der einzelnen Gemeinden

Die neuzeitlichen Judengemeinden im innerösterreichischen Raum hatten immer nur eine relativ bescheidene Größenordnung, sowohl was die absoluten Zahlen betrifft und schon gar in Relation zur Gesamtbevölkerung der einzelnen Kronländer und Städte.

Die Niederlassung der Juden blieb stets „kopflastig", d. h. die Landeshauptstädte beherbergten 65 — 85 % der israelitischen Bevölkerung der einzelnen Länder, allerdings mit sinkender Tendenz am Ende des 19. Jahrhunderts. Graz nahm im gesamten innerösterreichischen Bereich eine dominierende Stellung ein, nicht ohne Grund war es bis nach dem 1. Weltkrieg der Sitz der einzigen Kultusgemeinde in diesem Raum. Keine der anderen Gemeinden erreichte je mehr als ein Achtel der Grazer Judenzahl.

In Graz lebten 1869 — zum Zeitpunkt der Gründung der Kultusgemeinde — ungefähr 250 Juden. Ihre Zahl stieg bis 1880 auf 1200, bis 1900 auf 1620 und erreichte 1910 mit 1971 Menschen israelitischen Bekenntnisses ihren Höchststand, der auch nach dem ersten Weltkrieg nie mehr erreicht wurde. Der Anteil der Juden an der Grazer Gesamtbevölkerung blieb allerdings stets gering (1869: 0,3 %, 1900: 1,17 %, 1910: 1,3 %). Im Jahr 1900 lebten annähernd 70 % der 2283 steirischen Juden in Graz. Nennenswerte jüdische Niederlassungen gab es außerhalb von Graz nur in den obersteirischen Industrieorten Judenburg, Knittelfeld und Leoben, weshalb sich auch nur hier jüdische religiöse Einrichtungen und Vereine entwickeln konnten. Bezogen auf die gesamte Steiermark stellten die Juden im Jahr 1900 nur 0,17 % der Gesamtbevölkerung.

In Kärnten gehörten im selben Jahr gar nur verschwindende 0,06 % der Bevölkerung der israelitischen Konfession an. Von den 212 Kärntner Israeliten lebten zu diesem Zeitpunkt 139 in Klagenfurt, doch auch dort betrug der jüdische Anteil an der Bevölkerung nur 0,57 %. Noch geringer war die Zahl der Israeliten in Krain. Von den 145 Krainer Israeliten (0,03 % der Gesamtbevölkerung) lebten 95 in Laibach, stellten aber auch dort nur 0,26 % der Einwohner. Angesichts dieser geringen Zahl von Israeliten ist es nicht verwunderlich, daß es vor 1918 zu keiner Loslösung der Kärntner und Krainer Juden von der Grazer Kultusgemeinde kommen konnte.

Nur in Graz kam es zu einer größeren Konzentration von Juden in einem bestimmten Stadtteil. Es war dies die Murvorstadt, besonders das sogenannte Griesviertel, eine vorwiegend von sozialen Unterschichten bewohnte Gegend, wo um 1910 mehr als die Hälfte der Grazer Juden wohnte.

Das jüdische gesellschaftliche Leben

Analog anderen Minderheiten entwickelten auch die Juden ein besonders vielgestaltiges und reges gesellschaftliches Leben, das in zahlreichen Vereinsgründungen seinen Niederschlag fand. Am Beginn standen sozialreligiöse Vereine, insbesondere die an allen Orten mit einer nennenswerten Anzahl von Juden (Graz, Klagenfurt, Judenburg, Knittelfeld usw.) entstehenden „*Chewra-Kadischa*"-Vereine, die sich der Krankenpflege und dem Bestattungswesen widmeten. Der älteste dieser Vereine ist die heute noch bestehende, 1871 behördlich genehmigte, aber schon Jahre vorher in Tätigkeit stehende Grazer *Chewra Kadischa*. Bald darauf entstanden in Graz noch weitere jüdisch-soziale Vereine wie der 1879 gegründete „israelitische Frauenverein" und der drei Jahre später in Tätigkeit tretende „Armenbeteilungsverein Matanath Anijim".

In der Universitätsstadt Graz entwickelte sich aber auch schon bald ein reges jüdisch-studentisches Leben. Die erste diesbezügliche Gründung, der Verein „Humanitas" (1875) war noch als Unterstützungsverein für mittellose Studenten konzipiert. In den späten neunziger Jahren traten aber zionistische Zielsetzungen mehr und mehr in den Vordergrund, wobei man sich nach dem Vorbild der deutschnationalen farbentragenden und schlagenden Burschenschaften organisierte, was zu vielfältigen Reibereien mit diesen Verbindungen führte. Die 1898 erfolgte Gründung des Vereins „Zion" markiert den eigentlichen Beginn der zionistischen Bewegung in Graz, vorerst aus behördlichen Rücksichten noch ohne äußeren Anschluß an die zionistische Gesamtbewegung. Ähnlichen Zielsetzungen diente auch der 1904 geschaffene „Grazer jüdische Turnverein". Doch nicht nur das Turnen, auch alle anderen gesellschaftlichen und kulturellen Betätigungen wurden in Vereinsform gepflegt. Der „Lesezirkel jüdischer Frauen und Mädchen" (1909 gegründet) strebte die Vertiefung der weiblichen Bildung an. Mehr der Unterhaltung diente der 1912 geschaffene „Kaufmännische Bildungs- und Geselligkeitsverein". Zur Musikpflege schließlich wurden ein „Tempelchorverein" (1888), ein jüdischer Gesangsverein (1900) und schließlich sogar ein jüdisches Orchester ins Leben gerufen.

In den übrigen steirischen Städten war das jüdische Vereinsleben naturgemäß weniger stark ausgebildet und diente eher sozial-religiösen Zielsetzungen. Immerhin kam es bereits 1875 zur Gründung eines „Israelitischen Cultus- und Beerdigungsvereins" in Judenburg, dem *Chewra-Kadischa*-Gründungen in Judenburg (1900) und Knittelfeld (1902) folgten.

Besonders erstaunlich ist das rege Vereinsleben der kleinen Klagenfurter Gemeinde. Neben dem „israelitischen Cultusverein" kümmerte sich u. a. die 1888 gegründete *Chewra Kadischa* um die religiösen Belange der Kärntner Israeliten. Der 1908 begründete „Israelitische Frauen- und Mädchen-Wohltätigkeitsverein" bezweckte die Unterstützung mittelloser Frauen und Witwen und die Ausstattung armer Bräute. Für Bildung und Unterhaltung sorgte der 1911 geschaffene „Jüdisch-humanistische Gesellschaftsverein".

Nach dem ersten Weltkrieg schließlich kam es auch in Kärnten zur Gründung zionistischer Ortsgruppenvereine, sowie zionistischer Frauen- und Jugendorganisationen. Offenkundig fand der Zionismus unter den in der Mehrzahl wenig begüterten Kärntner Juden einen guten Nährboden.

Burgenland

Abgesehen von der Tätigkeit des ungarischen Kammergrafen Teka im ungarisch-niederösterreichischen Grenzraum sind nur für Eisenstadt eindeutige Hinweise vorhanden, daß hier Juden im Mittelalter lebten. 1388 erhielten die Herren von Kanizsai von Kaiser Sigismund das Recht, auf ihren Gütern, besonders in Eisenstadt, Juden anzusiedeln. Besonderen Aufschwung nahm die Judengemeinde aber erst, als es 1496 zur Judenvertreibung aus Wr. Neustadt und 1526 aus Ödenburg kam. Damals entstanden wohl auch die Gemeinden in Mattersdorf-Mattersburg und Kobersdorf. Zwischen 1547 und 1571 entstand ein eigenes Judenviertel in Eisenstadt, das bis 1671 bestand. Hier waren bereits Bethaus, Bad und Friedhof vorhanden.

1622 übernahmen die Esterházys die Herrschaft Eisenstadt und die Grafschaft Forchtenstein. Es gelang ihnen, die Folgen der allgemeinen Judenvertreibung von 1669 bis 1671 für ihr Herrschaftsgebiet hintanzuhalten, da sie wenige Monate nach der Vertreibung den Juden die Ansiedlung wieder gestatteten. Dies war auch für die vertriebenen Wiener Juden von Bedeutung, da sich gerade in Eisenstadt einige Vertriebene ansiedelten. Unter ihnen befanden sich angesehene Familien, die in der Folge große Bedeutung für die westungarischen Juden erlangen sollten. Neben den alten Gemeinden Eisenstadt, Mattersburg und Kobersdorf entstanden vier weitere Gemeinden, die zusammen die Siebengemeinden (Schewa kehillot) bildeten: Deutschkreutz, Kittsee, Lackenbach und als jüngste, Frauenkirchen.

Ungefähr um die selbe Zeit, als sich die Siebengemeinden bildeten, entstanden im Herrschaftsgebiet der Batthyánys die Gemeinden in Rechnitz, Güssing und Stadt-Schlaining. Schon in das 19. Jahrhundert gehört die Bildung der Gemeinde in Gattendorf. Anscheinend eine planmäßig gegründete Judensiedlung sollte Neufeld an der Leitha werden, das 1653 von Franz von Nádasdy gegründet wurde.

Nicht zu übersehen sind die am Beginn der Geschichte der mittelalterlichen Judengemeinden stehenden sagenhaften Berichte, daß spanische Juden eine wichtige Rolle gespielt hätten. In der Tat ergeben sich darauf einige Hinweise. Daraus lassen sich zwar in der Neuzeit kaum mehr konkrete genealogische Verbindungen herstellen, sie sind allerdings für die Traditionsbildung der Siebengemeinden von Interesse.

Nikolaus Vielmetti

Zur Geschichte der Wiener Juden im Vormärz

Die Anwesenheit von Juden in Wien und ihre immer wesentlicher werdende Funktion, die sie hier ausübten, ging nicht auf eine lange, ungebrochene Tradition zurück, sondern erklärte sich aus der Bedeutung und Größe der Residenzstadt, die ihrerseits auf das Organisationstalent, das sich vor allem zwischen Salzgrieß und Hohem Markt kräftig entfaltete, geradezu angewiesen war.

Die Behörde, näherhin die Polizeioberdirektion, förderte dabei keineswegs den Zuzug von „israelitischen Handelsleuten" nach Wien, sondern machte denen, die die „Toleranz", d. h. das Aufenthaltsrecht, erlangt hatten, das Leben schwer genug, vor allem dadurch, daß sie ihnen ein Gefühl fortwährender Unsicherheit vermittelte. Immer wieder kam es vor, daß Witwen und Kinder nach dem Tode des toleriert gewesenen Familienoberhauptes unbarmherzig aus der Stadt gewiesen wurden.

Das Dasein der Juden in Wien war insbesondere durch eine Bestimmung geprägt: Sie durften unter keinen Umständen eine Gemeinde bilden. Jene gemeinsamen Anstalten zu religiös-sozialen Zwecken, wie sie in irgend einem mährischen oder ungarischen Nest selbstverständlich waren, blieben der Wiener „Judenschaft" versagt. Eine jüdische Gemeinde hatte in Wien im Jahre 1670 endgültig zu bestehen aufgehört, der damit geschaffene gesetzliche Zustand sollte noch bis 1848 andauern.

Wohl waren schon im 17. Jahrhundert einzelne Juden wieder nach Wien gekommen, doch hatten sie nur aufgrund ihrer Stellung als Hofjuden das Recht, daselbst zu wohnen, und was die Erfüllung ihrer religiösen oder rituellen Pflichten anging, mußten sie dafür innerhalb ihres eigenen Haushalts sorgen — von der koscheren Küche bis zum Hauslehrer und zur Betstube.

Die Toleranz, die Josef II. verkündet hatte, brachte wohl im Grundsatz eine wesentliche Änderung, nicht unbedingt aber in der Sache. Der Kaiser hatte es ja ausdrücklich abgelehnt, „die jüdische Nation in den Erblanden mehr auszubreiten oder da, wo sie nicht toleriert ist, neu einzuführen"[1], was mithin kaum eine Erleichterung ihrer Lage in Wien erwarten ließ.

Die wesentliche Änderung oder Besserung, die Josef II. in der Tat beabsichtigte und ausführte, betraf die neue Grundlage, auf der das Verhältnis zwischen den Juden und den übrigen Staatsbürgern aufgebaut war. Alle bisher geltenden Vorschriften waren vom Kirchenrecht inspiriert und liefen darauf hinaus, die Juden aus religiösen Gründen zu separieren und zu diskriminieren; das Zeitalter der Aufklärung hingegen tat diese Begründung als Vorurteil ab, so trachtete die Staatsverwaltung nunmehr, „die jüdische Nation . . . dem Staate nützlich zu machen", wozu sie zuerst einmal aus ihrer Isolation herausgeführt werden mußte.

Wo auf der einen Seite aber die Grundsätze des Kirchenrechts mit einem Federstrich aufgehoben wurden, konnte es auf der anderen Seite der bislang immer respektierten Autonomie der jüdischen Religionsgemeinschaft nicht besser gehen. Die religiösen Traditionen des Judentums erschienen den Aufklärern noch fragwürdiger als die der katholischen Kirche. Der Kaiser hatte es gewagt, Hunderte von Klöstern, Bruderschaften und anderen frommen Vereinigungen aufzuheben; daher ist es verständlich, daß er gegen die analogen Einrichtungen der Juden ähnlich verfuhr. So hob er die autonome Gerichtsbarkeit ihrer Gemeinden auf, verbot den Gebrauch der hebräischen Sprache für rechtsgültige Akten u. ä. Die jüdische Gemeinde überhaupt erschien ihrem Wesen nach als ein Relikt aus dem Mittelalter. Wenn auch der Kaiser diese Institution in Böhmen, Galizien und anderswo noch bestehen ließ, so wollten weder er noch seine Nachfolger es dulden, daß in Wien wieder ein Ghetto und damit ein Stück Mittelalter entstehe, vielmehr sollte in Wien ein Musterbeispiel für die „Behandlung der Judenschaft" vorgestellt werden.

Die Hofkanzlei hatte das darin anzuwendende Prinzip bei Gelegenheit auf die einfache Formel gebracht, es sei „das Universum der Judenschaft unschädlich, die Individuen aber nützlich zu machen[2]." Dieser Satz klingt übrigens wie ein eigenwilliges Echo der Forderung Clermont-Tonnerres in der französischen Nationalversammlung von 1789: „Il faut tout refuser aux juifs comme nation; il faut tout leur accorder comme individus[3]."

So ist Wien seiner Vorgeschichte wegen überhaupt nicht mit Prag oder dem nahegelegenen Preßburg zu vergleichen. In beiden Städten existierten seit langer Zeit Judengemeinden, die ein stenges Regiment über ihre

Mitglieder führten; in beiden Städten gab es eigene Judenviertel, die durch den Geist des Ghettos geprägt waren.
Ganz anders Wien, hier lebten die Juden unter den übrigen Bürgern; sie mußten zwar den gewohnten Rückhalt der eigenen Gemeinschaft, also einer organisierten Gemeinde, entbehren, waren dafür aber nicht auf ein Ghetto und dessen Lebensrhythmus festgelegt.
So schleppend auch die Verhandlungen über die Judenpatente für Böhmen oder Galizien vor sich gingen, so sehr den Juden auch der Aufenthalt in manchen Erbländern überhaupt verboten wurde, so entwickelte sich doch in der Haupt- und Residenzstadt des Reiches ein jüdisches Bürgertum, das in die vormärzliche Gesellschaft durchaus integriert war. Insofern war die Metternich-Zeit für die Juden eine verheißungsvolle Periode; freilich wurden die Verheißungen nach 1848 nur zum Teil eingelöst, und — woran keiner gedacht hatte — in den späteren Jahrzehnten setzte eine Animosität gegen die jüdischen Mitbürger ein, die sich bis zum politischen Antisemitismus steigerte. Im Biedermeier hingegen konnte man sich zumindest innerhalb einer Elite darüber freuen, daß für sie gesetzliche Schranken und persönliche Vorbehalte weithin gefallen waren. Die ,,Herren Tolerierten'' übersahen daher geflissentlich, daß der Titel ,,toleriert'' dem Wortsinn nach gar nicht so ehrenvoll ist. Schließlich wurde mehr als einer vom Kaiser in den erblichen Adelsstand erhoben, was nur bestätigt, daß die Nachkommen der Tolerierten in Alt-Wien zu einer Art von Adel gehören.
Damit soll keineswegs geleugnet werden, daß die gesetzlichen Schranken sehr wohl noch bestanden und fühlbar waren, wenn sie das ,,Judenamt'' unter Anwendung von Schikanen handhabte. Wir dürfen dem Bericht eines Augenzeugen trauen, der das Judenamt am Petersplatz noch gekannt hat, aber zugleich sich auch erinnert, wie viele Juden im Textil- und Produktenhandel tätig waren, ohne daß sie die Erlaubnis gehabt hätten, sich überhaupt in Wien aufzuhalten. ,,Mit dieser gesetzlichen Verfemung standen also die Tatsachen des Lebens im grellen und schreienden Widerspruch . . . Ich kenne in der ganzen ökonomischen Geschichte Europas kein der Logik widersprechenderes Bild; denn diese der Produktion dienstbare Armee jüdischer Kaufleute mußte ihre Tätigkeit versteckt, heimlich vollziehen . . . Denn nicht, als ob der Polizei der lebhafte und riesige Verkehr in den engen vollgepfropften, teuer bezahl-

ten Läden des Judenviertels . . . unbekannt geblieben wäre, sie hat ihn auf das genaueste gekannt . . . Die von der Polizei fingierte Blindheit erklärt sich demnach, und zwar sehr einfach, aus der Position, welche der jüdische Kaufmannsstand nun einmal in Wien erreicht und inne hatte[4]."

„Unvermerkt und unwillkürlich hatte sich die Überzeugung von der Notwendigkeit der jüdischen Händler für die wirtschaftliche Existenz Wiens durch alle Schichten bis tief hinunter in der ganzen Bevölkerung verbreitet und dadurch nicht nur jede Feindseligkeit hintangehalten, sondern die in Wien sozusagen selbstverständliche Freundlichkeit auch den Juden gegenüber zur Geltung gebracht und (die) Anfänge eines sozialen Verkehrs mit ermöglicht. . .[5]"

Der Vormärz gab also Juden aus den verschiedenen Teilen der Monarchie und auch Deutschland die Gelegenheit, sich in der Residenz niederzulassen und ebenbürtige Mitglieder ihrer Gesellschaftsschicht, etwa des gehobenen Bürgertums, zu werden. Klagen der Polizeioberdirektion oder von kirchlicher Seite über zu enge gesellschaftliche Kontakte der Juden mit den Christen sind nur ein Beweis dafür, daß die Toleranz in der Praxis weiter ging als vorgesehen, d. h. daß die volle Gleichberechtigung im Leben schon Geltung hatte, wenngleich die gesetzliche Grundlage fehlte. Es war der seltene Fall eingetreten, daß der Geist einmal den Buchstaben des Gesetzes überholt hatte. Metternich selbst gab ein Beispiel, indem er Salomon M. Rothschild, an dessen Übersiedlung nach Wien er höchst interessiert gewesen war, bei verschiedenen Gelegenheiten quasi als den zweiten Mann im Staate vorstellte. Kein Wunder, daß Rothschild sehr bald in den Freiherrnstand erhoben und seine Brüder in Paris und London zu k. k. Generalkonsuln ernannt wurden.

Was die Stellung, die die obere oder oberste Schicht der Juden in Wien erreicht hatte, anlangt, verfügen wir zufällig über das Zeugnis einer außenstehenden Beobachterin, nämlich die in zwei Bänden gesammelten Reiseschilderungen der Engländerin Frances Trollope[6]. Ihre Briefe verraten ebenso Meisterschaft im Stil wie Subjektivität im Urteil. Gerade wenn sie auf die Juden zu sprechen kommt, werden ihre Bemerkungen sehr persönlich. Der Bericht von Mrs. Trollope bestätigt auf seine Weise, daß die Juden aus der Wiener Gesellschaft nicht wegzudenken waren. Bei allen möglichen Gelegenheiten begegnen sie der englischen Besuche-

Nro. 11334. 103.

Circulare.

Lionel Freiherr von Rothschild ist zum wirklichen unbesoldeten k. k. General-Konsul in London ernannt worden.

Laut des hohen Regierungsdekretes vom 17. September l. J. Z. 52985 haben Se. k. k. Majestät nach einer Eröffnung des hohen Hofkammer-Präsidiums vom 14. September d. J. mit Allerhöchster Entschließung vom 13. September den bisher provisorisch bestellten k. k. General-Konsul Lionel Freiherrn von Rothschild, Chef des Londner Wechselhauses Rothschild, zum wirklichen unbesoldeten k. k. General-Konsul in London allergnädigst zu ernennen geruhet.

Diese allerhöchste Verfügung wird zur allgemeinen Wissenschaft gebracht.

St. Pölten den 12. Oktober 1839.

Johann Emanuel Wimmer,
k. k. n. ö. Regierungsrath und Kreishauptmann.

Von dem k. k. n. ö. Kreisamte
im V. O. W. W.

Abb. 11a

rin und fordern deren christliche Toleranz heraus, die aber offensichtlich für die Wiener Verhältnisse nicht ausreicht: ,,I must be schooled in the gymnase of toleration a while longer; such indifference is as yet to excellent for me[7]''.

Die weltgewandte Dame hatte sehr rasch die charmanten Seiten des Kaisertums Österreich entdeckt, so daß in ihrem Bericht das Lob überwiegt, selbst das absolutistische Regime bringt, wie sie meint, gewisse Vorteile mit sich. Wenn sie auf die Vielfalt von Völkern, deren Vertreter den Straßen der Stadt ein exotisches Flair verleihen, zu sprechen kommt, fällt ihr der Unterschied gegenüber London auf: In Wien gehören diese Typen dazu und gelten durchaus nicht als Fremde[8]. In diesem Zusammenhang setzt sie öfters zu langatmigen Exkursen über die Juden an.

Die Summe davon ist, daß Mrs. Trollope, anscheinend aus puritanischen Bedenken, eine Integrierung von Juden in die christliche Gesellschaft für unmöglich oder nur für äußerlich vorgetäuscht hält. Denn Juden seien Menschen, die aus Verbohrtheit das Licht der Wahrheit nicht erkennen wollen und daher zu Zerstreuung und ewiger Wanderschaft verurteilt sind; ihr Lebenszweck sei im Grunde nur die Anhäufung von Schätzen. Wo dies aber unverhältnismäßig rasch zu großem Reichtum führt — wie eben in Wien — ergibt sich ein ungesunder Zustand: Mit dem Reichtum allein nicht zufrieden, wollen die Juden auch noch in die gute Gesellschaft aufgenommen werden. Mrs. Trollopes Toleranz hingegen beschränkt sich darauf, daß sie jedem der über alle Welt zerstreuten Juden gönnt, eines Tages bekehrt zu werden. Damit meint sie jedoch etwas anderes als die Einzelfälle von Erwachsenentaufen, die es in Wien mitunter gebe, bei denen sie aber die ehrliche Überzeugung vermisse. Die Zeremonie allein könne nicht Elemente verbinden, die so unvereinbar seien wie Öl und Wasser[9].

Die Autorin unterscheidet Feudaladel und Geldadel (monied aristocracy), beide werden durch eine Demarkationslinie voneinander streng getrennt. Die haute noblesse verliert darüber kein Wort und zeigt weder Bewunderung noch Verachtung ob des großen Aufwands, den der Börsenadel treibt. Es gibt aber eine gewisse ,,Einheit in der Trennung'', indem die Herren des höheren Adels die Salons jenes niederen Adels besuchen und Gäste auf seinen rauschenden Festen sind. Aber man spricht nicht darüber, und sollte man am nächsten Tag auf der Promenade einer der Baroninnen und Banquiersgattinen begegnen, so kennt man sie womöglich nicht mehr[10].

Man könnte einwenden, daß die „Wiener Judenschaft" hier vom Standpunkte einer sehr altertümlichen Geschichtschreibung betrachtet wird, d. h. daß nur von hohen Personen, nicht vom wirklichen Leben des Volkes die Rede ist. Die einseitige Verschiebung des Schwerpunktes zugunsten des Kapitals bestand aber auch in der Realität. Die dahin gehende Absicht wurde von der Seite der Staatsverwaltung gelegentlich ausgesprochen und grundsätzlich befolgt. Deutlich genug ist die Äußerung des Statthalters von Niederösterreich, des Grafen Franz Joseph Saurau, aus dem Jahre 1810:

„Überhaupt aber erscheint mir die Frage allerdings Würdigung zu verdienen, ob es nicht ein wahrer Gewinn für den Staat und die bürgerliche Industrie wäre, wenn, vorausgesetzt daß nicht höhere Rücksichten dagegen streiten, mehreren reichen und zugleich als rechtlich bekannten Juden die Toleranz erteilt würde, weil im Grunde doch bei dieser gebildeten Klasse nicht die Besorgnisse einzutreten scheinen, welche die Staatsverwaltung bewogen haben mögen, das Ansiedeln der dürftigen und daher zum Betrug geneigten Klasse ihrer Glaubensgenossen durch eine wohltätige Strenge zu verbieten[11]."

Damit kommen wir zu einem wesentlichen Unterschied, der zwischen den Bewohnern einer organisch entstandenen Judengasse und der Wiener Judenschaft herrscht. In dem einen Falle haben wir es mit einer patriarchalisch gefügten Gemeinde zu tun, die die Prominenten und Reichen zu ihrer Oberschicht zählt; aber die ganze Gemeinschaft ist durch die allgemeine jüdische wie durch die besondere örtliche Tradition einheitlich geprägt. Im Wien der Toleranzepoche hingegen sammeln sich membra disjecta, vorwiegend aus dem mährischen, böhmischen und ungarischen Hinterland (Preßburg und Nikolsburg sind die nächsten großen Gemeinden). Sie bringen wohl aus ihrer Heimat ein gewisses religiös-geistiges Erbe mit, stehen dann aber vor der gleichen Barriere, die ihnen den Weg in die Residenz verwehrt. Um sie zu überwinden, müssen sie über beachtliches Kapital verfügen und glaubhaft versichern, daß sie eine für den Staat nützliche Tätigkeit entfalten werden.

Es bildet sich also in Wien eine Elite von Unternehmern, an der Spitze die k. k. privilegierten Großhändler, nach ihnen die tolerierten israeliti-

schen Handelsleute, während viele bescheidene Existenzen in deren Firmen und Haushalten Unterschlupf suchen. Die Prominenten der Wiener Judenschaft waren dabei mit dem Patriziat einer herkömmlichen Gemeinde nicht unbedingt vergleichbar. Unter ihnen gab es sicherlich Mitglieder alter patrizischer Familien, wie etwa Wertheimer und Leidesdorfer, daneben jedoch auch selfmade-men wie z. B. die lebenden Säulen des Stadttempels von 1826, M. L. Biedermann und I. L. Hofmann, die sich im Laufe ihrer beruflichen Karriere nicht nur ein Vermögen, sondern zunächst einmal die Familiennamen zugelegt hatten.
Bevor wir das Verhältnis der Tolerierten zu Religion und Tradition, kurz ihre „Jüdischkeit", erörtern, sollen die rudimentären Ansätze zu einer späteren Gemeindebildung erwähnt werden; aus ihnen leitete sich der Charakter der künftigen Israelitischen Kultusgemeinde von Wien ab.
Man kann für die Toleranzperiode drei gemeinschaftsbildende Einrichtungen innerhalb der Wiener Judenschaft aufzählen:

1. Friedhof und Spital (1785),
2. Einsetzung von Vertretern (1792),
3. Gründung des Stadttempels (1811—1826).

Der *Friedhof* in der Roßau (heute IX., Seegasse) bestand schon seit dem 16. Jahrhundert, der Grund gehörte nachweislich seit dem 17. Jahrhundert der „hiesigen befreyten Judenschaft" und verfiel auch nach dem Jahre 1670, d. h. mit der Vertreibung der Juden aus Wien, nicht dem Magistrat, sondern wurde von den Koppel Fränkl'schen Erben, später von Samuel Oppenheimer erworben, um die Grabstätten zu erhalten und den Friedhof weiter benutzen zu können. Im Jahre 1784 mußten die Begräbnisse an diesem Platze aufhören, nachdem der Kaiser die Anlegung von Friedhöfen ausschließlich vor den Linien angeordnet hatte. Anders verhielt es sich mit zwei Häusern, die auf demselben Grunde standen und seit jeher als Alters- und Siechenheim, wie dies in Judenvierteln üblich war, gedient hatten. Aus diesen Häusern war inzwischen das *Judenspital* entstanden, von dem die Kammerprokuratur am 27. Oktober 1785 gutächtlich feststelllte, daß es der Judenschaft gehörig sei. Dieser wurde laut kaiserlicher Entschließung aufgetragen, „zur Erbauung ihres allenthalben schon baufällig befundenen Krankenspitals sogleich die Anstalten zu treffen[12]". Damit war erstmals amtlich festgestellt, daß die

Judenschaft rechtens einen gemeinsamen Besitz hatte, der zudem ein gewisses Maß an Verwaltungstätigkeit erforderte.
Eben daraus ergab sich eine wesentliche Schwierigkeit: Wie sollte eine Körperschaft, die vereinsrechtlich gar nicht konstituiert war, ein Objekt verwalten? Theoretisch wäre jeder einzelne „tolerierte Israelit" dafür verantwortlich gewesen, was in der Praxis prompt dazu führte, daß gemeinsame Beschlüsse schwer zustande kamen und noch schwerer für alle verpflichtend gemacht werden konnten. So kam es zu bescheidenen Versuchen, einen Ausschuß zu bilden, wie es aus einer Eingabe der Wiener Juden an die Landesregierung aus dem Jahre 1791 hervorgeht. Sie trägt drei Unterschriften, wobei die Unterzeichner ihre Befugnis wie folgt umständlich begründen: „. . . von der allhiesigen gesamten tolerirten Judenschaft zur Besorgung des herzustellenden Judenspitalgebäudes erkisener Ausschuß[13]." Der Spitalsbau war also der unmittelbare Anlaß, innerhalb der Judenschaft eine Deputation zu bestimmen, die im Namen aller handeln könne.
Nach Gerson Wolf wurde die Aufstellung von „*Vertretern*" der Judenschaft durch eine Entschließung vom 17. Juni 1792 genehmigt[14], nach Pribram geht deren Einsetzung auf ein Dekret der Landesregierung vom 8. Mai 1794 zurück. Darin wird jedem Familienoberhaupte kundgemacht, Seine Majestät habe „allergnädigst zu entschließen befunden, daß aus der hiesigen Judenschaft einige benennet werden sollen, welche jedoch nicht Ausschüsse, da dieses eine Gemeinde, die die hiesige Judenschaft nicht vorstellt, vorauszusetzen scheinen würde, sondern Vertreter zu heißen haben[15]."
Diese Vertreter, zunächst drei an der Zahl, waren die Vorläufer des Gemeindevorstandes. Es kommen durchwegs Namen wohlhabender Tolerierter vor, die sich durch über fünfzig Jahre in dieser Funktion abwechseln. Das änderte sich auch nicht mit der Konstituierung der Kultusgemeinde im Jahre 1852. Ihr erster Präsident ist Leopold Ritter von Wertheimstein, der für sein Amt nicht nur den Glanz einer alten Familie und ein ansehnliches Vermögen mitbringt, sondern auch das Haus Rothschild, dessen Prokurist er ist, zu vertreten hat[16].
Neben dem Spital, dessen Besitz der Judenschaft von hoher Stelle zugesprochen worden war, wollte sie noch ein weiteres Haus ihr eigen nennen, diesmal zu einem zentralen Zweck — um nämlich öffentlich den

Gottesdienst feiern zu können. Im Jahre 1811 gelang es, ein Objekt im Stubenviertel als gemeinsames Eigentum der Wiener Israeliten zu erwerben. Das war der Beginn der Gründungsgeschichte des *Stadttempels,* der schließlich im April 1826 eingeweiht werden konnte[17].

Kat. Nr. 116

Abb. 12: Israelitischer Tempel 1. Seitenstetteng. 4, Stich v. Mollo um 1830

Die Wiener Juden waren nun nicht mehr gezwungen, mit ihrer Religion sich in versteckten Betstuben einzuschließen, sondern hatten endlich ein eigenes Gotteshaus, in dem sie ihren Glauben öffentlich bekennen konnten, es sei denn mit jenen Einschränkungen, die dic erbländischen Gesetze jeder der tolerierten Religionen aufzuerlegen pflegten. Sie durften zwar immer noch nicht in Wien eine Gemeinde bilden, doch sie besaßen in der Stadt ein repräsentatives Haus, das Synagoge, Schule und rituelles Bad vereinigte und somit der sichtbare Mittelpunkt ihrer ,,Nation'' wurde.

Die glanzvolle Eröffnung einer Synagoge in der Stadt erspart uns nicht die Gretchenfrage an die Wiener Enkel Mendelssohns im Geiste.

Ein nüchterner Zeuge, der allerdings weder Neigung noch Eignung zum Chronisten des orthodoxen Judentums hatte, berichtet: ,,Der Tempel selbst war an Wochentagen so schwach besucht, daß man die zehn zum Besuche des Tempels verpflichteten ‚Batlonim' nicht entbehren konnte, und nur an Samstagen, wenn eine Predigt zu hören war, mehr als sehr mäßig gefüllt . . . Eine einzige rituelle Fleischbank im Tempelgebäude der Seitenstettengasse genügte für alle jene, welche dort ihren Bedarf holten, und deren waren nicht allzu viele. Mit der ‚Mikwah', dem kleinen rituellen Bad, gleichfalls im Tempelgebäude, verhielt es sich genau so, sie diente nur wenigen. Bei den Provinzjuden standen darum ihre Wiener Glaubensgenossen in sehr üblem Ruf, vielen derselben war eine solche Gottlosigkeit einfach unverständlich[18].''
Es ist nicht zu leugnen, daß die Trennung von der heimatlich-gewohnten jüdischen Umwelt und das Hineinwachsen in die Wiener Gesellschaft auf Kosten des religösen Eifers vor sich gegangen sind. Die offiziell geduldete ,,Religionsübung'' trug daher der Assimilation Rechnung, weshalb der Stadttempel das überlieferte Judentum so darstellte, daß es womöglich nirgends in den feinen und gebildeten Kreisen Anstoß oder Verwunderung erregte. Der Ritus des Gottesdienstes, der als ,,Wiener Minhag'' ein Begriff geworden ist, gilt als Kompromiß zwischen Konservativ und Modern — eine in der österreichischen Geschichte nicht unübliche Lösung. Den Stadttempel als Reformsynagoge zu bezeichnen, wäre wohl ein Fehler, doch deutet die Wahl des Predigers I. N. Mannheimer in diese Richtung. Es ist sehr auffällig, daß der Schöpfer des Wiener Minhag nicht aus dem oben erwähnten Hinterland kam, sondern, gebürtig aus Dänemark, bisher in Hamburg und Berlin gewirkt hatte und dabei im Dienste des Reformjudentums gestanden war. Nach Wien als Prediger für das neue ,,Bethaus'' berufen, fand er es offensichtlich klüger, nicht einen ,,Reformtempel'' zu eröffnen, sondern den Weg des Kompromisses einzuschlagen. Trotzdem, das Haus in der Seitenstettengasse heißt bis zum heutigen Tage ,,der Stadttempel'' und wurde niemals ,,Schul' '' genannt.

Wenn wir die Tätigkeit Mannheimers und die Bethausstatuten noch so ausführlich bescheiben wollten, bliebe doch die Darstellung des jüdisch-religiösen Lebens in Wien unvollständig und einseitig. Denn es gab hier auch noch einen Kern von konservativ-frommen Juden, die den Stadt-

tempel soweit als möglich mieden und in die Schul', die im Lazenhof bestand, beten gingen. Selbst unter den k. k. privilegierten Großhändlern hatte die Orthodoxie eine Stütze, nämlich I. L. Hofmann (nach der Erhebung in den Adelsstand, 1835, von Hofmannsthal). Er war nicht nur der gute Geist und konservative Mentor bei der Errichtung des Stadttempels, ihm ist auch die Berufung des gelehrten Rabbiners Eleasar (Lazar) Horwitz[19] nach Wien zu danken. Mannheimer wirkte offiziell nur als Religionslehrer und Prediger, denn wo es keine Gemeinde gab, war auch der Titel Rabbiner nicht gestattet. Mit Horwitz, der im Jahre 1828 aus Deutschkreutz (Zelem), einer der orthodoxen Siebengemeinden, nach Wien zog, hatten die Tolerierten einen echten „Raw" in ihrer Mitte. Er entstammte einer deutschen Rabbinerfamilie, verkörperte aber die strenggläubige Schule Westungarns, da er an der berühmten Preßburger Jeschiwa des Moses Sofer studiert hatte und durch Vater wie Schwiegervater mit den Siebengemeinden (im heutigen Burgenland) verbunden war. Auch er durfte sich nicht Rabbiner nennen, sondern wurde von den Behörden als „Ritualienaufseher" geführt. Er trug täglich den Talmud vor und war eine weitum geachtete Kapazität für halachische Entscheidungen. Man darf sagen, daß Horwitz, der das Responsenwerk „Yad Eleasar" hinterließ, bis heute damit im Judentum fortlebt.
Es sei nur kurz erwähnt, daß sich in Wien nach 1848 ein der Zahl und dem Geiste nach sehr kräftiges jüdisch-orthodoxes Leben entfaltete; die im Jahre 1864 errichtete Schiffschul' wurde beispielhaft für das thoratreue Judentum in aller Welt[20].
Der Stadttempel ist aber nicht nur Ausdruck der religiösen Verfassung der vormärzlichen Wiener Juden, sondern weist auch auf ihre enge Beziehung zu den schönen Künsten hin. Zum einen haben die Vertreter mit der Beauftragung des Architekten Kornhäusel gezeigt, daß sie als Bauherren keineswegs dem Adel und dem Großbürgertum nachstanden, zum anderen beweist die Erscheinung des Oberkantors Salomon Sulzer — eine überragende musikalische Begabung, die aus Hohenems in Vorarlberg geholt wurde — daß die Juden gerade in der Kunst, die damals in Wien eine klassische Höhe erreicht hatte, ein Wort mitreden konnten[21].
Es ist dabei nebensächlich, wie weit die Wahrheit reicht und wie weit die Legende, was die Freundschaft des Komponisten Schubert und des Sängers Sulzer betrifft, da aus vielen Details, die feststehen, hervorgeht, daß

Kat. Nr. 112

Abb. 13: I. L. Hofmann von Hofmannsthal

Sulzer im Wiener Musikleben eine anerkannte Persönlichkeit war. Die schon zitierte englische Schriftstellerin Frances Trollope hatte weder Kenntnisse von der jüdischen Religion noch Sympathien dafür, umso mehr war sie frappiert vom Gesang im damals zehn Jahre alten Stadttempel. Noch nie hatte sie irgendwo eine bessere solistische Leistung gehört als die des jüdischen Kantors in Wien. Dieser Besuch im Stadttempel entschädigte sie denn auch für ihre Enttäuschung mit der Hofoper, wo, ihrem Urteil zufolge, nur mittelmäßige Solisten engagiert waren[22].
Salomon Sulzer war aber nicht der erste gewesen, der eine Verbindung von jüdischen Kreisen zur Musik herstellte; denn schon im Jahre 1811 hatte sich die Baronin Fanny Arnstein als eine der adeligen Damen, die ,,zur Beförderung des Nützlichen und Guten'' vereint waren, an der Gründung der ,,Gesellschaft der Musikfreunde'' beteiligt[23].
Das gab sozusagen den Auftakt für die Entfaltung musikalischer und literarischer Ambitionen in den Wiener Salons, wo die Frauen und Töchter der Großhändler und Banquiers Gelegenheit hatten, die Leistungen des Hauses ,,im Kommerzfache'' nach der schöngeistigen Seite hin zu ergänzen.
Ein Wesenszug des Vormärz trug entscheidend zu dem gesteigerten Interesse an Literatur, Theater und Musik bei — das war die gesetzlich auferlegte Abstinenz von jeglicher politischen Diskussion. (Der Legende nach wagte nicht einmal ein Arzt, vor dem Kaiser Franz das Wort ,,Konstitution'' auszusprechen, wenngleich es als medizinischer Terminus berechtigt gewesen wäre.) Die ganze Fülle des Stromes geistiger Betätigung wurde daher zu den Künsten abgeleitet. Kunst und Kunstkritik nahmen während dieser Epoche in der Presse einen so breiten Raum ein wie zu keiner anderen Zeit und erhielten das Gewicht, das sonst der Politik zusteht. So kam es, daß Bäuerles Allgemeine Theaterzeitung eine anerkannte Autorität im Wiener öffentlichen Leben war.
Das Überwiegen des schöngeistigen Interesses wirkte sich nicht zuletzt in der jüdischen Gesellschaft aus. Wiewohl die hier tätigen Literaten nicht den unverwelklichen Stil Heines zu erreichen pflegten (zuweilen wurde übrigens eines seiner Gedichte abgedruckt), so bleibt doch ein großes Quantum auch noch heute brauchbarer, d. h. lesbarer Seiten übrig. Ein Beispiel dafür sind die ,,Sonntagsblätter'', die Ludwig August Frankl[24] redigierte. Frankl war dem Studium nach Doktor der Medizin, seiner

Kat. Nr. 114

Abb. 14: Fanny von Arnstein, Lithographie von Kriehuber 1830

Neigung nach hingegen in der Literatur erfolgreich und bekannt, was offensichtlich die Vertreter der Wiener Judenschaft bewogen hatte, den stellungslosen Jungarzt im Jahre 1838 zu ihrem Sekretär zu machen. Diese Konstellation, d. h. die Verbindung einer Position in der eigenen Gemeinschaft mit einer Position im kulturellen Leben der Stadt, charakterisiert deutlich die Stellung der Wiener Juden: die Grenzen einer geschlossenen konfessionellen Gruppe überschreitend, werden sie allenthalben, besonders sichtbar im intellektuellen und und künstlerischen Bereich, in die Gesellschaft integriert und beginnen nun ihrerseits, dieser eine bestimmte Note zu geben.
Hier soll ein weiteres Thema berührt werden. Um 1820 war in Berlin die ,,Wissenschaft des Judentums'' entstanden, nämlich ein Kreis jüdischer Absolventen und Studenten der Universität, der es unternahm, sich mit der Tradition der Väter auseinanderzusetzen. Gab es etwas Vergleichbares in Wien? Ein ,,Culturverein'' wie in Berlin war hier nicht gegründet worden, trotzdem galt Wien als wichtige Adresse der jüdischen Aufklärung dieser Periode, da sie auf den Redaktionsschreibtischen der ,,k. k. privilegierten und n. ö. Landschafts-Buchdruckerei'' des Anton von Schmid ihren Umschlagplatz hatte. Aus den verschiedensten Teilen Europas kamen die hebräisch-sprachigen Beiträge zu theologischen, philosophischen und literarischen Themen, während in der Wiener Redaktion ebenfalls gelehrte Autoren saßen, deren Beruf bescheiden mit ,,Corrector an der Schmid'schen Officin'' angegeben wurde. Von wenigen Ausnahmen abgesehen, hatten sie aber mit ihren Glaubensbrüdern am Orte, den ,,Herren Tolerierten'', wenig Berührung.

Die äußere Entwicklung führte von der ,,tolerierten Judenschaft'' zur ,,Israelitischen Kultusgemeinde''; innerhalb derselben Zeitspanne, also von der Regierungszeit Josephs II. bis zu der Franz Josephs, fand jedoch eine innere Entwicklung statt, von der sich allerdings keine exakte Bilanz geben läßt. Gemeint ist ein umfassender Wandel in der Identität, er führt vom konfessionell und sozial in sich geschlossenen Judentum zu einer nicht mehr genau registrierbaren, aber unleugbar vorhandenen *jüdischen Präsenz*. Am Anfang stehen die Vorschriften des Kaisers zur Abschaffung der jüdischen Kleidung, also eine von oben verordnete Aufweichung der äußerlich sichtbaren Identität, zugleich bezeichnet schon eine zentrale Persönlichkeit wie der Hofrat von Sonnenfels eine nicht mehr vorhandene, aber immer noch empfundene Zugehörigkeit zum Judentum. Späterhin nimmt die Zahl der Träger jüdischer Namen zu — wie Arnstein-Pereira, Wetzlar, Henikstein, Saphir, Hofmannsthal — die die Religion ihrer Ahnen verlassen haben, wobei ein individuell sehr verschiedenes Verhältnis zum Judentum zurückbleibt: es reicht von einem ,,sentire cum Judaeis'' bis zu einer energischen Verdrängung der Vergangenheit. Aber auch wenn die Taufe den Trennungsstrich (noch) nicht gezogen hat, kann die Identifikation sehr variable Formen annehmen. Einerseits fehlt oft der religiöse Eifer, andererseits mögen es viele grundsätzlich nicht, daß man sie auf ihre Religion oder auf ihre Herkunft festlegt. In der Tat besagt ,,das Judentum in der Musik[25]'' oder in sonst einem Fache ebenso wenig wie etwa ein allfälliger Protestantismus im Schuhmachergewerbe (den ohnehin niemand behauptet). Die ,,jüdische Nation'', die für die josephinische Amtssprache noch selbstverständlich war, löst sich mehr und mehr auf, sie bleibt aber präsent, ja gewinnt in dieser eher undefinierbaren Präsenz an Bedeutung, insofern in bestimmten Bereichen der Gesellschaft Menschen, die zumindest einen jüdischen Hintergrund (,,Jewish extraction'') haben, allem Anschein nach gehäuft auftreten. Man spricht dann, je nach ideologischer oder pathologischer Verfassung, vom Beitrag der Juden zur Wirtschaft, zur Wissenschaft etc. oder von der Verjudung. Die Judenfeindschaft, die in der beginnenden Industriegesellschaft eine Neuauflage erleben sollte, brachte schließlich eine jüdische Identität eigener Art hervor, nämlich ein Gefühl der Zusammengehörigkeit, das sich ,,nicht auf die Liebe zu Mardochäus, sondern auf den Haß des Haman'' gründete.

Gewiß, diese Erscheinungen waren bis zum Jahre 1848 noch nicht bis ins letzte ausgeprägt, aber in vielen Mustern schon vorbereitet. Wie das biedermeierliche Wien zur europäischen Großstadt gewachsen ist, so wurden auch die ,,allhier tolerierten Juden'' zu den Kräften in der Residenzstadt und im ganzen Reiche, die sich als eine einheitlich scheinende Gruppe jenseits der Nationalitäten abzeichneten. Neben Adel, Offizieren und Beamten gab es einen weiteren Stand — den der Juden —, der von seinem Wesen her zum Träger der österreichischen Staatsidee berufen war. Solange die Monarchie bestand und der interne Völkerzwist an ihrem Lebensnerv nagte, hieß es von den Juden, gerade sie seien die geborenen Österreicher[26]. Als die Monarchie der Vergangenheit angehörte, mußte man feststellen, daß sie die letzten Österreicher waren — die Überlebenden und Chronisten der ,,Welt von Gestern''.

ANMERKUNGEN

1 Allerhöchste Entschließung vom 1. 10. 1781, *A. F. Pribram,* Urkunden und Akten zur Geschichte der Juden in Wien I, Wien 1918, 476.

2 Vortrag vom 6. 4. 1795, Pribram II, 280

3 Zitiert nach *B. Blumenkranz-A. Soboul* (edd.), Les Juifs et la Révolution francaise, Toulouse 1976, 9.

4 *Sigmund Mayer,* Die Wiener Juden, Wien 1917, 245.

5 Ebenda, 271 f.

6 Frances Milton Trollope (1780—1863) war die Mutter des zu seiner Zeit sehr beliebten Romanschriftstellers Anthony T. Der Titel der Briefsammlung lautet: Vienna and the Austrians, London 1837. Deutsche Ausgabe: Wien und die Österreicher. Aus dem Englischen von *Johann Sporschil.* Leipzig 1838.

7 *Trollope* II, 220.

8 Ebenda II, 3 f. Deutsche Ausgabe II, 115 f.

9 Ebenda II, 5 ff., Deutsche Ausgabe II, 116 ff.

10 Ebenda, Brief 53 (II, 212 ff.) Deutsche Ausgabe III, 35 ff.

11 Zitiert nach *Gerson Wolf,* Geschichte der Juden in Wien (1156—1876), Wien 1876, 104 n.

12 Ebenda 93.

13 *Pribram* I, 565.

14 *Wolf,* 94, 98.

15 *Pribram* I, 682.

16 Vgl. *Sigmund Mayer* (Anm. 4), 506.

17 *S. Husserl,* Gründungsgeschichte des Stadt-Tempels, Wien-Leipzig 1906; Menorah 4 (Wien 1926), Sonderheft: 100 Jahre Wiener Stadttempel; *B. Wachstein,* Die ersten Statuen des Bethauses der Inneren Stadt, Wien 1926; 150 Jahre Wiener Stadttempel, Festschrift der Israelitischen Kultusgemeinde Wien 1976; Studia Judaica Austriaca 6 (Eisenstadt 1978).

18 *Sigmund Mayer,* 289 f.

19 Über Horwitz vgl. Encyclopaedia Judaica 8 (Berlin 1931), 218 ff.

20 Vgl. den Artikel von *Kalonymus Richter,* Dos idishe wort, Tishri 5739 (New York 1978), 28—33.

21 Sulzer selbst drückt die enge Verflechtung von Religion und Kunst in seinem Majestätsgesuch von 1841 aus: ,,Der erhabene Schutz, den Eure Majestät sowohl der Vervollkommnung des israelitischen Cultus als auch den Bestrebungen der Künste so huldvoll gewähren . . .'' Haus-, Hof- u. Staatsarchiv, Oberskämmereramt 29/262 (1841).

22 *Trollope* I, 373., 367 ff. Deutsche Ausgabe II, 97 f., 91 ff.

23 *Max Grunwald,* Vienna, Philadelphia 1936, 330 f.

24 *Ludwig August Frankl,* Erinnerungen (hgg. von *Stefan Hock*), Prag 1910.

25 Das ist der Titel der berüchtigten Schrift Richard Wagners, erstmals unter einem Pseudonym veröffentlicht in der Neuen Zeitschrift für Musik 33, NN. 19 u. 20 (Leipzig 1850).

26 So z. B. *Joseph S. Bloch* in seiner Broschüre ,,Der nationale Zwist und die Juden in Österreich'', 1886 mit Unterstützung der Regierung herausgegeben.

Anton Pick

Zur Geschichte der Wiener Israelitischen Kultusgemeinde

Vom Toleranzpatent zur Gründung der Kultusgemeinde

Wohl hatte Joseph II. am 2. Jänner 1782 das Toleranzpatent erlassen, das starke Erleichterungen für die Juden brachte, doch wurde aufrechterhalten das Verbot, in Wien eine Gemeinde zu errichten, einen öffentlichen Gottesdienst abzuhalten, einen Rabbiner anzustellen; ferner gab es die Toleranzsteuer für die Bewilligung des ständigen Aufenthaltes in Wien; ferner wurde die Beschränkung aufrechterhalten, ein Gewerbe selbständig auszuüben. Anerkannt wurde jedoch die Berechtigung, höhere Schulen zu besuchen, Großhändler zu werden, Fabriken zu errichten.

Wie war es nun mit der *Synagoge,* mit dem öffentlichen Gottesdienst bestellt? Dieser war in Verbindung mit der Bildung einer Gemeinde verboten. Durch zahlreiche Majestätsbesuche, Vorsprachen usw. kam es schließlich zur Erlaubnis dahingehend, daß die tolerierten Juden Vertreter bestellen konnten, sowohl nach außen zum Verkehr mit den Behörden als auch nach innen für die Gemeindemitglieder. Schließlich wurde mit Dekret der k. k. niederösterreichischen Landesregierung vom 14. März 1828 bestätigt, daß fünf Vertreter gewählt wurden. Das Begehren nach Errichtung eines großen Tempels rückte der Verwirklichung immer näher. Mit Dekret vom 7. März 1823 wurde der Administrator Biedermann vom Magistrat verständigt, daß ein Lokalaugenschein die Baufälligkeit des Dempfingerhofes in der Seitenstettengasse bestätigte; damit wurde die Genehmigung verbunden, das Gebäude niederzureißen. Es wurde weiters von den Vertretern der Juden beschlossen, ein neues Haus aufzubauen. Nach Vorlage von verschiedenen Plänen und Kostenvoranschlägen wurde beschlossen, nach den Plänen des Architekten Kornhäusel durch den Stadtbaumeister JakobHeinz das neue Haus zu erbauen. Im Jänner 1824 wurde der Bau begonnen. Die Kosten von 100.000 Gulden wurden durch eine Anleihe bestritten.

Am 12. Dezember 1825 fand die feierliche Grundsteinlegung statt, bei welcher der neu bestellte Prediger *Isaak Noah Mannheimer* die Festrede hielt. Es gingen der Bestellung Mannheimers, der reformfreundlich war, Schwierigkeiten voran, die durch das Einschreiten von Salomon Rothschild überwunden wurden, der zuerst die provisorische Bestellung von Mannheimer als Religionslehrer erwirkte, welcher dann einige Monate später definitiv bestellt wurde. In dem Dekret der k.k. Polizei-Oberdirektion vom 7. Juli 1826 heißt es, daß die Anstellung von Mannheimer an die Bedingungen geknüpft sei, „daß er als wahrer Israelite in dem Sinne, in welchem die Staatsverwaltung die Israeliten duldet, an dem Positiven des Mosaismus sich festhalte und jede naturalistisch-religiöse Tendenz bei seinen Vorträgen in der Schule und im Bethause sorgfältig vermeide". Vorbeter wurde *Salomon Sulzer,* der aus Hohenems berufen wurde und dessen definitive Anstellung im Juli 1827 erfolgte. Es kamen dann noch — wie meistens bei großen Bauführungen — finanzielle Schwierigkeiten durch Überschreitung der Kostenvoranschläge in der Höhe von zirka 35.000 Gulden, doch wurde dieses Mehrerfordernis durch ein neues Darlehen gedeckt. Zu Vorstehern des neuen Bethauses wurden erwählt: Josef Biedermann, Moritz Königswarter, Jakob Löwy, Siegmund Wertheimstein.

Am Sonntag, dem 9. April 1826 fand die *feierliche Einweihung des Tempels* statt. Die Predigt hielt Mannheimer, als Kantor fungierte Sulzer. Der Tempel in der Seitenstettengasse, der sogenannte *Stadttempel,* war entstanden, der Wunsch der Wiener Juden nach einem würdigen Gotteshaus war erfüllt. Von da an verbindet sich gewissermaßen die Geschichte des Stadttempels mit der Geschichte der Wiener Juden. Die Zeit bis 1848 brachte wohl politisch keine Gleich- oder Besserstellung der Juden. Die wurde erst durch die Revolution erreicht. Aber für die Synagoge begann schon eine Blütezeit. Diese knüpft sich an die Namen zweier Männer, die in die Geschichte der synagogalen Liturgie zumindest Mitteleuropas eingegangen sind: Isaak Noah Mannheimer und Salomon Sulzer.

Mannheimer wurde im Jahre 1793 in Kopenhagen in Dänemark geboren und starb 1865 in Wien. Es kam durch Mannheimer zu einem Kompromiß in der Frage der Gestaltung des Gottesdienstes zwischen Orthodoxen und Reformern. So hat er den sogenannten Wiener Ritus oder Mannheimer-Ritus eingeführt; in gewissen Dingen, wie zum Beispiel der Ablehnung der Orgel, blieb Mannheimer bei den Anschauungen der Orthodoxie (hierin durch Sulzer bestärkt). Ihm zur Seite stand eben Salomon Sulzer als Kantor. Dieser wurde in Hohenems in Vorarlberg im Jahre 1804 geboren und starb in Wien im Jahre 1890. Über Mannheimer und Sulzer schrieb der bekannte und gefürchtete Musikkritiker Eduard Hanslick in späterer Zeit: ,,Der alte Mannheimer — noch sehe ich seinen hageren, geistvollen Kopf mit den flatternden Haaren — predigte wie Sulzer sang. Dieselbe Gewalt über das Material, dieselbe fremdartige und doch alles fortreißende Leidenschaftlichkeit, dasselbe begeisterte Aufleuchten des Auges und der Stimme. Es war die glühendste Kanzelberedsamkeit, die ich erlebte, hier in Worten, dort in Tönen''.

Die Jahre bis zum Revolutionsjahr 1848 verliefen wie bisher, es wurde weiter nur den tolerierten Juden gestattet, in Wien zu leben, doch gab es immer wieder Umgehungen dieses Verbotes, sodaß die Zahl von 5000 Juden, die 1848 in Wien lebten, offensichtlich vielleicht zu gering ist. Das Jahr 1848 war ein Markstein in der Geschichte der Wiener Juden und damit für den Stadttempel. Hier ist nicht der Platz, die Geschichte des Jahres 1848 und den Anteil der Juden an der Revolution darzulegen. Hier soll nur ein historischer Moment wiedergegeben werden, der die Verbindung dieses großen Ereignisses mit dem großen Mann des Tempels, mit Mannheimer, aufzeigt. Unter den am 13. März Gefallenen waren auch zwei Juden: der Student der Technik Spitzer und der Webergeselle Herschmann. Bei dem Begräbnis, an dem für die Katholiken der Pfarrer Dr. Füster und für die Juden Mannheimer und Sulzer teilnahmen, sprach am Grabe der Märzgefallenen Mannheimer unter anderem folgende Worte: ,,Ich bete für christliche und jüdische Brüder. Denn sie alle, einer wie der andere, sind uns wert und teuer. Sie waren Menschen, geschaffen im Ebenbild Gottes. Ihr christlichen Brüder habet gewollt, daß eure jüdischen Brüder mit euch in einer Erde ruhen. Sie haben mit euch und für euch gekämpft, so wie ihr mit ihnen und für sie. Vergönnet nun auch uns Lebenden, für deren Freiheit sie alle starben, daß wir mit euch auf einer Erde frei und ohne Unterschied leben.''

Die Niederschlagung der Revolution und der sogenannte Neo-Absolutismus brachte die Errungenschaften der Juden im Jahre 1848 ins Wanken, wiewohl es in der ,,oktroyierten Verfassung'' vom 4. März 1849 im § 1 hieß: ,,daß der Genuß der bürgerlichen und politischen Rechte von dem Religionsbekenntnis unabhängig'' sei. Trotzdem wurde 1853 eine Verordnung erlassen, welche den Juden das Erwerben von Grund

und Boden wieder verbot. Dieses Recht wurde erst im Jahre 1860 den Juden wieder gegeben.

Die Gründung der Kultusgemeinde

Es war wohl auch in der Zeit nach 1848 noch nicht zu der formellen Errichtung einer Kultusgemeinde gekommen; doch in einer Ansprache vom 3. April 1849 gebrauchte der junge Kaiser Franz Joseph die Worte: „Israelitische Gemeinde von Wien". Es trat auch dann im Jahre 1852 ein provisorisches Gemeindegesetz in Kraft, sodaß man dieses Jahr als das Gründungsjahr der Wiener Kultusgemeinde ansehen kann. Der erste Präsident der Kultusgemeinde von 1853 bis 1863 war *Leopold von Wertheimstein.* Wertheimstein war Prokurist des Bankhauses Rothschild. Sigmund Mayer meint in seinem instruktiven Buch „Die Wiener Juden" in Bezug auf die Rothschilds zu dieser Zeit: „Es gehört zu den leitenden Grundsätzen dieses Hauses, vom Moment an, da es in Wien ansässig geworden, den Vorgängen in der Verwaltung der jüdischen Gemeinde nicht gleichgültig gegenüberzustehen, sondern dort einen anonymen Einfluß auszuüben."

Die Geschichte der Kultusgemeinde und ihrer Probleme bis 1938

Vom Jahre 1864 bis 1867 war der Präsident der Wiener Kultusgemeinde *Josef von Wertheimer,* ein Mann, der philanthropisch wirkte, aber auch literarisch sich für die Juden einsetzte. Von 1868 bis 1871 war Präsident *Jonas Baron Königswarter.* Er stammte aus einer reichsdeutschen Judenfamilie; Moritz Königswarter kam 1810 nach Wien, er war ursprünglich Inhaber eines Kurzwarengeschäftes, erwarb die Erlaubnis, in Wien zu wohnen und sein Geschäft zu betreiben, wird dann „Großhändler" und Bankier; sein Neffe und Schwiegersohn, Jonas Königswarter, kam Anfang der dreißiger Jahre von Frankfurt nach Wien, übernahm das Bankgeschäft, wurde Zensor der Nationalbank und Verwaltungsrat der neugegründeten Creditanstalt. Von 1852 war er im Vorstand der Kultusgemeinde und von 1868 bis 1871 ihr Präsident. Er war persönlich orthodox, führte ein rituelles Haus, war wohltätig und schuf mit Ludwig August Frankl das israelitische Blindeninstitut auf der „Hohen Warte". Sein Nachfolger als Präsident der Kultusgemeinde war *Dr. Ignaz Kuranda.* Kuranda, aus Böhmen stammend, war schon Jahrzehnte vorher aus

Abb. 15/1: Josef Ritter von Wertheimer, Präsident der Wiener Kultusgemeinde 1864 bis 1867

Abb. 15/2: Jonas Baron Königswarter, Präsident der Wiener Kultusgemeinde 1868 bis 1871

Österreich ausgewandert; er gab zuerst in Brüssel, dann in Leipzig eine Zeitschrift „Die Grenzboten" heraus, die nach Österreich eingeschmuggelt wurde. 1848, nach Ausbruch der Revolution, kam er nach Österreich zurück, gründete die Zeitung „Die ostdeutsche Post", eine der wenigen bedeutenden und vornehmen Zeitungen des Revolutionsjahres 1848. Vom März 1848 bis zum Oktober 1848 erschienen in Wien 711 Zeitungen und Zeitschriften, die dann aber, bis auf wenige, z.B. die „Alte Presse" wieder verschwanden. Kuranda wurde in den niederösterreichischen Landtag gewählt, dann in den Wiener Gemeinderat, schließlich auch in den Reichsrat. Kuranda war als Kultuspräsident freisinnig und er war — im Gegensatz zu seinen Vorgängern, weder reich noch geadelt. Er war Präsident von 1871 bis 1884.

Die inneren Verhältnisse der Gemeinde zeigten einen — jetzt wieder in dieser Zeit auftretenden — Gegensatz, den zwischen orthodoxen und liberalen Juden. Neben Mannheimer trat der im November 1856 gewählte ‚Prediger' *Dr. Adolf Jellinek* und im März 1858 wurde als neuer Tempel die Synagoge in der Tempelgasse in der Leopoldstadt eingeweiht. Ich zitiere nun zur Darstellung der ‚inneren' Streitigkeiten in der Gemeinde Hans Tietze in seinem Buch „Die Juden Wiens": „Den aus galizischen und oberungarischen Ghettos nunmehr in geschlossenen Massen einströmenden orthodoxen Juden war der Gottesdienst, den sie in Wien vorfanden, ein Greuel . . . sie bezogen eigene Bethäuser in der Schönlaterngasse und in der Schiffgasse und forderten auch einen Rabbiner, wie sie ihn gewohnt waren und brauchten. Die Spaltung einer so heterogene Elemente umfassenden Gemeinde schien unvermeidlich." An die Spitze dieser Bewegung, ‚Trennungsorthodoxie' genannt, trat ein aus Preßburg eingewanderter Geldwechsler namens Ignaz Deutsch. Er war in seiner Jugend ein kleiner Händler mit Fischbein gewesen, dann errichtete er eine Wechselstube, suchte Beziehungen zu hohen katholischen Würdenträgern und biederte sich dem Unterrichts- und Kultusminister Grafen Leo Thun an.

In der Zeit bis in die achtziger und neunziger Jahre — wie schon vor der Berufung Mannheimers — tobte der Streit zwischen Orthodoxen und Reformisten. Ignaz Deutsch begann zuerst zugunsten seiner orthodoxen Auffassungen mit Denunziationen der ‚aufgeklärten' Juden an die Regierung des Neo-Absolutismus; er trat für eine Spaltung, eine ‚Trennungsorthodoxie' ein, aber nach der Wendung der Regierung zum Liberalismus verlor Deutsch seine Anziehungskraft und verschwand seit dem Wirken von Jellinek. Die Orthodoxen organisierten sich in der ,Schiffschul'; einer ihrer Sprecher war der Rabbiner Salomon Spitzer. Deutsch ging schließlich in Konkurs und verschwand. Im Gegensatz zu dem großen Prediger Adolf Jellinek mit seinem Tempel in der Tempelgasse traten — auch nach dem Verschwinden von Deutsch — kleine Gruppen in kleinen Bethäusern auf.

Zur Persönlichkeit Jellineks ist zu sagen: Adolf Jellinek wurde 1830 in Drslawitz in Mähren, bei Ungarisch-Brod, geboren und ist in Wien 1893 gestorben. Er war eine faszinierende Persönlichkeit, in dessen Familie die Begabung erblich war. Sein Bruder, Dr. Hermann Jellinek, ein Schriftsteller und Journalist, wurde nach der Einnahme Wiens im Oktober 1848 durch Windischgrätz zusammen mit Robert Blum, Wenzel Messenhauser und Alfred Julius Becher standrechtlich erschossen. Ein Sohn des Predigers Jellinek, der aus der jüdischen Religion austrat, war der große Staatsrechtslehrer Georg Jellinek in Heidelberg, dessen Buch ,,Allgemeine Staatslehre'' zu den Standardwerken dieser Wissenschaften zählt; dessen Sohn Walter Jellinek war Professor des Verwaltungsrechts in Kiel. Ein weiterer Sohn von Adolf Jellinek war zwar kein Gelehrter, sondern Gründer der Automobilfabrik ,,Mercedes''. Also eine erbliche Begabung auf den verschiedensten Gebieten, wie bei den Mendelssohns, bei den Brentanos und den Feuerbachs. Jellinek selbst, der von den Orthodoxen angefeindet wurde, war ein zündender Redner, ein Wissenschaftler von Rang. Tietze sagt in seinem Buch ,,Die Juden Wiens'' von Jellinek: ,,. . . er war Redner, Schriftsteller und Gelehrter gewesen, Homilet und Apologet des Judentums, das Rabbinat als priesterliches Führertum der Gemeinde überließ er der Vergangenheit und der Zukunft.''

Nachfolger von Ignaz Kuranda als Präsidenten der Wiener Kultusgemeinde waren der Großkaufmann *Moritz Pollak von Borkenau, Arminio Cohn,* ein Seidenhändler, *Wilhelm von Guttmann,* der große Kohlenhändler und Industrielle (1891—1892), *Gustav Simon,* ein Fabrikant, bis 1896, *Heinrich Klinger,* ein bedeutender Textil-Industrieller; er war Präsident von 1897 bis 1904 und von 1904 bis 1918 der Advokat *Dr. Alfred Stern.*

Die Mitglieder der Kultusgemeinde bzw. die Juden Wiens nahmen an

Abb. 16: Wien I. Seitenstetteng. 4
Sitzungssaal der Israelit. Kultusgemeinde während einer Sitzung unter dem Vorsitz von Präsident Heinrich Klinger. Aqu. v. Emil Ranzenhofer 1902.

Zahl mit dem Wachsen der Stadt Wien selbst zu. Es ist zu sagen, daß die Geschichte der Wiener Juden zum allergrößten Teil sich mit der Geschichte der Wiener Kultusgemeinde deckt. Der finanzielle, politische und kulturelle Stand zeigt sich auch in dem Geschehen der Kultusgemeinde. Vorausgreifend mag jetzt schon eine Aufstellung der jüdischen Einwohnerzahl Wiens von 1848 bis 1938 gegeben werden:

1848	5.000	
1860	6.200	2,2% der Gesamtbevölkerung
1870	40.200	6,6% der Gesamtbevölkerung
1880	72.600	10,1% der Gesamtbevölkerung
1890	118.500	8,7% der Gesamtbevölkerung
1900	147.000	8,0% der Gesamtbevölkerung
1910	175.000	8,6% der Gesamtbevölkerung
1923	201.000	10,8% der Gesamtbevölkerung
1938	180.000	

Schon seit dem Börsenkrach des Jahres 1873 nahm der Antisemitismus in Österreich zu. In den achtziger Jahren begann er unter den Führern Schönerer und dann Karl Lueger immer stärker zu werden. Im Jahre 1883 kam es zu dem Auftreten eines einzelnen, des Rabbiners von Floridsdorf und Reichstagsabgeordneten eines galizischen Wahlkreises Dr. *Josef Bloch* gegen den katholischen Theologieprofessor August Rohling von der Universität Prag, der unter seinem Eid erklärte, der Talmud enthalte Stellen, die den Ritualmord und feindliches Verhalten der Juden gegen die Christen fordern. Bloch griff Rohling in einem Zeitungsartikel an, in welchem er ihm vorwarf, gar nicht so viel hebräisch zu können, um den Talmud zu übersetzen. Rohling klagte Bloch wegen Ehrenbeleidigung. Nach dem Ergebnis des Beweisverfahrens durch Sachverständige zog Rohling seine Ehrenbeleidigungsklage zurück und verlor daraufhin seine Professur. Dieses Verfahren ging aber nicht von der Kultusgemeinde aus, sondern von Bloch, einem sehr umsichtigen Mann, im Alleingang.

Vom juristischen, staats- und verwaltungsrechtlichen Standpunkt aus ist für die Kultusgemeinden in Österreich und damit natürlich für die Wiener Kultusgemeinde das sogenannte Israelitengesetz vom 21. März 1890, R.G.Bl. Nr. 57, maßgebend: Es soll regeln ,,die äußeren Rechtsverhältnisse der israelitischen Religionsgemeinschaft''. Es heißt dort im § 1: ,,Der Regelung der äußeren Rechtsverhältnisse der israelitischen Religionsgesellschaft hat die Kultusgemeinde zur Grundlage zu dienen. Aufgabe der Kultusgemeinde ist, innerhalb der durch die Staatsgesetze gezogenen Grenzen für die Befriedigung der religiösen Bedürfnisse zu sorgen und die durch diesen Zweck gebotenen Anstalten zu erhalten und zu fördern.''

§ 2 lautet: ,,Jede Kultusgemeinde umfaßt ein örtlich begrenztes Gebiet; in denselben Gebieten kann nur *eine* Kultusgemeinde bestehen. Jeder Israelite gehört der Kultusgemeinde an, in deren Sprengel er seinen ordentlichen Wohnsitz hat.'' (In den jüngsten Tagen erging jedoch eine Entscheidung des Verfassungsgerichtshofes mit der der 2. Absatz des § 2 aufgehoben wurde. Die Folge der Aufhebung dieses seit 90 Jahren bestehenden Rechtszustandes ist die Zerstörung der Einheit der Wiener Judenschaft.) Es sind weiters Bestimmungen in diesem Gesetz enthalten über die Einhebung von Steuern durch die Kultusgemeinde (§ 19, 22), ferner im § 28 die Schaffung eines Statuts, im § 9 heißt es, daß in den

Vorstand der Kultusgemeinde ,,nur Angehörige der Kultusgemeinde berufen werden können, welche österreichische Staatsbürger sind und im Vollgenuß der bürgerlichen Rechte stehen''.

Ein Statut wurde erlassen und vom Ministerium genehmigt, ebenso seine Änderungen. Die Wahlordnungsbestimmungen knüpfen das aktive Wahlrecht daran, daß zumindest die Kultussteuer, welche mehr als 2 Jahre *vor* der Ausschreibung der Kultusvorstandswahlen fällig war, bezahlt ist. Vorgreifend wollen wir diese Bestimmungen anführen:

a) Wahlordnungsbestimmungen bis 1924 (§ 1 der Wahlordnung): Das aktive Wahlrecht haben alle männlichen, eigenberechtigten Angehörigen der Kultusgemeinde, welche in den letzten zwei, dem Jahre der Wahl vorhergegangenen Verwaltungsjahren die Kultussteuer bezahlt haben.

b) Wahlordnungsbestimmungen aufgrund des Plenarbeschlusses vom 14. April 1924 bis September 1932 (§ 5 der Wahlordnung): Das aktive Wahlrecht haben alle Kultussteuerträger der Israelitischen Kultusgemeinde Wien, ohne Unterschied des Geschlechtes, welche mindestens in den dem Jahre der Wahl vorausgegangegen zwei Verwaltungsjahren in Kultussteuervorschreibung gestanden sind und die ihnen für das Jahr der Wahl oder das vorangegangene Verwaltungsjahr vorgeschriebene Kultussteuer entrichtet haben.

c) Wahlordnungsbestimmungen vom September 1932 bis Feber 1957 (§ 5 Abs. 1 der Wahlordnung): Das aktive Wahlrecht haben alle Angehörigen der Israelitischen Kultusgemeinde Wien, ohne Unterschied des Geschlechts, welche mindestens in den dem Jahre der Wahl vorausgegangenen zwei Verwaltungsjahren in Kultussteuervorschreibung gestanden sind und die ihnen für das Jahr der Wahl oder für eines der drei vorausgegangenen Verwaltungsjahre vorgeschriebene Kultussteuer entrichtet haben.

d) Wahlordnungsbestimmungen vom Feber 1957 bis heute (§ 5 der Wahlordnung): Angehörigen der Israelitischen Kultusgemeinde Wien steht, wenn sie Kultussteuerträger sind, das aktive Wahlrecht nur zu, soferne sie mit der Zahlung der rechtskräftig vorgeschriebenen Kultussteuer, ausgenommen die für das Kalenderjahr der Wahl und das vorangegangene Kalenderjahr vorgeschriebenen Kultussteuerbeiträge, 60 Tage vor der Wahlausschreibung nicht im Verzuge sind.

Laut § 3 des Statuts hat die Kultusgemeinde neben der Sorge für die religiösen Aufgaben auch noch für die Errichtung von Anstalten zu sorgen, ,,welche zu Unterrichtszwecken, zur Unterstützung von Armen, Witwen und Waisen, zur Krankenpflege und Altersversorgung und überhaupt zu gemeinnützigen Zwecken gewidmet sind.'' Noch im vorigen Jahrhundert wurde von der Kultusgemeinde gegründet: ein Mädchen-Waisenhaus, dann 1911 ein Knaben-Waisenhaus; ferner jüdische Volksküchen, das Altersheim in der Seegasse (1888), das Taubstummen-Institut, das jüdische Blinden-Institut; ferner übernahm die Kultusgemeinde das von Anselm Rothschild gegründete sogenannte ,Rothschildspital' in Währing auf dem Währinger Gürtel.
Kultuspräsident war, wie schon erwähnt, von 1904 bis 1918 *Dr. Alfred Stern*. Die letzten Kultuswahlen vor dem 1. Weltkrieg fanden 1912 statt, bis 1920 gab es keine Wahlen; es wurde die Mandatsdauer der Kultusräte verlängert bzw. Kooptierungen vorgenommen.
Erst 1920 fanden wieder Wahlen statt. Zum Präsidenten wurde Professor Generaloberstabsarzt Dr. Alois Pick gewählt, der diese Funktion bis 1933 ausübte. Damals war es der Gegensatz zwischen Zionisten und Nicht-Zionisten, der das politische Leben in der Gemeinde erfüllte. Professor Pick wurde als Nicht-Zionist gewählt. Vizepräsident wurde 1921 der Zionist Dr. *Desider Friedmann*, der ab 1933 Präsident wurde und nach 1938 ein furchtbares Ende fand.
Im Oktober 1918 wurde — nach dem Tode von Oberrabbiner Dr. *Moritz Güdemann* — Professor Dr. *Z. P. Chajes* zum Oberrabbiner ernannt, der im Dezember 1927 starb. Er war ein überzeugter Zionist. Zwi Perez Chajes wurde im Jahre 1876 in Brody in Galizien geboren und starb in Wien im Jahre 1927. Ihm erschien die ,,unzerstörbare Mission'' des jüdischen Volkes als wesentlich, er schuf das hebräische Gymnasium (das Chajes-Gymnasium) in Wien und übte eine unvergeßliche Tätigkeit als Kanzelredner und Gelehrter aus. Er starb viel zu früh, erschöpft und verbraucht. Sein Nachfolger wurde Dr. *David Feuchtwang*.
Durch den ersten Weltkrieg erwuchsen der Kultusgemeinde schwierige Aufgaben, die sie finanziell schwer belasteten. Es war insbesondere das Problem der Flüchtlinge aus Galizien und der Bukowina. Es waren dafür gar keine Fonds vorhanden, es mußten spontan Institutionen geschaffen und Mittel herbeigeschafft werden, um die Not zu lindern. Dr. Rudolf

Schwarz-Heller leistete in dieser Hinsicht Enormes; es wurde von ihm die ,,Zentralstelle für jüdische Kriegsflüchtlinge'' ins Leben gerufen. Ebenso ist hier Frau Anitta Müllers dankbar und ehrenvoll zu gedenken, die ebenfalls Besonderes für die Flüchtlingshilfe geleistet hat.
Auch der Kriegsabschluß brachte für die Kultusgemeinde auf dem Fürsorgesektor große Aufgaben. Das ,,American Joint Distribution Committee'' leistete Hilfe, und die Kultusgemeinde konnte ein ,,Jüdisches Zentralhilfskomitee'' errichten, welches in Fällen dringender Not Hilfe leistete. Die Hauptagenden auf sozialem Gebiet waren in den ersten Nachkriegsjahren, aber auch später, das ‚Spital der Israelitischen Kultusgemeinde' (Rothschildspital) in Währing. Im Kriege stellte die Kultusgemeinde das Spital und 100 Betten für Verwundete und kranke Soldaten zur Verfügung; dies dauerte während des ganzen Krieges an. Nach dem Kriege war die finanzielle Lage des Spitals trostlos und der ,,Joint'' mußte Hilfe leisten. Es wurden dann noch zusätzliche Abteilungen zu den vorhandenen internen und chirurgischen Abteilungen geschaffen, so eine urologische, gynäkologische usw. Es wurde ferner ein Kinderambulatorium geschaffen, Ferienkolonien etc.
Das Altersversorgungshaus in der Seegasse im 9. Bezirk, welches im Jahre 1888 errichtet worden war, wurde weitergeführt und ausgebaut. Es bestand, wenn man von der Unterbrechung durch den Nationalsozialismus absieht, bis 1972, in welchem Jahre das neue, schöne, moderne ‚Elternheim' im 19. Bezirk, Bauernfeldgasse, dem auch eine geriatrische Abteilung angeschlossen ist, errichtet wurde. Im September 1929 wurde die Schlußsteinlegung der Bauten am neuen israelitischen Friedhof, IV. Tor, vollzogen. Es wurde insbesondere die monumentale Zeremonienhalle errichtet. Diese wurde im November 1938 niedergebrannt bzw. zerstört und im Jahre 1968 wieder in alter Pracht hergestellt. Auf dem Friedhof IV. Tor wurde von der Kultusgemeinde eine Kriegergrabstätte geschaffen. Dort sind 135 jüdische Offiziere und 306 jüdische Mannschaften aus dem 1. Weltkrieg bestattet und im Jahre 1928 wurde dort ein würdiges Grabdenkmal von der Kultusgemeinde errichtet.
Bei den Kultuswahlen im Jahre 1932 errangen die Zionisten durch Koppelung mit anderen wahlwerbenden Parteien die Mehrheit und Dr. Desider Friedmann wurde zum Präsidenten gewählt; er blieb es bis März 1938. Er wurde sofort nach der NS-Machtergreifung verhaftet und ist im

KZ umgekommen. Im Jahre 1936 starb Oberrabbiner Dr. Feuchtwang; sein Nachfolger als Oberrabbiner wurde Dr. *Taglicht.*
Das aktive Wahlrecht zu den Wahlen in den Kultusvorstand hatten nach einem einhelligen Beschluß des Kultusvorstandes vom 14. April 1924 alle Gemeindeangehörigen unabhängig von ihrer Staatsbürgerschaft, wenn sie die sonstigen Voraussetzungen — Eigenberechtigung, Steuervorschreibung und Steuerentrichtung — erfüllten. Dabei verblieb es bis heute trotz einer Anfechtung im Jahre 1936.
Im Jahre 1936 wurde das Mitglied des Kultusvorstandes Dr. *Josef Löwenherz* zum Amtsdirektor gewählt. Auch Dr. Löwenherz gehörte der zionistischen Fraktion an. Zu Beginn des Schuljahres 1935/1936 wurde von der Kultusgemeinde eine jüdische Volksschule eröffnet, die allerdings im 1. Schuljahr für die erste Klasse nur 29 Kinder aufwies, für das Schuljahr 1936/1937 für die erste Klasse 78 Kinder. Das Fürsorgewesen erhielt einen Arbeits- und Leistungszuwachs dadurch, daß seit der NS-Machtergreifung in Deutschland 1933 zahlreiche mittellose Juden nach Österreich kamen.
Was die Wahlen in den Kultusvorstand vor 1938 betrifft, so ist Folgendes interessant: Es gab doch bis 1938 ca. 180.000 Juden in Wien. Bei den Wahlen aber sah es so aus: Im Juni 1920 wurden 10.553 gültige Stimmen abgegeben. Bei der Wahl im November 1925 14.863 gültige Stimmen, bei der Wahl am 2. Dezember 1928 19.348 gültige Stimmen; bei der Wahl am 4. Dezember 1932 26.178 gültige Stimmen.

Die Zeit der nationalsozialistischen Gewaltherrschaft

Das Jahr 1938 brachte eine völlige Änderung im Wesen und Aufgabenkreis der Kultusgemeinde. Sofort nach der NS-Machtergreifung in Österreich setzte die Verfolgung der Juden und damit der Kultusgemeinde ein. Der Präsident Dr. Friedmann wurde verhaftet, zahlreichen Juden geschah es ebenso. Zuerst bestand noch die Kultusgemeinde und Dr. Löwenherz wurde Präsident. Es war die Aufgabe der Kultusgemeinde, die Emigration in die Wege zu leiten. Es kamen hiezu Verhandlungen mit der jüdischen Flüchtlingshilfe, dem American Joint und der Jewish Colonization Association, um finanzielle Zuwendungen zu erreichen. Es wollte die Kultusgemeinde ein diesbezügliches Komitee gründen, doch der Reichskommissär Bürckel schuf im August 1938 die „Zentralstelle für jü-

dische Auswanderung''. In dieser Dienststelle war führend der Obersturmbannführer Adolf Eichmann, der die Vertreibung der Juden aus Wien durchführte.
Während bis Ende Juni 1938 nur ungefähr 18.000 Juden Österreich verließen, so stieg diese Zahl bis März 1939 auf 90.000 und bis November 1939 konnten insgesamt 126.445 Juden Wien bzw. Österreich verlassen und damit — zum Teil — ihr Leben retten. Die von jüdischen Organisationen aufgebrachten Devisen in der Höhe von über 1,600.000 Dollar flossen dadurch dem deutschen Reich zu.
Die Kultusgemeinde mußte die Hauptlast der Betreuung und Versorgung der in Wien zurückgebliebenen Juden tragen; sie veranstaltete Umschulungskurse für in Wien noch anwesende Juden, sie führte ein Krankenhaus und Altersheim. Es wurde schließlich die Kultusgemeinde als Körperschaft aufgelöst; ein sogenannter Ältestenrat kam an ihre Stelle. Die verbleibenden ca. 60.000 Juden wurden deportiert und sind umgekommen. Die Wiener Kultusgemeinde und die Wiener Judenschaft, bis auf einige wenige Juden, die in Mischehen lebten oder sogenannte ,,U-Boote'' waren, waren vernichtet.

Es geht weiter — Von 1945 bis zur Gegenwart

Das Ende des zweiten Weltkrieges, der Mai 1945, war auch für ein Häuflein Juden, das in Wien überlebte, die Stunde Null. Es waren in Wien noch vorhanden die Juden, die in Mischehen oder ,,privilegierten'' Mischehen lebten, dann die wenigen Angestellten des ,,Ältestenrates'' und die sogenannten U-Boote, die Juden, die ,,im Verborgenen'' versteckt lebten. Hiezu kamen die überlebenden Juden aus Wien, die aus den Konzentrationslagern, vor allem aus Theresienstadt und Auschwitz nach Wien zurückkehrten. Dann nicht aus Wien stammende Juden, die aus den Konzentrationslagern nach Wien kamen und teils nach USA, dem damaligen Palästina und anderen Ländern als ,,displaced persons'' fuhren, teils in Wien verblieben. Aus diesem Häuflein, zu denen dann noch Juden aus den Emigrationsländern und mit der UNRRA Rücktransportierte kamen, sollte wieder eine ,,Kultusgemeinde'' gebildet werden.
Noch im Jahre 1945 wurde die Kultusgemeinde, die *rechtlich* niemals aufgehoben war, wieder neu begründet. Zuerst wurde von der russischen Besatzungsmacht ein Präsident, *David Brill,* bestellt. Am Anfang stan-

den ihm zur Seite der Mediziner Professor Dr. Heinrich Schur, Bernhard Braver und Professor Benzion Leser.
Im April 1948 fanden die ersten Wahlen statt und Dr. *David Schapira,* ein kriegsblinder Offizier, der Theresienstadt überlebt hatte, wurde der erste gewählte Präsident der Kultusgemeinde. Damals erlangte die ,,jüdische sozialistische Liste'' 5 Mandate, die ,,jüdische Föderation'' 8 Mandate, die ,,Einigkeit'' 11 Mandate, also insgesamt 24 Mandate. Im Jahre 1949 fand eine Wahl statt, bei der unter einer jüdischen Gesamtliste 29 Mandatare gewählt wurden und 1 Mandat entfiel auf den Kaufmann Ehrlich. Damals war — zum einzigen Mal seit 1945 — eine Mandatszahl von 30 Mandaten gegeben, sonst gibt es bis heute jeweils nur 24 Mandate. Es kam nach dieser Wahl zu einem Arrangement dahingehend, daß alle 8 Monate ein Mitglied einer Partei Präsident werden sollte, es ,,rotierten'' damals als Präsidenten Dr. *Maurer,* Dr. *Heitler* und Dr. *Herzberg*.
Im Jahre 1952 kam es zu neuen Wahlen; das Ergebnis in Mandatszahlen war:

,,Bund werktätiger Juden''	12 Mandate
,,Jüdische Konföderation''	6 Mandate
,,Religiöse Juden''	1 Mandat
,,Jüdische Einigkeit''	5 Mandate

Präsident wurde der Sozialist Dr. *Emil Maurer.*
Bei den Wahlen im Jahre 1955 erhielten

der ,,Bund werktätiger Juden''	13 Mandate
die ,,Wahlgemeinschaft''	5 Mandate
die ,,Religiösen''	1 Mandat
die ,,Jüdische Interessengemeinschaft''	2 Mandate
die ,,Einigkeit''	3 Mandate

Präsident wurde Dr. *Maurer.*
Im Jahre 1959 kam es infolge eines Beschlusses des Kultusvorstandes zu einer ,,gesamtjüdischen Liste''; es entfielen bei der Wahl im Dezember 1959 auf

den ,,Bund werktätiger Juden''	13 Mandate
auf den ,,Bund jüdischer Verfolgter''	6 Mandate
auf die ,,Orthodoxen''	3 Mandate
auf den ,,Verband Jüdische Einigkeit''	2 Mandate

Zum Präsidenten wurde Dr. Emil *Maurer* gewählt. Er verblieb bis Feber 1963 Präsident. Zu diesem Zeitpunkt trat er zurück und es wurde Dr. Ernst *Feldsberg* einstimmig zum Präsidenten gewählt. Die Neuwahlen hätten im Dezember 1963 stattfinden sollen. Es wurden aber mit Mehrheitsbeschluß des Vorstandes die Wahlen auf ein Jahr verschoben. Im Jahre 1964 wurden also Neuwahlen abgehalten. Es erhielt der

,,Bund werktätiger Juden''	13 Mandate
der ,,Bund jüdischer Verfolgter''	6 Mandate
die ,,Nationalen''	1 Mandat
,,Zionisten''	3 Mandate
,,Einigkeit''	1 Mandat

Dr. *Feldsberg* wurde wieder Präsident. Bei den Wahlen im Jahre 1968 erhielt der

,,Bund werktätiger Juden''	14 Mandate
,,Bund jüdischer Verfolgter des Naziregimes''	5 Mandate
,,Jüdische Föderation''	4 Mandate
,,Khal Israel''	1 Mandat

Präsident wurde Dr. *Feldsberg.*

Im August 1970 starb der Präsident Dr. Ernst Feldsberg, der diese Funktion seit Feber 1963 innehatte. Sein Leben war mit seiner ganzen Seele der Kultusgemeinde gewidmet. Schon vor 1938 war er Mitglied des Kulturvorstandes. Seit seiner Rückkehr aus Theresienstadt war er wieder im Kultusvorstand und zwar — bis zu seiner Präsidentenschaft — meist als Vizepräsident. Sein Begräbnis, bei dem aufgrund seines Wunsches keine Reden gehalten, jedoch sein Testament verlesen wurde, gestaltete sich zu einer erschütternden Kundgebung des Dankes für diesen großen Juden. Zu seinem Nachfolger wurde Dr. *Anton Pick* gewählt.

Bei den Wahlen im Jahre 1972 erhielt

der ,,Bund werktätiger Juden — Poale Zion''	14 Mandate
der ,,Bund jüdischer Verfolgter des Naziregimes (Ing. Wiesenthal)	3 Mandate
der ,,Zionistische Block''	4 Mandate
,,Khal Israel''	2 Mandate
,,Orthodoxe''	1 Mandat

Zum Präsidenten wurde Dr. *Pick* gewählt. Im Jahre 1976 wurden gewählt:

„Bund werktätiger Juden — Poale Zion"	11 Mandate
„Vereinigter jüdischer Wahlblock"	7 Mandate
„Khal Israel"	3 Mandate
„Zionistischer Block"	2 Mandate
„Orthodoxe Liste"	1 Mandat

Zum Präsidenten wurde Dr. *Pick* gewählt.

Es muß hier auch des langjährigen (1947 bis 1972) Amtsdirektors der Kultusgemeinde, Hofrat *Wilhelm Krell,* gedacht werden, der die Kultusgemeinde bzw. deren Verwaltung neu aufbaute. Der hauptsächlich (oder ganz) von ihm verfaßte *„Lebensbaum* der Wiener Israelitischen Kultusgemeinde" gibt Zeugnis von dem hervorragenden Organisationstalent dieses besonders begabten, leider verstorbenen Mannes. Seit 1972, da Hofrat Krell zurücktrat, ist Regierungsrat *Karl Lazar* Amtsdirektor.

Die rechtliche Grundlage der Kultusgemeinde sind das „Israelitengesetz" vom 21. Mai 1890 und das „Statut". Zum Gesetz wurde schon in dem ersten Abschnitt dieser Ausführungen — über die Zeit bis 1938 — Wesentliches gesagt und auch die Entscheidung des Verfassungsgerichtshofes vom 2. Juli 1981 erwähnt, welche die Einheit der Wiener Kultusgemeinde in Wahrheit aufhebt. Als weitere Grundlagen kommen in Betracht: Die Verordnung vom 29. 2. 1956, womit der Sprengel der Israelitischen Kultusgemeinde Wien kundgemacht wird; dieser Sprengel umfaßt die Bundesländer Wien und Niederösterreich, die politischen Bezirke Oberpullendorf, Mattersburg, Eisenstadt und Neusiedl am See und die ‚Freistädte' Eisenstadt und Rust im Burgenland.

Als ‚Organe', wenn man so sagen darf, fungieren:

1.) Der *Vorstand,* der aus den Wahlen hervorgeht; darüber und auch über das an die Steuerleistung geknüpfte Wahlrecht wurde schon vorher berichtet. An der Spitze des Vorstandes steht der Präsident, der vom Vorstand gewählt wird. Ebenso werden 2 Vizepräsidenten aus dem Vorstand und durch den Vorstand gewählt. Sämtliche Funktionäre, Kultusvorstandsmitglieder (Kultusräte), Vizepräsidenten und Präsident fungieren *ehrenamtlich* ohne jede Vergütung.
   Der Vorstand bildet aus seiner Mitte Kommissionen, welche die einzelnen Agenden untersuchen und gewisse Empfehlungen an den Vorstand bekanntgeben, welche der Vorstand (das Plenum) zu Be-

schlüssen erheben kann. Es sind dies folgende Kommissionen: Kontrollkommission, Finanzkommission, Kultuskommission, Kulturkommission, Fürsorgekommission, Steuerkommission, Technische Kommission (Gebäudeverwaltung), Jugendkommission.

2.) Die *Verwaltung:* An der Spitze der Verwaltung, die sich aus angestellten Beamten (und Arbeitern) zusammensetzt, steht der Amtsdirektor (seinerzeit Sekretär benannt). Die Verwaltung gliedert sich in folgende Abteilungen: Buchhaltung, Steueramt, Personalabteilung, Zentralkartei, Matrikelamt, Hauptkassa, Fürsorge, Friedhofsamt, Technische Abteilung — Gebäudeverwaltung, Bibliothek, Kindergarten, Elternheim, Gemeindezentrum, „Die Gemeinde", Oberrabbiner, Religionsunterricht, Schulen, rituelle Funktionen, Gottesdienste.

Als *Leistungen* der Kultusgemeinde in der Zeit von 1945 bis 1981 seien hervorgehoben: Zuerst — in den Aufbaujahren seit 1945 — galt es wohl, Zerstörtes wiederherzustellen, aber vor allem die Instandsetzung, wenn man so sagen kann, durchzuführen. Es wurde das jüdische Spital, zuerst in der Malzgasse im 2. Bezirk, dann in der Seegasse im 9. Bezirk wieder errichtet. Statt vieler einzelner Namen seien nur die Namen Dr.Mathias Reich, Dr. Walter Stadler und Dr. Wilhelm Stern rühmlich hervorgehoben. Auch das Altersheim befand sich bis 1972 in der Seegasse. In den ersten Jahren war weiterhin die Fürsorge für die Naziopfer, die Geschädigten, eine vordringliche Aufgabe. Es stand da vor allem das Problem der Wiedergutmachung im Vordergrund. Es muß gesagt werden, daß die Wiedergutmachung in Österreich bei weitem nicht in so reichem Maße erfolgt ist wie in Deutschland. Es muß aber doch verwiesen werden auf das Opferfürsorgegesetz, auf die Gründung der — von der Kultusgemeinde abgesonderten — Fonds, wie den Hilfsfonds, die Sammelstellen, den Abgeltungsfonds, aber vor allem auf die Bestimmungen des A.S.V.G. und des G.S.P.V.G. mit den Begünstigungen für die versicherungsrechtlich Geschädigten. Schließlich sei verwiesen auf das Bundesgesetz vom 26. Oktober 1960 über finanzielle Leistungen an die israelitische Religionsgemeinschaft und die jeweils darauffolgenden Gesetze.

Was die *Leistungen* der Kultusgemeinde bzw. ihrer einzelnen Abteilungen betrifft, so ist hervorzuheben das *Matrikelamt.* Dieses vorzüglich geführte Amt, dessen Bestände glücklicherweise von den Nazis nicht ver-

nichtet wurden, hat es vor allem ermöglicht, dokumentarisch und rechtsgültig die Ansprüche — vor allem von Erben — im Rückstellungsverfahren vor Gericht und Behörden bei den Sammelstellen, Opferfürsorge etc. festzustellen. Es sei der verdienstvollen, seinerzeitigen Leiterin, Frau Margarete Mezei, rühmlich gedacht. Was die kulturellen Leistungen für Israel betrifft, so ist hervorzuheben, daß die Kultusgemeinde schon im Jahre 1950 einen ganz beträchtlichen Teil ihrer Bibliothek, *Tausende* Bände Rabbinica und neue hebräische Literatur, Judaica, jüdische und hebräische Zeitschriften etc. der Universität Jerusalem übersandte. Von den kulturellen und religiösen Leistungen der Kultusgemeinde nach 1945 seien hervorzuheben: Zu den Leistungen der Kultusgemeinde in der Nachkriegszeit gehört einmal die Renovierung des Seitenstettentempels im alten Glanz. Diese ,,Neueröffnung'', wenn man bei einem Gotteshaus so sagen kann, fand im September 1963 statt. Der Architekt, Professor Niedermoser, leitete die Neugestaltung und Adaptierung. Bei dem feierlichen Akt waren Mitglieder der Bundesregierung, der Bürgermeister von Wien, Stadträte, Ministerialbeamte und Persönlichkeiten aus Wirtschaft und Finanz, der Botschafter des Staates Israel und ein Vertreter des Kardinals König anwesend.
Im Mai 1976 fand im Tempel zu der 150. Jahrfeier seiner Begründung ein feierlicher Gottesdienst statt, dem Bundeskanzler Kreisky, der Justizminister, der Unterrichtsminister, andere Mitglieder der Regierung, der israelische Botschafter und viele offizielle Persönlichkeiten beiwohnten. Oberrabbiner Dr. Eisenberg hielt die Predigt, der Präsident Dr. Pick trug die Geschichte des Seitenstettentempels vor; es wurde auch eine Festschrift mit Beiträgen von Dr. Pick, Oberrabbiner Dr. Eisenberg und Ruth Blaha von der Kultusgemeinde herausgegeben. Im Jahre 1967 wurde die im November 1938 zerstörte Zeremonienhalle am 4. Tor des Zentralfriedhofes im alten Umfang wieder erbaut. Hervorzuheben als neue künstlerische Leistungen sind die bemalten Glasfenster von der Meisterhand des Professors Heinrich Sussmann.
Eine der Spitzenleistungen der Kultusgemeinde gehört erwähnt, und zwar die Errichtung des im Jahre 1972 vollendeten Baues in Döbling in der Bauernfeldgasse 4, in dem das moderne Altersheim mit angeschlossener Geriatrie und die Verwaltung untergebracht sind. Dieser Neubau, der von Präsident Dr. Feldsberg und Amtsdirektor Krell initiiert und be-

gonnen wurde, fand im Jahre 1972 unter Präsident Dr. Pick und Amtsdirektor Reg.Rat Karl Lazar seine Vollendung. Im Jahre 1980 wurde das „Jüdische Gemeindezentrum" (Kulturzentrum) vollendet und in Anwesenheit des Bundespräsidenten und vieler Persönlichkeiten des öffentlichen Lebens seiner Bestimmung übergeben. Dieses Zentrum ist in dem dem Tempel angeschlossenen Gebäude in der Seitenstettengasse errichtet. Die unter Denkmalschutz stehende Fassade ist gleichgeblieben; das Werk der Architekten, welches hervorragend gelungen ist, war es, in dieses alte Haus dieses prächtige Zentrum einzubauen. Es hat einen großen Saal, Vortragssaal und Mehrzweckhalle, Klubräume, Nebenräume und ein Restaurant. Das Gelingen wurde durch Subventionen des Bundes und der Stadt Wien weitgehend ermöglicht. Außerdem wurde, zahlreichen Wünschen von Gemeindemitgliedern entsprechend, eine jüdische Schule im gleichen Haus eröffnet.
Aus dem Dargestellten ist ersichtlich, daß die Wiener Kultusgemeinde, bei der 8.000 Juden registriert sind, sich nach Kräften bemüht, wieder einen Aufschwung des so klein gewordenen Wiener Judentums zu gewährleisten.

(Anmerkung der Redaktion: Mit dem obigen Artikel war Herr Hofrat Dr. Anton Pick unserer Einladung nachgekommen, einen Beitrag zu diesem Ausstellungskatalog zu leisten. Seither fanden im November 1981 Kultuswahlen statt, aus denen sich in weiterer Folge einige personelle Änderungen ergaben. Hofrat Dr. Pick ist nunmehr Ehrenpräsident der Israelitischen Kultusgemeinde Wien, Dr. Ivan Hacker Präsident und Dr. Fritz P. Hodik Amtsdirektor.

Wilhelm Wadl

Die israelitischen Kultusgemeinden Graz und Klagenfurt

Die Kultusgemeinde Graz

Im Jahre 1862 suchten unabhängig voneinander der Fleischhauer Max Schischa und der Gastwirt Ludwig Kadisch um die behördliche Bewilligung zur Abhaltung israelitischer Gottesdienste an. Diese Gesuche wurden von den Lokalbehörden abgewiesen, im Rekursweg entschied das Innenministerium jedoch, daß die Abhaltung privater Andachten in gemieteten Lokalen gestattet sei, sofern der Vorbeter von einem Rabbiner dazu ermächtigt werde. Daher fanden in der Folge an jedem Sabbat in verschiedenen Gasthäusern im Grazer Griesviertel israelitische Gottesdienste statt.

Erste Bestrebungen zur Schaffung einer Kultusgemeinde führten am 9. 10. 1863 zur Gründung der „Grazer Israelitischen Corporation" unter dem Vorsitz von Josef Wechsler. Die Gründung wurde den Behörden zur

Kat. Nr. 223

Abb. 17: Der israelitische Tempel in Graz

Kenntnis gebracht, die neue Vereinigung hatte aber infolge des Fehlens eines Vereinsgesetzes eine sehr ungesicherte rechtliche Grundlage. Dennoch entfaltete sie eine rege Tätigkeit und schuf noch 1863 mit der Einrichtung eines „israelitischen Religionskurses" die Grundlagen für die spätere israelitische Volksschule. 1864 wurde das Areal des späteren israelitischen Friedhofes in Wetzeldorf bei Graz angekauft und im Jahr darauf kam es zur Adaptierung eines ständigen Betsaales in einem gemieteten Raum der sogenannten „Coliseumskaserne". Zum jüdischen Neujahrsfest (12. 9. 1865) fand die feierliche Einweihung des Betsaales durch den berühmten Wiener Prediger und Rabbiner Dr. Adolf Jellinek (1820—1893) statt.
Nach dem Inkrafttreten des liberalen Vereinsgesetzes vom 15. 11. 1867 bemühte sich eine Gruppe von Grazer Juden unter der Führung von Max Pollak und Moritz Fürst um die Schaffung einer förmlichen „israelitischen Kultusgemeinde" anstelle der ohne vereinsrechtliche Grundlage bestehenden „israelitischen Corporation". Dabei waren vor allem interne Widerstände unter der Grazer Judenschaft zu überwinden, denn im Gegensatz zur auf freiwilligem Beitritt basierenden Corporation sollte die Kultusgemeinde ein gebietsmäßig abgegrenztes Pflichtinstitut werden, das Kultusbeiträge vorschreiben konnte. Deshalb wurde erst im April 1869 eine endgültige Einigung über die Statuten erzielt. Das Gebiet der neuen Kultusgemeinde umfaßte nur den Stadtbereich von Graz, auswärts lebende Israeliten mußten individuell und freiwillig beitreten. Am 17. 5. 1869 wurden die Statuten durch die Statthalterei genehmigt. Im August desselben Jahres fanden unter Beteiligung von 52 Wählern die ersten Vorstandswahlen statt. Zum Vorbeter und Matrikenführer wurde Leopold Kolisch bestellt, der dieses Amt bis zur Bestellung des ersten Rabbiners innehatte. Im Jahr 1877 verfügte die Gemeinde bereits über ein Bethaus, ein rituelles Bad, eine dreiklassige Volksschule und den Friedhof in Wetzelsdorf. Immerhin war die Gemeinde nunmehr so finanzstark, daß die Bestellung eines hauptamtlichen Rabbiners möglich geworden war. Dazu wurde der aus Oberschlesien stammende Dr. Samuel Mühsam (1837—1907) gewählt. Unter seiner Amtsführung (1877—1907) setzten sogleich Bemühungen zur Errichtung eines israelitischen Tempels ein. Mit Hilfe von Spendenaufrufen in ganz Europa und einer Tempelbaulotterie konnte ein Teil der Baukosten aufgebracht und

1887 der Bauplatz am Grieskai erworben werden. Nach relativ kurzer Bauzeit fand schon am 14. 9. 1892 die feierliche Einweihung statt.

Mittlerweile war das „Gesetz vom 21. März 1890, betreffend die Regelung der äußeren Rechtsverhältnisse der israelitischen Religionsgemeinschaft" (Israelitengesetz) in Kraft getreten, dessen § 3 eine gesetzliche Festlegung des Kultusgemeindesprengels binnen drei Jahren vorschrieb. Daher kam es 1893 im Verordnungswege zur Abgrenzung des räumlichen Umfanges der Grazer Kultusgemeinde. Ihr Sprengel umfaßte nunmehr die Stadt Graz und den politischen Bezirk Graz-Umgebung. Alle anderen in der Steiermark, in Kärnten und Krain lebenden Israeliten wurden der Grazer Kultusgemeinde zugewiesen, im Fall der Kärntner Israeliten gegen deren Widerstand. Bis zum Ende der Monarchie blieb die Grazer Gemeinde die einzige israelitische Kultusgemeinde der drei innerösterreichischen Länder. Ihr unterstanden die israelitischen Bethäuser in Judenburg, Knittelfeld, Leoben und Klagenfurt.

Die Kultusgemeinde Klagenfurt

In Kärnten erfolgte die Niederlassung einer größeren Anzahl von Juden im Gegensatz zur Steiermark erst in den siebziger und achtziger Jahren des 19. Jahrhunderts. Daher kam es auch erst spät und unabhängig von der Grazer Kultusgemeinde zu ersten Organisationsversuchen. 1886/87 wurde ein „Israelitischer Cultusverein" in Klagenfurt ins Leben gerufen, der die notwendigen religiösen Bedürfnisse der Kärntner Israeliten befriedigen sollte. An die förmliche Gründung einer Kultusgemeinde und die Bestellung eines Rabbiners war angesichts der geringen Zahl von Israeliten in Kärnten nicht zu denken. Als aufgrund des Israelitengesetzes von 1890 eine gesetzliche Festlegung der Kultusgemeindesprengel erforderlich wurde, traten die Kärntner Israeliten unter der Führung von Adolf Freund und Max Stössl für die Schaffung einer Kultusgemeinde in Klagenfurt ein und unterbreiteten der Kärntner Landesregierung ihre entsprechenden Vorstellungen. Da die Zahl der in Kärnten lebenden Israeliten für die Schaffung und Erhaltung einer selbständigen Kultusgemeinde jedoch zu gering war, verfolgte Adolf Freund das Ziel, auch alle Israeliten der Obersteiermark und Krains der in Klagenfurt zu gründen-

den Kultusgemeinde zu unterstellen. Dieses Projekt wurde jedoch weder von den Betroffenen noch von den Behörden akzeptiert und die in Kärnten wohnenden Israeliten stattdessen mit Erlaß vom 18. 3. 1893 der israelitischen Kultusgemeinde in Graz unterstellt. Daraufhin löste sich der israelitische Kultusverein in Klagenfurt auf (1895).
In der Folge war nicht so sehr die weit entfernte Grazer Kultusgemeinde, deren Kultussteuer- und sonstige Gebührenvorschreibungen Anlaß zu vielen Mißstimmungen boten, sondern die Klagenfurter *Chewra Kadischa* (gegründet 1888) das Zentrum des Gemeindelebens der Kärntner Israeliten. Diesem israelitischen Kranken-, Unterstützungs- und Beerdigungsverein gelang 1895 die Erwerbung eines Friedhofareals in St. Ruprecht bei Klagenfurt. 1905 wurde, nachdem bisher verschiedene gemietete Lokale als Bethäuser gedient hatten, das Haus Platzgasse Nr. 3 erworben und als Bethaus und Vereinslokal der *Chewra Kadischa* eingerichtet. In diesem Gebäude fand auch der Religionsunterricht für die immer größer werdende Zahl jüdischer Kinder statt.
Der Vorstand der *Chewra Kadischa* war unter der Führung von Max Stössl immer wieder bemüht, die von den Kärntner Juden wenig geliebte Verbindung mit der Grazer Kultusgemeinde zu lösen und eine selbständige Gemeinde ins Leben zu rufen. Bis zum ersten Weltkrieg scheiterten jedoch alle diese Versuche am erbitterten Widerstand des Grazer Kultusgemeindevorstandes, der den Kärntner Israeliten die wirtschaftlichen Möglichkeiten zur Errichtung einer lebensfähigen Gemeinde abstritt. Diese Auffassung vertrat auch der Klagenfurter Magistrat, der konstatierte, daß von den israelitischen Familienoberhäuptern ,,*höchstens 10 zu den ganz oder halbwegs geldkräftigen gezählt werden können, weil man sich vom Titel Kaufmann, Handelsmann nicht täuschen lassen darf, weil dahinter häufig nur der Hausierer steckt.*'' Angesichts dieser negativen Stellungnahmen waren weder die Landeshauptmannschaft noch das Innenministerium bereit, einem der zahlreichen Ansuchen stattzugeben. Erst nach dem ersten Weltkrieg wurden die jahrzehntelangen Bemühungen der Kärntner Israeliten endlich vom Erfolg gekrönt, nicht zuletzt wohl deshalb, weil die Grazer letztendlich froh waren, die aufsässigen, wenig zahlungskräftigen und zahlungsunwilligen Kärntner endlich loszuwerden und daher jeden Widerstand aufgaben. Mit Wirksamkeit vom 1. 1. 1923 wurden daher die im Bundesland Kärnten wohnenden Israeliten von der

Abb. 18: Der Landesrabbiner der Steiermark Dr. Samuel Mühsam

Kultusgemeinde Graz losgetrennt und einer in Klagenfurt zu gründenden israelitischen Kultusgemeinde unterstellt. Die neu konstituierte Gemeinde, deren erster Vorstand Max Stössl wurde, wählte sich den bisherigen Rabbiner in Mistelbach, Ignaz Hauser, zu ihrem Rabbiner, der Ende 1923 sein Amt antrat.

Jacob Allerhand

Die hebräischsprachige Publizistik in Österreich in der ersten Hälfte und um die Mitte des 19. Jahrhunderts

Die Funktion der hebräischen Sprache in der jüdischen Gesellschaft

Seitdem die Juden aufgehört hatten, hebräisch zu sprechen, und die Sprache, insofern es um den Alltag ging, nur mehr die Sprache der Liturgie war, verlor sie an Kreativität. Im alltäglichen Gebet, aber auch in Psalmen, fand der Betende je nach religiösem Engagement und Verständnis des Textes, nach sozialer Stellung und Emotion[1] die passende Möglichkeit der Artikulation. Auf diese Weise wurde dem des Hebräischen sich bedienenden Juden jene literarische Auseinandersetzung mit der Umwelt erspart, über welche die deutschsprachigen Schriftsteller klagten[2], andererseits wurden sie thematisch in zunehmendem Maße introvertiert. Stilistische und formale Merkmale haben den deutschen Schriftsteller jüdischer Herkunft niemals geprägt[3], sein besonderes Kriterium war seine spezifische Situation, die wiederum seinen Geist inspirierte. Diese ‚spezifisch jüdische' Situation nahm dem hebräischsprachigen Schriftsteller den weltlichen, den außerjüdischen Aspekt auch nach der Säkularisierung des Schrifttums, da die sprachliche Geborgenheit die thematische Isoliertheit antizipierte. Retrospektiv erscheint es durchaus plausibel, daß in der modernen hebräischen Literatur, der Literatur der *Haskala,* durch die Sprache der Bibel eine biblische Thematik impliziert wurde. Auf diese Weise blieb der literarische Kontakt zum europäischen Kulturgut auf die deutsche oder anderssprachige Vorlage beschränkt. Es war die Methode, welcher man sich in Deutschland während der Aufklärung bediente, als mit dem *Me'asseph*[4] die erste Epoche der Haskalaliteratur anhebt[5].

Die Tatsache, daß man die Me'asphim die Eröffner einer neuen Ära in der hebräischen Literatur genannt hat oder ihr Wirken national zu motivieren suchte, ist vielleicht eher symptomatisch für die Zeit als ihr eigenes Verdienst[6]. Über den Wert des Me'asseph urteilt F. Delitzsch: seine Wirkung auf das Judentum blieb äußerst gering. Sein programmatischer Inhalt und die Übersetzungen aus fremder Literatur, die auf Kosten des jüdischen Anteils gingen, besonders aber das Fehlen des Bewußtseins der nationalen Unzerstörbarkeit und die Hoffnung auf die einstige Wiederherstellung raubten der hebräischen Poesie und Prosa ihren Lebensnerv[7]. Die Zeitschrift wurde daher zum Selbstzweck, zum Ehrgeiz der führenden Mitarbeiter, denn das Interesse am Hebräischen nahm ab, wie sich aus der Klage des alternden I. Euchel, eines ehemaligen Mitarbeiters des Me'asseph, schließen läßt[8]. Die Anzahl der hebräischen Leser in Deutschland betrug tatsächlich nicht mehr als einige Hundert, und es kamen berechtigte Zweifel auf, ob denn die Belebung und Aktualisierung dieser Sprache mehr als ein Wunschtraum sei[9]. Eine weit größere Anzahl von Hebräischlesern lebte in Österreich-Ungarn, wo es eigentlich nur in Wien Probleme mit den neu Zugewanderten gab. In den Kronländern war das Wohnrecht historische Tatsache, die auch von der Obrigkeit nicht angefochten wurde. Da Padua genau wie Brody und Lemberg der Monarchie angehörte, entstand zwischen den Wissenschaftlern Galiziens und Italiens ein reger Kontakt, der sich dann auf Deutschland und Rußland ausdehnte und der zum geistigen Symposion wurde, bei dem ‚tout Israel' zugegen war und bei dem die Maskilim aus Galizien das Wort führten[10]. Nicht irrelevant ist in diesem Zusammenhang die Funktion des Toleranzpatents Josephs II. und die daraus resultierende reformatorische Tätigkeit Hartwig Wesselys, welche das hebräische Schrifttum befruchteten[11].

Von den Toleranzpatenten für die Juden in der Habsburgermonarchie im josephinischen Jahrzehnt ist wohl das für die Juden Wiens und Niederösterreichs, das am 2. 1. 1782 erlassen wurde, das bekannteste[12]. Das Echo auf das Toleranzpatent reichte von Begeisterung über Skepsis bis zu schroffer Ablehnung. Den Wiener Tolerierten, durchwegs wohlhabenden Familien, brachte das Gesetz die rechtliche Sicherung ihrer hervorragenden wirtschaftlichen Stellung[13]. Wie die ‚aufgeklärten' christlichen Zeitgenossen begrüßten sie im Reformwerk Josephs II. den Beginn einer neuen Epoche. Die Moses Mendelssohn nachgesagte Skepsis den Vorgängen in Österreich gegenüber ist übertrieben und zeugt von einem Anachronismus. Der Philosoph, der Ch. W. Dohms „Bürgerliche Verbesseung der Juden" postulierte[14] und zeitlebens der Freund Herz Hombergs blieb[15], der die Idee einer deutsch-jüdischen Aufklärung mit Hilfe der Staatsmacht unter den Massen des galizischen Judentums durchsetzen wollte[16], kann schlecht als Opponent des Toleranzpatents und all dessen, was sich dahinter verbirgt, angesehen werden, da dieses letzten Endes doch der Hebung des bürgerlichen Status der Juden förderlich war[17]. Und schließlich schrieb Mendelssohn die Einleitung zu „Worte des Friedens und der Wahrheit"[18] und approbierte[19] somit Wesselys detailliertes Erziehungsprogramm, das darin dargelegt ist.

Wesselys Erziehungsmodell sollte die jüdische Jugend zur Produktivität inspirieren und sie somit zu nützlichen Bürgern erziehen[20], denn das Toleranzpatent konnte die bestehende Differenzierung im jüdischen Berufswesen nicht aufheben. Außer den im Tabakgewerbe beschäftigten praktizierten im jüdischen Krankenhaus drei jüdische Ärzte. Die meisten Juden, welche aus Böhmen, Mähren und Ungarn einwanderten, befaßten sich mit Altkleiderhandel und Textilzubehör. Galizische Juden waren oft Makler oder Agenten Wiener jüdischer Kaufleute. Andere waren Buchhändler, vor allem auf Jahrmärkten[21]. Es bestand auch keine Chance, daß dieses Bild der Wiener Juden sich so schnell ändern würde. Die Zuwanderung der Juden aus den Kronländern in die Metropole konnte nicht unter Kontrolle gebracht werden. Die Einstellung der Wiener Juden zu diesem Problem war ambivalent, da ökonomische Interessen und jüdische Solidarität einander widersprachen[22]. Doch dieses vielschichtige, nicht nur sozial, sondern auch sprachlich differenzierte und im Wesen heterogene Judentum hatte auch Vorteile, die auf eine Aktivierung warteten. Seit dem zweiten Viertel des 19. Jahrhunderts trat Österreich das Erbe Preußens in der Pflege der hebräischen Sprache an[23]. Die im weit ausgedehnten österreichischen Kaiserstaat mit den vielen Ländern von ganz verschiedenem Niveau und unteschiedlichen Traditionen verstreuten Maskilim machten es sich zur Aufgabe, die Massen, doch erst einmal die Gebildeten unter ihnen, auf die Errungenschaften Europas aufmerksam zu machen. Einer der Wege dieser Arbeit war das Schrifttum, vor allem die Publizistik, die teils didaktisch war, teils auf erzählerischem Wege zu überzeugen und damit auch zu ändern versuchte. Die Zeitschrift sollte nun ein Mittelpunkt für alle die werden, welche die hebräische Sprache liebten und eine Renaissance des jüdischen Lebens anstrebten[24].

Auf diese Weise fiel der hebräischen Sprache in einer Gesellschaft, welche die Ideale der jüdischen Aufklärung auf so veschiedene Weise rezipierte[25], neben der Aufgabe genuinen Charakters auch eine gesellschaftsrelevante Funktion zu.

Charakterisierung der Zeitschriften (und Sammelbände)

a) *Bikkure ha'ittim* (erste Frucht der Zeiten)

Neben allen Faktoren, die eine hebräische Publizistik postulierte, ist für das jüdische Leben in Österreich im Vormärz die Buchdruckerei des Anton Edlen von Schmid von besonderer Relevanz. Der privilegierte Buchhändler, der Christ war, nahm die hebräische Buchproduktion auf, als im Jahre 1800 die Einfuhr hebräischer Bücher nach Österreich verboten war. Seine Korrektoren, vorwiegend Hebraisten aus den Kronländern, waren praktisch die ersten Vertreter des hebräischen Schrifttums in Wien[26]. In der Schmid'schen Buchdruckerei erschien erstmalig die Zeitschrift (eigentlich ein Jahrbuch) *Bikkure ha'ittim*. Ihr Initiator und auch Herausgeber war der aus Polen stammende und über Berlin nach Wien zugewanderte *Schalom Cohen* (1772—1845). Cohen, der in Deutschland[27] und auch anderen europäischen Ländern[28] schriftstellerische und publizistische Erfahrungen sammelte und berühmt wurde[29], nahm (1820) die Einladung von Anton Schmid an, die Stellung des Korrektors und Redakteurs einzunehmen, die bis dahin der Dichter Salomo Levisohn (1789—1821) bekleidete[30]. Seinen in Deutschland unternommenen Versuch, den Me'asseph[31], konnte er in Wien endlich realisieren, doch nicht unter dem konzis-nüchternen Titel „Me'asseph''; dieser wurde gelockert und verfeinert, da es ein Almanach sein und alle ansprechen sollte. Die „Bikkure ha'ittim'', was soviel wie Erstlinge der Zeiten bedeutet, erschienen ohne Unterbrechung zwölf Jahre[32]. Die Beiträge und Publikationen waren hebräisch- und deutschsprachig, allerdings in hebräischen Lettern gedruckt[33]. Dies dürfte das Resultat einer Überlegung gewesen sein, die natürlicherweise auf die Erfassung eines breiteren Leserkreises abzielte. Diese Form wurde bereits durch die Überschrift angekündigt. Unter dem hebräischen Titel erschien der deutschsprachige in Quadratschrift und lautete: „Ein nützliches und lehrreiches Geschäfts- und Unterhaltungsbuch für das Jahr 5581 zum (sic!) Neujahrsgeschenk für gebildete Hausväter und Hausmütter, als Prämienbuch für die fleißige Jugend''[34].

Die Thematik ist ebenso bunt wie der Mitarbeiterkreis heterogen ist. Keine deutliche Spur von Tendenz, als habe sich diese in der Intention der moralischen Belehrung und der Pflege des Hebräischen tatsächlich er-

Kat. Nr. 117

Abb. 19: Bild aus dem Plan von Vasquez

schöpft. Eine Kongenialität der Mitarbeiter wird erst infolge der Zusammenarbeit und der publizistischen Reife erzielt werden. Moralische Belehrungen, historische Exkurse, vor allem in das spanisch-maurische Mittelalter, sowie die Aufarbeitung der Aufklärung sollte hier Vorrang haben[35]. Kein Wunder also, daß man bemüht war, die ‚moralischen Belehrungen' aus dem Talmud mit einer Biographie des ‚Rabenu Mosche ben Menachen' (Moses Mendelssohn), dem Vater der Aufklärung[36], durch die Mittlerschaft des Moses Maimonides[37] publizistisch kohärent erscheinen zu lassen. Ein weiteres publizistisches Relikt der Aufklärung, das in Österreich zu neuem Leben erwachte, war die Übernahme und Publikation großer Teile des alten „Me'asseph". Ob das der Tendenz der Haskalatradition entsprang oder als Zeichen der eigenen Unzulänglichkeit angesehen werden darf, kann mit Bestimmtheit nicht gesagt werden. Und nicht zuletzt sei noch auf die „Vaterländische(n) Notizen" hingewiesen, von deren Beiträgen sich neben solchen zur Geschichte der Juden in Wien und Berichten über literarische Werke von 14 Autoren, die alle bei Anton Schmid erschienen, ein genealogisches Verzeichnis des regierenden österreichischen Kaiserhauses abhebt[38].

Nach dem 3. Band stellte Cohen seine Herausgebertätigkeit ein und an seine Stelle trat *M. Landau* (1788—1852) aus Prag, der Enkel des berühmten J. Landau, des fanatischen Gegners der mendelssohnschen Bibelübersetzung. Die Zeitschrift legte ihren merkantilistischen Charakter ab, reduzierte den Anteil der Aufsätze aus dem „Me'asseph", die bisweilen bis zu 100 Seiten umfaßten, und bezeichnete sich als Zeitschrift „für alle Stände"[39]. Zu dem Ausbau des Jahrbuches unter M. Landau gehörte auch die Erweiterung des Mitarbeiterkreises. Dazu gehörten nicht nur Sch. J. Rappoport (1790—1867), Rabbiner in Lemberg und Prag, der auch Maskil war, die Reform bekämpfte und ein Anhänger der wissenschaftlichen Kritik war[40], sondern auch der Dichter S. Pergamenter aus Brünn[41], sowie der Maskil Mendl Levin[42] (1749—1826) aus Satanov in Podolien sowie der aus dem galizischen Brody stammende Satiriker Isaak Erter[43] (1791—1855). Vom 6. Bande an ist der Name des Redakteurs nicht mehr zu eruieren. Schmid soll indes selbst den Kontakt zu den „Herren, Gelehrten, Schriftstellern und Dichtern israelitischer Nation" gefunden haben. Die Zusammenstellung der eingelaufenen Beiträge ließ er von nun ab durch einen seiner Korrektoren besorgen. Salomon Pergamenter, der die Mitarbeit am Werke mit einem Gedicht auf der ersten Seite begrüßte, dürfte der Vertrauensmann des Verlegers gewesen sein[44]. Und wenn Schmid auch mitteilen ließ, daß er die Beiträge zu honorieren bereit sei[45] und der Mitarbeiterkreis sich auf die literarischen und wissenschaftlichen Giganten der damaligen Zeit J. S. Reggio[46] (1784—1855) aus Görz und S. D. Luzzatto[47] (1800—1865) aus Triest ausdehnte, ließ die Abonnentenzahl nach.

Mit *Jehuda Jeiteles* (1773—1838) aus Prag stieg in die Redaktion der letzten drei Jahrbücher sowohl eine wissenschaftliche als auch eine dynamische Persönlichkeit ein. Er war Sproß einer Prager hebräischen Schriftstellerfamilie und glühender Anhänger der Habsburgerdynastie, deren Mitgliedern er bei jedem Anlaß hebräischsprachige Dank- und Lobgedichte widmete[48]. Zu dieser Zeit erreichten die Bikkure ha'ittim einen Höhepunkt. Der deutschsprachige (in hebräischen Lettern), an das Jiddische erinnernde Beitrag wurde zugunsten des hebräischen reduziert. Und trotzdem Schmid die Beiträge honorierte, nagte die Rezession an der Zeitschrift und bedrohte ihre Existenz. Die Redakteure und Korrektoren waren von der Arbeit derart in Anspruch genommen, daß sie übersahen, wie die ‚versteinerte' Sprache mit der Moderne, zu der zu erziehen sie sich anmaßte, schwer Schritt halten konnte[49]. Nur so ist zu verstehen, warum in den Jahren 1820 bis 1830, als sich die hebräische Literatur im Stadium des allmählichen Prozesses der Entwicklung befand, das Erscheinen der Zeitschrift nach zwölf Jahren eingestellt werden mußte[50].

b) *Kerem chemed* (der liebliche Weinberg)

Es wurde bereits darauf hingewiesen, daß die hebräische Sprache einen besonderen Status hatte und ihr eine bestimmte Funktion zukam. Für jeden, der sie beherrschte, war sie eine Zweit- oder Drittsprache, eine Sprache der Gebildeten. Und wenn sich die hebräischsprachige Aufklärung, die Haskala, als eine säkularisierende Kulturbewegung verstand, waren ihre Träger eine Gesellschaftsschicht, die aus dem politischen Leben ausgeschlossen war[51]. Auf diese Weise fanden die gesellschaftlichen Strömungen und ihre Ideen, die um die Mitte des 19. Jahrhunderts im Judentum so virulent waren, im Hebräischen keinen Niederschlag. Aus den vielen Arbeiten der Maskilim der zweiten literarischen Epoche, deren hebräische Sprache sich auf so verschiedene Weise entwickelte, war der

Hauch der Liturgie im besten Falle als eine gewisse Romantik spürbar[52]. Die Literatur dieser Periode ist getränkt von einer Klage über einen Zustand, aus dem es scheinbar keinen Ausweg gibt, und von der Sehnsucht nach dem, was vergangen und in der Gegenwart nicht mehr erreichbar zu sein scheint. Diese Bezugslosigkeit zur Gegenwart spricht aus den Einleitungsworten, mit denen der Redakteur des ,,Kerem chemed'' dieses avisierte: ,,. . . denn einen lieblichen Weinberg, in dem Oliven, Feigen und Granatäpfel gedeihen, pflanzten fachkundige Winzer, die ihren Beruf gut beherrschten''[53].

Mit Hilfe von S. J. Rappoport, S. D. Luzzatto und dem aus Brody stammenden N. Krochmal (1785—1840)[54] begann der junge *Goldenberg* die Publikation seiner Zeitschrift, deren Motto war: ‚weniger Schöngeisterei und mehr Wissenschaftlichkeit'[55]. Der Kerem chemed erschien regulär von 1833 bis 1843, mit Unterbrechungen jedoch bis 1857. Die erste Sammlung enthielt zweiundvierzig Briefe[56] im Umfang von 143 Seiten und kam 1833 ebenfalls bei Schmid heraus. Der volle, die Zeitschrift charakterisierende Titel lautet: ,,Kerem chemed, enthaltend wertvolle Briefe, die Weise unserer Zeit in Sachen des Glaubens und Wissens aneinander schrieben''. Das letztere war durch ,,*chokhma we'ha'madda*'' ausgedrückt. In den späteren Bänden ist ,,*we'ha'madda*'' als Pleonasmus ausgelassen, da hier ,,*chokhma*'' nicht Lebensführung oder Weisheit, sondern Wissenschaft bedeuten sollte. Ebenso wurde später in der Charakteristik das Wort ,,*iggrot*'' (Briefe) durch das Wort ,,*mikhtabhim*'', welches ebenfalls Briefe, Schriftstücke oder Aufsätze bedeutet, ersetzt. Es ist nach wie vor evident, daß der Herausgeber an der Form der ,,Iggrot'' ein Interesse hatte[57], so daß er sogar den einen oder anderen Aufsatz mit Datum und Anschrift versah, um ihm den Charakter eines Briefes zu verleihen. Die Form des Briefwechsels im 18. Jahrhundert als Instrument für die Mitteilung seelischer Erregungen und gedanklicher Konstruktionen, schien als nachahmungswürdiges literarisches Genus und erfuhr in dieser Haskalaperiode eine ihrer Art gemäße Wiederbelebung[58].

Da die Form, wissenschaftliche Artikel in Briefe zu kleiden, sich nicht ganz durchsetzte, nahm die Zahl der Briefe ab. Bestand der ,,Kerem chemed'' im ersten Jahr aus zweiundvierzig Briefen, waren es im zweiten nur vierunddreißig, im dritten einundzwanzig, bis sie im letzten Band auf elf Briefe zusammenschmolzen[59]. Die fehlenden Briefe wurden durch

Aufsätze ergänzt, welche in die Briefform nicht paßten. Beiträge des Geschichtsschreibers Markus Jost, des Wiener Predigers des Stadttempels A. Jellinek sowie die des bereits erwähnten Krochmal und des Joseph Perl erhöhten das Niveau der Zeitschrift und verliehen zeitgemäßen Charakter. Untersuchungen über die Geschichte der Tannaim bestätigten ihren klassischen Stil[60].

In dieser Zeitschriftenserie dominierte das Hebräische, und selbst Männer der ‚Wissenschaft des Judentums', wie Leopold Zunz und Abraham Geiger, die deutsch schrieben, erkannten in diesen Jahrbüchern die Funktion der hebräischen Sprache. Krochmals Arbeiten über das Judentum als eine überzeitlich existierende Religion sowie die Implikation der hegelianischen Philosophie verliehen der Zeitschrift einen esoterischen Charakter[61]. Und Perls chassidische Satire und Anklage der Zaddikim fand nicht das nötige Echo, da Galizien trotz seiner Haskala[62] nicht gerade ein Hort der antichassidischen Opposition war. Dem Werke Perls fehlte die Objektivität, da er als Opponent der Chassidim viel zu sehr in der antichassidischen Polemik engagiert war.

Die Zeitschrift, zu deren Mitarbeiterkreis die prominentesten jüdischen Wissenschaflter zählten, war doch aufs engste mit dem Namen des Herausgebers Goldenberg verquickt. Als die Zeitschrift auf dem Höhepunkt der Wissenschaft und Kommunikation stand, wurde sie als der so sorgsam angelegte Weinberg brachgelegt. Der treue Anhänger der Haskala und Freund der Gelehrten seiner Zeit, der Mann, welcher selbst eine geschickte Feder führte, starb in jungen Jahren, nicht ganz drei Jahre nach dem Erscheinen des siebenten und vorläufig letzten Bandes der Serie. Im Gegensatz zu den ,,Bikkure ha'ittim'', welche 12 Jahre ohne Unterbrechung erschienen waren, die Redakteure jedoch wechselten, wurde der ,,Kerem chemed'' von ein und demselben Mann publiziert, jedoch nicht immer in Wien. Erst elf Jahre nach dem Erscheinen des letzten ,,Kerem chemed'', d.h. acht Jahre nach Goldenbergs Tod, gelang es S. Sachs in den Jahren 1854 bis 1856, den achten und neunten Band des ,,Kerem chemed'' zu publizieren[63].

c) *Ozar nechmad* (1855—1863)

Im selben Jahr, in welchem S. Sachs an dem letzten Band des ,,Kerem chemed'' arbeitete, begann *J. Blumenfeld* (1812—1890) aus Brody mit der Herausgabe der Zeitschrift ,,Ozar nechmad'' (lieblicher Schatz). Auch hier konzentrierte sich der beste Teil der Hebraisten aus Deutschland, Rußland, vor allem aber aus der Monarchie im Mitarbeiterkreis. Alle forderten die Wissenschaft des Judentums und die hebräische Sprache, die immer das einigende Kriterium der jüdischen Gelehrten war. Eine Ausnahme bildete S. D. Luzzatto, der seine längeren Ausführungen mit französischen Erklärungen ergänzte[64].

In dieser bunten Palette von Zeitschriften dürfen die zu Schöngeisterei und Dichtung tendierenden *Kokhabhe Jizchak* (Sterne Isaaks) sowie die sich im Geist der Zeit und realistisch gebärdenden *Bikkurim* (Erstlinge)[66] nicht unerwähnt bleiben. Diese kurzlebigen Zeitschriften erschienen etwa parallel mit den letzten Nummern des ,,Kerem chemed'' und einigen des ,,Ozar nechmad'' und sind ein Beleg dafür, daß trotz aller materiellen und sonstigen Schwierigkeiten sowie aller menschlicher Unzulänglichkeit der Pioniergeist und die Dynamik der hebräischen Sprache niemals erlosch. So schließt mit dem ,,Ozar nechmad'', dessen letzter Band mehr als vierzig Jahre nach dem Auftreten der ,,Bikkure ha'ittim'' erschien, eine Periode der von Österreich hervorgegangenen Publizistik ab, die uns Zeugnis gibt von dem Ringen ihrer Schöpfer um die Erforschung des Judentums und das Erhalten dessen genuinen Charakters.

Schlußwort

Fest steht, daß die erwähnten Zeitschriften eine Grundlage gelegt haben, aus welcher die Wissenschaft des Judentums in Deutschland, England und Frankreich ihre Quellen schöpfte. Mit den konkurrierenden Sprachen und Kulturen in Deutschland, Österreich und Italien konnten sie schwer Schritt halten. Doch viel gravierender sind die inneren Makel. Da die Zeitschriften sich nur auf die jüdische Vergangenheit und bisweilen auf die Emanzipation konzentrierten, verloren sie jeden Kontakt mit dem Geist der Zeit und dessen sich allmählich radikalisierender Anschauungswelt. Nichts spricht so deutlich dafür wie die Tatsache, daß der revolutionäre Geist Österreichs von 1848 in dieser Publizistik kein Echo fand. Die 1860 in Rußland inaugurierte Zeitschrift *Ha'meliz* (der Mittler) kündigt an, zwischen dem jüdischen Volk und der Regierung, zwischen der Religion und der Aufklärung vermitteln zu wollen[67]. Nichts Ähnliches finden wir in der österreichischen Publizistik. Bei all den Mängeln ist ihr

Verdienst allein in der Existenz und im Kampf um diese Existenz immanent. Denn genau wie für die erste Epoche der Haskaliteratur der „Me'asseph" ein Vorläufer war, ist ohne die zweite, die österreichische Periode, welche die Ära der „Bikkure ha'ittim" und des „Kerem chemed" war, die blühende hebräische Literatur und Publiziszik in Rußland (Litauen) undenkbar. Ihre Bedeutung liegt in der Kontinuität.

Anmerkungen

1 *R. Schatz-Uffenheimer,* Ha'chassidut ke'mistika, Jerusalem 1968, 129ff.

2 *A. Schnitzler,* Jugend in Wien. Eine Autobiographie, Ed. T. Nikl und H. Schnitzler, Wien 1968, 328. Vgl. Briefwechsel aus sieben Jahrzehnten: R. Beer-Hofmann an M. Buber, I. 1897—1918, Ed. *G. Schaeder,* Heidelberg 1972, 327f.

3 *M. Reich-Ranicki,* Über Ruhestörer. Juden in der deutschen Literatur, Frankfurt 1977, 39; *J. Allerhand,* Hartwig Wessely — Das Porträt eines hebräischen Aufklärers, Kairos 14 (1972), 98—109.

4 Der „Me'asseph" erschien mit Unterbrechungen von 1784 bis 1829 zuerst in Königsberg und dann in Berlin.

5 *J. Klausner,* Schalosch tekuphot be'siphrut ha'haskala ha'ibhrit, Festrede anläßlich der Eröffnung der Fakultät für Judaistik an der Jerusalemer Universität, Jerusalem 1926, 8; *A. Orianowski,* Toldot ha'siphrut ha'ibhrit ha'chadascha, 3 Bde., Bd. 1, 45.

6 *L. E. Barzilay,* National and anti-national Trends with the Berlin-Haskala, Jewish Social Studies 21 (1959), 165.

7 *F. Delitzsch,* Zur Geschichte der jüdischen Poesie vom Abschluß der heiligen Schrift alten Bundes bis auf die neueste Zeit, Leipzig 1836, 104—107.

8 *B. Wachstein (I), I. Taglicht (II), A. Kristianopoler (III),* Die hebräische Publizistik in Wien, Wien 1930, I. Euchel war der hebräischsprachige Biograph M. Mendelssohns. Vgl. *I. Euchel,* Toldot he'chakham ha'choker ha'elohi Mosche ben Menachem, Lemberg 1860.

9 *P. Navê,* Die neue hebräische Literatur, Bern 1962, 19 f.

10 *M. Weissberg,* Die neuhebräische Aufklärungsliteratur in Galizien, Wien 1898, 4.

11 *J. Klausner,* Historia schel ha'siphrut ha'ibhrit ha'chadascha, 6 Bde., Jerusalem 1960, II., 120—134.

12 J. Karniel, Im Zeichen der Toleranz (Ed. Peter F. Borton), Wien, 1981, 204.

13 *E. Zöllner,* Geschichte Österreichs. Von den Anfängen bis zur Gegenwart, Wien 1961, 324; *W. Häusler,* Toleranz, Emanzipation und Antisemitismus. Das österreichische Judentum im bürgerlichen Zeitalter (1782—1918), in: Das österreichische Judentum, Wien 1974, 84.

14 Vgl. *A. Altheim,* Moses Mendelssohn, A Biographical Study, Alabama 1973, 465f.

15 *M. Kayserling,* Moses Mendelssohn. Sein Leben und seine Werke, Leipzig 1862, 310—314; *M. Balaban,* Herz Homberg in Galizien, Jahrbuch für jüdische Geschichte und Literatur 18 (1916), 189—221.

16 *K. Schubert,* Der Einfluß des Josefinismus auf das Judentum in Österreich, Kairos 14 (1972), 92.

17 *J. Allerhand,* Das Judentum in der Aufklärung, Stuttgart 1980, 118—120.

18 *H. Wessely,* Dibhre schalom we'emet li'khal adat jisrael ha'garim be'arzot memschelet ha'kessar ha'gadol ha'ohebh et bne ha'adam u'messameach et ha' brijot, Josephus ha'scheni juram hodo, Wien 1826.

19 *Kayserling,* (Anm. 15), 308.

20 *Wessely* (Anm. 18), 17, 28, 31.

21 *F. A. Pirbram* (Ed.), Urkunden und Akten zur Geschichte der Juden in Wien, 2 Bde. Wien, 1918, I., 559.

22 *G. Wolf,* Geschichte der Juden in Wien 1156—1876, Wien 1876, Anhang 270.

23 *Klausner (*Anm. 11), II., 144ff.

24 *Wachstein* (Am. 8). XV.

25 *W. Häusler,* Das galizische Judentum in der Habsburgermonarchie im Lichte der zeitgenössischen Publizistik und Reiseliteratur von 1772-1848, Wien 1979; *R. Mahler,* A. History of Modern Jewry 1780—1815, London 1971, 258, 330; *R. Gladstein-Kestenberg,* Neuere Geschichte der Juden in den böhmischen Ländern, Tübingen 1969, 46; *Sch. Simonsohn,* Toldot ha'jehudim be'duksut Mantobha, Jerusalem 1963.

26 *Schubert* (Anm. 16), 97.

27 *Klausner* (Anm. 15), I., 276.

28 *P. Lachower,* Toldot ha'siphrut ha'ibhrit ha'chadascha, 4 Bde., Tel-Aviv 1927, I., 119—130.

29 *J. L. Landau,* Short Lectures on Modern Hebrew Literature, Johannisburg 1923, 111—126.

30 *I. Reich,* Beth-El. ,,Ehentempel'' verdienter ungarischer Israeliten, Budapest 1861, 72—77.

31 *J. Busch,* Kalendar und Jahrbuch für Israeliten VI (1847), 93; *M. Letteris,* Mikhtabhe ibhrit, Wien 1886, 137—138.

32 Klausner (Anm. 11), II., 30.

33 Bikkure ha'ittim I. (1821), 2ff.

34 Bikkure ha'ittim (Anm. 33).

35 Bikkure ha'ittim 10 (1831), 94ff.

36 Bikkure ha'ittim I (1821), 8ff.

37 Bikkure ha'ittim V (1825).

38 Bikkure ha'ittim, in beinahe allen Bänden verstreut.

39 Bikkure ha'ittim III (1924), Titelblatt.

40 Bikkure ha'ittim VII (1827), 173—254.
Bikkure ha'ittim VIII (1828), 20—27.
Bikkure ha'ittim IX (1829), 49—55, 95—101.

41 *Wachstein* (Anm. 8), I., 159—160.
42 Bikkure ha'ittim V (1825), über Maimonides.
43 *G. Karpeles,* Geschichte der jüdischen Literatur, 2 Bde., Berlin 1909, II, 427.
44 *Wachstein* (Anm. 8), Bd. 1, XXXVI.
45 *Klausner* (Anm. 11). II., 37.
46 *Wachstein* (Anm. 8), Bd. 1, XXIX.
47 *S. D. Luzzattos* Werk „Kinor na'im" (liebliche Harfe), erschienen in den Bikkure ha'ittim VI (1826/27).
48 Bikkure ha'ittim III (1824/25).
49 Klausner (Anm. 11), II., 37.
50 *Wachstein* (Anm. 8), Bd., 1, XLI.
51 *S. Baron* Die Judenfrage auf dem Wiener Kongreß, Wien 1920, 101.
52 *J. Allerhand,* Die Bedeutung des Landes Israel in der Haskalaliteratur, Wien 1971 (Diss. maschinschriftl.), 63.
53 Kerem chemed I (1833). 1.
54 *N. Rottenstreich,* Ha'machschabha ha'jehudit ba'et hachadascha, 2 Bde., Tel-Aviv 1966, I., 71.
55 *Klausner* (Anm. 11). II., 37.
56 Kerem chemed I (1833).
57 *Weissberg* (Anm. 10), 63.
58 *Wachstein* (Anm. 8), I., XXXIV.
59 Kerem chemed VII (1843).
60 Kerem chemed IV (1837), 24.
61 *I. L. Landau, Nachman Krochmal ein Hegelianer, Berin 1904, 39.*
62 *J. Perl,* Megale temirin, Wien 1819, Lemberg 1864.
63 *Klausner* (Anm. 11), II., 38.
64 Ozar nechmad IV (1863), 108—132.
65 Keren Smolenskin, Jerusalem 1924, II., 159—160 (Anmerkung).
66 *Wachstein* (Anm. 8), Bd. 1, LXXXIV—LXXXV.
67 Ha'meliz I (1860), 1.

Gerda Barth

Der Beitrag der Juden zur Entfaltung des Pressewesens in Wien zwischen 1848 und dem ersten Weltkrieg

Das Jahr 1848 war in vielerlei Hinsicht bedeutsam für die Entwicklung des österreichischen Pressewesens. Als im Zuge der revolutionären Ereignisse die Präventivzensur durch das kaiserliche Patent vom 15. März aufgehoben wurde, entstand eine Flut von Broschüren, Flugschriften, Zeitschriften und Zeitungen, viele davon sehr kurzlebig. Helfert[1] zählt in seiner Press-Statistik des Jahres 1848 weit über 200 Titel auf, die im Lauf dieses Jahres herauskamen, aber zum Großteil auch ebenso rasch wieder verschwanden. Von rund 170 Neugründungen erschienen 26 kürzer als eine Woche, 34 davon stellten ihr Erscheinen sofort nach der ersten Nummer wieder ein.

Aber nicht nur die Zahl der Publikationen stieg, auch ihr Inhalt änderte sich. Es hatte zwar vor dem Revolutionsjahr politische Journale gegeben, doch wurde erst durch die vorübergehende Pressefreiheit die Grundlage für die Ausbildung einer öffentlichen Meinung und Disskussion politischer und sozialpolitischer Fragen in den Zeitungen geschaffen. Vor allem jüdische Intellektuelle wandten sich dem Journalismus zu, da ihnen andere Intelligenzberufe nur beschränkt offen standen. So kommt es, daß ein relativ hoher Prozentsatz wichtiger Wiener Zeitungen von Juden herausgegeben wurde oder Juden in maßgeblicher Position beschäftigte. Juden waren in Blättern aller Parteirichtungen engagiert. Die Presse bildete ein willkommenes Instrument in ihren Emanzipationsbestrebungen und eröffnete ihnen neue Möglichkeiten, sich auch in gesellschaftlicher Hinsicht zu etablieren. Die Geschichte der jüdischen Journalistik ist daher faktisch auch der Geschichte der Wiener Presse gleichzusetzen.

Die neuen Wiener Zeitungen waren durchwegs politisch, meist fortschrittlich-liberal, ja radikal in ihren Anschauungen und standen damit in Opposition zu den großteils bereits bestehenden konservativen, von ihren Gegnern „schwarzgelb" genannten, und klerikalen Blättern. Ein Dichter, Ludwig August Frankl, der seit 1842 die „Sonntagsblätter" herausgab, verfaßte in der ersten Nacht, in der er als Nationalgardist Wache stand, das erste unzensurierte Gedicht: „Die Universität", das ihn schlagartig bekannt machte und in mehr als 100.000 Exemplaren gedruckt und von 27 Komponisten vertont wurde. In den ,,Sonntagsblättern'' vertrat er eine gemäßigte liberale Politik; Lenau und Bauernfeld waren Mitarbeiter des früher rein schöngeistig-belletristischen Journales, das in den Monaten der Revolution wie so viele andere ähnliche Blätter auch einen politischen Standpunkt bezog. Von April bis Oktober 1848 erschienen 49 Nummern des ,,Österreichischen Central-Organs für Glaubensfreiheit, Cultur, Geschichte und Literatur der Juden'', herausgegeben von Isidor Busch und Dr. Max Letteris. Das Blatt, das bekannte Schriftsteller wie L. A. Frankl, Isidor Heller, Siegfried Klapper, Leopold Kompert und Josef Wertheimer zu seinen Mitarbeitern zählen konnte, wollte über die ,,vaterländisch-jüdischen Zustände'', sowie soziale und politische Ereignisse berichten und vertrat die Idee eines gemäßigten Reformstrebens. Wilhelm Ehrlich und Adolf Chaizes brachten die ,,Nationalzeitung. Politisches Wochenblatt für demokratische Interessen'' heraus, die es aber, wie so viele der kurzlebigen 1848er Blätter, nur auf 81 Nummern brachte.

Dr. Hermann Jellinek, weitaus radikaler in seinen Ansichten, wurde aus Deutschland ausgewiesen und kam über seine mährische Heimat nach Wien. Hier arbeitete er vorerst an der ,,Allgemeinen Österreichischen Zeitung'' von Ernst von Schwarzer mit. Die von einigen Lesern als solche geschätzte gepflegte Sprache und eine gewisse Linie in seinen politischen Ansichten verschafften dem Blatt Ansehen und einen festen Abnehmerkreis. ,,Gut geschriebene Artikel erörterten manche Principien in anregender Weise und gaben dem Journal im Vergleich zu den übrigen geistig impotenten Schmähblättern einen Nimbus[2].'' Später kam Jellinek zum ,,Radikalen'' Dr. Alfred Julius Bechers, eines bekannten Musikkritikers. Seine mit großer Aggressivität und in scharfem Ton vorgetragenen Ideen vom Zusammenschluß Österreichs mit Deutschland, Aufhebung des Adels, Befreiung der Bauern und vollständiger Gleichheit aller Menschen, Durchsetzung der Rechte des Proletariats, des Rechtes auf Arbeit usw. lassen deutlich den Einfluß frühsozialistischen Gedankengutes erkennen. Jellinek schrieb einen — so meinte man auch — für ungebildete Leser völlig unverständlichen Stil. ,,Herr Jellinek . . . schreibt Artikel in der Österreichischen Zeitung, unterspickt mit gelehrten Citaten, und spaltenlangen historischen Daten, so unklar und unbegreiflich, wie sie sein Herr und Meister Schwarzer, der gerne in ein mystisch-politisches Dunkel gehüllt ist, für sein Blatt nur wünschen kann. — Jellineks Artikel durch einen Comentat erläutern, wäre zwar ein mühmsames aber gewiß höchst verdienstliches Werk[3].'' Trotz des ultrarevolutionären Tones seiner Artikel stand er ursprünglich nicht auf der Auslieferungsliste radikaler Journalisten, doch da sich die anderen, wie z. B. Bechers Mitarbeiter Dr. Karl Tausenau, rechtzeitig in Sicherheit brachten, wurden schließlich er und Dr. Becher nach dem Sieg der Reaktion verhaftet und hingerichtet. Über den nunmehr außerordentlich aggressiven und scharfen Ton der Zeitungen meinte ein Zeitgenosse: ,,Eau de mille fleurs oder wenigstens Kölner Wasser sollte Jeder bereit halten, der dieses Thema berührt. Vor der Revolution galten die Schmähungen alle dem Theaterklatsch, der sich in der Wiener Literatur einen Thron aufgeschlagen hatte; aber dies war doch nur Honigbrod und Süßwasser, während jetzt schwarzer Pfeffer, beißender Ingwer und ätzender Essig darin servirt wird[4].''

Adolf Buchheim, ein Medizistudent, gab während der Revolution zusammen mit Oskar Falke den ,,Politischen Studenten Courier'' heraus, ein republikanisches Blatt, im Verhältnis zu anderen Zeitungen dieses Genres eher gemäßigt. Beide Herausgeber flohen schließlich ins Ausland, Falke kehrte später nach Österreich zurück.

Moritz Mahler begründete den ,,Freimüthigen. Zeitung für Denker und Lacher'', ein anfangs rein humoristisch-satirisches Blatt, das jedoch mit Josef Tuvora als Mitarbeiter zusehends stärker eine politische Meinung vertrat, wie die Bauernfrage, Ausgleich und Gleichberechtigung aller österreichischen Nationalitäten. Später verpflichtete Mahler Isidor Heller als Mitarbeiter, einen Mann von großer Begabung und zurückhaltender im Ton als viele seiner Berufsgenossen. Am 6. August übernahm dieser zusammen mit Tuvora das Blatt. Ab 18. Juni erschien ein Beiblatt zum ,,Freimüthigen'', die ,,Bauernzeitung'', die es aber nur auf 11 Nummern brachte.

Das erste echte Witzblatt der Revolutionsmonate war Sigmund Engländers und Willi Becks humoristisch-satirische ,,Katzenmusik'' (,,Charivari''), die, dem Stil der Zeit entsprechend, bösartige Karikaturen und Artikel brachte. Engländer war Mitarbeiter der ab 1. April erscheinenden ,,Constitutionellen Donauzeitung'', die unter der Redaktion des Regierungsrates Karl Ferdinand Hock herausgegeben wurde. Trotz gut geschriebener Artikel und ausgezeichneter Mitarbeiter im literarischen Teil, wie Anastasius Grün, Grillparzer und Stifter, war das Blatt, das zwar als unabhängige Zeitung begonnen worden war aber bald von der Regierung subventioniert wurde, nicht sehr erfolgreich und erschien nur in 94 Nummern.

Ebenso kurzlebig war die „Österreichische Zeitung" des Arztes Dr. Heinrich Löw, der später ein Sanatorium in Wien eröffnete. Die Zeitung wurde schließlich von H. Kern übernommen und errang nun einen gewissen Ruf in bezug auf die politische Berichterstattung. Im August ging das Blatt im „Radikalen" auf.

Heirich Blumenberg gab den „Ohnehose" heraus; der Titel der ziemlich bedeutungslosen und kurzlebigen Zeitung spiegelte seine innerliche Verbundenheit mit Ideen der französischen Revolution wieder. Auch eine Titeländerung in „Der Proletarier" konnte das Blatt nicht vor dem Untergang retten.

Bernhard Friedmanns ‚Gerad'aus", ein gemäßigt demokratisches Blatt, hatte einen weit größeren Leserkreis, bald betrug die Auflage 15.000 Exemplare. Es kostete nur einen Kreuzer und wurde auf sehr originelle Art verkauft — fahnengeschmückte Wagen fuhren durch die Straßen und besorgten den Vertrieb. Jeden Sonntag erschien die Beilage „Guckkasten". Dieses billige Blatt fand viele Nachahmer die jedoch an Qualität das Original nicht erreichen konnten. Der Konkurrenzkampf ging sogar so weit, daß ein anderes Blatt unter dem gleichen Titel in der gleichen Aufmachung erschien. Das Verdienst des „Gerad'aus" war es, dem Publikum das Tagesgeschehen in populär liberaler Weise nahe zu bringen. Friedmanns Idee der billigen Zeitung wurde von einer wahren Flut von Kreuzerblättern übernommen; von Tendenz, Aufmachung und Preis her wird seine Zeitung als typisch für diese Zeit erachtet.

Im Oktober gab Ignaz Kuranda die „Ostdeutsche Post" heraus. Das Blatt vertrat konservative, gemäßigt liberale Ideen, war für die großdeutsche Lösung und einen kostitutionellen Zentralismus. Ein weiterer wichtiger Punkt im Programm der „Ostdeutschen Post" war ihr Eintreten für die Gleichberechtigung der Juden. Sämtliche Sparten wiesen ein sehr hohes Niveau auf. Hochqualifizierte Mitarbeiter, fundierte Beiträge und gepflegte Sprache begründeten den Ruf des Blattes. Obwohl sie neben der „Presse" vorerst die einzige unabhängige Zeitung Österreichs war, die auch im Ausland gelesen wurde, hatte sie keine allzu hohe Auflage. Zur gleichen Zeit erschien in Wien das von Eduard Warrens (eigentlich Wolf Arens) herausgegebene ,,Journal des österreichischen Lloyd''. Diese Zeitung war ursprünglich in Triest beheimatet gewesen, übersiedelte aber im September nach Wien und erschien hier unter der Redaktion Friedrich Bodenstedts und J. Löwenthals. Warrens, der in seiner Jugend keine besondere Bildung genossen hatte, schrieb einen hervorragenden, gut verständlichen Stil; oft erschienen im ,,Lloyd'' zwei bis drei glänzend geschriebene Leitartikel, die meist von ihm selbst stammten.

Die Revolutionsmonate veränderten die Zeitungen nicht nur inhaltlich, auch das Äußere wurde prägnanter und ansprechender. Der Inhalt wurde besser gegliedert, die Titel schlagkräftiger, die einzelnen Sparten besser ausgebildet. Viele Zeitungen vergrößerten ihr Format. Alle diese Bestrebungen, zusammen mit den neuen, teilweise sensationell niedrigen Preisen begründeten den Typus der modernen Tageszeitung. Vielen Familien, die vor der Revolution an einen derartigen Luxus gar nicht denken konnten, war es nun möglich, eines der neuen preiswerten, sechs mal pro Woche erscheinenden Blätter zu halten und sich über das aktuelle Tagesgeschehen zu informieren.

Das bedeutendste Blatt des Jahres 1848, das noch Jahrzehnte darüber hinaus seinen Einfluß behielt und der österreichischen Presse neue Maßstäbe setzte, war die ,,Presse'', gegründet von August Zang. Der geborene Wiener, Sohn eines Chirurgen, war für die militärische Laufbahn bestimmt gewesen. Nach seiner Heirat nahm er den Abschied und faßte nun den Plan, nach Paris zu gehen und dort das Wiener Gebäck einzuführen. Er konstruierte einen speziellen Ofen und begann in Paris den Betrieb einer Bäckerei, die im Laufe der Zeit immer mehr Anklang fand. Zu dieser Zeit machte er die Bekanntschaft Emile de Girardins, der 1836 ,,La Presse'' gegründet hatte, ein Blatt, das nach den Prinzipien moderner Geschäftsinteressen geführt wurde. Aus Zangs Aufenthalt in Paris stammt auch seine Bekanntschaft mit Dr. Leopold Landsteiner, einem vielseitig gebildeten Mann, der früher in Wien für verschiedene Tageszeitungen gearbeitet hatte und nun in Paris als Korrespondent für deutsche Zeitungen tätig war. Als Zang erfuhr, daß in Wien Pressefreiheit gewährt worden sei, faßte er den Entschluß, hier nach Girardins Muster ei-

ne neue billige Zeitung zu gründen. In Wien traf er wieder mit Landsteiner zusammen, der hier bei der „Allgemeinen österreichischen Zeitung" beschäftigt war, und sicherte sich dessen Mitarbeit. Am 3. Juli erschien die erste Nummer der „Presse" unter dem Motto „Gleiches Recht für alle". Durch den sensationell niedrigen Preis schlug das Blatt sofort ein, die Auflage stieg an. Zang handelte als Zeitungsherausgeber als reiner Geschäftsmann, berühmt wurde sein Ausspruch: „Meine Zeitung ist ein Kramladen, ich verkaufe Publizität". Sein Ideal war eine Zeitung, in der keine einzige Zeile unbezahlt war.
Die „Presse" war das Musterbeispiel einer modernen Zeitung; im Sinne der neuen Sparte der Geschäftspresse revolutionierte sie das österreichische Zeitungswesen. Sie war die erste Zeitung, die im Folioformat erscheinend, trotzdem als Kreuzerblatt verkauft wurde und wenn auch viele Menschen vorerst die Zeitung wohl nur deshalb kauften, weil sie sonst nirgends um einen Kreuzer einen ganzen, dreispaltig bedruckten Foliobogen bekamen, so erwarb sich die Zeitung doch bald einen festen Leserkreis; bereits nach zehn Tagen wurde sie in 16.000 Exemplaren verkauft. In bezug auf journalistisches Können, Einschätzung und Beurteilung der politischen Lage und maßvolle, wahrheitsgemäße Berichterstattung überragte die „Presse" bald alle anderen Zeitungen „Redakteur ist L. Landsteiner, ein vielseitig gebildeter Mann und ein ehrenwerther politischer Charakter. Diese letzte Eigenschaft, welche fast Allen (ein trauriges Wort) hiesigen Journalleitern abgeht, dürfte eine Garantie für die zu vertretende Gesinnung und Tendenz dieses groß angelgten Blattes abgeben. Unabhängig, freisinnig, aufklärend sind bis jetzt die Aufsätze, ein wohltuendes Abstechen gegen die plumpe, excitirende, ziegelrote Manier, die hier fortwuchert; es ist die freimüthige Ansprache eine ehrlichen Mannes . . . Mit Freuden wollen wir dieses Organ als Repräsentanten einer neuen Periode unserer Journalistik begrüßen[5]."
Nach dem französischen Vorbild pflegte Zang besonders das Feuilleton, für dessen Betreuung er Hieronimus Lorm (d. i. Heinrich Landsmann) gewann. So hatte er neben Dr. Landsteiner, der den politischen Teil führte, einen bekannten Schriftsteller an der Spitze eines ausgezeichneten Mitarbeiterstabes, der die Zeitung bald auch über die Grenzen der Hauptstadt hinaus beliebt machte. Eduard Bauernschmid, Dr. Max Friedländer, Michael Etienne, Ferdinand Kürnberger, Eduard Hanslick

und Ludwig Speidel gehörten dazu. Die ,,Presse'' war eines der wenigen Blätter, die nach Einstellen aller Zeitungen (mit Ausnahme der ,,Wiener Zeitung'') am 29. Oktober später weitergeführt wurden und erstreckte ihr Verbreitungsgebiet auf die ganze Monarchie. Nach einem Redaktionsstreit im Jahre 1864 verließen die arrivierten Mitarbeiter Friedländer, Etienne und mehrere andere die ,,Presse'' und gründeten die ,,Neue Freie Presse'', die am 1. September das erste Mal erschien. Zwar konnte Zang nun Warrens, Eduard Schelle, Joseph Bayer und Daniel Spitzer gewinnen, doch blieb die alte ,,Presse'' bald hinter dem Konkurrenzblatt zurück. 1867 verkaufte Zang seine Zeitung an die Aktiengesellschaft.
Die ,,Neue Freie Presse'' überflügelte das ältere Blatt bald. Sie verkörperte den Typus des Weltblattes und war von großer Bedeutung für die Weiterentwicklung des österreichischen Pressewesens. Friedländer war ein großartiger Journalist, seine Artikel standen, nach dem Urteil vieler Zeitgenossen, auf einem überragenden Niveau. Später übernahm Moritz Benedikt die Leitung des Blattes, das bald zur einflußreichsten Zeitung der Monarchie wurde. Redakteure und junge Schriftsteller rechneten es sich zur Ehre an, bei dieser Zeitung mitarbeiten zu dürfen.
Die bis zum Zusammenbruch der Monarchie unverändert deutschliberale Haltung des Blattes gab aber auch zu mancher Kritik Anlaß. Der Ehrgeiz der einflußreichen Zeitung, gut unterrichtet zu sein und die Meldungen rasch weiterzugeben, verhalf ihr zu dem zweifelhaften Ruf, den seither in Journalistenkreisen gefürchteten ,,Grubenhund'' erstmals geweckt zu haben. Der Ingenieur Arthur Schütz hatte auf Grund einer Wette einen angeblich authentischen Bericht über ein Erdbeben im Ostrauer Kohlenrevier verfaßt, der den ,,haarsträubendsten technischen Unsinn'' enthielt und in der Behauptung gipfelte, ein im Arbeitsraum des Berichterstatters schlafender Grubenhund (d. i. ein Förderwagen) habe bereits eine halbe Stunde vor Eintritt des Ereignisses auffallende Zeichen von Unruhe zu erkennen gegeben. Die ,,Neue Freie Presse'' brachte den Artikel am 18. November 1911 und am nächsten Tag lachte ganz Wien.
Theodor Herzl, jahrelang Auslandsberichterstatter, beziehungsweise Mitarbeiter der ,,Neuen Freien Presse'', gründete 1897 ein eigenes Blatt, die Wochenschrift ,,Die Welt'', als Sprachohr seiner zionistischen Ideen, denen er in den Spalten der ,,Neuen Freien Presse'' nicht Raum geben durfte.

Eine weitere Zeitung, die das Jahr 1848 überlebte, war das bereits 1846 von Gustav Heine gegründete ,,Fremdenblatt'', das später von Gustav Norden übernommen wurde. Isidor Heller leitete eine Zeit lang den politischen Teil, bis er, nach einem Zerwürfnis mit dem Herausgeber, die Redaktion verließ und zusammen mit Wilhelm Wiener das ,,Neue Fremdenblatt'' begründete. Das alte ,,Fremdenblatt'' nahm unter Bernhard Friedmann einen neuen Aufschwung, 1852 bekam es offiziösen Charakter.

Leopold Kompert und Simon Szánto gründeten 1861 die liberale ,,Neuzeit'', eine Wochenzeitung, die religiösen Reformen des Judentums zuneigte. Ab 1884 erschien die ,,Österreichische Wochenschrift — Centralorgan für die gesammten Interessen des Judenthumes.'' Joseph Samuel Bloch war der Gründer dieses Blattes, das 37 Jahre lang bestand und sich als Organ der Wiener Juden gegen die antisemitische christlich-soziale Bewegung aber auch gegen den frühen Zionismus wandte. Ein Jahr später erschien die ,,Wahrheit'', die eine ähnliche Richtung vertrat.

Dr. Leopold Landsteiner trennte sich schon nach wenigen Jahren von Zang und der ,,Presse'' und gründete die ,,Morgenpost'', die bald neben der ,,Presse'' und der ,,Ostdeutschen Post'' zum führenden Wiener Blatt wurde. Besonderes Augenmerk wurde dem Lokalteil geschenkt. Kriminalberichte und Schauergeschichten erreichten jene Leserschichten, die von den anderen großen Zeitungen nur ungenügend mit dieser Art Nachrichten versorgt wurden. Obwohl die Zeitung dem Typ des Wiener Volksblattes entsprach, hatte sie doch ein sehr hohes Niveau.

Wie 1864 bei der ,,Presse'' kam es 1867 bei der ,,Morgenpost'' zu einer Redaktionsrevolte, Landsteiner verlor seine führenden Mitarbeiter, unter ihnen Moritz Szeps, der seit 1855 Chefredakteur gewesen war. Szeps erwarb zusammen mit vier anderen das ,,Wiener Tagblatt'' und brachte das ,,Neue Wiener Tagblatt'' heraus. Die neue Zeitung gewann rasch an Popularität, nach zwei Jahren überstieg die Höhe der Auflage sogar jene der ,,Neuen Freien Presse''. Eines der verdienstvollsten Unternehmen des Blattes war die Kampagne zur Unterstützung Schöffels und damit zur Rettung des Wienerwaldes.

Theodor Hertzka gründete 1880 die ,,Wiener Allgemeine Zeitung'', die bezüglich Auswahl der Stoffe und gediegener Berichterstattung Großartiges leistete. Eine weitere charakteristische Gründung jener Zeit war das

„Illustrierte Wiener Extrablatt" von O. F. Berg und Franz J. Singer. Das Blatt wollte breiteste Leserschichten ansprechen und erreichte dies durch Sensationsberichterstattung, unterstützt durch entsprechende Illustrationen im Text. Durch die Hervorhebung der Lokalberichterstattung erhielt die Zeitung einen volkstümlichen Charakter und nannte sich selbst die erste illustrierte Zeitung Wiens.
Das „Neue Wiener Journal", herausgegeben von Jokob Lippkowitz, wurde durch eine groß angelegte Werbekampagne populär gemacht. Ab 22. Oktober 1893 wurde eine tägliche Auflage von 200.000 Exemplaren mehrere Wochen lang kostenlos verteilt.
Dr. Viktor Adler gründete 1889 die „Arbeiter-Zeitung" das „Zentralorgan der österreichischen Sozialdemokratie" unter der Herausgeberschaft von Julius Popp und Ludwig Bretschneider. Der Ruf der Zeitung und ihre Bedeutung durch Jahrzehnte wurde durch Dr. Viktor Adler, der hier ein Sprachrohr für sein Engagement für die sozialdemokratische Partei und die Arbeiterbewegung fand, und Friedrich Austerlitz, 35 Jahre lang Chefredakteur der „AZ", begründet und gefestigt.

Anmerkungen

1 *Joseph Alexander Helfert,* Die Wiener Journalistik im Jahre 1848, Wien 1877.
2 Bohemia, Nr. 116 v. 14. 7. 1848, 2.
3 *Max Veitel Stern* (d. i. Sebastian Brunner), Die jüdischen Feder-Helden oder: Das politisch-literarische Schabesgärtle in Wien, Wien 1848.
4 Bohemia, ebenda, 1.
5 Ebenda, 2.

Helmut Leitner*

Die jüdischen Ärzte in Österreich und ihr Beitrag zur medizinischen Wissenschaft

Ablehnung und Anerkennung

In dem unter dem Titel ,,Über die Quellen des heutigen ärztlichen Mißbehagens, und die Mittel, um demselben wirksam zu steuern'' publizierten Bericht aus dem Jahre 1842 stellt der Okulist der Wiener medizinischen Fakultät, Anton Edler v. Rosas (1791—1855) fest[1], daß die überhand nehmende Zahl israelitischer Ärzte der Medizin zum Nachteil gereiche; man müsse den Juden natürlich Ärzte ihres Glaubensbekenntnisses erlauben, Juden jedoch nur in einer der jüdischen Bevölkerung angemessenen Zahl zum Studium zulassen. Rosas schließt seine Abhandlung mit den Worten: ,,. . . und je mehr sich diese Parasitenpflanze um den hehren Baum ärztlichen Wissens und ärztlicher Kunst schlingt, je fester sie sich an ihn anschmiegen wird, desto mehr wird er auch von seinen frischen Lebenssäften verlieren, desto spärlichere Früchte tragen, desto gewisser endlich ganz verkümmern''. Diese Verunglimpfung möge stellvertretend für zahlreiche andere Pamphlete gegen jüdische Mediziner stehen. Diesen durch Jahrhunderte tradierten Vorurteilen standen jedoch schon im gleichen Jahrhundert anerkennende Urteile über jüdische Ärzte entgegen[2]; ich möchte nur auf einen der damals wohl berühmtesten deutschen Mediziner, Rudolf Virchow (1821—1902), verweisen, der den Juden ,,eine fast angestammte Vorliebe, eine oft erbliche Befähigung für die Medizin'' zugesprochen hat[3]. Einer der Gründe für diese ehrende Beurteilung mag auch in der mosaischen Gesetzgebung liegen, deren strenge hygienische Vorschriften gewiß ein verstärktes Gesundheitsbewußtsein förderten.

An dieser Stelle sei auch erwähnt[4], daß der berühmte Chirurg Theodor Billroth (1829—1894) zu Unrecht ,,zu den befangenen und sich gegen die Wissenschaft und die allgemeine Menschheit versündigenden Antisemiten[5]'' gerechnet wird. Gewiß, Billroth wählte vielleicht nicht die richtigen Worte, als er sagte, daß gerade an der Wiener Universität viele unbegabte jüdische Studenten aus Ungarn und Galizien studierten,

* Institut f. Geschichte der Medizin der Univ. Wien

die ihr Studium, wenn überhaupt, nur mühselig absolvierten und sich dem Ärztestand nur aufdrängten. Billroth verwehrt sich aber dagegen, „mit den jetzt so beliebten modernen Judenschimpfern" verglichen zu werden, da er aus Erfahrung wisse, daß die Juden auch Talent zum Arzt hätten und daß sie oft tatsächlich Höchstes zu leisten vermögen. Dies waren, wie wir wissen, keine leeren Worte, wenn wir nur an seine hochbegabten jüdischen Assistenten denken (wie Fraenkel, Gersuny oder Wölfler). An dieser Stelle muß auch der Internist Hermann Nothnagel (1841—1905) genannt werden, der — bekannt geworden durch seinen Ausspruch: „Nur ein guter Mensch kann ein großer Arzt sein" — den in den achtziger Jahren des 19. Jahrhunderts aufkommenden Antisemitismus verurteilte. In der ersten Generalversammlung des 1891 gegründeten „Vereins zur Abwehr des Antisemitismus" hielt Nothnagel eine Ansprache, in der er u. a. sagte: „Der Antisemitismus ist eine Schmach. Sein Ursprung wurzelt in den unlauteren und häßlichsten Eigenschaften der menschlichen Natur. Sein Wesen ist die Aufhebung der Humanität und Gerechtigkeit. Seine Bestätigung ist das Zerrbild des Edlen und Guten. Seine Folgen sind die sittliche Verwilderung und Verrohung. Unsere jüdischen Mitbürger sind den empörendsten Beschimpfungen, ja selbst Gewalttätigkeiten ausgesetzt. Tagtäglich sehen und erleben wir es mit Zorn und Scham"[5a].

Jüdische Ärzte vom Mittelalter bis zur Entstehung der modernen Medizin

Obwohl den Christen durch Konzilsbeschlüsse die Inanspruchnahme jüdischer Ärzte wiederholt untersagt wurde und die medizinischen Fakultäten mit wenigen Ausnahmen, wie Padua, keine Juden aufnahmen, wurden sie in der Praxis doch häufig konsultiert, sogar von geistlichen Fürsten sowie von Klerikern[6]. Auch in Österreich sind jüdische Ärzte seit dem Mittelalter nachzuweisen, wie eine Satzung der Wiener Provinzialsynode aus dem Jahre 1267 beweist[7]: „. . .auch sollen sie kranke Christen nicht besuchen, oder an ihnen medizinische Handlungen vornehmen". Diese Verbote hatten jedoch selten die gewünschte Wirkung und mußten immer wieder erneuert werden; es gab ja auch Päpste, die jüdische Leibärzte wählten (Leo X., Paul III., Julius III.) Es war auch erlaubt, sich jüdischer Ärzte zu bedienen, wenn kein anderer Arzt zur Verfügung

stand oder wenn sich unter den Juden ein besonders ausgezeichneter Arzt fand.
Bereits im Jahre 1403 mußte sich der in Wien praktizierende Jehuda Gunzenhausen durch ein Schreiben der medizinischen Fakultät bei Eid und Bann verpflichten, keine Praxis mehr auszuüben und nur noch geschäftliche Verbindungen zu pflegen. In der Sitzung vom 13. Dezember 1454 beschloß die Fakultät[8], sich mit der Bitte an den König zu wenden, ,,das hinfur der obgemelt oder ander Juden . . . kainerlay erzney pflege oder rayhe''. Sicher ist, daß es in Wien und Österreich zu allen Zeiten jüdische Ärzte gab, allerdings meist nur zur Behandlung ihrer eigenen Glaubensgenossen. Eine Erleichterung dürfte gewiß die Verordnung Kaiser Maximilians I. vom 9. Oktober 1517 gebracht haben, nach der es auswärtigen Doktoren ermöglicht wurde, in Wien zu praktizieren, nachdem sie zum *actus repetitionis* (Anerkennung des Doktorats) zugelassen worden waren. Der jüdische Arzt Lazarus durfte mit Erlaubnis des Kaisers Ferdinand I. dessen Töchter in Innsbruck behandeln; außerdem stellte ihm der Kaiser einen Freibrief aus, daß er überall, wo es ihm beliebe, wohnen und seine Praxis ausüben dürfe.
Der jüdische Arzt Paul Weidner (1525—1585), geboren als Asher Judah, trat 1558 zum Christentum über; schon zwei Jahre später wurde er Leibarzt des Kaisers; außerdem war er sechsmal Dekan der medizischen Fakultät und dreimal Rektor der Universität Wien. 1582 wurde er als ,,von Billerburg'' geadelt[9].
Zu Beginn des 17. Jahrhunderts praktizierte der tüchtige Jude Elias Halfan in Wien. Nach der Übersiedlung der Juden in die Leopoldstadt mußten sie für das Sanitätswesen selbst sorgen. Es ist wahrscheinlich, daß in der Judenschaft im ,,Unteren Werd'' keine Quacksalber tätig waren, sondern an ausländischen Universitäten graduierte Ärzte, wie z. B. Leo Winkler, der in Padua promoviert wurde.
Noch im Jahre 1610 behauptete die Wiener medizinische Fakultät in einem an Kaiser Mathias gerichteten Schreiben[10], daß die Juden durch ihr Gesetz verpflichtet seien, jeden zehnten Christen durch ihre Arzneien aus dem Wege zu schaffen; die Folge war das Verbot der Verordnung innerlich zu applizierender Medikamente. Zu dieser Stelle bemerkt G. Wolf in seinen ,,Studien zur Jubelfeier der Wiener Universität im Jahre 1865'': ,,Wir glauben, wir würden uns gegen den gesunden Sinn unserer

Leser versündigen, wollten wir auch nur daran gehen, diese krasse Beschuldigung zu widerlegen. Nicht einmal diejenigen Organe, die jetzt am heftigsten gegen die Juden wüthen, wagen es, eine derartige Beschuldigung auszusprechen. Es beweist jedoch, auf welcher niederen Stufe der Bildung die Herren damals standen, wenn sie derartiges aussprachen . . . Hostienschändung, Brunnenvergiftung etc. waren damals bereits überwundene Standpunkte, daher diese Beschuldigung keinen Glauben gefunden zu haben scheint. Wie wäre das auch möglich gewesen, da Päpste und Fürsten jüdische Ärzte hatten[11]?''
Im 17. Jahrhundert übernahm der jüdische Arzt Löb Günzburg die Praxis seines Vaters in Wien; obwohl sein Wohltätigkeitssinn allgemein gepriesen wurde, war auch er ein Opfer des Verbannungsdekretes Leopolds I. geworden, das der Kaiser im Jahre 1670 auf Drängen der Wiener Bürgerschaft erließ; diese hatte sich nämlich beklagt, daß die Zahl der Juden bereits auf 3000 angewachsen sei[12].
Eine Verfügung aus dem Jahre 1708 besagte, daß ohne Approbation der medizinischen Fakultät niemand in und vor der Stadt Wien ,,innerlich kurieren dürfe''. Gerard van Swieten (1700—1772), der Leibarzt Maria Theresias, verfaßte im August 1753 in französischer Sprache eine Eingabe an die Kaiserin[13], wonach nur die von der medizinischen Fakultät in Wien Approbierten das Recht haben sollten, hier zu praktizieren. Van Swieten, der eine Abneigung gegen die Juden hatte, berief sich auf das Beispiel seines Vaterlandes Holland, wo die Juden sogar mehr Rechte als die Katholiken hätten, es ihnen aber dennoch nicht erlaubt sei, den Beruf eines Chirurgen auszuüben. Auch sei es der Wunsch der Kaiserin, nur diejenigen Ärzte praktizieren zu lassen, die an einer *ihrer* Universitäten promoviert worden seien. Somit waren die Juden von der Graduierung ausgeschlossen, da in Österreich der katholische Glaube Voraussetzung dafür war. Nach der Ansicht van Swietens sei dies auch billig, da man die Protestanten ebenfalls ausschloß, gegen die die Kaiserin eine fast größere Abneigung hatte als gegen die Juden. Erst am Ende ihrer Regierungszeit wurde Maria Theresia milder, vielleicht schon unter dem Einfluß ihres Sohnes, Josefs II. Unter seiner Regierungszeit wurden die Beschränkungen für die Juden aufgehoben. Zwar waren im Toleranzpatent vom Oktober 1781, welches den Nichtkatholiken die Erlangung von akademischen Würden möglich machte, die Juden noch nicht eingeschlos-

sen; erst im Toleranzpatent vom 18. Jänner 1782 sind auch die Juden genannt:[14] „höchst Seine k.k. apost. Majestät haben vermittelst höchsten Hofdecrets . . . dies Allergnädigst zu vernehmen gegeben: unter andern der Judenschaft allermildest verwilligten Begünstigungen hätten Höchstdieselbe Allergnädigst resolviert, daß die Kinder der Juden, . . . wenn sie sich durch Talente und Anwendung in Wissenschaften entscheidend auszeichnen, auch zu Erhaltung der Doctoratswürde sowohl im Juridischen als im Medicinischen Fache über vorläufige Prüfung . . . fähig seyn sollen und solche erlangen mögen''. Im selben Jahre 1782 wurde auch die bis dahin übliche Eidesformel auf die Unbefleckte Empfängnis bei der Promotion abgeschafft. Dennoch gab es in der Praxis wiederholt Probleme mit der Gleichberechtigung, auf die die Behörden wohl zuweilen nicht ohne Absicht vergaßen. Als erster Jude wurde in Wien Samuel Ackord im Jahre 1789 promoviert, aber erst 1860 wurde Hermann Zeissl, ein Schüler des Dermatologen Hebra, als erster Jude in den Lehrkörper der medizinischen Fakultät aufgenommen.

Während einer sehr langen Epoche hatten die jüdischen Ärzte unter Erniedrigungen und Einschränkungen zu leiden; in ihren eigenen Gemeinden waren sie gewiß geachtet, nicht nur als Wohltäter ihrer Mitmenschen, sondern meist auch aufgrund ihres tiefgründigen rabbinischen Wissens. Oft wurden sie zu Vorstehern der Gemeinde gewählt, um diese vor Verfolgungen zu schützen. Andererseits gab es auch Anfeindungen der eigenen Glaubensgenossen den Ärzten gegenüber. Strenggläubige Juden hielten es für sündhaft, bei Krankheiten einen Arzt zu rufen, da man sich damit gegen Gottes Fügung auflehne; außerdem mußte ärztliches Handeln bisweilen die strengen religiösen Vorschriften übertreten. Der Kontakt mit den Christen sowie wissenschaftliche Ambitionen bewogen manche jüdische Ärzte, sich taufen zu lassen. Auch das freie Wohnrecht war für Ärzte jüdischer Abstammung, besonders in früheren Zeiten, ein wertvolles Privileg: sie waren nämlich nicht gezwungen, in der „Judengasse'' zu wohnen; der schon genannte Elias Halfan wohnte um 1600 außerhalb des jüdischen Siedlungsgebietes.

Obwohl Josef II. auf der Durchführung seines Toleranzpatentes bestand, wurde in der Fakultät deutlicher Widerstand spürbar. Die jüdischen Studenten wurden zum Studium nur mit einer speziellen Aufenthaltsbewilligung zugelassen, die unter der Bedingung gewährt wurde, daß der Be-

treffende monatlich ein polizeiliches Zeugnis über sein Wohlverhalten und eine Bescheinigung über guten Studienerfolg erbringen konnte. Auch die Praxisausübung ist nur selten genehmigt worden und zwar nur dann, wenn es Nachfahren von bereits in Wien ansässigen tolerierten Juden waren. Ab 1804 finden sich in den „Familienlisten" die Namen einiger Ärzte, während früher lediglich S. B. Oppenheim(er) als Angehöriger einer der alten tolerierten Familien erschien. Die Erlaubnis ärztlicher Praxisausübung verlieh ihm der Kaiser 1786 persönlich gegen das Gutachten der medizinischen Fakultät. Unter diesen Bedingungen war die Ausübung der freien Praxis sehr schwierig, die Stelle in einem Krankenhaus oder als beamteter Arzt war überhaupt unmöglich. Abgesehen von einer Anstellung im jüdischen Spital waren die Ärzte entweder zur Berufsänderung, z.B. als Journalisten, oder zur Auswanderung gezwungen. Dies war vermutlich auch einer der Gründe dafür, daß sich gerade Juden als führende Persönlichkeiten an der Revolution des Jahres 1848 beteilig-
Kat. Nr. 139 ten: Adolph Fischhof (1816—1893) war einer der geistigen Führer der Märzrevolution, an deren Kämpfen er auch aktiv teilnahm. Nach seiner Wahl zum Abgeordneten des Reichstages wurde er 1849 bei Beginn der Gegenrevolution verhaftet, dann aber freigesprochen[15].

Die Leistungen jüdischer Ärzte für die moderne Medizin

Als um 1831 in Österreich die Cholera und später auch Typhus epidemisch auftraten, wurden auch jüdische Ärzte in die schwer verseuchten Gegenden geschickt. Sie erhielten zwar Belobigungen für ihre erfolgreiche und oft aufopfernde Tätigkeit, jedoch keine definitive Stadtarztstelle[16]. Es ist gewiß nicht zu leugnen, daß die Juden in Österreich sehr zahlreich, verglichen mit der übrigen Bevölkerung, zum Medizinstudium drängten; einige Zahlen mögen dies verdeutlichen: im Jahre 1880 waren von 2140 Ärzten in Österreich 1015 Juden; im Jahre 1914 gab es in ganz Österreich an die 6000 jüdische Ärzte, davon allein in Wien 3000. Im Jahre 1930 schließlich zählte man in Wien bei einer Gesamtzahl von 4110 Ärzten ungefähr die Hälfte Juden. Vergleiche zeigen, daß der Anteil der Juden am Arztberuf in Deutschland wesentlich geringer war: im Jahre 1907 entfielen dort auf 100 christliche Ärzte nur 6 jüdische Ärzte[17].

Auch für den Bereich der medizinischen Wissenschaft gelten die Worte von Tietze:[18] ,,. . . ohne die Juden wäre Wien nicht, was es ist, wie ohne Wien ihr Dasein in den neuen Jahrhunderten seiner stolzesten Seite verlustig ginge''. Neben Komponisten, Philosophen, Dichtern und Schriftstellern leisteten auch jüdische Mediziner ihren Beitrag dazu, daß Wien von vielen ,,die Geisteshauptstadt der Welt'' genannt werden konnte; immer größer wurde in der 2. Hälfte des 19. Jahrhunderts die Zahl der den wissenschaftlichen Fortschritt in der Medizin fördernden Juden. Die Fülle des Materials gebietet in diesem zur Verfügung stehenden Rahmen eine Beschränkung auf die wichtigsten Errungenschaften und die bedeutendsten Fachvertreter[19]. Besonders die Innere Medizin wurde von jüdischen Ärzten sowohl im klinischen Bereich als auch in der Praxis gefördert. Hier ist an erster Stelle *Heinrich von Bamberger* (1822—1888) zu nennen. 1851 wurde er Assistent bei J. Oppolzer (1808—1871) an der II. Medizinischen Klinik in Wien; 1854 folgte er einem Ruf nach Würzburg, wo er Rudolf Virchow (1821—1902), den Schöpfer der Zellularpathologie, der bis heute gültigen Grundlage der modernen Medizin, kennenlernte. Im Jahre 1872 wurde Bamberger als Nachfolger seines Lehrers Oppolzer nach Wien berufen. Sein Hauptverdienst lag in der Diagnostik der Herzkrankheiten; Hermann Nothnagel (1841—1905), der geniale Kliniker, fand für Bambergers Hauptwerk, das ,,Lehrbuch der Krankheiten des Herzens'' Worte vollsten Lobes: ,,ein unvergleichliches Muster klinischer Auffassung und Darstellung''. Der klinische Unterricht hatte sich in Wien seit der neuen Studienordnung von 1872 grundlegend geändert, sodaß Bamberger als einer der ersten Internisten den bisher so erfolgreich praktizierten Unterricht am Krankenbett mit dem Hörsaal vertauschen mußte; Bamberger war 1887 einer der Mitbegründer der Wiener klinischen Wochenschrift; er verfaßte auch philosophisch-historische Arbeiten, u.a. eine Monographie über Bacon von Verulam.

Auch *Josef Breuer* (1842—1925) hatte seine akademische Laufbahn als Assistent an der Klinik Oppolzer begonnen, die er nach dessen Tod 1871 verließ. Als praktischer Arzt habilitierte er sich 1875 für Interne Medizin, legte jedoch zehn Jahre später die Dozentur zurück. Neben seiner Privatpraxis leistete Breuer in entsagungsvoller Arbeit seine Forschungen: er erkannte die Selbststeuerung der Atmung sowie die Funktion des Ohrlabyrinthes als Organ des Gleichgewichtssinnes; mit seiner Methode zur ka-

Kat. Nr. 235

thartischen Behandlung von Neurosen beeinflußte er Sigmund Freud wesentlich.

Maximilian Sternberg (1863—1934) hatte sich wie Breuer mit physiologischen Fragen beschäftigt, wo er am Institut bei Ernst Wilhelm v. Brücke (1819—1892) ein reiches Betätigungsfeld fand. Nach seiner Assistentenzeit am Allgemeinen Krankenhaus wurde Sternberg 1894 Chefarzt des Verbandes der Wiener Genossenschaftskrankenkassen und 1905 Primarius des Krankenhauses Wieden. Seinem sozialen Engagement verdanken wir zahlreiche Schriften über Volksgesundheit und Gewerbehygiene, womit er zu einem der Pioniere der Sozialmedizin geworden ist; im ,,Handbuch der Arbeiterkrankheiten'' verfaßte er die Kapitel über die Krankheiten der Tischler und Schuster. Sternberg war auch der Arzt des Dichters Altenberg sowie ein profunder Kenner der scholastischen Philosophie.

In den sechziger Jahren des 19. Jahrhunderts erreichten die physikalischen Heilmethoden einen ungeahnten Aufschwung; dies war gewiß eine Folge des in Wien vorherrschenden therapeutischen Skeptizismus und des Glaubens an die Heilkräfte der Natur. Die Geringschätzung der damals zugänglichen medikamentösen Therapie förderte den Glauben an natürliche Heilverfahren, sodaß sich der in Böhmen geborene *Wilhelm Winternitz* (1834—1917) im Jahre 1864 in Wien für das Fach Hydrotherapie habilitieren konnte; sieben Jahre später wurde seine venia legendi auf innere Medizin erweitert. Er war bestrebt, die Hydrotherapie, die er in Gräfenberg nach Vinzenz Priessnitz (1799—1851) kennenlernte, aus dem rein empirischen Stadium emporzuheben und ihr eine solide wissenschaftliche Grundlage zu verschaffen; dazu bedurfte es zunächst physiologischer Experimente, die er an einer Klinik durchführen wollte. Bereits bei der Gründung der Allgemeinen Poliklinik im Jahre 1872 erhielt er eine kleine hydrotherapeutische Abteilung; außerdem eröffnete Winternitz 1865 eine Wasserheilanstalt in Kaltenleutgeben, die ähnlichen Anstalten als Vorbild diente. Als in den achtziger Jahren die Bakteriologie enorme Fortschritte machte und die Mikroorganismen als Krankheitsverursacher entdeckt wurden, verstand es Winternitz, seine Hydrotherapie in den Dienst der Therapie nach dieser Lehre zu stellen: sie sollte den Organismus im Kampf gegen die Mikroorganismen und deren Toxine unterstützen.

Julius Bauer (1887—1979) publizierte 1917 seine aufsehenerregende Arbeit über „Konstitutionelle Disposition zu inneren Krankheiten". Ein Dezennium später wies er mit Nachdruck auf die Zusammenhänge zwischen innersekretorischen Drüsen und der „Konstitution" hin. *Julius Donaths* (1870—1950) bekanntestes Forschungsgebiet war die paroxysmale Hämoglobinurie, speziell die Kältehämoglobinurie, eine Erkrankung, bei der es anfallsweise, namentlich unter der Einwirkung von Kälte, zum Auftreten von Blutfarbstoff im Harn kommt. Die Methode des Nachweises dieser Krankheit trägt auch seinen Namen als Donath-Landsteinersche Reaktion. *Julius Mannaberg* (1860—1941), einer der liebsten Schüler des Internisten Hermann Nothnagel (1841—1905; Nichtjude) und von 1919 bis 1930 Direktor der Wiener Allgemeinen Poliklinik, gab die Streptokokken als Erreger der Nephritis an und fand das neue Krankheitsbild der Stenonephrie. Er analysierte auch eine „Hochdrucktachykardie" und kam der Aufdeckung der Übertragung der Malaria durch die Stechmücke sehr nahe. *Leopold Oser* (1839—1910) entdeckte mit H. Schlesinger bei Untersuchungen über Uterusbewegungen ein Erregungszentrum in der Medulla oblongata. Die bisher übliche starre Magensonde ersetzte Oser, als wesentliche Erleichterung für die Patienten, durch einen weichen Magenschlauch. *Jakob Pal* (1863—1936), der Neffe des bekannten Experimentalpathologen Salomon Stricker, suchte die „arterielle Hypertonie" zu ergründen. Von ihm stammt auch die epochemachende Beschreibung der „Hochdruckkrisen". An der I. medizinischen Abteilung im Allgemeinen Krankenhaus führte Pal als erster Blutdruckmessungen durch; die krampflösende Wirkung des Papaverin wurde gleichfalls von ihm entdeckt. *David Scherf* (1899—1977) beschäftigte sich als Assistent des auf dem Gebiet der Herz- und Kreislaufkrankheiten hervorragenden F. K. Wenckebach (1864—1940) mit der Arhythmie des Herzens; später wurde die klinische Kardiologie sein Hauptarbeitsgebiet. In Wien war er vor seiner Emigration ein enger Mitarbeiter Rothbergers.

Im Jahre 1873 war es dem Pathologen Carl Freiherr v. Rokitansky (1804—1878) gelungen, die erste Lehrkanzel für Allgemeine und Experimentelle Pathologie im deutschen Sprachraum zu begründen, als deren erster Ordinarius *Salomon Stricker* (1834—1898), ein Schüler des Physiologen Ernst Brücke, eingesetzt wurde. In diesem Institut arbeiteten zahlreiche Wiener Kliniker, so auch die Juden Leopold Dittel (Urologe), Samuel Basch (Internist), Max Kassowitz (Pädiater), Lothar Frankl-Hochwart (Neurologe) und andere. So sehr Stricker auch die wichtigsten physiologischen Probleme seiner Zeit in Angriff nahm, wobei besonders das vivisektorische Experiment im Vordergrund stand, so war die Hintansetzung der bakteriologischen Forschung doch bedauerlich.

An der medizinischen Abteilung der Wiener Poliklinik experimentierte seit Anfang der achtziger Jahre ein weiterer Schüler Brückes, *Samuel Siegfried (Ritter v.) Basch* (1837—1905). Wie Stricker befaßte sich auch Basch mit der Pathologie des Blutkreislaufes. Im Jahre 1856 begleitete er den Erzherzog Maximilian und dessen Leibarzt F. Semeleder nach Mexiko, wo Basch, zunächst als Kommandant eines Militärspitals, eine Arbeit über die Ruhr verfaßte. In den letzten Monaten vor Maximilians unglücklichem Ende im Juni 1867 hatte er diesem noch seine Dienste als Leibarzt erwiesen. Nach der Rückkehr aus Mexiko fanden seine Verdienste um das Kaiserhaus mit der Erhebung in den Ritterstand ihre Anerkennung. 1880 konstruierte Basch in Berlin den ersten Blutdruckmesser (Sphygmograph), der auch klinisch verwendet werden konnte; auch sein Hauptwerk ist der allgemeinen Physiologie und Pathologie des Kreislaufes gewidmet. *Carl Sternberg* (1872—1935) verdanken wir die Beschreibung der nach ihm benannten Riesenzellen bei Lymphogranulomatose, einer bösartigen Erkrankung des Lymphsystems; sie wird auch Paltauf-Sternberg Krankheit genannt. *Julius Rothberger* (1871—1945), wie Sternberg Assistent bei Richard Paltauf (1858—1924), einem der führenden Pathologen seiner Zeit, wurde mit seinen Untersuchungen über die Elektrokardiographie berühmt.

Die rege Forschungstätigkeit am pathologischen Institut machte um die Jahrhundertwende auch die Entdeckung der Blutgruppen durch *Karl*
Kat. Nr. 240 *Landsteiner* (1868—1943) möglich, wofür er 1930 den Nobelpreis erhielt, nachdem er bereits elf Jahre vorher Wien verlassen und zuerst in Holland, später am Rockefeller Institute in New York seine Forschungen fortgesetzt hatte. Bereits vor seiner Assistententätigkeit hatte er sich umfangreiche klinische und chemische Kenntnisse angeeignet. Nachdem M. Gruber die spezifische Agglutination bei Typhus gefunden hatte, weckten diese sowie andere serologische Entdeckungen auch das Interesse Landsteiners. Bereits 1900 äußerte er in einer Fußnote einer Abhandlung

die Vermutung, die er ein Jahr später bestätigen konnte: das Vorhandensein von verschiedenen Blutgruppen. Landsteiner selbst fand drei Arten des menschlichen Blutes, die von seinen Schülern noch durch eine „typenlose'' Gruppe erweitert werden konnten. 1908 gelang Landsteiner gemeinsam mit E. Finger die Übertragung der spinalen Kinderlähmung auf Affen und 1940 entdeckte er mit A.S. Wiener den „Rhesusfaktor'' des Blutes.
Arthur Biedl (1869—1933) befaßte sich seit 1895 mit der inneren Sekretion der Nebennieren, später mit der Hypophyse. Nach ihm ist ein seltener Symptomenkomplex benannt: die Biedlsche Krankheit oder das Biedl-Syndrom. *Michael Eisler-Terramare* (1877—1970) machte zusammen mit *Ernst Löwenstein* (1878—1950) eine Entdeckung, die später eine weittragende Bedeutung erlangte: am Wiener Serotherapeutischen Institut fanden sie, daß eine Umwandlung des hochgiftigen Tetanustoxins in eine fast ungiftige Form unter Beibehaltung der antigenen Fähigkeiten möglich sei, wenn man es mit Formol behandle: dieser so wertvolle Impfstoff wurde als „Toxoid'' bezeichnet. Die Methode konnte sich anfänglich leider nicht durchsetzen; später entgifteten andere Forscher auf gleiche Weise das Diphtherietoxin: die erfolgreiche Immunisierung gegen diese Krankheit intensivierte wiederum die Beschäftigung mit der Tetanusprophylaxe, die schließlich doch Erfolg hatte.
Jakob Erdheims (1874—1937) bedeutendste Forschungen waren die Darlegung der Schwangerschaftsveränderungen der Hypophyse sowie die Beschreibung der als Erdheim-Tumoren bekannten Kraniopharyngiome. *Heinrich Winterberg* (1867—1929), eigentlich Gynäkologe, wandte sich jedoch kardiologischen Problemen zu und benützte als einer der ersten den Elektrokardiographen. 1909 teilte er mit Rothberger das Vorhofflimmern als eine Ursache der Arhythmia perpetua mit. Mit Wenckebach publizierte er „Die unregelmäßige Herztätigkeit''.
Unter den Lieblingsschülern Theodor Billroths (1829—1894) finden wir auch Ärzte jüdischer Abstammung, womit wohl erwiesen ist, daß der diesem genialen Chirurgen angelastete Vorwurf des Antisemitismus, wie bereits zitiert, nur aufgrund einer Fehlinterpretation erklärt werden kann. Einer von ihnen, *Robert Gersuny* (1844—1924) wurde von Billroth zum ersten Direktor des Rudolfinerhauses bestellt. Gersuny hatte besonderes Mitleid mit den durch angeborene oder erworbene Defekte Ent-

stellten und wurde aus dieser Gesinnung heraus zu einem Pionier der plastischen Chirurgie. Seine Methode, zur Behebung dieser Defekte Paraffin subkutan einzuspritzen, wies der kosmetischen Chirurgie neue Wege; auch die operative Gynäkologie verdankt Gersuny neue Eingriffe: Ovarialresektion, Tubenplastik, künstliche Vagina, u.a. Ihn als einen seiner besten Freunde hat Billroth nicht die akademische Laufbahn ergreifen lassen, sondern er übertrug ihm die Leitung seines geliebten Spitals: das Rudolfinerhaus mit der diesem angeschlossenen Krankenpflegerinnenschule; dafür setzte sich Gersuny jahrzehntelang in vorbildlicher Weise ein. Ein weiterer Billroth-Assistent, *Anton Wölfler* (1850—1917), führte 1881 die erste Gastroenterostomie (das Anlegen einer künstlichen Verbindung zwischen Magen und Dünndarm bei Verschluß des Magenausganges) durch. Wölfler verdanken wir auch die Einführung des Kokains in die Chirurgie.

Einer der jüngeren Chirurgen, *Felix Mandl* (1892—1957) begann seine Karriere an der II. Chirurgischen Universitätsklinik unter Julius v. Hochenegg. Wie viele andere mußte auch Mandl Wien 1938 verlassen. Nach Kriegsende kam er wieder nach Österreich und übernahm die Leitung der chirurgischen Abteilung des Kaiser-Franz-Josef-Spitals. Zwei Arbeitsgebiete interessierten ihn besonders: die Anwendung des Novokains in der Chirurgie sowie die Sympathicus- und Vaguschirurgie. 1925 veröffentlichte Mandl eine Monographie über die ,,Chirurgie der Sportunfälle''. Intensiv beschäftigte er sich auch mit dem Karzinom und seiner Bekämpfung. Seit 1954 war Mandl auch Mitglied des Wiener Landtages als sozialistischer Mandatar. In seinen karitativen Bestrebungen eiferte er seinem Vorbild, Julius Tandler, nach.

Emerich Ullmann (1861—1937) verfaßte eine Reihe vorzüglicher wissenschaftlicher Arbeiten über experimentelle Osteomyelitis. Aufsehen erregte seine autoplastische Verpflanzung der Niere eines Hundes unter die Haut des Halses, wobei der freiliegende Ureter kurzfristig sogar Harn sezernierte. Durch einen mutigen Selbstversuch bei Pasteur in Paris erbrachte Ullmann den Beweis, daß die Schutzimpfung mit Tollwut bei gesunden Menschen unschädlich ist.

Auch unter den Dermatologen und Syphilidologen gab es zahlreiche jüdische Gelehrte, von denen mindestens vier als Schüler des Begründers der neueren wissenschaftlichen Dermatologie, Ferdinand Ritter v. Hebras

(1816—1880), zu nennen sind. An erster Stelle sei *Heinrich Auspitz* (1835—1886) gewürdigt. Dieser sehr früh verstorbene Dermatologe war ab 1862 Assistent bei Hebra, als an der Klinik eben die grundlegende Frage heftig diskutiert wurde, ob das Hebrasche System der Hautkrankheiten nach den neuen Erkenntnissen der Zellularforschung noch aufrecht erhalten werden könne. Ein Jahr nach Hebras Tod (1881) publizierte Auspitz sein ,,System der Hautkrankheiten'', mit dem er das ,,naturgemäße'' System seines Lehrers ersetzen wollte, dem aber die volle Anerkennung nie zuteil wurde. Gewiß, Auspitz war ein schwieriger Charakter, sein übermäßig entwickeltes Selbstbewußtsein bereitete ihm manche Bitternis. Erst zwei Jahre vor seinem Tode wurde er zum Primarius der 2. Abteilung für Syphilis im Allgemeinen Krankenhaus ernannt. Anders als Auspitz wollte *Moriz Kohn* (1837—1902), der später diesen Namen nach seinem ungarischen Geburtsort zu *Kaposi* änderte, das System der Hautkrankheiten seines Lehrers nur ausbauen und den neuen Erkenntnissen anpassen. Er erwarb sich bei S. Stricker grundlegende Kenntnisse der experimentellen Pathologie, mit denen er den zweiten Teil des Hebraschen Handbuches den histopathologischen Befunden entsprechend neu systematisierte. So gesehen war Kaposi ,,nicht bloß Mitarbeiter Hebras, sondern auch Mitbegründer der neuen Dermatologie und der Wiener Schule'', wie es G. Riehl, der Nachfolger Kaposis, in seiner Antrittsvorlesung formulierte. Noch um 1900, als die Laboratoriumsmedizin beinahe Selbstzweck zu werden drohte, hielt Kaposi an dem Leitspruch fest: ,,Die klinische Beobachtung, die Beherrschung des klinischen Materials ist das erste an unserer Schule anzustrebende Ziel''. Kaposis besondere Begabung lag in der klinischen Diagnostik: seine große Erfahrung und besondere Beobachtungsgabe ließen ihn schwierige Aufgaben mit Sicherheit lösen. 1881 wurde ein weiterer Hebra-Schüler, *Isidor Neumann,* Edler v. Heilwarth (1832—1906), auf die Lehrkanzel für Syphilidologie berufen, obwohl er sich ursprünglich für Dermatologie habilitiert hatte. Obgleich Neumann die Syphilisklinik leitete und die Forschungen über die Gonorrhöe intensivierte (hier ist vor allem sein Assistent Ern(e)st Finger (Nichtjude), 1856—1939, zu nennen), blieb er doch primär Dermatologe. Neumanns klinische Leistung liegt in der Erstbeschreibung des Pemphigus vegetans (eine mit Blasenbildung verlaufende Hautkrankheit). Schon in den sechziger Jahren beschäftigte er sich mit Züchtungsversuchen pflanzlicher Hautparasiten. Für die innere Entwicklung des Faches hat Neumann die Wichtigkeit der Zusammenlegung von Dermatologie und Syphilidologie, wie es ja vom Facharzt in der Praxis verlangt wird, erkannt: er berücksichtigte in seinen Vorlesungen beide Fächer. Im Jahre 1903 schließlich wurden beide Wiener Kliniken einander gleichgestellt. Erfolgreich waren auch Neumanns Bemühungen, in Bosnien und Herzogowina die dort verbreiteten Geschlechtskrankheiten zu bekämpfen und moderne Spitäler zu schaffen.

David Gruby (1810—1898), allgemein bekannt als der behandelnde Arzt des Dichters Heinrich Heine (auch Chopin, G. Sand, List u.a. zählten zu seinen Patienten), war auch ein hervorragender Wissenschaftler: 1843 entdeckte er die Trypanosomen (krankheitserregende Blutparasiten, vor allem in den Tropen); er gab den von ihm im strömenden Froschblut entdeckten Lebewesen wegen ihrer Bohrer-Gestalt diesen treffenden griechischen Namen. Er erforschte außerdem die infektiösen Erkrankungen der kindlichen Kopfhaut (Virchow nannte sie Dermatomykosen): Gruby konnte den Erreger des Favus (Grindpilzflechte) eindeutig als Pilz erkennen; außerdem beschrieb er die Krankheitsformen des Herpes tonsurans. Merkwürdig bleibt, daß Gruby mit 38 Jahren seine wissenschaftliche Tätigkeit einstellte und sich nur mehr seiner sehr ausgedehnten Praxis widmete.

Erich Urbach (1893—1946) mußte 1938 Österreich verlassen und leitete in Philadelphia eine Klinik für allergische Krankheiten. Seine wichtigsten Monographien behandeln folgende Themen: Hautkrankheit und Ernährung; Klinik und Therapie der allergischen Krankheiten; das Heufieber und seine Behandlung.

Nicht gering ist auch die Anzahl jüdischer Forscher, die durch ihre anatomischen, experimentellen, klinischen und therapeutischen Arbeiten die Neurologie, Psychiatrie und Psychoanalyse bereichert haben. Der berühmt gewordene Ausspruch des deutschen Psychiaters Wilhelm Griesinger (1817—1868), ,,Psychische Krankheiten sind Erkrankungen des Gehirns'', war auch für die Wiener Psychiater der 2. Hälfte des 19. Jahrhunderts zur Leitidee geworden: Th. Meynert (1833—1892), R. Krafft-Ebing
Kat. Nr. 238 (1840—1902) und *Maximilian Leidesdorf* (1816—1889). Leidesdorfs Lehre ging dahin, daß die psychischen Störungen bei den Geisteskrankheiten nicht die Krankheit selbst seien, sondern nur deren Symptome. So

führt auch seine 1860 erschienene „Pathologie und Therapie der psychischen Krankheiten" nicht nur denselben Titel wie Griesingers 1845 erschienenes Lehrbuch, sondern folgt auch in der Gesamtanlage sowie in der Klassifizierung der Geisteskrankheiten dem großen Vorbild. Die eigentliche Bedeutung Leidesdorfs liegt jedoch in der Begründung des klinisch-psychiatrischen Universitätsunterrichtes in Österreich. 1860 übernahm er gemeinsam mit H. Obersteiner (1847—1922) die Leitung einer Privatirrenanstalt in Wien-Döbling; erst 1875 ging sein langgehegter Wunsch, klinischer Lehrer der Psychiatrie zu werden, mit der Ernennung zum Vorstand der Psychiatrischen Klinik der nö. Landesirrenanstalt in Erfüllung.

Wie die Hydrotherapie war auch die Elektrotherapie ab 1860 in Wien zum Durchbruch gekommen und schon 1867 wurde im Allgemeinen Krankenhaus eine Abteilung für dieses Spezialfach gegründet; aber erst *Moritz Benedikt* (1835—1920) und *Moriz Rosenthal* (1833—1889) bearbeiteten das Gebiet wissenschaftlich; letzterer, ein unermüdlicher Gelehrter, hat sich neben der Neuropathologie auch mit dem Problem der Hysterie beschäftigt, die er bereits 1875 beschrieben hatte, also 11 Jahre vor Freuds bekanntem Vortrag über die männliche Hysterie. Eine ganz andere Persönlichkeit war Benedikt, der an der Klinik Oppolzer die Wirkung des galvanischen Stromes erprobte. Seine Arbeiten umfaßten die Anatomie und Pathologie des Nervensystems, die Klinik der Neurosen und den Hypnotismus. Er wurde auch zum Mitbegründer der Kriminalanthropologie und Kriminalpsychologie. Benedikt hatte eine besondere Vorliebe für die außerhalb der Schulmedizin stehenden Ärzte wie Gall und Mesmer und kam schließlich in die Nähe des „Okkultismus". Wie nicht anders denkbar, mußte er massive Angriffe der Vertreter der Schulmedizin in Kauf nehmen, doch hat er, wie viele andere Outsider, Wien nicht verlassen.

Kat. Nr. 245

Erwin Stransky (1877—1962) war Assistent an der I. Psychiatrischen Klinik bei J. Wagner-Jauregg (1857—1940). 1938 emigrierte er; nach seiner Rückkehr übernahm er 1945 die Leitung der Wiener Städtischen Nervenheilanstalt Rosenhügel. Sein umfangreiches Oeuvre erstreckt sich auf Psychiatrie, Neurologie und Psychohygiene. 1932 bemerkte Stransky bei einem durch elektrischen Strom verunglückten Schizophrenen vor dessen Tod eine vorübergehende Besserung und sah darin den möglichen Weg einer Therapie: somit ahnte er damals die Elektroschockbehandlung voraus. Als erster verfaßte Stransky einen Leitfaden der psychischen Hygiene in deutscher Sprache. Auch der Vorstand der Psychiatrisch-neurologischen Universitätsklinik, *Hans Hoff* (1897—1969), begann seine Ausbildung 1922 an der Klinik Wagner-Jaureggs; 1936 zum Vorstand der neurologischen Abteilung der Poliklinik berufen, emigrierte er zwei Jahre später; 1949 kehrte Hoff nach Wien zurück und wurde 1950 Vorstand der Universitätsklinik. Ab 1938 befaßte sich Hoff vor allem mit der Pharmakopsychiatrie, der Psychohygiene, der forensischen Psychiatrie und der psychiatrischen Rehabilitation. Auf dem Gebiet der Sozialpsychiatrie war Hoff in Österreich führend. Mit intensiver Aufklärungsarbeit in der Öffentlichkeit und bei den Behörden schuf er die Voraussetzungen zur Betreuung von Alkoholikern, straffälligen Jugendlichen und kriminellen Psychopathen.

Kat. Nr. 236 *Sigmund Freud*s (1856—1939) Entdeckungen, um es mit den Worten A. Schicks zu formulieren, „veränderten nicht nur das bisherige Bild vom Menschen; solange die westliche Kultur bestehen wird, kann sie nach Freud nie mehr so sein, wie sie es vor ihm war". Es ist unmöglich, Freuds Leistungen auf kurzem Raum zu würdigen: sie seien hier nur skizziert. 1885 habilitierte er sich für Neuropathologie (er sagt ja von sich selbst: „Ich bin nicht immer Psychotherapeut gewesen, sondern bin bei Lokaldiagnosen und Elektrodiagnostik erzogen worden wie andere Neuropathologen . . ."); Freuds Arbeitsweise änderte sich durch den Besuch bei J. M. Charcot (1825—1893) in Paris: hier hörte er Vorträge über Hysterie und Hypnose. 1893 veröffentlichte Freud gemeinsam mit dem Internisten J. Breuer die „Studien über Hysterie", in denen der Begriff der „Verdrängung" entwickelt wurde. Nun erarbeitete Freud völlig neue Methoden, indem er die Hypnose durch freie Assoziation, Untersuchungen von Fehlleistungen und Trauminhalten ersetzte: mit der 1900 erschienenen „Traumdeutung" war die Psychoanalyse im wesentlichen begründet; auch der Begriff des „Unbewußten", vorher schon in der Philosophie bekannt, wurde durch Freuds analytische Studien neu erarbeitet. So sehr auch Freuds Begriffe vom „Ich" und „Es" Anerkennung fanden, seine Theorie vom „Todestrieb" konnte sich nicht durchsetzen: Freud war überzeugt, daß das Unbewußte (Es) Kräfte der Selbstzerstörung in sich berge, während das „Ich" das Leben zu erhalten versuche;

Abb. 20: Alfred Adler. Bildnis im Alter von 57 Jahren

diese Hypothese begründete Freud mit der Beobachtung, daß manche Neurotiker von einem selbstmörderischen Impetus getrieben werden, der keiner Therapie zugänglich sei. Die Lehre Freuds ist, trotz vieler Kritiken, zur Grundlage der modernen Tiefenpsychologie und Psychotherapie geworden. 1938 mußte Freud vor den Nationalsozialisten nach London fliehen, wo eine unheilbare Kieferkrankheit seinem Leben ein Ende setzte.

Unter den Schülern Freuds, die sich später vehement gegen ihren Lehrer stellten, war neben C. G. Jung (1875—1961) *Alfred Adler* (1870—1937) einer der bekanntesten. Er studierte bei Meynert und Krafft-Ebing Psychiatrie und war ab 1902 einer der Bevorzugten bei der bekannten Mittwoch-Abend-Runde in der Wohnung S. Freuds in der Berggasse 19 im 9. Wiener Gemeindebezirk. 1911 kam es, nach mehreren Jahren der Unstimmigkeiten, zum Bruch mit Freud: Adler interpretierte die Neurosen nicht als unbewußte Verdrängung, sondern als bewußte, mutwillige Maßnahme, mit der man sich einer nicht zu bewältigenden Aufgabe entziehen wolle. 1922 benannte Adler seine Lehre „Individualpsychologie". Als einziger des frühen Freud-Kreises war er auch Mitglied der Sozialdemokratischen Partei. Es gelang ihm auch, den Präsidenten des Wiener Stadtschulrates, Otto Glöckel, für sein Anliegen zu gewinnen, in den Volksschulen Kinderberatungsstellen einzurichten und Lehrer in Kinderpsychiatrie auszubilden. J. Tandler unterstützte als Gesundheitsstadtrat diese Bemühungen: seit 1929 lehrte Adler am Pädagogischen Institut der Stadt Wien. 1932 folgte er einer Berufung in die U.S.A.

Paul Karplus (1866—1936) erforschte mit A. Kreidl ein „sympathisches Zentrum" an der Basis des Zwischenhirns (auch Karplus-Kreidl-Zentrum benannt). Sein zweites Forschungsgebiet erstreckte sich auf anthropologische und familienbiologische Untersuchungen, wobei er besonders die Familienähnlichkeiten an den Großhirnfurchen studierte. *Otto Marburg* (1874—1948), seit 1919 Vorstand des Neurologischen Institutes der Universität Wien als Nachfolger Heinrich Obersteiners, fand mit seinem „Mikroskopisch-topographischen Atlas des Zentralnervensystems" allgemeine Anerkennung. Nach der Emigration in die U.S.A. arbeitete Marburg über die Pathologie der familiären amaurotischen Idiotie sowie über multiple Sklerose und Epilepsie.

Kat. Nr. 250

Abb. 21: Ludwig Wilhelm Mauthner Ritter von Mauthstein. Lithographie von J. Kriehuber 1846.

Manfred Sakel (1901—1957) ist der Begründer der Insulintherapie bei Schizophrenie. Mit dieser Behandlung begann er 1933 an der Neurologischen Klinik in Wien, wobei ihn sein Vorgesetzter, Otto Pötzl, sehr unterstützte und ihm Patienten für die belastende Therapie überließ.

Schon frühzeitig bemühte man sich in Wien, die Kinderheilkunde von der Internen Medizin und der Frauenheilkunde zu trennen, doch erst nach mehreren erfolglosen Versuchen wurde das Fach durch die Initiati-
Kat. Nr. 250 ve von *Ludwig Wilhelm Mauthner v. Mauthstein* (1806—1858) als selbständig anerkannt. Mauthner ließ 1837 auf eigene Kosten in der Wiener Vorstadt Schottenfeld ein Kinderspital errichten. 1849 übersiedelte er in das neuerbaute St. Anna-Kinderspital; die Selbständigkeit erlangte die Kinderheilkunde 1850 mit der Ernennung Mauthners zum ao. Professor. Im Gegensatz zu dieser organisatorischen Großtat war er als Therapeut noch der bereits überholten antiken Säftelehre verpflichtet, die ihm keinerlei Anerkennung mehr einbrachte.

Die Wiener Pädiatrie in der 2. Hälfte des 19. Jahrhunderts ist untrennbar mit dem Namen *Max Kassowitz* (1842—1913) verbunden: obwohl sich viele seiner Ansichten als falsch erwiesen (er hielt Blattern und Windpocken für ein und dieselbe Krankheit; Rachitis reihte er unter die Entzündungskrankheiten und das Diphtherieserum Behrings bekämpfte er vehement), versuchte Kassowitz in seiner ,,Allgemeinen Biologie'' aus dem Faktenmaterial der modernen naturwissenschaftlichen Forschung eine Synthese herzustellen: das Registrieren von Tatsachen sei für einen Forscher zu wenig, er müsse daraus Schlüsse ziehen. Kassowitz führte einen beharrlichen Kampf gegen den kindlichen Alkoholmißbrauch. Daß sein weiterer wissenschaftlicher Irrtum auch einen eminent positiven Aspekt hatte, sei am Beispiel des Phosphorlebertrans bei der Therapie der Rachitis dargelegt: er hielt den Phosphor für das Wirkmittel gegen Rachitis, der Lebertran war für ihn nur ein geeignetes Lösungsmittel. Als man später die Wirkung des im Lebertran enthaltenen Vitamin D erkannte, fand diese Therapie weltweite Verbreitung. *Béla Schick* (1877—1967) begann seine Tätigkeit als Assistent an der Wiener Kinderklinik, die damals unter der Leitung von Clemens v. Pirquet (1874—1929) stand. Gemeinsam publizierten Pirquet und Schick das grundlegende Werk über die Serumkrankheit. Schicks größte wissenschaftliche Tat war der intrakutane Diphtherietest, den er 1913 publizierte.

Karl Hochsinger (1860—1942), ein Mitarbeiter von M. Kassowitz, erwarb sich als Leiter des Kinderkrankeninstitutes in Wien besondere Verdienste um dessen Ausbau. Die Anerkennung der Fachwelt wurde ihm mit seinen Studien zur hereditären Syphilis sowie mit der Auskultation des kindlichen Herzens zuteil. Mit seiner „Gesundheitslehre des Kindes im Elternhaus" setzte Hochsinger Maßstäbe für die damaligen Erfordernisse der Kinderhygiene.

Paul Moser (1865—1924), einer der Pioniere der Serumtherapie bei Kindern, ein Schüler Theodor Escherichs (1857—1911), begann 1895 mit der Herstellung eines Scharlachserums. Er nahm eine bestimmte Streptokokkenart als Scharlacherreger an, immunisierte Pferde und gewann so einen wirksamen Impfstoff. Bald aber stellten sich Mißerfolge ein und erst 25 Jahre später konnte *Rudolf Kraus* (1868—1932) die Therapie mit dem Moserschen Serum wieder aufleben lassen.

Auf dem Gebiet der Gynäkologie ist *Ernst Wertheim* (1864—1920) zu nennen. Als Assistent der I. Frauenklinik beschäftigte er sich mit der weiblichen Gonorrhöe; als Primarius im Elisabethspital entfaltete Wertheim sein großes operatives Können: er inaugurierte die Radikaloperation des Kollumkarzinoms (Gebärmutterkrebs) durch die Bauchhöhle. Die anfänglich sehr hohe Mortalität bei diesem Eingriff konnte Wertheim nach weiteren Bemühungen herabsetzen, sodaß diese Operation bald zum chirurgischen Allgemeingut gehörte. Im Jahre 1910 erhielt Wertheim die Leitung der II. Universitätsfrauenklinik.

Bernhard Aschner (1883—1960) gilt als Pionier der Lehre von der inneren Sekretion. Er führte die erste erfolgreiche Totalexstirpation der Hypophyse an Hunden durch und konnte so die bisher unbekannten Funktionen dieser Drüse für Wachstum, Geschlechtsentwicklung und Stoffwechsel nachweisen. Er trat für eine „Renaissance" der Medizin ein und prägte den Ausdruck „Krise der Medizin". Als einer der ersten in der deutschsprachigen medizinischen Literatur wies er auf den Wert der Akupunktur hin. *Josef Halban*s (1870—1937) Hauptarbeitsgebiet umfaßte die Hormonlehre sowie die operative Geburtshilfe, die er hervorragend beherrschte. Im Jahre 1905 stellte er die erst später durch die moderne Hormonforschung bewiesene These auf, daß die biologische Aus-

Kat. Nr. 263

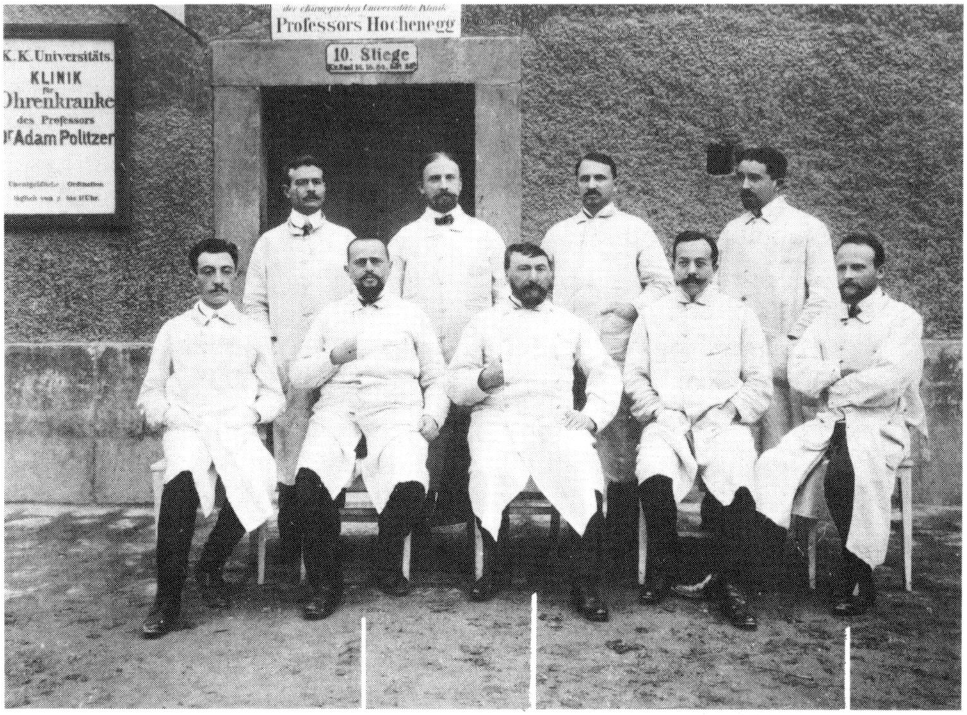

Alexander *Politzer* *Bárány*

Abb. 22: Politzer im Kreise seiner Mitarbeiter

schaltung der Plazenta den Anstoß zur Milchsekretion gibt. Grundlegend waren die Arbeiten über den Genitalprolapsus (zusammen mit J. Tandler) sowie daraus zu folgernde leistungsfähige Operationen.

Im Jahre 1873 war mit der Gründung der Ohrenklinik an der Universität
Kat. Nr. 263 Wien (übrigens der ersten der Welt) durch *Adam Politzer* (1835—1920) und *Josef Gruber* (1827—1900) auch die Spezialisierung dieses Faches abgeschlossen. Neben zahlreichen Arbeiten zur Anatomie, Physiologie und Therapie des Gehörorgans war sein Hauptverdienst die Einführung der ,,Luftdusche'', heute noch unter dem Namen ,,politzern'' bekannt:
Kat. Nr. 260 durch das Einbringen von Luft in die Nase kann die Durchgängigkeit der Ohrtrompete geprüft werden. Seine klinischen Kenntnisse hatte Politzer nicht zuletzt als Stadtarmenarzt bei den Wiener Versorgungshäusern erworben, wo er seine Beobachtungen bei den Obduktionen auch verifizieren konnte. Seine klinischen Erfolge verdankte Politzer, wie viele andere,

dem in Wien schon im 18. Jahrhundert begründeten Unterricht am Krankenbett; er selbst sprach in diesem Zusammenhang davon, daß das Streben nach Realismus in der medizinischen Forschung das wertvollste Erbe der Wiener Schule sei.

Ein Schüler Politzers, *Robert Bárány* (1876—1936) erhielt für seine Arbeiten über die „Physiologie und Pathologie des Bogengangapparates" 1915 den Nobelpreis für Medizin. Schon 1906 erkannte er, daß der Vestibularapparat (der Vorhofbogengangapparat, das Gleichgewichtsorgan im Ohr) unter pathologischen Veränderungen das rhythmische Augenzittern (Nystagmus) auslösen kann; er entdeckte, daß das Innenrohr auf Temperaturschwankungen reagierte und entwickelte so die kalorische Prüfungsmethode, mit deren Hilfe man Krankheiten rechtzeitig diagnostizieren kann. Auch ein Symptomenkomplex bei einer Erkrankung des Innenohres trägt Báránys Namen. Nach dem Ersten Weltkrieg wurde er Leiter der Ohrenklinik in Uppsala. Kat. Nr. 242

Die laryngologische Abteilung der Allgemeinen Poliklinik leitete von 1872 bis 1893 *Johann Schnitzler* (1835—1893), der Vater des Schriftstellers Arthur Schnitzler (1862—1931), der ebenfalls Laryngologe war. Schnitzler befürwortete als einer der ersten die pneumatische Therapie (mit verdichteter und verdünnter Luft) zur Bekämpfung der Krankheiten der Atmungsorgane und konstruierte auch einen Respirationsapparat. Schon seit 1873 beschäftigte sich Schnitzler mit den Neurosen des Kehlkopfes, die er später auch mit Hypnose zu behandeln versuchte. Eine dieser Behandlungen hat Arthur Schnitzler in dem Einakter „Paracelsus" überliefert. *Karl Stoerk* (1832—1899) war einer der ersten, der sich, über die Kehlkopfspiegelung hinausgehend, auch an die Lokaltherapie des Kehlkopfes wagte. Er konstruierte zahlreiche laryngologische Instrumente, deren Anwendung er meisterlich beherrschte, womit er dem jungen Fach größtes Ansehen verleihen konnte. 1864 habilitierte er sich als erster Privatdozent für Laryngologie, 1875 wurde er zum unbesoldeten Extraordinarius ernannt, 1891 übernahm er in dieser Funktion die Leitung der laryngologischen Klinik, die er bis zu seinem Tode innehatte. Kat. Nrn. 239, 254, 255

Gustav Alexander (1873—1932), ein Politzer-Schüler, beherrschte die klinische Ohrenheilkunde meisterhaft; mit dem Nobelpreisträger R. Bárány sowie mit *Heinrich Neumann* (1873—1939) hatte er wesentlichen Anteil an der Erforschung der Krankheiten des Ohrlabyrinths. Einge-

hend beschäftigte ihn auch die soziale Fürsorge für Schwerhörige und Taubstumme: 1916 eröffnete Alexander den ersten österreichischen Kindergarten für Taubstumme. Er konstruierte auch zahlreiche otologische Instrumente, darunter eine nach ihm benannte Ohrspritze.
Leopold Freund (1868—1943) hat neben Guido Holzknecht (1872—1930), der als Nichtjude zahlreiche jüdische Mitarbeiter hatte (wie J. Borak, J. Freud, R. Lenk, F. Pordes, M. Sgalitzer, u.a.), auf dem Gebiet der Röntgenologie Pionierarbeit geleistet: er verwendete als erster Röntgenstrahlen für die Therapie. Zunächst behandelte Freund hartnäckige Hautleiden (der Fall eines achtjährigen Mädchens mit Tierfellnaevus ist in die Geschichte eingegangen), dann auch Knochentuberkulose und Ischias. Bei den Bestrahlungen führte er die Dosis in Teilmengen ein und verwendete als erster „harte" Röntgenstrahlen.
Vieles verdankt die Physiologie in Wien dem begabten Brücke-Schüler *Ernst Fleischl v. Marxow* (1846—1891). Er begann seine akademische Laufbahn bei dem Pathologen Rokitansky, wo er sich an einer Leiche eine Infektion zuzog, an deren Folgen (Neurinom) er bis zu seinem Lebensende litt. Nähere Details über dieses Leiden erfahren wir aus den Briefen S. Freuds an Martha Bernays. Nach diesem Unglück nahm ihn Brücke in sein physiologisches Institut auf, wo Fleischl die elektrische Aktivität des Gehirns entdeckte und so zum Pionier der Elektroenzephalographie wurde. Mit seinem technischen Geschick konstruierte er zahlreiche Apparate, von denen das Hämometer genannt sei.
Mit *Eugen Steinach* (1861—1944) befinden wir uns auf dem Gebiet der Hormonforschung. Steinach begann seine Karriere in Prag bei dem bekannten Physiologen E. Hering, wo er 1902 ein Laboratorium für allgemeine und vergleichende Physiologie gründete. 1912 übersiedelte Steinach nach Wien und leitete die Biologische Versuchsanstalt der Akademie der Wissenschaften. Schon seit 1894 befaßte er sich mit physiologischen Problemen der Sexualorgane, wobei seine Forschungsergebnisse oft in unseriöser Weise publiziert wurden. Aufsehenerregende Experimente über Geschlechtsumwandlungen folgten. Bei der Unterbindung des Samenleiters (Vasoligatur) alter Ratten bemerkte Steinach, daß die (von ihm so benannte) „Pubertätsdrüse" zu neuer Wirkung angeregt wurde. Er entwickelte nun zahlreiche Verjüngungsoperationen, sodaß man diese Epoche der Geriatrie die „Ära Steinach" bezeichnen kann. In den drei-

ßiger Jahren unterzog man die klinischen Berichte einer Analyse, wobei die im Tierexperiment beschriebenen Erfolge beim Menschen fast nie erreicht werden konnten; die zur selben Zeit einsetzende moderne Hormonforschung ließ Steinachs Versuche bald vergessen; dennoch bereitete er neue Grundlagen für die Endokrinologie vor.

Alois Kreidl (1864—1928) beschäftigte sich mit dem Zentralnervensystem und der Physiologie des Ohrlabyrinthes. Fundamental für die Lehre vom Gleichgewichtsorgan waren seine Arbeiten über den Nystagmus (Augenzittern).

Das Ansuchen des Arztes und Schriftstellers *Franz Romeo Seligmann* (1808—1892) um die Errichtung einer Lehrkanzel für Geschichte der Medizin und Epidemiologie war zwar 1849 abgelehnt worden, ein Jahr später aber konnte sie als Extraordinariat begründet werden: in der Zwischenzeit hatte Seligmann die Aussicht auf eine eventuelle Berufung an die Berliner Lehrkanzel erhalten. Erst unter diesen Auspizien stimmten sowohl die Fakultät als auch der Unterrichtsminister Leo Graf Thun-Hohenstein zu. Seligmann, ein Freund Frh. v. Feuchterslebens (1806—1849), war auch der Arzt von Goethes Schwiegertochter Ottilie.

Erst *Max Neuburger* (1868—1955) gelang es, in Wien im Jahre 1914 ein eigenes Institut für Geschichte der Medizin zu begründen; 1920 konnte Neuburger mit Hilfe des Internisten K. F. Wenckebach in die Räume des Josephinums übersiedeln: in der ehemaligen medizinisch-chirurgischen Militärakademie hatte Neuburger eine Heimstätte gefunden. Schon an seinen ersten medizingeschichtlichen Arbeiten erkannte der damalige Lehrkanzelinhaber Theodor Puschmann (1844—1899) die außergewöhnliche Begabung Neuburgers. Seine Hauptwerke sind das gemeinsam mit J. Pagel (Berlin) publizierte ,,Handbuch der Geschichte der Medizin'' in 3 Bänden sowie ein zweibändiges Lehrbuch und grundlegende Arbeiten zur Geschichte der Wiener Medizin. 1938 mußte Neuburger emigrieren und fand im Wellcome Historical Medical Museum in London eine neue Arbeitsstätte. 1952 kehrte er nach Wien zurück, um hier seinen Lebensabend verbringen zu können. Er war nach den Worten des Chirurgen Leopold Schönbauer ,,der größte Medikohistoriker seines Zeitalters''.

Kat. Nr. 251

Ludwig Teleky (1872—1957) war der erste Dozent für Sozialhygiene an der Wiener Universität. 1921 übernahm er die Leitung der Westdeutschen sozialhygienischen Akademie in Düsseldorf. Sein Arbeitsgebiet

Kat. Nr. 251

Abb. 23: Max Neuburger
Unsigniertes Gemälde o. J.
Im Hintergrund ist durch ein Fenster das Josephinum sichtbar.

umfaßt die Sozialversicherung, die Gewerbehygiene und die Gewerbekrankheiten.
Leopold v. Dittel (1815—1898) machte Wien zu einem der Zentren der urologischen Forschung in Europa; im deutschsprachigen Raum begründete er dieses Fach. An seiner urologischen Abteilung wurden wichtige Untersuchungen mit dem Zystoskop (Harnblasenspiegel) durchgeführt: nur der technisch erfahrene Dittel konnte mit dem ersten komplizierten Modell von Nitze-Leiter umgehen, für andere Spezialisten war es nicht praktikabel. Erst nach der Verbesserung von 1886, als der Instrumentenmacher Leiter an Stelle des Platinglühdrahtes ein Mignonlämpchen verwendete, trat es seinen Siegeszug durch die Welt an. Die Blasenstein- und Prostataoperationen verbesserte Dittel wesentlich; bei letzteren arbeitete er eng mit Billroth zusammen, der sich sehr für urologische Operationen interessierte.
Ludwig Mauthner (1840—1894) konnte sein Lehrer Eduard Jaeger v. Jaxtthal (1818—1884) kein besseres Zeugnis ausstellen als mit folgenden Worten: „Ich bin es der Augenheilkunde schuldig, Mauthner die volle Freiheit auf meiner Klinik zu gewähren — denn er ist ein Genie". Schon drei Jahre nach der Promotion habilitierte sich der junge Mauthner und ging 1869 als Ordinarius nach Innsbruck, in der Fachwelt schon bekannt durch sein „Lehrbuch der Ophthalmoscopie"; 1877 verließ er Innsbruck auf eigenen Wunsch, da er glaubte, sich hier zu wenig entfalten zu können. Seine Bewerbung um die nach dem Tode Jaegers 1884 vakant gewordene Lehrkanzel der II. Augenklinik wurde abgelehnt: ein Grund dafür war wohl die negative Haltung Mauthners der pathologischen Anatomie gegenüber. Mauthner war unübertroffen in der Ophthalmoskopie, also der physikalisch-optischen Richtung der Augenheilkunde. Er war auch einer der besten Operateure. Erst 1894, wenige Tage vor seinem Tode, erfolgte die Ernennung zum Vorstand der I. Augenklinik.
Das Jahr 1884 ist für die Augenheilkunde in Wien ein besonderes Datum: *Karl Koller* (1857—1944) führte das Kokain als Lokalanästhetikum Kat. Nr. 237
am Auge ein. Schon sein Lehrer Arlt wies auf die Nachteile der allgemeinen Narkose bei Augenoperationen hin. Nicht unbeteiligt an dieser Entdeckung war bekanntlich auch Sigmund Freud; dieser hatte in seiner Untersuchung „Über Coca" auf die anästhesierende Wirkung aufmerksam gemacht; Koller nahm diese Anregung auf und konnte bald darauf an ei-

nem Frosch die Wirkung des Kokain feststellen. Am 15. September ließ Koller die Entdeckung auf dem Heidelberger Ophthalmologenkongreß bekanntgeben, am 17. Oktober sprach er darüber in der Sitzung der Gesellschaft der Ärzte in Wien.
Stefan Bernheimer (1861—1918), der Vorstand der I. Wiener Augenklinik, erbrachte den anatomischen Nachweis der partiellen Kreuzung der Sehnervenfasern im sogenannten ,,Chiasma opticum''. Neben dieser für die Augenheilkunde grundlegenden Erkenntnis konnte er in sehr mühsamen Experimenten den Verlauf der Fasern des Oculomotorius nachweisen. Seine klinischen Arbeiten betrafen die Therapie der Gonoblennorrhoe sowie tuberkulöse Augenkrankheiten.
Stefan Jellinek (1871—1968) habilitierte sich, nach seiner Assistententätigkeit am Institut für Gerichtsmedizin, für Innere Medizin mit besonderer Berücksichtigung der Elektropathologie. Sein besonderes Verdienst war die Gründung eines elektropathologischen Museums. Jellinek konnte auch nachweisen, daß durch elektrischen Strom verursachte Unfälle oft den Tod nur vortäuschen und man die Verunglückten durch entsprechende Behandlung retten könne.
Emil Zuckerkandl (1849—1910), der erklärte Lieblingsschüler des Anatomen Josef Hyrtl (1810—1894), strebte wie dieser danach, die Anatomie in den Dienst der Klinik zu stellen. Als Assistent an der I. Anatomischen Lehrkanzel erarbeitete er sich ein so umfangreiches Wissen, daß die Fakultät 1879 seine Ernennung zum ao. Professor ohne Habilitation vorschlug: er hatte bereits 60 wissenschaftliche Arbeiten vorgelegt. 1888 übernahm Zuckerkandl als Ordinarius die Lehrkanzel. Da nach ihm ,,die Anatomie die Generalstabskarte für die Operationen der Ärzte ist'', wurde er diesem Leitspruch mit Beiträgen in den Handbüchern für Zahnheilkunde, Ohrenheilkunde, Laryngologie sowie Urologie gerecht. Auch sein
Kat. Nrn. 246—249
Schüler *Julius Tandler* (1869—1936) bekannte sich zur ,,funktionellen Anatomie'', als er in seiner Antrittsvorlesung mit dem programmatischen Titel ,,Anatomie und Klinik'' (1910) zu den Studenten sagte: ,,Sie zu künftigen Kämpfern gegen Krankheit und Tod auszurüsten, ist meine selbstgewählte Lebensaufgabe.'' 1899 habilitierte sich Tandler, 1910 übernahm er die Leitung der I. Anatomischen Lehrkanzel. Er schuf eine Konstitutionslehre, basierend auf dem Spannungszustand der Muskeln; seine ,,Topographische Anatomie dringlicher Operationen'' war ein Bei-

spiel für die Verwirklichung seiner obengenannten Leitidee. Von 1919 bis 1920 war Tandler Unterstaatssekretär für Volksgesundheit, dann amtsführender Stadtrat für Wohlfahrtspflege in Wien. Als Sozialdemokrat prägte er die Gesundheitspolitik der zwanziger Jahre: Tandler reorganisierte das gesamte Fürsorgewesen, widmete sich der Jugendfürsorge sowie der Bekämpfung der Säuglingssterblichkeit und Tuberkulose. Er schuf die erste Eheberatungsstelle der Welt, Mutterberatungsstellen, eine zentrale Kinderübernahmestelle und führte das kostenlose Säuglingswäschepaket ein. In Wien wurde Tandler 1934 wegen seiner politischen Tätigkeit inhaftiert und verlor seinen Lehrstuhl; verletzt und enttäuscht verließ er Österreich und ging nach China, von dort nach Moskau, wo er kurz darauf starb.

Sehr selten kam es vor, daß die Fakultät der Verleihung des Professorentitels ohne Habilitation zustimmte: *Ernst Freund* (1863—1946) zählte auch zu den wenigen. Im Rudolfsspital betrieb er ein biochemisches Forschungszentrum, der Schwerpunkt lag bei der Krebsforschung; im Jahre 1938 mußte auch er emigrieren. In London konnte Freund am West-Hospital seine grundlegenden Arbeiten zur Krebsbekämpfung fortsetzen. Schon in früheren Experimenten über die Blutgerinnung hielt er sich streng an den methodischen Ansatz seines Lehrers Brücke, zur Erklärung von Experimenten nur die chemisch-physikalischen Kräfte gelten zu lassen. Sein späteres zentrales Arbeitsgebiet behandelte Freund bereits in seiner ersten Publikation: die biochemische Krebsdiagnose.

Otto Fürth (1867—1938), seit 1929 Ordinarius für medizinische Chemie in Wien, forschte über Muskeleiweiß, Muskelkontraktion und Totenstarre sowie Hormone. Er gab Meßmethoden zur quantitativen Bestimmung biochemisch wichtiger Stoffe an.

Der dritte Nobelpreisträger in unserer Reihe ist *Otto Loewi* Kat. Nr. 243
(1873—1961), Ordinarius für Pharmakologie an der Universität Graz. 1900 habilitierte sich Loewi bei dem Pharmakologen H. H. Meyer in Marburg und übersiedelte mit ihm 1904 nach Wien. Schon damals diskutierte Loewi mit seinen englischen Freunden E. Starling und H. Dale die Möglichkeit, ob nicht die Wirkung der vegetativen Nerven durch chemische Substanzen zustande käme, doch sah er noch keine Methode zur Beweisführung seiner Ideen. Als Ordinarius (1909) beschäftigte sich Loewi mit verschiedenen pflanzlichen Giftstoffen, bis ihn 1920 ein

nächtlicher ,,Geistesblitz'' auf den richtigen Weg führte: am isolierten Froschherzen zeigte er, daß durch den Reiz des Vagus (X. Hirnnerv) eine Verlangsamung der Herztätigkeit eintrat; nun nahm Loewi die Kochsalzlösung, in der sich dieses Herz befand und brachte sie mit einem zweiten Herz in Berührung: auch dieses verlangsamte sofort seinen Schlag. Damit war der Beweis geliefert, daß durch Reizung des Vagus ein Wirkstoff frei geworden sein müsse, der den Herzrhythmus verlangsamte. In langwierigen Versuchen, die sich über Jahre erstreckten, identifizierte Loewi schließlich den Wirkstoff als Azetylcholin. Für diese Entdeckung erhielt er zusammen mit H. Dale 1936 den Nobelpreis für Medizin. Zwei Jahre später war es so weit, daß auch Loewi unter beschämenden Umständen nach Verbüßung einer Kerkerhaft Österreich verlassen mußte; über England kam er in die Vereinigten Staaten, wo er an der New York Medical School eine Forschungsprofessur auf Lebenszeit erhielt.

Alfred Fröhlich (1871—1953) beschrieb als erster den Hypophysentumor ohne Akromegalie mit der von ihm als wesentlich erkannten pathologischen Fettverteilung besonders um das Genitale: die Fröhlich-Krankheit oder Dystrophia adiposogenitalis. Mit Otto Loewi entdeckte er die Kokain-Sensibilisierung für Adrenalin. *Ernst Peter Pick* (1872—1960) wandte sich als Assistent von H. H. Meyer endokrinologischen Fragen zu und untersuchte die Wirkungen von Hypophysenextrakten. Wichtig sind außerdem seine Arbeiten über das vegetative Nervensystem, die Leberdurchblutung und die Schockgifte sowie über die Wirkungen von Schlafmitteln.

Julius Scheffs (1846—1922) unablässigen Bemühungen ist es zu danken, daß im Jahre 1890 das zahnärztliche Ambulatorium in Wien eröffnet werden konnte, das ab 1894 ,,Zahnärztliches Universitätsinstitut'' benannt wurde. Neben dieser ausfüllenden Tätigkeit der Institutsleitung verfaßte Scheff das Standardwerk ,,Handbuch der Zahnheilkunde'' (4 Bände), zu dem viele Autoren von Weltruf ihre Abhandlungen beisteuerten.

Anmerkungen.

1 *Anton v. Rosas,* Über die Quellen . . ., Medicinische Jahrbücher des k.k. österreichischen Staates 40 (1842) = Neueste Folge, 31, 16—19.
2 *Samuel Krauss,* Geschichte der jüdischen Ärzte vom frühesten Mittelalter bis zur Gleichberechtigung. Durchgesehen von *Isidor Fischer.* Wien, 1930. (= Veröffentlichungen der A.S. Bettelheim-Stiftung in Wien, Band 4), 119f., passim.
3 *Max Neuburger,* Die Stellung der jüdischen Ärzte in der Geschichte der medizinischen Wissenschaften. Festvortrag gehalten anläßlich der Eröffnung d. Weltkongresses jüdischer Ärzte in Jerusalem am 21. April 1936. Sonderdruck aus: Mitteilungsblatt der Vereinigung jüdischer Ärzte 28 (1936).
4 *Theodor Billroth,* Über das Lehren und Lernen der medicinischen Wissenschaften an den Universitäten der Deutschen Nation nebst . . . Eine culturhistorische Studie. Wien, 1876.
5 *S. Krauss* (Anm. 2), 120.
5a *M. Neuburger,* Hermann Nothnagel. Leben und Wirken eines deutschen Klinikers, Wien-Berlin 1922, 235—236.
6 *M. Neuburger* (Anm. 3), 5.
7 *S. Krauss* (Anm. 2), 64.
8 *S. Krauss* (Anm. 2), 69.
9 *P. J. Diamant,* P. Weidner v. Billerburg, Mitteilungen des Vereins für Geschichte der Stadt Wien, 13/14 (1933).
10 *S. Krauss* (Anm. 2), 75.
11 *G. Wolf,* Studien zur Jubelfeier der Wiener Universität im Jahre 1865. Wien, 1865, 80—81.
12 *Richard Landau,* Geschichte der jüdischen Ärzte. Ein Beitrag zur Geschichte der Medizin. Berlin, 1895.
13 *S. Krauss* (Anm. 2), 75f.
G. Wolf (Anm. 11), 82ff.
G. Wolf, Jüdische Ärzte in der vorjosefinischen Zeit in Wien, Blätter des Vereins für Landeskunde von Niederösterreich; Neue Folge, 19 (1885), 491—495.
14 *S. Krauss* (Anm. 2), 78.
15 *Isidor Fischer,* Wiens Mediziner und die Freiheitsbewegung des Jahres 1848, Wiener medizingeschichtliche Beiträge, 1 (1935).
16 *Siegfried J. Plaschkes,* Die ersten jüdischen Ärzte der Wiener Universität und ihre Schicksale, Bulletin des Leo Baeck Institutes, 5 (1962), Nr. 19, 201—213, bes. 210.
17 *S. Krauss* (Anm. 2), 121f.
18 *Alfred Schick,* Die jüdischen Ärzte und die Medizin in Wien, *Hugo Gold,* Geschichte der Juden in Österreich, Tel Aviv, 1971, 127—133.
19 Für die einzelnen Ärzte habe ich folgende Literatur (in Auswahl) benützt: Neue Deutsche Biographie, hrsg. v. d. Historischen Kommission d. Bayer. Akademie d. Wissenschaften, 1ff., Berlin 1953—; Medical Circle Bulletin, 1 (1954)ff. Titelän-

derung: ab 10, 7.: Pirquet Bulletin of Clinical Medicine; ab 30 (1977): Proceedings of the Virchow-Pirquet Medical Society; *Isidor Fischer,* Biographisches Lexikon der hervorragenden Ärzte der letzten 50 Jahre, 2 Bde, ^{3}1962; *August Hirsch* (Hrsg.), Biographisches Lexikon der hervorragenden Ärzte aller Zeiten und Völker, Bd. 1—5, ^{2}1929—1934, Ergänzungsband ^{2}1935; Die feierliche Inauguration des Rektors der Wiener Universität (div. Studienjahre), Wien; *William M. Johnston,* Österreichische Kultur- und Geistesgeschichte (Forschungen zur Geschichte des Donauraumes, 1), Wien 1974; *Erna Lesky,* Die Wiener medizinische Schule im 19. Jahrhundert, Graz ^{2}1978 (= Studien zur Geschichte der Universität Wien, VI); Österreichisches Biographisches Lexikon 1815—1950, hrsg. v. d. Österr. Akademie d. Wissenschaften, 1ff, Graz 1957—; *Judith Merinsky,* Die Auswirkungen der Annexion Österreichs durch das Deutsche Reich auf die medizinische Fakultät der Universität Wien im Jahre 1938, Phil. Diss. Wien 1980; *Max Neuburger* (Anm. 3); *Alfred Schick* (Anm. 18); Wiener Klinische Wochenschrift, 1 (1888)ff., Wien, 1888—; Wiener Medizinische Wochenschrift 1 (1851)ff., Wien, 1851—.

Hans Morgenstern

Über den Anteil von Juden am Sport in Österreich

Obwohl Sport ein neuzeitlicher Begriff ist, gab es natürlich schon im Mittelalter sportliche Wettkämpfe. In einer Gothaer Handschrift wird die unblutige Ringkunst einem getauften Juden namens Ott zugeschrieben. Dieser war 1509 Meisterringer Österreichs, schied aber aus der jüdischen Gemeinde aus. Otts Lehrbuch über den Ringkampf beschreibt diesen erstmals als selbständigen, d.h. von der Fechtkunst losgelösten Wettkampf. Ott wurde an den Hof des regierenden Fürsten von Österreich zur Ausbildung der Prinzen berufen.

Kaiser Rudolf II. (+ 1612)) erließ eine Verordnung, in der er die militärisch wehrhafte Betätigung der Juden einschränkte; so verbot er z.B. Schaukämpfe, die jüdische Fechtmeister mit christlichen Kollegen abhalten wollten.

Eine systematische Beteiligung der Juden am Sportleben setzte jedoch erst in der Neuzeit ein. In den Deutschen Turnvereinen gab es von Anfang an jüdische Mitglieder und auch Meisterturner. Da die Gesinnung der assimilierten jüdischen Intelligenz sehr häufig eine deutsch-liberale war, fanden sie in diesen Kreisen Aufnahme. Erst durch die Entstehung der deutsch-völkischen Bewegung und durch das Aufkommen des Rassenantisemitismus wurden Juden in die deutschnationalen Turnvereine nicht mehr aufgenommen.

Im Reitsport gelangten einige aus geadelten jüdischen Familien stammende Männer zu Ehren; so z.B. Generalmajor *Robert von Joelson* (1829—1902), der als Präsident der Campagnereitergesellschaft und durch deren vorbildliche Organisation den Reitsport in Österreich-Ungarn zu internationalem Ansehen brachte.

Als es gegen Ende des 19. Jahrhunderts zur Entstehung der jüdischnationalen Bewegung (Zionismus) kam, wurde die jüdische Turnbewegung ins Leben gerufen. So wurde um die Jahrhundertwende der erste jüdische Turnverein in Wien gegründet. Der Großteil der Juden war aber in den allgemeinen Sportvereinen tätig. Besonders viele jüdische Aktive gab es beim Akademischen Sportclub, beim WAC, AUSTRIA, beim

First Vienna Football Club und bei den verschiedenen Arbeitersportvereinen.

Zur Gründung des ersten modernen jüdischen Sportvereines kam es 1909 in Wien durch die Gründung des Sportvereines HAKOAH. Dieser wurde nach dem Vorbild des großen jüdischen Sportvereines VAC-Budapest organisiert und sollte in der Folge zum bedeutendsten jüdischen Allround-Sportverein Europas werden und außerdem eine Spitzenstellung auch im österreichischen Sport einnehmen. Unter den Gründungsmitgliedern der *Hakoah* waren Dr. I. H. Koerner (1878—1958) und Dr. Fritz Löhner (1883—1942), der bekannte Operettenlibrettist. Etwa ein Drittel der jüdischen Sportler kam allmählich von den allgemeinen Sportvereinen zur *Hakoah*. 1924/25 wurde *Hakoah* österreichischer Fußballmeister und durch den sensationellen Sieg 1923/24 gegen Westham United in London einer der bekanntesten Fußballvereine Europas. Zahlreiche Hakoahner spielten auch in der österreichischen Nationalmannschaft. Auch andere Sektionen der *Hakoah* wie die Schwimmer, Ringer und Leichtathleten stellten zahlreiche österreichische Meister. Neben *Hakoah* in Wien waren die jüdischen Vereine VAC Budapest und *Hagibor* Prag ebenfalls Spitzenvereine ihrer Länder.

Bedeutende jüdische Sportfunktionäre in Österreich

Hugo Meisl (1881—1937): kam vom First Vienna Football Club und wurde 1910 Verbandskapitän des Österreichischen Fußballverbandes; wurde nach dem 1. Weltkrieg (in dem er als Hauptmann diente) wieder Bundeskapitän. Er hatte wesentlichen Anteil an der Organisation des Professional-Fußballsportes in Österreich, der Schaffung des Mitropa-Cups (1927—39) der Fußballweltmeisterschaft. Meisl war auch der Schöpfer des sogenannten ,,Wunderteams'', einer Nationalmannschaft, die durch eine Reihe glanzvoller Siege über die stärksten Mannschaften der Welt großen Ruhm erlangte. Die Bedeutung Meisls für den österreichischen Fußballsport lag in seinem Ideenreichtum, seiner diplomatischen Geschicklichkeit, Organisationsgabe und vor allem in der Fachkenntnis, die er in der Leitung der österreichischen Nationalmannschaft durch fast drei Jahrzehnte bewies.

Dr. Felix Kardeg: 2. Präsident des Österreichischen Fußballverbandes vor 1910 (der erste Präsident war ein Engländer).

Dr. Berthold Kardeg: Präsident des Schwimmclubs Austria.

Dr. Max Fürth: Präsident des österreichischen Leichtathletik-Verbandes und Begründer des österreichischen Marathonkomitees.

Dr. Otto Abeles: Präsident des Österreichischen Fußballverbandes und Vorkämpfer des Fußballsports in Österreich.

Philipp Winter: Wasserballer des WAC und später bekannter Sportredakteur der Neuen Freien Presse.

Jüdische Olympia-Sieger für Österreich:

Dr. Paul Neumann:	Goldmedaille	1896	Schwimmen
Otto Herschmann:	Bronze	1896	Schwimmen
Otto Wahle:	Bronze	1900, 1904	Schwimmen
Siegfried Flesch:	Bronze	1900	Fechten
Otto Scheff:	Gold	1906	Schwimmen
	Bronze	1906, 1908	
Dr. Otto Herschmann:	Silber	1912	Fechten
Margarete Adler:	Bronze	1912	Schwimmen
Klara Milch:	Bronze	1912	Schwimmen
Josefine Sticker:	Bronze	1912	Schwimmen
Hans Haas:	Gold	1928	Gewichtheben
	Silber	1932	
Fritzi Burger:	Silber	1928	Eislaufen
	Silber	1932	
Niki Hirschl:	Bronze	1932	Ringen (Schwergew.)
Robert Fein:	Bronze	1932	Gewichtheben
	Gold	1936	(Leichtgew.)
Viktor Kalisch:	Silber	1936	Kajak

Welt- und Europameister

Gisa Reichmann: Eiskunstläuferin; jahrelang Europameisterin; 1923 zweite bei der Weltmeisterschaft.

Fred Oberländer: Ringer (Schwergewicht); 1922 österreichischer Meister; 1935 Europameister; 8 Mal französischer Meister, 8 Mal britischer Meister; 1951 canadischer Meister.

Robert Kronfeld (1904—1948): Inhaber der meisten Weltrekorde im Segelfliegen.

Felix Kaspar: Eiskunstlauf; 1937 Weltmeister;

Leo Horwitz: Eiskunstläufer; 1913/14 Dritter bei der Weltmeisterschaft.

Niki Hirschl: Ringen (Schwergewicht); mehrfacher Europameister.

Gerda Gottlieb: Leichtathletin; 1934 Weltrekord im Hochsprung, 1941 amerikanischer Rekord.

Otto Gold: Eisläufer; Europameister 1930.

Hedy Bienenfeld: Schwimmerin; 1929 Weltrekord; jahrelang österreichische Rekordhalterin.

Richard Bergmann: Tischtennis; 7 Mal Weltmeister (zuletzt 1952).

Ludwig Zwicker: Ringer (Mittelgewicht); 1923 Europameister.

Siegfried Tandler: Ringer; 1910 Europameister.

Alfred Liebster: Tischtennis; 1928 Weltmeister.

Walter Lurion: Weltmeister im Radfahren (1910).

Siegmund Breitbart: der größte Schwerathlet in Europa; wirkte hauptsächlich als Artist.

Österreichische Meister

1. *Fußballer:* In der österreichischen Nationalmannschaft spielten folgende: Halpern, Katz, Gold, Häusler, Fischer, Scheuer, Fabian, Neufeld, Wortmann, Donenfeld, Gutmann, Gansl, Drucker, Haspel, Juhn, Max u.a.

   Andere prominente jüdische Fußballer: Cohn-Little, Dünnemann, Otto Fischer, Otto Fuchs, Robert Jokl, Kolisch, Robert Lang, Isi Löbl, S. Preiss, Alfred Schaffer (Star des Wunderteams), S. Wolf, drei Brüder Deutsch (Stars des Floridsdorfer A.C.), Brüder Ungermünz u.v.a.

2. *Schwimmer:* Siegmund Deutsch: Gewann 1912 das Schwimmen „Quer durch Wien", die populärste Schwimmwettkampf-Veranstaltung Wiens.

   Simon Orlik: Star des Schwimmclubs Austria; oftmaliger Meister im Stromschwimmen; 1941 in Dachau ermordet.

Felix Graf: bester Schwimmer des WAC.

Emanuel: der beste Wasserballer in Österreich. Tormann des Schwimmclubs Austria.

Gusti Fleischer: 1931 Strommeisterin.

Hakoah Wien stellte zahlreiche österreichische Meister im Schwimmen: Hedy Bienenfeld, Walter Arnold (Turmspringen), Alfred Guth, Fritzi Löwy, Fritz Nassau, Judith Deutsch (1935 neuer österreichischer Rekord), Ruth Langer, Paul Vago, Julius Blutstein, Karl Kulka, Lucie Goldner, Renee Mittler, Gerda Lichtner, Hans Goldberger, Walter Stein.

Georg Flesch: spielte 33 Mal in der österreichischen Wasserballnationalmannschaft.

Emanuel Wernau: 1881 erster österreichischer Meister im Turmspringen, 1889 erster Europameister.

Leopold Mayer: 1903 und 1908 österreichischer Meister.

3. *Leichtathletik:* Josef Lederer: wurde 1913 österreichischer Meister in 100-m-Laufen.

Arpad Blödy: vielfacher österreichischer Meister (1927/28, 1932).

Fritz Deutscher, Walter Frankl, Wilhelm Kaiser, Alfred König, Gerda Gottlieb. W. Klein, W. Spielmann, Metzl, Weiner, Egon Kalb.

Fritz Fleischer vom WAC (1910): 100 m und 200 m Laufen.

Ernst Spiegel vom WAC: österreichischer Meister im Dauerlaufen.

Arthur Steiner vom WAF: österreichischer Meister in 400 m und 800 m.

M. D. Albala: Der beste Langstreckenläufer der Welt

1900—1905; der gefeiertste Leichtathlet seiner Zeit; gilt als Vater der österreichischen Leichtathletik.

Edgar Fried: österreichischer Meister 1915, 800 m.

4. *Ringen:* Ludwig Schlanger: 1924 österreichischer Meister (Leichtgewicht).

Hans Bergmann 5 Mal österreichischer Meister; 1934 Europameister.

Jakob Birnbaum: 1925 österreichischer Meister.

Niki Hirschl: Schwergewichtsringer; Europameister, Olympia-Dritter; 6 Mal Meister von Österreich. Der berühmteste Hakoahner.

Alfred Oberländer: Österreichischer Meister und Europameister.

Ernö Markus: Schwergewichtsmeister von Österreich.

Rudolf Perles, Franz Weiss, Ludwig Zwicker, Siegfried Tandler.

5. *Boxen:* Max Chirolnik, Bruno Gronich, Willy Kurtz (Schwergewichts-Meister von Österreich, Präsident des österreichischen Boxverbandes, 1941 in Dachau ermordet), Gustav Laub (1932 Schwergewichtsmeister), Max Kuschner, Hugo Lindenstein, E. Politzer, Hans Saxl (einer der größten österreichischen Boxtalente, emigrierte nach New York), Bobby Spuner, Dr. Strauss, Brüder Werfel.

6. *Landhockey:* Hakoah Wien war 1924/25 und 1937 Staatsmeister.

Die Spieler Max, Wald und Rosenfeld wurden zur Olympiade nach Amsterdam (1928) entsandt.

Louis Goldschmidt: Begründer des Wr. Hockey Clubs.

7. *Eishockey:* In diesem Sportzweig konnte Hakoah keine Staatsmeisterschaft gewinnen. Doch gab es in anderen Vereinen jüdische Spitzenspieler, die in der österreichischen Nationalmannschaft spielten (Kurt Ullmann, Brüder Gross, Paul Ditrichstein).

8. *Fechten:* Mehrere Hakoahner kamen in die Repräsentantenmannschaft. 1922 und 1924 wurde Hakoah Hochschulmeister in Säbel (Gottfried, Farkas, Hess, Klein).

9. *Tennis:* Willy Ehrenreich gehörte zu den Spitzenspielern in Österreich, der Schweiz und Schweden.
Liesl Herbst wurde 1928 österreichische Meisterin.

10. *Handball:* Fritz Weininger war der beste Tormann im österreichischen Team. Später Trainer der Nationalmannschaft.

11. *Tischtennis:* Hakoah-Sieg in der Mannschaftsmeisterschaft 1936.
Weltmeister Richard Bergmann begann bei Hakoah.

Bernhard Denscher

Der jüdische Anteil an der Literatur der Jahrhundertwende

Es ist sicherlich nicht unproblematisch, den Anteil von Juden an der österreichischen Literatur des 20. Jahrhunderts herauszugreifen. So stark waren die jüdischen Dichter und Schriftsteller des beginnenden 20. Jahrhunderts integriert in die Wiener Kultur, deren Vorzug es gerade war, eine Synthese aller abendländischen Kulturen zu sein. So meint auch Harry Zohn — einer der profundesten Kenner österreichischer Literatur —, daß es nicht angehe, ,,Rassenpolitik mit umgekehrten Vorzeichen'' zu betreiben und ,,die als Juden geborenen Dichter in ein goldenes Ghetto hineinzuzwängen''. Dazu kommt noch, daß sich viele dieser Dichter gar nicht mehr zum Judentum bekennen wollten — zu stark prallten auch bei den jüdischen Intellektuellen die Fronten geistiger Auseinandersetzungen aufeinander. Im Hinblick aber auf den Antisemitismus und auf die brutale Verfolgung alles Jüdischen durch den Nationalsozialismus scheint es durchaus legitim zu sein darzulegen, welch großen Anteil das Judentum an der österreichischen Kultur des 19. und 20. Jahrhunderts hat.
Der literarisch bedeutsame Zirkel im Wien der Jahrhundertwende war zweifellos die Gruppe ,,Jung-Wien'', eine Runde, die sich im berühmten Café Griensteidl um *Hermann Bahr* geschart hatte. Die jungen Leute, mit denen Bahr gemeinsam eine neue österreichische Literatur schaffen wollte, waren meist Juden oder jüdischer Herkunft. Zu der engeren Gemeinschaft um Bahr gehörten unter anderem *Arthur Schnitzler, Hugo von Hofmannsthal, Richard Beer-Hofmann, Felix Salten, Felix Dörrmann* und später kam auch der eigenwillige *Peter Altenberg* hinzu. Diese Gruppe von Schriftstellern war jedoch keine Vereinigung mit einem festumrissenen literarischen Programm. Hermann Bahr umschrieb die Ziele dieses Freundeskreises folgendermaßen: ,,Nicht eine Schule, nicht eine Partei, nicht eine Gruppe wollten sie bilden, sondern sie waren von einer tiefen Sehnsucht nach Neuem glühend voll.''
Wenn auch die genannten Dichter ihre wichtigsten Werke erst nach der Jung-Wiener Periode schufen und die Literaten aus dem Café Griensteidl von manchen Zeitgenossen scharf kritisiert wurden — am stärksten von

Abb. 24: Arthur Schnitzler, Radierung v. F. Schmutzer 1912.

Karl Kraus in dessen Pamphlet ,,Die demolirte Litteratur'' — so zeichnet sich doch an diesem Kreis, wie Harry Zohn meint, ,,die fruchtbare österreichisch-jüdische Symbiose in der Literatur besonders deutlich ab.'' Der bedeutendste, der aus diesem Kreis kam, ist zweifellos *Arthur*
Kat. Nr. 209 *Schnitzler* (1862—1931), er wird heute völlig mit Recht zu den ganz Großen der Literatur gezählt. Eine weitreichende Beachtung als Dichter erlangte er mit der 1893 veröffentlichten Szenenfolge ,,Anatol''. Diese Reihe von Einaktern zeigt Stationen aus dem ,,Liebesleben'' Anatols, welche die Tragik seiner ,,Liebe ohne das Bedürfnis der Treue'' darlegt. Wie in einer Reihe anderer Werke zeigt hier der Dichter erotisches Abenteurertum als im eigentlichen Sinn unwahre Existenzform auf.

Das Schauspiel ,,Liebelei'', das im Oktober 1895 seine Uraufführung am Wiener Burgtheater erlebte, war der erste große Bühnenerfolg des Autors. Sein sicherlich umstrittenstes Werk ist der ,,Reigen'', das Schnitzler 1900 in einem Privatdruck veröffentlichte. Erst 1920 gelangte es in Berlin auf die Bühne und führte auch da noch einen Skandal herbei. Die Empörung, die sich an der vermeintlichen Unmoral des ,,Reigen'' entzündete, kann jedoch nur mit einem grundlegenden Mißverständnis oder böser Absicht erklärt werden, zeigt doch der Dichter konsequent auf, welche Trostlosigkeit in einem Leben ohne wahre Liebe herrscht.

Doch unbeirrt von Kritik und Anfeindungen legte Arthur Schnitzler gesellschaftliche Mißstände in seinem Werk schonungslos dar: In der Erzäh-
Kat. Nrn. 203, 204 lung ,,Leutnant Gustl'' etwa wird am Beispiel der seltsamen Ehrbegriffe dieser Zeit die Sinnlosigkeit der gesellschaftlichen Konventionen aufgedeckt. In dem Schauspiel ,,Professor Bernhardi'' verband Schnitzler die Behandlung der ,,Judenfrage'' mit allgemein ethischen und religiösen Problemen. Treffend charakterisiert Zohn die Bedeutung dieser ,,Komödie'': ,,Schnitzler verarbeitet in diesem Stück die ganze Struktur der Wiener Gesellschaft, mit den vielen gesellschaftlichen, religiösen, politischen und ideologischen Strömungen und Gegenströmungen, die in wenigen Jahren zur Auflösung dieser Gesellschaft und der österreichisch-ungarischen Monarchie führen sollte.''

Hugo von Hofmannsthal (1874—1929) war schon als Jugendlicher unter dem Pseudonym ,,Loris'' mit seinen feinsinnigen Gedichten eine literarische Sensation. Mit seiner Lyrik und den Dramen zählt er zu den bedeutendsten Vertretern des literarischen Impressionismus und Symbolismus.

Hofmannsthal, dessen Urgroßvater Isak Löw Hofmann noch ein Talmudgelehrter und einer der angesehensten Männer in der vormärzlichen Wiener Judengemeinde war, machte die katholische Lehre zu einer zentralen Aussage seines Werkes, wie etwa im ,,Salzburger Großen Welttheater'' und dem schon klassisch gewordenen ,,Jedermann''. Als Dichter von sehr eigenständigen, von Richard Strauss vertonten Opernlibretti — wie etwa dem ,,Rosenkavalier'' — schuf er eine neue Form des Musiktheaters und förderte mit seinen für die Salzburger Festspiele geschriebenen Stücken den Festspielgedanken. Er fand in Max Reinhardt einen kongenialen Regisseur.

Richard Beer-Hofmann (1866—1945) war der einzige bewußte Jude unter den Dichtern des Jung-Wiener Kreises. Seine Stoffe schöpfte er vor allem aus der Bibel, sein Hauptwerk ist ,,Die Historie des Königs David'', eine Dramentrilogie, die allerdings unvollendet blieb, und von der nur das Vorspiel ,,Jaákobs Traum'' und der erste Teil ,,Der junge David'' fertig wurden. Weithin bekannt wurde Beer-Hofmann mit seinem beeindruckenden Gedicht ,,Schlaflied für Mirjam''.

Kat. Nr. 200

Jakob Wassermann (1873—1943) wurde zwar in Fürth geboren, verbrachte aber einen Großteil seines Lebens in Wien und war einer der engeren Freunde von Arthur Schnitzler. Wassermann gehörte mit seinen Romanen, wie etwa ,,Die Juden von Zirndorf'', ,,Caspar Hauser'' oder ,,Der Fall Maurizius'' zu den meistgelesenen deutschen Schriftstellern seiner Zeit, was ihm jedoch von seinen Kritikern eher negativ angerechnet wurde. Interessant in diesem Zusammenhang ist auch sein ,,Bekenntnisbuch'' ,,Mein Weg als Deutscher und Jude'' aus dem Jahre 1921.

Peter Altenberg (1859—1919) hieß eigentlich Richard Engländer und war der Sohn eines wohlhabenden jüdischen Kaufmannes. Als Bohemien, Naturapostel und Kaffeehausliterat war er ein Wiener Original besonderer Art, ein Weiser — wie Otto Basil ihn nannte — ,,der sich zum Narren machte, um die Welt ad absurdum zu führen''. Literarisch bedeutend sind seine sprachlich meisterhaften, gedanklich komprimierten Prosaskizzen, die der Dichter selbst ,,Extrakte des Lebens'' nannte. Altenberg wollte, wie er sagte, ,,einen Menschen mit einem Satze schildern, ein Erlebnis der Seele auf einer Seite, eine Landschaft in einem Wort''. Er war auch einer der wenigen Schriftsteller, die *Karl Kraus* gelten ließ. Kraus, einer der schärfsten Kritiker in und an seiner Zeit, war auch ein bissiger Kommentator der literarischen Szene, besonders auch des Jung-Wiener Kreises. Mit seiner von ihm begründeten und fast ausschließlich von ihm verfaßten Zeitschrift ,,Die Fackel'', die von 1899 bis 1936 erschien, war er das intellektuelle Gewissen Wiens. Die 1898 veröffentlichte Schrift ,,Eine Krone für Zion'' stellt eine schroffe Absage an Theodor Herzl und den Zionismus dar, dem er vorwarf, in Wirklichkeit den Zielen des Antisemitismus Vorschub zu leisten. Seine gewaltige Tragödie ,,Die letzten Tage der Menschheit'', die sich von ihrem Umfang her jeder Aufführung entzieht, ist nicht nur eine große Abrechnung mit den Kriegshetzern des Ersten Weltkrieges, sondern eine schonungslose Darstellung von ungeheurem Machtmißbrauch. Zwei andere Autoren, die Kritik und Satire zur literarischen Kunst erhoben, waren *Alfred Polgar* (1873—1955) und *Egon Friedell* (1878—1938).

Kat. Nr. 211 *Stefan Zweig* (1881—1942) war zu seinen Lebzeiten einer der international bekanntesten und berühmtesten Autoren. Zweig begann zunächst mit Gedichten und Dramen, die vom Expressionismus und vom Symbolismus beeinflußt sind. In seinen faszinierenden Novellen gelang es dem Dichter, unter Anwendung der Erkenntnisse der Psychoanalyse, tiefere Schichten der Seele unter der Oberfläche einer bürgerlichen Existenz aufzuzeigen. Zweigs populärstes Werk, die Sammlung fünf historischer Mi-
Kat. Nr. 197 niaturen unter dem Titel ,,Sternstunden der Menschheit'', erreichte bereits nach vier Jahren eine Auflage von rund 300.000 Stück. Dem Autor gelang es darin, die Handlung ohne besondere Betonung der historischen Details ganz aus der Empfindung des Erlebenden zu gestalten, so daß die Sternstunden trotz ihrer Geschichtlichkeit zeitlos wirken. Ein bedeutendes Dokument zum Leben des Dichters, aber vor allem auch zur europäischen Kulturgeschichte, ist die Autobiographie ,,Die Welt von gestern''.

Trotz der ungeheuren Verfolgung der Juden und ihrer kulturellen Leistungen durch den Nationalsozialismus blieben die Werke jüdischer Dichter und Schriftsteller nach wie vor lebendig. Die Tatsache, daß die zeitgenössische österreichische Literatur einen bedeutenden Rang im deutschen Sprachraum einnimmt, verdankt sie zu einem wesentlichen Teil dem Fortleben dieser Tradition.

Bernhard Denscher

Vergessene jüdische Literatur

Erhebt sich die Frage nach dem Anteil von Juden an der österreichischen Literatur, so denkt man vorerst und vor allem an die Wiener Literatur der Jahrhundertwende, mit Namen wie Arthur Schnitzer, Hugo von Hofmannsthal, Richard Beer-Hofmann, Peter Altenberg, Felix Salten, Stefan Zweig oder Karl Kraus. Es ist jedoch schwierig, eindeutig den Begriff einer österreichischen jüdischen Literatur abzugrenzen, weil die Abstammung allein als Kriterium nicht ausreicht, sondern die Inhalte der Werke für die Beantwortung dieser Frage bestimmend sein sollten. Eine Reihe der prominenten Autoren haben sich mit dem Judentum kaum auseinandergesetzt.

Es gibt jedoch eine viel weiter zurückreichende, von der Literaturwissenschaft wie den literarisch Interessierten nahezu unbeachtete Tradition jüdischer Schriftsteller, die man mit Recht als spezifisch österreichisch bezeichnen kann, stammen doch alle aus den verschiedenen Teilen der Monarchie und haben später eine enge Verbindung zu Wien gewonnen. Es sind Persönlichkeiten, die formal wie inhaltlich oft sehr Unterschiedliches geschaffen haben, denen jedoch allen gemeinsam ist, daß sie aus dem Geist der Aufklärung und des Liberalismus Werke verfaßten, mit denen sie ,,bewirken'' wollten. Es handelt sich dabei um sehr engagierte, von einem hohen Idealismus getragene Literatur, die sich meist auch bewußt mit den Problemen des Judentums auseinandersetzt. Dies reicht von der Agitationslyrik des Vormärz bis zu den Visionen von Theodor Herzl. All diesen Dichtern gemeinsam ist auch ein hoher persönlicher Mut, denn sie stellten sich oftmals gegen die eigene Tradition und immer gegen die Bedrücker des Judentums.

Vergessen sind sie wahrscheinlich nicht allein wegen der Unterdrückung jüdischer Autoren in unserem Jahrhundert, sondern auch deshalb, weil die deutschsprachige Literaturwissenschaft politisches Engagement auch im höheren Sinne als Makel für die ,,Kunst'' empfand. ,,Ich gedachte, eine Lehrdichtung zu verfassen'', schrieb Theodor Herzl im Nachwort zu seinem Roman ,,Altneuland'' und setzte hinzu ,,Mehr Dichtung als Lehre! werden die einen sagen — mehr Lehre als Dichtung! die anderen'', weil er sehr wohl um die diesbezügliche Borniertheit des Publikums wußte.

Bereits im Vormärz spielten in Österreich in der literarischen wie politischen Avantgarde Juden eine bedeutende Rolle. Einer der wichtigsten Dichter dieser Zeit war der aus Baja in Ungarn stammende *Karl Isidor Beck* (1817—1879). Freilich ist er heute nur noch wenigen Spezialisten bekannt, war er doch ein eminent politischer und dabei sehr kritischer Künstler, was zweifellos wenig dem Klischeebild entspricht, das so gerne von der Zeit des Biedermeier entworfen wird.

Kat. Nrn. 188, 206

Karl Beck war in den Jahren vor 1848 einer der führenden Vertreter oppositioneller Dichtung — seiner Lyrik kam für die Verbreitung fortschrittlicher Ideen unter der strengen Zensur erhebliche Bedeutung zu. Sein erstes Buch veröffentlichte Beck 1838 unter dem bezeichnenden Titel ,,Nächte. Gepanzerte Lieder'' in Leipzig, wo er auch Philosophie studierte. Bereits in diesen frühen Gedichten hat der Autor die Erscheinungsformen der kapitalistischen Wirtschaftsform mit einer Schärfe erkannt und einer dementsprechenden Kritik unterzogen, wie sie in der gesamten deutschen Literatur seiner Zeit kaum zu finden ist. In dem damals berühmt gewordenen Gedicht ,,Die Eisenbahn'' attackierte er den Kapitalismus, indem er zwischen Bürgertum, technischem Fortschritt und dem Typus des parasitären Kapitalisten differenzierte. Die Eisenbahn, in diesen Jahren noch eine neuartige sensationelle Errungenschaft der Technik, wird in dem Gedicht von den Kapitalisten, die nur von ihren ,,Papieren'' leben, als bloßes Gewinnobjekt betrachtet, während der Dichter darin ein Symbol für das moderne Tempo einer neuen Zeit, ein Mittel der internationalen Zusammenarbeit und damit eine Verwirklichung des gesellschaftlichen Fortschritts sah. Hier wurde damit bereits sehr früh ein Gedanke formuliert, der etwa auch bei Theodor Herzls Roman ,,Altneuland'' eine bestimmende Idee darstellt, nämlich, daß die Errungenschaften der modernen Technik nur deshalb soviel Unheil über die Menschen brächten, weil sie in den Händen von korrupten Kräften wären. Eine neue, wahrhaft menschliche Gesellschaft müßte in den Besitz dieser Technik gelangen und sie für ihre Zwecke nutzbar machen. Weitere Gedichtbände folgten und Karl Beck hatte schon mit seinen frühen Werken bei den fortschrittlich gesinnten Kreisen im gesamten deutschen Sprachraum großen Erfolg, selbst der junge Friedrich Engels gehör-

te zu seinen Bewunderern. Je mehr Karl Beck im Laufe der Jahre in seinen Werken an politischer Brisanz und Aggressivität verlor, desto kritischer kommentierte Engels dessen Dichtung, wenngleich er ihr stets gleich großes Interesse entgegenbrachte.
Im Versepos ,,Janko, der ungarische Roßhirt'' (1841) hat Beck seine Heimat auf sehr anschauliche Weise geschildert. Das Schicksal des Titelhelden, der aus persönlich erlittenem Unrecht und aus Empörung gegen die herrschende Gesellschaft zum Räuber wird, bot dem Dichter Gelegenheit, die drückenden sozialen Mißstände in Ungarn anzuprangern. In der 1846 erschienenen Sammlung ,,Lieder vom armen Mann'' hat Beck ein ,,Vorwort an das Haus Rothschild'' vorangestellt, das wie Wolfgang Häusler meint, zu den schärfsten gegen die Politik dieses Bankhauses gerichteten Anklagen gehört. Rothschild wird darin als bedeutende Stütze der herrschenden Reaktion charakterisiert. Zum Anlaß der Verleihung des Ehrenbürgerrechts von Wien an Salomon Mayer Rothschild fand der Dichter folgende bittere Worte:

Da naht der kindliche Bürgermeister
Aus Österreichs fetter Kaiserstadt,
Er reiche Dir, Du Lorbeerbereister,
Mit großen Siegeln ein würdig Blatt.
Wo Policinell in launiger Posse
Die Galeere des Sklaven rosig bemalt,
Wo Dein gehetzter Glaubensgenosse
Sein Licht und seine Luft bezahlt:
Dort wird das Recht des Bürgers Dein.

Kritik gerade an der jüdischen Großbourgeoisie entwickelte sich seit diesen Attacken zu einem Stereotyp in der Literatur jüdischer Dichter und Schriftsteller. Bedingungsloses Gewinnstreben bis zur Habsucht, gepaart mit Oberflächlichkeit und Ignoranz gegenüber den ,,höheren Werten'', erregte oft sehr herbe Kritik gerade bei den jüdischen Intellektuellen. Zum einen verabscheuten sie eine derartige Lebenseinstellung schon aus inhaltlichen Gründen, zum anderen mußte es sie, die meist in sehr bescheidenen finanziellen Verhältnissen lebten, verbittern, mit dem antisemitischen Vorurteil konfrontiert zu werden, das allen Juden ausnahmslos eine übertriebene Geldgier nachsagte. Es ist aber obendrein in der Literatur jüdischer Autoren allgemein festzustellen, daß sie gegenüber Juden

strengere moralische Maßstäbe anlegten als sonst. Eine Haltung, die bisweilen fälschlich mit einem sogenannten ,,jüdischen Selbsthaß'' erklärt wird.
Bereits 1848 hatte ein anonymer Autor im ,,Österreichischen Central-Organ für Glaubensfreiheit, Cultur, Geschichte und Literatur der Juden'' in der Ausgabe vom 15. April 1848 gegenüber besagtem Klischee zu bedenken gegeben, daß man auch einmal die Juden anhören sollte, ,,ob sie denn diese jüdische Geldaristokratie und ihren Einfluß auf das Weltengeschick mit so viel innerer Befreiung, mit solchem Stolze ansehen, als man dies gewöhnlich von ihnen voraussetzt''.
1843 hatte sich Karl Beck protestantisch taufen lassen. Im Jahr 1848 beteiligte er sich nicht an den revolutionären Bestrebungen. Ja er veröffentlichte 1849 sogar einen Gedichtzyklus an den jungen Kaiser Franz Joseph, in dem er um Gnade für die Rebellen bat und die Revolution gar als ,,Sünde'' bezeichnete. Karl Beck wurde damit von den früheren geistigen Kampfgefährten als Abtrünniger mißachtet.
Gerade im Jahr 1848 standen jüdische Intellektuelle an vorderster Linie der revolutionären Bewegung. Der Dichter und Publizist *Ludwig August Frankl* (1810—1894), einer der typischen Repräsentanten der achtundvierziger Generation, gab dem Sturmjahr seine Freiheitshymne, das Gedicht ,,Die Universität''. Das auf Flugblättern verbreitete erste zensurfreie Preßprodukt der jungen Revolution erreichte im gesamten eine Auflage von einer halben Million Exemplaren und wurde 27mal vertont. Das Gedicht wurde bisweilen sogar als österreichische Marseillaise bezeichnet.

Kat. Nr. 198

Von den Werken, die Ludwig August Frankl im Laufe seines Lebens — und seine literarische Produktion war außerordentlich fruchtbar — schuf, hat keine seiner Arbeiten mehr so einen durchschlagenden Erfolg erlangt. Frankl gehörte um die Mitte des 19. Jahrhunderts zu den bedeutendsten literarischen Persönlichkeiten Österreichs. Seiner beruflichen Stellung nach stand er auch Jahrzehnte im Dienste der Wiener Juden als Sekretär, zuerst der ,,Judenschaft'', dann nach deren Gründung der Kultusgemeinde, womit sein Bekenntnis zum Judentum notwendig gegeben war. Im Auftrage einer frommen Stiftung fuhr er im Jahre 1856 nach Jerusalem, um dort die ,,Lämelschule'' zu gründen. Die Reise fand ihren Niederschlag in dem zweibändigen Bericht ,,Nach Jerusalem!'' (der ins Englische und ins Hebräische übersetzt wurde), worin sich Frankl

Abb. 25: Ludwig August Frankl bricht in Jerusalem den Grundstein für den israelitischen Tempel in Wien.

sehr kritisch über die Verhältnisse der dort lebenden Juden äußerte. An der Errichtung des Israelitischen Blindeninstitutes auf der Hohen Warte war Frankl als Publizist und Arzt maßgeblich beteiligt, ein Verdienst, für das er das Adelsprädikat „Ritter von Hochwart" erhielt.
Eines der ergreifendsten Gedichte der Revolution gelang *Isidor Busch* (1822—1889) mit „Der Gefallenen Ehrendenkmal", das er zum Andenken der Märzgefallenen verfaßt hat. Die letzte Strophe erinnert an den jüdischen Blutzoll für den Kampf um Österreichs Freiheit:

> Und der du verdienet der Freiheit Glück,
> Der gerne es teilet mit Allen;
> Drum Brüder! Wenn Ihr nun kehret zurück —
> Denkt — daß auch ein Jude gefallen!

Moritz Hartmann (1821—1872) war einer der härtesten Regimekritker — ein unbestechlicher Schilderer der Revolution und des Versagens einiger ihrer Protagonisten. Hartmann wurde in Duschnik in Böhmen geboren und stammte aus einer recht wohlhabenden Familie. Bereits in frühen Jahren hat er sich von seiner Religion losgesagt, ohne jedoch zum Christentum überzutreten. Da bereits seine ersten Gedichte in Österreich verboten worden waren, mußte auch er, wie so viele engagierte Publizisten des Vormärz, nach Deutschland in die Emigration gehen.
Anfänglich lagen seine Sympathien noch bei der tschechisch-nationalen Erneuerungsbewegung, doch im Laufe der Zeit näherte er sich der Position der „Deutschen". Hartmann — ebenso ein begeisterter Verehrer von Joseph II. wie viele jüdische Dichter des 19. Jahrhunderts — glaubte seinen tschechischen Landsleuten beweisen zu können, daß auf den Spuren Josephs vom deutschen Gebiet aus wieder eine neue befreiende Bewegung anbrechen könnte. Im Revolutionsjahr entfaltete Hartmann eine sehr rege politische Tätigkeit. Seine Aktivität im Frankfurter Parlament auf seiten der radikalen Linken führte ihn im Herbst 1848 gemeinsam mit Robert Blum nach Wien. Den Untergang der Revolution gegen die Truppen des reaktionären Regimes hat er in seinen „Revolutionären Erinnerungen" eindrucksvoll geschildert. Seine Verbitterung über das Scheitern der Revolution in Deutschland und Österreich spiegelt die
Kat. Nr. 189 „Reimchronik des Pfaffen Mauritius" aus dem Jahr 1849 wider. Das Buch, in dem Hartmann auch die Halbherzigkeit und das Spießertum der

deutschen Liberalen geißelt, wurde häufig als die wichtigste politische Dichtung des Revolutionsjahres bezeichnet.
Aufgrund seiner politischen wie publizistischen Tätigkeit war es Moritz Hartmann nicht möglich, in Österreich zu leben. Am Beispiel dieses Dichterschicksales zeigt sich, daß die Anfänge des Regimes der franzisko-josephinischen Ära sehr wenig von jener Gemütlichkeit hatten, die man ihm heute bisweilen so gerne nachsagt. Hartmann mußte zwanzig Jahre bis 1868 in der Verbannung leben, bis er in seine Heimat zurückkehren durfte. Nicht einmal, als er zu seiner sterbenden Mutter eilen wollte, hob der Kaiser das Verbannungsurteil auf.
Moritz Hartmann führte in diesen zwanzig Jahren des Exils ein unstetes Leben, er war viel auf Reisen, was auch in mehreren Reiseberichten seinen literarischen Niederschlag fand. Obwohl sich der Dichter bereits in jungen Jahren von der jüdischen Religion losgesagt hatte, nahm er auch später noch Anteil am Schicksal der jüdischen Mitbürger. Unter anderem dichtete er folgende Verse, die meisterhaft den in der Mitte des 19. Jahrhunderts aufkommenden politischen Antisemitismus charakterisieren:

> Einst war die Welt voll Jesuitenriecher,
> Heut gibt es Judenriecher allerwegen.
> Servile, Demagogen, Wühler, Kriecher,
> ein jeder sucht dem Juden beizulegen,
> Was ihn geniert. Und daß nun siech und siecher
> Die ganze Welt — wer soll die Schuld denn hegen?
> Dummheit der Völker? Schlechtigkeit der Kronen?
> O nein! Der Prügelknabe der Nationen!

Als Hartmann endlich wieder nach Österreich durfte, nahm er engen Kontakt mit seinem ehemaligen Schulfreund, dem bedeutenden aber heute leider nahezu vergessenen Dichter und Publizist Leopold Kompert auf. Nach dem Tode des um ein Jahr älteren Jugendfreundes vollendete Kompert den letzten Roman Hartmanns „Das Andenken der Mutter" und hielt dem verstorbenen Freund die Grabrede.
Leopold Kompert wurde am 15. Mai 1822 in Münchengrätz in Böhmen geboren. Er studierte an der Universität Prag, ging dann als Erzieher der Kinder des Grafen Andrassy nach Preßburg und nahm 1847 in Wien seine Universitätsstudien wieder auf. 1848 trat er als Mitarbeiter des „Österrei-

Kat. Nr. 207

Abb. 26: Leopold Kompert

chischen Central-Organs'' energisch für die Rechte seiner Glaubensgenossen ein. Durch das Revolutionsjahr 1848 hat er an der politisch-journalistischen Tätigkeit Interesse gefunden und war bis 1852 Redakteur des ,,Österreichischen Lloyd''. Dann übernahm er in Pest abermals eine Stelle als Erzieher, kehrte aber 1857 nach Wien zurück, wo er sich dann ausschließlich seiner schriftstellerischen Tätigkeit widmen konnte.
Im Jahr 1848 publizierte der Autor auch sein Erstlingswerk ,,Aus dem Ghetto''. Es beinhaltet fünf volkstümliche Erzählungen, wie man sie ähnlich — wenn auch in gänzlich anderer Umgebung — in den Dorfgeschichten von Berthold Auerbach oder Peter Rosegger findet. Aber auch die Ghettogeschichte war an sich nichts Neues. Die Anfänge gibt es bereits bei den Jungdeutschen: Heinrich Heines ,,Rabbi von Bacherach'' (1824—1840) etwa und auch Gutzkows ,,Sadduzäer von Amsterdam'' (1834), in denen zwar ein positives Bekennen zum Judentum, gleichzeitig aber damit ein Sichlösen von der religiösen Orthodoxie zum Ausdruck kommt. Leopold Kompert aber gilt als der Schöpfer der realistischen Ghettogeschichten, mit denen er dem Judentum seiner böhmischen Heimat ein eindrucksvolles literarisches Denkmal gesetzt hat. In dem Buch ,,Böhmische Juden'' und dem Roman ,,Am Pflug'' stellt der Autor die Probleme dar, die sich ergeben konnten, wenn jüdische Handelsleute aus dem Ghetto ausbrachen und Bauern werden wollten. In den Jahren von 1861 bis 1865 war Leopold Kompert, der sich Zeit seines Lebens zum Judentum bekannte und auch im Vorstand der Kultusgemeinde fungierte, als Herausgeber des ,,Jahrbuches für Israeliten'' tätig. In dieser Zeit veröffentlichte er dort selbst immer wieder kleine Erzählungen, die er dann in den Sammlungen ,,Neue Geschichten aus dem Ghetto'' und ,,Geschichten einer Gasse'' publizierte. Komperts nahezu gesamtes Schaffen ist von einer spürbaren Liebe und Wärme zum Judentum seiner böhmischen Heimat geprägt. Als wirkungsvollsten Ausweg aus der Unterdrückung und dem Leid seiner Glaubensgenossen sah er die Assimilation an und befürwortete in diesem Sinn auch Mischehen von Christen und Juden.

Kat. Nr. 190

Alle Motive seiner Ghettoerzählungen vereinigte Kompert in dem umfangreichen Roman ,,Zwischen Ruinen'' (1873/74). Auch in diesem Werk geht es um die Liebe und Ehe zwischen Juden und Christen. Kompert sieht darin eine durchaus praktikable Möglichkeit zur Verständigung der beiden Elemente. Die Gegenspieler in dem Roman sind ein fanatischer Chassid und ein katholischer „Hetzgeistlicher". In der „Deutsch-Österreichischen-Literaturgeschichte" von Nagl-Zeidler-Castle heißt es dazu: „Durch diesen, den katholischen Geistlichen, wird auch die nationale Frage hereingebracht und im Sinne Komperts dargestellt: die Tschechen der neuen Generation sind Judenfeinde (die alten waren es nicht), die Deutschen, in der Gestalt der Christin Dorothea, der schönsten Frauengestalt die Kompert geschaffen hat, sind judenfreundlich; Deutsche und Juden gehören zusammen, das ist des Dichters fester Glaube. Zwischen den Trümmern alter Vorurteile und Ungerechtigkeiten, die aus einer alten inhumanen Zeit in die neue humane wie Ruinen hereinragen, gründen Jude und Christin ihr Glück". Zur Frage, warum seine Literatur immer wieder um das Thema des böhmischen Ghettos kreist, meinte Kompert selbst im Vorwort zu den „Geschichten einer Gasse": „Und wenn man mich nun fragt: Wie kommt es, daß Du den alten Standpunkt einnimmst? Hat das deutsche Volk in seinem ausgleichenden Gerechtigkeitsgefühl diese ‚Gasse' nicht geschlossen? Hat es nicht im Schoße seiner Städte und Weiler Raum geschaffen, damit es den Bewohnern jener dumpfen Gegend an Luft, Licht und Sonnenschein nicht gebreche? So sage ich hierauf: Eben dem deutschen Volke schrieb ich zu Dank, und wenn jemals eine Stimme der Anerkennung oder gerechten Tadels mich tief ergriffen hat, so war es jene, die mir jüngst nachrühmte, ich hätte die Welt der ‚Gasse' für die deutsche Literatur erobert. Ja! ich wiederhole es, dem deutschen Volke sollen diese Geschichten erzählen, was diese ‚Gasse' einst an Freud und Leid, an Drangsal und Aufrichtung umschloß; ihre Gestalten und Naturen, so treu wiedergegeben, als ich vermochte, sollen dartun, unter welchen Kämpfen und Wehen das Licht des Morgens nach so langer Nacht für sic angebrochen ist. Sie sollen erklären, warum der Born des Familiensinnes und der Zusammengehörigkeit noch immer so voll und unerschöpft fließt, und wie es gerade dieser geheimnisvolle Zug war, der das deutsche Volk, diesen treuesten Hüter und Pfleger der Familie, aus der sein Schönstes und Größtes entsprang, bestimmen konnte, offen, herzlich und brüderlich die Arme für diejenigen zu öffnen, die gleich ihm am lohenden Feuer des heimatlichen Herdes ihren liebsten Platz haben. Der Poet darf es vielleicht sagen, was der Politiker ironisch lächelnd ablehnen wird: dieser Zug innerer Verwandtschaft war am Ende

der entscheidende Moment! In dieser Beziehung glaube auch ich, die sonst viel mißbrauchte Bezeichnung ‚kulturhistorisch' für diese Geschichten in Anspruch nehmen zu dürfen''.
Leopold Kompert verstarb am 23. November 1886 in Wien. Er war zu seiner Zeit ein geschätzter und weithin anerkannter Dichter, von manchen Verehrern wurde er gar als ,,Großmeister der Ghettonovelle'' gefeiert. Bezeichnende Indikatoren für den Grad des Vergessens — oder Verdrängtseins dieses Autors sind die Ausgaben von Meyers Enzyklopädischem Lexikon. Wußte der Band von 1905 noch zu vermerken, daß trotz der ,,Beschränktheit des Stoffes'' dieser Dichtung aus dem Ghetto-Millieu eine ,,Fülle wahrhaft poetischen Lebens, origineller Charakteristik und feinster Zustandsschilderung abzugewinnen'' sei, so schweigt die neueste Ausgabe zu dem Namen Kompert überhaupt.
Eine typische Bemerkung für die Ausrichtung auch noch der heutigen Germanistik findet man in der Literaturgeschichte von Nagl-Zeidler-Castle von 1930, die zwar eine eingehende Würdigung des Dichters bietet, in der sich aber unter anderem der sehr bezeichnende Satz findet: ,,Kompert findet nicht leicht aus seiner Gedankenbahn heraus. Das spricht zwar weniger für den Künstler, der sich doch einmal von einer Tendenz befreien muß, als für den Volkserzieher, für den Humanitätsapostel''. Kunst und Tendenz zu verbinden und gerade auch als Dichter ein Volkserzieher zu sein, war in Wahrheit nicht nur das Ideal einer Persönlichkeit wie Kompert, sondern all der anderen hier zu besprechenden Dichter.
Ein Schriftsteller, der in ganz besonderem Maß mit seiner Literatur etwas bewirken und verändern wollte, war der um eine Generation jüngere *Karl Emil Franzos*. Es handelt sich um eine Persönlichkeit, die — würde Kat. Nr. 208
in der Literaturkritik nicht noch immer die Meinung vorherrschen, daß Kunst nichts mit Tendenz zu tun haben dürfe — allgemein zu den ganz Großen der österreichischen Literatur gerechnet werden müßte. Doch ist auch von Franzos kein Wort in einem modernen Lesebuch abgedruckt, in den Schulen findet er keine Erwähnung und in den Hörsälen unserer Universitäten ist kaum etwas über ihn zu hören — auch er fand noch keine Aufnahme in den Literaturkanon unserer Germanistik. Karl Emil Franzos wurde am 25. Oktober 1848 in einem Forsthaus in Russisch-Podolien geboren und wuchs dann in dem nahe der Grenze gelegenen

Abb. 27: Karl Emil Franzos

Czortkow auf. Sein Vater war in dieser ostgalizischen Stadt Bezirksarzt, der trotz seiner medizinischen Fähigkeiten und seines unermüdlichen Einsatzes als jüdischer Deutschliberaler die dort ansässigen deutschen Beamten und die orthodoxen Juden gleichermaßen gegen sich hatte. Die Erziehung des Sohnes war geprägt von dem Grundsatz des Großvaters, der selbst als Anhänger der Aufklärung und insbesondere von Lessing gesagt hatte: „Es ist ein Gott über uns allen, alle Religionen sind gleich gut, weil alle zur Menschlichkeit verpflichten, Zeremonien sind überflüssig. Als Jude geboren, hast du Jude zu bleiben, weil dies offenbar Gottes Wille ist, und weil deine Glaubensbrüder, die noch — mit Recht und Unrecht — scheel angesehen werden, guter und gebildeter Männer bedürfen, die sie läutern und verteidigen". Dieses „läutern und verteidigen" ist dann auch das Grundmotiv von Franzos bei all seiner literarischen Tätigkeit geworden und geblieben.

In Czernowitz, wohin er nach dem frühen Tod seines Vaters mit der Mutter und den Geschwistern übersiedelte, verlebte er glückliche Jahre im Gymnasium, dessen toleranter, humaner Geist ihm Zeit seines Lebens ein Ideal deutscher Bildung und Toleranz blieb. In den Ferien hatte er Gelegenheit, in die Welt des Ghettos der galizischen Städte Einblick zu gewinnen. So sehr ihn das Geheimnisvolle und Poetische dieser nahezu archaischen Welt anzog, so sehr irritierte ihn die Unduldsamkeit der Chassidim. Auf seinen Jugendtraum, Professor für klassische Philologie zu werden, mußte er aus konfessionellen Gründen verzichten, blieb er doch, gemäß den Grundsätzen seines Vaters und Großvaters, Jude. Franzos studierte von 1867 bis 1872 in Wien und Graz Jus. In dieser Zeit betätigte er sich auch, wie schon seinerzeit der Vater, sehr aktiv als deutschnationaler Burschenschafter.

Unter der deutschnationalen Gesinnung von Karl Emil Franzos darf freilich nicht der pervertierte Nationalismus unseres Jahrhunderts verstanden werden. Die Idole dieses Deutschtums waren Männer wie Lessing, Goethe und Schiller sowie Vertreter der revolutionären 48er Generation. Deutschland war für Franzos, wie auch schon für Kompert, der Hort von „Duldung und Bildung". Diese bedeutenden jüdischen Persönlichkeiten setzten Vertrauen und Hoffnung in den Edelmut und die Humanität deutscher Kultur in einem derart hohen Maße, daß man dies heute, nach den Ereignissen in unserem Jahrhundert, schmerzhaft empfindet.

Die erste literarische Arbeit von Franzos war die Novelle ,,Das Christusbild'', die er aus dem Erlebnis schrieb, von einem von ihm geliebten Mädchen verschmäht worden zu sein, nur weil er Jude war. Bis 1872 entstanden weitere solche Geschichten, die er in verschiedenen Zeitschriften veröffentlichte. Nach Beendigung seines Studiums entschloß sich Franzos zum Schriftstellerberuf. Für die,,Neue Freie Presse'' verfaßte er die Kulturbilder ,,Aus Halbasien'', deren Bucherfolg ihm dann 1876 die Publikation eines Sammelbandes mit seinen frühen Geschichten unter dem Titel ,,Die Juden von Barnow'' ermöglichte. Bei aller Ehrfurcht vor dem Judentum seiner galizischen Heimat ist die Novellensammlung eine Absage an die Lehren des Chassidismus, getragen von dem Traum von einem Weltreich der Liebe und Humanität. So heißt es in einer dieser Geschichten programmatisch: ,,Bis in unsere Tage hat die Lüge fortgeklungen, daß nur der Glaube selig macht, die Liebe aber blind. Laßt uns endlich die Wahrheit begreifen, daß nur die Liebe selig macht, der Glaube aber blind, und laßt uns dafür kämpfen, allerorts, allimmer, mit ganzem Herzen und mit ganzer Kraft''.
Durch den großen Erfolg seiner ersten beiden Bücher war die Existenz von Franzos als Schriftsteller vorerst gesichert. 1894 konnte der Autor in der ,,Geschichte des Erstlingswerkes'' berichten, daß bereits die fünfte Auflage der ,,Juden von Barnow'' erscheine und das Buch in 16 Sprachen übersetzt worden sei — auch, wie Franzos stolz vermerkte, in das Hebräische und in das ,,sogenannte Judendeutsch''. Dadurch, meinte er, wäre das Buch im Osten eine ,,Waffe im Kampf der Aufklärung gegen die Finsternis'' geworden.
Zu kritischen Reaktionen auf diesen seinen Kampf hatte Franzos später einmal erklärt: ,,Ich glaube auch in meinen ersten Schriften meine Pflicht gegen meine Stammesgenossen erfüllt, nicht gegen, sondern für sie, nicht zu ihrem Schaden, sondern zu ihrem Heil gewirkt zu haben. In dieser Zuversicht haben mich auch meine chassidischen Schmäher und Angreifer nicht wankend gemacht. Als ich zuerst das Wort ergriff, da gab mir ein Jude dieser Richtung, ein Mann namens Dr. Lippe in Jassy, den Rat, mich baldigst taufen zu lassen, denn das Judentum hätte für einen Mann meiner Gesinnung keinen Platz. In milderer Form ist dasselbe oft genug von jüdischer Seite über micht geäußert worden. Ich habe es oft lächelnd ertragen, weil ich mir sagte: Dies ist der beste Beweis, daß du dei-

ne Pflicht getan hast. Wärest du so töricht, so ungerecht, so feig gewesen, deine Waffen nur gegen die äußeren Feinde des Judentums zu kehren und nicht die inneren Gegner einer gesunden Entwicklung, so wären diese Herren mit dir zufrieden gewesen, aber sonst niemand anders und am wenigsten dein eigenes Gewissen''. Franzos war literarisch ungemein produktiv, er verfaßte zahlreiche Geschichten, in denen wieder Juden die Hauptfiguren waren, wie etwa die beeindruckende Erzählung ,,Moschko von Parma'' und Romane wie ,,Ein Kampf ums Recht'' (1881), ,,Judith Trachtenberg'' (1890) und ,,Der Wahrheitssucher'' (1894). Ein Beispiel für sein großes literarisches Verständnis ist die Tatsache, daß Franzos die erste vollständige Ausgabe der Werke Georg Büchners betreute (1879), die damit den Erstdruck des Woyzzeck und den kompletten Text des ,,Hessischen Landboten'' enthält.

Die von Franzos zusammengestellte Anthologie ,,Deutsches Dichterbuch aus Österreich'' (1883) ist eine interessante literarische Bestandsaufnahme dieser Zeit. Bis 1887 lebte der Dichter in Wien. Trotz des großen Erfolges hatte sich bis dahin kein österreichischer Verlag gefunden, der sich seiner Werke angenommen hätte, alle Bücher waren bisher in Deutschland erschienen. Dies war auch einer der Hauptgründe, warum er 1887 nach Berlin übersiedelte. Dort war er nicht nur literarisch tätig, sondern er arbeitete auch maßgeblich am ,,Deutschen Zentral-Komitee für die russischen Juden'' mit. Interessant ist vielleicht noch, daß Franzos im Zusammenhang mit dieser Tätigkeit eine Kolonisation Mittelbrasiliens durch geflüchtete russische Juden vorschlug. Von 1886 bis zu seinem Tod gab Karl Emil Franzos die angesehene literarische Zeitschrift ,,Deutsche Dichtung'' heraus. Franzos starb am 28. Jänner 1904 in Berlin. Sein zweifellos bedeutsamstes Werk wurde erst nach seinem Tod im Jahr 1905 veröffentlicht, obwohl er es bereits 1893 gänzlich fertiggestellt hatte. Es handelt sich dabei um den Roman ,,Der Pojaz'', eine Arbeit, die zwar auf den Ghettogeschichten aus dem imaginären Barnow aufbaut, diese Erzählungen aber um bedeutende Dimensionen erweitert. ,,Pojaz'', so lautet der Spitzname von Sender Glatteis, der wegen seiner Bajazzostreiche schon als Kind so genannt wurde. Seine Mutter war kurz nach der Geburt verstorben und sein Vater, einstmals ein berühmter und durch seine Späße weithin beliebter Schnorrer, war ebenfalls schon tot. Aufgezogen wird der Pojaz von der resoluten Frau Rosele, die all ihre Liebe und

Kat. Nr. 191

Energie auf die Erziehung des ihr anvertrauten Kindes wendet, aber auch mit aller Härte den temperamentvollen Sender davor bewahren will, wie schon sein unglücklicher Vater als Schnorrer zu enden. Sender muß alle möglichen Talmudschulen besuchen und dort wegen seiner Streiche eine äußerst rohe Behandlung erleiden. Aber auch beim Erlernen eines Handwerkes stellt er sich sehr unwillig an.
Sein Lebensziel findet er, als er das erstemal in seinem Leben einer Theateraufführung beiwohnt — er weiß nun, daß er unter allen Umständen Schauspieler werden will. Der Direktor der Wandertruppe, der das Talent des Jungen erkennt, rät ihm, sich zuerst eine grundlegende Bildung anzueignen und ein einwandfreies Deutsch zu lernen. Heimlich und unter großen Opfern widmet sich Sender dieser Aufgabe. Allein die Erlernung der deutschen Schrift und die Lektüre deutscher Bücher gelten in seiner Gemeinde aber als frevelhafte Verstöße gegen die religiösen Gebote. In der weiteren Folge zeigt der Roman die ungeheuren Leiden, aber auch die Freuden, die dem Pojaz bei dem Wagnis widerfahren, aus der engen Welt des ostgalizischen Ghettos auszubrechen und zur wahren Bildung und Freiheit des Künstlers zu gelangen. Doch die baren Fakten der Handlung sagen in diesem Fall, wie Jost Hermand in dem äußerst instruktiven Nachwort zur Neuauflage des Romans (1979) meint, nur die Hälfte: ,,Entscheidend ist der aufrüttelnde Ton, der die Lektüre dieses Buches unvergeßlich macht. Mit rein ästhetischen Kriterien läßt sich diese Wirkung nicht begreifen. Der ,Pojaz' ist kein Kunstprodukt, sondern ein ,Dokument des Herzens' das in die Ahnenreihe so unterschiedlicher Bücher wie der ,Konfessionen' Rousseaus, des ,Anton Reiser' von Moritz oder einiger Dostojewski-Romane gehört. Viele Intellektuelle sind heute nur allzu leicht geneigt, solche Werke als überspannt oder sentimental abzutun. Doch Bücher wie diese sind eben nicht für Skeptiker, die Geistreichen und Smarten geschrieben, welche bei jedem echten Gefühlsausbruch höhnisch die Luft aus der Nase lassen, sondern für jene Leser, denen es ein Bedürfnis ist, wirklich gepackt, erschüttert oder erhoben zu werden.''
Ludwig Geiger hatte bereits 1908 im ,,Jahrbuch für Jüdische Geschichte und Literatur'' gemeint, daß dieses Werk die letzte Botschaft eines Optimisten sei, ,,der trotz aller Enttäuschungen an den Sieg des Ideals glaubt, das er im Herzen trägt, an den Triumpf der Aufklärung, an den

endlichen Einzug ‚des Königs der Ehren' in die Mauer des Ghettos''. Der Roman geht aber gerade darin in seiner Bedeutung über die Mauern des Ghettos und die Probleme des Judentums hinaus und schildert als große Dichtung das Leben eines um äußerliche und geistige Freiheit Ringenden.

Ein Dichter, bei dem es ebenfalls lohnend wäre, eine Neuauflage wenigstens seiner wichtigsten Werke zu veranstalten, ist *Jakob Julius David* (1859—1906). Er wurde in Mährisch-Weissenkirchen geboren und verbrachte seine Kindheit in Mähren. Die Universität besuchte er in der Residenzstadt Wien, wo er die Fächer Germanistik und Geschichte studierte. Als notleidender Student lernte er aber das Wien hinter der imperialen Fassade der prunkvollen Ringstraßenarchitektur kennen, mit all seinem namenlosen Elend und der Hoffnungslosigkeit für die Ausgestoßenen, die ,,Armen und Enterbten'', denen sich David als Schriftsteller widmete. Jakob Julius David mußte aus wirtschaftlichen Gründen auch als Journalist arbeiten, unter anderem war er bei der ,,Wiener Zeitung'' tätig. In seinem Essay ,,Von der Zeitung'' legte er seine grundlegenden Gedanken zum Journalismus nieder. Kat. Nr. 205

Eines seiner eindrucksvollsten Werke ist der Roman ,,Am Wege sterben'', der 1897 in Fortsetzungen in der ,,Neuen Freien Presse'' und 1899 als selbständiges Buch erschien. Der Roman spielt in Wien zur Wende der siebziger und achtziger Jahre und zeigt das Schicksal von fünf Studenten aus dem Sudetenland. Bis auf den jüdischen Mediziner Siebenschein verkommen alle und ,,sterben am Wege'', auch Siebenschein resigniert, widmet sein Leben aber der Pflicht und wird Armenarzt in Ottakring. Jakob Julius David selbst starb 47jährig in Wien.

Ein Schriftsteller, der zum Unterschied von den Vorhergenannten nicht unbekannt ist, ja zu den weltgeschichtlich bedeutsamen Persönlichkeiten zählt, ist *Theodor Herzl* (1860—1904). Ihm wird aber insofern ebenso Unrecht getan, als seine bedeutenden literarischen Fähigkeiten über das Journalistische hinaus viel zu wenig geachtet werden. Herzl, der in Budapest geboren wurde, übersiedelte 1878 nach Wien, wo er an der juridischen Fakultät studierte. 1884 wurde er promoviert und widmete sich bald dem Journalismus. Darüber und über seine zionistischen Aktivitäten hinaus verfaßte der Autor etwa dreißig Theaterstücke, zwei Bände mit Skizzen, einen Band ,,Philosophische Erzählungen'' (1900), den Roman ,,Altneuland'' (1902) und zwei Bände mit Feuilletons (1903). Die dramatischen Werke von Herzl hatten zu seinen Lebzeiten großen Erfolg: fünf seiner Stücke ,,Der Flüchtling'', ,,Wilddiebe'', ,,Die Dame in Schwarz'', ,,Tabarin'' und ,,I love you'' wurden am Wiener Burgtheater insgesamt 93 Mal gegeben. Daneben wurden seine Stücke auch auf anderen anerkannten deutschen Bühnen gespielt. Das weitaus erfolgreichste Stück war dabei die Komödie ,,Wilddiebe'', die in den Jahren von 1889—1901 von ungefähr 50 Bühnen erworben wurde. Vielleicht findet sich auch heute eine Bühne, die eines der überaus interessanten und spielbaren Stücke von Herzl wieder aufführt.

Scharfe Trennungslinien zwischen dem prophetischen Zionistenführer und dem Literaten zu ziehen, wird dem wahren Wesen von Herzl nicht gerecht. Hans Tietze etwa hat einmal gemeint: ,,Daß er die in seinem
Kat. Nr. 193 ,Judenstaat' in die Welt geworfene Frage daneben im ,,Neuen Ghetto' und in ,Altneuland' mit der ganzen Banalität erwerbsmäßiger Unterhaltungsliteratur behandeln konnte, beweist, wie sehr er das Gefäß eines höheren Willens war''. Derartige Urteile sind insofern ungerecht, als nur ein Menschenkenner mit Witz und Verstand wie Theodor Herzl die Lebensklugheit aufbringen konnte, das Ideal eines jüdischen Staates bis in viele Einzelheiten zu entwerfen. Gerade das macht die Durchschlagskraft seiner Ideen aus, daß sie nicht Träume eines weltfremden Philosophen sind, sondern Vorschläge eines sehr praktisch denkenden Menschen.

Josef Fränkel charakterisiert die Stücke von Herzl folgendermaßen: ,,Schlichte Handlungen ohne Masken, menschliche Schwächen ohne Verkleidung. Hier schildert ein erfahrener Mann, der mit tiefem Blick das Leben, wie es tatsächlich ist, wiedergibt. Theodor Herzl, der das Leben mit seinen geraden und unzähligen krummen Wegen kennt, hat viel den Menschen zu sagen''.

In dem Roman ,,Altneuland'' entwirft der Autor unter dem Motto ,,Wenn Ihr wollt, ist es kein Märchen'' die Vision vom Leben im zukünftigen Judenstaat. Doch, was beim Roman und vielleicht auch bei dem zionistischen Gedanken im Sinne Herzls zu wenig beachtet wurde, ist, daß Herzl mit seinem fast messianischen Gedanken wohl in erster Linie eine Erlösung des jüdischen Volkes von den Leiden der Diaspora erreichen wollte, daß er aber mit dieser Vision darüber hinaus eine Erlösung der gesamten Menschheit anstrebte.

,,Es ist die Pflicht, an der Erhöhung des Menschengeschlechtes mitzuwirken'', heißt es einmal in ,,Altneuland'', ,,jeder nach seiner Kraft und Einsicht''. Nicht von ungefähr ist daher die eine der beiden Hauptfiguren des Romans ein alter preußischer Junker, der allmählich die Einladung, in diesem Lande zu bleiben , annimmt. So zeigt auch dieser, zu Unrecht als trivial bezeichnete Roman, der über die Belange des Judentums weit hinausgeht, daß Herzl an eine ,,Läuterung'' der gesamten Menschheit glaubte.
Um die Jahrhundertwende hatten jüdische Dichter und Schriftsteller großen Anteil am österreichischen Literaturleben, ja sie bestimmten in weiten Teilen die literarische Szene. Diese Autoren haben jedoch nicht mehr jene engagierte aufklärerische und bestimmt jüdische Haltung in ihren Arbeiten aufzuweisen, wie die hier eben besprochenen Dichter. Diese Tradition lebte eher in den Werken jüdischer Schriftsteller fort, die sich der sozialistischen Arbeiterbewegung zugewandt hatten. Hier sind etwa Namen wie Stephan Großmann, Fritz Brügel oder Jura Soyfer zu nennen.
Es wurde hier auf die ,,vergessene'' jüdische Literatur nicht eingegangen, um bloß neue unbekannte Namen zu bieten, sondern weil gerade ein Anlaß wie diese umfassende Ausstellung die Chance bietet, wieder aufmerksam zu machen auf diesen verdrängten Bereich österreichischer Literatur. Die besprochenen Texte sind von ihrer Bedeutung her durchaus zur großen österreichischen und darüber hinaus zur bedeutenden deutschen Literatur zu rechnen. Mögen sich viele durch die Lektüre dieser Autoren von deren hervorragendem literarischen Wert selbst überzeugen.

Literatur:

Paul Amann, Leopold Komperts literarische Anfänge, Prag 1907 (Prager deutsche Studien 5); *A. Caspary,* In memoriam: Jakob Julius David, Kolin am Rhein 1908; *Eduard Fechtner,* Karl Beck. Sein Leben und Dichten, Wien 1912; *Josef Fränkel,* Theodor Herzl, Des Schöpfers erstes Wollen, Wien 1934; *Karl Emil Franzos,* Leopold Kompert, o.O. 1905; *Karl Emil Franzos,* Der Pojaz. Mit einem Nachwort von Jost Hermand, Königstein/Ts 1979; *Ludwig Geiger,* Karl Emil Franzos, in: Jahrbuch für jüdische Geschichte und Literatur 1908, 176 ff.; *Wilhelm Goldbaum,* Literarische Physognomien, Wien 1884; *Hermann Groeneweg,* Jakob Julius David in seinem Verhältnis zur Heimat, Geschichte, Gesellschaft und Literatur, Graz 1979; *Wolfgang Häusler,* Demokratie und

Emanzipation, in: Studia Judaica Austria 1, 92—111; *Wolfgang Häusler, Erich Lessing, Max Berger,* Judaica. Die Sammlung Berger. Kult und Kultur des europäischen Judentums, Wien 1979; *Wolfgang Häusler,* Katalog: Die Revolution von 1848 und die österreichischen Juden. Eine Dokumentation, in: Studia Judaica Austriaca 1, 5—63; *Wolfgang Häusler,* Der Weg des Judentums von der Toleranz zur Emanzipation, in: Jahrbuch des Vereines für Geschichte der Stadt Wien 30/31 (1974/75), 84—124; *Jost Hermand,* Karl Emil Franzos: Der Pojaz, in: Ders., Unbequeme Literatur. Eine Beispielreihe, Heidelberg 1971, 107—127; *Juden im deutschen Literaturbereich.* Ein Sammelband, hrsg. v. Siegmund Kaznelson, 3. Aufl., Berlin 1962; *Hans Kloos,* Jakob Julius David als Novellist, Brüx 1930; *Hans Lass,* Moritz Hartmann. Entwicklungsstufen des Lebens und Gestaltwandel des Werkes, Diss., Hamburg 1963; *Jong-Dae Lim,* Das Leben und Werk des Schriftstellers Karl Emil Franzos, Diss., 3 Bde, Wien 1981; *Deutsch-österreichische Literaturgeschichte.* Ein Handbuch der deutschen Dichtung in Österreich-Ungarn. Hrsg. v. Willibald Nagl — Jakob Zeidler — Eduard Castle, 4 Bde, Wien 1930; *Antal Mádl,* Politische Dichtung in Österreich (1830—1848), Budapest 1969; *Claudio Magris,* Weit von wo. Verlorene Welt des Ostjudentums, Wien 1974; *Alexander Malycky,* Jewish-ukrainian folk-culture interelationships in the works of Karl Emil Franzos, New York 1974 (Working papers in Yiddish an East European Jewish Studies 3); *Alexander Malycky,* Das Ukrainertum in den Dichtungen von Karl Emil Franzos, Diss., Cincinnati 1961; *Mary Lynne Martin,* Karl Emil Franzos: His Views on Jewry, as reflected in his Writings on the Ghetto, Diss., Wisconsin 1968; *Paul Reimann,* Von Herder bis Kisch. Studien zur Geschichte der deutsch-österreichisch-tschechischen Literaturbeziehungen, Berlin/DDR 1961; *Minna Schiffmann,* Die deutsche Ghettogeschichte, Diss., Wien 1931; *Peter Schkilniak,* Galizien bei Karl Emil Franzos als Erzähler, Diss., Innsbruck 1946; *Adalbert Schmidt,* Dichtung und Dichter Österreichs im 19. und 20. Jahrhundert, 2 Bde, Salzburg 1964; *Desider Stern,* Werke jüdischer Autoren deutscher Sprache. Buchausstellung des B'nai B'rith, 3. Aufl., Wien 1970; *Desmond Stewart,* Theodor Herzl. Artist and Politican, London 1974; *Johannes Wilhelmus Henricus Stoffers,* Juden und Ghetto in der deutschen Literatur bis zum Ausgang des Weltkrieges, Graz 1939; *Richard Montgomery Thurber,* The cultural Thought of Karl Emil Franzos, Diss., Michigan 1954; *Otto Wittner,* Moritz Hartmanns Jugend, Diss., Wien 1903; *Harry Zohn,* Three Austrian Jews in German Literature: Schnitzler, Zweig, Herzl, in: The Jews of Austria. Essays on their Life, History and Destruction. Ed. by Josef Fraenkel, London 1967, 67—82; *Harry Zohn,* Österreichische Juden in der Literatur. Ein bio-bibliographisches Lexikon, Tel Aviv 1969 (Schriftenreihe des Zwi Perez Chajes Instituts 1); *Harry Zohn,* Wiener Juden in der deutschen Literatur. Essays, Tel Aviv 1964.

Ruth Burstyn

Theodor Herzl — Krisenzeit und Selbstbesinnung

Einleitung

Die Welt horchte auf, als um die Mitte der neunziger Jahre des vorigen Jahrhunderts die progressiven Ideen Theodor Herzls bekannt wurden, es waren unbekannte Schlagworte über eine ‚Lösung der Judenfrage' und sogar von einem ‚Judenstaat' war die Rede — Worte, die noch dazu aus dem Mund eines etablierten, assimilierten Wiener jüdischen Journalisten kamen.
Zwar gab es die Idee der Kolonisation von Juden in Palästina schon vor Herzls Zeit, auch über die ‚Wiedergeburt des jüdischen Volkes' wurde geschrieben, in den achtziger Jahren erregte Leo Pinskers Broschüre „Autoemanzipation" die Aufmerksamkeit der jüdischen Öffentlichkeit und verstreut über einige Länder Europas bestanden zionistische Vereine, doch jetzt wurde zum ersten Mal seit 2000 Jahren von einer ‚jüdischen Nation' gesprochen — wie kam es zu dieser Konstellation?
Aufschluß darüber gibt die Entwicklung des Antisemitismus in den Ländern Mitteleuropas — bei vorliegender Darstellung wird besonders auf die Entwicklung des Antisemitismus in der Österreichisch-Ungarischen Monarchie Bezug genommen —, der, in engem Zusammenhang mit der wachsenden Tendenz zum Nationalismus, in einer neuen Form auftrat: Zusätzlich zu der bisher wirtschaftlich und religiös motivierten Judenfeindschaft, für die der ‚Ritualmord-Prozeß' von Tisza-Eszlar das klassische Beispiel war, enthielt der Antisemitismus jetzt eine national deutsche, rassistische Komponente. Der Antisemitismus wurde zum Ausdrucksmittel des verunsicherten Kleinbürgers, der seine wirtschaftliche und soziale Stellung durch den im Liberalismus ermöglichten Aufstieg der Juden bedroht sah. Wortführer der kleinen Leute wurde Dr. Karl Lueger, Gründer der ‚Christlich-Sozialen Partei' und ab 1897 Bürgermeister der Stadt Wien. Vertreter der deutsch-nationalen Richtung des Antisemitismus wurde der Großdeutsche Georg Ritter von Schönerer, dessen Anhänger sich aus großbürgerlichen und studentischen Kreisen rekrutierten[1].
Hatten die Juden in der Ära des Liberalismus versucht, sich in die Gesell-

schaft zu integrieren, so wurde in der zweiten Hälfte des neunzehnten Jahrhunderts offenbar, daß ihre Emanzipation als Integrationsmaßnahme versagt hatte. Von dem allgemeinen Trend initiiert, erwachte das Nationalbewußtsein nunmehr auch bei den Juden. Verursacht durch Unterdrückung und Verfolgung hatten die Anfänge der zionistischen Bewegung von Osteuropa ihren Ausgang genommen.
Wie kam nun der junge Theodor Herzl, wohlbehüteter Sohn einer bürgerlichen, assimiliert-jüdischen Familie dazu, in diese Problematik verwickelt zu werden, was trieb ihn dazu, sich mit der ‚Lösung der Judenfrage' zu beschäftigen, einer Tätigkeit, die den ferneren Ablauf seines Lebens bestimmen sollte? Die Beantwortung dieser Frage ergibt sich aus Herzls Lebenslauf.

Herzls Lebenslauf

Am 2. Mai 1860 in Budapest als Sohn von Jacob und Jeanette Herzl geboren, wuchs der Knabe Theodor zusammen mit seiner um ein Jahr älteren Schwester Pauline im assimiliert liberalen Milieu des Elternhauses auf. Die Beziehung der Familie Herzl zum jüdischen Glauben war recht oberflächlich, sie beschränkte sich auf die Einhaltung der traditionellen Feiertage. Herzls jüdische Erziehung endete mit der Bar-Mizwa. Jacob Herzl, ein gut situierter Kaufmann, brauchte für die Erziehung seines einzigen Sohnes keine Ausgaben zu scheuen, und besonders Herzls ehrgeizige Mutter sah die sorgfältige Erziehung ihres über alles geliebten Sohnes als ihre Lebensaufgabe an[2]. Zwischen Eltern und Sohn herrschte zeitlebens ein überaus inniges Verhältnis.
Im Alter von sechs Jahren wurde Herzl in eine jüdische Volksschule geschickt. Diese frühen Schuljahre scheinen Herzl keine Freude bereitet zu haben; in seiner „Selbstbiographie" erinnert er sich: *„Meine früheste Erinnerung an diese Schule besteht in Prügeln, welche ich erhielt, weil ich die Einzelheiten des Auszugs der Juden aus Ägypten nicht wußte. Gegenwärtig möchten mich viele Schulmeister prügeln, weil ich mich zuviel an jenen Auszug aus Ägypten erinnere."*[3]
Mit zehn Jahren kam Herzl auf die Realschule, da er in jungen Jahren lebhaftes Interesse für die modernen Errungenschaften der Technik zeigte[4]. Aus diesen Schuljahren datiert seine erste ‚Bekanntschaft' mit dem Antisemitismus: „Einer der Lehrer erklärte die Bedeutung des Wortes ‚Hei-

Kat. Nr. 147

Abb. 28: Dr. Theodor Herzl. Begründer des politischen Zionismus. Porträt in Mikrographie.

den', indem der sagte: ,Zu diesen gehören die Götzendiener, Mohammedaner und Juden''' berichtete Herzl in seiner Selbstbiographie[5]. Nach diesem unliebsamen Erlebnis wurde Herzl umgeschult, er wurde Schüler des ,Evangelischen Gymnasiums', wo er seine Schulausbildung 1878 mit der Matura abschloß.

In dieses Jahr fällt ein Erlebnis von größter Tragweite und einschneidender Bedeutung für die Familie Herzl: Herzls einzige Schwester Pauline fiel einer tödlichen Krankheit zum Opfer und verstarb im Alter von achtzehn Jahren. Um den traurigen Erinnerungen zumindest räumlich auszuweichen und im Hinblick auf die berufliche Ausbildung des Sohns übersiedelte die Familie Herzl 1878 nach Wien, wo Herzl im Herbst des gleichen Jahres seine Studien an der juridischen Fakultät der Universität aufnahm. Die Übersiedlung nach Wien entsprach ganz Herzls Wünschen, die einzigartige fin de siècle-Atmosphäre der Haupt- und Residenzstadt zog ihn magnetisch an, und bald fühlte der junge Mann sich in der neuen Umgebung wie zu Hause.

1884 promovierte Herzl zum Dr. juris und trat anschließend eine Gerichtspraxis in Wien und Salzburg an, bis er sich nach knapp einem Jahr entschloß, von der ,,Rechtsgelehrsamkeit Abschied zu nehmen'', denn bald hatte er die Aussichtslosigkeit erkannt, als Jude jemals zum Richter befördert zu werden. Von nun an widmete er sich der Schriftstellerei, er verfaßte einige — wenig erfolgreiche — Theaterstücke und schrieb für verschiedene Zeitungen[6]. Im Juni 1889 schloß Herzl die Ehe mit Julie Naschauer, Tochter einer jüdischen Großbürgerfamilie — eine von Anbeginn unter schlechten Vorzeichen stehende Verbindung. In den folgenden Jahren wurden seine drei Kinder geboren: Pauline 1890, sein einziger Sohn Hans 1891 und Margarethe, genannt Trude 1893[7].

Nach schriftstellerischer Tätigkeit für verschiedene österreichische und deutsche Zeitungen und insbesonders als Verfasser geistvoller Feuilletons und Reisebeschreibungen bekannt, wurde Herzl im Herbst 1891 zum Auslandskorrespondenten der angesehenen Wiener Tageszeitung ,,Neue Freie Presse'' nach Paris bestellt, eine interessante Aufgabe für einen jungen, aufstrebenden Journalisten. Bei seiner Rückübersiedlung nach Wien im Jahr 1895 übernahm Herzl die Feuilletonredaktion des Blattes, eine Aufgabe, die er bis zu seinem frühen Ableben im Jahr 1904 ausübte. Dazwischen lag ein von rastloser Arbeit erfülltes, aufreibendes, ausschließlich dem Kampf für das jüdische Volk gewidmetes kurzes Leben.

Durch Antisemitismus zur Selbstbesinnung und Wandlung

Tief eingebettet in die frühen unerfreulichen Kindheits- und Jugenderlebnisse liegen die ersten Ansätze für die Wandlung vom jungen sorglosen Schriftsteller zum späteren Politiker und einsamen Staatsmann. Durch die persönliche Erfahrung mit dem Antisemitismus wurde Herzl aufgerüttelt, in der Folge vollzog sich allmählich seine Rückbesinnung auf das Judentum, eine Wandlung, die seinen gesamten Lebensablauf bestimmte.

Von nachhaltiger Wirkung auf den vielseits interessierten jungen Herzl war die Lektüre des Buches über die Theorien des Antisemitismus von Eugen Dühring ,,Die Judenfrage als Racen-, Sitten- und Culturfrage'', 1881 in Karlsruhe und Leipzig erschienen. In einem ,,Die Judenfrage'' betitelten, 1882 erschienenen Aufsatz äußerte sich Herzl bestürzt über das ,,infame Buch'', umsomehr ärgerte es ihn, daß das Buch so gut geschrieben war. Der Eindruck war so stark, daß Herzl nach Jahren nochmals in einem Artikel auf das Buch zurückkam: Es ,,wirkte auf mich, wie wenn ich einen Schlag auf den Kopf bekommen hätte[8].''

1881 schloß Herzl sich der damals deutsch-nationalen Burschenschaft ,,Albia'', einer schlagenden Verbindung, an. Jung und unbekümmert fühlte sich Herzl anfangs in diesem Kreis wohl, zumal jüdische Hochschüler in den liberalen und nationalen Studentenschaften zahlreich vertreten waren. Das ging solange gut, bis die ,,Albia'' allmählich in die antisemitische Richtung hinüberglitt. Als Herzl klar wurde, daß die ideologische Schwenkung der ,,Albia'' zum völkischen Prinzip und zu antisemitischen Tendenzen unaufhaltsam war, ersuchte er um Auflösung seines Verhältnisses zu der Verbindung. Die Entlassung wurde ihm nicht bewilligt, statt dessen wurde er im April 1883 aus der Mitgliederliste gestrichen[9].

Der Ausschluß bedeutete für Herzl eine Kränkung seiner Ehre, es war ein Schlüsselerlebnis, das er nie vergessen konnte. Alex Bein hält Herzls ,,verletztes Ehrgefühl'' für den psychologischen Ausgangspunkt seiner inneren Wandlung und seiner Rückkehr zum Judentum[10]. Andere Konfrontationen mit dem Antisemitismus gravierten sich unauslöschlich in sein

Gedächtnis ein: Auf der Durchreise durch Mainz im Jahr 1888 gellten ihm die ,,Hep-Hep''-Rufe rüder Burschen in den Ohren, ein anderes Mal wurde ihm bei einer Fahrt durch Baden ,,Saujud'' nachgerufen[11].
Irritiert durch die unerquicklichen Diskussionen über Antisemitismus und Judentum in der ,,Albia'', aufgeschreckt durch Dührings Buch und andere unliebsame Erinnerungen, begann sich in Herzl eine innere Wandlung zu vollziehen: Zum ersten Mal wurde er sich schmerzhaft seines Judeseins bewußt, er begann, sich intensiv mit der Judenfrage zu beschäftigen, umsomehr, als er in seiner Pariser Zeit in seiner Funktion als Korrespondent der ,,Neuen Freien Presse'' am Dreyfus-Prozeß von 1894/95 teilnahm. Der Prozeß und die Intrigen gegen den fälschlich des Hochverrats bezichtigen ehrgeizigen Artillerieoffizier Alfred Dreyfus, der als einziger Jude dem französischen Generalstab zugeteilt war, erschütterten ganz Frankreich. Mit Entsetzen bemerkte Herzl, daß Frankreich, das klassische Land für Freiheit und Gerechtigkeit, ,,heute durch und durch antisemitisch ist''. Über den unauslöschlichen Eindruck, den die Gerichtsverhandlung und der elementare Haßausbruch während der Degradierung des Hauptmanns Dreyfus auf ihn machten, berichtete Herzl in einem 1899 verfaßten Aufsatz ,,Zionismus''.
War Herzl durch Dührings Buch zur Beschäftigung mit der Judenfrage gekommen, so machte ihn der Dreyfus-Prozeß nach seinen eigenen Worten ,,zum Zionisten[12]''. Die Lektüre von Edouard Drumonts gehässigem Buch ,,La France Juive'' tat das ihrige, um den Eindruck zu verstärken: Es wird ihm definitiv klar, daß der Glaube der meisten Juden, die Lösung der Judenfrage sei in der allgemeinen Entwicklung der Menschheit zur Toleranz zu finden, sich als ein Irrtum erwiesen hatte. Abhilfe zur Lösung des Problems suchte er anfangs auf verschiedene Arten, die er später wieder verwarf, aber er fühlte, daß er etwas zur Lösung der Judenfrage tun mußte.

Erste Vorschläge zur Lösung der Judenfrage — Vorstufen zum Judenstaat

In den frühen neunziger Jahren spielte Herzl mit dem Gedanken an eine Lösung, die ganz konträr zu dem später von ihm eingeschlagenen Weg war: Er wollte die Judenfrage, zumindest in Österreich, mit Hilfe der katholischen Kirche durch Taufe lösen und den Papst um Hilfe gegen die

Antisemiten bitten. Der Übertritt der jungen Juden sollte offen und ehrlich am hellichten Tag vor der Stephanskirche vor sich gehen. Das Aufgehen der jüdischen Jugend im Christentum sah er damals als dauerhafte Lösung der Judenfrage an. Diese Gedanken führte er in seinen ab Pfingsten 1895 bis zu seinem frühen Ableben geführten Tagebüchern aus[13]. Zu dieser Zeit hielt Herzl den Antisemitismus noch ,,für eine dem Judencharakter nützliche Bewegung'', er könnte vielleicht zu der Aufsaugung der Juden beitragen, er glaubte noch, ihn ,,historisch zu verstehen und entschuldigen'' zu können[14].
Von dem 1891 in Wien gegründeten ,,Verein zur Abwehr des Antisemitismus'' und anderen Hilfskomitees erwartete Herzl keine Unterstützung für die Lösung seiner Probleme, wenngleich er ihren Initiatoren, dem Ehepaar Bertha und Gundacar von Suttner in Freundschaft verbunden war[15]. Unter dem Eindruck der Ereignisse in Frankreich begann Herzl den Wert der Assimilation zu bezweifeln, er rückte von seinem bisherigen Standpunkt ab. Zum ersten Mal seit Kindheitstagen besuchte er die Synagoge in Paris und war vom jüdischen Milieu tief beeindruckt. Sein ,,unter der Schwelle'' des ,,Bewußtseins'' liegendes Judentum wurde durch den Antisemitismus ,,gewaltig hervorgepreßt'', schrieb er an den Oberrabbiner von Wien, Dr. Moritz Güdemann[16]. Ganz besonders lag ihm das unsichere Schicksal der jüdischen Jugend am Herzen; sollten sie ihr Leben lang Kränkungen ausgesetzt sein? Jetzt dachte Herzl nicht mehr an Taufe als Allheilmittel, die Antwort lag für ihn ,,in der Unterstützung des nationalen Gedankens in Israel''[17].

Von nun an stand die Judenfrage im Mittelpunkt seines Daseins. Über die ihn bewegende Problematik wollte Herzl zunächst einen Judenroman mit dem Titel ,,Das Gelobte Land'' schreiben — doch aus dem geplanten Werk wurde kein Roman: daraus entstand der ,,Judenstaat''[18]. Vorher wollte er die Probleme des Antisemitismus in Österreich ins Rampenlicht der Öffentlichkeit rücken, dazu wählte er die künstlerische Form des Dramas: Für Herzl begannen ,,drei selige Wochen der Glut und Arbeit''. Im November 1894 war das Theaterstück mit dem Titel ,,Das Neue Ghetto'' fertig.
An der Entstehung haben mehrere Faktoren mitgewirkt: Die frühen Jugenderlebnisse, der als bittere Kränkung seiner Ehre empfundene Austritt aus der ,,Albia'', das Anwachsen des Antisemitismus im allgemei-

nen und im besonderen die Wirkung des Dreyfus-Prozesses, der fast um dieselbe Zeit seinen Anfang nahm.
In dem Stück wird geschildert, wie Juden und Nichtjuden in einem großbürgerlichen Milieu lebend, in Konflikt geraten. Das Problem wird durch ein Duell gelöst, in dessen Verlauf der adelige Rittmeister von Schramm den edelmütigen jüdischen Anwalt Dr. Jacob Samuel erschießt. Mit dem Theaterstück erzielte Herzl anfangs wenig Erfolg, erst im Jahr 1898 wurde es am Carltheater in Wien uraufgeführt[19].
Mit dem Drama „Das Neue Ghetto" vollzog Herzl seine innere Wandlung zum Judentum. Die Situation der Juden als Volk unter den Völkern der Welt wurde ihm klar, er applizierte das in der zweiten Hälfte des neunzehnten Jahrhunderts erwachende Nationalbewußtsein auf das Judentum. Er faßte einen Plan, den er, ohne sich gleich damit an die Öffentlichkeit zu wenden, vorerst einflußreichen jüdischen Persönlichkeiten unterbreiten wollte. Zwei jüdische Millionäre und Philanthropen kamen dafür in Frage: Baron Hirsch und die Familie Rothschild, Herzl beschloß, sich als ersten an Baron Hirsch zu wenden, um ihm seine Vorschläge zur Lösung der Judenfrage auf politischer Basis mündlich vorzutragen. Schriftlich wurde eine Verabredung für den 2. Juni 1895 getroffen, für die Herzl sich ein politisches Konzept in Schlagwortform vorbereitete.
Gleich zu Beginn der Unterredung steuerte Herzl gradlinig auf sein Ziel los, er sagte dem Baron: „Durch unsere zweitausendjährige Zerstreuung sind wir ohne einheitliche Leitung unserer Politik gewesen. Das aber halte ich für unser Hauptunglück. Das hat uns mehr geschadet, als alle Verfolgungen." Herzl versuchte, dem Baron klarzumachen, daß man bei einer einheitlichen Leitung an die Lösung der Judenfrage herangehen könnte, die für ihn eine politische Frage sei. Mit diesen Worten wurde zum ersten Mal eine fundamentale Erkenntnis ausgesprochen, nämlich, daß die Juden zur Lösung der Judenfrage eine eigene Politik machen müßten. Keinesfalls sei Philanthropie die Lösung: „Sie züchten Schnorrer", warf Herzl dem Baron vor. Baron Hirsch zeigte sich den Plänen des jungen Journalisten nicht geneigt, das Gespräch wurde vorzeitig abgebrochen[20].
Wenn die Unterredung auch keinerlei praktische Auswirkungen hatte, so kann sie doch als erster Meilenstein auf Herzls politischem Weg bezeich-

net werden. Zu einer weiteren Begegnung mit Baron Hirsch kam es nicht mehr, jedoch für Herzl bildete die Besprechung den Beginn einer intensiven Schaffensperiode. Zettel für Zettel wurde mit Notizen angefüllt, alle ,,Gedankensplitter'' im Tagebuch eingetragen, später fanden sie in seiner Staatsschrift ,,Der Judenstaat'' Verwendung. Als naheliegendes Ziel stellte Herzl jetzt aus der Fülle der Notizen die Rede an die Familie Rothschild zusammen, an die er sich schriftlich wenden wollte. Innerhalb weniger Tage hatte Herzl sein Konzept als Aufsatz: ,,Der Familienrat'' und ,,Rede an die Rothschilds'' vorbereitet. Die Rede bildete die Grundlage seines Entwurfs für den ,,Judenstaat'', sie unterscheidet sich von der Endfassung durch einige Hinweise auf das Vermögen der Rothschilds, die später weggelassen wurden[21].
Vorläufig hielt Herzl es für besser, zu den Rothschilds keinen persönlichen Kontakt aufzunehmen. Für seinen Plan fand er mehr Ablehnung als Anhänger. Dr. Güdemanns anfängliche Begeisterung für Herzls Plan wich, wohl aus Rücksicht auf seine Position in der Kultusgemeinde, einer eher lauen Haltung. Unterredungen mit führenden Persönlichkeiten des Judentums und Rabbinern verliefen ergebnislos.
Allen Zweifeln zum Trotz hielt Herzl an seinem Plan fest. Es war ihm klar, daß die ,,Judennot'' die treibende Kraft zu einer politischen Lösung der Judenfrage ist, eine Weltfrage, an deren Lösung alle interessierten Staaten mitarbeiten müßten. Der größte Widerstand kam aus den Kreisen der assimilierten Juden, die den völkischen Charakter des Judentums nicht wahrhaben wollten, dagegen überraschte es Herzl zu erfahren, daß er in Rußland viele Anhänger hatte. Der einzige, der voll und ganz mit Herzls Ideen übereinstimmte, war der Arzt und Journalist Max Nordau. Auf Empfehlung Nordaus hielt Herzl Ende November 1895 eine Rede im Makkabäerklub in London.
Dieses Auftreten war für Herzl von größter Bedeutung, zum ersten Mal bot sich ihm die Gelegenheit, vor einer größeren Zuhörerschaft aufzutreten. Die von Herzl gehaltene Rede wurde zweifach veröffentlicht: Sie erschien am 17. Januar 1896 im ,,Jewish Chronicle'' unter dem Titel ,,A Solution of the Jewish Question''. Das Originalmanuskript Herzls in deutscher Sprache wurde am 21. Februar 1896 — eine Woche vorher war ,,der Judenstaat'' bereits im Druck erschienen — in ,,Dr. Bloch's Oesterreichischer Wochenschrift'' unter dem Titel ,,Der Judenstaat, Versuch

einer modernen Lösung der Judenfrage von Th. Herzl, Doctor der Rechte'' veröffentlicht. Beide Texte sind im Prinzip gleich, sie sind weitere Vorstufen zum ,,Judenstaat''. In dem Artikel in Dr. Bloch's Zeitschrift kommt der Gedanke an die Herstellung des Judenstaats bereits klar zum Ausdruck[22]. Herzl wurde sich jetzt bewußt, daß der Plan reif für die Öffentlichkeit war.

Der „Judenstaat"

Fieberhaft arbeitete Herzl an der Fertigstellung seiner Schrift, er fühlte, daß er ,,an einem Werk'' arbeitete, ,,das von unendlicher Größe ist[23].'' Im Februar war es soweit: Am 14. Februar 1896 erschien die Broschüre: ,,Der Judenstaat'' bei dem Verleger Max Breitenstein in Wien. Da Herzl bereits einen Namen als Schriftsteller hatte, war dementsprechend das Aufsehen über sein Werk sehr groß.

Herzls Plan enthielt eine für die Juden in aller Welt völlig neue Konzeption: die Lösung der Judenfrage auf politischer Ebene, er stellte die Judenfrage auf die rationelle Basis der Weltpolitik und hatte somit das Judentum säkularisiert. Es sagte: ,,Die Judenfrage . . . ist eine nationale Frage, und um sie zu lösen, müssen wir sie vor allem zu einer politischen Weltfrage machen, die im Rate der Kulturvölker zu regeln sein wird''[24].

Die Grundauffassung Herzls war: Das jüdische Problem kann nicht durch Assimilation gelöst werden. Die vollständige Assimilierung könnte nur dann von Erfolg gekrönt sein, wenn sie von der Mehrheit der Bevölkerung als Bedürfnis empfunden würde — was nicht der Fall ist, denn tief im Volk wurzelt noch immer der Antisemitismus. Vehement betonte Herzl das Wesen des Judentums als eigenes Volk: ,,Wir sind ein Volk, *ein* Volk''[25]. Die Judennot, die sich, bedingt durch die abnormen wirtschaftlichen und sozialen Bedingungen, unter denen die Juden als Fremdlinge verstreut unter allen Völkern der Erde leben müssen, immer mehr verschlechterte, könnte nur durch eine politische Lösung in einen positiven Machtfaktor umgewandelt werden, nämlich durch die Schaffung eines selbständigen jüdischen Staates mit Hilfe der Großmächte: ,,Der Judenstaat ist ein Weltbedürfnis, folglich wird er entstehen'', sagte Herzl in der Vorrede[26].

Für die organisierte Massenauswanderung und die Ansiedlung im neuen Land war die Schaffung politischer Bedingungen Voraussetzung. Der

Staat sollte nach einem vorher gefaßten Plan gebildet werden, unter Anwendung aller modernen wissenschaftlichen und technischen Hilfsmittel, auf dem Geist modernen Fortschritts aufgebaut. Herzl dachte z. B. an die Einführung eines Siebenstunden-Tages im neuen Staat — ein für das Jahr 1896 erstaunlicher Gedanke. Mit der Durchführung des Planes sollte der Unbestechlichkeit wegen keine Einzelperson betraut werden, sondern als ,,moralische Person'' die ,,Society of Jews'', die als ,,Gestor'' die Abwanderung der Juden ,,wissenschaftlich und politisch'' vorbereiten sollte und als ,,juristische Person'' die ,,Jewish Company'', die mit der Liquidierung des Vermögens der auswandernden Juden und der Organisation der Wirtschaft im neuen Land betraut werden sollte[27]. Die notwendige Finanzierung sollte durch größere oder kleinere Bankhäuser zu erfolgen haben und nur im Notfall sollte man sich um finanzielle Hilfe an die Masse des jüdischen Volkes wenden. Die Schrift klingt mit den prophetischen Worten aus: ,,Noch einmal sei das Wort des Anfangs wiederholt: Die Juden, die wollen, werden ihren Staat haben[28].''

Reaktionen — Die „Neue Freie Presse" — „Die Welt"

Als der ,,Judenstaat'' erschien, war Herzl erst 36 Jahre alt, das neue Buch war ganz anders als seine bisherigen Schriften, selbst als das ,,Neue Ghetto'' mit der jüdischen Milieuschilderung. Immerhin war seine Absicht, den Plan in den Mittelpunkt des öffentlichen Interesses zu rücken, geglückt. Die Reaktion auf die Broschüre war vielschichtig, größtenteils jedoch negativ, von Juden wie Nichtjuden wurde sie heftig angegriffen. Die meisten Juden Westeuropas, von den Assimilanten bis zu den Orthodoxen, lehnten Herzls Plan ab, selbst einige Chowewe Zion-Gruppen in Ost- und Westeuropa waren dagegen, der Plan schien ihnen zu ausgefallen. Jedoch die meisten Chowewe Zion-Verbände und die akademische jüdische Jugend Österreichs und anderer Länder reagierten mit ungeheurer Begeisterung. Auf ihre Bitte übernahm Herzl die Führung über die zionistische Bewegung, eine Position, die er bis an sein frühes Ende innehatte. Auf den Rat osteuropäischer Chowewe Zion-Anhänger ließ er den Gedanken, Argentinien als Einwanderungsland in Betracht zu ziehen, fallen und entschloß sich definitiv für Palästina als künftige Heimat der Juden.

Herzls Auftreten verblüffte: Herzl war weder dem Genre der bisherigen

Zionisten, noch dem der jüdischen Assimilation zuzuordnen, er stellte einen für die jüdische Welt völlig neuen Typus dar, wozu sein realistisches Denken — Alex Bein nennt es ,,seine unromantische Auffassung der Judenfrage'' — wesentlich beitrug[29].

Das Echo in der Presse nach Erscheinen des ,,Judenstaates'' war gewaltig, die Reaktion reichte von Zurückhaltung bis zur Ablehnung. Zutiefst gekränkt war Herzl über das Verhalten seiner Vorgesetzten, der Chefredakteure und Herausgeber der ,,Neuen Freien Presse'', Dr. Benedikt und Dr. Bacher. Entgegen ihrem Herzl vorher gegebenen Versprechen, die Broschüre nach ihrem Erscheinen zu kommentieren, wurde sie in der ,,Neuen Freien Presse'' nur in einer Umschreibung erwähnt. Beide ignorierten Herzls zionistische Pläne — eine Einstellung, an der sie bis an Herzls Lebensende festhielten.

Es entsprach ganz der liberal-jüdischen Geisteshaltung der beiden Redakteure, ihre weit über die Grenzen der Monarchie bestrenommierte Tageszeitung zum Sprachrohr des fortschrittlichen liberalen Bürgertums zu machen, wobei sie ihre nationale Gesinnung durch eine Überbetonung ihres Deutschtums zu manifestieren suchten[30]. Als Organ des Großkapitals hielten sie daher unbeirrt von allen Zeitläufen an ihrem Kurs deutsch-liberaler Gesinnung fest; ihre Taktik des Verschweigens gegenüber dem stetigen Anwachsen der Sozialdemokratie dehnten sie, ihren Lesern zuliebe, auch auf ihre Einstellung zum Zionismus aus, eine Haltung, die sie, selbst als Herzls Ideen schon in aller Welt bekannt waren, nicht änderten[31].

Mit der Berufung Herzls an ihr Blatt hatten Bacher und Benedikt eine gute Wahl getroffen: Im Lauf seiner Tätigkeit wurde Herzl zum Mittelpunkt der Redaktion und zum Favoriten des Wiener Leserpublikums. Das völlige Ignorieren der zionistischen Bewegung mußte Herzl hinnehmen, die Versorgung seiner Familie machte die Einhaltung des Angestelltenverhältnisses notwendig. Andererseits erzielte Herzl seine größten Erfolge als Feuilletonredakteur der angesehenen Tageszeitung. So spielte sich jahrelang in der Redaktion ein zermürbender Kleinkrieg ab, der neben Herzls aufreibender Tätigkeit für die zionistische Bewegung sicherlich zu seinem Herzleiden beigetragen haben mag.

Die erste wohlwollende Besprechung des ,,Judenstaates'' von jüdischer Seite wurde von dem Wiener Advokaten und Journalisten S. R. Landau, einem Chowewe Zion-Mitglied, verfaßt. Landau war es auch, der Herzl zur Gründung einer zionistischen Wochenschrift anregte[32]. Zu der Einsicht, daß die Schaffung einer eigenen Zeitschrift für die zionistische Bewegung unumgänglich sei, um ihr den erforderlichen publizistischen Rahmen zu geben, war Herzl schon nach dem erfolglosen Besuch bei Baron Hirsch gelangt. Als bei der im März 1897 in Wien abgehaltenen Sitzung der Zionisten der Termin für die Einberufung des ersten Zionistenkongresses festgesetzt wurde, gewann die Zeitungsgründung an Aktualität: ,,Es wäre ja ein ausgesprochenes Judenblatt nötig, aber modern müßte es sein[33]'', notierte Herzl am 6. August 1895 in seinem Tagebuch, dem in der Folge zu entnehmen ist, daß ihn der Gedanke in den nächsten Monaten nicht mehr losließ.

Um diese Überlegungen in die Tat umsetzen zu können, mußte eine Vielzahl von Problemen bewältigt werden, deren größtes die Finanzierung des künftigen Blattes war. Daß die Gründung der ,,Welt'' — dies wurde der Name der neuen zionistischen Wochenzeitschrift — allen Schwierigkeiten zum Trotz zustande kam, war einzig und allein Herzls Initiative zu verdanken; er schuf das Blatt mit seinem eigenen Kapital, der finanziellen Unterstützung seines Vaters und rastloser Arbeit zusammen mit seinen Mitarbeitern innerhalb von knapp drei Wochen[34].

Am 4. Juni 1897 erschien die erste Nummer der ,,Welt''. Der Umschlag des Blattes war gelb, wie der ‚Judenfleck' des Mittelalters, das Titelblatt wurde nach Herzls Idee gestaltet: ,, ‚Die Welt' mit dem Mog'n Dovid, in das (sic!) ein Globus hineinzuzeichnen wäre, mit Palästina als Mittelpunkt[35].'' Für die erste Nummer hatte Herzl ein Programm festgelegt, es sollte ,,das Organ der Männer sein, die das Judentum aus dieser Zeit hinauf in bessere Zeiten führen wollen[36].''

Ihre Aufgabe, den zionistischen Gedanken in alle von Juden bewohnten Länder hinauszutragen, erfüllte die ,,Welt'' voll und ganz, eine neue Ära jüdisch-politischer Publicity bahnte sich an. Für die Dauer eines Jahres erschien parallel zur deutschsprachigen Ausgabe eine Ausgabe in jiddischer Sprache. Trotz aller finanziellen Probleme und düsteren Prophezeiungen und zum Ärger der beiden Herausgeber der ,,Neuen Freien Presse'' erschien die Zeitschrift bis 1904 in Wien. Nach Herzls Ableben übersiedelte die Redaktion im Jahre 1905 mit der Ernennung David Wolffsohns — neben Max Nordau einer der frühesten und treuesten Anhänger Herzls — zum Präsidenten der Zionistischen Organisation nach Köln und im Jahre 1911 mit dem neu ernannten Präsidenten Otto Warburg nach Berlin, dort blieb die Zeitschrift bis zum Ausbruch des Ersten Weltkrieges bestehen.

Politische Aktivitäten

Im Grunde genommen hatte Herzl in seiner Broschüre keinen neuen Gedanken gebracht, wie er in der Vorrede zum „Judenstaat" ausdrücklich festhält: „Der Gedanke, den ich in dieser Schrift ausführe, ist ein uralter. Es ist die Herstellung des Judenstaates[37]", denn Herzl hatte Vorläufer. Der Gedanke der Rückführung der Juden nach Palästina tauchte besonders seit Beginn des neunzehnten Jahrhunderts wiederholt auf. Mit der Idee der Kolonisation der Juden in Palästina beschäftigten sich nach Sir Moses Montefiore und Rabbi Hirsch Zwi Kalischer der Sozialist Moses Heß in seinem 1862 erschienenen Buch „Rom und Jerusalem", das Herzl ebensowenig kannte wie die Schriften Nathan Birnbaums und die Broschüre des russischen Arztes Leo Pinsker „Autoemanzipation" aus dem Jahr 1882. Herzls Verdienst war es jedoch, dem Zionismus neue Impulse zu geben und die zionistische Idee in ein festes System einzufügen, er gab dem Zionismus als politsche Frage ein neues Image.

Jetzt galt es, ohne Zeit zu verlieren, ihn vor ein international gesamtjüdisches Forum zu bringen und erste diplomatische Schritte zu unternehmen, für die Herzl durch seinen Charme, seine in den Pariser Jahren erworbene Selbstsicherheit und einer natürlichen Begabung für Diplomatie geradezu prädestiniert war[38]. Die Anknüpfung der gewünschten Kontakte gelang Herzl mit Hilfe zweier Persönlichkeiten: durch den Kaplan Rev. William S. Hechler und durch Philipp Michael Ritter von Newlinski, einen politischen Agenten, der eine schillernde Persönlichkeit war.

Im April 1896 wurde Herzl durch Vermittlung Hechlers vom Großherzog Friedrich II. von Baden, einem Onkel Kaiser Wilhelms II., in Audienz empfangen. Der Großherzog fand Gefallen an Herzl und wurde zu einem Befürworter des Zionismus. In der Folge stellte er den Kontakt zum deutschen Kaiser her. Im Jahre 1889 wurde Herzl zweimal von Wilhelm II. in Audienz empfangen. Das erste Treffen in Konstantinopel verlief vielversprechend, der Kaiser zeigte sich an der zionistischen Sache interessiert. Die zweite Begegnung anläßlich einer Reise des Kaisers nach Jeru-

salem wurde für Herzl zu einer herben Enttäuschung: Das anfängliche Interesse des Kaisers war, wohl unter dem Einfluß seiner Ratgeber, erloschen. Bei der Begegnung vor den Toren Jerusalems übte der Kaiser Zurückhaltung, mit nichtssagenden Phrasen zog er sich aus der Affaire[39].
In dieselbe Zeit fallen Herzls Bemühungen, Kontakte zu Sultan Abdul Hamid II. anzuknüpfen. Im Juni 1896 trat Herzl seine erste Reise nach Konstantinopel an. Durch Newlinski traf Herzl mit hohen türkischen Würdenträgern zusammen — eine Audienz mit dem Sultan kam nicht zustande. Mit seinem Vorschlag, im Austausch für das Angebot einer Anleihe in Höhe von zwei Millionen Pfund Sterling zur Sanierung der Finanzen der stark verschuldeten Türkei Konzessionen für eine Einwanderung auf völkerrechtlicher Basis zu erhalten, in Form eines ‚Charters', hatte Herzl keinen Erfolg, vorläufig mußte er sich mit der Pflege der Beziehungen zufriedengeben[40].
Dem ersten Besuch in Konstantinopel sollten im Laufe der Jahre weitere folgen. Mitte Mai 1901 kam endlich die von Herzl langersehnte Audienz mit dem Sultan zustande. Von Herzls Auftreten positiv beeindruckt, legte der Sultan Herzl nahe, konkrete Vorschläge zur Finanzierung der türkischen Staatsschulden im Austausch für den erwünschten Charter zu machen, allerdings würde der Sultan nur die Erlaubnis zu einer im ganzen Reich verstreuten Kolonisation geben — eine für die Ziele des Zionismus unannehmbare Bedingung[41]. Auch zwei weitere Reisen nach Konstantinopel, im Februar und Juli 1902, brachten keinen Erfolg. Zwar wurde Herzl fürstlich empfangen, aber ein Fortschritt wurde nicht erzielt. Die Beziehungen wurden zwar nicht abgebrochen, aber kaltgestellt, Herzl wandte sich der Bearbeitung anderer Projekte zu[42].
Von nun an standen seine Bemühungen um politische Kontakte zu Großbritannien im Vordergrund, zwischenzeitlich sah er die dringende Notwendigkeit, eine Reise nach Rußland anzutreten. Über beides wird noch die Rede sein, vorerst wandte Herzl seine gesamte Energie aktuelleren Problemen zu: Der im März 1897 beschlossene Zionistenkongreß sollte Ende August 1897 stattfinden.

Der Erste Kongreß in Basel vom 29. bis 31. August 1897

Zu einem Meilenstein in der Geschichte des Zionismus, ja der jüdischen Geschichte überhaupt, wurde der Erste Zionistenkongreß in Basel vom

29. bis 31. August 1897. Die Einberufung fand in einer Atmosphäre unbeschreiblicher Emotionen statt, zu einer Zeit, als das europäische Judentum in einer Flut antisemitischer Angriffe unterzugehen drohte. ,,Nach langer Zeit wieder eine jüdische Nationalversammlung'', schrieb Herzl im April 1897 an einen Freund[43].
Nach Überwindung einer Vielzahl von Schwierigkeiten aus allen jüdischen Lagern, sowohl aus ost- als auch aus westeuropäischen Ländern — wobei die prekäre Lage der Juden in Rußland besondere Rücksichtnahme erforderte — wurde der Kongreß dank Herzls rastloser Bemühungen plangemäß am 29. August in Basel eröffnet. Für die 197 Kongreßteilnehmer, die größtenteils Herzl vorher nicht kannten, waren die sorgfältigen Vorbereitungen, die sich auch auf den äußeren Rahmen der Veranstaltung erstreckten, eine Überraschung, im übrigen war niemandem, außer Herzl, richtig klar, was der Kongreß eigentlich wollte, was er beschließen würde. Amos Elon charakterisierte die Situation so: ,,Der Kongreß war seine Erfindung. Unter den vielen Delegierten war er wahrscheinlich der einzige, der genau wußte, was er wollte[44]''.
Die Eröffnungsrede Herzls und die nachfolgende Rede Max Nordaus waren der Höhepunkt des Kongresses. Nach Abschluß aller Referate stellte der Kongreß ein Programm für die zionistische Bewegung auf, das unter dem Namen ,,Baseler Programm'' in die jüdische Geschichte einging[45]. Der zweite Hauptpunkt des Kongresses war die Schaffung einer Organisation, die entsprechend den verschieden gearteten Verhältnissen in den einzelnen Ländern allgemein gehalten werden mußte. Ein provisorisches Statut wurde aufgestellt und ein aus 15 Mitgliedern bestehendes ,,Großes Aktionskomitee'' (A. C.) gebildet.
Herzl wurde zum Präsidenten der Exekutive gewählt, er übte das Amt des Präsidenten auch auf den fünf folgenden, zu seinen Lebzeiten stattfindenden Kongressen aus und wurde gleichzeitig zum Präsidenten der Zionistischen Organisation auf Lebenszeit gewählt. Mit diesen Beschlüssen war das Ziel des Kongresses erreicht. Herzl konnte zwei Hauptpunkte durchsetzen: 1. ,,Der Zionismus erstrebt für das jüdische Volk die Schaffung einer öffentlich-rechtlich gesicherten Heimstätte in Palästina'' und 2. die ,,Gliederung und Zusammenfassung des jüdischen Volkes in einer Weltorganisation''. Dem Präsidenten Dr. Herzl wurde der Dank aller Teilnehmer für seine aufopfernde Arbeit ausgedrückt. Herzl ahnte den

künftigen historischen Wert des Kongresses voraus, am 30. August notierte er: „Die Geschichte des gestrigen Tages brauche ich nicht mehr zu schreiben; die schreiben jetzt bereits andere. . .[46]".

Wie zu erwarten, stieß der Kongreß in der jüdischen wie nichtjüdischen Presse auf scharfe Kritik von allen Seiten, die „Neue Freie Presse" setzte den Boykott der zionistischen Bewegung fort. Die Anfechtungen von allen Seiten konnten in der Folgezeit das rapide Anwachsen der Bewegung nicht aufhalten. Jetzt galt es, den eingeschlagenen Weg fortzusetzen, die sachliche Arbeit rückte in den Vordergrund. Der politische Zionismus war Tatsache geworden[47].

Zwischen dem 2. und dem 6. Kongreß — Verhandlungen mit England

Auf den folgenden Kongressen, dem 2. bis 5., die in den Jahren 1898 bis 1901 stattfanden, wurde eine Vielzahl von inneren und äußeren Problemen mehr oder minder erfolgreich behandelt. Inneres Problem war die Eroberung der Kultusgemeinden durch zionistische Funktionäre, das außenpolitische Ziel sah Herzl in der Erlangung des Charters für das gesetzliche Recht auf Kolonisation in Palästina. Vordringlichste Aufgabe war die Gründung der ‚Jüdischen Kolonialbank', des ‚Jewish Colonial Trust' mit Sitz in London, die Herzl als finanzielle Basis für seine Verhandlungen mit der türkischen Regierung dringend benötigte. Ihre Gründung wurde auf dem 2. Kongreß beschlossen, doch wurde sie erst im Oktober 1901 nach Überwindung unsäglicher Schwierigkeiten aktionsfähig, da das erforderliche Grundkapital nur mit Mühe aufgebracht werden konnte[48].

Um die Aufmerksamkeit englischer Persönlichkeiten sowie des englischen Volkes auf die zionistische Bewegung zu lenken, wurde der Tagungsort des 4. Kongresses nach London verlegt, Herzl sah in England eines der letzten Bollwerke gegen den Antisemitismus. Mit politischer Intuition war sich Herzl über die wichtige Rolle Englands für die Realisierung seiner Ziele im Klaren[49]. Auf dem 5. Kongreß wurde beschlossen, in Hinkunft den zionistischen Kongreß nur alle zwei Jahre einzuberufen. Im Zwischenjahr sollte eine Sitzung des Großen A. C. und verschiedener Kommissionen abgehalten werden, die die Beschlüsse des Kongresses nicht ändern durften.

Durch die diplomatische Vermittlertätigkeit des jüdischen Journalisten

Leopold Greenberg nahm Herzl Kontakt zu der englischen Regierung auf. Im Juni 1902 reiste Herzl nach London, um als Experte vor der Kommission zur Untersuchung der Fremdeneinwanderung auszusagen. Bei seinem Auftreten vor der Kommission erklärte Herzl, das Problem der jüdischen Einwanderung nach England könnte gelöst werden, wenn die britische Regierung ein Territorium für die unabhängige Besiedlung durch Juden anbieten würde. ,,Die Lösung der Judenfrage liegt in der Anerkennung der Juden als ein Volk, und darin, daß sie ein rechtlich anerkanntes Heim finden''[50]. Obwohl nicht im Einklang mit dem Baseler Programm, könne man, wenn es die Notlage der Juden erfordere, andere Möglichkeiten in Betracht ziehen, ohne die Prizipien des Programms aufzugeben. Anläßlich seines Aufenthalts in London wurde Herzl von dem Londoner Baron Rothschild empfangen, der an der Ansiedlung von Juden in verschiedenen Teilen des britischen Empire Interesse zeigte[51].
Nach dieser Unterredung, in einem Gespräch mit dem Vorsitzenden der Kommission, enthüllte Herzl, daß er mit seinem Hinweis auf geeignetes Territorium Zypern und die Sinaihalbinsel gemeint hatte, beide Gebiete unter britischem Protektorat und in der Nähe von Palästina gelegen. Nach den gescheiterten Verhandlungen mit dem Sultan hoffte Herzl, einen Charter von der englischen Regierung zu erhalten, um damit den Forderungen der ‚praktischen' und ‚politischen' Zionisten, die mit den dürftigen Resultaten seiner politischen Tätigkeit unzufrieden waren, zu genügen.
Dank der Vermittlung Leopold Greenbergs wurde Herzl im Oktober 1902 von Lord Chamberlain, dem englischen Kolonialminister empfangen. Der Mininster riet ihm, das Zypernprojekt fallen zu lassen, befürwortete dagegen Herzls Vorschlag für Gewährung einer Landkonzession auf der Halbinsel Sinai und gab Herzl eine Empfehlung zu Lord Landsdowne, dem Minister des Auswärtigen mit. Anfang 1903 wurde eine technische Kommission auf die Sinaihalbinsel geschickt, um über die dortigen Verhältnisse Bericht zu erstatten. In ihrem Bericht wurde zwar festgestellt, daß die Besiedlung dieses Gebietes durchführbar wäre, das Projekt scheiterte jedoch an der Ablehnung der ägyptischen Regierung, die das für die Besiedlung erforderliche Wasser nicht aus dem Nil abzweigen lassen wollte[52]. Bei der Ablehnung des Planes, von der Herzl im Mai 1903 erfuhr, mögen politische Gründe mitgespielt haben.

Der Unganda-Plan — vom 6. Kongreß bis zu Herzls Ableben

Trotz der Fehlschläge gab Herzl seine Bemühungen nicht auf, er suchte nach einem anderen Ausweg. Nach der Absage der ägyptischen Regierung griff Herzl auf einen Vorschlag Lord Chamberlains zurück, den ihm dieser im April 1903 gemacht und den Herzl anfangs abgelehnt hatte: Ein Gebiet in Ostafrika Uganda — heute ein Teil von Kenia — in Betracht zu ziehen. Bei einer Besprechung zwischen Greenberg und Chamberlain im Mai 1903 kam das Projekt, ,,eine autonome jüdische Siedlung in Ostafrika mit jüdischer Verwaltung, jüdischer Lokalregierung und einem jüdischen Oberbeamten an ihrer Spitze, alles unter britischer oberhoheitlicher Überwachung'', erneut zur Sprache. Zu der Änderung seiner Haltung sah sich Herzl durch erschreckende Berichte über das Pogrom von Kischinew von 1903 veranlaßt. Überdies hoffte er, daß die Schaffung enger Beziehungen zwischen der zionistischen Organisation und der englischen Regierung zur ersten politischen Anerkennung der Juden als ‚Nation' führen würde[53].

Die Entscheidung über Uganda hielt Herzl indessen nicht davon ab, weiterhin Bemühungen zu unternehmen, die Palästina als unmittelbares Ziel für jüdische Niederlassung hatten. Bestürzt über die verzweifelte Lage der Juden in Osteuropa, besonders in Rußland, unternahm Herzl auf eigene Initiative im August 1903 seine vielumstrittene Reise nach Rußland, um zu versuchen, die Situation der Juden im zaristischen Reich zu erleichtern und um die Unterstützung Rußlands beim Sultan zu gewinnen — die Hoffnung auf einen Charter von der Türkei hatte er nicht aufgegeben. Somit nahm das Verhängnis seinen Lauf[54].

Herzl hatte zwei Aussprachen mit dem russischen Innenminister Plehwe, der allgemein für den Drahtzieher der Pogrome gehalten wurde, in deren Verlauf Plehwe ihm die Intervention der russischen Regierung beim Sultan sowie die Aufhebung verschiedener Restriktionsmaßnahmen zusicherte[55]. Am 12. August 1903 traf der erwartet Brief Plehwes mit der Abmachung ein, fast gleichzeitig mit der positiven offiziellen Antwort der britischen Regierung in Form eines an Leopold Greenberg gerichteten Schreibens, daß die zionistische Organisation eine Untersuchungskommission nach Uganda entsenden solle. Im Fall der Lokalisierung eines zur Ansiedlung geeigneten Territoriums würde die britische Regierung die Genehmigung für ein autonomes Gebiet zu den genannten Be-

dingungen erteilen. Der Brief wurde Herzl noch in Rußland zugestellt — gerade rechtzeitig, um auf dem bevorstehenden 6. Kongreß diese beiden Dokumente von größtem politischen Wert vorlegen zu können.
Herzls Begegnung mit Plehwe war ein reiner Akt der Diplomatie, durch seine Vorsprache wollte er den russischen Juden eine geordnete Auswanderung ermöglichen, allerdings war ihm ihre Mentalität fremd. Bei der Befürwortung des Uganda-Planes handelte Herzl in dem guten Glauben, durch eine Notlösung zu einer unmittelbaren Erleichterung ihres schweren Loses beitragen zu können — beides sollte auf dem 6. Kongreß zu dramatischen Konsequenzen führen, die beinahe zu einer Spaltung der zionistischen Bewegung geführt hätten.
Mit der Bewilligung des Großen Aktionskomitees legte Herzl den Uganda-Plan auf dem vom 23. bis 29. August 1903 in Basel stattfindenden 6. Kongreß vor. In seiner Eröffnungsansprache machte Herzl jedoch darauf aufmerksam, daß ,,das jüdische Volk kein anders Endziel haben kann als Palästina'', der Plan sei nur eine ,,Kolonisationshilfe'' und bleiben unter den jetzigen Umständen eine ,,Notstandsmaßregel''. Alles, was für die nahe Zukunft erforderlich wäre, sei die Entscheidung, den Vorschlag zu prüfen[56].
Die Ankündigung des großzügigen britischen Angebots rief zunächst stürmische Beifallskundgebungen hervor. Herzls Bericht über die Rußlandreise wurde vorerst nicht kommentiert. Am dritten Konferenztag begann die dramatische Diskussion über das Ostafrika-Projekt. Herzls Vorschlag stieß auf starke Opposition, besonders aus den Reihen der russischen Delegierten und verursachte große Aufregung, dabei ging es bei der emotionellen Debatte eigentlich nur um die Frage der Entsendung einer Expedition zur Untersuchung des von der britischen Regierung vorgeschlagenen Territoriums. Als der Kongreß trotz der Opposition den Vorschlag über die Entsendung seiner Kommission zur Abstimmung brachte, verließen die sich in der Minderzahl befindlichen ,,Nein''-Sager ostentativ den Saal, doch in einem freundschaftlich geführten Gespräch gelang es Herzl, sie davon zu überzeugen, daß er nie von seiner Liebe zu Zion abgehen wolle. Damit konnte er die ,,Nein''-Sager zur Rückkehr in den Saal bewegen und das Auseinanderfallen der zionistischen Bewegung verhüten.
In seiner Schlußrede, dem letzten öffentlichen Auftreten Herzls vor sei-

nem Tod, erklärte er feierlich, daß er das Baseler Programm nie verlassen werde und rief aus: ,,Wenn ich Dein vergesse, Jerusalem, verdorre meine Rechte''[57].

Ungeachtet seiner schlechten körperlichen Verfassung setzte Herzl seine politische Tätigkeit nach dem Kongreß in allen Richtungen fort. Der türkischen Regierung machte er neue Vorschläge. Ende Jänner 1904 unternahm Herzl eine Reise — es sollte seine letzte sein — nach Italien, er wurde von Papst Pius X. und König Viktor Emanuel II. in Audienz empfangen. Alle diese Unternehmungen brachten kein konkretes Resultat, ebensowenig wie die fortgesetzten Verhandlungen mit der britischen Regierung. Die Aussichten für den Ostafrikaplan hatten sich seit Ende des Kongresses entscheidend verschlechtert, das Sinai-Programm tauchte wieder auf. Die auf dem 6. Kongreß mühsam unterdrückte Opposition der russischen Juden begann erneut aufzuflammen. Ende 1903 berief der russische Zionistenführer M. Ussischkin eine Konferenz der russischen Mitglieder des Großen A. C. nach Charkow, auf der der Beschluß gefaßt wurde, eine Abordnung zu Herzl zu entsenden mit der ultimativen Forderung, eine bindende schriftliche Erklärung über die vollständige Aufgabe des Uganda-Planes abzugeben und zuzusichern, daß er keine Territorial-Projekte außerhalb Palästinas befürworten werde. Zutiefst verletzt weigerte sich Herzl, die Abordnung zu empfangen[58].

Nach einigen Monaten erbitterten Kampfes in der zionistischen Presse und in Massenversammlungen berief Herzl das Große A. C. zu einer Sitzung nach Wien am 11. und 12. April 1904 ein, um alle Mißhelligkeiten aus dem Weg zu räumen. Es gelang ihm, das Komitee von seiner Treue zu Palästina und dem Baseler Programm zu überzeugen und die Opposition zu besänftigen. Auf diese Weise konnte er die Einheit der zionistischen Bewegung sichern — das war sein letzter Beitrag für die Bewegung[59].

Die Aufregungen der letzten Zeit hatten Herzls restliche Kraftreserven erschöpft und trugen zu einer rapiden Verschlechterung seines angegriffenen Gesundheitszustandes bei, daher konnte auch die Kur in Franzensbad und der letzte Aufenthalt in Edlach in Niederösterreich keine Linderung mehr für seine Herzerkrankung bringen. Herzl starb in Edlach im Alter von vierundvierzig Jahren am 3. Juli 1904[60].

Wenn Herzl auch zu Lebzeiten wenig politischen Erfolg verbuchen konnte, so ist seine Intuition zu bewundern, mit verschiedenen europäischen Ländern, besonders mit England, diplomatische Beziehungen anzuknüpfen. Seine Verdienste um die zionistische Bewegung sind unumstritten, er leistete die Vorarbeit, die in gerader Linie zur Balfour-Deklaration von 1917 und letzthin zur Gründung des Staates Israel führte.

ANMERKUNGEN

1 *Erich Zöllner,* Geschichte Österreichs, Von den Anfängen bis zur Gegenwart, Wien 1979, 427 f, 430, 432; *Hugo Gold,* Geschichte der Juden in Wien, Tel-Aviv 1966, 34; *Kurt Schubert,* Der Weg zur Katastrophe, in: Studia Judaica Austriaca, Bd. V, Der gelbe Stern in Österreich, Katalog und Einführung zu einer Dokumentation, Eisenstadt 1977, 40; *Wolfgang Häusler,* Toleranz, Emanzipation und Antisemitismus. Das österreichische Judentum des bürgerlichen Zeitalters 1782 — 1918, in: Das Österreichische Judentum, Voraussetzungen und Geschichte, Wien 1974, 116 f.

2 *Amos Elon,* Theodor Herzl, Eine Biographie, Wien 1979, 23 ff.

3 *Theodor Herzl,* Gesammelte Zionistische Werke in fünf Bänden, hier: Band I, Zionistische Schriften, Berlin 1934, Selbstbiographie, 11—16, bes. 11.

4 Die Erbauung des Suez-Kanals durch Ferdinand Leseps in den Jahren 1859—1869 spielte dabei eine maßgebliche Rolle.

5 *Th. Herzl* (Anm. 3), 11.

6 *Th. Herzl.* a.a.O. 12 f; *Alex Bein,* Theodor Herzl, Biographie, Wien 1934, 77 f.

7 *A. Bein* a.a.O. 107 f.

8 *Th. Herzl* (Anm. 3), hier: Band V, Tel-Aviv 1935, Aufsatz: E. Dühring, Die Judenfrage, 441—447, bes. 441 und 447, und *Th. Herzl* (Anm. 3), Bd. I, Aufsatz: Zionismus, 371—386, bes. 373; *A. Bein* a.a.O. 61—65.

9 *Walter Laqueur,* Der Weg zum Staat Israel, Geschichte des Zionismus, Wien 1975, 104; *Josef Fränkel,* Des Schöpfers Erstes Wollen, Wien 1934, 117—131, bes. 118 ff.

10 *Alex Bein,* Die Judenfrage. Biographie eines Weltproblems, Stuttgart 1980, Bd. I, 278, 283.

11 *Th. Herzl* (Anm. 3), Bd. I, 6.

12 *Th. Herzl* (Anm. 3 und 8), hier: Bd. I, Aufsatz: Zionismus, 374 f.

12 *Th. Herzl* (Anm. 3), hier Band II = Tagebuch (im folgenden: Tgb.) Bd. I, Berlin 1934, 6 ff.

14 *Th. Herzl* (Anm. 3 und 13), Tgb. Bd. I, 10 ff; *Julius H. Schoeps,* Theodor Herzl, Wegbereiter des politischen Zionismus, Göttingen 1975, 38.

15 *Th. Herzl* a.a.O. Tgb. Bd. I, 6 f, 10; *J. Schoeps* a.a.O. 36.

16 *Th. Herzl* a.a.O., Zweiter Brief an Moritz Güdemann vom 16. Juli 1895, 120 f.

17 *Th. Herzl* (Anm. 3 und 8), Bd. V, Vortrag in Clerkenwell Town Hall am 4. März 1898, 282—286, bes. 284.

18 *Th. Herzl* (Anm. 3 und 13), Tgb. Bd. I, 3; *A. Bein* (Anm. 6), 210.

19 *Th. Herzl* (Anm. 3 und 8), Bd. V, 1—124; *A. Bein* a.a.O. 174—183; *Adolf Böhm,* Die Zionistische Bewegung, 2 Bände. I. Band: Die Zionistische Bewegung bis zum Ende des Weltkrieges, Wien 1935, 143, 156.

20 *Th. Herzl* (Anm. 3 und 13), Tgb. Bd. I, 30—36; *A. Bein* a.a.O. 207—210; *A. Böhm* a.a.O. 157; *W. Laqueur* (Anm. 9), 106.

21 *Th. Herzl* a.a.O. Tgb. Bd. I, 144—210; *A. Bein* a.a.O. 245. Sprachlich fehlt der Rede noch die Prägnanz der späteren Staatsschrift, inhaltlich ist in ihren Grundzügen der ,,Judenstaat'' bereits festgelegt.

22 Vgl. ,,Jewish Chronicle'', Nr. 1389 vom 17. Februar 1896, *Th. Herzl,* ,,A Solution of the Jewish Question'', 12 f und: ,,Dr. Bloch's Oesterreichische Wochenschrift, Centralorgan für die gesammten Interessen des Judenthums'', Jg. 13, Nr. 8, Wien, 21. Februar 1896, ,,Der Judenstaat'', Versuch einer modernen Lösung der Judenfrage von Th. Herzl, Doctor der Rechte, 145—148.

23 *Th. Herzl* (Anm. 13), Selbstbiographie, 3.

24 *Th. Herzl* (Anm. 8), Bd. I, Der Judenstaat (Jdst.), 17—116; *A. Bein* (Anm. 6), 245; *Adolf Friedemann,* Das Leben Theodor Herzls, Berlin 1914, 27 f.

25 *Th. Herzl* a.a.O. Jdst., 26.

26 *Th. Herzl* a.a.O. Jdst., 22.

27 *Th. Herzl* a.a.O. Jdst., 32 f, 42—45, 88 ff; *A. Bein* (Anm. 6), 252; *W. Laqueur* (Anm. 9), 109; *A. Böhm* (Anm. 19), 160—167; *Simon Dubnow,* Weltgeschichte des jüdischen Volkes, 10 Bände, hier: Bd. X, Die neueste Geschichte des jüdischen Volkes, Berlin 1929, 317 ff.

28 *Th. Herzl* a.a.O. Jdst., 104 f. Was im ,,Judenstaat'' als Theorie geschildert wird, beschreibt Herzl in dem 1902 erschienen Roman ,,Altneuland'' in der Praxis. Darin sieht Herzl künftige Ereignisse in der Geschichte des jüdischen Volkes voraus. Der Aufbau des Musterstaates in Palästina wird mit Hilfe aller wissenschaftlichen und technologischen Errungenschaften der modernen Zeit durchgeführt. Die Mitglieder der ,,neuen Gesellschaft'' leben in Toleranz mit ihren Nachbarn zusammen.

29 *A. Bein* (Anm. 10), 285 f.

30 *Adam Wandruszka,* Geschichte einer Zeitung, Das Schicksal der ,,Presse'' und der ,,Neuen Freien Presse'' von 1848 zur zweiten Republik, Wien 1958, 109.

31 *A. Wandruszka* a.a.O. 115 f.

32 *Th. Herzl* (Anm. 13), Tgb. Bd. I, 350; *Saul Raphael Landau,* Sturm und Drang im Zionismus, Wien 1937, 75—79.

33 *Th. Herzl* a.a.O. Tgb., Eintragung von 6. August 1895, 257.

34 Über dic Gründung der ,,Welt'' und ihre achtzehnjährige Geschichte berichtet *Adolf Pollak,* ein langjähriger Angestellter der ,,Welt'' in den zwei Bänden seiner Zionistischen Chronologie: ,,Die Welt'', Index, Zionistische Chronologie: 1897—1914, 2 Bde., Tel-Aviv 1949; *Th. Herzl* a.a.O. 625, 627.

35 *Th. Herzl* a.a.O. 626, Eintragung vom 13. Mai 1897.

36 ,,Die Welt'', Nr. 1, 1. Jg., Wien, 4. Juni 1897, 1; *A. Friedemann* (Anm. 24), 38 f, 134 ff.

37 *Th. Herzl* (Anm. 24), Jdst., 19.

38 *W. Laqueur* (Anm. 9), 115.

39 *Th. Herzl* (Anm. 3), hier: Tgb. Bd. II, 106—113, bes. 108, 185—198, 190, 205—256; *A. Bein* (Anm. 6), 425 ff, 435—440; *W. Laqueur* (Anm. 9), 127 f; *J. Schoeps* (Anm. 14), 81 f.

40 *Th. Herzl* (Anm. 13), Tgb. Bd. I, 450—458; *A. Bein* a.a.O. 304—307; *A. Böhm* (Anm. 19), 175; *A. Friedemann* (Anm. 24), 33.

41 *H. Herzl* (Anm. 3), hier: Tgb. Bd. III, 10—41; *A. Bein* (Anm. 6), 492—502.

42 *Th. Herzl* a.a.O. 241—276; *A. Friedemann* (Anm. 24), 74 f; *W. Laqueur* (Anm. 9), 117 f.

43 *Th. Herzl* (Anm. 13), Tgb. Bd. I, aus einem Brief an Oberst Goldsmid, 609—612, bes. 611.

44 *A. Bein* (Anm. 6), 335 f; *A. Elon* (Anm. 2), 232, *W. Laqueur* (Anm. 9), 120 f.

45 Zionisten-Congress in Basel, 29., 30. und 31. August 1897, Offizielles Protocoll, Wien 1898, die Rede Herzls: 4—9, die Rede Nordaus: 9—20; *A. Bein* a.a.O. 350 ff.

46 *Th. Herzl* (Anm. 3), 23 f; für den I. Kongreß: *A. Böhm* (Anm. 19), 182 ff; *S. Dubnow,* Bd. X (Anm. 27), 321—325; *W. Laqueur* (Anm. 9), 120—124.

47 *A. Bein* (Anm. 6), 359 f; *A. Friedemann* (Anm. 24), 45 f.

48 *W. Laqueur* (Anm. 9), 130; *S. Dubnow,* Bd. X (Anm. 27), 333.

49 Dies war auch der Grund, weshalb Herzl die im ,Judenstaat'' geplante ,Society of Jews', den Sitz des ,Jewish Colonial Trust' sowie den auf dem 5. Kongreß gegründeten ,Jewish National Fund', zur Finanzierung von Bodenkauf in Palästina, nach London verlegte.

50 *Th. Herzl* (Anm. 3), Bd. I, Herzl vor der Londoner Fremden-Kommission (11. Juli 1902), 452—486, bes. 459 f.

51 *A. Bein* (Anm. 6), 534 f; *Th. Herzl* (Anm. 41), Tgb. Bd. III, 222.

52 *Th. Herzl* a.a.O. 259—308, 426; *A. Bein* a.a.O. 577—581; *J. Schoeps* (Anm. 14), 92 f.

53 *A. Bein* a.a.O. 606 f; *A. Friedemann* (Anm. 24), 92 f.

54 *Th. Herzl* (Anm. 41), Tgb. Bd. III, 411—436; *A. Bein* a.a.O. 603 f, 613.

55 *A. Bein* a.a.O. 614 f.

56 Stenographisches Protokoll der Verhandlungen des 6. Zionisten-Kongresses in Basel, 23., 24., 25., 26., 27. und 28. August 1903, Wien 1903, Eröffnungsrede Herzls, 3—11; *A. Bein* a.a.O. 619—623; *W. Laqueur* (Anm. 9), 145 f; *A. Böhm* (Anm. 19), 256, 259 f.

Der große katholische Schriftsteller Richard Kralik, schrieb sogar einen antisemitischen Text für die neue Staatshymne[25].
Diese neue Variante des christlich-sozialen Antisemitismus ließ man von Ignatz Seipel interpretieren. Nach ihm sind die Juden eine nationale Minderheit eigener Art. Ohne eigenes Land, als dessen versprengte Teile sie gelten könnten, haben sie auch kein geschlossenes Siedlungsgebiet. Sie haben eine große ,,Neigung, überall einzudringen und sich den verschiedensten Lebensverhältnissen anzupassen'', was ihm überhaupt als ihr wesentlichstes Merkmal erscheint. Die Judenfrage ist für ihn einmal eine konfessionelle Frage, die aber auf Grund der derzeitigen Toleranz gar nicht mehr so trennend wirke. Sie ist für ihn aber auch eine Klassenfrage, zumal das Judentum das Großkapital repräsentiert und eine ,,gewisse Art des Händlertums'' vertrete. Das Volk fühlt sich jedoch vom Kapital bedroht und vom jüdischen Händlertum übervorteilt. Eine mögliche Lösung der Judenfrage sieht Seipel ,,in der Anerkennung der Juden als eigene Nation'', die von vielen Juden erstrebt werde. Sie sicherte ihnen eine eigene nationale Kurie in den Vertretungskörperschaften des Staates, eigene Schulen ihrer Zahl entsprechend und die Möglichkeit, eine eigene Nationalsteuer einzuheben. Sicherlich verstünde das Ausland darunter eine ,,Ausnahmegesetzgebung''. Sie ist dies jedoch nur dann, ,,wenn das Judentum bloß eine Konfession oder eine Klasse wäre''. Bilden die Juden jedoch eine Nation, so wäre dies eine Ausnahme zu ihren Gunsten. Und monologisierend fährt Seipel weiter fort. Weil Österreich weiter im Osten gelegen sei als andere Staaten und die Juden aus den Bevölkerungsreservoiren des europäischen Ostens ständig Zuzug bekämen, müsse Österreich mehr als andere Länder auf die ,,Scheidung vom Staatsvolk'' drängen, um nicht ,,wirtschaftlich, kulturell und politisch von den Juden'' ganz beherrscht zu werden. Diese Gefahr wäre nicht so groß, wenn die Sozialdemokratie nicht so bedingungslos unter jüdischer Führung stünde. Als andere Staaten ihre Verfassungen schufen, gab es auch noch nicht die Gefahr des Bolschewismus. Die Historie aber zeige, daß ,,gerade die Juden allem Umsturz geneigt'' sind. Für ihn ist daher ,,die bolschewistische Gefahr eine jüdische Gefahr''. Wolle man ihr auf die Dauer widerstehen, dann müsse man sich gründlich von den Juden scheiden, denn die Juden seien eben ein zersetzendes Element[26]. Diese Version des Antisemitismus hat Leopold Kunschak in einen Gesetzestext

umgearbeitet, jedoch über Rat Seipels dem Parlament nicht übermittelt. Erst 1936 hat Kunschak diesen Entwurf für die neuen Rechtsverhältnisse der Juden veröffentlicht[27].

Die triste Versorgungslage gab auch 1919 den Antisemiten Anlaß genug, gegen die ostjüdischen Kriegsflüchtlinge zu hetzen. Während die Deutschnationalen verlangten, man möge ihnen die Lebensmittelkarten entziehen[28], um damit die Versorgungslage der Gesamtbevölkerung zu entlasten, forderten christlichsoziale Gemeinderäte in Wien ihre Internierung[29]. Die Hetze gegen die Ostjuden fand auch im sozialdemokratischen Lager Zustimmung, denn nur so ist der Ausweisungserlaß von Landeshauptmann Sever gegen die Kriegsflüchtlinge vom 10. September 1919 zu verstehen. Diese Order, aus reiner Opportunität erlassen, war nicht durchführbar, weil die meisten Flüchtlinge nicht in ihre Heimat zurückkonnten, sie war noch immer Kriegsgebiet, und dann auch, weil keine Züge für den Abtransport zur Verfügung standen und keine Kohle für die Züge vorhanden war. Diesen Erlaß nahmen Antisemiten für eine neue Pogromhetze zum Anlaß[30]. Sozialdemokratische Gegenveranstaltungen, mehr aus einem Unbehagen über Severs Erlaß als gegen die Hetzer, schreckten die Antisemiten vor Ausschreitungen ab[31]. Diese antisemitischen Vorfälle haben in den USA, die Österreich sehr wesentlich mit Lebensmitteln und Kohle versorgten, eine antiösterreichische Stimmung hervorgerufen[32]. Wollte man mit Hilfe und Unterstützung der USA nicht verlieren, mußte man die Hetze gegen die Ostjuden mäßigen. Die Ausweisungsorder jedoch wurde nicht aufgehoben, lediglich aufgeschoben.

Das Problem der jüdischen Kriegsflüchtlinge, rund 30.000 an der Zahl, löste sich von selbst, als im August 1920 das Optionsrecht auf Grund des Friedensvertrages von St. Germain in Kraft trat. Die in Österreich befindlichen Kriegsflüchtlinge optierten mehrheitlich für Österreich. Bei einer Rückkehr in ihre alte Heimat hätten sie von vorn beginnen müssen, ihre Heime und Häuser waren meist zerstört und Ostgalizien war zu diesem Zeitpunkt noch Kriegsgebiet[33]. Alle Optionsanträge wurden vorerst aufrecht erledigt, bis 1921 ein Entscheid des Verwaltungsgerichtshofes die Einbürgerungsverfahren blockierte. Der Entscheid legte den Artikel 80 derart aus, daß für die Option nicht die Zugehörigkeit nach Rasse oder Sprache zum Staatsvolk, sondern nach Rasse und Sprache entscheidend sei. Der antisemitische Innenminister Dr. Leopold Waber ordnete daraufhin intern an, keine Juden mehr zur Option zuzulassen. Eine weitere verwaltungsgerichtliche Entscheidung wies jedoch den Waberschen Erlaß zurück, weil in Östereich der Begriff der Rasse nach dem östereichischen Rechtslehrer Bernatzik ausgelegt wurde. Nach ihm war für Rasse lediglich das bloße Bekenntnis maßgebend, wobei darunter auch gleich Nationalität verstanden wurde[34].

Auch bei der Beschlußfassung über die Volkszählung 1923 kam es zu einem ähnlichen Vorfall. In einem Parlamentsausschuß wurden die Sozialdemokraten von den antisemitischen Großdeutschen in der Frage der Formblätter überstimmt. Neben der Volkszugehörigkeit sollte auch nach der Rasse gefragt werden. Für die Antisemiten war diese Frage nur im Sinne der antijüdischen Rassentheorien zu verstehen. Die Juden wehrten diesen diskriminierenden Anschlag geschickt ab: sie verlangten eine klare Definition des Begriffs Rasse und die konnte nur nach der Auslegung von Bernatzik gegeben werden, womit dieser scheinbare Sieg der Antisemiten zu Fall kam[35].

Sammelplatz der radikalen Antisemiten war in der Ersten Republik der 1919 gegründete Antisemitenbund, eine Vereinigung, die es sich zur Aufgabe stellte, „die deutsch-arischen Staatsbürger" zum gemeinsamen Kampf gegen die Semiten (Juden) zu sammeln[35]. Diese Vereinigung bildete bis zur Annexion Österreichs durch Hitlerdeutschland im Jahre 1938 das Zentrum der antijüdischen Aktionen und Propaganda in Österreich. Obmann war der christlichsoziale Wiener Gemeinderat Dr. Jerzabek, sein Stellvertreter war der Begründer der nationalsozialistischen Partei in Österreich Dr. Walter Riehl.

Besonders radikal wurde die Judenhetze in den Bundesländern betrieben. Im November 1919 legte der Obmann des Tiroler Antisemitenbundes, Dr. Steidle, der Tiroler Landesregierung eine Resolution vor, in der die Ausweisung aller in Tirol nicht heimatberechtigten Juden verlangt wurde[37]. In dem Buch „Die Juden im Staate Deutsch-Österreich", das der Pius-Verein in Innsbruck verlegte, wurden die Juden des Kampfes gegen das Christentum beschuldigt, weil sie angeblich den Verein Freie Schule gegründet haben sollen[38]. Hier wird sehr deutlich die Gegnerschaft zur Sozialdemokratie in Antisemitismus zum Ausdruck gebracht.

Eine andere Art des Antisemitismus war der Sommerfrischenantisemitismus. Viele Gemeinden in den Fremdenverkehrsgebieten, wie Grein und

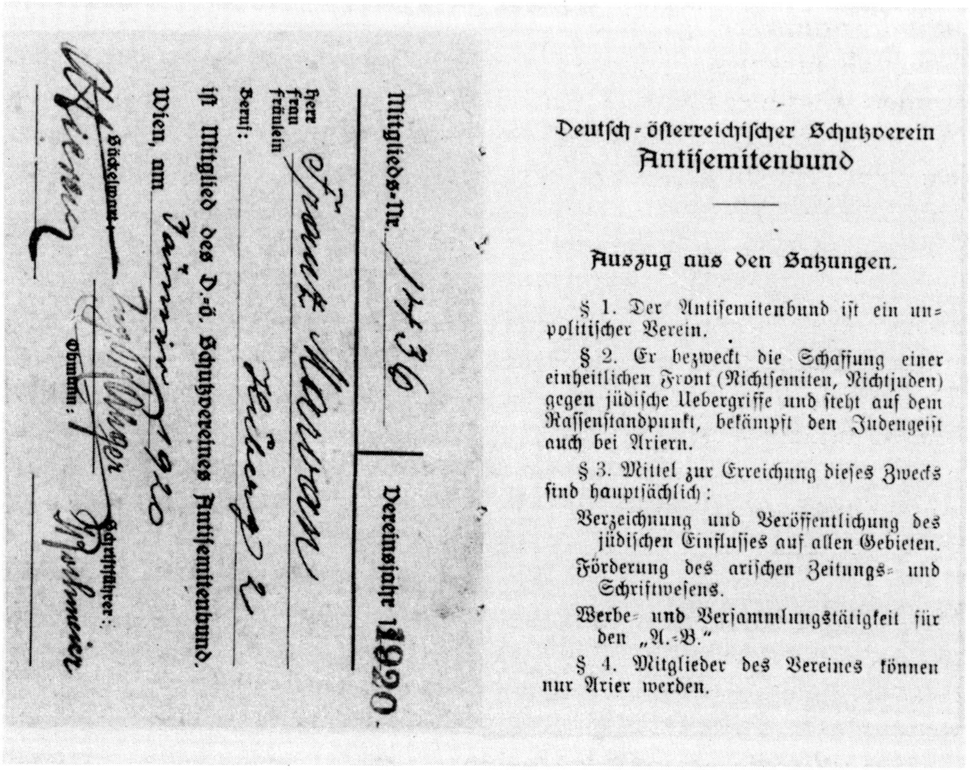

Mitglieds-Nr. 1436

Vereinsjahr 1920.

Herr / Frau / Fräulein

Beruf:

ist Mitglied des D.-ö. Schutzvereines Antisemitenbund.

Wien, am ... 1920

Säckelwart: / Schriftführer: / Obmann:

Deutsch-österreichischer Schutzverein
Antisemitenbund

Auszug aus den Satzungen.

§ 1. Der Antisemitenbund ist ein unpolitischer Verein.

§ 2. Er bezweckt die Schaffung einer einheitlichen Front (Nichtsemiten, Nichtjuden) gegen jüdische Uebergriffe und steht auf dem Rassenstandpunkt, bekämpft den Judengeist auch bei Ariern.

§ 3. Mittel zur Erreichung dieses Zwecks sind hauptsächlich:

Verzeichnung und Veröffentlichung des jüdischen Einflusses auf allen Gebieten.

Förderung des arischen Zeitungs- und Schriftwesens.

Werbe- und Versammlungstätigkeit für den „A.-B."

§ 4. Mitglieder des Vereines können nur Arier werden.

Abb. 30: Mitgliedsausweis des Antisemitenbundes mit Auszug aus den Satzungen

Mondsee, nahmen keine Juden mehr als Sommergäste auf. Trofaiach kündigte sich als Erholungsort für christliche Familien an, Pöllau bezeichnete sich als arische Sommerfrische, Eferding beschnitt den Aufenthalt für Juden auf vierundzwanzig Stunden[39]. Maria Taferl konnte da nicht nachstehen, es verbot seinen Beherbergungsbetrieben unter Androhung von Sanktionen, Juden Unterkunft zu gewähren[40].

,,Die Protokolle der Weisen von Zion'', eine grob gefälschte Dokumentensammlung, die um 1920 in Deutschland in Buchform erschienen waren[41], sorgten international für sehr viel Aufsehen und Aufregung. In Österreich jedoch fanden die Protokolle wenig Anklang. Sie gaben wohl einzelnen Antisemiten persönliche Genugtuung, aber ihr Hauptanliegen, das Aufzeigen von vermeintlichen jüdischen Weltverschwörungsplänen, brachte hier nichts Neues. Hier in Österreich waren solche Ziele des Judentums schon seit Sebastian Brunners Zeiten prophezeit und die Juden als umstürzlerisches Element, das nach Macht strebt, betrachtet worden. Und hier war H. S. Chamberlain gelesen worden, der in seinem Werk auch schon von jüdischen Eroberungsgelüsten fabuliert hatte.

Die Hochschulen waren in Österreich immer schon Hochburgen des Deutschnationalismus und Antisemitismus gewesen. Zusammenstöße zwischen Burschenschaftlern und jüdischen Studenten waren gang und gäbe. Es gab auch immer Tendenzen, die Juden von den Hochschulen abzudrängen, oder, wenn möglich, sogar zu verdrängen, zumal man eine jüdische Konkurrenz um die Posten im öffentlichen Dienst befürchtete. Sie war jedoch realiter nicht gegeben, weil man Juden zumeist aus religiösen Gründen schon abwies und sie daher als Freischaffende ihren Lebensunterhalt bestreiten mußten. Schon gegen Ende des Krieges, am 10. August 1918, erließ der Rektor der Wiener Universität die Order, Studierende aus den Kronländern Galizien und Bukowina, — hauptsächlich handelte es sich um Juden, — nur in sehr beschränktem Ausmaße zum Medizinstudium zuzulassen[42]. 1920 hinderte man jüdische Studenten an der Inskription[43] und 1922 hat der Rektor, Karl Diener, einen Abbau jüdischer Studenten gefordert, um einer ,,Levantisierung Wiens'' wenigstens an den Hochschulen Einhalt zu gebieten[44]. Zu heftigen Auseinandersetzungen kam es 1923, als die Wiener Technik den Numerus clausus für ausländische Juden einführte[45]. Der Kampf um die Erhaltung des deutschen Charakters der Universität schien gewonnen, als es gelang, den Numerus clausus versteckt in ,,Studentenordnungen'' einzubauen, die an mittelalterliche Judenordnungen erinnern. Die Gleispachsche Studentenordnung wurde am 20. März 1930 vom akademischen Senat beschlossen. Hörer gleicher Abstammung und Muttersprache sollten eine Studentennation bilden. Die Hörer, die wegen gemischter Abstammung keine Studentennation bilden können, gehörten zur gemischten Studentenschaft[46]. Diese Studentenordnung wurde vom Verfassungsgerichtshof am 20. Juni 1931 aufgehoben[47]. Unterrichtsminister Emmerich Czermak versuchte diese Studentenordnung auf dem Gesetzeswege durchzubringen, er scheiterte jedoch am Rücktritt der Regierung[48].

Auch die Sozialdemokratie bediente sich zum Zweck der Werbung des Antisemitismus, Betitelungen wie ,,Der Ostjuden-Kienböck' und der Inhalt des Artikels, in dem der spätere Finanzminister, Dr. Vik-

tor Kienböck, als Mann jüdischer Abkunft bezeichnet wurde, weil er als Rechtsvertreter in einer Zivilrechtssache für einen aus Galizien stammenden Juden wirkte, schufen Judenhaß. In einem anderen Artikel „Von den christlichsozialen ‚Antisemiten' " wird auf die jüdische Herkunft führender Persönlichkeiten der christlichsozialen Partei besonders ausführlich hingewiesen[49]. Diese Artikel bekämpfen nicht nur den politischen Gegner, sondern schufen viele antisemitische Vorurteile auch unter der sozialdemokratischen Wählerschaft. Das 1923 im Parteiverlag erschienene Büchlein „Der Judenschwindel" schwelgt in antisemitischen Klischeevorstellungen. Christlichsoziale und Großdeutsche werden als „Schutzgarde des jüdischen Kapitals" bezeichnet. Es wird darin gegen die „jüdischen Banken und Bankiers" gewettert, die zu den Gewinnern der Seipelschen Währungsreform gehören. Und immer wieder wird versucht, eine Verbindung zwischen Kapital und Juden herzustellen, dabei werden jüdische Kapitalisten prinzipiell nicht als Kapitalisten besonders stark betont, aber als Juden bezeichnet[50]. In anderen sozialdemokratischen Publikationen wird das religiöse Judentum, die Orthodoxie, ob ihres Glaubens und ihrer traditionellen Tracht verspottet. Karikaturen typisch antisemitischer Art werden sogar als Wahlplakate bei der Nationalratswahl 1923 verwendet[51].
Der Antisemitismus erfuhr eine Radikalisierung als er immer mehr ins Lager der Hakenkreuzler schlitterte. Zu Beginn des Jahres 1923 kam es in Wien zu einer Häufung von antisemitischen Veranstaltungen der Nationalsozialisten, die von den Juden mit Gegenveranstaltungen beantwortet wurden[52]. Vielleicht war es diese harte Haltung und scharfe Warnung der Juden, daß es damals nicht schon zu Ausschreitungen gekommen ist. Bei einer der antisemitischen Versammlungen sprach Hermann Esser, der glattwegs behauptete, daß 75% aller großen Wohnungen in Wien Juden gehörten und jedermann dreiviertel seines Verdienstes den ausbeuterischen jüdischen Großbanken opfern müsse. Noch wüster war eine Rede von Julius Streicher, der seiner antijüdischen Animosität freien Lauf ließ und die Frauen warnte, sich mit Juden einzulassen. Er forderte die anwesenden Frauen auf, wenn „sie ein deutsches Mädchen mit einem Juden sehen, diesem eine schallende Ohrfeige zu versetzen"[53].
Das erste Blutopfer der nationalsozialistischen Judenhetze wurde in Mai 1925 Hugo Bettauer. Er war der Herausgeber einer sehr freisinnigen Zeit-

schrift, die sich für die Aufhebung des § 144 des Strafgesetzes (Abtreibungsverbot) einsetzte. Für nationalsozialistische und katholische Kreise stellte Bettauer die Verkörperung der Pornographie dar. Der Mittelschullehrer Kaspar Hellering, ein fanatischer Nationaler, verlangte eine ,,Lynchjustiz'' gegen diesen ,,Schänder unseres Volkes''. Diesem Aufruf kam Otto Rothstock, Nationalsozialist, Anhänger mystischer Lehren und radikaler Antisemit, nach. Er erschoß Hugo Bettauer in seinem Büro. Vor Gericht verteidigte er sich damit, daß er die deutsche Nation aus seiner Lethargie herausreißen wollte, um sie zum Kampf gegen jene jüdischen Schriftsteller und Gelehrten zu führen, die alles verhöhnen, was deutsch ist. Der ganze Prozeßverlauf war eine Farce. Richter, Staatsanwalt und Verteidiger waren völkisch orientiert oder Nationalsozialisten. Die Geschworenen bejahten die Schuldfrage, bezeichneten den Angeklagten aber ,,als der Vernunft beraubt''. Rothstock wurde daher in eine Irrenanstalt überstellt und nach eineinhalb Jahren freigelassen, weil keine Geisteskrankheit festgestellt werden konnte[54].

Um 1930 nahm der Antisemitismus terroristische Formen an; er stand bereits ganz unter dem Banner der Nationalsozialisten. Hitlers ,,Mein Kampf'', Alfred Rosenbergs ,,Der Mythos des 20. Jahrhunderts'', sowie der ,,Volkskampf'' des Antisemitenbundes und ,,Der Stürmer'' Julius Streichers bildeten das Rüstzeug nicht nur der Nationalsozialisten, sondern auch vieler katholischer Antisemiten[55]. Zu den bekannten Boykottaufrufen: ,,Kauft nicht bei Juden!'' kamen zu Weihnachten auch Tränengasanschläge auf jüdische Kaufhäuser hinzu[56]. Überfälle auf jüdische Bethäuser[57], Hetzplakate ,,Wenns Judenblut vom Messer spritzt. Wer hat was dagegen?''[58] heizten die antijüdische Stimmung weiter auf. Bombenattentate folgten. Am 12. Juni 1933 wurde in Wien-Meidling der jüdische Juwelier Norbert Futterweit das Opfer eines nationalsozialistischen Bombenattentates[59].

Die Radikalisierung des gesamtes öffentlichen Lebens führte bei den Juden natürlich auch zu entsprechenden Reaktionen. Die jüdischen Frontsoldaten organisierten sich im ,,Bund jüdischer Frontkämpfer''; sie stellten zum Schutze ,,jüdischer Ehre, jüdischen Lebens, jüdischer Existenz'' eigene Formationen auf[60].

Die nationalsozialistische Rassendoktrin wurde in diesen Jahren bewußt oder unbewußt auch in den Anschauungen vieler christlichsozialer Antisemiten bemerkbar. Vielfach versuchten sie, die Nationalsozialisten an Judenhaß noch zu übertrumpfen[61]. ,,Die Judenfrage'' wurde in Österreich auch wieder stärker akzentuiert und diskutiert. Am 21. Jänner 1933 bezeichnete der Bischof von Linz, Johannes Maria Gföllner, in seinem berühmten Hirtenbrief gegen den Nationalsozialismus, die Brechung des schädlichen Einflusses des Judentums nicht nur als gutes Recht, sondern als eine ,,strenge Gewissenspflicht eines jeden überzeugten Christen''[62]. Bei der Suche nach einer Lösung der Judenfrage trat man gedanklich wieder den nationaljüdischen, jetzt zionistischen, Bestrebungen näher. Oswald Menghin, 1938 Unterrichtsminister in der Regierung Seyß-Inquart, bejahte in seinem Werk ,,Geist und Blut'' den Zionismus, da jede Aufnahme von Juden in das Deutschtum den deutschen Volkscharakter verändere. ,,Ordnung in die Judenfrage'' wollte der bereits erwähnte Emmerich Czermak mit dem Zionismus bringen[63], zumal er in der Schaffung eines Judenstaates in Palästina die Lösung der Judenfrage zu erkennen glaubte.

Die Zeit des Ständestaates

Die Regierung Dollfuß hielt sich trotz Auflösung des Parlaments streng an die Verfassung und die Bestimmungen des Friedensvertrages, indem sie in Bezug auf die Juden erklärte, sie werde ,,an den verfassungsmäßig gewährleisteten Rechten aller Staatsbürger nicht . . . rütteln lassen''[64]. Ein Jahr später gab Dollfuß dem Präsidenten der Israelitischen Kultusgemeinde Wien und Sprecher der österreichischen Juden, Dr. Desider Friedmann, die Versicherung ab, ,,daß in der neuen Verfassung keine Änderung der staatsbürgerlichen Stellung der Juden vorgenommen werde''[65]. Die Verfassung des ,,christlich-deutschen Ständestaates'' vom 1. Mai 1934 garantierte den Juden theoretisch die volle Gleichberechtigung, die jahrzehntelange Hetze gegen die Juden zeigte jedoch in der Praxis, wie sehr ,,öffentliche Stellen Juden auf wirtschaftlichem und kulturellem Gebiete benachteiligten''[66].

Unter Bundeskanzler Schuschnigg war der Antisemitismus weitgehend wirtschaftlich bestimmt. In diesen Jahren war es jeder Berufsorganisation und jedem Verein freigestellt, polemisch zur ,,Judenfrage'' Stellung zu nehmen, die zumeist in ablehnender Form erfolgte. Von staatlichen Stellen wurde nur eingeschritten, wenn es sich um eklatante Fälle von Volksverhetzung handelte[67].

Wiewohl die Kirche in Österreich den Rassenantisemitismus in einem gemeinsamen österreichischen Hirtenbrief verworfen hatte, gab es untergeordnete Stellen in der Kirche, die von rassenantisemitischer Einstellung nicht ganz frei waren.

So hatte sich z.B. Pater Georg Bichlmayr SJ, Leiter des Pauluswerkes, 1936 gegen die sofortige Zulassung von jüdischen Konvertiten zu allen Stellen auf Grund ihrer ,,bösen Erbanlagen'' ausgesprochen[68]. Alois Hudal, der Rektor der deutschen Nationalstiftung Anima in Rom, gab 1937 ,,Die Grundlagen des Nationalsozialismus'' heraus. Für ihn ist danach ,,der nationale und rassische Gedanke'' des Nationalsozialismus an sich mit dem Christentum vereinbar, solange sich diese Grunddogmen nicht ins Religiöse verschöben[69]. Die christliche Arbeiterbewegung, während der Jahre 1934—1938 zum größten Machtfaktor im Ständestaat angewachsen, hatte aus ihrem Antisemitismus nie einen Hehl gemacht. Ihre Unterscheidung zwischen ,,gläubigen'' und ,,gottentfremdeten'', zwischen ,,gearteten'' und ,,entarteten'' Juden hat sie auch nie konsequent durchgehalten. Hinter dem konfessionell motivierten Antisemitismus kam immer wieder der Rassenantisemitismus zum Vorschein. Als Beispiel sei hier Anton Orel, ein Außenseiter, aber von stärkstem Einfluß auf die katholische Arbeiterbewegung, angeführt. Er warf den Juden eine ,,angeborene Herrschsucht'' vor und meinte: In Hitlers ,,Mein Kampf'' sei nichts enthalten, was vom katholischen Standpunkt aus abzulehnen wäre[70].

Die nationalsozialistische Gewaltherrschaft

Der christlichsoziale Antisemitismus konnte die nationalsozialistische Rassendoktrin gegen die Juden nicht übertrumpfen, aber animieren, anregen und in der praktischen Durchführung vervollkommnen helfen. Die Judenhetze der Christlichsozialen, Deutschnationalen und schließlich der Nationalsozialisten hat dazu geführt, daß die österreichische Bevölkerung in der Mehrheit die antijüdischen Maßnahmen des NS-Regimes akzeptierte und vielfach sogar mit Begeisterung aufnahm. Die Juden diffamiert, erniedrigt, gedemütigt, terrorisiert, aus dem Berufsleben ausgeschaltet, von den Schulen verbannt, von der Öffentlichkeit se-

Kat. Nr. 308

Abb. 31: Wiener Juden mit Stern

pariert, schließlich auch noch mit dem „gelben Stern" gekennzeichnet und für vogelfrei erklärt, trugen ihr Schicksal mit Würde. Viele ihrer christlichen Mitbürger sahen dem allem teilnahmslos zu, manche sahen sogar weg.

In den ersten Jahren des NS-Regimes gelang es noch 125.108 österreichischen Juden zu emigrieren, wodurch sie der Vernichtung entkamen. Rund 15.000 von ihnen fielen in den von Deutschland eroberten Gebieten wieder der NS-Judenverfolgung zum Opfer und wurden in den Vernichtungslagern untergebracht. 48.504 Personen wurden von Österreich in die Vernichtungslager deportiert; 4097 österreichische Juden wurden in den Konzentrationslagern Dachau, Buchenwald, Ravensbrück und Bergen-Belsen angehalten. Von allen diesen deportierten und inhaftierten österreichischen Juden überlebten 2.142 das Inferno des Holocaust. 363 Menschen fielen der Euthanasie zum Opfer und 13.363 starben — viele darunter eines verfrühten — natürlichen Todes. 5.816 Personen jüdischer Abstammung meist in Mischehe mit arischen Gatten lebend, überstanden das NS-Regime in Österreich[71].

Es war aber doch nicht das Ende

Von den Nationalsozialisten wurde vollbracht, was die Antisemiten aller Couleurs in jahrzehntelanger Hetze vorbereiteten: Die Judenfrage in Österreich war gelöst, die Juden jedoch nicht total vernichtet. Für die Überlebenden des Holocaust war das Neubeginnen nach der Befreiung nicht leicht. Noch viel zu tief war der Judenhaß und die Aversion gegen die Juden in den Gehirnen vieler Österreicher verankert. Es dauerte Jahrzehnte, bis die österreichischen Juden und ihre österreichischen Mitbürger wieder in engeren gegenseitigen Kontakt traten.

1980 lebten in Wien 6625 Juden[72], in Gesamtösterreich rund 7000 an der Zahl. Sie stellen trotz ihrer verhältnismäßig kleinen Anzahl aber auch heute noch ein bedeutsames Element innerhalb Österreichs dar. Sie sind im wirtschaftlichen und kulturellen Leben unseres Staates integriert und tragen dazu bei, daß Österreich wieder jene Aufgabe erfüllen kann, die sich aus seiner geographischen Lage in Europa ergibt: Ein Land der Mitte, Vermittler und Mittler zwischen Ost und West zu sein.

Anmerkungen.

1 *H. Hantsch,* Geschichte Österreichs, Bd. II., Wien 1948, 310.
2 *H. Tietze,* Die Juden Wiens, Leipzig 1933, 197.
3 *E.V. Zenker,* Gesch. d. Journalistik in Österreich, Wien 1900, 49.
4 *R. Kuppe,* Lueger und seine Zeit, Wien 1933, 86.
5 *A. Diamant,* Die österreichischen Katholiken und die Erste Republik, Wien 1960, 39.
6 *W. Klopp,* Die sozialen Lehren Vogelsangs, St. Pölten 1894, 191ff.
7 Sten.Prot. d. soz.dem. Parteitages 1898, 83ff.
8 *I.A. Hellwing,* Der konfessionelle Antisemitismus im 19. Jh. in Österreich, Wien 1972, 71ff.
9 Ebenda, 187ff.
10 *P.G.J. Pulzer,* Die Entstehung des politischen Antisemitismus in Deutschland und Österreich 1867—1914, Gütersloh 1966, 148.
11 *Th. Billroth,* Über das Lehren und Lernen der medizinischen Wissenschaften an den Universitäten d. deutschen Nation, Wien 1876, 148ff. Billroth, ein hervorragender Gelehrter und wohlsituierter Arzt, ein überzeugter Liberaler und Freund vieler etablierter Juden, konnte in seinem standesbewußten Denken nicht die schwierige finanzielle Lage der galizisch-jüdischen Werkstudenten verstehen.
12 Stenograph. Parlamentsprotokolle, 10. Session, 28. April 1887, 4963ff.; 27. Mai 1887, 6245; 5. Juni 1888, 9315.
13 *K. Skalnik,* Dr. Karl Lueger, Wien 1954, 58f.; *H. Hantsch* (Anm. 1), 447.
14 *J. Scheucher,* Wien 1900, St. Pölten 1900.
15 *J. Bloch,* Erinnerungen aus meinem Leben, Wien 1922, Bd. II., 2.
16 *F. Funder,* Vom gestern ins Heute, Wien 1971, 3. Aufl., 100ff.; *E. Weinzierl-Fischer,* MIÖSTA, Bd. 14, 481ff.
17 *A. Bein,* Die Judenfrage, Stuttgart 1980, Bd. I., 228f.
18 *P.G.J. Pulzer* (Anm. 10), 197; *W. Daim,* Der Mann, der Hitler die Ideen gab, München 1958.
19 *Adolf Hitler,* Mein Kampf, München 1935; *August Kubizek,* Adolf Hitler, mein Jugendfreund, Graz 1975, 4. Aufl., 94f.
20 *Bruno Frei,* Jüdisches Elend in Wien, Wien 1920; *Manès Sperber,* Die Wasserträger Gottes, dtv-Taschenbuch 1398,München 1978, 123ff.
21 Blochs Österr. Wochenschrift, (1918), 375f; Der deutsche Volkstag, Reichspost, 16. 12. 1918, 4.
22 Studia Judaica Austriaca, Bd. 5, 73ff.
23 Reichspost, 25. 12. 1918, 1.
24 Ebenda, 15. 11. 1918, 3.
25 Das Neue Reich, 30. 1. 1919.
26 Volkswohl, (1919), Heft 2, 49ff.
27 Neue Ordnung (1936), 20ff; *A. Pelinka,* Stand oder Klasse?, Wien 1972, 297ff.

28 Wr. Morgenzeitung, 23. 3. 1919, 4.
29 ebenda, 12. 7. 1919, 4.
30 Ebenda, 11. 9. 1919, 3, 20. 9. 1919, 1; 23. 9. 1919, 4; 26. 9. 1919, 5.
31 Ebenda, 28. 9. 1919, 3; 5. 10. 1919, 1; Der Abend, 6. 10. 1919, 2.
32 Neue Freie Presse, 6. 10. 1919, 1.
33 Russisch-polnischer Krieg, April—Oktober 1930.
34 Wr. Morgenzeitung, 26. 7. 1921, 2; 28. 7. 1921, 2; 29. 7, 1921, 1; 13. 8. 1921, 1.
35 17. 1. 1923, 3; 25. 1. 1923, 2f; 11. 2. 1923, 1f.
36 Dok.Archiv d. österr. Widerstandes, 6895.
37 *F. L. Carsten,* Revolution in Mitteleuropa, Köln 1973, 211.
38 Die Juden im Staate Deutsch-Österreich, Innsbruck 1920.
39 *Jakob Ornstein,* Festschrift z. Feier d. 50-jähr. Bestandes d. Union österr. Juden, Wien 1937, 99ff; Wr. Morgenzeitung, 26. 7. 1921, 3; Dok.Archiv d. österr. Widerstandes, 12776.
40 Wr. Morgenzeitung, 10. 8. 1020, 5.
41 Studia Judaica Austriaca, Bd. 5, 52ff.
42 Blochs Österr. Wochenschrift, (1918), 626.
43 Wr. Morgenzeitung, 19. 4. 1920, 5; 5. 4. 1920, 3.
44 Studia Judaica Austriaca, Bd. 5, 94.
45 Der Morgen, 11. 12. 1922; Wr. Morgenzeitung, 6. 3. 1923, 1f; 7. 3. 1923, 1.
46 Wr. Sonn- und Montagsblatt, 19. 5. 1930.
47 Wr. Sonn- und Montagsblatt, 29. 6. 1931, 1; *Brigitte Fenz,* Volksbürgerschaft und Staatsbürgerschaft, Das Studentenrecht in Österreich 1918—1932, ungedr. phil. Diss. Univ. Wien 1977.
48 Der Morgen, 28. 12. 1931, 8.
49 *L. Spira,* Feindbild Jud. Wien 1981, 84f.
50 *C. Hinteregger,* Der Judenschwindel, Wien 1923.
51 Wr. Morgenzeitung, 17. 10. 1923, 3; ÖNB Flugschriftensammlung 1923/19, 1923/6/1, 1923/6/2.
52 Wr. Morgenzeitung, 21. 1. 1923, 2; 23. 1. 1923, 2f; 2. 3. 1923, 2; 4. 3. 1923, 1f; 15. 3. 1923, 1.
53 *F. L. Carstens,* Faschismus in Österreich, München 1978, 74f.
54 Studia Judaica Austriaca, Bd. 5, 98f.
55 Studia Judaica Austriaca, Bd. 5, 56ff.
56 ÖNB, Flugschriftensammlung. Die Stimme, 22. 12. 1932, 1.
57 Die Stimme, 6. 10. 1932, 1.
58 ÖNB, Fotosammlung 161.513 A (B) R; Studia Judaica Austriaca, Bd. 5, Bildteil; Die Stimme, 7. 4. 1932, 1.
59 Jüdische Front, 8. 7. 1933, 7; ,,Das Braunbuch'', Hakenkreuz gegen Österreich, Wien 1933.
60 Jüdische Front, 31. 10. 1931, 1.
61 *A. Pelinka,* (Anm. 27), 227f.

62 Linzer Diözesanblatt, Jänner 1933.
63 Studia Judaica Austriaca, Bd. 5, 102.
64 Jüdische Front, 8. 5. 1933.
65 Die Stimme, 4. 4. 1934, 1.
66 *S. Maderegger,* Die Juden im österr. Ständestaat, Wien 1973, 215f.
67 Ebenda, 116f.
68 Jüdische Front, 1. 4. 1936.
69 *A. Pelinka* (Anm. 27), 248.
70 Ebenda, 230f.
71 *Jonny Moser,* Die Judenverfolgung in Österreich 1938—1945, Wien 1966, 51; *ders.,* Die Verfolgung der Juden, in: Widerstand und Verfolgung in Wien, 1934—1945, Wien 1975, III., 201f.
72 Bevölkerungsstatistik der Israelitischen Kultusgemeinde Wien, 31. 12. 1979; *Jonny Moser,* Austrian Jewry 1981 *(Jehude Austria Baschana 1981),* 123—132, in: Gescher 1—2 (1981).

Abb. 32:
Bibel mit Massora figurata,
1294, Hirschenjagd.

Kat. Nr. 58

Abb. 33:
Bibel mit Massora figurata, 1294

Kat. Nr. 58

Abb. 34:
Bibel mit Massora figurata, 1294

Kat. Nr. 58

Abb. 35:
Machzor, Ulm 1345,
Kolophon

Kat. Nr. 59

אני שמוא׳ בר׳ קלונימוס הסל
הסופר כתבתי זה המחזור
לרבי אלכסנדרי בר קלונימוס
הפחו וסיימתיו ביום ד׳ [illegible]
במרחשון שנת חמשת אלפים
קו לפרט ומזרעו לא ימוש ד׳
לעולם
חזק ונתחזק היילין הסופר
מאולמא לא יזק לא היום
ולא לעולם עד שיעלה חמור
בסולם
אמן סלה

Abb. 36:
Machzor und Sammelhandschrift, 14. Jhd.
Kat. Nr. 62

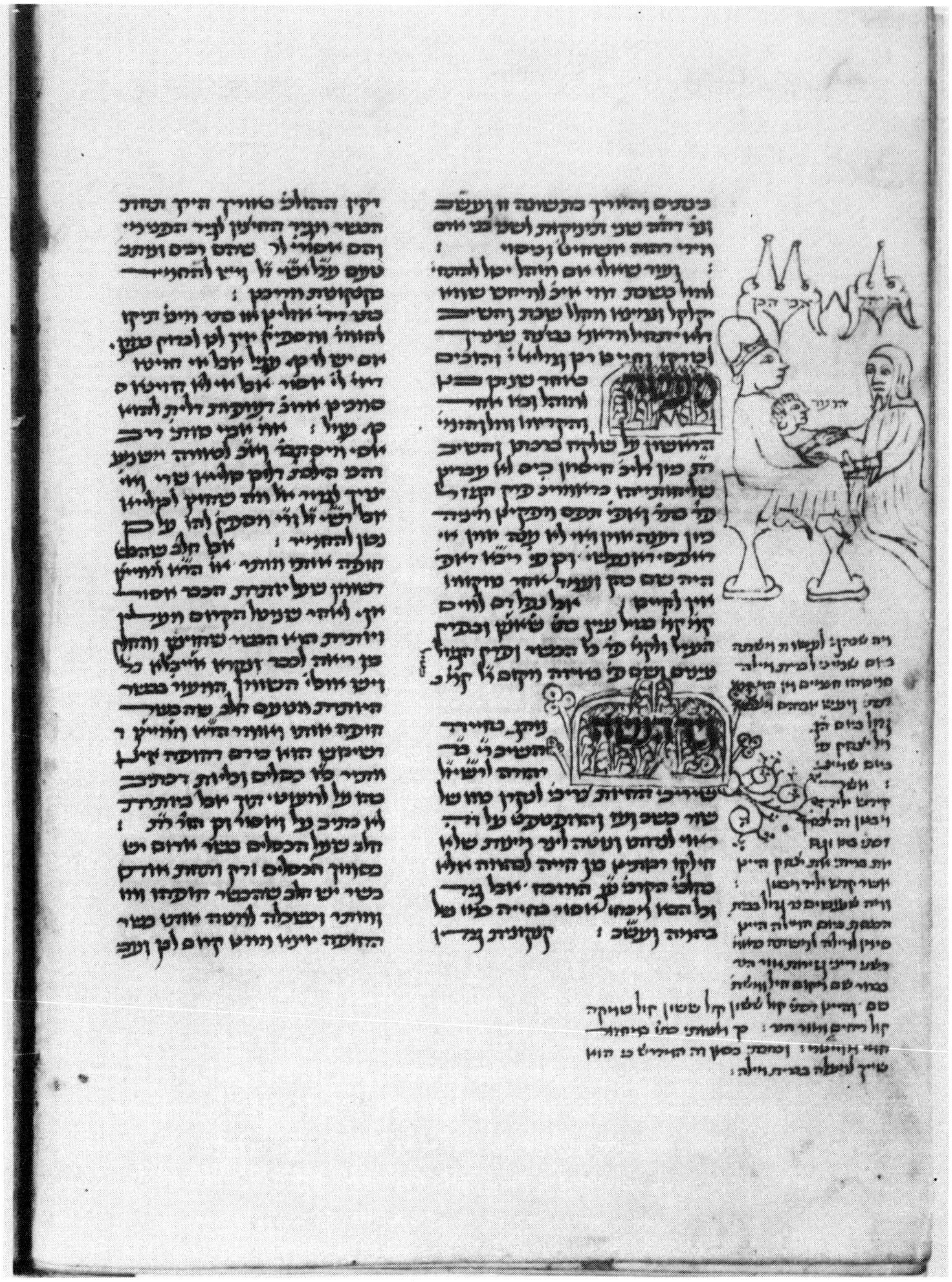

Abb. 37:
Machzor und Sammelhandschrift, Beschneidungsszene

Kat. Nr. 57

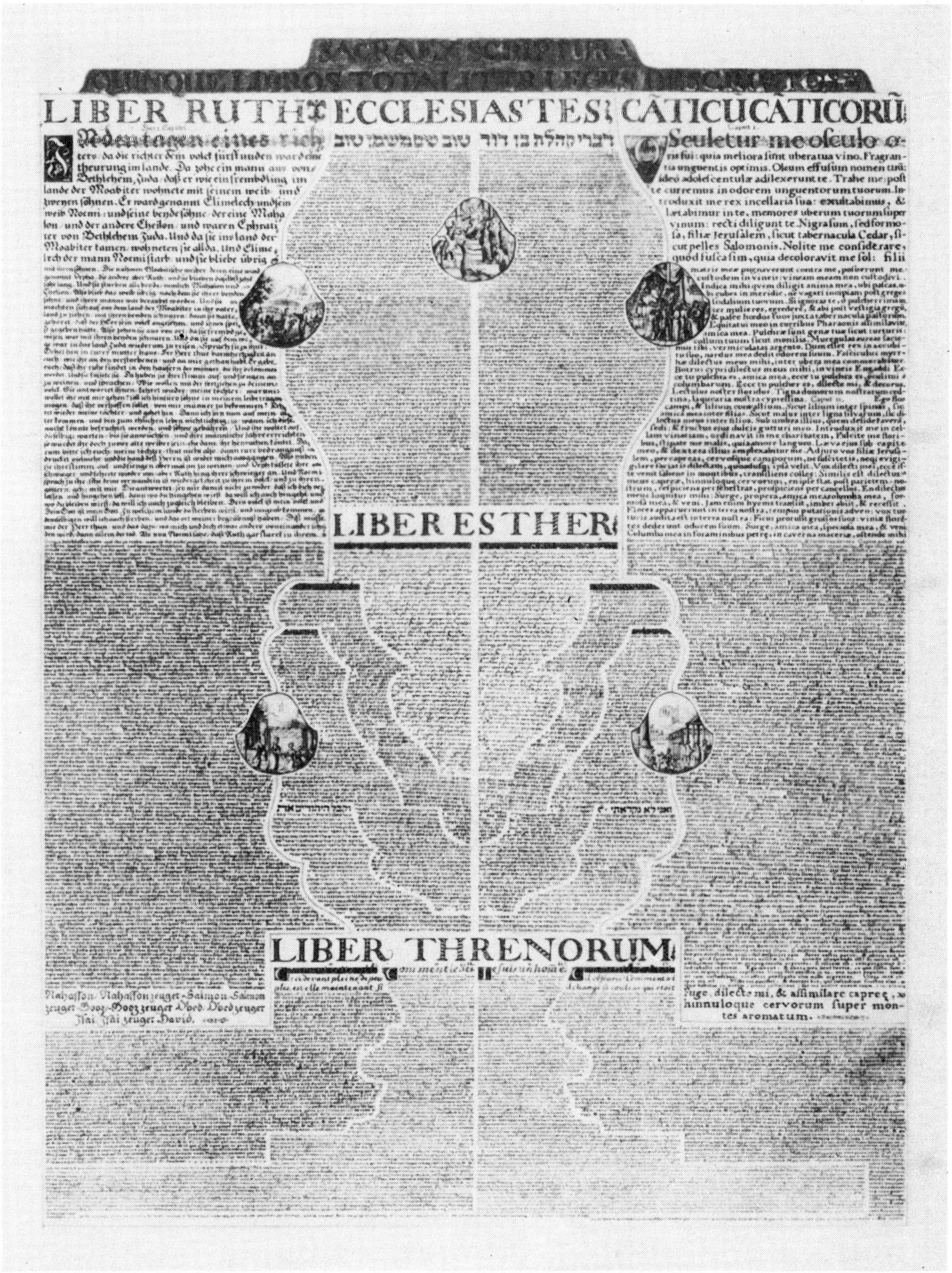

Abb. 38:
Fünf Megillot

Kat. Nr. 131

Abb. 39:
Fünf Megillot
Kat. Nr. 132

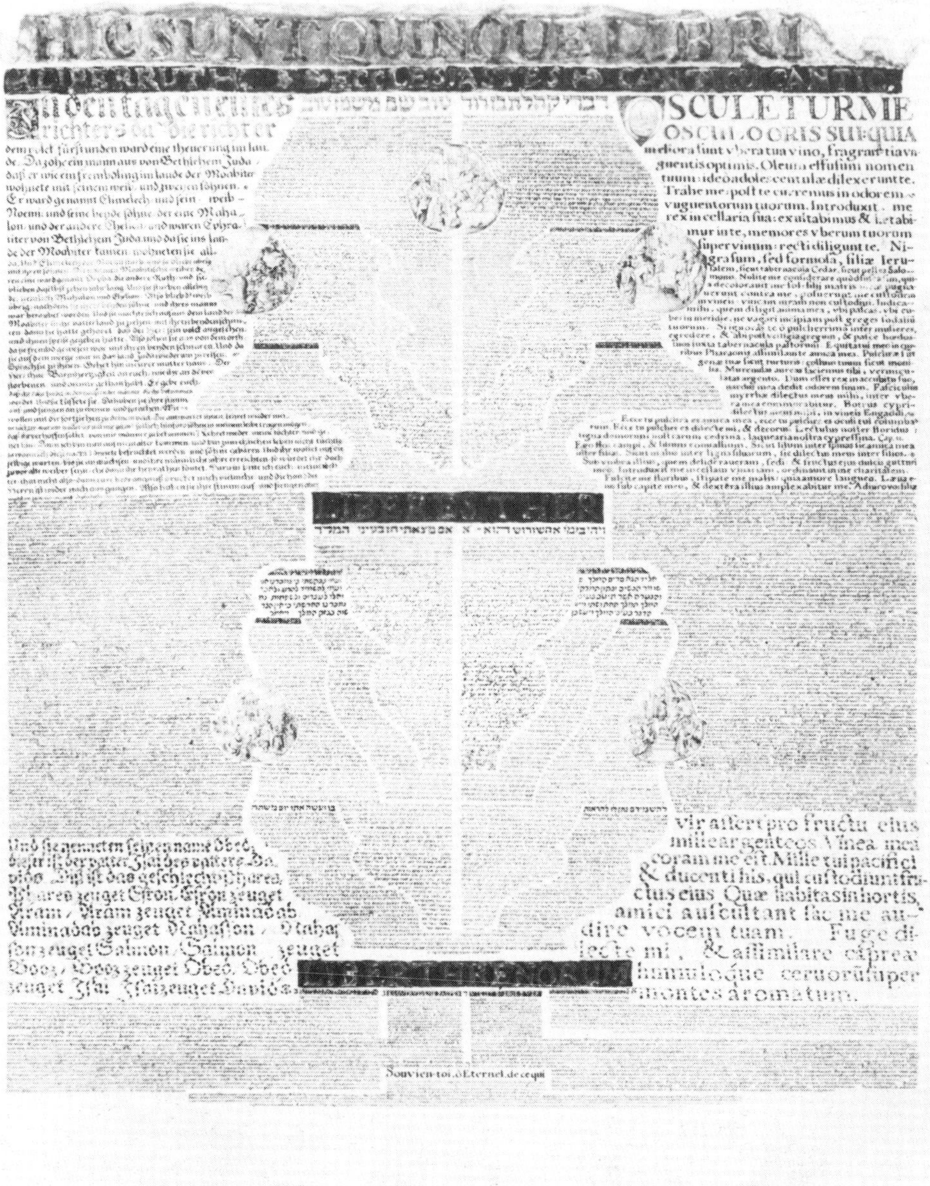

Abb. 40:
Arba'a Turim des Jakob Ascher, Schächtszene

Kat. Nr. 56

Abb. 41:
Pesach-Haggada, 1526
Kat. Nr. 74

שפך
חמתך על הגוים
אשר לא ידעוך ועל
הממלכות אשר
בשמך לא
קראו
שפך עליהם זעמך וחרון
אפך ישיגם תרדוף באף
ותשמידם מתחת שמי

פירוש צלי אש

במתי מעט

ירד להשתקע אלא לגור שם שנאמר ויאמרו אל פרעה לגור בארץ באנו כי אין מרעה לצאן אשר לעבדיך כי כבד הרעב בארץ כנען ועתה ישבו נא עבדיך בארץ גושן:

במתי מעט כמה שנאמר בשבעים נפש ירדו אבותיך מצרימה ועתה שמך ה' אלהיך ככוכבי השמים לרוב: ויהי שם לגוי גדול מלמד שהיו ישראל מצוינים שם לגוי גדול ועצום שנאמר ובני ישראל פרו וישרצו וירבו ויעצמו במאד מאד ותמלא הארץ אותם:

במתי

ויהי

Abb. 42:
Pesach-Haggada, 1629

Kat. Nr. 73

Abb. 43:
Pesach-Haggada, 1629
Kat. Nr. 73

פירוש צלי אש

ורב

ורב

וירעו

וירעו אותנו

ורב כמה שנאמר רבבה כצמח השדה נתתיך ותרבי ותגדלי ותבואי בעדי עדים שדים נכונו ושערך צמח ואת ערום ועריה: ויריעו אותנו המצרים ויענונו ויתנו עלינו עבודה קשה: וירעו אותנו המצרים כמה שנאמר הבה נתחכמה לו פן ירבה והיה כי תקראנה מלחמה ונוסף גם הוא על שונאינו ונלחם בנו ועלה מן הארץ: ויענונו כמה שנאמר למען ענותו בסבלותם ויבן ערי מסכנות לפרעה את פיתום ואת רעמסס:

ויתנו עלינו עבודה קשה

כמה

Abb. 44:
Pesach-Haggada, 1770
Kat. Nr. 136

Abb. 45:
Gebetbuch, 1720
Kat. Nr. 134

Abb. 46:
Gebetbuch, 1720
Kat. Nr. 134

Abb. 47: Richterstab und Ernennungsurkunde des Eisenstädter Judenrichters.

Kat. Nr. 81

1

Reiseroute jüdischer Kaufleute (Radaniten) nach dem Bericht des Ibn-Khordadbeh
Karte ca. 850. Bearbeitet von Erwin Moravitz.

Neben anderen Berichten über den Fernhandel der Juden zwischen dem Abendland und Indien bzw. China erlangte der Bericht des persischen Schriftstellers Ibn-Khordadbeh besondere Berühmtheit. Es heißt hier: ,,Diese Kaufleute sprechen persisch, romäisch (= griechisch), arabisch, fränkisch, spanisch und slawisch. Sie reisen vom Okzident nach dem Orient und vom Orient nach dem Okzident, bald zu Lande, bald zu Wasser. Sie bringen aus dem Okzident Eunuchen, Sklavinnen, Knaben, Seide (!), Pelzwerk und Schwerter. Sie begeben sich beim Lande der Franken aufs Meer und fahren nach Farama . . . Bei der Rückreise nehmen sie Moschus, Aloe, Kampfer, Zimt und andere Erzeugnisse des Ostens mit . . .'' Juden und Syrer waren nach der Entstehung des arabischen Weltreiches die einzigen, die als Händler die wirtschaftlich einigende Kraft des Mittelmeeres noch wahrnahmen. Allerdings war dieser Handel jahrhundertelang auf Luxusgüter beschränkt.

Lit.: *Aronius,* Regesten, 113; *Caro,* Sozial- und Wirtschaftsgeschichte der Juden, 1.

K. L.

2

Die Zollordnung von Raffelstetten (O.Ö.)
(903—906). Aus dem Lonsdorfer Codex, Bayerisches Hauptstaatsarchiv, München.

Auf einer Versammlung vornehmer Ostbayern wurden in Art eines Weistums, d.h. entsprechend den Aussagen rechtskundiger Männer über frühere Gepflogenheiten, die Zollstätten und die Höhe der Zölle festgelegt, die bei der Fahrt von Kaufleuten aus dem Slawenland nach Baiern zu beachten waren. Die zentrale Bedeutung des Donauweges ist anhand der Zollstätten nachzuweisen. Unter den Handelsgütern, welche aus dem Osten gebracht wurden, waren vor allem die Sklaven von Bedeutung, in der Gegenrichtung war Salz der wichtigste Artikel. Die Kaufleute bildeten keinen einheitlichen Stand; neben den unter besonderem Königsschutz stehenden eigens privilegierten eigentlichen Kaufleuten betätigten sich viele Juden, die auf ähnliche Privilegien verweisen konnten, aber auch Leute ohne besondere Vergünstigungen als Händler, wie aus der Bestimmung, daß genannte Zollsätze sowohl für privilegierte Kaufleute als auch für die Juden und übrigen Kaufleute *(legitimi mercatores — idem iudei et ceteri mercatores)* Geltung hätten.
Außerdem befanden sich unter den etwa 40 Weistums-Gebern auch ein *Ysac* und ein *Salaman* — dem Namen nach anscheinend Juden, die natürlich über die Zölle besonders gut Bescheid wissen mußten. Auffällig ist dabei jedoch, daß alle Genannten ausdrücklich als Edle der Gegend *(in hiis tribus comitatibus nobiles)* bezeichnet wurden, denn demnach wären dann Juden nicht nur um 900 schon im Gebiet des heutigen Oberösterreich ansässig gewesen, sondern hätten überdies zur Führungsschicht gehört.
Die Informationen, die man aus dieser Zollordnung entnehmen kann, beweisen den Wahrheitsgehalt des Berichtes von Ibn Khordadbeh (Kat. Nr. 1). In der ausgehenden Karolingerzeit durchzogen demnach Juden nicht nur als Fernhändler das Donautal, sondern waren vielleicht auch zumindest zeitweilig hier ansässig, womit man den ersten Beweis für das Auftreten von Juden im Gebiete des heutigen Österreich vor Augen hat.

Lit.: Urkundenbuch des Landes ob der Enns, Bd. 2, Nr. 39.

M. W. — K. L.

3

Die frühesten jüdischen Stützpunkte in Österreich (11./12. Jh.)
Karte. Entwurf: Markus Wenninger, Ausführung: Erwin Moravitz.

Jüdische Händler kamen nicht nur vom Westen über den Donauweg in das heutige Österreich (Kat. Nr. 2), sondern auch vom Süden her über die Alpen. Im Hinblick auf den beschwerlicheren Weg und die geringere

Besiedlung war es aber hier angebracht, eigene Stützpunkte entlang der wichtigsten Handelsrouten aufzubauen. Diese spiegeln sich zumindest zum Teil in jenen Orten wider, die heute noch den Namen ,Judendorf'' oder ähnliche Formen (Judenburg; Judenau; forum Judeorum = Judenmarkt, heute Völkermarkt; aber auch Seidolach und Seidendorf im slowenischen Gebiet Kärntens, abgeleitet vom slowen. žid = Jude) führen. Juden haben zwar dort jedenfalls nur in geringer Zahl oder gar nicht gewohnt, waren aber doch namengebend als Eigentümer dieser Güter, welche ihnen zum Pferdewechsel und zur sonstigen Versorgung dienten, wie sich aus der Lage vieler von ihnen am Beginn von Paßstraßen ergibt. Andere lagen in der Nähe alter Siedlungs- und Handelszentren, in denen sich wahrscheinlich schon früh Juden niedergelassen hatten, dienten aber sicher der gleichen Funktion. Auffällig ist, daß sich in den letzteren öfters der Friedhof der nahegelegenen Judengemeinden befand (Friesach, Villach). Die erste Nennung der meisten dieser Judenorte fällt in die Jahrzehnte um 1100, doch ist ihr Alter sicher wesentlich höher. Nach wie vor sind aber noch viele Fragen offen.

Lit.: *F. Popelka,* Der Name Judendorf in den östlichen Alpenländern und seine handelsgeschichtliche Bedeutung, Blätter f. Landeskunde 13 (1935), 57ff., *H. Klein,* Judendörfer im Salzburgischen. In: Siedlung, Wirtschaft und Kultur im Ostalpenraum. FS zum 70. Geb. von Fritz Popelka, Graz 1960. *W. Neumann:* Die Juden in Villach. In: Carinthia I 155 (1965). *W. Wadl:* Geschichte der Juden in Kärnten, im MA, Klagenfurt 1981, S. 16—21. *M. Wenninger,* Zur Geschichte der Juden in Salzburg. In: Geschichte Salzburgs. Bd. I/2, hg. v. H. Dopsch, Salzburg 1982 (in Druck).

M. W.

4

Die Verteilung der jüdischen Gemeinwesen in Österreich (13.—16. Jh.)

Karte. Entwurf: Klaus Lohrmann und Markus Wenninger, Ausführung: Erwin Moravitz.

Mit dem Aufblühen des Städtewesens im 13. Jh. kam auch eine größere Zahl von Juden in die Donau- und Alpenländer des heutigen Österreich, um sich hier auf Dauer niederzulassen. In dieser Zeit lassen sich das Donautal und die Straße von Wien nach Italien als die wichtigsten Verkehrswege nachweisen, an denen sich in den neuen städtischen Zentren Juden ansiedelten. Dem Gründungsboom der Städte folgend kamen sie im 14. Jahrhundert auch in entlegenere Gebiete. In Ober- und Niederösterreich war diese Ausbreitung aber nur von kurzer Dauer (vgl. Kat. Nr. 34): schon in der zweiten Hälfte des 14. Jh. lebten die Juden überwiegend in den großen alten Städten an der Donau und in Wiener Neustadt (damals zur Steiermark gehörig). Ähnlich war die Entwicklung in Kärnten, wo sich die Juden im späten 14. Jh. ebenfalls auf wenige große Städte zurückzogen. Dagegen kam es in der Steiermark, wo die Juden rechtlich wie wirtschaftlich günstigere Bedingungen vorfanden, gerade im 15. Jh. zu einer Blütezeit, obwohl sich auch hier der Trend zur Konzentrierung auf wenige große Gemeinden bemerkbar machte. In Tirol kamen die Juden dagegen wegen der dort wesentlich größeren Bedeutung der italienischen Bankiers nie besonders zur Geltung, wurden dafür aber auch nie aus dem gesamten Land ausgewiesen. Die meisten Judensiedlungen auf dem Boden des heutigen Österreich verschwanden schlagartig mit den Vertreibungen im 15. Jh. (Ober-und Niederösterreich 1420/21, Steiermark und Kärnten 1496, Salzburg 1498, Laibach 1515).

Lit.: Germania Judaica, Bd. 1 (bis 1238), Tübingen 1934 (Ndr. 1963); Bd. 2 (bis 1350), Tübingen 1968; Bd. 3 (bis 1519), voraussichtlich 1983/84.

K. L. — M. W.

Der erste namentlich bekannte Jude in Österreich

5

Schlom wird als Münzmeister Herzog Leopolds V. (1177—1194) erwähnt

Traditionskodex des Stiftes Formbach, fol. 114 aufgeschlagen. Tinte auf Pergament, Großoktav, 1194. München, Bayerisches Hauptstaatsarchiv, Kl.-Lit.: Formbach.

Die Ernennung Schloms zum Münzmeister erfolgte mit großer Wahrscheinlichkeit, nachdem Herzog Leopold V. 1194 50.000 Mark Silber aus der Masse des Lösegeldes für den englischen König Richard Löwenherz erhalten hatte. Schlom besaß einen Weingarten in Baumgarten am Wienfluß, um den zwischen ihm und dem Kloster ein Streit entbrannte. Als Schiedsrichter wurde der Herzog von Österreich angerufen. Die Berufung Schloms zeigt, daß die Ansiedlung der Juden in Österreich um 1200 bewußt vom Herzog gefördert wurde.
Druck: Urkundenbuch des Landes ob der Enns 1, 692, Nr. 221.

Lit.: Judentum im Mittelalter, 254, No. 2a.

K. L.

6

Wiener Pfennige

Ende 12. Jahrhundert, Wien, Kunsthistorisches Museum, Münzsammlung.

In die Zeit von Schloms Ernennung zum Münzmeister fällt auch die Errichtung der Wiener Münzstätte. Daher liegt es nahe, einen Zusammenhang zwischen beiden Ereignissen herzustellen. Bei der Ausmünzung einer großen Menge von Barrensilber ergaben sich viele währungstechnische Probleme, zu deren Lösung ein Mann mit Erfahrung und persönlichen Verbindungen notwendig war. Vor allem ging es um die Anerkennung der neuen Münze, wofür Absprachen mit den Städten, auf deren Märkten sie verwendet werden sollte, getroffen werden mußten.

K. L.

7

Schlom als Besitzer von 4 Bauplätzen in Wien

Urkunde, 266 x 296, 1204 März 30, Schwadorf. Siegel Bischof Wolfkers von Passau, Braunes Wachs. Wien, Haus-, Hof- und Staatsarchiv.

Anläßlich eines Tauschgeschäftes zwischen dem Kämmerer Gottfried und dem dem Bistum Passau unterstehenden Pfarrer von Wien, Sieghard, werden vier Bauplätze erwähnt, die links von der Synagoge *(scola Iudeorum)* lagen und früher dem Juden Schlom gehört hatten. Da man die Lage des Besitzes des Kämmerers Gottfried kennt, weiß man, daß die Synagoge an der heutigen Adresse Seitenstettengasse 2 lag. Erst Jahrzehnte später besiedelten die Juden den heutigen Judenplatz im Sinne einer Judenstadt. Die hier genannte Synagoge lag in unmittelbarer Nähe des Berghofes, in dem man die Wiener Burg als Wohnsitz des Stadtherrn vor 1160 erblickt.

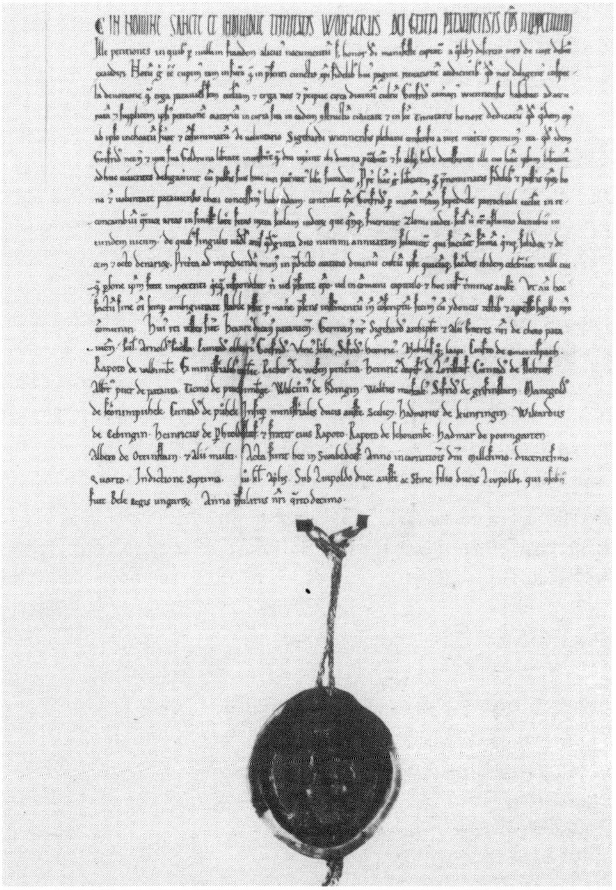

Abb. 48

Lit.: *Richard Perger,* Die Grundherren im mittelalterlichen Wien, Jahrbuch des Vereins für Geschichte der Stadt Wien, 23/25 (1967/69), 7ff.

K. L.

8

Bericht über die Ermordung des Schlom
Buch der Erinnerungen des Ephraim bar Jacob. Bodleian Library, Oxford, Ms. Heb. d. II fol. 246v.

Ephraim bar Jacob berichtet zum Jahre 1196 von der Ermordung des Rabbi Salomon und 15 anderer Juden. Salomon war Münzmeister des Herzogs von Österreich, ist also mit Schlom identisch. In seinem Haus lebten christliche und jüdische Dienstboten, von denen ein Christ ihn bestohlen hatte. Die Frau des Diebes beschwerte sich bei durchreisenden Kreuzfahrern, daß ihr Mann wegen eines Juden im Gefängnis sitze. Die Pilger erschlugen daraufhin Schlom und alle anderen Juden, die sie in seinem Haus fanden. Die Rädelsführer ließ Herzog Friedrich I. (1195—1198), als er davon erfuhr, hinrichten.

Druck: *A. Neubauer, M. Stern,* Hebräische Berichte über die Judenverfolgungen während der Kreuzzüge, Berlin 1892, 211.

K. L.

9

Hebräischer Grabstein aus Judendorf bei Friesach in Kärnten
1360, derzeitiger Standort neben der Stadtpfarrkirche Friesach.

(Hier) / liegt begraben der Herr, / der ehrbar und verläßlich war, / allemal und jeder / zeit Mordechai, / Sohn des hochehrbaren Herrn Abrech. / Am ersten des Monats / Tevet des Jahres / fünftausend und 121 nach der Zeitrechnung. / Seine Seele ruhe in Frieden.
Der Name Abrech ist nach Gn 41, 43 eine Umschreibung für Joseph in Ägypten. Ein Abrocht, Jude zu Friesach, wird urkundlich 1352 erwähnt. Ihm wird darin der Schutz des Judenfriedhofs oberhalb von Judendorf zugesichert.

Lit.: *Josef Babad,* Jüdische Grabsteine in Kärnten, Monatsschrift für Geschichte und Wissenschaft des Judentums 80 (1936), 52—57; *Wadl,* Geschichte der Juden in Kärnten, 223.

K. Sch.

10

Die Juden werden von den öffentlichen Ämtern ausgeschlossen
Eisenbuch fol. 62, 1237. Wiener Stadt- und Landesarchiv, Handschrift 1.

,,Indem wir die Pflichten eines katholischen Fürsten treu erfüllen, schließen wir die Juden von der Ausübung öffentlicher Ämter aus, damit sie nicht unter dem Vorwand des Amtes die Christen bedrücken, denn die kaiserliche Machtfülle hat von alters her zur Bestrafung des jüdischen Verbrechens den Juden immerwährende Knechtschaft auferlegt.'' Diese Bestimmung im Wiener Stadtrecht von 1237 wurde auf Wunsch der Wiener Bürger so formuliert. Da der Kaiser Friedrich II. aber nicht nur den Bürgern, sondern auch den Juden finanziell verpflichtet war, holte er zu einer langen theologisch motivierten Erklärung aus, die eigentlich an die Juden Wiens adressiert war: sein Amt hätte ihn zu dieser Maßnahme gezwungen und nicht Animosität gegen die Juden!

Lit.: *Kisch,* Forschungen, 67ff.

K. L.

11

Die Judenordnung Kaiser Friedrichs II. für Wien
Urkunde. 370 x 210, Brescia August 1238. Haus-, Hof- und Staatsarchiv, Wien.

Das älteste erhaltene Judenprivileg, das in Österreich erlassen wurde. Der Kaiser versuchte damals, alle Kräfte für das Reich zu gewinnen und die landesfürstliche Gewalt, besonders in Österreich, weitgehend zu beschneiden. Aus materiellen Gründen konzentrierte sich die Politik des Kaisers dabei auf die Städte und die Juden. (Zum Rechtsinhalt vgl. in diesem Katalog, 26 f.).
Übersetzung:
Friedrich von Gottes Gnaden römischer Kaiser, zu allen Zeiten Mehrer des Reiches, König von Jerusalem und Sizilien. Durch die vorliegende Urkunde wollen wir allen bekanntgeben, daß wir die Wiener Juden, unsere Kammerknechte, unter unseren kaiserlichen Schutz und Schirm nehmen. Ferner setzen wir fest: In ihren Häu-

sern darf niemand ohne ihre Zustimmung Quartier nehmen. Wenn aber bei ihnen gestohlene Gegenstände gefunden werden und der Jude erklärt, er hätte sie gekauft, soll er durch einen Eid nach seinem Gesetz erweisen, wieviel er gezahlt habe und diesen Betrag soll er bekommen und dem Besitzer den Gegenstand zurückgeben. Niemand soll es wagen, jüdische Knaben und Mädchen gegen ihren Willen zu taufen, wenn einer sie entweder gewaltsam gefangen hält oder heimlich verschleppt oder zur Taufe gezwungen hat, soll er zwölf Goldpfund an unsere Kammer zahlen. Wenn einer von ihnen sich aber freiwillig taufen lassen wollte, soll er drei Tage in Gewahrsam gehalten werden, damit man redlich erkenne, ob er tatsächlich um der christlichen Religion willen oder wegen eines erlittenen Unrechtes sein Gesetz im Stiche gelassen hat. Und wie einer das Gesetz seiner Väter aufgegeben hat, so soll er auch das Erbrecht verlieren. Auch soll keiner ihre fremden Dienstleute unter dem Vorwand der christlichen Religion taufen und zu eigenen Diensten verwenden. Wenn einer das ausführt, soll er den Bann, das sind drei Pfund Silber, zahlen und den Dienstmann seinem Herren zurückgeben. Wenn ein Jude gegen einen Christen oder ein Christ gegen einen Juden streitet, sollen sich beide, wie die Sache eben liegt, nach ihrem Gesetz Recht verschaffen und ihre Sache nachweisen. Und niemand soll einen Juden der Probe mit glühendem Eisen, bzw. heißem oder kaltem Wasser aussetzen, und weder Schläge widerfahren lassen noch in den Kerker werfen, sondern (der Jude) soll sich nach 40 Tagen seinem Gesetz entsprechend rechtfertigen. Durch keine Zeugen, außer durch jüdische und christliche gemeinsam, kann er in irgendeiner Angelegenheit überführt werden. In jeder Angelegenheit können sie sich an den Kaiser wenden und man gewähre ihnen Frieden. Wenn einer gegen jemand von ihnen einen Plan ausgeheckt hat oder ihnen aufgelauert hat, daß er ermordet werde, sollen beide, der Veranlasser und der Mörder zwölf Goldpfund an unsere Kammer zahlen. Wenn er ihn nicht tödlich verwundet hat, soll er ein Goldpfund bezahlen, und wäre er ein Unfreier, der ihn (den Juden) getötet oder verwundet hat, soll sein Herr die genannte Zahlung leisten, oder den Unfreien der Strafe zuführen. Und wenn die Juden selbst einen Prozeß oder irgend eine Angelegenheit unter sich auszutragen haben, so soll vor ihrem Vorsteher Recht gesprochen werden. Und wenn ein Verbrecher unter ihnen die Wahrheit einer unter ihnen geschehenen Tat verschleiern wollte, soll er vom Vorsteher gezwungen werden, die Wahrheit zu bekennen. Wenn sie aber in einer bedeutenden Angelegenheit für unschuldig befunden werden, sollen sie den kaiserlichen Frieden genießen. Außerdem können sie ihren Wein, Färbemittel und Arzneien den Christen verkaufen. Zur Erinnerung dieser Verfügung haben wir vorliegende Urkunde verfertigen und mit der Goldbulle und dem Aufdruck des Typars unserer Majestät kennzeichnen lassen. Zeugen dieser Angelegenheit sind der verehrungswürdige Patriarch von Aquileia, die Erzbischöfe von Mainz, Magdeburg und Köln, der erwählte Bischof von Lüttisch, die Bischöfe von Passau, Würzburg, Worms und Meissen, der Herzog von Kärnten, Graf Heinrich von Ascharie, Graf Gebhard von Arnstein und viele andere.

Dies geschah im Jahr des Herrn 1238, im August, in der elften Indiktion unter der Herrschaft unseres Herrn Friedrich von Gottes Gnaden römischer Kaiser, zu allen Zeiten Mehrer des Reiches, unbesiegbarer König von Jerusalem und Sizilien, im 18. Jahr seines Kaisertums, im 13. seines Königtums in Jerusalem, in Sizilien im 40. Jahr.

Übergeben bei der Belagerung von Brescia, in dem genannten Jahr, Monat und Indiktion.

Druck: *Johann Tomaschek,* Die Rechte und Freiheiten der Stadt Wien 1 (1877), 20, Nr. 8; *Klaus Lohrmann,* Tausendjähriges Wien (1982), Nr. 7.

Lit.: *Scherer,* Rechtsverhältnisse, 142ff; *Ignaz Schwarz,* Geschichte der Juden in Wien, Geschichte der Stadt Wien 5 (1913), 15ff; *Peter Csendes,* Studien zum Urkundenwesen Kaiser Friedrichs II., MIÖG 88 (1980).

K. L.

12

Die Judenordnung Herzog Friedrichs des Streitbaren für die österreichischen Länder und die Steiermark

Urkundenabschrift des 14. Jahrhunderts. Starhemberg 1244 Juli 1. Österreichische Nationalbibliothek, Series Nova, Hs. 2584, fol. 115—117.

Das Original der Urkunde ging entweder bei der Judenverfolgung 1420/21 oder zu einem späteren Zeitpunkt zugrunde. Die Judenordnung bildet eine aktuelle Ergänzung zum etwas allgemein gehaltenen kaiserlichen Privileg von 1238, bedeutet aber auch den Versuch, königliche Rechte auszuüben. Sie wurde Vorbild für eine Reihe von Judenordnungen Mittel- und Osteuropas (Zum Rechtsinhalt vgl. in diesem Katalog 29 ff.).

Übersetzung:

Wir Friedrich von Gottes Gnaden, Herzog von Oesterreich und Steiermark und Herr von Krain, allen, die diesen Brief lesen oder künftig lesen hören, unseren Gruß. Da wir das Verhältnis eines jeden, der in unserem Lande wohnt, unserer Gnade und unseres Wohlwollens teilhaftig wissen wollen, so setzen wir für alle Juden in Oesterreich folgende Rechte als unverletzlich fest:

1) Wir bestimmen daher zuerst, daß wegen Geld, beweglichem oder unbeweglichem Eigentum, oder in einer Streitsache, welche die Person oder das Eigentum eines Juden betrifft, kein Christ wider einen Juden, außer mit einem Christen und einem Juden zur Zeugenschaft zugelassen werden soll.

2) Item, wenn ein Christ einen Juden belangt, angebend, daß er ihm ein Pfand überlassen habe, und der Jude dieses in Abrede stellt, der Christ hingegen der einfachen Aussage des Juden keinen Glauben schenken wollte, so kann der Jude durch einen Eidschwur über ein von ihm vorgelegtes Aequivalent seine Behauptung erweisen und wird frei von dannen gehen.

3) Wenn ein Christ einem Juden ein Pfand überläßt, und behauptet, daß er dem Juden für eine kleinere Summe hafte, als der Jude zugibt, so wird der Jude auf die ihm verpfändete Sache schwören, und was er durch den Eidschwur erweist, das muß ihm der Christ ohne Weigerung zahlen.

4) Item, wenn ein Jude ohne Zeugen zu haben, behauptet, daß er einem Christen ein Pfand geliehen habe, und dieser es leugnet — darüber soll sich der Christ selbander durch einen Eid reinigen.

5) Item, der Jude soll unter dem Namen Pfand alles nehmen können, was ihm, und wie es immer auch genannt werden möge, verpfändet wird, ohne daß dagegen eine Einwendung gestattet wäre — ausgenommen blutbefleckte und ganz durchnäßte Gegenstände, welche er unter keiner Bedingung nehmen soll.

6) Wenn ein Christ einen Juden belangt mit der Behauptung, daß ihm das Pfand, welches der Jude inne hat, durch Diebstahl oder Gewalt entzogen worden sei, soll der Jude auf dieses Pfand schwören, er habe nicht gewußt, daß das, was er übernommen habe, durch Diebstahl oder Raub entzogen sei, und in diesem Eid soll auch die Summe aufgenommen werden, um welche ihm die Sache verpfändet worden. Ist auf diese Art der Beweis geschehen, so soll ihm der Christ sowohl das Kapital, als auch die in der Zwischenzeit angewachsenen Zinsen bezahlen.

7) Item, wenn ein Jude durch Feuersbrunst, Diebstahl oder Gewalt seine Sachen zugleich mit den verpfändeten Gegenständen verliert, und dieses offenkundig ist, so kann sich der Jude, wenn ihn der Christ, der die Sachen hergegeben hat, nichtsdestoweniger belangt, durch seinen selbsteigenen Eid befreien.

8) Item, wenn die Juden unter sich in Zwist und Streit geraten, soll sich unser Stadtrichter keine Gerichtsbarkeit über dieselben anmaßen, sondern der Herzog selbst oder dessen oberster Landeskämmerer wird darüber zu Recht sitzen. Geht aber die Klage gegen eine Person, bleibt der Fall dem Herzog allein vorbehalten.

9) Item, welcher Christ einem Juden was immer für eine Wunde beibringt, zahlt an die herzogliche Kammer 12 Mark Gold, dem Verwundeten 12 Mark Silber und alle Ausgaben, welche die ärztliche Behandlung veranlaßt hat.

10) Item, welcher Christ einen Juden tötet, soll mit dem Tode bestraft werden, und all sein bewegliches und unbewegliches Eigentum ist dem Herzog verfallen.

11) Item, welcher Christ einen Juden geschlagen hat, doch so, daß kein Blut geflossen, zahlt dem Herzog 4 Mark Gold, dem Geschlagenen 4 Mark Silber, und wenn er das Geld nicht hat, büße er die Tat mit dem Verluste seiner Hand.

12) Item, wo immer ein Jude durch unser Gebiet zieht, da soll ihn niemand hindern, noch belästigen und beschweren, sondern wenn er Waren oder andere Sachen, von denen Zoll entrichtet werden muß, mit sich führt, soll er an allen Zollstätten nur jenen Zoll zu zahlen schuldig sein, welchen ein Bürger der Stadt entrichten würde, in welcher der Jude zu dieser Zeit seinen Wohnsitz hat.

13) Item, wenn die Juden nach ihrer Sitte einen Verstorbenen aus einer Stadt, Provinz oder Herrschaft in die andere übertragen, so ist es unser Wille, daß ihnen unsere Mautner nichts abfordern. Hätte aber ein Mautner dennoch etwas erpreßt, soll dieses gleich der Totenberaubung, die im gewöhnlichen Leben „Beraub" genannt wird, bestraft werden.

14) Item, wenn ein Christ den Friedhof der Juden, aus was immer für einer bösen Absicht, zerstört oder gewalt-

tätig anfällt, so soll er von Gerichts wegen mit dem Tode bestraft werden, und all das seinige, mag es wie immer heißen, ist der herzoglichen Kammer verfallen.

15) Item, wenn jemand verwegen die Judenschulen stört, soll er dem Judenrichter 2 Talente zahlen.

16) Item, wenn ein Jude der Geldstrafe, welche „Wandel" genannt wird, verfallen ist, so soll er seinem Richter nur 12 Pfennige bezahlen.

17) Item, wenn ein Jude auf die Vorladung seines Richters das erste und das zweite Mal nicht erscheint, so zahlt er für beide Male dem Richter 4 Pfennige; erscheint er aber auf die dritte Vorladung nicht, so zahlt er dem genannten Richter 36 Pfennige.

18) Item, wenn ein Jude einen Juden verwundet, zahlt er seinem Richter zwei Pfunde als Wandel ohne alle Weigerung.

19) Ebenso setzen wir fest, daß kein Jude bei dem Talmud (Rodel) schwören soll, außer in unserer Gegenwart.

20) Item, wenn ein Jude heimlich getötet worden ist, und dessen Freunde durch Zeugenschaft nicht nachweisen können, wer ihn getötet hat, nach geschehener Untersuchung aber jemand in Verdacht zu haben anfangen, wollen wir, daß den Juden wider den Verdächtigen ein Kämpfer gestellt werde.

21) Item, welcher Christ an eine Jüdin gewaltsame Hand anlegt, dem soll die Hand abgeschlagen werden.

22) Item, der Judenrichter soll keine Streitsache, welche sich unter Juden erhoben hat, vor Gericht ziehen, außer nach geschehener Klage.

23) Item, wenn ein Christ von einem Juden das Pfand löst, ohne die Interessen zu zahlen, und wenn er diese Interessen innerhalb eines Monats nicht zahlt, so wachsen zu diesen Interessen die Interessen.

24) Auch wollen wir das Haus eines Juden mit keiner Hospitalität belasten.

25) Item, wenn ein Jude auf Besitzungen oder Briefe der Großen des Landes Geld gegeben und dieses durch ihre Briefe und Siegel bewiesen hat, so werden wir dem Juden die Besitzungen zusprechen und ihn darin gegen Gewalt verteidigen.

26) Item, wenn ein Mann oder eine Frau ein Judenkind entführen, wollen wir sie als Diebe verurteilen.

27) Item, wenn ein Jude das von einem Christen erhaltene Pfand durch den Zeitraum eines Jahres inne gehabt hat, und der Wert des Pfandes das geliehene Geld und Interesse nicht übersteigt, so zeige der Jude das Pfand seinem Richter und habe hierauf Gewalt es zu verkaufen. Wenn irgend ein Pfand über Jahr und Tag bei dem Juden geblieben ist, so ist er fürder niemand darüber verantwortlich.

28) Auch wollen wir, daß niemand sein Pfand dem Juden mit Gewalt wegnehme oder in dessen Haus Gewalt übe — er soll als Beschädiger unserer Kammer schwer bestraft werden.

29) Auch soll gegen einen Juden nirgends, als in seiner Synagoge gerichtlich verfahren werden, mit Ausnahme von uns, die wir dieselben in unsere Gegenwart laden mögen.

30) Ebenso bestimmen wir, daß auch die Juden vom Pfunde in jeder Woche nicht mehr als 8 Pfennige Interessen nehmen.

Damit aber diese unsere Gnade ewige Kraft erhalte, haben wir darüber den gegenwärtigen Brief schreiben und mit unserem Insiegel befestigen lassen. Als Zeugen waren zugegen etc. etc. Gegeben in Starhemberg nach Christi Geburt 1244 am ersten Juli.

Druck: Babenberger Urkundenbuch 2 ((1955) 283, Nr. 430.

Lit.: *Scherer,* Rechtsverhältnisse, 173—315.

K. L.

13

Judenordnung König Bélas IV. von Ungarn
Urkunde. 1251 Dezember 7.

Bis auf kleine Abweichungen stimmt die Judenordnung des ungarischen Königs mit jener Herzog Friedrichs des Streitbaren überein. Daß die Urkunde des Babenbergers eine echte Vorurkunde war, ist besonders daran gut zu erkennen, daß Béla nicht bloß die Rechtsbestimmungen übernahm, sondern auch die Arenga (Allgemeine Motivierung für die Ausstellung einer Urkunde).

Druck: Monumenta Hungariae Judaica 1, Budapest 1903, 2, Nr. 22.

K. L.

14

Kaiser Ludwig IV. verleiht den Herzogen Albrecht II. und Otto von Österreich das Recht, Juden zu halten
Urkunde. 1331 Mai 4. Haus-, Hof- und Staatsarchiv, Wien.

Abb. 49

Die Bemühungen König Rudolfs I. (1273—1291), dem deutschen König die Einnahmen aus der Judensteuer wieder zu erschließen, waren insofern erfolgreich, als auch seinen Nachfolgern das Judenregal als königliches Recht bewußt war; in der Praxis mußte es der König aber meist den Landesfürsten überlassen. Als die Habsburger selbst den deutschen König stellten, war eine eindeutige Scheidung zwischen der Ausübung des Judenregals als König oder Herzog von Österreich nicht notwendig; diese Frage wurde erst durch den Tod Friedrichs des Schönen (1314—1330), der entsprechend dem Abkommen mit Ludwig dem Baiern in seinen Ländern königliche Gewalt ausübte, wieder aktuell. 1331 wurde sie im Sinne der Herzoge geregelt: Ludwig der Bayer verbriefte ihnen im Rahmen einer allgemeinen Privilegienbestätigung das Recht, daß sie alle Vorteile aus der Ansiedlung von Juden in ihren Ländern ziehen könnten. Dieses Recht war ein Reichslehen, das bei Herrschaftswechsel erneuert werden mußte. So stellte auch Kaiser Karl IV. eine solche Urkunde für Herzog Rudolf IV. aus. Rudolf selbst hatte seinerseits die Bestimmung in die in seiner Kanzlei hergestellte Fälschung, das Privilegium maius, aufgenommen.

Lit.: *Scherer,* 361f.

K. L.

Verschlechterung des Judenrechtes

Hand in Hand mit dem sozialen Abstieg der Juden, aber auch abhängig von der allgemeinen wirtschaftlichen Entwicklung der Zeit, kam es zu einer allmählichen Minderung ihrer rechtlichen Qualität. Auslösende Faktoren waren dabei die zunehmende Konkurrenz der Christen, die Angst der Grundherren vor Überschuldung ihrer bäuerlichen Hintersassen, welche im 15. Jh. die Masse der Schuldner ausmachten, aber auch die zunehmende religiöse Unduldsamkeit und allgemeine Judenfeindschaft aller Stände.
Zu einer allgemeinen Schlechterstellung der Juden gegenüber dem Privileg Hzg. Friedrichs II. von 1244 dürfte es schon durch die dem Inhalt nach nicht überlieferte österreichische Judenordnung von 1377 gekommen sein, welche 1396 auch für die Steiermark Gültigkeit erlangte. Dazu kamen nun, meist auf Drängen der Stände, immer wieder einzelne Bestimmungen, welche die Stellung der Juden zunehmend mehr untergruben. So erhielten ebenfalls 1396 die meisten steirischen Städte (mit Ausnahme der südsteirischen) ein Privileg, daß Juden durch Pfandgeschäfte in ihren Besitz gelangte Häuser im Stadtgebiet innerhalb eines Jahres wieder verkaufen oder sonst dafür die üblichen Steuern bezahlen müßten (um den Ausfall an Stadtsteuern in Grenzen zu halten, da die Juden von diesen befreit waren), und daß Schuldbriefe der jeweiligen Stadtbürger in Zukunft vom Stadt- und vom Judenrichter besiegelt werden müßten (zur besseren Kontrolle über den städtischen Grundverkehr; s. Kat.Nr. 17). Als Kaiser Friedrich III. 1447 den Juden wieder die Ansiedlung in Graz erlaubte, erhielt er die Zustimmung der Landstände dazu nur, indem er sie von der Pflicht zum Erscheinen vor Judengerichten, welche den Juden ein besseres Recht boten als rein christlich besetzte Gerichte, befreite. 1491/92 schließlich legte er einen relativ niedrigen Maximalzins fest, verbot Zinseszinsen (theoretisch auch schon früher verboten, doch in der Praxis auf verschiedenen Umwegen immer wieder verrechnet) und befahl, daß alle Schuldbriefe in eigenen ‚Judenbüchern' eingetragen würden. Wesentlich auf die Verschlechterung des Judenrechtes wirkten sich auch die zunehmenden Eingriffe des Landesherrn in ursprünglich rein innerjüdische Belange (vgl. Kat. Nr. 46) aus.

K. L. — M. W.

Lit.: *Rosenberg,* 6 f., 23 u. 79; *Scherer,* 397 f; *D. Herzog,* Urkunden und Regesten zur Geschichte der Juden in der Steiermark, Graz 1934, Nr. 137. Siehe künftig Germania Judaica 3 unter „Graz".

15

Hinweis auf die Judenordnung vom 22. Juni 1377
Urkunde. 250 × 170, 1377 Juni 22. Wiener Stadt- und Landesarchiv. H.A.-Urk. 908.

Bürgermeister, Richter und Rat von Wien hatten eine herzogliche Judenordnung mitgesiegelt und erhielten die urkundliche Zusage, daß ihnen daraus kein Schaden erwachsen sollte. Die erwähnte Judenordnung war die erste grundsätzliche Veränderung des Judenrechtes, wie es seit Friedrich dem Streitbaren bestand. Aus späteren Bestätigungen dieser Judenordnung kann man ihren Inhalt rekonstruieren. Die Juden und ihre Habe wurden in den herzoglichen Schutz genommen. Sie konnten sich in den Ländern der Herzöge niederlassen, wo sie wollten. Die Herzöge würden den Juden beim Eintreiben ihrer Außenstände beistehen. Sie verzichteten auf die Ausstellung von ‚Tötbriefen' und auf die außerordentlichen Steuern. Anklagen gegen die Juden mußten mit

Christen und Juden nachgewiesen werden. Die Judenordnung hatte also einen pragmatischen Zug, wie das in ähnlicher Weise auch bei den Stadtrechten dieser Zeit zu beobachten ist.

K. L.

16

Privilegium für die Kinder des David Steuss

Urkunde. 1388 Juni 24, 260 × 120. Haus-, Hof- und Staatsarchiv, Wien.

Neben der allgemeinen Privilegierung der Juden kam es zunehmend häufiger vor, daß auch einzelne reiche Juden eigene Privilegien erhielten. So erfreulich das auch für die Betreffenden war, ist es doch ein Zeichen, daß das alte Judenrecht des 13. Jh. nicht mehr für den Judenschutz ausreichte. Im vorliegenden Privileg wurde den Söhnen des bekannten jüdischen Bankiers die Berechtigung erteilt, sich in allen gerichtlichen Angelegenheiten direkt an den Herzog zu wenden. Diese Bestimmung galt eigentlich schon ab 1238, inzwischen war es aber zur Ausbildung von Judengerichten gekommen, und diese oder andere sachlich zuständige Gerichte behandelten praktisch alle Fälle, während der Herzog als eigentlicher Träger der Judengerichtsbarkeit nun die zweite Instanz bildete und meist nur mehr im Berufungsverfahren tätig wurde.

Im 14. Jh. noch selten, im 15. jedoch häufiger — und deshalb vor allem für Innerösterreich von Bedeutung — kam es noch zu einer anderen Art von Sonderprivilegierungen: Manche reiche Juden erhielten (in der Praxis heißt das jedenfalls: erkauften) jetzt das Recht, zur gewöhnlichen Judensteuer, welche den Gemeinden pauschal vorgeschrieben wurde und die die Juden selbst auf die einzelnen Gemeindemitglieder aufzuteilen hatten, nur einen bestimmten relativ geringen Beitrag leisten zu müssen, oder sie wurden gegen Zahlung einer gesonderten Steuer überhaupt von den Gemeindesteuern befreit. Für die übrigen Juden war dies insoferne unangenehm, als die auf die gesamte Gemeinde geschlagenen Steuern trotzdem nicht erniedrigt wurden, sodaß auf sie nun bedeutend höhere Beträge entfielen, was zu manchen Auseinandersetzungen innerhalb der Gemeinden führte.

K. L. — M. W.

17

Der Judenrichter

Urkunde. 1379 Jänner 20, Wien, 265x120. Wiener Stadt- und Landesarchiv, H. A.-Urk. 956.

Der Judenrichter Niklas der Magseit fungiert hier als Schiedsrichter anläßlich eines Streites, der bei einem Pfandgeschäft entstanden war. Lesel der Hering, ein Wiener Bürger, hatte gegen den Juden Nekchel Klage erhoben; der Judenrichter wies diese ab und stellte hierauf für Nekchel vorliegende Urkunde aus, in der er ihm seine Rechte bestätigt.

Die seit dem Ende des 13. Jh. bezeugten Wiener Judenrichter sind nur selten in richterlicher Funktion nachzuweisen. Wie im übrigen Österreich, wo sie vor allem im frühen 14. Jh. genannt werden, fungierten sie in dieser Zeit meist als Zeugen oder Siegler, waren aber nicht bei allen Geschäften zwischen Juden und Christen, die einer Beurkundung bedurften, zur Anwesenheit verpflichtet. Sie wurden vom Herzog ernannt und stammten meist aus dem niederen Adel, später übten reiche und angesehene Bürger diese Funktion aus. Niklas Magseit war nacheinander in allen Spitzenfunktionen der Stadt tätig: Ratsherr, Grundbuchsherr, Stadtkämmerer, Judenrichter und schließlich Amtmann des Domkapitels bei St. Stephan.

Etwas anders war die Situation in der Steiermark. Zwar war der Judenrichter auch hier der häufigste Siegler von Schuldurkunden — seit 1396 mußte er an den meisten Orten dafür herangezogen werden (s. vor Kat. Nr. 15) —, doch war seine wichtigste Funktion die des Vorsitzenden im von Christen und Juden besetzten Judengericht, welchem die Rechtsprechung in zivilen Streitfällen zwischen Juden und Christen oblag. Dagegen gab es in Kärnten, Salzburg und Tirol, wo das Judenprivileg Herzog Friedrichs II. von 1244 nie Gültigkeit erlangt hatte, weder ein eigenes auch von Juden beschicktes Judengericht noch die Funktion eines Judenrichters.

Lit.: *Scherer; Leopold Sailer,* Die Wiener Ratsbürger des 14. Jh., Wien 1931 (= Studien aus dem Archiv der Stadt Wien 3/4), 342 f; *Rosenberg,* 14ff; *Wadl,* 98; *M.*

Wenninger, Zur Geschichte der Juden in Salzburg, in: Geschichte Salzburgs, Bd. I/2, hg. von H. Dopsch, Salzburg 1982 (in Druck).

K. L. — M. W.

Die Siegelfähigkeit der Juden

Siegel dienten im Mittelalter als Beglaubigungsmittel anstelle einer eigenhändigen Unterschrift. Siegelfähig waren Männer gehobener sozialer und wirtschaftlicher Position. Personen, die — aus welchen Gründen immer — kein eigenes Siegel besaßen oder zur Führung eines solchen nicht berechtigt waren, mußten einen Notar oder anderen Siegelträger um die Besiegelung ihrer schriftlichen Rechtsgeschäfte ersuchen. Für die Juden erledigte dies in erster Linie der Judenrichter (Kat.Nr. 17), wo es keinen solchen gab, der Stadtrichter oder ein anderer Mann in öffentlicher Funktion.

Manchmal kam es vor, daß auch Juden Siegel führten. Merkwürdig ist dieser Umstand insofern, als fast alle Juden schreiben (und daher auch unterschreiben) konnten und ihre Unterschrift zumindest im innerjüdischen Verkehr ebenso als Beglaubigungsmittel diente wie bei den Christen die Siegel. Die Führung eines Siegels durch Juden mag daher auch ein Erkennungszeichen für des Lesens unkundige Personen, die mit ihnen zu tun hatten, gewesen sein, vor allem war damit aber ein größeres Prestige in der christlichen Umwelt verbunden. Dieses wurde anscheinend bewußt dadurch gefördert, daß die betreffenden Juden nicht alle ihre Urkunden, sondern nur solche von größerer Bedeutung besiegelten. Die Siegel der Juden waren meist einfacher als jene der Christen.

K. L. — M. W

18

Atschim und Jacob von Regensburg besiegeln eine Quittung für Ebf. Konrad IV. von Salzburg

Urkunde. 1297 Mai 1, Regensburg. 2 angehängte Siegel (rechts jenes der Juden). Wien, HHStA, AUR.

Ebf. Konrad hatte im Zug des Ausbaus seines Territoriums im März 1297 von den bayrischen Herzögen die Herrschaft Gastein gekauft und das dazu nötige Geld von Regensburger Juden entliehen; es scheint sich dabei um einen Überbrückungskredit gehandelt zu haben, den er nur aufnahm, um die Herzöge sofort bezahlen zu können, da die Rückzahlung nicht lange auf sich warten ließ. Über einen Teil derselben stellten die Gläubiger die vorliegende Quittung aus, welche sie bemerkenswerterweise nicht hebräisch unterschrieben, sondern durch 4 Zeugen (davon 2 Juden) bestätigen ließen und überdies mit einem anscheinend gemeinsam geführten Siegel besiegelten.

Das hervorragend erhaltene und im Vergleich zu anderen Judensiegeln große (∅ ca 33 mm) und aufwendig ausgeführte Siegel zeigt in einer hebräischen Umschrift zwischen einem kleinen Halbmond und einem achtzackigen Stern einen Judenhut, von dessen Spitze ein Vogel (Adler?) abhebt.

Lit.: Geschichte Salzburgs. Bd. I/1, hg. v. H. Dopsch, Salzburg 1981.

M. W.

19

Jana von Graz quittiert die Bezahlung zweier Schuldbriefe

Urkunde. 1482 Mai 15. 215 x 175, anhängendes Siegel des Jana. Steierm. Landesarchiv Graz, Nr. 791a.

Jana quittiert hier dem Wolfgang von Stubenberg, der den Ausbau seines Besitzes und andere Ausgaben größtenteils mit jüdischen Krediten finanzierte — er war im späten 15. Jh. ihr mit Abstand größter Schuldner im Land — den Empfang von zweimal 400 Gulden, besiegelt die Quittung und bestätigt sie überdies durch seine

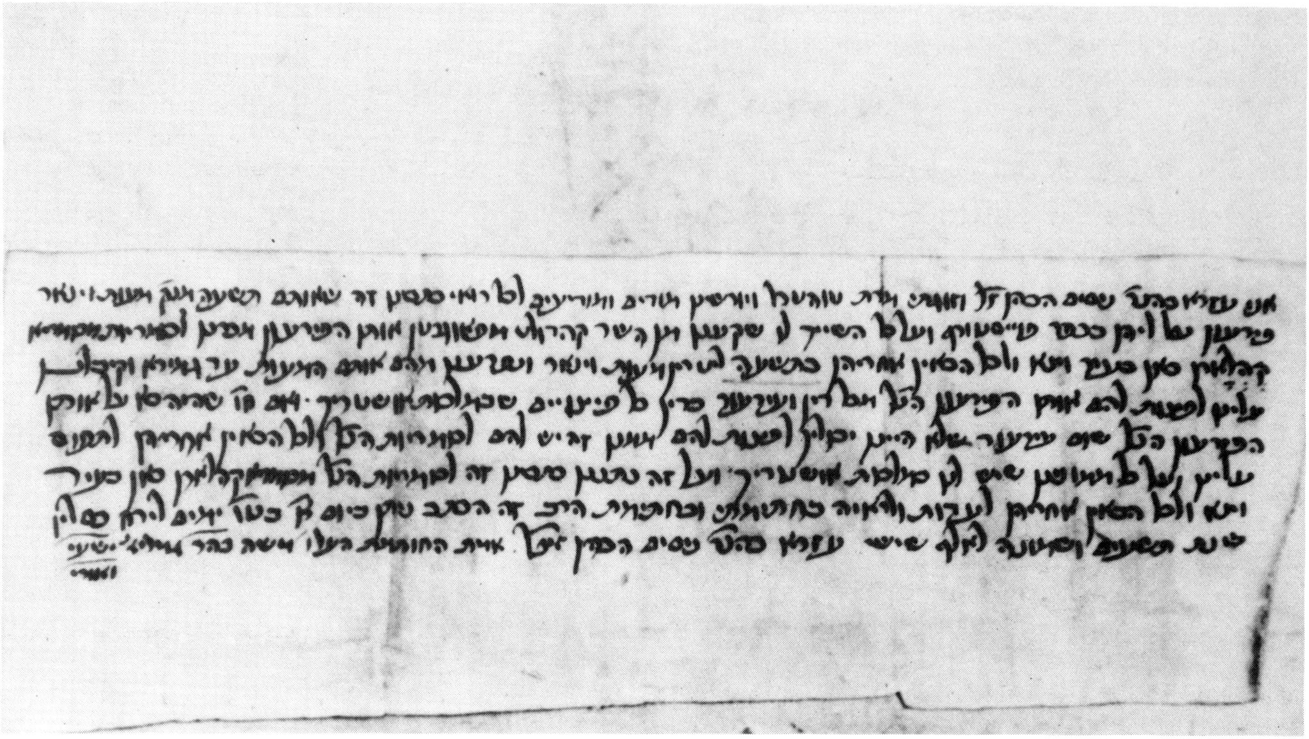

Abb. 50: Kat. Nr. 20

Unterschrift. Das Siegel ist vergleichsweise ziemlich klein (∅ 15 mm) und sehr einfach gehalten (kleiner Halbmond mit fünfzackigem Stern).

M. W.

20

Esra, Sohn des verstorbenen Rabbi Nissim, stellt eine hebräische Urkunde aus

Urkunde. 15. Kislew 5098 (= 1337, XI. 9). 205 × 70. Wien, Haus-, Hof- u. Staatsarchiv.

Im Gegensatz zu den deutschen Urkunden, die durch die Siegelbefestigung Rechtsgültigkeit erlangten, unterschrieb Esra die hebräische Urkunde und ließ die Unterschrift durch Rabbi Moses ben Rabbi Gamliel beglaubigen.

K. L.

Der Jude Teka aus Ungarn

Die Herkunft des Schlom (Kat.Nr. 5—8) ist unbekannt. Dagegen beweist das Auftreten des Juden Teka in Österreich eine Verbindung nach Ungarn. Wie groß der Anteil der aus Ungarn nach Österreich einwandernden Juden war, läßt sich heute noch nicht mit Sicherheit sagen.

21

Teka bürgt für 2000 Mark Silber anläßlich eines Friedensvertrages zwischen König Andreas II. von Ungarn (1205—1235) und Herzog Leopold VI. (1198—1230)

Urkundenabschrift. 1225 Juni 4. Stiftsarchiv Klosterneuburg, Hs. 929.

Teka war Kammergraf in Ungarn, er war für die Einziehung der Steuern (nicht der Judensteuer!) verantwortlich. Der Herzog von Österreich mußte als Kriegsentschädigung 2000 Mark bezahlen, die der Bischof von Neutra im Namen des ungarischen Königs empfing. Teka übernahm dafür eine ‚Ausfallshaftung'. Er bot sich dafür an, weil er nicht nur für Andreas II., sondern auch für Leopold VI. glaubwürdig war. Teka dehnte nämlich seine Geschäftstätigkeit auch nach Österreich aus und besaß ein Haus in Wien.

Lit.: *Scherer,* Rechtsverhältnisse, 126ff.

K. L.

22

Auf den Rat von Juden sperrt Herzog Friedrich II. (der Streitbare) die Getreideausfuhr nach Baiern

Annales Sancti Rudperti Salisburgenses, 1235. Vorau, Stiftsbibliothek cod. 151.

Der Krieg, den Friedrich der Streitbare mit Baiern führte (1234/35), fand nicht die Zustimmung des Adels und der in Österreich mächtigen Klöster. Daher schob man die Durchführung einer Wirtschaftssanktion den Einflüsterungen jüdischer Ratgeber in die Schuhe. Richtig ist, daß unter Leopold VI. und Friedrich II. am Hofe jüdische Ratgeber tätig waren.

Druck: Monumenta Germaniae historica. Scriptores 9, 786.

K. L.

23

Die Kammergrafen Lublin und Nekelo

Urkunde, 185 × 145, 1257 Februar 18, Wien. Ein Siegel, wohl jenes der Juden, beschädigt erhalten, zweites abgefallen. Wien, Haus-, Hof- und Staatsarchiv.

Lublin und Nekelo stammten aus Ungarn und waren Söhne des ungarischen Kammergrafen Henuk. König Ottokar II. bediente sich der beiden Juden als Kammergrafen in Österreich. Sie waren die ersten, die dem Kämmerer (oberster Leiter der Finanzen) die Steuern vorschossen und dann selbst bei den Steuerpflichtigen einhoben. Diese Tätigkeit war bestimmt sehr einträglich, denn schon wenige Jahre später sind Kremser und Wiener Bürger in dieser Funktion nachzuweisen.

Mögliche Abstammung Lublins und Nekelos:

Teka
I
Henuk
I

I Oltmann — I Lublin (auch Farcasius, Welven) — I Nekelo

Lateinisch: lupus (Koseform, Lublinus) — Ungarisch: Farkas, latinisiert Farcasius — Deutsch: Wölfl (Welfen).

Lit.: *Max Weltin,* Kammergut und Territorium. MÖSTA 26, 1973.

K. L.

24

Farkas, der Jude von Eisenburg, gewährt auf die Admonter Riesenbibel ein Darlehen von 70 Mark

Urkunde. 1263 Mai 22.

Der Kreditgeber war der österreichische Kammergraf Lublin (Kat.Nr. 23). Es kam öfter vor, daß wertvolle Bücher als Pfand belehnt wurden. Bei der hier genannten Bibel handelt es sich um die berühmte Admonter Riesenbibel, die auch entsprechende Hinweise auf dieses Pfandgeschäft enthält.

Druck: Monumenta Hungariae Judaica 1, Budapest 1903, 33, Nr. 25.

Lit.: *Hugo Gold,* Gedenkbuch der untergegangenen Judengemeinden des Burgenlandes, Tel Aviv 1970, 8.

K. L.

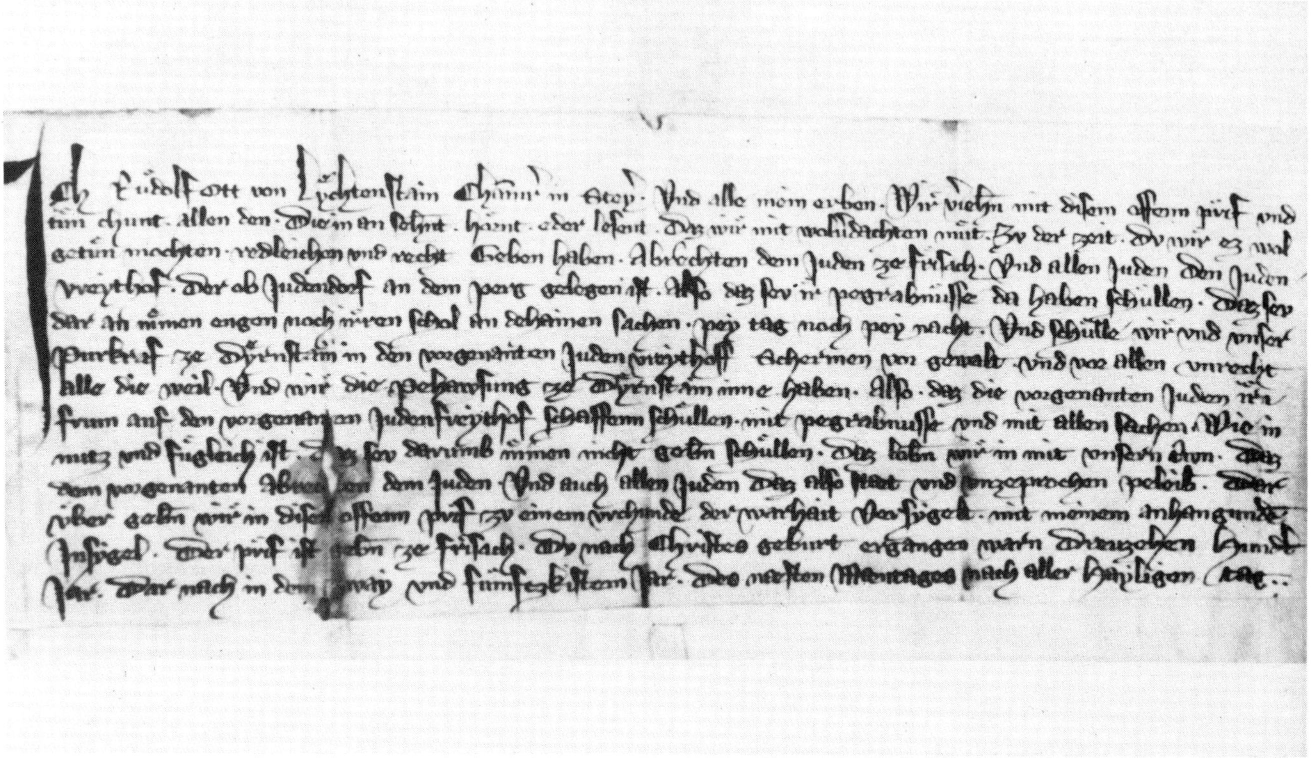

Abb. 51: Kat. Nr. 9

Illustrierte Riesenbibeln kannten die Juden im 13. Jh. auch im süddeutschen Raum und sicherlich auch in Österreich. Zwei sehr schöne Beispiele dafür befinden sich in der Bibliotheca Ambrosiana in Mailand und in der Vatikanischen Bibliothek (vgl. Kat. Nr. 58).

25a

Bibel

Milano, Bibl. Ambrosiana, B 30 inf, 1v. 453 × 345, 222 fol, 1236, von Jakob bar Schmuel geschrieben für Joseph bar Mosche aus Ulm (Kolophon 222 v).

Rechts und links vom Initialwort *bereschit* (Am Anfang / schuf Gott Himmel und Erde, Gn 1,1) Adam und Eva. In den Bögen oberhalb und unterhalb des Initialwortes Tiermuster (auch Fabeltiere) nach der Art heraldischer Motive. Adam und Eva bedecken ihre Scham mit einem Blatt. Im Unterschied zur üblichen Darstellung von Adam und Eva fehlt der ,,Baum der Erkenntnis'' mit der Paradiesesschlange. Diese befindet sich aber auf dem vorgestreckten rechten Arm der Eva, der Kopf der Schlange liegt auf Evas Handrücken auf. Diese sonderbare Darstellung kann entweder darauf zurückgehen, daß Evas Arm im Bezug auf diese Schlange den nicht vorhandenen Paradiesesbaum zu ersetzen hatte, oder auf eine rabbinische Tradition, nach der die Schlange der Eva bei der Paradiesessünde beigewohnt hätte (z.B. Jebamont 103b): ,,Rabbi Jochanan (3. Jh.) sagte: Zur Stunde, da die Schlange der Eva beiwohnte, impfte sie ihr Gift ein.'' Die Gesichter von Adam und

Eva sind mit Haaren verhangen. Sie wenden dem Beschauer den Hinterkopf zu, obwohl der Unterkörper der Eva (siehe Fußhaltung!) ganz eindeutig von der Vorderseite gezeigt wird. Im 13. Jh. vermied man im aschkenasisch-süddeutschen Raum vielfach (aber nicht durchgehend und konsequent) eine en-face Darstellung des Menschen. Man ersetzte den menschlichen Kopf entweder durch Tierköpfe (B 32 inf, 136r, siehe Nr. 25e) oder Vogelköpfe (z.B. Vogelkopfhaggada, siehe Nr. 33) oder radierte die bereits gemalten menschlichen Gesichtszüge wieder aus (z.B. B 30 inf, 56r, siehe Nr. 25b). Mit Ende des 13. Jhs. begann sich dann die bedenkenlose Darstellung des menschlichen Antlitzes durchzusetzen (z.B. Regensburger Pentateuch, Jerusalem, Israel Museum Ms 180/52, um 1300) oder es finden sich beide Formen nebeneinander (z.B. London, Brit. Libr.Add. 22413, 3r. — Bei der Darstellung der Verleihung der Tora auf dem Sinai werden die männlichen Israeliten mit menschlichem Gesicht und Judenhut, die Frauen aber mit Tierköpfen dargestellt). Es brauchte also einige Zeit, bis man die Scheu vor der Darstellung des ‚ganzen Menschen' überwand. Noch um die Mitte des 13. Jhs. heißt es bei dem Apologeten Joseph hammeqanne, daß sich das biblische Bilderverbot nur auf die Darstellung des „ganzen Menschen, an dem sich alle Körperteile befinden", bezieht (*J. Rosenthal,* Sepher Joseph Hamekane, Jerusalem 1970, 48, Nr. 29a). Eine derartige Auffassung rechtfertigte auch die Darstellung des Hinterkopfes anstelle des Gesichtes.

Lit.: Hebr. Ambr. 119.

K. Sch.

25b

Bibel

Milano, Bibl. Ambrosiana, B 30 inf, 56r, 453 × 345, 222 fol, 1236, siehe Nr. 25a.

Initiale *We'elle* (Und diese / sind die Namen der Söhne Israels, die mit Jakob nach Ägypten gekommen waren) zu Ex 1,1. Das schwer zu erklärende Bild stellt in der Mitte einen Liegenden, aufgestützt auf seine rechte Hand, dar, dessen Gesicht mit Haaren verhangen ist. Rechts von ihm ein sitzender Gekrönter, der seine Rechte abwehrend oder im heftigen Redegestus nach vor streckt. Seine Gesichtszüge wurden entfernt. Links vom Schlafenden ein Toter in einem offenen Sarg. Eine Beziehung dieser Darstellung zum Buch Exodus ist vorauszusetzen, sonst wäre sie nicht als Illustration zum Initialwort hinzugefügt worden.

Ein Deutungsversuch (Carlo Bernheimer, 2—4) versteht die Szene als Darstellung des Todes der Erstgeborenen in Ägypten. Von rechts nach links: klagender Pharao, ruhig schlafender Israelit, toter Erstgeborener.

Wahrscheinlicher aber ist eine Deutung dieser Szene in Zusammenhang mit der Josephslegende, worauf insbesondere der offene Sarg mit dem Toten in der Szene hinweist, der in der legendären Erweiterung der Josephsgeschichte in der rabbinischen Tradition eine große Rolle spielt. Der biblische Ansatzpunkt für die rabbinischen Erzählungen vom Sarg des Joseph ist Ex 13, 19: „Da nahm Moses die Gebeine des Joseph mit sich, denn dieser beschwor die Söhne Israels, indem er sagte: Gott wird euer eingedenk sein, da sollt ihr meine Gebeine von hier mit euch in (das Land Kanaan) mitnehmen." Somit also paßt eine Tradition, die den Sarg des Joseph zeigt, gut zum Buche Exodus. Im konkreten Fall bezieht sich die Illustration auch noch auf die direkt über der Initialillustration stehenden letzten beiden Verse der Genesis (Gn 50, 25, 26: „Joseph beschwor die Söhne Israels, indem er sagte: Gott wird euer eingedenk sein, da sollt ihr meine Gebeine von hier mitnehmen. Da starb Joseph im Alter von 110 Jahren; da balsamierte man ihn ein und legte ihn in einen Sarg in Ägypten") und ihre rabbinische Deutungstradition. Vgl. Tos Sota IV, 7 (Zuckermandel, 229f); Sota 13a b; Mekhilta, Beschallach 1 (Lauterbach 176—181); Mekhilta R. Sch. b. J., Beshallach (Epstein-Melamed, 45f); Tanchuma, Beschallach 2 (278—280); Ex r 20,19 (Mirqin V, 244f). Dt r 11,7 (Mirqin XI, 153f); Jalqut Tora 965; MHG, Beschallach 19 (Marguilies II, 249f); PRK XI, 12 (Mandelbaum I, 187f); T^J Ex 13, 19.

Auch die reichlich belegte rabbinische Tradition erwähnt den Wunsch des Joseph, daß seine Gebeine beim Auszug aus Ägypten in das hl. Land mitgenommen wer-

den sollten, doch die Ägypter versenkten seinen Sarg entweder im Nil oder stellten ihn, ohne ihn kenntlich gemacht zu haben, mitten unter den Königsgräbern auf, damit er nicht aus ihrem Land entfernt werden könnte. Die spanische sogenannte Sarajevo-Haggada aus dem 14. Jh. stellt auf S. 20 oben dar, wie die Ägypter den Sarg des Joseph im Nil versenkten. Moses konnte dann nur mittels einer Beschwörung den Sarg des Joseph zum Auftauchen aus dem Nil bringen oder ihn unter den Königsgräbern identifizieren, nachdem er sich aufgrund der Beschwörung durch Wackeln zu erkennen gegeben hatte. In der spanischen Pesach-Haggada der British Library Or 2737, 84r, ebenfalls aus dem 14. Jh., werden die Israeliten gezeigt, wie sie den Sarg des Joseph mit sich tragen.
Das Bild stellt also in der Mitte den sterbenden Joseph dar, links ist der in Totentücher gehüllte (einbalsamierte) Joseph und rechts der Pharao, der durch seinen heftigen und abwehrenden Sprechgestus zum Ausdruck bringt, daß er einer Entfernung des Leichnams des Joseph aus Ägypten nicht die Zustimmung erteilt. (In der schon erwähnten Sarajevo-Haggada ist dann die nächste Szene, die Versenkung des Sarges des Joseph im Nil, in Or 2737 die darauf folgende Szene, die Mitnahme von Josephs Sarg, dargestellt). Die Szene paßt also bestens als Übergang vom Buch Genesis zum Buch Exodus.

Lit.: *Carlo Bernheimer,* Codices Hebraicae della Biblioteca Ambrosiana Firenze 1932, 2—4; *Valeria Antoniolli Mortelli e Luisa Mortara Ottolenghi,* Manoscritti Biblici Ebraici Decorati, Milano o.J., 68f; Hebr. ambr. 19ff.

K. Sch.

25c

Bibel

Milano, Bibl. Ambrosiana, B 31 inf, 136r. 446 × 340, 208 fol, 13. Jh., Deutschland, ohne Datumsangabe.

Wajehi: Initialwort zum Text des Propheten Ezechiel. Auf blauem, rotem und grünem Feld drei geflügelte Engel mit Tierköpfen. Zwischen dem linken und dem mittleren Engel ein viertes Tier, vierbeinig und ohne Flügel, offenbar ein Löwe. Wahrscheinlich sollen die geflügelten Wesen und das vierte Tier die vier Tiere der himmlichen Merkabha-Sphäre laut Ez 1,5ff darstellen. Zu den Tieren der Merkabha-Sphäre und zu den Tierköpfen vgl. B 32 inf 135v (siehe Nr. 25d und e).

Lit.: Hebr.Ambr. 122.

K. Sch.

25d

Bibel

Milano, Bibl. Ambrosiana, B 32 inf, 135v. 445 x 343, 136 fol, 13. Jh. Deutschland, ohne Datumsangabe.

In der Mitte sind sechs durch je verschiedene Farben unterschiedene konzentrische Kreise, die ein blaues Mittelfeld umgeben, in dem sich Sonne, Mond und 15 Sterne befinden. Die 15 Sterne sind vielleicht ein Hinweis auf Gott, da die Zahl 15 der mystischen Zahlensymbolik nach der Kurzform des Gottesnamens entspricht. Sowohl die strahlende Sonne als auch der Mond haben menschliche Gesichter. In den vier Ecken stehen die vier Wesen von Ez 1: Löwe, Stier, Adler und — anstelle des Menschen — ein Vogel/Hahn. Die sechs konzentrischen Kreise mit dem blauen Mittelfeld stellen ohne jeden Zweifel die sieben Himmel — entsprechend den jüdischen Merkabha-Spekulationen — dar, durch die der Mystiker bis zur Schau der Herrlichkeit Gottes vorzudringen vermeint. Die vier Tiere in den Ecken sind dadurch bedingt, daß das erste Kapitel des Propheten Ezechiel mit seinen Angaben über den himmlischen ‚Thronwagen' *(merkabha)* den Ansatzpunkt für mystische Traditionen über den Aufstieg zum Thron Gottes bot (vgl. u.a. *G. Scholem,* Die jüdische Mystik in ihren Hauptströmungen, Zürich 1957, 43—127).

Lit.: Hebr. Ambr. 123f; Judentum MA, 214f.

K. Sch.

25e

Bibel

Milano, Bibl. Ambrosiana, B 32 inf, 136r, 445 × 343, 136 fol, 13. Jh. Deutschland, ohne Datumsangabe.

Messianische Szenen am Ende des dritten Bandes der ambrosianischen Bibel. Oben: Die Tiere der messianischen Zeit, der Vogel Ziz, Behemot und Liwjatan. Behemot und Liwjatan sollen sich in der messianischen Zeit selbst gegenseitig töten, um so Speise für die Gerechten werden zu können (z.B. Lv r 13,3, Mirqin VII, 140). Unten ist dann das messianische Gastmahl der Gerechten selbst dargestellt, wobei alle menschlichen Gestalten Tierköpfe haben, was in der Scheu der Darstellung eines ganzen Menschen in seiner üblichen Gestalt seinen Ursprung haben dürfte (vgl. B 30 inf, 1v, siehe Nr. 25a). Die Gerechten sitzen mit Kronen auf ihren Häuptern vor einem reichlich gedeckten Tisch und werden durch Tafelmusik unterhalten. Das entspricht dem ‚Alphabet des Rabbi Akiba', einem Midrasch aus dem 3. Viertel des ersten Jahrtausends (*A. Jellinek,* Bet ha-Midrasch, Jerusalem ³1967, III, 12—64, bes. 34; *A. Wertheimer,* Bate Midraschot, Jerusalem 1955, II, 333—418, bes. 375).

Lit.: *J. Gutmann,* Leviathan, Behemoth and Ziz: Jewish Messianic Symbols in Art, HUCA 39 (1968), 219—230; *ders.,* When the Kingdom Comes: Messianic Themes in Mediaeval Jewish Art, Art Journal 27 (1967/68), 168—175; Hebr. Ambr. 124; Judentum MA 213—215 (daselbst weitere Quellen- und Literaturhinweise); *Lois Drewer,* Leviathan, Behemoth and Ziz: A Christian Adoption, Journal of the Warburg and Courtauld Institutes, 44 (1981), 148—156.

K. Sch.

26

Die Wiener Provinzialsynode in St. Stephan

10.—12. Mai 1267, Aufzeichnungen der Bestimmungen über die Juden in der Continuatio Vindobonensis. Österreichische Nationalbibliothek, Wien, cod. 352.

Die Synoden der damaligen Zeit dienten vor allem der Verbreitung des neuen Dekretalenrechts (neu kanonisierte kirchliche Rechtssammlungen). In den Canones 15—17 der Wiener Provinzialsynode ist von den Juden die Rede. Grundlage waren die Bestimmungen des Laterankonzils von 1215. An der Spitze stand die Durchführung der Kleiderordnung, die die Juden vor allem zum Tragen des gehörnten Hutes, eines Bestandteiles der alten aschkenasischen Tracht, verpflichtete. Der Landesherr sollte die Übertretung der Anordnung mit einer Geldbuße belegen. Dem Pfarrer des Pfarrsprengels, in dem sie wohnten, sollten sie nach dem Ermessen des Bischofs die diesem entgehenden Gebühren ersetzen. Wohnten nämlich Christen anstelle eines Juden, bezöge der Pfarrer Gebühren für Taufe, Begräbnis und Hochzeit (Stolgebühren). Außerdem wurden die Juden verpflichtet, den Zehent für die in ihrem Besitz befindlichen Äcker zu leisten. Juden sollten keine christlichen Bäder und Wirtshäuser besuchen, keine christlichen Mägde und Knechte anstellen und keine Ämter im Dienste des Herzogs ausüben. Unter Strafe wurde sexueller Verkehr zwischen Christen und Juden gestellt.

Die Christen durften mit keinem Juden geselligen Umgang pflegen und sollten keine Lebensmittel bei Juden kaufen, da sie sonst vergiftet werden könnten. Auch die Geschäftstätigkeit zwischen Christen und Juden sollte möglichst hintangehalten werden. Bei Prozessionen sollten sich die Juden in ihre Häuser zurückziehen, ebenso am Karfreitag (diese Bestimmung ist bereits im 5. Jahrhundert nachzuweisen). Mit einfachen Leuten durften die Juden nicht über den Glauben diskutieren; natürlich war es ihnen auch untersagt, etwas zu unternehmen, um einen Christen zum Judentum zu bekehren. Bischöfe und Landesfürst wurden zur strengen Überwachung dieser Bestimmungen verhalten. Manche dieser Bestimmungen gewann erst später an praktischer Bedeutung, im Augenblick waren die landesfürstlichen Interessen aber stärker. Auswirkungen waren aber insofern gegeben, als die Juden noch stärker als früher auf den Schutz des Landesherrn angewiesen waren, und das hatte Folgen: Damit waren sie wirtschaftlich, sozial und persönlich noch mehr als bisher dem Gutdünken des Schutzherrn ausgeliefert. Das mußte gefährlich werden, wenn dieser seinen politischen Willen nicht mehr unwidersprochen durchsetzen konnte.

Druck: Monumenta Germaniae Historica, Scriptores 9, 702.

Lit.: *Scherer,* Rechtsverhältnisse, 316ff.

K. L.

Abb. 52

27

Darstellung eines Juden in mittelalterlicher Kleidung
Initiale der Basileios-Vita im Magnum legendarium Austriacum. Codex Zwettl. 13, fol. 4. Zwettl, Stiftsbibliothek.

Die Darstellung stammt aus dem 13. Jahrhundert, also aus der Zeit des Vierten Laterankonzils oder etwas später. Sie bezieht sich auf den Text, welcher schildert, wie Basileios eine jüdische Familie zum Christentum bekehrte. Der Jude ist typisierend mit dem Judenhut abgebildet. Ob die sonstige Gewandung genau dem zeitgenössischen Stil entspricht, ist nicht mit letzter Sicherheit zu entscheiden.

Lit.: Kuenringer-Katalog 1981, 123; *Alphons Lhotsky,* Quellenkunde zur mittelalterlichen Geschichte Österreichs (MIÖG Erg.-Bd. 19, 1963), 220f.

K. L.

28

Judenordnung König Ottokars II. 1268
Beginn der Urkunde. Österr. Nat. Bibl. cod. 2988.

Obwohl König Ottokar den österreichischen Juden bereits zwei Privilegien ausgestellt hatte, wiederholte er die Bestimmungen im Jahre 1268. Es ist nicht unwahrscheinlich, daß diese Urkunde eine Reaktion auf das Provinzialkonzil von 1267 (vgl. Kat. Nr. 26) war.

Lit.: *Aronius,* Nr. 731.

K. L.

Die Juden verlieren das Recht, Waffen zu führen

Die Waffenfähigkeit der Juden und der allmähliche Verlust dieses Rechtes ist eine der wichtigsten Erscheinungen in der Entwicklung des Judenrechtes, aber auch eine der kompliziertesten. Die seit der Karolingerzeit gegebene gute soziale Position der Juden schloß auch das Recht zum Tragen von Waffen ein. Durch den besonderen Königsfrieden, unter den die Juden seit 1103 nach den Bestimmungen des Mainzer Reichslandfriedens gestellt waren, kam eine Diskussion in Gang, ob die Juden diesen Schutz auch noch genossen, wenn sie bewaffnet waren. Im Sachsenspiegel (entstanden zwischen 1215 und 1235, vielleicht 1221—1224) löste man das Problem, indem nur dem unbewaffneten Juden der volle Königsschutz zugebilligt wurde. Führte er Waffen, erfreute er sich nur des einfachen Friedens für einen gewöhnlichen Laien.

K. L.

29

Darstellung eines berittenen und bewaffneten Juden im Sachsenspiegel

Heidelberger Bilderhandschrift des Sachsenspiegels. Heidelberg, Universitätsbibliothek Cod. Palat. Germ. 164.

Hier wurden ein Priester und ein Jude nebeneinander abgebildet. Sie sitzen auf Reisepferden und tragen Schwerter. Dazu heißt es im Text: *Paphen unde joden de wâfen vûrent unde (paphen de) nicht geschoren ne sint nâch irme rechte, dût men ine gewalt, men sol ine bezzeren alse eynen leyen, went se ne sollen nich eine wâphene vûren, die mit des kuniges tagelekes vrede begripphen sîn.*

Schon zu Beginn des 14. Jahrhunderts erklärte man in einer Glosse zum Sachsenspiegel, daß diese Bestimmung den Priestern zur Ehre, den Juden aber zur Schande gereiche. Am Ende des Jahrhunderts entfiel die Darstellung des bewaffneten Juden in den Handschriften des Sachsenspiegels, d.h. ein bewaffneter Jude war weitgehend undenkbar geworden.

Lit.: *Kisch,* Forschungen; *Karl von Amira,* Die Dresdner Bilderhandschrift des Sachsenspiegels 2. Band, 1925; *Walter Koschorrek,* Der Sachsenspiegel in Bildern, 1977. Dort ausführliche Literaturangaben.

K. L.

Befreiung von Schulden durch den Herzog (Tötbriefe)

Der Rechtsstatus der Juden als Kammerknechte, d.h. als persönliches Eigentum des betreffenden Fürsten, gab dem Inhaber des Judenregals die Möglichkeit, in ihre Kreditgeschäfte willkürlich einzugreifen. In Österreich geschah dies seit Beginn des 14. Jhs. in einzelnen Fällen. Eine Vorstufe zu diesen Tötbriefen bildet die folgende Urkunde:

30

König Friedrich d. Schöne (1314—1330) befreit das Wiener Schottenkloster von einer Bürgschaft für einen Wiener Bürger

Urkunde. 1310 Juni 15. Archiv des Schottenklosters, Wien.

Die drei St. Pöltener Juden Sueslin, Abraham und Paltram hatten dem Wiener Bürger Nikolaus von Hoya 300 Pfund Wiener Pfennige gegen Verpfändung einiger Weingärten, für die das Schottenkloster eine Bürgschaft übernahm, geliehen. Als Nikolaus zahlungsunfähig wurde und sich auch am Aufstand gegen Friedrich d. Schönen beteiligte, befreite der König das Kloster von seinen Verpflichtungen gegenüber den Juden, welche wahrscheinlich den finanziellen Schaden zu tragen hatten. Immerhin ist in diesem Fall noch keine echte Willkür nachzuweisen, da der König den Juden ihren Schaden durch Steuererleichterungen teilweise ersetzen konnte, wie dies bei anderer Gelegenheit nachgewiesen ist.

Nach der Mitte des 14. Jhs. versuchte die Obrigkeit, die durch die Pest verursachten Bevölkerungs- und damit auch Steuerverluste durch einen verstärkten Zugriff auf die einzelnen Untertanen auszugleichen. Davon waren anscheinend auch die Juden betroffen, denn gerade von den reichsten versuchten nun einige, sich der herzoglichen Gewalt durch Flucht unter einen anderen Territorialherrn zu entziehen. Herzog Rudolf IV. beantwortete dies in jedem Fall mit der Tötung (= Kraftloserklärung) aller Forderungen der betreffenden Juden an seine Untertanen. In der Folge kam die Flucht von Juden auch kaum mehr vor.

Herzog Albrecht III. führte anstelle finanzieller Zuwendungen an bestimmte Personen öfters zu ihren Gunsten willkürliche Schuldtötungen durch. Später wurden diese Maßnahmen seltener, da sich die Ansicht durchgesetzt zu haben scheint, daß sie die wirtschaftliche Substanz der betroffenen Juden zu sehr schädigten. Im 15. Jh., vor allem unter Kaiser Friedrich III., wurden sie im wesentlichen durch Sondersteuern auf einzelne Gemeinden zugunsten von Gläubigern des Kaisers ersetzt.

Lit.: *Scherer,* Rechtsverhältnisse; *Wadl,* Geschichte der Juden in Kärnten.

K. L. — M. W.

31

Die Herzöge Wilhelm und Albrecht IV. stellen zugunsten des Hans von Ebersdorf einen Tötbrief aus

Urkunde. 1400. Niederösterr. Landesarchiv. UK. Nr. 2000

Als Ulrich von Ebersdorf 1400 starb, versammelte sein Sohn Hans die Gläubiger seines Vaters in den Synagogen von Wien, Wiener Neustadt und Krems zur Berufung von Brief und Siegel (d.h. er ließ öffentlich verlautbaren, daß er die Schulden seines Vaters begleichen wolle; die Gläubiger hatten dann ihre Forderungen innerhalb einer bestimmten Zeit anzumelden, wenn sie ihrer nicht verlustig gehen wollten) und suchte dann um Schuldentötung an. Diese wurde gewährt, da es sich die Herzöge nicht leisten konnten, der finanziellen und damit auch ‚militärischen' Schwächung einer Familie zuzusehen, die zu den Stützen der landesfürstlichen Politik zählte.

K. L.

32

Friedrich der Schöne und die Judensteuer

Urkunde. 240 × 120, 1328 Mai 11. Haus-, Hof- und Staatsarchiv.

In einem Prozeß zwischen dem Abt von Admont und dem Juden Puezlein wurden letzterem 300 Mark zugesprochen. Er erhielt nicht das Geld, sondern wurde drei Jahre lang von der Judensteuer befreit. Während der Regierungszeit Friedrichs des Schönen (1314—1330) wurde erstmals das Einheben der Judensteuer in Österreich regelmäßig durchgeführt.

Regest: Quellen zur Geschichte der Stadt Wien, 1. Abteilung, 3. Band Wien 1897, Nr. 2981.

K. L.

33

Pesach-Haggada

Spätes 13. Jh. Süddeutschland, Jerusalem, Israel Museum, 180/5, 24v.

Sogenannte Vogelkopf-Haggada. So genannt, weil menschliche Köpfe durch Vogelköpfe mit Adlerschnäbeln ersetzt sind, vgl. Nr. 25a. Der Schreiber hieß, wie aus der Verzierung des Wortes *munachim* in der letzten Zeile von fol 11r hervorgeht, Menachem. Die Ägypter, die die Israeliten bis zum Schilfmeer verfolgten, haben teilweise angedeutete menschliche Gesichter. Das Gesicht des Pharao wurde ausradiert. Auffällig ist, daß sich zweimal eine Darstellung des Reichsadlers findet: Auf der Standarte links vor dem Pharao und auf dem Troßwagen rechts. Das dürfte eine Anspielung auf die Verhaftung des berühmten talmudischen Gelehrten Meir ben Baruch aus Rothenburg durch Rudolf von Habsburg sein. Während des Interregnums war das Judenregal praktisch in der Hand der Landesfürsten. Rudolf war nun bestrebt, dieses Regal wieder fest in seine Hand zu bekommen. Auf Grund einer Erklärung des Hohenstaufen Friedrich II. von 1236 waren die Juden kaiserliche Kammerknechte. Die durch die Juden zu erwartenden Steuern sollten allein dem kaiserlichen *fiscus* zugute kommen. Der Streit um das Judenregal veranlaßte 1286 Meir ben Baruch, Rothenburg zu verlassen. Zahlreiche deutsche Juden waren bereit, ihm zu folgen. Das bedeutete eine arge finanzielle Einbuße für den Kaiser. Um eine jüdische Massenauswanderung aus Deutschland zu verhindern, wurde Meir ben Baruch in der Lombardei von Meinhard von Görz aufgegriffen und nach Deutschland zurückgebracht. Dort mußte er seinen Lebensabend in der Burg Ensisheim verbringen, wo er zwar kein Gefangener im mittelalterlichen Sinn des Wortes war, jedoch, wie wir es heute nennen würden, unter Hausarrest stand. Der jüdische Maler der Vogelkopf-Haggada hat nun die Festnahme des Meir von Rothenburg durch Rudolf von Habsburg mit der Verfolgung der Israeliten zum Schilfmeer durch den Pharao verglichen.

fol 25r

Vorbereiten der ungesäuerten Brote für den Auszug aus Ägypten. Die ausziehenden Israeliten tragen auf ihrem Rücken den ungesäuerten Teig laut Ex 12,34. Die männlichen Israeliten sind durch den mittelalterlichen jüdischen Spitzhut gekennzeichnet.

Lit.: *Mosche Spitzer* (Hsgr.), The Bird's Head Haggada of the Bezalel National Art Museum, Jerusalem 1967; *Bezalel Narkiss* und *Gabrielle Sed-Rajna,* Index of Jewish Art, Vol I, Jerusalem-Paris 1976; Judentum MA 209f.

K. Sch.

Die Hostienschändung von Pulkau und ihre Folgen

Ausgangspunkt der schwersten Judenverfolgung in Österreich vor der Vertreibung 1420/21 war ein angebliches Hostienwunder in Pulkau. Im Hause eines Juden soll eine blutige Hostie gefunden worden sein, die in der Folge von zahlreichen Pilgern verehrt wurde.

34

Bericht über die Hostienschändung und Judenverfolgung des Jahres 1338 in den Annales Zwetlenses
Cod. Zwetl. 315.

Im Jahre 1338 fielen das christliche Osterfest und das jüdische Pesachfest auf den gleichen Termin. Das war bereits Anlaß genug, die Juden zu verdächtigen, mit der christlichen Hostie Unfug getrieben zu haben. So fand man in Pulkau vor dem Hause eines Juden eine angeblich blutige Hostie, die außerdem noch Wunder gewirkt haben soll. Bald wurde sie Gegenstand der Verehrung, auch in den umliegenden Gebieten. Die Juden in Pulkau wurden getötet und eine Reihe jüdischer Gemeinden in Südmähren und Niederösterreich wurde zerstört. In den Tagen um das St. Georgsfest wurden die Juden in Retz, Znaim, Horn, Eggenburg, (Kloster)Neuburg und Zwettl verbrannt.

K. L.

35

Bildliche Darstellung der Pulkauer Hostienschändung
Pulkau, Kirche Zum heiligen Blut. Predella des Hochaltars.

Die künstlerisch hochwertige Darstellung entstand nach 1520 und wurde von Abt Benedikt I. des Schottenklosters in Auftrag gegeben. Die Kirche ‚Zum heiligen Blut' ist noch heute dem Schottenstift inkorporiert. Die Bildnisse gehören zu einem Flügelaltar, der in der Werkstatt des Niklas Breu, des sogenannten ‚Meisters von Pulkau', hergestellt wurde. Das Hostienwunder, das sich in Pulkau ereignet haben soll, bewirkte, daß Pilgerfahrten nach dem Ort begannen. Die ökonomische Aufwertung des Ortes als Wallfahrtszentrum führte zur magisch-grausamen Ausschmückung der Legende. Die Bilder zeigen eine dezente Variante. Auf dem ersten Bild ist die Marterung der Hostie zu sehen; die Juden sind durch auffallende Bärte gekennzeichnet. Das zweite Bild zeigt den Augenblick, da die Hostie aufgefunden wurde.

Lit.: Kuenringer-Katalog (1981); *Anton Reich,* Pulkau, Seine Kirchen und seine Geschichte, 1963.

K. L.

36

Senkung des Zinssatzes bei Pfanddarlehen
Urkunde, 309 × 234. Siegel der Herzoge. Anhangender hebräischer Text. 1338 Juni 20. Wiener Stadt- und Landesarchiv. H.A.-Urk. 198.

Die 1338 von Pulkau ausgehende Verfolgung wurde in den großen Judengemeinden Wien und Wiener Neustadt nicht wirksam: Der herzogliche Schutz verhinderte dies. Überdies ließ Albrecht II. (1330—1358) auch im Falle des Hostienwunders von Pulkau die Angelegenheit vom Papst bzw. vom Bischof von Passau untersuchen. Um die Erregung, die offenbar in Wien um sich gegriffen hatte, zu dämpfen, vereinbarte er mit den Spitzen der Wiener Judengemeinde, daß in Zukunft nicht mehr acht Pfennige pro Pfund und Woche (= 173%) an Zinsen berechnet werden durften, sondern nur mehr drei Pfennige. Dies galt für Darlehen auf bewegliche Kleinpfänder. Bei Liegenschaften waren auch schon früher drei Pfennige Verzugszinsen nicht überschritten worden. Dieses Privileg, das den Wiener Bürgern zugestanden wurde, ließ der Herzog durch einen hebräischen Re-

vers bestätigen, der von den drei Meistern der Wiener Judengemeinde unterzeichnet wurde.
Übersetzung nach dem deutschen Text im sogenannten Eisenbuch (Privilegienbuch der Stadt Wien):
,,Wir unterfertigte Juden der Wiener Gemeinde bekennen und bezeugen vor allen, die diesen unseren Brief sehen oder ihn lesen hören, daß wir freiwillig ohne Zwang, vielmehr mit ganzem Herzen und williger Seele und klarem Sinn, weil wir gesehen haben die Gnade unserer ehrsamen Bürger hier in der Stadt Wien, die sie gegen uns geübt haben zur Zeit unserer Not und noch üben wollen, wie wir es von der Gnade Gottes und ihrer Gnade erhoffen wollen, daher geben wir ihnen dieses Geschenk, ihnen zu leihen das Pfund Wiener Pfennige gegen drei Pfennige, sechzig Pfennige gegen einen Pfennig und dreißig Pfennige gegen einen halben Pfennig die Woche: dies gilt sowohl für Reiche als auch für Arme, die hier in Wien wohnen.*) Und weil dies wahr gemeint ist, geben wir ihnen diesen Brief zum Beweis und zur Bezeugung mit dem Siegel unserer Meister, daß er unverbrüchlich Bestand habe. Und dieser Brief wurde geschrieben und gegeben hier in Wien am sechsten Tag am Neumondstag Tamus im Jahre 5098 der Schöpfung der Welt.
Der betrübte Saadja Chajjim, Sohn des Schneor. Sein Andenken zum Leben in der künftigen Welt.
Der betrübte Moses, Sohn des Meisters Gamliel, mein Heil und mein Licht.
Der arme Chajjim, Sohn des Elieser, seine Seele in der Schatzkammer Edens, der Geringe, als ob er nicht wäre.''

*) Diese Differenzierungen sind insoferne von Bedeutung, als an vielen Orten für Darlehen unter einem Pfund höhere Zinsen verlangt werden durften oder auch Arme einen Anspruch auf günstigere Kredite in geringer Höhe hatten.

Ob die hier genannten Meister mit den Judenmeistern identisch sind, ist zweifelhaft. Rätselhaft ist auch die Ankündigung eines Siegels, da das Blatt keine Spuren einer Siegelbefestigung erkennen läßt. Möglicherweise handelt es sich um eine Ankündigung der jüdischen Unterschriften, welche in Hinsicht auf ihre Rechtsgültigkeit manchmal als Siegel bezeichnet wurden.

Lit.: *Ignaz Schwarz,* Geschichte der Juden in Wien, in: Geschichte der Stadt Wien 5 (1913). K. L. — M. W.

37

Pfandobjekte

Im Laufe des 14. Jahrhunderts waren die Juden fast nur mehr auf das Pfandgeschäft gedrängt worden. Mit Ausnahme gewisser Handelstätigkeit (Wein, Getreide, bestimmte Importwaren), die nicht zünftisch organisiert war, waren ihnen andere Berufe kaum mehr zugänglich.

a) Pfandgeschäft auf einen Weingarten

Urkunde. Wiener Stadt- und Landesarchiv. H.A.-Urk. 54.

Weingärten waren ein verhältnismäßig sicheres Pfand, da sie das Geschäftskapital der in der Umgebung Wiens zahlreichen Weinbauern bildeten. Der Weinbau verlangte Bargeld, an dem es oft fehlte und man nahm bei Juden kurzfristige Zwischenkredite, meist um die Taglöhner zu bezahlen. Es kam auch vor, daß Juden am Lesegut beteiligt wurden. Diese Art von Darlehensgeschäften kam in allen österreichischen Weinbaugebieten vor.

b) Pfandgeschäft eines Adeligen auf seine Güter und Burgen

Urkunde. 299 × 241, 1381 Juli 20. Haus-, Hof- und Staatsarchiv.

Die sogenannten Großen des Landes konnten ihren Lehensbesitz als Pfand versetzen. Trotz des oft hohen Wertes des Pfandes waren diese Geschäfte risikoreich: der Herzog konnte einen Tötbrief ausstellen (vgl. Kat.Nr. 30, 31) oder die Zuweisung aus dem Besitz des Schuldners an den Juden nicht durchführen. Andrerseits war der Gewinn aus diesen Unternehmen sehr hoch. Die Darlehenssummen lagen meist um 500 Pfund, was dem Wert von drei großen Häusern in einer Stadt entsprach. Benötigt wurde das Geld für Kriegszüge und Turniere, die ein sehr luxuriöses Vergnügen waren, aber auch zum Erwerb mehrerer Güter zur Abrundung des Besitzes oder Herrschaftsbereiches (vgl. Kat. Nr. 18, 19).

c) **Becher**

Kunsthistor. Museum, Wien. Dazu Foto eines Urkundenausschnittes.

Selten wurden Darlehen auf bewegliche Pfänder urkundlich festgehalten. Trotzdem bildeten sie die große Masse der Darlehensgeschäfte. Schriftlichen Niederschlag fanden sie, wenn es Streitigkeiten gab, oder wenn geistliche Institutionen Geld aufnahmen. Z.B. Bischof Johann von Gurk, Kanzler Rudolfs IV., verpfändete 1364 für notwendige Umbauten am Dom dem reichen Wiener Juden David Steuss zehn silberne Schalen, vier silberne Gürtel und Perlen mit 13 1/2 Lot Gewicht.

K. L.

38

Blutbeschuldigung (Ritualmord), Fall des Simon von Trient und des Andreas von Rinn.

Der Vorwurf der Blutbeschuldigung wurde seit dem 12. Jahrhundert immer wieder und an mehreren Orten gegen die Juden erhoben. Gegen eine derartige Mystifizierung halfen nicht einmal eindeutige päpstliche Stellungnahmen, in denen auf das grundsätzliche Blutgenußverbot bei den Juden hingewiesen wurde (*M. Stern,* Die päpstlichen Bullen über die Blutbeschuldigung, München 1900). Auf österreichischem Boden diente die Ritualmordbeschuldigung noch gegen Ende des 19. Jhs. der Verbreitung antisemitischer Propaganda. Besonders aktiv waren in dieser Richtung der Prager Theologieprofessor August Rohling — berüchtigt durch sein Machwerk ‚Der Talmudjude', erste Auflage Münster 1871, auf die noch zahlreiche Auflagen folgten —, der in Zusammenhang mit dem Prozeß von Tisza Eszlar 1883 die Juden des Ritualmordes beschuldigte, und der Pfarrer von Wien-Weinhaus Josef Deckert, der u.a. in Wien 1893 ein Buch mit dem Titel veröffentlichte: Vier Tiroler Kinder, Opfer des chassidischen Fanatismus. (Vgl, *J. A. Hellwing,* Der konfessionelle Antisemitismus im 19. Jh. in Österreich, Wien 1972). Die Blutbeschuldigung gehörte natürlich auch zum festen Bestandteil der antisemitischen Agitationen des Nationalsozialismus *(Nira Feldmann,* Motive des ‚Stürmer' — Anatomie einer Zeitung, Diss. machinschr., Wien 1966) und nach dem 2. Weltkrieg wurde sie bei dem Versuch benutzt, eine Erklärung des 2. Vatikanischen Konzils über die Juden zu verhindern (*Maurice Pinay* — Pseudonym —, Verschwörung gegen die Kirche, Madrid 1963. Vgl. dazu *Fritz Werner,* Das Judentumsbild der antijüdischen Literatur, 2. Teil, Kairos 17 (1975), 126—141). Zum Thema vgl. (mit weiteren Literaturangaben): *Joshua Trachtenberg,* The Devil and the Jews, New Haven 1945; *Willehad Paul Eckert,* Die mittelalterlichen Beschuldigungen gegen die Juden, Judentum MA, 91—108, bes. 94—98.

Johannes Mathias Tiberinus, Historie von Simon, gedruckt von Albert Kunne von Duderstadt, Trient, 6. Sept. 1475. 12 Holzschnitte zeigen den angeblichen Mord an dem Knaben Simon, den darauf folgenden Prozeß und die Exekution der Juden.

Am Gründonnerstag, 23. März 1475, verschwand in *Trient* der Sohn des Gerbers Andreas, namens *Simon,* ein Kind im Alter von 2 Jahren und 4 Monaten. In der Nacht vom Ostersonntag auf Ostermontag entdeckten die Trienter Juden in einem Graben, der an einem jüdischen Haus vorbeilief, die Leiche des Knaben. Sofort wurde in der Stadt der Verdacht laut, die Juden hätten das Kind getötet, um mit seinem Blut Unfug zu treiben. Auch die Richter beim folgenden Prozeß gegen die Juden waren der Überzeugung, daß diese damit den Kreuzestod Jesu wiederholen und eine Art Gegenkult zum christlichen Osterfest begehen wollten. Mit Hilfe der Folter erzielten die Richter auch die von ihnen erwarteten Geständnisse. 14 Trienter Juden wurden zum Tode verurteilt und hingerichtet. Da man nunmehr der Meinung war, die Ritualmordbeschuldigung grundsätzlich nachgewiesen zu haben, bemächtigte sich sofort die Propaganda dieses Ereignisses. Noch im selben Jahr 1475 erschien die ‚Historie von Simon' als erstes in Trient gedrucktes Buch, welches sicher für die zahlreichen Blutbeschuldigungen der folgenden Jahre und Jahrzehnte (Rinn, Regensburg etc., Anklänge auch bei der Vertreibung der Juden aus der Steiermark, vgl. Nr. 68) eine wesentliche Rolle spielte. Auch in Hartmann Schedels Weltchronik wurde die Geschichte vom Tod des Simon von Trient aufgenommen. Sehr bald wurde

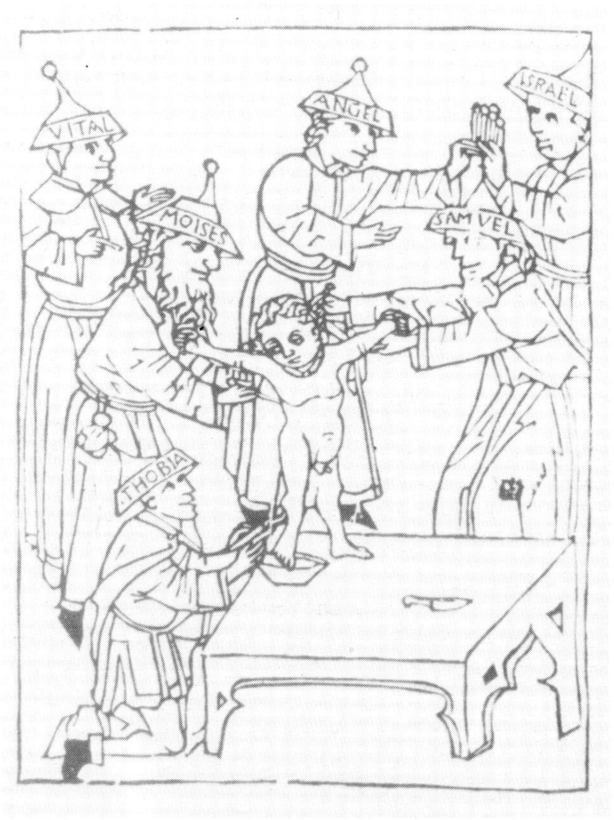

Abb. 53

das Martyrium des Knaben Simon von Trient mit dem Motiv der ‚Judensau' in Verbindung gebracht (siehe Nr. 40). Aufgrund einer Überprüfung der Prozeßakten hob die Ritenkongregation in Rom am 28. Oktober 1965 die Verehrung des Beatus Simoninus auf.

Lit.: *Willehad Paul Eckert,* Aus den Akten des Trienter Judenprozesses, Miscellania Mediaevalia 4 (1966), 281—336; *Kurt Schubert,* Die Erklärung des 2. Vatikanischen Konzils über die Juden, Bibel und Liturgie 39 (1966), 16—25.

Als weitere Folge des Prozesses gegen die Juden in Trient muß die konstruierte Legende von *Andreas von Rinn* (Anderle von Rinn / Judenstein bei Hall in Tirol) gewertet werden. Angeblich soll im Jahre 1462 dieses Anderle „von Juden aus Verachtung und Verspottung der christlichen Religion getötet" worden sein. So formulierte es in der ersten Hälfte des 17. Jhs. der Leibarzt des Damenstifts von Hall Hippolyt Guarinoni, der auch ein Propagator des Simon-Kults war, in: Begründte History der Marter des Haillig unschuldigen Kindtss Andreae von Rinn. Gab es in Trient einen nach damaligem Verständnis rechtmäßig geführten Prozeß, so ist die Geschichte vom Anderle von Rinn nur eine Rekonstruktion von Volkserzählungen, die in einer Zeit und Umwelt entstanden sind, in der die Verteufelung des Judentums durch die christliche Mehrheitsbevölkerung ein stereotypes Judentumsbild geschaffen hatte, dem gemäß Juden derartiger Untaten bezichtigt werden konnten. Wie andere Blutbeschuldigungen wurde auch jene von Rinn in einem eigenen Mysterienspiel dramatisch aufbereitet. Dieses wurde in regelmäßigen Zyklen bis in die Zeit nach dem zweiten Weltkrieg aufgeführt.

Lit.: *Kurt Hruby,* Verhängnisvolle Legenden und ihre Bekämpfung, in: W. P. Eckert und E. L. Ehrlich, Judenhaß — Schuld der Christen?!, Essen 1964, 281—308.

K. Sch.

39

Judensau

Eigentum des Stadtmuseums Wiener Neustadt, 15. Jh., schlecht erhalten.

An den Zitzen einer großen Sau saugen vier Juden, ein fünfter befindet sich am Boden und ein sechster klammert sich an den Schwanz. Das Motiv der ‚Judensau' ist seit dem 13. Jh. belegt. Die Sau galt als Veranschaulichung der Sündhaftigkeit. Weil die Juden durch ihren ‚Unglauben' als grundsätzlich sündhaft und dem Teufel zugehörig eingeschätzt wurden, mußte beim Judeneid nach dem Schwabenspiegel (13. Jh.) der Jude auf einer blutigen Schweinshaut stehen (*G. Kisch,* Forschungen zur Rechts- und Sozialgeschichte der Juden in Deutschland während des Mittelalters, Zürich 1955, 160f.). Das Saugen an den Zitzen der Sau soll aussagen, daß die Juden existentiell zur Seite des Teufels und der Sünde gehören. Derartige Darstellungen hatten die Funktion, das antijüdische stereotype Judentumsbild zu verfestigen und zu verbreiten.

Lit.: *Isaiah Shacher,* The Judensau — A Medieval Anti-Jewish Motif and its History, London 1974; Judentum MA, 249.

K. Sch.

40

Flugblatt
Kupferstich, koloriert, 387 × 316, Frankfurt 1678.

Kombination des Motivs der *Judensau* mit *Simon* von Trient. Eine derartige Darstellung befand sich auf dem ehemaligen Brückenturm in Frankfurt a. Main und wurde mehrfach auf Kupferstichen wiederholt. Ein Jude saugt an den Zitzen der Sau, ein anderer reitet auf ihr. Der Teufel mit Hörnern, karikiert jüdischer Physiognomie und Judenfleck veranlaßt einen dritten Juden, sich von den Exkrementen der Sau zu ernähren. Die Jüdin daneben ist mit einem Bock dargestellt, der wie die Sau ein Zeichen der Sündhaftigkeit ist. Darüber liegend der Knabe Simon von Trient. Darunter antijüdisches Spottgedicht.

Lit.: *Isaiah Schachar,* a.a.O. 53 u. Abb. 42a.

K. Sch.

41

Pesach-Haggada
Paris, Bibl.Nat. Ms. hebr. 1333, 12v. 240 × 180, 15. Jh. Deutschland.

Seit dem 13. Jh. waren die Juden auch gezwungen, in öffentlichen Religionsgesprächen den Christen Rede und Antwort zu stehen. So wie sie für die Verteidigung ihres Glaubens apologetische Werke verfaßten, drückten sie ihre Polemik auch durch Bilder aus.

Die Juden konnten nicht wie die Christen ihre kritische Auseinandersetzung mit diesen führen, indem sie offen und für jedermann verständlich ihre Einwände vorbrachten. So wie sie auch das bei Christen übliche Jagdmotiv verwendeten, um die Verfolgung der Juden durch die Christen zum Ausdruck zu bringen, so konnten sie auch dem christlichen Blutaberglauben und den verschiedenen Ritualmordbeschuldigungen nicht anders begegnen, als daß sie ihre Einwände in die Geschichte rückprojizierten. Dem diente auch das Motiv des im Blute jüdischer Kinder badenden Pharao. Den biblischen Ansatzpunkt für eine derartige Deutung bot Ex 2,23, wo es heißt: „Es war in jenen zahlreichen Tagen, da der König von Ägypten gestorben war, da seufzten die Söhne Israels." Der Midrasch fragte nun: „Warum seufzen sie" und gab als Antwort: „Weil die Zeichendeuter von Ägypten (zum Pharao) gesagt haben: Du wirst keine Heilung von deinem Aussatz finden, wenn man nicht von den Kleinkindern Israels 150 am Abend und 150 am Morgen schlachtet. In ihrem Blut mußt du dich zweimal am Tage baden." (Ex r p 1,34/Mirquin V,52f.). Dieser Aussage dient auch die Beischrift: „Der Pharao badet in seinem Palaste und trotzdem ist er voll von Aussatz." Da der Pharao Repräsentant der die Israeliten verknechtenden politischen Macht ist, sollte dieses Motiv dazu dienen, den gegen die Juden erhobenen Vorwurf an die Adresse ihrer Bedränger zurückzugeben.
In der ersten gedruckten Pesach Haggada, Prag 1526, 11v, wird neben dem Blutbad des Pharao noch die Ermordung der israelitischen Knäblein gezeigt. Zu dieser Darstellung hat sicherlich der bethlehemitische Kindermord die Anregung gegeben.

Lit.: *D. H. Müller und J. Schlosser,* Die Haggadah von Sarajevo, Wien 1898, 171—181, bes. 176; Judentum MA, 211. Zum Thema des christl. jüd. Religionsgesprächs in MA vgl. *Kurt Schubert,* Das christlich-jüdische Religionsgespräch im 12. und 13. Jahrhundert, Kairos 19 (1977), 161—186.

K. Sch.

42

Psalmen
Parma, Bibliotheca Palatina, Ms Parm, 1870, 118v. 132 × 100, 226f. Ende 13. Jh. Italien.

Die zahlreichen Verfolgungen der Juden durch die Christen veranlaßten auch den Illustrator des hebräischen Parma Psalteriums zu einer anschaulichen Illustration von Ps 83,1—6: ,,Schweig doch nicht, o Gott, bleib nicht still, o Gott, bleib nicht stumm. Sieh doch, deine Feinde toben; die dich hassen, erheben das Haupt. Gegen dein Volk ersinnen sie listige Pläne und halten Rat gegen die, die sich bei dir bergen. Sie sagen: Gehet hin, wir wollen sie ausrotten als Volk und der Name Israel soll fürderhin nicht mehr genannt werden. Sie halten einmütig Rat, gegen dich schließen sie einen Bund.'' Die Illustration zeigt einen Mönch mit Tonsur und Kaputze, der zu drei Männern mit Lanzen predigt.

Lit.: *Thérèse Metzger,* Les illustrations d'un psautier hébreu italien de la fin du XIIIe siecle. Le Ms. Parm 1870 — De Rossi 510 de la Bibliothèque Palatine de Parma, Cahiers Archéologiques 26 (1977), 145—162.

K. Sch.

43

Machzor

Jerusalem, JNUL, Ms hebr 4, 781, I, 17ov. 310 × 390, 1272, Deutschland, Schreiber Simcha bar Jehuda (Kolophon 34v).

Die mittelalterlichen Juden konnten ihre Abwehr der Angriffe durch die christliche Mehrheitsbevölkerung nicht so offen ausdrücken, wie die Christen ihre Ablehnung der Juden offen zur Schau stellten (vgl. z.B. das Motiv von Kirche und Synagoge unter dem Kreuz, der Synagoge mit verbundenen Augen, oder gar erst das Motiv der Judensau). Daher benützten sie das auch in christlichen Darstellungen häufige Motiv der Hirsch- oder Hasenjagd, um die Verfolgung der Juden durch die Christen auszudrücken. Das gejagte Tier repräsentiert das Judentum, Jäger und Hunde repräsentieren die christliche Kirche.

Das Bild stellt eine von Hunden gehetzte Hirschkuh dar. Der Jäger, der ins Horn bläst und einen Jagdhund an der Leine hält, hat Hahnenfüße, wie sie nach der rabbinischen Tradition für die Dämonen typisch sind (Berakhot 6a; Gittin 68b mit Bezug auf den Dämon Aschmedai. Dazu Raschi: ,,Prüfet seine Beine, denn die Beine eines Dämons gleichen den Beinen von Hähnen''). Die gejagte Hirschkuh ist die in Spr 5,19 genannte Geliebte und daher symbolisch für das trotz aller Verfolgungen seinem Gott die Treue haltende Judentum. Der Verfolger, das Christentum, wird als teuflisches Wesen dargestellt. Damit ist diese Darstellung eine Antwort des Judentums auf die Verteufelung durch die Christen.

K. Sch.

Die allegorische Darstellung der Synagoge im Mittelalter

Zahlreich sind im Mittelalter die Darstellungen der allegorischen Gestalten der Synagoge und der ihr gegenübergestellten Ecclesia. Sie stehen für den alten und den neuen Bund und somit für Judentum und Christentum. Meistens kommt zum Ausdruck, daß die ursprünglich als Trägerin der Heilsbotschaft ausersehene Synagoge, da sie nicht an Christus glaubt, ihrer Herrschaft entsetzt wird und diese an die Ecclesia übergeht. Die Akzente verschoben sich allerdings im Laufe des Mittelalters beträchtlich. Stand ursprünglich die sinnbildliche Darstellung der theologischen Argumentation im Vordergrund, so verschaffte sich seit dem Hochmittelalter eine real-soziale Komponente immer mehr Geltung. Die Kirche war unduldsamer geworden und setzte ihren Herrschaftsanspruch nun auch gewaltsam durch (Kreuzzüge!). Im Bild zeigt sich das an einer immer gegensätzlicheren Darstellung der Ecclesia und der Synagoge im 14. und 15. Jh. Gerade die Art der Darstellung wurde daher für das Spätmittelalter zu einer Art Gradmesser für die sich ständig verschlechternde soziale Situation der Juden.

M. W.

44

Darstellung von Ecclesia und Synagoge in der ehemaligen Dominikanerkirche von Krems/Donau
Fresko, ca. 1280

Die Synagoge wird hier noch in der traditionellen, nur das theologische Programm enthaltenden Weise dargestellt: Die Abwendung von Gesicht und Oberkörper vom Kruzifix versinnbildlicht das Nicht-sehen-wollen der Wahrheit, die gebrochene Lanze mit Fähnlein („hasta") in der einen, die umgekehrten Gesetzestafeln in der anderen Hand den Verlust der Herrschaft, die an sich auf das Kruzifix hingerichtete Bewegung jedoch die ursprüngliche Auserwähltheit. Eine Diskriminierung der Synagoge gegenüber der Ecclesia, die — angetan mit allen Herrschaftssymbolen — das Blut Christi in ihrem Kelch auffängt, ist in dieser Darstellung im Grunde nicht gegeben.

M. W.

45

Das ‚Lebende Kreuz' von Thörl/Kärnten
ca. 1485/89. Foto des gesamten Bildes und Ausschnitt der Synagoge.

Im Gegensatz zur Kremser Darstellung zeigt der Typus des vor allem im 15. und frühen 16. Jhs. vorkommenden ‚Lebenden Kreuzes' nicht nur die unduldsamere Stellung der Kirche zum Judentum; vor allem kommt die auf den Tiefpunkt gesunkene soziale Position der Juden sinnfällig zum Ausdruck: sie werden ausschließlich negativ gesehen und haben innerhalb der christlichen Welt keine Lebensberechtigung mehr.

Das ‚Lebende Kreuz' versinnbildlicht die durch den Tod Jesu hervorgerufene Änderung in der diesseitigen und der jenseitigen Welt: Die „Pforten der Hölle" (bzw. der Vorhölle, in der die Gerechten der alten Zeit die Erlösungstat abwarten müssen) werden gesprengt, der Himmel geöffnet, gleichzeitig die geistige Herrschaft von der Synagoge auf die Ecclesia übertragen. Die Gegensätze zwischen diesen beiden wurden aber in einem Maß gesteigert, daß für die Synagoge nur mehr die physische Vernichtung bleibt. Die Darstellung von Thörl ist dabei eine der schärfsten ihrer Art. Einerseits wird hier der Antagonismus noch verschärft, indem auf Seiten der Ecclesia Maria als Heilsbringerin und Gottesgebärerin, auf jener der Synagoge Eva, durch welche Sünde und Tod in die Welt kam, steht. Andrerseits wird die Rolle der Synagoge hier besonders drastisch vor Augen geführt: Sie reitet auf einem Esel mit durchschnittenem Hals und Beinen (eine Verkehrung des Einzugs Jesu in Jerusalem!) und trägt in der Hand einen Bockskopf; in anderen Bildern reitet sie auf einem Bock anstatt des Esels. Beide Tiere, der Bock wie der Esel, sind aber Symbole der Sündhaftigkeit und deuten auf Verbindungen mit dem Teufel hin — auch als Reittiere der Hexen dachte man sie sich oft, wie ja überhaupt die Außenseiterpositionen der Juden wie der Hexen viele Gemeinsamkeiten aufweisen —, der Bock ist zudem das Zeichen der Wollust und der sexuellen Begierde.

Es ist kein Zufall, daß man mit einer Volksgruppe, die nach allgemeiner Vorstellung mit allen diesen negativen Eigenschaften behaftet war, der auf derartigen Bildern sozusagen von Christus selbst die Existenzberechtigung abgesprochen wurde, nichts mehr zu tun haben wollte, und daß es gerade in den Jahrzehnten um 1500 zu so vielen Judenvertreibungen (Kat.Nr. 68) kam.

Lit.: *Wolfg. Seiferth,* Synagoge und Kirche im Mittelalter. München 1964; *Bernhard Blumenkranz,* Das Bilderevangelium des Hasses, in: W. P. Eckert, E. L. Ehrlich: Judenhaß — Schuld der Christen? Essen 1964, 249ff; Judentum im Mittelalter 1978, 109 ff.

M. W.

Die jüdische Gemeinde im Mittelalter

46

Der Wiener Judenmeister Lesier von Perchtoldsdorf
Grundbuch. 1398 September 18. Wiener Stadt- und Landesarchiv, Grundbuch 1/32 fol. 101v.

Lesier stammte aus Perchtoldsdorf und verlegte seine Geschäftstätigkeit nach Wien und stieg hier zum Inhaber und Verweser der Judenzeche auf. In einer Gesell-

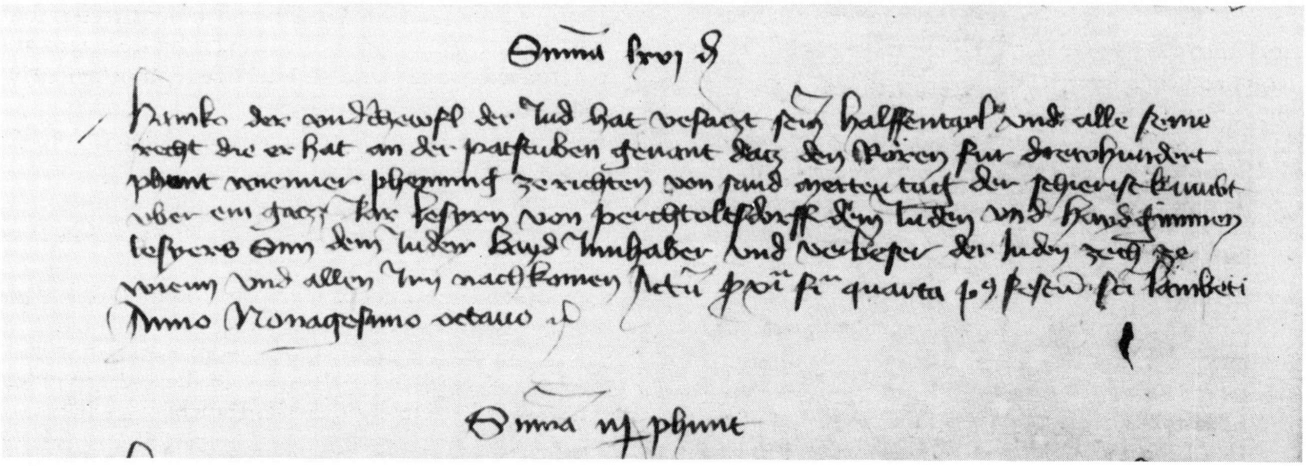

Abb. 54

schaft, die in rechtlich und sozial voneinander geschiedene Gruppen zerfiel und in der die Zunftordnung in allen Lebensbereichen wirksam war, wurden auch die Juden von der christlichen Umwelt als Zeche (Zunft) aufgefaßt. Ihr Vorsteher war der Judenmeister, der eine Art Vermittlerrolle zwischen dem Landesfürsten und der Gemeinde übernahm. Er vertrat die Interessen der Juden gegenüber dem Herzog, indem er ermöglichte, daß Streitfälle nach jüdischem Recht entschieden wurden. Er garantierte aber auch dem Landesherrn das Wohlverhalten der Gemeinde und hatte für die Durchführung seiner Befehle durch diese zu sorgen. Unter diesen Voraussetzungen ist es sehr wahrscheinlich, daß die Juden den bzw. die Judenmeister zwar wählten, der Herzog ihn aber bestätigte.

Im Zuge der Ausweitung und Intensivierung der landesherrlichen Macht im späteren 14. und im 15. Jh., verbunden mit dem sozialen Abstieg der Juden und ihrer dadurch gegebenen noch größeren Abhängigkeit von ihrem Schutzherrn, versuchte letzterer öfter, einzelnen Judengemeinden oder auch der gesamten Judenschaft eines größeren Gebietes einen von ihm ernannten Judenmeister aufzuoktroyieren. Für die Reichsjudenschaft versuchte dies erstmals Kg. Ruprecht von der Pfalz; besonders aktiv in dieser Richtung war Ks. Friedrich III. (als Herzog Friedrich V.), und zwar anscheinend im Reich gleichermaßen wie in den großen steirischen Judengemeinden. Da die Juden jedoch ihre innerhalb der Gemeinde ursprünglich gegebene Autonomie zu bewahren suchten, stießen die vom Landesfürsten ernannten Judenmeister oft auf Ablehnung, was zu manchen Streitigkeiten im innerjüdischen Bereich führte. Die daraus bisweilen resultierenden Appellationen einer oder beider Parteien an den Schutzherrn vermehrten freilich dessen Eingriffsmöglichkeiten noch weiter.

K. L. — M. W.

47

Arba'a Turim des Jakob ben Ascher

Bibl. Apost. Vat., Cod Ross 555, 12v. 235 × 331 440 fol, Mantua 1435 (Kolophon 440r).

Inneres einer gotischen Synagoge. Alle Betenden sind in das Gebetstuch *(Tallit)* eingehüllt. Die Stirnkapsel der Gebetsriemen *(Tephillin)* ist deutlich auf der Stirne des zweiten Mannes von rechts zu sehen, der eine in einen roten Toramantel gehüllte Torarolle in den Händen hält. Unmittelbar davor der Toraschrein *(Aron haqqodesch).* In den vier Ecken Symboltiere mit Spruchbändern. — Jakob ben Ascher, der Verfasser der *Arba'a Turim,* wurde 1269 in Deutschland geboren, das er 1303 mit seiner Familie verließ. Über Barcelona kam er nach

Toledo. Kurz vor seinem Tod, 1343, übersiedelte er in eine andere Stadt Spaniens. Er nahm die Kodifizierung des gesetzlichen Stoffes in ‚Vier Reihen' *‚Arba'a Turim'* vor, in denen er aschkenasische und sephardische Traditionen vereinigte.

Lit.: *Hans Tietze,* Die illuminierten Handschriften der Rossiana in Wien-Lainz, Leipzig 1911, Nr. 217.

K. Sch.

48

Judenmeister Lesier

1389 (?), Foto aus dem Judenbuch der Scheffstraße. Original im Hofkammerarchiv Wien.

Am Beginn des sogenannten Judenbuches der Scheffstraße ist der Judenmeister Lesier abgebildet. Als Zeichen seiner (richterlichen?) Würde hält er ein Beil in Händen. Die Scheffstraße lag am Wienfluß vor dem Stubentor und war meist im Besitz der Herzogin von Österreich. Über die dort befindlichen Grundstücke wurde ein eigenes Grundbuch angelegt; dieses enthielt auch ein Verzeichnis der ‚Hypotheken', die auf den Grundstücken lagen. Eine besondere Abteilung bildeten dabei die Aufzeichnungen über jüdische Gläubiger, die man als Judenbuch bezeichnete.

Lit.: *Arthur Goldmann,* Das Judenbuch der Scheffstraße zu Wien (1389—1420), Quellen und Forschungen zur Geschichte der Juden in Deutsch-Österreich, Bd. 1, Wien 1908.

K. L.

49

Judenmeister Smoiel von Krems

Urkunde. 204 x 73, 1291 Juli 25. Bayerisches Hauptstaatsarchiv, München Raitenhaslach Nr. 255.

Dies ist eine der ältesten Nennungen eines Judenmeisters in Österreich. Zwei Kremser Juden, Mukkelo und Sternlinna, verzichteten auf ihre Rechte am Weinberg Judenpeunt. Unter den Zeugen waren auch einige Juden aus Krems, an deren Spitze der *magister iudeorum,* der Judenmeister Smoiel stand.

Druck: *Edgar Krausen,* Die Urkunden des Klosters Raitenhaslach 1034—1350. (Quellen und Erörterungen zur Bayerischen Geschichte. NF 17, 1. Teil, München 1959, 364f.).

K. L.

50

Der Rabbiner Abraham Klausner (1350—1408) als Darlehensgeber

Foto aus dem Judenbuch der Scheffstraße. Original im Hofkammerarchiv Wien, fol. 13v.

Die meisten Rabbiner mußten so wie alle anderen Juden ihren Lebensunterhalt durch das Darlehensgeschäft verdienen. So auch der berühmte Abraham Klausner, der hier mit seiner Frau Rifka ein Darlehen über 21 Pfund 60 Pfennige gewährt. Seit den achtziger Jahren des 14. Jahrhunderts war er Rabbiner in Wien, nachdem er seine Lehrzeit bei Rabbi Mosche von Znaim verbracht hatte. Gleichzeitig mit ihm war auch Rabbi Meir Ben Baruch-Halevi (von Erfurt) in Wien tätig. Die Wiener Schule (Jeschiwa) war weithin berühmt; hier studierte sogar ein Grieche, nämlich Rabbi Dossa. Abrahams Sohn, Schaul, bekleidete in der Gemeinde eine hervorragende Stellung und war auch als Steuereinnehmer *(absamer)* tätig.

Druck: *Arthur Goldmann,* Das Judenbuch der Scheffstraße zu Wien (1389—1420). Quellen und Forschungen zur Geschichte der Juden in Deutsch-Österreich, Bd. 1, Wien 1908, 76, Nr. 270.
Lit.: Judentum MA, 258.

K. L.

51

Hebräische Fragmente

Wiener Stadt- und Landesarchiv.

Die lebhafte Tätigkeit jüdischer Gelehrter in Wien hinterließ auch deutliche schriftliche Spuren. Nach der Vertreibung kamen viele hebräische Schriftstücke in die Hände von Mönchen, die oft wegen Pergamentmangels ihre Verwaltungsbücher darin einschlugen. Besonders das Wiener Bürgerspital, das Schottenkloster und die

Augustiner bedienten sich dieser Methode. Meistens enthalten diese Fragmente Texte aus der Torah, die allerdings nicht aus Rollen, sondern aus Büchern stammen. K. L.

52

Das Judenviertel
Grundbuch. 1342. Wiener Stadt- und Landesarchiv. Gb. 6/3 fol. 18v.

Für den Wohnbezirk der Juden waren verschiedene Bezeichnungen üblich: Judengasse, Judenstraße und nach dem Ausweis des gezeigten Grundbuches *inter Judeos*. In Urkunden wurde dies häufig deutsch mit *unter den juden* wiedergegeben. K. L.

52A

Das Judentor
Grundbuch. 1314. Wiener Stadt- und Landesarchiv, Gb. 29/1 fol. 1.

1314 bestand bereits ein Judentor. Das Judenviertel war also zu diesem Zeitpunkt durch Tore geschützt. Im ältesten Grundbuch des Schottenklosters findet sich die Bezeichnung *secunda linea circa portam Judeorum*. Die zweite Gasse in der Gegend des Judentores.

K. L.

52B

Judenplatz
Foto einer Straßentafel 19. Jahrhundert.

Abb. 55: Kat. Nr. 53

Die Bezeichnung Judenplatz (Wien 1) kam erst nach der Vertreibung 1420/21 auf. Damals wurde der Judenplatz auch als ,,Neuer Platz'' bezeichnet. Die Bezeichnung Judenplatz setzte sich aber durch und blieb bis heute erhalten.

K. L.

53

Innenraum der mittelalterlichen Synagoge in Mödling
Foto einer Handzeichnung in der Niederösterreichischen Landesbibliothek.

Die Zeichnung wurde 1875 angefertigt. Nach der Vertreibung 1420/21 wurde die Synagoge für christliche Zwecke adaptiert, auf der Zeichnung ist an der linken Wand auch ein Kreuz zu erkennen. Das Gebäude besteht heute nicht mehr.

Lit.: *Karl Giannoni,* Geschichte der Stadt Mödling, Mödling 1905. K. L.

54

Das Judenbuch von Wr. Neustadt
Grundbuch. Stadtarchiv Wr. Neustadt.

Im Gegensatz zu Wien, wo das Judenbuch verloren ging, erhielt sich diese hochinteressante Quelle in Wr. Neustadt. Mit Hilfe des Judenbuches ist es möglich, die Besitzgeschichte der einzelnen Häuser in der Judenstadt zu rekonstruieren, die Zu- und Abwanderungen festzustellen und chronologische Anhaltspunkte für die Personengeschichte zu erkennen.

Lit.: *S. Schweinburg-Eibenschitz,* Documents sur les juifs de Wiener-Neustadt. Revue des études juives 28—30 (1894/95).

K. L.

55

Baualterplan von Wiener Neustadt
Plan.

Die Wiener Neustädter Judenstadt, die bis 1496 bestand, veränderte im Laufe ihres langen Bestehens ihre Ausdehnung beträchtlich. Die Entwicklung nahm vermutlich ihren Ausgang vom Allerheiligenplatz, wo sich auch die Synagoge befand. Die ersten Judenhäuser befanden sich in der heutigen Haggenmüllergasse (früher Alte Judengasse). Vor allem zur Zeit Friedrichs III. (1439—1493) dehnte sich das Viertel nach Süden bis zur Langegasse und nach Norden bis zur Herzog-Leopold-Straße aus. Die größte Ausdehnung war um 1450 erreicht. Das Wachstum der Judenstadt nach 1420 ist auf die Vertreibung der Juden aus Österreich zurückzuführen. (Wiener Neustadt gehörte damals zur Steiermark.)

Lit.: *Friedrich Kozak,* Beiträge zur Topographie Neustadts am Ausgang des Mittelalters, in: Unser Neustadt 17 (1973), 5ff. K. L.

56

Arba'a Turim des Jakob ben Ascher
Bibl. Apost. Vat., Cod Ross 555, 128v, 235 × 331, 440 fol, Mantua 1435 (Kolophon 440r).

Schächtszene, das rituelle jüdische Schlachten darstellend. Die Vorschrift, kein Fleisch mit seinem Blut zu genießen, geht bereits auf Gn 9,4 (Gebot an Noah) zurück. Das Blut galt als Sitz des Lebens, das zuerst ausfließen und ausrauchen mußte, bevor man das Fleisch selbst zum Genuß zubereiten durfte (Dt 12,16.21). Die rabbinischen Schächtvorschriften (Traktat *Chullin*) achten darauf, daß das jeweilige Tier auf möglichst schmerzlose Weise getötet wird. Das Schächtmesser muß scharf und ohne Scharten und mindestens doppelt so lang sein, wie der Hals des zu schächtenden Tieres ist. Geflügel kann ohne besondere Vorbereitung geschächtet werden, große Tiere müssen zum Schächten niedergelegt werden. Der Hals wird durch Zurückbeugen des Kopfes gespannt, damit die Weichteile bis zur Wirbelsäule durch einen Schnitt ohne Unterbrechung durch Hin- und Herführen des Schächtmessers durchtrennt werden können. Moses Maimonides (2. Hälfte, 12. Jh.) schrieb in seinem ,Führer der Schwankenden' III, 48: ,,Weil die Ernährungslage dazu zwingt, daß Tiere getötet werden müssen, beabsichtigte die Tora die leichteste Todesart und verbot, daß man den Tieren durch eine schlechte Schlachtung Schmerzen zufügt.''

Lit.: *Joseph Gutmann,* Buchmalerei in hebräischen Handschriften, München 1978, 104f. *Hans Tietze,* Die illuminierten Handschriften der Rossiana in Wien-Lainz, Leipzig 1911, Nr. 217.

K. Sch.

57

Machzor und Sammelhandschrift

Bibl. Apost. Vat., Vat Ebr 324, 199v. 160 × 220, 395 Seiten, Aschkenasisch 1395/1399 (Erstes Kolophon 82r, 2. Kolophon 264r).

Beschneidungsszene. Der Knabe liegt auf dem Schoß seines Vaters bzw. Paten. Vor ihm derjenige, der die Beschneidung vornimmt. Die biblische Vorschrift findet sich in Gn 17,10—12, wo die Beschneidung der acht Tage alten Knaben als Bundeszeichen verstanden wird. In der Bibel wird der Schimpfname ‚Unbeschnittene' besonders auf die Philister angewendet. Nach der rabbinischen Auffassung stellt die Beschneidung den Menschen auf eine Stufe mit den Engeln (z.B. Pirque de R. Eliezer 29).

K. Sch.

58

Bibel

Bibl. Apost. Vat. Cod Urb I, 817r. 979 Seiten, 1294, Deutschland. Massorator des halben Buches war Isaak Barbisch Schimon Halevi (Kolophon 979v).

Unterhalb des Endes des Buches Kohelet das bekannte Motiv der Hirschenjagd (vgl. Nr. 43) in Form einer Massora figurata, d. h. der Text der Massora wurde zur Darstellung von Mustern, Verzierungen oder bildlicher Szenen verwendet.

Die Massora (hebr. Überlieferung) ist die Summe der Notizen zum hebräischen Bibeltext, durch die eine korrekte Lesung desselben gewährleistet sein soll. Eine der Hauptaufgaben der Massoreten war auch die Vokalisation des bis dahin unvokalisierten Bibeltextes (8. — 10. Jh.). Die mikrographische Darstellung der Massora ist also eine spezifisch jüdische Kunstform, die zunächst im Orient unter der Voraussetzung einer bilderfeindlichen Atmosphäre entstand. Sie setzt die Arbeit der Massoreten voraus. Das älteste Beispiel dafür ist bereits der Mosche ben Ascher Kodex aus dem Jahre 895. Von da an blieb die Mikrographie als Kunstform bis in die Gegenwart in Gebrauch, vgl. Nr. 147 und 152.

In Europa ist die Kunstform der Mikrographie — sowie die Darstellung von Menschen und Tieren in der Buchmalerei — seit dem 13. Jh. belegt. Spezifisch für den aschkenasischen Raum sind auch mikrographierte größere szenische Darstellungen. Ebenso wurde oft ein freier Platz am Ende eines Buches — wie im gegenständlichen Fall — mikrographisch ausgefüllt. Das blieb nicht ohne Widerspruch seitens traditionalistischer Kreise, so z.B. Jehuda Hechasid (gest. 1217): „Wenn jemand einen Schreiber beauftragt, die Massora zur Bibel zu schreiben, soll er mit dem Schreiber vereinbaren, daß er die Massora nicht in Form von Bildern von Vögeln und Tieren oder dergleichen, sondern ohne irgend welche Bilder schreiben soll, so wie es jüngst bei der Massora zur Bibel Mode geworden ist." (*Sepher Chassidim,* ed. *J. Wistinetzki,* 184, § 709). Die Entwicklung beweist, daß diese Einwände erfolglos waren.

829v. Gegenseitige Massora figurata zwischen ‚Lied der Lieder' und ‚Klagelieder'.

669r. **Aschre**-Initiale, umgeben von Massora figurata. Beginn des Buches der Psalmen.

775v. Massora figurata in Form von Grotesken und heraldischen Mustern, füllt die Seite am Ende des Buches Hiob aus. Rechts oben Reichsadler.

240r. Beginn des Buches Josua. Massora figurata umgibt das Initialwort und schmückt den unteren Abschluß der Seite. Unten in der Mitte Reichsadler, rechts neben dem Initialwort Davidschild.

Lit.: *Colette Sirat* u. *Leila Avrin,* La lettre hébraique et sa signification — Micrography as Art, Paris-Jerusalem 1981; *Bezalel Narkiss,* Ittur ha'ot ha'ibhrit bime habbenajim, in: Mosche Spitzer (Hsgbr.), Ot hi le'olam, Jerusalem 1981, 47—66.

K. Sch.

59

Machzor

Bibl. Apost. Vat., Vat Ebr 438, 2r. 474 x 348, 339 fol, Ulm 1345, von Schmuel bar Kolonymus geschrieben für Alexandri bar Kolonymus hakkohen (Kolophon 337r).

Melekh-Initiale. Goldschrift auf blauem Hintergrund. Das Initialwort wird von zwei Säulen getragen, die auf zwei Löwen aufruhen. Das Initialwort ist das erste Wort „König" des Jotzer-Gebetes zum ersten Tag des Neujahrsfestes, das dem Eleazar bar Kalir zugeschrieben wird.

78v. *Kol*-Initiale. Auf dem Initialwort ruht ein Drache auf, dessen Schwanz in ein Rankenmotiv mündet. In den Buchstaben als Verzierungen Grotesken, heraldische Motive und Hirschenjagd. Letzteres Motiv, sehr häufig im christlichen Kontext, wurde im Judentum oft auch als Symbol für die Verfolgung des Judentums durch die christliche Kirche verstanden. (Vgl.: Judentum MA, 250 u. Abb. 43). Die Initiale ist der Beginn des *Kol Nidre*-Gebets aus der Abendliturgie des Versöhnungstages.

107v. *Happoteach*-Initiale, eingefügt in eine Torumrahmung, die von einem Mann mit Judenhut und verzerrtem Gesicht und einer klagenden Frau mit nacktem Unterkörper, beide gebückt, getragen wird. Beide sollen offenbar Sünder darstellen, die die Last des Portals zu tragen haben. Die Initialbuchstaben selbst sind mit Drachenmotiven geschmückt. Wie die Hirschenjagd bedeutete die ebenfalls christlich reichlich belegte Hasenjagd oft die Verfolgung der Juden durch die Christen. Das Gebet *Happoteach lanu scha'are rachamim* „Der uns die Pforten des Erbarmens öffnet", gehört zur Morgenliturgie des Versöhnungstages.

108r. *Az*-Initiale in Rankenwerk. Die Buchstaben selbst sind durch verschlungene Drachen und grotesk anmutende heraldische Motive geschmückt. Die Initiale selbst ist der Anfang des Jotzergebets der Morgenliturgie des Versöhnungstages.

174v. *Schoschan*-Initiale. In den Buchstaben Drachen und heraldische Motive. Die Initialbuchstaben selbst sind in einer Rankenverzierung, in der sich zwei Vögel befinden. Die Initiale *Schoschan* „Lilie" gehört zu einer religiösen Dichtung der Mussaph-Liturgie des Versöhnungstages, die auf Eleazar bar Kalir zurückgeht. Der Begriff „Lilie' ist nach Cant 2,2 eine Chiffre für das Judentum.

314v. *Om*-Initiale. In den Buchstaben Drachen und laufende Tiere. Darunter jagen zwei Hunde einen Hirschen. Zum Thema Hirschenjagd vgl. fol 78v. *Om Ke'ischon nintzeret* „Volk, beschüzt wie ein Augapfel" aus der Morgenliturgie des *Schmini atzeret.*

337r. Kolophon: (vgl. Abb. 35) Ich, Schmuel bar Kolonymus der Schreiber, habe diesen Machzor geschrieben für Herrn Alexandri bar Kolonymus hakkohen und habe ihn beendet am Mittwoch, 22. Marcheschwan des Jahres 5106 nach der Zeitrechnung. Von seinen Nachkommen soll er niemals weichen. Stark und gestärkt möge sein Heilein der Schreiber aus Ulm. Er möge keinen Schaden erleben, weder heute noch jemals, bis daß der Esel die Leiter hinaufsteigt.

K. Sch.

60

Pesach-Haggada

Darmstadt, Hessische Landes- und Hochschulbibliothek, Cod Or 8,57v. 58r. 253 × 350, 15. Jh., Heidelberg, Schreiber: Israel ben Meir (Kolophon 56v).

Der Bilddekor in dieser Handschrift kann nur schwer mit dem Inhalt des Textes in Übereinstimmung gebracht werden. Auch vom ikonographischen Standpunkt ergeben sich kaum Parallelen. Die beiden Bilder sind offenbar ein Zusatz, da sich das Schreiber-Kolophon schon am vorhergehenden Blatt befindet. Es ist naheliegend, beide Bilder als sachlich zusammengehörig zu verstehen. Rechts ist in einem ‚Hortus conclusus' eine Hirschenjagd dargestellt. Der Reiter auf dem Schimmel hetzt seine Hunde auf den fliehenden Hirsch. Außer dem Hirsch versucht auch noch ein Hase der Meute zu entkommen. In der Mitte des Gartens ein Baum, auf dem sich zahlreiche bunte Vögel befinden.

Sowohl das Motiv der Hirschjagd (vgl. Nr. 43) als auch das Motiv der Hasenjagd (sehr deutlich z.B. Brit. Libr. Add. 14761, 20v) symbolisiert die Verfolgung der Juden durch die christliche Kirche, ein Zustand, der nach rabbinischer Meinung erst in der messianischen Zeit endgültig behoben sein wird. Die Verfolgung in dieser Welt ist daher hier dem messianischen Reich gegenübergestellt, das mit hoher Wahrscheinlichkeit durch den Jungbrunnen (Bild links) symbolisiert wurde.

Lit.: *Bruno Italiener,* Die Darmstädter Pessach-Haggada, Leipzig 1927/1928; *J. Gutmann* u.a., Die Darmstädter Pessach-Haggadah, Berlin o.J.; Monumenta Judaica-Katalog, Köln 1963/64, Katalog D 61; Judentum MA 210.

K. Sch.

61

Machzor

Fragment, Milano, Bibl. Ambrosiana, Sp II 252, 343 × 253, 14. Jh., Deutschland.

Anfang des *Kol Nidre* (Alle Gelübde)-Gebetes, in dem darum gebetet wird, daß Gott gemachte Gelübde, die nicht eingehalten werden können, vergeben werden. Das *Kol Nidre*-Gebet ist bis heute noch ein wichtiger liturgischer Bestandteil des *Jom Kippur* (Versöhnungstag). Zur Illustration des Initialwortes Inneres einer Synagoge. Darin Betender in das Gebetstuch (Tallit) eingehüllt, der aus einem Buch, das auf einem Blatt liegt, liest. Vor dem Gebetspult *(Bima)* befindet sich der Toraschrein *(Aron haqqodesch).* Rechts vom Initialwort ein weiterer (Bücher)kasten. Die Initialillustration ist von einem Architekturband mit heraldischen Motiven umgeben, das dritte Motiv von rechts zeigt auf blauem Hintergrund drei typische mittelalterliche Judenhüte. Rechts und links oben in je einem Kleeblattmuster ein Reitender mit Judenhut und Monster mit menschlichen Gesichtszügen.

Lit.: Hebr. Ambr. 132f; Judentum MA, 236 (Abb. 39).

K. Sch.

62

Machzor und Sammelhandschrift

Bibl. Apost. Vat., Vat Ebr 324, 80v. 160 × 220, 395 Seiten, Aschkenasisch 1395/1399 (Erstes Kolophon 82r, zweites Kolophon 264r).

Rechts am Rande Kantor (Vorsänger) mit Gebetstuch *(Tallit)* und Gebetsriemen *(Tephillin)* hält Torarolle in den Händen, links unten im Medaillon zwei Betende vor Gebetspult mit aufgeschlagener Torarolle.

K. Sch.

63

Ketubba (Eheveschreibungsurkunde)

Krems 1391/1392, Wien, Österr. Nat. Bibl. Cod hebr 218.

Die Urkunde besteht aus vier Fragmenten, die von zwei Einbänden abgelöst wurden. Es fehlen daher die Worte in der Mitte der Zeile oder sind nur fragmentarisch erhalten. Der Bräutigam hieß Schalom, Sohn des Menachem, die Braut Tzemach, Tochter Aharons. Oben rechts der Bräutigam mit Judenhut. Er zeigt deutlich sichtbar einen Ring, den er in die Höhe hält. Die Braut trägt eine Krone und hält eine blaue Blume in der Hand, wohl eine Anspielung auf ihren Namen Tzemach (i.e. Pflanze).

Lit.: Judentum MA, 242.

K. Sch.

Die Judenstadt

Ihrer rechtlichen Sonderstellung entsprechend lebten die Juden wie andere Gruppen in einem eigenen Viertel, das aus Schutzgründen ummauert war. Der Herzog schützte dadurch sein Eigentum gegenüber den Bürgern. Für die Juden selbst war damit der Vorteil verbunden, daß sie vor Raubüberfällen gesichert waren. Da es aber den Juden freigestellt war, ob sie in diesem Schutzbezirk wohnen

Abb. 56

wollten oder nicht, ist der Ausdruck „Ghetto" auch für ein eigenes ummauertes mittelalterliches Judenviertel fehl am Platz.

K. L.

64

Die Judenstadt in Wien

Modell. Von Prof. Karl Schemper.

Die Wiener Judenstadt befand sich seit dem Neubau der Hofburg (abgeschlossen 1275) beim Widmertor im Gebiet des heutigen Judenplatzes/Wipplingerstraße. 1294 ist erstmals die Synagoge in diesem Bereich nachzuweisen. Zur Zeit der Vertreibung umfaßte das Viertel rund 70 Häuser, woraus man ungefähr 800 Einwohner errechnen kann. Hier waren die Wohnhäuser der Juden aber auch alle öffentlichen Einrichtungen wie Bad, Spital und der Fleischhof. In dieser Geschlossenheit entwickelte sich das Judenviertel erst um 1370. Außerhalb der Stadt beim Kärntnertor lag der mittelalterliche Judenfriedhof. Meistens bildeten die fensterlosen Rückseiten der Mauern den Abschluß nach außen, die Lücken waren mit Mauern ausgefüllt. Die Judenstadt war durch Tore zu betreten, die tagsüber für den Durchzugsverkehr geöffnet und nachts versperrt waren. Lediglich ein reicher Jude erhielt einmal das Privileg, daß das Tor neben seinem Haus versperrt bleiben könne, da er durch den Verkehr belästigt wurde. Nach der Vertreibung verfielen alle Häuser dem Herzog, der sie entweder an Adelige verschenkte oder der Stadt Wien verkaufte.

Lit.: *Ignaz Schwarz,* Das Wiener Ghetto, seine Häuser und seine Bewohner. Quellen und Forschungen zur Geschichte der Juden in Deutsch-Österreich. 2. Band, Wien 1909. (Mit grundsätzlichen Fehlern bei der Datierung der Entstehung der Judenstadt.)

K. L.

65

Herzog Albrecht V. (1411—1439)

Bildnis des Herzogs vom sogenannten Albrechtsaltar.

Albrecht V. war der erste Habsburger, der sich in einer für die Juden bedrohlichen Situation nicht für sie einsetzte, sondern an die Spitze einer Judenverfolgung trat. Dadurch, daß er den Juden seinen Schutz entzog, den auszuüben er verpflichetet gewesen wäre, löste er die katastrophalen Ereignisse der Jahre 1420/21 aus. Mehrere Gründe bewirkten dieses zunächst unverständliche Verhalten des Herzogs: die Wiener Münzergenossenschaft erwirtschaftete seit ca. 1415 auch Gewinne für den Herzog, wodurch die Juden entbehrlich wurden. Dazu kam noch das Gerücht, daß die Juden Beziehungen zu den Hussiten unterhielten, worauf Albrecht nachweisbar sehr scharf, ja fast hysterisch reagierte. Schließlich schürten die Stände schon lange Mißgunst gegen die Juden, sodaß eine bestimmte historische Situation entstand, die für das österreichische Judentum verhängnisvoll werden sollte. Konkret operierte man gegen die Juden wieder mit dem Vorwurf der Hostienschändung. Die reicheren Juden in den Städten des Herzogs wurden gefangen genommen und die ärmeren vertrieben. Die Untersuchung blieb jedoch ergebnislos und der Gewaltakt wurde als solcher erkennbar.

Lit.: *Samuel Krauss,* Die Wiener Geserah, Wien 1920.

K. L.

66

Judenverbrennung

Weltchronik des Hartmann Schedel 1493. Sammlung.

Nach der Ausweisung der armen Juden ließ Albrecht V. die reichen gefangennehmen und man versuchte unter der Folter, sie zur Taufe bzw. zur Preisgabe der Verstecke ihrer Kostbarkeiten zu zwingen. Viele Juden legten damals im Gefängnis Hand an sich, um den Märtyrertod zu erleiden; die Überlebenden wurden am 12. März 1421 auf der Gänseweide in Erdberg verbrannt.

Das Bild in Schedels Weltchronik stellt nicht konkret diese Verbrennung dar, sondern nur einen Typus der im übrigen noch zweimal in diesem Werk verwendet wurde: zuerst beim Bericht von einer Verbrennung in Nürnberg, Würzburg und Rotenburg, die nach Schedel 1299 stattfand, und dann zum Text über eine Hinrichtung in Breslau, Passau und Regensburg 1492. Der Augsburger Arzt Hartmann Schedel wollte in unterhaltender Weise seinem Publikum Weltgeschichte nahebringen und schreckte auch vor der Schilderung einer Hostienschändung nicht zurück, um sein Publikum zu gewinnen. Die Weltchronik vermittelt eine klare Vorstellung, auf welche weltanschaulichen Gefühle der Massen die politisch Handelnden Rücksicht nehmen mußten.

Lit.: Judentum MA, 256.

K. L.

67

Der Brand in der Judenstadt 1406

Bericht des Thomas Ebendorfer im Chronicon Austriae. Wien, Österr. Nat. Bibl. cod. 7583.

Am 5. November 1406 brach in der Synagoge während des Abendgottesdienstes ein Brand aus, der auch die benachbarten Häuser ergriff. Das Feuer wütete vielleicht sogar mehrere Tage lang. *Alles volkch* drang in die Judenhäuser ein und raubte Kleinodien, Geschirr, Mehl und Wein, was man eben davon tragen konnte. Was unter dem Begriff *alles volkch* zu verstehen ist, läßt sich nicht genau umreißen, sicher ist nur, daß auch Studenten an der Plünderung beteiligt waren. Zu Beginn des 15. Jahrhunderts bestanden in Wien große Spannungen zwischen Armen und Reichen, die sich an den Ereignissen von 1408 besonders gut studieren lassen, als die Armen für Herzog Leopold IV. (1395—1411) und die Reichen für Herzog Ernst (1402—1424) Partei ergriffen. Die Plünderer sind wohl unter den Handwerksgesellen, Dienstboten und Taglöhnern zu suchen. Der Schaden betrug 100.000 Gulden. Unter den geraubten Gegenständen befanden sich viele Pfänder, deren Verlust auch manchen Schuldner verarmen ließ. Dies führte zu einem geringen Steueraufkommen, das die Juden ausgleichen mußten, wodurch ihre finanziellen Kräfte überfordert wurden. Neben den bereits genannten Gründen (Kat.Nr. 65) bildete auch die Verarmung einiger Juden durch diesen Brand eine Voraussetzung für die Vertreibung.

Lit.: *Samuel Krauss,* Die Wiener Geserah. Wien 1920; *Ignaz Schwarz,* Geschichte der Juden in Wien bis 1625, in: Geschichte der Stadt Wien 5 (1913), 24.

K. L.

Vertreibung der Juden aus der Steiermark und Kärnten

Das Verhältnis der Landstände zu den Juden hatte sich im späteren 15. Jh. immer mehr angespannt. (Siehe Kat.Nr. 15.) Verantwortlich dafür waren die gesunkene soziale Stellung der Juden, zunehmende religiöse Feindschaft (Kat.Nr. 34), die immer wieder umlaufenden Ritualmord- und Hostienschändungsbeschuldigungen sowie die Tatsache, daß sie wirtschaftlich immer mehr entbehrt werden konnten, da inzwischen auch viele Christen und manche öffentliche Institutionen dem Kreditbedürfnis nachkommen konnten. Die größte Bedeutung hatten aber wohl die gegen die Juden wegen ihres angeblichen Wuchers allenthalben in oft propagandistischer Form vorgebrachten Vorwürfe. Man war überzeugt, daß viele Mißstände in dieser Zeit der Türkeneinfälle und der wirtschaftlichen Rezessionen nur auf die Juden zurückzuführen seien. Eine treibende Kraft scheint schließlich auch Wolfgang v. Stubenberg (vgl. Nr. 19) gewesen zu sein, der offenbar glaubte, auf diese Art am ehesten von seinen Judenschulden loszukommen.

Daher hatten die steirischen Landstände schon bei Kaiser Friedrich III. mehrmals wegen einer Vertreibung vorgefühlt, waren aber immer abschlägig beschieden worden, da dieser viel Wert darauf legte, keinen Rechtstitel — in diesem Fall das Judenregal — aus der Hand zu geben. Sein Sohn und Nachfolger Maximilian wog dagegen mehr die wirtschaftlichen Vorteile: Sobald ihm die Landstände für die ihm entgehenden Judensteuern eine genügend hohe Abschlagszahlung boten, willigte er in die Vertreibung ein; dies um so mehr, als er viele der vertriebenen Juden in den Städten seines westungarischen Gebietes (heute Burgenland) ansiedelte, sodaß ihm deren Steuern trotzdem erhalten blieben.

M. W.

68

Befehl König Maximilians an die Juden der Steiermark und der zugehörigen Gebiete Wr. Neustadt und Neunkirchen, für immer das Land zu verlassen.

Urkunde. 1496 März 18, Donarwörth. 450 x 295, Steierm. Landesarchiv Graz, Landschaftliche Urkunden A 17.

Da Maximilian zumindest den Schein des Rechtes wahren wollte, bediente er sich zur Begründung der Ausweisung fast aller gängigen Beschuldigungen, die damals gegen die Juden vorgebracht wurden: Seit seinem Regierungsantritt hätte er verschiedentlich von Hostienschändungen und Ritualmorden vernommen; die Stände und die sonstigen Bewohner des Landes hätten sich beklagt, daß die Juden mit gefälschten Urkunden und Siegeln

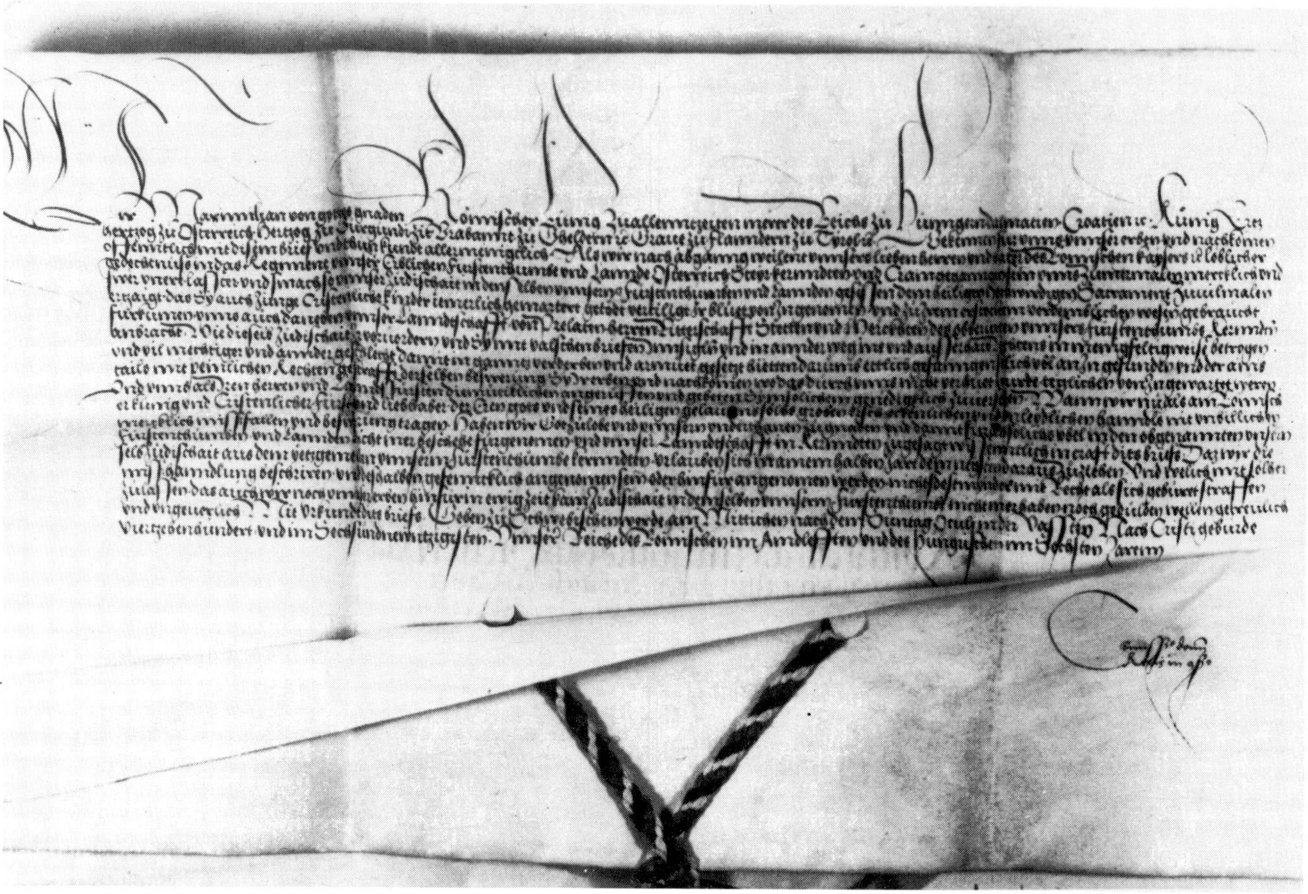

Abb. 57

und auf andere Art viele Betrügereien trieben und ganze Familien ins Verderben gestürzt hätten, weshalb auch einige verurteilt worden seien. Der sonst häufigste Vorwurf des Wuchers kam nicht direkt zur Sprache, doch wurde den Juden verboten, in Zukunft mit den Bewohnern der Steiermark noch irgendwelche Geldgeschäfte auf Grundlage von Schuldbriefen oder Immobilienverpfändung zu machen.

Bis Dreikönig 1497 sollten alle Juden das Land verlassen, doch zog sich die Abwicklung der dazu nötigen Geschäfte teilweise bis 1499 hin. Von wenigen Ausnahmen abgesehen gab es aber dann bis 1867 keine in der Steiermark und Kärnten ansässigen Juden. König Maximilian erhielt dafür von den steirischen Landständen 38.000 Pfund Pfennig, von den kärntnerischen 4.000 (wohl in Relation zur Höhe der jeweiligen Judensteuern). Die Vertreibung der Juden aus Salzburg 1498 dürfte nicht zuletzt unter dem Einfluß der Ausweisung aus der Steiermark und Kärnten zustandegekommen sein.

Lit.: *D. Herzog,* Urkunden u. Regesten zur Geschichte d. Juden in der Steiermark, Graz 1934, bes. S. XIVff.; *Rosenberg; Scherer; Wadl.*

M. W.

69

König Ladislaus Posthumus sagt den Wienern zu, den Juden keine Aufenthaltsbewilligung in der Stadt und den Vorstädten zu erteilen
Urkunde. 510 x 290. 1453 Juni 6. Wiener Stadt- und Landesarchiv. H.A.-Urk. 3520 (Priv. 43).

Die Aufnahme dieser Bestimmung in die Bestätigungsurkunde der Rechte und Freiheiten der Stadt zeigt, daß auch die Städte, wie die anderen Mitglieder der Stände, eine treibende Kraft in der antijüdischen Politik waren. Ausnahmeprivilegien für einzelne Juden wurden nämlich schon kurz nach der Vertreibung wieder erteilt, daher versuchten die Städte zu verhindern, daß aus der Ausnahme die Regel wurde.

Lit.: *Ignaz Schwarz,* Geschichte der Juden in Wien bis 1625, in: Geschichte der Stadt Wien bis 1625, in: Geschichte der Stadt Wien 5 (1913).

K. L.

70

Niederlassung ausgewiesener steirischer Juden in den burgenländischen Judengemeinden
Urkunde. 1507 Jänner 27. Kärntner Landesarchiv, Archiv Dietrichstein, Urkunde 75.

Rudolf, Dompropst und Erzpriester, Leonhart, Dechant und das Salzburger Domkapitel urkunden: Sie seien von „Hierssl, Juden aus der Eysnen stat (= Eisenstadt)" beim landesfürstlichen Kammergericht zu Wiener Neustadt verklagt worden. Erzbischof Leonhard von Salzburg jedoch veranlaßt, die Klage zurückzunehmen. Erzbischof und Jude hätten sich auf Caspar von Kienburg, den steirischen Landverweser, und Gandolf von Kienburg, Pfleger von Forchtenstein, als Schiedsrichter geeinigt. Dompropst und Kapitel erklären nunmehr, sich dem Schiedsspruch der Kienburger bedingungslos zu unterwerfen.

Hirschel, der Sohn des Isak von Graz, war einer der kapitalkräftigsten jüdischen Bankiers des 15. Jahrhunderts. Er gewährte dem Wolfgang von Stubenberg und dem Salzburger Domkapitel große Darlehen, deren Rückerstattung er auch nach der Vertreibung von 1496 mit landesfürstlicher Unterstützung eifrig betrieb. Er ließ sich nach 1496 zunächst in Eisenstadt und später in Zistersdorf nieder.

Lit. *W. Wadl.* Juden in Kärnten, Klagenfurt 1982, 144ff.

W. W.

71

Hausverkauf eines ausgewiesenen Juden
Urkunde. 1499 Nov. 18. Steiermärkisches Landesarchiv. Allg. Urk. 9947.

„Schaull jud, Mandleins sun von Radkerspurg" verkauft sein Haus an Hans Fuchs, Bürger zu Radkersburg. Die Veräußerung der Liegenschaften der ausgewiesenen Juden erfolgte — wie auch in diesem Fall — vielfach erst Jahre nach der Ausweisung. Der Käufer Hans Fuchs hat neben diesem noch eine Reihe weiterer Häuser von Juden erworben.

Lit.: *Rosenberg,* 97ff; *Herzog,* 75ff.

W. W.

72

Der gelbe Ring
Patent. 1551 August 1. Wiener Stadt- und Landesarchiv.

Schon 1511 hatte Kaiser Maximilian I. verfügt, daß Juden, die auf städtische Märkte kamen, um als Juden erkannt zu werden, das jüdische Zeichen tragen mußten. Zu Hause, im ländlichen Bereich, war dies nicht erforderlich. Ferdinand I. (1521—1564) erließ 40 Jahre später ein Patent, in dem das jüdische Zeichen genau beschrieben und auch abgebildet ist. Auch hier heißt es in der Begründung, daß die Juden unter den Christen wohnen und wandeln dürfen, ohne daß man sie von den Christen unterscheiden könnte. Wenn die Juden über Land zogen, mußten sie den gelben Ring nicht tragen. Wurde ein Jude in einer Siedlung zum dritten Mal ohne das Zeichen angetroffen, sollte er des Landes verwiesen werden.

Lit.: *Ignaz Schwarz,* Geschichte der Juden Wiens bis 1625, in: Geschichte der Stadt Wien 5 (1914). K. L.

73

Pesach-Haggada.
Druck, Venedig 1629, 7v. 8r.

Diese in Venedig gedruckte Pesach Haggada war nach der Angabe auf der Titelseite für den Gebrauch der aschkenasischen Juden bestimmt. Daher enthält sie erläuternde Bemerkungen in jüdisch-deutscher Mundart. Die Illustrationen stellen vielfach legendäre Erweiterungen des eigentlichen Textes der Pesach-Haggada dar. Mit allerhöchster Wahrscheinlichkeit wurde eine solche Haggada im 17. Jh. auch von österreichischen Juden benützt.

7v: Die beiden Abbildungen beziehen sich auf den auf dieser Seite stehenden Text der Pesach Haggada. Die Beischrift zum oberen Bild in jüdisch-deutscher Mundart ist ein Knittelvers: ,,Wie Broider von Joseph vor Pharao treten — zu lossen wohnen in sein Land, tun ihn sehr beten''. Das untere Bild stellte die starke Vermehrung der Israeliten in Ägypten dar. Mit nur 70 Menschen kamen die Vorfahren der Israeliten nach Ägypten, dort aber wurden sie zu einem starken und zahlreichen Volk. Im nebenstehenden Kommentar heißt es: ,,Obwohl viele Kinder bei einer Schwangerschaft geboren wurden, waren sie nicht schwach oder schwächlich, wie es bei Zwillingen der Fall ist, sondern sie hatten große Körper und kräftige Gliedmaßen, so wie es heißt: sie vermehrten sich und waren sehr kräftig''. Der jüdisch-deutsche Knittelvers zum Bild beschreibt diese wunderbare Geburtenvemehrung: ,,Wie sehr auch die Ägypter haben die Juden bezwungen — so sehr sie haben Kinder gewunnen''.

8r: Das obere Bild stellt ebenfalls die wunderbare Geburtenvermehrung in Ägypten dar. Links sitzen unter einem Apfelbaum ein Mann und eine Frau und blicken gemeinsam in einen Spiegel. Rechts davon sitzt eine Frau, die an beiden Brüsten je ein Kind säugt. Rechts davon und dahinter zahlreiche nackte Menschen, von denen einige der Erde entsteigen. Davor Blumen. Der darüber stehende Knittelvers umschreibt den selben Sachverhalt: ,,Wie die Weiber haben sich gespiegelt mit ihren Mannen — und unter dem Apfelbaum sein sie kummen zusammen.'' Die entsprechende rabbinische Legendentradition findet sich u.a. in Sota 11b; Ex r I, 7 (Mirqin V, 16f.); Ex r I, 12 (Mirqin V, 23f.); Tanchuma, Pequde 9 (I, 463). Der Inhalt der Legende ist: Die Israeliten, die zur Zwangsarbeit in Ägypten verpflichtet waren, durften nicht zuhause schlafen, um nicht ihren Frauen beiwohnen und so Nachkommenschaft zeugen zu können. Die Frauen schöpften für ihre Männer Wasser im Nil, in dem sich auch kleine Fische befunden haben. Wasser und Inhalt bereiteten sie für ihre Männer als Speise und brachten sie ihnen auf's Feld.

Nachdem sie gegessen hatten, nahmen die Frauen ihre Spiegel und schauten gemeinsam mit ihren Männern — als erotisches Stimulans — hinein. Darauf bewirkte Gott sofort, daß sie schwanger wurden. Schwanger gingen sie in ihre Häuser, zur Geburt aber gingen sie wieder auf das Feld und gebaren unter den Apfelbäumen. Der Schriftvers dafür ist in Cant 8,5: ,,Unter dem Apfelbaum habe ich dich aufgeweckt, dort hat dich deine Mutter unter Schmerzen geboren.'' Bei einer Geburt wurden 2, 6, 12 bzw. 60.000 Kinder geboren. Die Ägypter wollten die neugeborenen israelitischen Kinder töten, doch die Erde verschlang sie zu ihrem Schutz. Nachher aber kamen sie wie Pflanzen wieder aus der Erde hervor. Hierfür fand man den Schriftbeweis in Ez 16,7: ,,Zahlreich wie die Pflanzen am Felde habe ich dich gemacht.''

Das untere Bild bezieht sich auf die Zwangsarbeit in Ägypten. Der beschreibendene Knittelvers lautet: ,,Wie die Israeliten haben gebaut zwei schöne Städt — der Pharao hat sein Schatz und Ertrag hinein gelegt.''

K. Sch.

74

Pesach-Haggada
Druck, Prag 1526.

Rahmenillustration zu Ps 79,6: *Schephokh chamatkha* ,,gieße aus deinen Zorn''. Oben rechts Adam, links Eva. Beide halten in der einen Hand den Paradiesapfel und mit der anderen ein Blatt, mit dem sie ihre Scham bedecken. Unter Adam Samson, der die von ihm ausgehobenen Stadttore von Gaza in Händen hält (Ri 16,3).

Links davon unter Eva Judith, in ihrer Rechten hält sie den Kopf des Holophernes, in der Linken das Schwert, mit dem sie ihm den Kopf abgeschlagen hat. Obwohl das Buch Judith nicht zur hebräischen Bibel gehört, wurden Judith-Erzählungen über die lateinische Bibel von den mittelalterlichen Juden rezipiert und mit Traditionen über die Makkabäerzeit, die ebenfalls über die lateinische Bibel und die lateinische Josephus Flavius Rezeption bekannt geworden waren, in Verbindung gebracht. In dieser Verbindung finden sie sich häufig in der Liturgie zu Chanukka. Rechts neben Judith reitet der König Messias auf einem Esel (Zach 9,9). In der Mitte unten von zwei Männern in Fellkleidung gehalten das böhmische Wappen.

K. Sch.

Abb. 58: Kat. Nr. 75

75

Grenzstein der Judenstadt
1656 — Bezirksmuseum Alsergrund.

Die Grenzen der Judenstadt gegenüber dem Karmeliterkloster waren durch Grenzsteine kenntlich gemacht. Oben ist die Jahreszahl 1656 zu sehen, darunter das Kreuz als Zeichen der Karmeliter, dann in hebräischen Lettern 5416 (i.e. 1656) und zuletzt der Davidstern. Von diesen ehemals neun Steinen haben sich drei erhalten, von denen einer im Historischen Museum der Stadt Wien, der zweite im Bezirksmuseum Alsergrund und der dritte privat aufbewahrt werden.

K. L.

76

Organisation der Juden 1529 in Niederösterreich
Akt. 1529 Juni 12. 325 x 330, Wien, Hofkammerarchiv J 15, S 22.

Anläßlich eines Übergriffes des Grafen Wolf von Pösing gegen einige Juden, wovon auch zwei Marchegger Juden betroffen waren, wandten sich die niederösterreichischen Juden, und zwar *die gesandt des judischheit* mit einer Beschwerde an König Ferdinand I. Der König verfügte schon vier Tage später die Befreiung der Gefangenen, indem er auf die Bitte der *gesanndten gemainen unnser jüdischeit in unserem ertzherzogthum Osterreich under Enns* Bezug nahm. Daraus ist eine rechtliche Institutionalisierung der österreichischen Juden klar zu erkennen.

Druck: Monumenta Hungariae Judaica 1, 333 u. 335.
Lit.: *Ignaz Schwarz,* Geschichte der Juden in Wien bis 1625, in: Geschichte der Stadt Wien 5 (1913), 50.

K. L.

77

Privileg für Veit Munk
Akt. Wiener Stadt- und Landesarchiv, Hauptarchivsakt 1/1614.

Das zähe Ringen zwischen Landesfürst und Ständen im 16. Jahrhundert entschied schließlich der Kaiser für sich.

Am Ende der 70er Jahre des 16. Jahrhunerts begann man in Wien das Abgabenwesen der Juden zu organisieren, was indirekt die Gemeindebildung förderte. 1582 war in einer Ordnung für die Wiener Stadtquardia (Stadtpolizei) von den *allhie befreidten Juden* die Rede, woraus sich der Name ,,Hofbefreite Juden'' entwickelte. 1597 ist bereits eine Synagoge nachweisbar.

1603 wurde ein gewisser Veit Munk zum Vorsteher der *ganzen von uns befreydten Judenschafft* ernannt. Obwohl 1611 noch einmal ein Ausweisungsbefehl erging, war mit Munks Einsetzung zum Vorsteher der wichtigste Schritt zur Neuausbildung der Gemeinde getan — sofern man die Rechtslage von christlicher Seite betrachtet.

Lit.: *Ignaz Schwarz,* Geschichte der Juden in Wien bis 1625, in: Geschichte der Stadt Wien 5, Wien 1914, 55.

K. L.

78

Patent Kaiser Ferdinands II. über die Wohnungsanweisung im Unteren Werd

Patent. 1624 Dezember 6, Allgemeines Verwaltungsarchiv Wien, Patentsammlung.

Die Zuweisung von Häusern im Unteren Werd an die Wiener Juden wurde vom Kaiser mit Platzmangel in der Stadt begründet. Die Handelsgewölbe in der Gegend des Ruprechtsplatzes konnten die Juden weiterbenützen. Der Stadt Wien mußte lediglich der Grundzins gereicht werden, von den übrigen städtischen Steuern blieben sie befreit. Dadurch blieb ihre Steuerkraft für die Bedürfnisse des Kaisers voll erhalten. Der Magistrat versuchte, zeitweilig auch mit Erfolg, den Juden auch städtische Steuern aufzulasten. Diesem Patent folgte am 8. März 1625 das Patent über die Handelsfreiheit und am 23. November 1632 die Gewährung der freien Gerichtsbarkeit. Von den christlichen Gerichten war das hofmarschallische Gericht für die Juden zuständig.

Lit.: *Ignaz Schwarz,* Geschichte der Juden in Wien bis 1625, in: Geschichte der Stadt Wien 5, Wien 1914.

K. L.

79

Grundbuch des Unteren Werd

Grundbuch, Wiener Stadt- und Landesarchiv.

Die Anlage eines Grundbuches beweist die Besitzfähigkeit der Juden. Neben den Grabsteinen des Friedhofes stellt dieses Grundbuch einen wertvollen Beitrag zur Personengeschichte dar. Bereits damals wohnten hier Familien, die 1670 zwar ausgewiesen wurden, sich aber im Laufe des 18. Jahrhunderts in Wien wieder ansiedelten und zu den bedeutendsten Vertretern des assimiliert-liberalen Judentums in Österreich aufstiegen. Als Beispiel seien hier die Familien Rapaport (Rapa-Cohen = Die Cohens bildeten die führenden Familien im Judentum) und Schlesinger erwähnt.

K. L.

80

Beschwerde des Münzmeisters Balthasar Zwirner wegen der Beschaffung von Bruchsilber

Akt. 1623 Dezember 22, Niederösterr. Herrschaftsakten W 61/C/43.

Der mächtige Münzmeister beschwerte sich bei der Hofkammer, daß die Juden zu seinem und des Kaisers Schaden Bruchsilber und Bruchgold (Pagament) außer Landes führten. Er verlangte die Vorführung des Judenrichters und der vornehmsten Juden und schlug vor, ihnen diese Tätigkeit bei ,,Ihrem höchsten Judenpann'' zu verbieten. Zwirner verband mit diesem Schreiben sicher Sorge um seinen eigenen Gewinn, denn schon ein Jahr später wurde er wegen betrügerischer Machenschaften seines Amtes enthoben. Seinen Anschuldigungen ist auch deshalb mit Mißtrauen zu begegnen, weil nach seinem Sturz das Münzgeschäft dem befreiten Hofjuden Israel Wolf Auerbach anvertraut worden sein soll. Auerbach war 1619 Vorsteher der Wiener Judengemeinde und starb am 25. 5. 1637.

Lit.: *Ignaz Schwarz,* Geschichte der Juden in Wien bis 1625, in: Geschichte der Stadt Wien 5, Wien 1914; *Hans Rotter, Adolf Schmieger,* Das Ghetto in der Wiener Leopoldstadt, Wien 1926.

K. L.

81

Szepter des Gemeinderichters von Eisenstadt
Holz. Länge 520, Durchmesser 35, Kronendurchmesser 85, Burgenländisches Landesarchiv.

Der Richterstab wurde für die Dauer der Amtszeit von der Gemeinde verliehen. Zugleich mit dem Stab wurde vom Schutzherrn, dem Fürsten Esterházy, eine Konfirmations-(Bestätigungs-)Urkunde übergeben, die im hohlen Schaft verwahrt wurde.

Lit.: *B. Wachstein,* Urkunden und Akten zur Geschichte der Juden in Eisenstadt und den Siebengemeinden, Eisenstädter Forschungen 2., Wien 1926.

K. L.

82

Steuerliste der Eisenstädter Juden 1564
Akt. 1564 September 2, Wien, 225 x 335. Hofkammerarchiv, Niederösterr. Herrschaftsakten W 61/C/43.

Die Liste enthält die in diesem Jahr in Eisenstadt lebenden Haushaltsvorstände und gibt deren Steuerrückstände für die Jahre 1556 bis 1563 an. Sie enthält aber auch interessante biographische Hinweise. Unsicher ist es, ob in der Liste alle Eisenstädter Juden angeführt sind, oder nur jene, die Steuerrückstände zu begleichen hatten. In der Liste sind acht Eisenstädter Familien genannt, danach weitere acht Haushaltsvorstände, die allerdings unter der Bezeichnung „frembd und straiffende juden" zusammengefaßt sind. Die verschiedenen Geburtsorte zeigen, wie unsicher die Verhältnisse für die Juden waren: kaum ein Jude, der sein ganzes Leben in der gleichen Gemeinde verbrachte.

K. L.

83

Erwähnung der Mattersdorfer Judengemeinde 1569
Sammlung von Büchern und Handschriften des Niederösterr. Vizedomamtes Nr. 1196, fol. 82v, aufgeschlagen, 660 x 440, Wien, Hofkammerarchiv.

1569 gehörte Mattersburg/Mattersdorf zu Niederösterreich bzw. zur Herrschaft Forchtenstein, die damals an die Herren Weißpriach verpfändet war. Die Lebensumstände der Landjuden zu dieser Zeit waren zwar unsicher, da die Juden immer von Ausweisungen bedroht waren, doch gerade die Herren von Weißpriach wußten ihren Vorteil zu suchen und in beschränktem Maße profitierte die Mattersdorfer Judengemeinde davon. Obwohl die Herrschaft verpfändet war, ist sie samt den Judengemeinden im landesfürstlichen Urbar genannt.

Lit.: *Fritz Hodik,* Beiträge zur Geschichte der Mattersdorfer Judengemeinde im 18. und in der ersten Hälfte des 19. Jahrhunderts. Burgenländische Forschungen 65, Eisenstadt 1975.

K. L.

84

Tragen des Gelben Ringes in Tirol
Patent. ca. 1522.

Auch die in Tirol lebenden Juden wurden dazu verhalten, in den Städten und Märkten das jüdische Zeichen zu tragen. Ferdinand I. formulierte diese Bestimmung offenbar nach dem Vorbild seines Großvaters Maximilian I., der eine ganz ähnliche Ordnung 1511 für Niederösterreich erlassen hatte. Von den Juden wurde sie anscheinend unter Duldung der christlichen Behörden nicht immer eingehalten.

85

Der jüdische Friedhof in der Seegasse
Foto.

Aus dem ältesten datierten Grabstein ergibt sich 1582 als spätester Zeitpunkt für die Anlage des Friedhofes. Er befand sich in der Seegasse im heutigen 9. Wiener Gemeindebezirk. Nach der Judenvertreibung 1670 übernahmen Bürgermeister und Rat der Stadt Wien die Verpflichtung, den Friedhof mit einer Planke zu umgeben und die Gräber zu erhalten. Als es den Juden wieder erlaubt war, sich in Wien aufzuhalten, wurde der Friedhof weiter belegt. Samuel Oppenheimer ließ ihn restaurieren und die hölzerne Einplankung durch eine Steinmauer ersetzen. Als Kaiser Joseph II. 1785 die Friedhöfe innerhalb des Linienwalles schließen ließ, durften die vorhandenen Gräber wohl weiter bestehen, die Verstorbenen wurden aber seit damals auf dem Währinger Friedhof begraben.

Lit.: *Wilhelm Kisch,* Die alten Straßen und Plätze von Wiens Vorstädten, 2. Band, Wien 1885, 599 f; *Bernhard Wachstein,* Die Inschriften des alten Judenfriedhofes in Wien. Quellen und Forschungen der Geschichte der Juden in Deutsch-Österreich, Wien 1912.

K. L.

86

Die Schlagbrücke
Ausschnitt aus dem Plan von Jakob Hoefnagel. 1609.

Die Schlagbrücke verband die Stadt mit der Judenstadt im Unteren Werd.

K. L.

87

Die Landjuden des 16. und 17. Jahrhunderts in Niederösterreich und Burgenland
Karte. Entwurf Klaus Lohrmann. Ausführung Erwin Moravitz.

Die Anfänge der niederösterreichischen Landjuden nach der Vertreibung 1420/21 liegen im Dunkel. Erst im 17. Jahrhundert beginnen die Quellen reicher zu fließen. Die geographische Nähe der neuen Judensiedlungen zu den mittelalterlichen läßt den Gedanken einer schwachen Kontinuität zwischen beiden Siedlungsstufen möglich erscheinen. Man dachte daran, daß sich die Juden in der Nähe ihrer alten Friedhöfe ansiedelten, bzw. daß sie sich aus praktischen Gründen, wie dem Besuch der städtischen Märkte, im näheren Umfeld der Städte niederließen. Entscheidend für diese Neusiedlung war offenbar ein Umdenken des landständischen Adels, der nach langem Widerstand gegen die Juden die finanziellen Vorteile einer flexibleren Haltung erkannte. Mit dem Aufkommen des Absolutismus erkämpfte sich aber der Landesfürst seine Rechte gegenüber allen Juden im Lande wieder zurück. Ähnlich ist die Politik der Esterházys zu verstehen, die mit Hilfe der Juden eine finanziell weitgehend unabhängige Politik betreiben konnten. (Vgl. Kat.Nr. 82)

Lit.: *L. Moses,* Geschichte der Juden in Niederösterreich, Wien 1935.

K. L.

88

Die Judenstadt im Unteren Werd (Leopoldstadt — Teil des 2. Wiener Gemeindebezirkes)
Plan. Entwurf Ignaz Schwarz, gez. A. St. Kronstein.

Am 6. Dezember 1624 erging an die Wiener Juden die Mitteilung, daß ihnen im Unteren Werd Wohnungen angewiesen würden (vgl. Nr. 78). Grundherr des Gebietes war die Stadt Wien, die es als Bürgerspitalsbesitz mit dem Spital selbst erworben hatte. Daher waren die Juden seit diesem Privileg wieder besitzfähig geworden. (Sie hatten das Recht eine Gewer zu nehmen.) Am 16. Juli 1625 war die Übersiedlung der Juden in ihr neues Viertel abgeschlossen. Zunächst waren nur 15 Häuser vorhanden, dazwischen breiteten sich Gärten und landwirtschaftliche Gebäude aus. Bis 1669 stieg die Häuserzahl um das Neunfache auf 132 an. Das Gebiet verstädterte also innerhalb sehr kurzer Zeit. In diesen 132 Häusern wohnten 1346 Personen. Dadurch erweist sich auch die Schätzung der Zahl der in Wien lebenden Juden im Mittelalter auf 700—800 Personen als richtig. Die Fläche der Judenstadt wurde im Laufe ihres Bestehens nur einmal geringfügig erweitert. Auch über das Innere der Häuser wissen wir recht gut Bescheid. So wurde das Haus des Marx Schlesinger 1660 beschrieben: ,,Der Eingang und Kuchel gwölbt, doran 1 Stuben, 1 klain gwölbtes Cämerl, doran noch ain gwölbtes Cämerl, durch diss Kämerl 1 gwölbtes Vorheissl, 1 Kuchel, 1 Keller, 1 Stuben mit Holz, aber ain Stuben, 1 gwölbte Camer, im Vorhaus 1 verschlagene Camer, 1 hilzene Stiegen, doroben 3 verschlagene Camer, 1 Schindltach, auf den Potten 1 Kuchel, 1 Stuben und sauberes Cämerl, dise Stiegen hinundter ain verschlagenes Cämerl und 2 klaine Höffl, dorin ain Holzcamer.''

K. L.

89

Die Vertreibung der österreichischen Juden 1670

Foto einer Radierung. 1670, Staatsbibliothek München.

Die mittelalterliche Vertreibung der Juden läßt ansatzweise rationale Gründe erkennen, warum es zu dieser Katastrophe kam. Die Ausweisung des Jahres 1670 entbehrt offenbar solcher Voraussetzungen. Wohl war der Wiener Magistrat an der Abschaffung der Juden interessiert, sein Einfluß hätte aber nicht zu einem derartigen Vorgehen gegen die Juden ausgereicht. Hier wirkte aber ein starkes religiöses Motiv, das von Kaiser Leopold I. selbst als das wichtigste Argument in der Diskussion, die der Ausweisung voranging, bezeichnet wurde. Selbst die Hofkammer die nicht müde wurde, die finanziellen Folgen einer Vertreibung in den dunkelsten Farben zu malen, konnte sich nicht durchsetzen. Am 28. Februar 1670 verfügte der Kaiser durch ein Intimationsdekret, daß alle österreichischen Juden bis zum 25. Juli 1670 auswandern müßten.

Lit.: *W. Häusler,* Das Judentum im Revolutionsjahr 1848. Studia Judaica Austriaca 1, Wien 1974, 21.

K. L.

90

Aufnahme von 50 jüdischen Familien aus Wien in Berlin.

Patent Friedrich Wilhelms des Großen Kurfürsten. 1671 Mai 21.

Jene Wiener Familien, die nach der Vertreibung aus Wien noch ein Kapital von 10.000 Talern nachweisen konnten, wurden in Berlin aufgenommen. Der politische Aufstieg Preußens um 1700, das 1670 mit schweren wirtschaftlichen Problemen zu kämpfen hatte, hängt mit der Zuwanderungspolitik des Großen Kurfürsten eng zusammen.

Lit.: Juden in Preußen, Dortmund 1981.

K. L.

Kriege und barocke Prachtbauten

91

Bildnis des Prinzen Eugen (1663—1736).

Der Feldherr der Türkenkriege und des Spanischen Erbfolgekrieges war auf die Heereslieferungen und Darlehen der Juden angewiesen. Jährlich erhielt die Hofkammer rund 2 Millionen Gulden Vorschüsse von Hofjuden. Die Staatseinnahmen betrugen damals 5—7 Millionen Gulden. Aus diesen Einnahmen wären die militärischen Unternehmungen nicht zu finanzieren gewesen.

K. L.

92

Schönbrunn

Auch das barocke Stadtbild Wiens wäre ohne finanzielle Unterstützung der Juden weniger glänzend ausgefallen. Der aus Spanien stammende Jude Diego d'Aguilar lieh Maria Theresia 300.000 Gulden zur Neugestaltung des Schlosses Schönbrunn. D'Aguilar, den sogar Maria Theresia sehr schätzte, machte sich in vielfacher Weise um die Monarchia Austriaca verdient. Er war an der Errichtung des Tabakmonopols entscheidend beteiligt und spielte auch eine hervorragende Rolle bei Subsidienzahlungen, die Österreich 1743 an England zu zahlen hatte.

K. L.

93

Karlskirche

Auch dieses berühmte Wiener Barockbauwerk, das Karl VI. zum Dank für die Abwendung der Pest 1713 stiftete, wurde zum Teil mit Geldern der Juden Marcus und Mayr Hirschl errichtet. Sie erwarben sich durch eine Zahlung von 250.000 Gulden für die Karlskirche und die Hofbibliothek ein neues Aufenthaltsprivileg.

K. L.

94

Samuel Oppenheimer (1630—1703)

Foto eines Kupferstichs von Andreas Pfeffel d.Ä. und Christian Engelbrecht, 1704.

Kaiser Ferdinand II. (1619—1637) hatte der Familie Oppenheimer ein Schutzprivileg ausgestellt, das ihnen ungehinderten Aufenthalt und Handel überall dort, wo Juden wohnen durften, garantierte. Dieses Privileg umfaßte auch das Recht der Religionsausübung und der Beerdigung. Die Oppenheimers standen also beim Kaiser, aber auch bei den Juden, in hohem Ansehen. Samuel Oppenheimer wurde vermutlich in der Pfalz geboren und nannte sich zunächst (seit 1660) nach Heidelberg. Das kaiserliche Heer belieferte er schon seit 1672. Seit 1677 führte er den Titel „Kaiserlicher Kriegsfaktor". Oppenheimer stand an der Spitze einer Kette von Lieferanten und Darlehensgeber, denen er mit seinem Ansehen bürgte, das er in der europäischen Judenschaft genoß. Doch war dieses System so kompliziert, daß es immer wieder zu Schwierigkeiten kam, die Verluste einbrachten. Dazu kam die schleppende Zahlungsweise der Hofkammer. Bewußte Verleumdungen und die Mißgunst, die man Armeelieferanten entgegenbrachte, führten sogar zur Gefangennahme Oppenheimers, den man damit auch zwingen wollte, den 1683 ausbrechenden Türkenkrieg zu finanzieren. Durch Tatkraft, ja Wagemut und seinen unglaublichen Kredit gelang es Oppenheimer, auch die schwierigsten Situationen zu meistern und seine Verpflichtungen gegenüber dem Kaiser und dem Heer zu erfüllen. Auf dem Bild ist er offenbar in seinem Kontor dargestellt. Das Porträt ist umrahmt von Ausrüstungsgegenständen für die Armee.

Lit.: *Max Grunwald,* Samuel Oppenheimer und sein Kreis. Quellen und Forschungen zur Geschichte der Juden in Deutsch-Österreich, Wien 1913.

K. L.

95

Testament des Samuel Oppenheimer

1703. Wiener Stadt- und Landesarchiv, H.A.-Akten Persönlichkeiten 51/5.

Das Testament wurde hebräisch verfaßt und auf deutsch übersetzt. Oppenheimers Tod löste eine Finanzkrise aus, die den Kaiser deswegen betraf, da Österreichs Kredit praktisch mit dem Oppenheimers ident war. Bei seinem Tod betrug sein Schuldenstand ungefähr fünf Millionen Gulden, die ihm aber wiederum der Staat schuldete. Um Oppenheimers Gläubiger zu befriedigen, wurde noch 1703 das Banco del Giro gegründet.

Lit.: *Max Grunwald,* Samuel Oppenheimer und sein Kreis. Quellen und Forschungen zur Geschichte der Juden in Deutsch-Österreich, Wien 1913; *Michael Wagner,* Zwischen zwei Staatsbankrotten, Wiener Geschichtsblätter 32 (1977), 113 ff.

K. L.

96

Privileg für Samuel und Löw Leidersdorf

Urkunde. Pergament. 330 × 240. 1758 September 11. Wiener Stadt- und Landesarchiv. H.A.-Urkunde 8116.

Grundlage der Ansiedlung eines Juden in Wien war seit Oppenheimer ein sachbezogenes Privileg. Im allgemeinen wurden die „tolerierten" Juden zu Hof- und Heereslieferungen herangezogen. Samuel (1700—1762) und Löw (1705—1789) erhielten darüber hinaus ein Handels- und Aufenthaltsprivileg für Ungarn. Dazu beschäftigte sich Löw mit Juwelenhandel. Die Brüder begründeten den bedeutenden Wiener Zweig der Familie Leidersdorf. Die Privilegien waren meist nur auf kurze Zeit befristet, man war auch daran interessiert, nach Ablauf der Aufenthaltsbewilligung die Ausweisung zu verfügen. Gewöhnlich leistete der betroffene Jude eine als Kredit ausgewiesene Zahlung an den Hof, um eine Verlängerung oder ein neues Privileg zu erhalten (vgl. Nr. 93).

Lit.: *Klaus Lohrmann,* Das österreichische Judentum zur Zeit Maria Theresias und Josephs II., Studia Judaica Austriaca 7, Eisenstadt 1980.

K. L.

97

Vertreibung der Juden aus Böhmen
Patent. Oberösterreichisches Landesarchiv.

Zu den für die Juden bedrohlichsten Ereignissen gehörte die 1745 von Maria Theresia ausgesprochene Vertreibung der Prager Juden. Selbst dem oberösterreichischen Landeshauptmann wurde in einem Patent eingeschärft, keine Juden in seinem Land aufzunehmen. Der eigentliche Grund für diese an sich undurchführbare Maßnahme war Maria Theresias heftige Reaktion auf die Anschuldigung, daß die Prager Juden mit ihrem Feind, Friedrich dem Großen, konspirierten.

K .L.

98

Judenordnung Maria Theresias
Intimation. 520 × 410. 1764 Mai 5. Wien, Niederösterreichisches Landesarchiv H. 1 Judensachen Normale.

Maria Theresias Judenpolitik war einerseits von tiefem Mißtrauen gegen die Juden geprägt, das offenbar religiösen Motiven entsprang und 1777 zu jener berüchtigten eigenhändigen Bemerkung auf einem Hofkanzleivortrag führte, wo es heißt: ,,Ich kenne keine ärgere Pest von Staatt als dise Nation, wegen Betrug, Wucher und Geldvertragen, Leüt in Bettelstab bringen, all üble Handlungen ausüben, die ein andere ehrlicher Mann verabscheüete.'' Andrerseits war sie in jüngeren Jahren Diego d'Aguilar wohl gesonnen und sie zollte auch dem berühmten Oberrabbiner von Prag, Ezechiel Landau, Bewunderung. Die vorliegende Judenordnung, die zweite, die durch Maria Theresia publiziert wurde, zeigt zwei Hauptströmungen: Erstens die genaue Reglementierung der Aufenthaltsbedingungen, die gegenüber früher restriktiver waren (Beschränkung der Personenzahl in einem Haushalt, schärfere Überwachung etc.) und zweitens die systematische Beteiligung der Juden in einem neuen Bereich des Wirtschaftslebens. Vor allem sollte man die Juden dazu ermuntern, Manufakturen und Kompanien zu gründen. Die Vorlage eines solchen Projektes und der Nachweis der Finanzierungsfähigkeit sollte die Grundlage für ein Aufenthaltsprivileg sein.

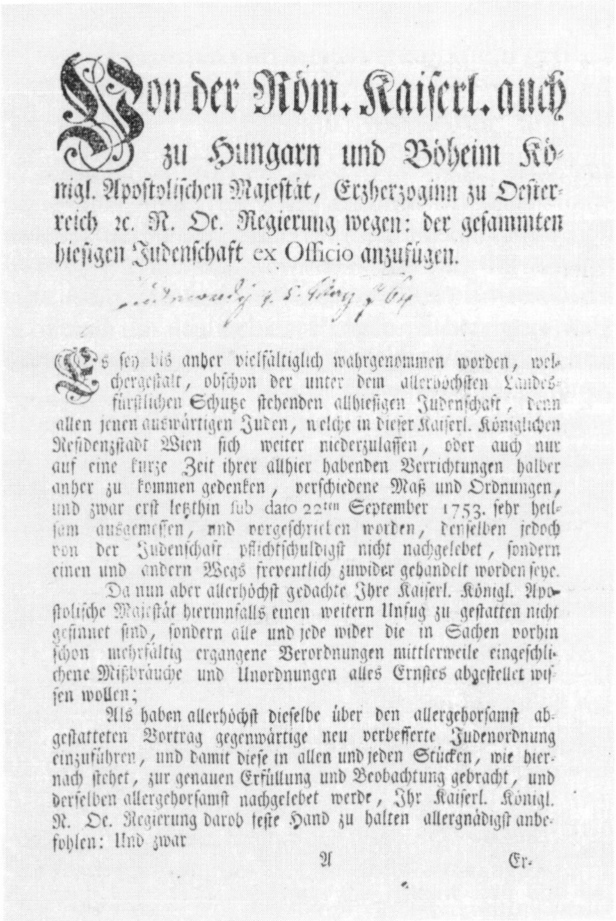

Von der Röm. Kaiserl. auch zu Hungarn und Böheim Königl. Apostolischen Majestät, Erzherzoginn zu Oesterreich ꝛc. N. Oe. Regierung wegen: der gesammten hiesigen Judenschaft ex Officio anzufügen.

Es sey bis anher vielfältiglich wahrgenommen worden, welchergestalt, obschon der unter dem allerhöchsten Landesfürstlichen Schutze stehenden allhiesigen Judenschaft, denn allen jenen auswärtigen Juden, welche in dieser Kaiserl. Königlichen Residenzstadt Wien sich weiter niederzulassen, oder auch nur auf eine kurze Zeit ihrer allhier habenden Verrichtungen halber anher zu kommen gedenken, verschiedene Maß und Ordnungen, und zwar erst letzthin sub dato 22ten September 1753. sehr heilsam ausgemessen, und vorgeschrieben worden, denselben jedoch von der Judenschaft pflichtschuldigst nicht nachgelebet, sondern einen und andern Wegs freventlich zuwider gehandelt worden seye.

Da nun aber allerhöchst gedachte Ihre Kaiserl. Königl. Apostolische Majestät hierinnfalls einen weitern Unfug zu gestatten nicht gesinnet sind, sondern alle und jede wider die in Sachen vorhin schon mehrfältig ergangene Verordnungen mittlerweile eingeschlichene Mißbräuche und Unordnungen alles Ernstes abgestellet wissen wollen;

Als haben allerhöchst dieselbe über den allergehorsamst abgestatteten Vortrag gegenwärtige neu verbesserte Judenordnung einzuführen, und damit diese in allen und jeden Stücken, wie hiernach stehet, zur genauen Erfüllung und Beobachtung gebracht, und derselben allergehorsamst nachgelebet werde, Ihr Kaiserl. Königl. N. Oe. Regierung darob feste Hand zu halten allergnädigst anbefohlen: Und zwar

A Er-

Abb. 59

Dieses neue Element in der Judenpolitik hatte weitreichende Folgen. Ab nun ging die Verlängerung und Erneuerung von Aufenthaltsprivilegien gewöhnlich ohne größere Schwierigkeiten vor sich und bei aller Beschränkung bereitete sich ein Wandel in der sozialen Stellung der Juden vor. Nicht einmal ein Jahrzehnt später wurde der erste ungetaufte Jude geadelt.

Lit.: *Klaus Lohrmann,* Das österreichische Judentum zur Zeit Maria Theresias und Josephs II., Studia Judaica Austriaca 7, Eisenstadt 1980.

K. L.

99

Ketubba (Eheverschreibungsurkunde)
Österr. Nationalbibliothek, Cod hebr 136. 710 × 550, 1741 Conegliano.

Bräutigam: Schemarja, Sohn des Schmuel Morpurgo. Braut: Bella, Tochter des gelehrten Arztes Mordechai Morpurgo. In der Umrahmung Tierkreiszeichen. Rechts unten Bundeslade und Keruben. Links unten Tisch mit Schaubroten. Rechts oben Waschbecken und Krug. Links oben Menora, jeweils in goldener Kreisumrahmung. Die Tempelsymbole waren Ausdruck der messianischen Hoffnung.

K. Sch.

100

Das Toleranzpatent Kaiser Josephs II. für die Juden
Patent. 1782 Jänner 2. Wiener Stadt- und Landesarchiv, Patentsammlung.

Wenige Ereignisse bewegten und veränderten das österreichische Judentum so einschneidend wie dieses Patent des kaiserlichen Reformers. Die geistigen Voraussetzungen dazu waren seit längerer Zeit ausgebildet. Es war ein rationales auf Nützlichkeit ausgerichtetes Bild vom Menschen entstanden, das ihn als erziehbares Objekt darstellte. Bemächtigte sich die Aufklärung in ihrer praktisch-trivialen Form einer Gruppe, war man zunächst bestrebt, ihre Eigenart gegenüber dem genormten Idealbild des Menschen aufzuheben. Genau darauf zielte das josephinische Toleranzpatent für die Juden auch ab. Prämisse war, die Juden dem Staate nützlicher zu machen. Doch würde man Joseph und seinem Kreis Unrecht tun, übersähe man, daß hinter dem Patent auch das Bemühen stand, den Juden bessere Lebensbedingungen zu verschaffen. Das Patent ist in der vorliegenden Fassung ein Kompromiß, wie es 1790 ausgedrückt wurde: es sei im strengsten Verstande genommen, „Schonung des philosophischen Kaysers für die Vorurtheile seines Volckes". Josephs ursprünglicher Entwurf, der sich auf preußische Vorbilder, französische Nationalökonomie und auf manchen Ratschlag Sonnenfels stützte, war noch wesentlich radikaler und zielte auf die völlige Rezeption der Juden. Im Kampf um die Beschränkung der Anzahl der Juden blieben aber die Behörden siegreich, und so blieb die Aufenthaltsbewilligung, die „Toleranz" im barocken Sinn, Grundlage der Existenz der Juden. Einschneidend war das Verbot, die öffentlichen Urkunden hebräisch zu verfassen. Man meinte das Bildungsniveau der Juden zu heben, wenn man ihre Nationalsprache beseitigte. Prinzipiell blieb das Aufenthaltsverbot für die Juden bestehen, allerdings mit der Ausnahme, daß eine nützliche Tätigkeit auf dem Lande sie von diesem Verbot entband. Es wurde gestattet, in Wien eine jüdische Normalschule zu führen, wobei allerdings bezüglich der Lehrbücher staatliche Oberaufsicht bestand. Den Juden waren alle Berufszweige erlaubt, obwohl dagegen in den Vorverhandlungen manche Bedenken erhoben wurden. Doch entschloß man sich, die Entwicklung abzuwarten. Die Beschränkung der Zahl jüdischer Dienstboten und Angestellter wurde beseitigt. Die Juden sollten in Zukunft auch nicht mehr in bestimmten Häusern wohnen, sondern konnten sich in der Stadt und den Vorstädten niederlassen, wo sie wollten. (In der Praxis kam dies schon längere Zeit vor.) Die Leibmaut, die fremde Juden bisher bezahlen mußten, wenn sie sich einige Tage in der Stadt aufhielten, wurde aufgehoben. Die Handelsbestimmungen wurden weitgehend gelockert und die doppelten Gerichts- und Kanzleitaxen abgeschafft. Zuletzt fielen alle Restriktionen bezüglich äußerer Tracht, das Ausgehverbot an Sonn- und Feiertagen sowie das Besuchsverbot öffentlicher Belustigungen. Bei aller Zweischneidigkeit, die sich durch die nivellierende Tendenz aufklärerischer Politik ergab, ist das Toleranzpatent eine wichtige Weichenstellung für die Geschichte des österreichischen Judentums geworden.

Lit.: *Wolfgang Häusler,* Der Weg des Wiener Judentums von der Toleranz zur Emanzipation, Jahrbuch des Vereines für Geschichte der Stadt Wien 30/31 (1974/75), 84ff.; *Klaus Lohrmann,* Das österreichische Judentum zur Zeit Maria Theresias und Josephs II. Studia Judaica Austriaca 7, Eisenstadt 1980.

K. L.

Abb. 60

101

Herz Naphtali Homberg, 1749—1841

Bildnis aus Kitbe Kodesch, Österreichische Nationalbibliothek 20. J. 7 Bd. 16.

Homberg erfuhr zunächst eine gewissenhafte Talmudausbildung, wandte sich aber unter dem Einfluß von Moses Mendelssohn, in dessen Haus er als Lehrer wirkte, der Aufklärung zu. In den Diensten Josephs II. wirkte er zuerst in Triest und wurde hierauf nach Galizien entsandt, um das dortige Schulwesen im Sinne der josephinischen Normalschule zu reformieren. Hier stieß der überzeugte Vertreter der Haskala auf eine Umgebung, die ihm feindselig gegenüberstand. Homberg wurde als Verräter am Judentum betrachtet, ein Makel, der ihm noch heute anhaftet. Sein Scheitern an den galizischen Verhältnissen, die durch Rabbinismus bzw. Chassidismus geprägt waren, ist symptomatisch für das Scheitern der Aufklärung in ihrer praktisch-naiven Form überhaupt.

Lit.: *Wolfgang Häusler,* Das Judentum im Revolutionsjahr 1848. Studia Judaica Austriaca 1, Wien 1974; *Klaus Lohrmann,* Das österreichische Judentum zur Zeit Maria Theresias und Josephs II. Studia Judaica Austriaca 7, Eisenstadt 1980.

K. L.

102

Hartwig Wessely (Naphtali Herz Weisel) 1725—1805

Bildnis aus Kitbe Kodesch, Österreichische Nationalbibliothek 20. J. 7 Bd. 3.

Wessely war einer der bedeutendsten Vertreter der Haskala, der jüdischen Aufklärung. Dieser seiner Geisteshaltung entsprechend stand er Josephs II. Toleranzpatent sehr positiv gegenüber und begrüßte das neue Zeitalter überschwenglich. Er richtete an die Juden Österreichs einen Aufruf, der unter dem Titel „Worte der Wahrheit und des Friedens an die gesamte jüdische Nation, vorzüglich an diejenigen, so unter dem Schutze des glorreichen und großmächtigsten Kaisers Joseph des Zweiten wohnen", gedruckt wurde. Was Wessely nicht sah, war die Tatsache, daß das nivellierende Menschenbild der Aufklärung die jüdische Identität schwer gefährdete.

Lit.: *Jacob Allerhand,* Hartwig Wessely. Das Porträt eines hebräischen Aufklärers, in: Kairos, NF 14 (1972), 98—109; *Ruth Kestenberg-Gladstein,* Neuere Geschichte der Juden in den böhmischen Ländern. Erster Teil. Das Zeitalter der Aufklärung 1780—1830, Tübingen 1969 (wichtig für die allgemeine Beurteilung der Situation).

K. L.

103

Befehl Kaiser Josephs II. , bestimmte Geschlechts- und Vornamen zu führen

Patent, 1787 Juli 23. Wiener Stadt- und Landesarchiv, Patentsammlung.

Im Zuge der Normierung des Lebens der Juden erging auch der Befehl, daß die jüdischen Familien bestimmte Geschlechts- = Familiennamen zu führen hätten. Jüdische Bezeichnungen und Herkunftsnamen nach Orten wurden verboten. Zugleich wurde auch die Matrikelführung durch die Rabbiner in deutscher Sprache dekretiert.

Lit.: *Klaus Lohrmann,* Das österreichische Judentum zur Zeit Maria Theresias und Josephs II. Studia Judaica Austriaca 7, Eisenstadt 1980.

K. L.

104

Denkmal der von dem Besten und Grösten Kaiser Joseph II. in seinen Staaten errichteten und den 17. October 1781 publicirten Toleranz

Johann Friedrich Beer, um 1782. 285 x 387, Stich. HW Inv. Nr. 93 353

Dargestellt sind die verschiedenen Glaubensbekenntnisse, darunter ganz hinten links auch ein Jude.

K. L.

105

Kaiser Joseph II.

Ölgemälde, 1782, 870 x 1120, Melk, Benediktinerstift.

Unter den vielen Bildnissen des Kaisers wurde dieses häufig kopiert. Der Eindruck, den die gesetzgeberische Tätigkeit des Kaisers auf die Zeitgenossen machte, ist auch hier deutlich erkennbar: auf dem Tisch vor Joseph liegen einige Aktenstücke, unter denen sich auch ein Toleranzpatent befindet.

Lit.: Katalog Joseph II., Melk 1980; Österreichische Kunsttopographie III, Wien 1909.

106

Joseph von Sonnenfels (1733—1817)

Stich von Johann Böhm nach einem Gemälde von Johann B. Lampi 1813.

Sonnenfels war der Sohn eines Lehrers für hebräische Sprache namens Lipman Perlin, der sich am 17. 9. 1735 mit seinen drei Söhnen im Wiener Schottenkloster taufen ließ. Seit 1746 führte der Vater das Adelsprädikat „von Sonnenfels". Sonnenfels selbst lebte nicht mehr in jüdischer Tradition, war aber an den Problemen der Juden überaus interessiert und trug zur Fassung des Toleranzpatentes vieles bei. Er trug wesentlich zur Reform des österreichischen Verwaltungs- und Gerichtswesens bei und war auf vielen Gebieten literarisch tätig.

K. L.

107

Samson Wertheimer (1658—1724)

Ölgemälde, historische Kopie nach dem Original, das Eigentum der seinerzeitigen „Administration der Wertheimber'schen Familienstiftungen" in Wien IX. war und heute als verschollen gilt. 1030 x 1190, HM IN 31.035, Wien

Wertheimer war Oberhoffaktor der Kaiser Leopold I., Joseph I. und Karl VI. — Geboren in Worms, kam er 1684 nach Wien, wo er sich familiär und geschäftlich mit dem kaiserlichen Hoffaktor Samuel Oppenheimer verband und schließlich dessen Nachfolger wurde. Aufgrund seiner Stellung wirkte er als „Stadlan", d. h. Fürsprecher der rechtlosen Juden, und galt als der ungekrönte Judenkaiser. Dem Staate diente er durch Bereitstellung riesiger Geldsummen, die besonders der Erbfolgekrieg und die Türkenkriege erforderten. Daraus ergab sich u.a. Zusammenarbeit und persönliche Freundschaft mit dem Prinzen Eugen.
Trotz des großen Umfangs seiner weltlichen Geschäfte vernachlässigte er nicht die in der Jugend begonnenen

rabbinischen Studien. Es sind von ihm talmudische Vorträge und Predigten erhalten, vor allem aber sorgte er dafür, daß bedeutende Gelehrte zu Rabbinern berufen wurden, so etwa auch im Falle des R. Meir b. Isak Eisenstadt, der von 1717 bis 1744 in Eisenstadt wirkte. Er selbst war ehrenhalber Rabbiner von verschiedenen Gemeinden, z.B. auch von Eisenstadt (vgl. die Ernennungsurkunde aus dem Jahre 1693 im Burgenländischen Landesmuseum), und Landesrabbiner von Ungarn.
Sein Andenken lebt fort in der weitverzweigten Familie, die seinen Namen (auch Wertheim, Wertheimber, Wertheimstein) trägt, und in mehreren Stiftungen, die bis zur Inflation nach dem 1. Weltkriege bestanden, nicht zuletzt jedoch im ,,Wertheimerschen Freihaus'' in der ehemaligen Judengasse von Eisenstadt, das ihm gehörte und heute Sitz des Österreichischen Jüdischen Museums ist.

Lit.: *David Kaufmann,* Samson Wertheimer, der Oberhoffaktor und Landesrabbiner (1658—1724) und seine Kinder, Wien 1888; *Id.,* Urkundliches aus dem Leben Samson Wertheimers, Wien 1892; *Wachstein,* Inschriften II, 129—145.

N. V.

107A

Wertheimbersche Familienstiftung
Originale Ausfertigung des Stiftsbriefes mit eigenhändiger Unterschrift von Kaiser Franz, 1809. Sammlung Berger.

Der Oberhoffaktor Samson Wertheimer hatte letztwillig die Errichtung einer Familienstiftung verfügt, die einerseits den Nachkommen seines Hauses, andererseits auch den von ihm begründeten oder unterstützten frommen Werken zugute kommen sollte. Diese Verfügung wurde beim Hofmarschallamt hinterlegt und die Stiftung in ihrer endgültigen Form von Kaiser Franz im Jahre 1809 neu errichtet. Darin wird u.a. jährlich ein Betrag von 100 fl. für einen Lehrer in Eisenstadt ausgesetzt.

Lit. wie oben 107. Der Text des Stiftsbriefes ist im Druck erschienen bei *J. N. v. Savageri,* Chronologisch-geschichtliche Sammlung aller bestehenden Stiftungen . . . der k.k. österr. Monarchie, Brünn 1832, 437ff. und *C. F. Mautner v. Markhof — Eugen Guglia,* Die Wiener Stiftungen, Wien 1885, 933ff.

N. V.

107B

Erhebung des Lazar Wertheimer in den Adelsstand
Adelsprivileg. 1796 Oktober 14, 660 x 380, Siegel an goldener Kordel in Messingbehälter. Wiener Stadt- und Landesarchiv, H.A.-Urkunde 8115.

Mit diesem Privileg wurde Lazar Wertheimer gestattet, das Adelsprädikat Edler von Wertheimstein zu führen. Lazar war ein Großonkel des in Nr. 108 genannten Leopold und ein Enkel Samson Wertheimers. Er wurde für seine Verdienste im Krieg 1784, als er das Heer mit Lebensmitteln versorgte und zur Kriegssteuer über das gewöhnliche Maß hinaus beitrug, in den Adelsstand erhoben. Möglicherweise spielen die rhombenförmigen Edelsteine im ersten und vierten Quadranten auf seinen Reichtum an. Die anderen im Wappen aufscheinenden Symbole sind wenig aussagekräftig.

Lit.: *Bernhard Wachstein,* Die Inschriften des alten Judenfriedhofes in Wien. Quellen und Forschungen zur Geschichte der Juden in Deutsch-Österreich, Wien 1912, Bd. II, 512 f.

K. L.

108

Leopold Ritter von Wertheimstein (1802—1883)
Ölgemälde von Josephine Götzel-Sepolina, 1829, 700 x 800, HM IN 103.435, Wien.

Josef b. Samuel Wertheim, gest. 1811 in Wien, ein Urenkel Samson Wertheimers (107), war der Familientradition gemäß bayrischer und kurpfälzischer Hof- und Kammeragent, erwarb sich aber durch größere Lieferungen auch Verdienste um die erbländischen Staaten, so daß ihn Kaiser Leopold II. mit dem Prädikat ,,von Wertheimstein'' in den Adelsstand erhob.
Sein Enkel Leopold, der schon in der Kindheit seine Eltern verloren hatte, mußte sich wieder mit Beharrlich-

keit emporarbeiten. Er machte seine Karriere im Hause Rothschild, indem er zum Prokuristen (Metternich nannte ihn einmal ,,ersten Commis'') des Wiener Rothschild (115) aufstieg, als dessen rechte Hand er galt. Sein Leben war völlig mit dem Schicksal des Bankhauses, das damals gerade seine Weltgeltung erlangte, verbunden; dabei erhielt er auch seinen Anteil an den höchsten Gunstbeweisen, wie die Ordensdekoration des noch jugendlichen Finanzfachmannes zeigt. Neben verschiedenen Ehren und Auszeichnungen wurde ihm später (1862) der Ritterstand verliehen. Die Israelitische Kultusgemeinde machte ihn nach ihrer Konstituierung (1852) zu ihrem ersten Präsidenten.

In der Wiener Gesellschaft erlangte der Name Wertheimstein durch die 20 Jahre jüngere musisch begabte, aber auch sehr sensible Frau Josephine geb. Gomperz Berühmtheit. Im Jahre 1870 erwarb Leopold v. W. eine Villa mit Park in Döbling, mit denen der Name noch heute verbunden ist, obgleich die Familie mit der Tochter Franziska im Jahre 1907 ausstarb und der Besitz laut letztwilliger Verfügung an die Stadt Wien überging.

Lit.: *Wachstein,* Inschriften II, 513—517; *E. C. C. Corti,* Die Rothschilds, München 1971; *Robert A. Kann* (ed), Briefe an, von und um Josephine von Wertheimstein, Wien 1981.

N. V.

109

Isak Noa Mannheimer (1793—1865)

Stich von Ehrenreich 265 x 372, HM IN 11.050, Wien. Prediger am israelitischen Bethause zu Wien.

Mannheimer wurde in Kopenhagen geboren und erlebte als Kind die Emanzipation der Juden in Dänemark. Hier erhielt er sowohl eine jüdisch-religiöse wie eine humanistische Ausbildung und besuchte die Universität. Die jüdische Gemeinde stellte ihn im Alter von 23 Jahren als ,,Katecheten'' an, welcher Begriff allein schon verrät, wie weit in diesem Milieu die Anpassung an die Formen der protestantischen Staatskirche gegangen war. 1821 hielt sich M. erstmals in Berlin und Wien auf, wo er bewies, daß er auch in deutscher Sprache eindrucksvolle Predigten halten könne. Bei einem erneuten Besuch in Deutschland knüpfte er enge Beziehungen zu den Kreisen um die ,,Wissenschaft des Judentums'' in Berlin und um den Reformtempel in Hamburg an. Als Prediger an den hohen Feiertagen in Leipzig — während der Herbstmesse — lernte ihn der Wiener Großhändler M. L. Biedermann kennen und schätzen. Das entschied seinen ferneren Lebensweg: im Juni 1825 traf er in Wien ein und wurde von den Vertretern als ,,Direktor der israelitischen Religionsschule'' angestellt. In Wirklichkeit ging es darum, daß man einen Rabbiner oder Prediger für die neue Synagoge brauchte. Er war denn auch die Seele des Stadttempels, auf ihn gehen die ,,Bethaus-Statuten'' zurück, so daß nicht nur das Gebetbuch, sondern auch der Ritus mitunter nach ihm benannt werden.

Im Jahre 1848 wurde er weiten nicht-jüdischen Kreisen durch seine Predigt beim Begräbnis der Märzgefallenen und sein Wirken als Abgeordneter zum konstituierenden Reichstag bekannt.

Lit.: *Gerson Wolf,* Isak Noa Mannheimer, Wien 1863; *Moses Rosenmann,* Isak Noa Mannheimer, Wien-Berlin 1922.

N. V.

110

Salomon Sulzer (1804—1890)

Lithographie von Eduard Kaiser 1846. 354 x 525, HM IN 989, Wien, Ober Cantor der Israeliten Gemeinde, Professor im Conservatorium in Wien.

Sulzers Heimat war der Markt Hohenems in Vorarlberg, wo seit 1617 eine jüdische Gemeinde bestand. Seine musikalische und stimmliche Begabung war so außerordentlich, daß er, der nach wenigen Lehr- und Wanderjahren im Bodenseegebiet trotz seiner Jugend schon Kantor in Hohenems geworden war, in derselben Funktion an die neue Wiener Synagoge berufen wurde.

Sein Gesang erregte allgemeine Bewunderung; als Lehrer und Komponist war er eine Autorität des Wiener Musiklebens, persönliche Kontakte reichen von Schubert bis Liszt. Auf dem Gebiete des synagogalen Gesanges schuf er nicht nur für den Stadttempel ein bleibendes Werk, sondern vermittelte seine Kunst durch das von ihm herausgegebene „Schir-Zion" (2 Bände) auch ungezählten Gemeinden in Europa und Amerika (ja selbst in Jerusalem). Die musikwissenschaftliche Forschung nimmt sich neuerdings des Sulzerschen Werkes besonders an, wie auch „Schir-Zion" zur Zeit in der Sammlung „Denkmäler österreichischer Tonkunst" kritisch ediert wird.

Lit.: *Maximilian Steiner,* Salomon Sulzer und die Wiener Judengemeinde, Wien 1904; *Eric Mandell,* Salomon Sulzer 1804—1890, in: *Josef Fraenkel (ed.),* The Jews of Austria, London 1967, 221—230; *Eric Werner,* A Voice still heard, London 1976.

N .V.

111

Lazar (Eleasar) Hor(o)witz (1803—1868)
Ölgemälde. Israelitische Kultusgemeinde Wien.

Lazar Horowitz hatte von 1828 bis zu seinem Tode die Funktion eines Rabbiners in Wien inne, wenngleich man ihn offiziell nur „Ritualien-" oder „Koscherfleischaufseher" nannte. Er wurde als Sohn eines Rabbiners in Bayern geboren, später kam sein Vater nach Frauenkirchen, einer der Siebengemeinden (heute im Burgenland). Horowitz studierte an der streng orthodoxen Jeschibha des Chatam Sofer in Preßburg und wurde nach dem Tode seines Vaters zu dessen Nachfolger gewählt. Er nahm das Angebot jedoch nicht an, sondern zog nach Deutsch-Kreutz (Zelem), einer anderen der Siebengemeinden, und leitete dort eine Jeschibha. Im Jahre 1828 bestellten ihn die Vertreter der Wiener Israeliten auf Vorschlag I. L. Hofmanns (112a) zum Ritualienaufseher, d.h. er sollte die Aufgaben eines Rabbiners übernehmen und geistliche Autorität für die orthodoxen Juden sein, während Mannheimer (109) das Amt des Predigers am Stadttempel versah. — Horowitz eröffnete auch in Wien eine Talmudschule und galt als anerkannter Gelehrter in halakhischen Fragen; eine Responsensammlung erschien unter dem Titel „Yad El'azar" nach seinem Tode. Trotz seiner persönlich sehr strengen Auffassungen in religiösen Dingen war er kein Eiferer, sondern tolerant und immer auf Ausgleich zwischen Konservativen und Reformern bedacht. Nach seinem Tode wurden erstmals Amt und Titel eines Wiener Oberrabbiners geschaffen und dem Nachfolger Mannheimers, Dr. Moritz Güdemann (1835—1918), verliehen.

Lit.: *P. Smolensky,* Biographie L. Horwitz (hebr.) in: Ha-shachar I/1, 1—18 (Wien 1868); *Wachstein,* Hebr. Publizistik I, 84ff.; *S.A. Horodezky,* Enc. Jud. (Berlin) 8, 218f.

N. V.

112

a) Isak Löw Hofmann von Hofmannsthal (1759 — 1849).

Lithographie von Joseph Kriehuber 1837. 20 x 26 cm. HM IN 80.208. Wien.

Isak Löw Prostiebor — der Name rührt von seinem Geburtsort in Böhmen her — wuchs in sehr bescheidenen Verhältnissen auf und kam als 13jähriger nach Prag, wo er sich auf den Beruf eines Rabbiners vorbereiten sollte. Nach den entbehrungsreichen Jahren des Studiums erhielt er eine Stelle als Hauslehrer bei dem Kaufmann Baruch Königswart und wurde im Laufe der Zeit auch ins Geschäft und in die Familie aufgenommen. Er legte sich den Namen Hofmann bei, heiratete die Enkelin Königswarts und leitete dessen Großhandlung in Wien, die er ab 1794 allein übernahm. Seine größte Leistung „im Kommerzfache" war die Hebung der Seidenkultur in Österreich, womit die Monarchie in diesem Industriezweig unabhängig wurde.
Seit 1806 war er Vertreter der Wiener Judenschaft. Er blieb der religiösen Einstellung aus seiner Jugendzeit treu und gehörte auch in Wien dem Kreise der orthodoxen Juden an. Das hinderte ihn nicht, durch Jahrzehnte als „Armen-Bezirks-Direktor" der Pfarre am Hof zu wirken. Im Jahre 1835 verlieh ihm Kaiser Ferdinand den Adel mit dem Prädikat „von Hofmannsthal".

Lit.: *Wurzbach,* 9, 15 ff.; *Wachstein,* Die ersten Statuten des Bethauses in der Inneren Stadt, Wien 1926, 11ff. *Allg. Verw. Archiv,* Adelsstand I. L. Hofmann.

N. V

b) Therese Hofmann von Hofmannsthal, geb. Schefteles (1773—1850)
Lithographie von Joseph Kriehuber 1837. 21 x 28 cm. HM IN 80.245, Wien.

Therese Schefteles war die Enkelin des Kaufmanns Baruch Königswart, bei dem Isaak Löw Hofmann angestellt war. Er heiratete Therese im Jahre 1788. Auf dem gemeinsamen Grabstein heißt es von ihr: „Ihm folgte seine Gattin nach 61jähriger Ehe, Mutter von 13 Kindern, vier Monate nach dessen Tode".

Lit.: *Wurzbach;* ÖNB., Handschriftensammlung, Ser.n. 1597.

N. V.

113

Wappen Hofmann von Hofmannsthal
Farbige Zeichnung 1835. 13 × 23 cm. Allg. Verwaltungsarchiv, Adelsstand I. L. Hofmann.

Der von Hofmann eingereichte Wappenentwurf wurde von der Hofkanzlei genehmigt.
Der geviertete Schild zeigt 1) einen Steinadler, in der rechten Klaue 6 silberne Pfeile haltend; 2) einen silbernen Opferstock (Hinweis auf Hofmanns Amt als Armenrat); 3) ein Buch, auf dem sich 2 Gesetzestafeln erheben. Dieses Zeichen bedeutet das Judentum des Geadelten, doch sind die Tafeln (aus Versehen?) nach christlicher Manier dargestellt, da die Gebote I—III und IV—X zusammengefaßt sind, statt I—V und VI—X. Das 4. Feld endlich weist auf die verdienstvolle Leistung Hofmanns hin: ein Maulbeerblatt mit einem Seidenwurm.

Lit.: *Wurzbach.*

N. V.

114

Fanny Freyinn von Arnstein (1758—1818)
Schabblatt von Vinzenz Georg Kininger nach einem Gemälde von Guérin. 21 x 16 cm. HM IN 85.909, Wien.

Der Bankier Nathan Adam Arnstein war 1798 geadelt worden, der Glanz des Hauses kam aber von seiner Frau Fanny (Franziska), einer Tochter des Berliner Bankiers Itzig, die den in Berlin in Mode gekommenen Salon nach Wien übertrug. Der Wiener Kongreß bot ihr Gelegenheit, das gesellschaftliche Leben zu einer geistigen und materiellen Höhe zu führen, wo sie der vielbewunderte Mittelpunkt war. Sie bezeichnet das Ideal, das ein tolerierter Jude zu dieser Zeit in Wien überhaupt erreichen konnte: Reichtum, Adel und soziale Geltung. Die Gesellschaft der Musikfreunde verwahrt in ihrem Archiv zwei Bilder der Baronin Arnstein, da sie an der Gründung des Vereins entscheidend beteiligt war.

Lit.: *Hilde Spiel,* Fanny von Arnstein oder die Emanzipation, Frankfurt 1962.

N. V.

115

Salomon M. Freiherr von Rothschild (1774—1855)
Gemalt und lithographiert von Robert Theer, 1842, 24 × 30 cm, 1842.

Von den „Fünf Frankfurtern" wurde Salomon zum Wiener Rothschild und Begründer der österreichischen Linie. Er hielt sich seit 1816 vorwiegend in Wien auf, wo er etwa fünfundzwanzig Jahre später Ehrenbürger wurde, doch schon 1822 erhielten alle fünf Brüder den österreichischen Freiherrentitel. Die äußeren Ehrungen entsprachen dem Aufstieg des Bankhauses zur internationalen Macht.
Die Kaiser-Ferdinand-Nordbahn, begonnen 1836, ist ökonomisch das Werk des Wiener Rothschild, wie er auch anderweitig den Grundstock zur kommenden Industrialisierung gelegt hat. Ähnlich wie Samson Wertheimer (107) die Stütze dreier Kaiser war, konnte sich Metternich auf Salomon Rothschild verlassen.

Lit.: *Egon Caesar C. Corti,* Die Rothschilds, Frankfurt 1971; *Frederic Morton,* Die Rothschilds, Wien 1963.

N. V.

116

Der israelitische Tempel
Stich um 1830; aus der von Tranquillo Mollo in Wien verlegten Serie der vorzüglichsten Gebäude und Monumente. 15 × 20,5 cm. HM. Wien.

Die Vollendung des Baues einer öffentlichen Synagoge im Jahre 1826 bedeutete für die Wiener Juden einen wichtigen Schritt auf dem Wege zur Konstituierung einer regulären Gemeinde.
Von der Straßenseite her bietet das Bauwerk den Anblick eines gewöhnlichen Zinshauses; der sakrale Innenraum, den der Stich zeigt, ist in klassizistischem Stil gehalten. Der Schöpfer der ganzen Anlage war Josef Kornhäusel, der führende Wiener Architekt der Zeit.

Lit: *Sigmund Husserl,* Gründungsgeschichte des Stadt-Tempels, Wien-Leipzig 1906; *Bernhard Wachstein,* Die ersten Statuten des Bethauses in der Inneren Stadt, Wien 1926; *Hedwig Herzmansky,* Josef Kornhäusel. Eine Künstlermonographie, phil. Diss. Wien 1964.

N. V.

117

Situations-Plan der k.k. Haupt- und Residenzstadt Wien
Kolorierte Federlithographie von Carl Graf Vasquez 1835 (Neudruck). 53 × 71 cm.

Die Rahmenleisten bieten die ,,Ansichten von Wohngebäuden der vorzüglicheren Geschäfts-Männer". Darunter gibt es merkwürdigerseise einige Ärzte, so etwa Dr. von Malfatti, der in die Beethovenbiographien Eingang gefunden hat. Von den k.k. privilegierten Großhändlern hat Graf Vasquez neben dem Katholiken Ritter von Hohenblum und dem Griechen Baron von Sina auch die jüdischen Barone Arnstein und Eskeles ausgewählt.

N. V.

118

Polnische Juden und Wiener Kutscher
Aquatintastich von Benedikt Piringer und Kilian Ponheimer nach Georg Emanuel Opiz, um 1815. 41 × 33 cm. Sammlung Frau Li Handler.

Opiz lebte zwischen 1801 und 1814 in Wien; er hatte eine Vorliebe für charakteristische Volksszenen, wobei er groteske Übertreibungen nicht vermeiden konnte.

N. V.

119

„Trödeljud"
Kolorierter Kupferstich nach Johann Christian Brand, Wien 1775. 36 × 24,5 cm. Sammlung Frau Li Handler.

Aus einer Sammlung von Stichen, die die verschiedenen Arbeiten und Gewerbe im Wiener Straßenleben darstellen (Kaufrufe).

N. V.

120

Mesusa
Messing, frühes 19. Jh., Sammlung Berger.

Die Mesusa (hebr. Wort für Türpfosten) ist eine Kapsel, die einen Pergamentstreifen enthält und jeweils auf der rechten Seite des Türstockes in jüdischen Wohnungen angebracht ist. Auf dem Pergamentstreifen stehen in kunstvoller Handschrift auf 22 Zeilen die Bibelverse Deut. 6,4—9 (beginnend mit ,,Höre, Israel, der Ewige ist dein Gott . . .") und 11, 13—21. Die buchstäbliche Anwendung des Verses 6,9 bzw. 11,20: Schreibe sie (die Worte ,,Höre, Israel . . .") auf die Türpfosten (mezuzot) deines Hauses und an deine Tore, gehört seit jeher zum religiösen Ritual des jüdischen Hauses, wie es schon Josephus Flavius (gest. um 100 n. Chr.) bezeugt: ,,Sie sollen die größten Wohltaten, die ihnen Gott erwiesen hat, an ihren Türstock schreiben" (Ant. IV, 213).

N. V.

121

Kidduschbecher
Silber, innen vergoldet. Preßburg 1829. Höhe 9,5 cm, Gewicht 122 g, Sammlung Berger.

Die rundum laufende hebräische Inschrift enthält den Segensspruch über den Wein. Der Becher ist ein Werk des Preßburger Silberschmiedes Blaschka, der oft Aufträge für den berühmten Rabbiner Moses Sofer, das Oberhaupt der Orthodoxie zu seiner Zeit, ausführte.

Lit.: Judaica. Inv.Nr. 15 und Abb. 88.

N. V.

122

Besomimbüchse aus Mattersburg
Silber, Linz um 1870. Höhe 19,8 cm, Gewicht 170 g. Sammlung Berger.

Das Korpus ist mit Rosetten verziert, in denen je ein Serpentin gefaßt ist. Die hebräische Inschrift am Fuß besagt, daß es sich um ein Hochzeitsgeschenk der Bruderschaft Mattersdorf (heute Mattersburg, Burgenland) handelt.

Lit.: Judaica, Inv.Nr. 221, Abb. 68.

N. V.

123

Sederteller
Zinn, erste Hälfte des 19. Jh., 30 cm Dm. Sammlung Berger.

Auf dem Fond ist, umgeben von Ornamenten, der ägyptische Joseph mit der Frau des Potiphar dargestellt. Im Stabrand sind die Verse Gen. 39, 7—8.12 eingraviert.

Lit.: Judaica, Inv.Nr. 359, Abb. 24.

N. V.

124

Thoraschmuck

a) Schild
Silber, Beschauzeichen: Wien 1723. Höhe 23 cm, Gewicht 313 g, Sammlung Berger.

Lebhaft geschweift, der obere Rand in Form einer Draperie mit Blumenbekrönung. Im Mittel die Zehn Gebote, flankiert von 2 Löwen, die eine Krone halten und auf glatten Säulen stehen. Den unteren Abschluß bilden 2 Voluten und Akanthusblätter, behangen mit 3 kleinen Glöckchen. — Die hebr. Inschrift nennt den spanischen Tempel der hl. Gemeinde Pest und das Jahr 5485 (1724/25).

b) Aufsatz (Rimonim)
Silber, Beschauzeichen: Alt-Wien 1845. Höhe 42 cm, Gewicht 1324 g, Sammlung Berger.

Kronenabschluß mit schildhaltenden Löwen; Glöckchenbehang.

Lit.: Judaica, Inv.Nr. 149, Abb. 49.

N. V.

125

Estherrolle (Megilla)
Silber, Ende 18. Jh., Höhe 25 cm, Gewicht 173 g. Sammlung Berger.

Zylindrische Hülle, auf der Blumen und Ornamente trassiert sind; am oberen und am unteren Ende ist je ein vergoldeter Galerierand aufgesetzt. Das Pergament hat eine Breite von 9,8 cm, der handgeschriebene Text enthält keine Illustrationen.

Lit.: Judaica, Inv.Nr. 402, Abb. 100.

N. V.

126

Leuchter

a) Kerzenleuchterpaar
Silber, Beschauzeichen: Alt-Wien 1820. Höhe 24,5 cm, Gewicht 746 g, Sammlung Berger.

Auf dem geschweiften Trichterfuß ist eine hebr. Inschrift trassiert: „Zu Ehren des hl. Sabbat".

Lit.: Judaica, Inv.Nr. 430, Abb. 65.

N. V.

b) Chanukaleuchter
Bronze, Burgenland, 18. Jh., Breite 20,5 cm, Tiefe 7 cm, Höhe 20,5 cm. Sammlung Berger.

Achtflammiger Leuchter mit Schammes, durchbrochene Arbeit, aus 4 Teilen zusammengesetzt, die durch herausnehmbare Stifte zusammengehalten werden. Oben ringförmige Öffnung zum Hängen, darunter der Davidstern. Links und rechts Inschrift: Chanukah.

c) Chanukaleuchter
Silber, Beschauzeichen: Alt-Wien (undeutlich), um 1840. Höhe 16,5 cm, Gewicht 530 g. Sammlung Berger.

Oben gerippter Trichterfuß, kurzer Schaft mit zwei eingearbeiteten Kugeln, flankiert von 2 steigenden Löwen, darauf in einer Ebene auf flacher Schiene die 8 kugeligen Ölnäpfchen. Eingesteckter Schammes.

N. V.

127

Sabbat-Hängelampe

Messing, Österreich-Ungarn Mitte 18. Jh. Höhe 50 cm, Breite 22 cm. Sammlung Berger.

Runde Ölschale mit 8 Brennstellen in sternförmiger Anordnung mit darunter aufgehängter Tropfschale.
Ein ähnliches Objekt ist auf dem Ölgemälde ,,Sabbat-Ausgang'' von Moritz Oppenheim (1799—1882) abgebildet.

N. V.

128

Bücher aus der Druckerei des Anton von Schmid

a) 3 Bände aus der 20bändigen Bibelausgabe 1817/18

Dem Text sind Erklärungen und eine deutsche Übersetzung in hebr. Lettern beigefügt. Die Titelkupfer zeigen Porträts ,,der gelehrten Bearbeiter dieses Werks'': Moses Mendelssohn, Hartwig Wessely, Herz Homberg.

Druckschriftens. d. ÖNB.

b) Pesach-Haggada, mit Kupfern, 1801

Druckschriftens. d. ÖNB

c) „Freuden-Gesang zur Vermählungs-Feyer", 1810

Aus Anlaß der Hochzeit von Erzherzogin Marie Louise und Kaiser Napoleon; hebr., deutsch und französisch.

Druckschriftens. d. ÖNB

d) „Dank-Opfer der Israeliten", 1814

Dankgottesdienst im Bethaus bei der Rückkehr des Kaisers nach Wien im Jahre 1814, in hebr. und deutscher Fassung, darunter auch eine hebr. Übersetzung der Hymne ,,Gott erhalte''.

Druckschriftens. d. ÖNB

e) Jehuda Löw Ben-Sew, Otzar ha-schoraschim

Lehrbuch der hebr. Sprache. Besitzervermerk aus Lackenbach, Burgenland. Sammlung Berger

f) Machzor (Festtagsgebete), 1800

4 Bände, mit deutscher Übersetzung (in hebr. Lettern).

129

Widmungsblatt für Kaiser Karl VI. und seine Frau Elisabeth

840 × 712, 1732, Schreiber Meschullam Simmel aus Polna in Böhmen. Wien, Österreichische Nationalbibliothek, Cod hebr 223.

In der Mitte Porträt Karls VI. Umschrift lateinisch nach Dan 2,37 und aramäisch nach Dan 4,19: Du bist der König, der du stark und mächtig bist, deine Stärke ist gewaltig und reicht bis zum Himmel, deine Herrschaft bis zum Ende der Welt.
Rechts unten Porträt der Kaiserin Elisabeth Christine. Umschrift lateinisch und hebräisch nach Ps 45,11.12: Höre Tochter und schau. Der König wird deine Schönheit begehren, denn er ist dein Herr und ihm sollst du dienen.
Links unten wie zwei Seiten einer Münze: oben Karl VI., unten Adler des Hauses Habsburg. Umschrift oben lateinisch, aramäisch und deutsch in hebräischen Buchstaben nach Dan 2,38: Du bist das Haupt aus Gold. Umschrift unten lateinisch und hebräisch nach Dt 32,11: Wie ein Adler, der sein Nest beschützt und über seine Jungen wacht.
Ganz unten im Mittelfeld: Worte des Schreibers Meschullam, der genannt wird Simmel, Sohn des Herrn Mosche, aus Polna im Staate Böhmen. Anno 1732. Datumsangabe nochmals durch den hebr. Vers Ps. 21,8: Denn ein König, der auf den Herrn vertraut und auf die Gnade des Allerhöchsten, wird nicht wanken.

Lit.: *Ernest Naményi*, La miniature juive au XVIIe et au XVIII[1] siècle, Revue des Etudes Juives NS 16 (1957), 27—71, bes. 63.

K. Sch.

130

Widmungsblatt für Kaiser Karl VI. und seine Frau Elisabeth

738 x 623, 1733, Schreiber Meschullam Simmel aus Polna in Böhmen hat sich in der letzten Zeile genannt. Österreichische Nationalbibliothek, Cod hebr. 224.

Die Namen Carolus und Elisabetha sind mit lateinischen und hebräischen Buchstaben geschrieben, wobei die hebräischen in die lateinischen eingefügt sind. Die hebräischen werden in aramäischer Sprache fortgesetzt, was heißt: Vor dem allerhöchsten Antlitz werfe ich mich nieder, vor dem Thron und dem Lande verbeuge ich mich. / Großer Reichtum möge sie erreichen. Würdig (dafür) sind sie aufgrund ihrer Taten. Sie tuen Gutes. Laß dauernd sein ihren Besitz. Lateinische Übersetzung unter dem aramäischen Text.

K. Sch.

131

Fünf Megillot

300 x 220, 1733, Wien. Österr. Nationalbibliothek Cod Ser Nov. 1593.

Buch Ruth in deutscher Sprache links oben, Canticum Canticorum in lateinischer Sprache rechts oben, Klagelieder in französischer Sprache Mitte unten, Kohelet und Esther in der Mitte in hebräischer Sprache. Signatur des Kalligraphen in den Titelbuchstaben des Canticum Canticorum: Ahron Wolf Herlingen dato in Wienn anno 1733 / Aharon, Sohn des Herrn Benjamin Zeebh, gesegneten Angedenkens, aus der heiligen Gemeinde Gewitsch im Jahre 5494 (letztes Viertel 1733).

Aharon Herlingen war kaiserlicher Kalligraph an der k.k. Hofbibliothek in Wien und führte den Titel eines Officialis in Bibliotheca Caesaraea Viennensi. Er wurde 1710 in Gewitsch in Mähren geboren, ließ sich zunächst in Preßburg, bald aber in Wien nieder. Er beherrschte die Kunst der Mikrographie (vgl. Nr. 58) in absoluter Vollkommenheit. Vier derartige Megillot sind erhalten, davon diese und die nächste im Besitz der Österreichischen Nationalbibliothek. Er betätigte sich auch als Illustrator von Handschriften, insbesondere Pesach-Haggadot. Er gehörte höchstwahrscheinlich einer vor der Vertreibung der Juden im Jahre 1670 in Wien ansässigen Familie an, die als Folge der Vertreibung nach Mähren ausgewandert war. Im Jahre 1663 verstarb in Wien ein Joel Stein ben Jakob Herlingen, von dem auf einem Grabstein vermerkt ist, daß er eine Synagoge gegründet hat (*Bernhard Wachstein,* Die Inschriften des alten Judenfriedhofs in Wien, I, Wien 1912, 430f., Nr. 569). Bei den Behörden war er offenbar sehr angesehen, sonst hätte er sich nicht im Jahre 1754 um eine Inspektorstelle über die Wiener Judenschaft und die nach Wien kommenden fremden Juden bewerben können. (*A. F. Pribram,* Urkunden und Akten zur Geschichte der Juden in Wien, I, Wien 1918, 348—350, bes. 350, Anm. 2, Nr. 163). Allerdings hat er diese Stelle nicht erreicht, weil „derzeit die angetragene Separirung der Judenschaft aus erheblichen Ursachen nicht wohl zu bewerkstelligen befunden worden seye". Im Jahre 1762 war er bereits tot, weil im Schreiben eines Anonymus an Maria Theresia empfohlen wird, daß der „verwittibten Bibliothecsschreiberin Veronica Aaronin" erlaubt werden soll, für die fremden Juden einen koscheren Gasthof einzurichten (*A. F. Pribram,* a.a.O., 365).

In den Text der fünf Megillot sind sechs Federzeichnungen eingefügt. 1.) Ansicht von Wien in Initiale O. 2.) Illustration zum Buch Ruth. 3.) Das Urteil des Salomo. 4.) Thron Salomos (Die Löwen auf den Stufen entsprechen den Angaben in 1 Kg 10,19f). 5.) Illustration zum Buch Esther (Achaschwerosch und Esther, dahinter zwei Hängende repräsentieren Haman und seine zehn Söhne). 6.) Illustration zum Buch Esther (Haman führt den reitenden Mordechai).

Li.: *Otto Mazal* und *Franz Unterkircher,* Katalog der abendländischen Handschriften der Österreichischen Nationalbibliothek, Series Nova, Teil I, Wien 1965, 221f; *Abraham Naphtali Zwi Roth,* Ha-tzajjar ha-mmami Aharon Schreiber Herlingen, Jeda Am 5 (1958/59), 73—79; *Ernest Naményi* (Nr. 129).

K. Sch.

132

Fünf Megillot.
275 x 200, 1748 Wien. Österr. Nationalbibliothek, Cod Ser Nov 1594.

Einteilung wie Nr. 131. Ebenso sind auch hier in den Text der fünf Megillot sechs Federzeichungnn eingefügt. 1—4 ähnlich wie Nr. 131, jedoch neben der Darstellung von Wien steht auch noch Wienn in Worten und der Thron Salomons entspricht nicht mehr den Angaben in 1 Kg 10,19f. Ebenso variieren auch die Illustrationen zum Buch Esther: 5.) Haman (oder König Achaschwerosch) vor dem sich 2 Männer verneigen. 6.) Thron des Achaschwerosch. Links im Hintergrund führt Haman den reitenden Mordechai.

Signatur in den Titelbuchstaben des Canticum Canticorum: Osculetur me: Aaron Wolff Kaiserl. und königl. Bibliothec Schreiber in Wienn Anno 1748.

K. Sch.

133

Sabbatbestimmungen
95 x 60, 1727, Preßburg. Österr. Nationalbibliothek, Cod hebr 130.
Seder tiqqune Schabbat nach Isaak Luria. Isaak Luria war der bedeutendste Kabbalist des ausgehenden 16. Jhs. Er lebte und wirkte in Safed in Nordgaliläa.

Auf dem roten *Steckumschlag* (Goldschrift auf rotem Hintergrund) heißt es: Seiner k.k. apostolischen Majestät Franz Josef I. in tiefster Ehrfurcht zu dero beglückenden Geburtstage am 18. August 1855 dargebracht von dero allerergebensten Unterthan Moses Müller hebräischer Kalligraph. Noch deutlicher ist der hebräische Texte auf der anderen Seite des roten Steckumschlags: Der Majestät, unseres Herrn, des frommen und mächtigen, dem Gesalbten Gottes, Kaiser Franz Josef I, seine Herrlichkeit ist erhaben, zu seinem Geburtstag am 18. August 1855 von seinem Diener, der sich verneigt im Staub seiner Füße, Mosche Müller, dem Schreiber von Tephillin und Mezuzot.

K. Sch.

134

Gebetbuch
220 x 325, 198 fol, 1720, Wien. London, British Library Add 17867, 1r.

Seder Tephilla mikkol ha-schana. Gebetsordnung für das ganze Jahr nach aschkenasischem Ritus . . . Wurde geschrieben unter der Regierung unseres Herrn, des höchst erhabenen Kaisers, des starken und frommen, Karls VI, gepriesen sei seine Herrlichkeit und erhaben seine Herrschaft. Der Herr möge ihn dazu bestimmen, uns und unseren Brüdern, den Israeliten, die in seinem Reiche wohnen, Gutes zu tun. In seinen und unseren Tagen möge Juda erlöst werden und Israel möge in Sicherheit wohnen, jeder bei seinem Rebstock und Feigenbaum. Amen. Unsere Augen mögen schauen Deine Rückkehr nach Zion in Erbarmen. Hier in Wien, mit den Buchstaben der Hauptstadt Amsterdam. (Aus dem Zahlenwert der Buchstaben des Wortes *techezena* ,,sie mögen schauen'' ergibt sich das Jahr 5480, also 1720). Der Schreiber gibt also an — einem Modetrend seiner-Zeit folgend — daß er die Amsterdamer Druckbuchstaben kopiert hatte. Ebenso folgen die Illustrationen gedruckten Vorlagen. Oben rechts König David, links König Salomo, dazwischen Abrahamsopfer. In der Mitte rechts Moses mit den Gesetzestafeln, links der Hohepriester Aharon. Unten rechts Isaaks Segen über Jakob, unten links Esau verkauft dem Jakob sein Erstgeburtsrecht, in der Mitte Jakobs Himmelsleiter.

136r. Unten halten zwei Engel ein Medaillon, in dem steht: Wurde hier in Wien, der Residenzstadt, geschrieben.
Wahrscheinlich zuzuweisen dem Arje Jehuda Lebh Kahana aus Trebitsch, vgl. *Ernest Naményi* (Nr. 129, 60f.)

K. Sch.

135

Pesach-Haggada
Schreiber Joseph ben David aus Leipnik (Mähren). Geschrieben und illustriert 1740 in Altona/Hamburg, 40 fols, 350 x 260. London, British Library, Sloane 3173, 7v.

Das Bild ist eine Illustration zum Text ,,Anfangs waren unsere Vorväter Götzendiener . . .'' Im Vordergrund liegen zerbrochene Teile von zwei Götzenstatuen. Abraham ist gerade damit beschäftigt, eine dritte zu zerschlagen. Hinter einem Fluß, über den eine Brücke führt, eine ummauerte Stadt. Dahinter auf vier Bergen Götzenstatuen. Ganz links Neptun, die Statue rechts von ihm hat die äußere Erscheinung eines katholischen Bischofs. Besonders aus Böhmen und Mähren stammen im 18. Jh. Künstler, die als Vorbild für ihre Illustrationen Druckausgaben der berühmten Amsterdam-Haggada (1. Aufl. 1695, 2. Aufl. 1712) benützten und häufig hinzufügten, daß sie ihreWerke ,,mit den Buchstaben von Amsterdam'' angefertigt haben. Die Wiedergabe der Vorlage ist bei Joseph ben David aus Leipnik oft sehr verändert. Er selbst wurde der Begründer der jüdischen ,Hamburger Malschule'. Nach der Vertreibung der Juden aus Wien im Jahre 1670 ließen sich viele Familien in Mähren nieder. In Wien selbst lebten wohlhabende ,Hofjuden', die meistens ein Stadtpalais bewohnten. Diese bestellten für ihre Privatsynagogen illustrierte und illuminierte Handschriften bei den Schreibern/Miniaturisten in Mähren. Auch die großen jüdischen Gemeinden in Frankfurt a.M. und Hamburg zogen Künstler aus Mähren an.

Lit.: *Ernest Naményi* (Nr. 129), bes. 56.

K. Sch.

136

Pesach-Haggada.

Privatbesitz, Univ.-Prof. Dr. Meir Ayali, Kibbutz Yifat, Israel, Titelseite. 200 × 155, 1770 Kittsee (Bgld.), Schreiber Chajim ben Ascher Anschel aus Kittsee.

Der Text der Titelseite wird von den beiden Gestalten des Moses und des Aharon umrahmt. Der Schreibervermerk hebt hervor, daß diese Haggada in Kittsee bei Preßburg geschrieben wurde. Die jüdische Buchkunst im Burgenland erreichte im 18. Jh. einen Höhepunkt. Besonders bedeutsam war der Schreiber Chajim ben Ascher Anschel aus Kittsee. Bis jetzt sind 27 illustrierte Handschriften, die von seiner Hand stammen, bekannt geworden. Diese befinden sich zerstreut in mehreren öffentlichen und privaten ausländischen Sammlungen. Ein Beispiel dafür ist das Herrn William M. Gross, Ramat Aviv, Israel, gehörige Exemplar, 200 × 140 mm, das 1748 in Wien geschrieben wurde. Am unteren Rand ist in einer Vignette die wunderbare Vermehrung der Israeliten in Ägypten dargestellt (vgl. Haggada von Venedig, 8r). Chajim ben Ascher Anschel illustrierte öfters nur das Titelblatt und begnügte sich im Inneren der Handschrift mit der Anbringung von Blumenschmuck, bisweilen aber finden sich auch textbezogene Illustrationen. In einem solchen Fall dienten ihm gedruckte Pesach-Haggadot, insbesonders jene aus Amsterdam und Venedig, als Vorlage.

Lit.: *Alexander Scheiber,* The Jewish Artistic School of Kittsee, Journal of Jewish Art 7 (1980), 44—49 (die ältere Literatur wird S. 44, Anm. 3, erwähnt).

K. Sch.

137

Ketubba

Original auf Pergament. Jüdischer Ehevertrag aus Gradisca von 1744, Landesmuseum für Kärnten, Klagenfurt, ohne Inventarnummer.

Heiratsvertrag zwischen Abraham, Sohn des Samuel Vita Morpurgo, aus Gradisca und der Jungfrau Moschetto, Tochter des Rabbi Isak Stella. Die im oberitalienischen Raum zahlreichen jüdischen Träger des Namens *Morpurgo* sind Nachfahren von Marburger Juden, die sich nach der Vertreibung von 1496 dort niederließen.

Lit.: *Rosenberg,* Juden in Steiermark, 99f., *E. Morpurgo,* La Famiglia Morpurgo di Gradisca sull'Isonzo 1585—1885, Padua 1909, 17.

W. W.

138

Torahvorhang, 1677

Metallbrokat und Samt, 186 x 137 cm. Sammlung Berger.

Die Arbeit stammt aus dem österreichisch-böhmischen Raum (7 Jahre nach der Vertreibung der Juden aus Wien). Der gestickte Text nennt das Ehepaar Nathan, Sohn des Jakob Massa, und Zart, Tochter des Jakob Segal. Zu dem Namen Segal paßt auch die in der Mitte dargestellte Levitenkanne (Zeichen des Stammes Levi).

N. V.

139—146
Revolution 1848

Bei der Revolution des Jahres 1848 waren die Juden in allen sozialen Gruppen, die die Revolution trugen, vertreten. Die für die Juden bedeutsamste Forderung der revolutionären Bewegung war die nach „Gleichstellung der verschiedenen Glaubensgenossen in staatsbürgerlichen Rechten", die bereits in der Studentenpetition enthalten ist. Das Begräbnis der am 13. März Gefallenen war bereits von dem Gedanken der Gleichheit getragen. Die Toten, die drei verschiedenen Religionen angehörten (kath., mos., prot.), wurden in einem Grab beigesetzt und von den Vertretern dieser drei Konfessionen gemeinsam eingesegnet. Doch die Emanzipationsforderungen der Juden riefen in der Öffentlichkeit eine heftige Gegenreaktion hervor. Zahlreiche antisemitische Flugblätter erschienen, die sich scharf gegen die Judenemanzipation wandten. Die sogenannte „Pillersdorf-Verfassung" vom 25. April 1848 überließ die Entscheidung über die Frage der bürgerlichen Gleichstellung der Juden dem zukünftigen Reichstag, der sie später auch auf die Tagesordnung setzte.

Der Sieg der Konterrevolution im Oktober 1848 machte mit all den anderen Hoffnungen der Revolution auch die auf Emanzipation der Juden zunichte. Nun herrschte die Willkürjustiz der Standgerichte, und — wie Wolfgang Häusler treffend formuliert — „in der Hinrichtung des Katholiken Wenzel C. Messenhauser, des Deutschkatholiken Robert Blum, des Protestanten Alfred Julius Becher und des Juden Hermann Jellinek fand die Gleichberechtigung der Konfessionen, auf die man an den Gräbern der Märzgefallenen gehofft hatte, ihr trauriges Ende."

Lit.: *H. Rechauer / M. Smets,* Das Jahr 1848. Geschichte der Wiener Revolution, 2 Bde., Wien 1872; *Sch. Czaczkes-Tissenboim,* Der Anteil der Juden an der Wiener Revolution von 1848, Wiener Diss. 1926; *R. Leitner,* Die Judenpolitik der österreichischen Regierung in den Jahren 1848—1859, Wiener Diss. 1924; *D. Weiß* Der publizistische Kampf der Wiener Juden um ihre Emanzipation in den Flugschriften und Zeitungen des Jahres 1848, Wiener Diss. 1971.

N. M.

139

Dr. Adolf Fischhof (1816—1899)

Originallithographie von J. Kriehuber, Wien 1848, mit Schriftzug „Wer an diesem Tage keinen Muth hat, gehört in die Kinderstube (13. März im landständischen Gebäude)" und Namenszug, 335 x 510. HM IN 132.437 (Mappe 319).

Dr. Adolf Fischhof war einer der großen Führer der Revolution des Jahres 1848. Am 13. März hielt er im Hof des Landhauses, um das sich eine große Menschenmenge versammelt hatte, eine zündende Rede, aus der auch die Worte der Bildunterschrift stammen. In dem nach der Auflösung der Regierung Pillersdorf gegründeten „Sicherheitsausschuß", der de facto die Regierungsgewalt in Wien übernahm, stand Fischhof an der Spitze. Im Juli wurde er in den Reichstag gewählt und nach dessen gewaltsamer Auflösung am 7. März 1849 wegen Hochverrats verhaftet, nach einigen Monaten Haft jedoch wieder freigelassen.

In späteren Jahren lebte er zurückgezogen in Emmersdorf bei Klagenfurt, trat jedoch publizistisch unermüdlich für die friedliche Verständigung der Nationalitäten in Österreich ein. 1882 machte Fischhof den letzten Versuch zur Lösung des Nationalitätenproblems. Eine Partei sollte gegründet werden, die Deutsche Volkspartei, in der Demokraten aller Nationalitäten zusammenarbei-

Abb. 61

ten sollten. Die am 16. Juli vom Aktionskomitee einberufene Versammlung im Musikvereinssaal wurde von deutschliberalen, vor allem jüdischen Studenten unter der Führung Heinrich Friedjungs gewaltsam gesprengt, wodurch die Gründung der Partei verhindert wurde.

Lit.: *R. Charmatz,* Adolf Fischhof. Das Lebensbild eines österreichischen Politikers, Stuttgart-Berlin 1910; *W. J. Cahnmann,* Adolf Fischhof and his Jewish Followers, Year Book of the Leo Baeck Institute of Jews from Germany 4 (1959), 111—139.

N. M.

140

Szene am 13. März 1848 beim Landhaus in Wien
Originallithograhie von J. Albrecht o.J., 280 × 435, HM IN 89.430.

Die Februarrevolution 1848 in Frankreich, die zum Sturz des Königs Louis Philippes führte, löste in einer Reihe von europäischen Staaten revolutionäre Unruhen aus. Mit der am 3. März im ungarischen Reichstag gehaltenen Rede Ludwig Kossuths, die die nachhaltige Forderung nach einer Konstitution enthielt, griff die Revolution auch auf die Habsburger-Monarchie über. Bald kam es auch in Wien zu Petitionen, in denen eine demokratische Repräsentativverfassung verlangt wurde. Nachdem eine Petition der Studenten an den Hof zurückgewiesen worden war, beschloß man, sich an die am 13. März im Landhaus zusammentretenden Stände zu wenden. Eine große Menschenmenge zog zur Herrengasse und drang in den Hof des Ständehauses ein. Maximilian Goldner verlas unter allgemeiner Begeisterung die Rede Kossuths, und A. Fischhof hielt seine zündende Rede. Unter dem Druck der Menge zogen die Stände zur Burg, um ihre — viel zahmere — Petition zu überreichen. Während nun die Stände bei Hof verhandelten, bekam das Militär den Auftrag, die Herrengasse zu räumen. Bei dieser Aktion wurde ein Feuerbefehl gegeben, und das Militär schoß in die Menge. Fünf Menschen wurden getötet, darunter der jüdische Technikstudent Karl Heinrich Spitzer.

Lit.: Vgl. Nr. 139—147.

N. M.

141

Heinrich Spitzer. Techniker aus Bisenz in Mähren ermuntert seine Collegen für Recht und Freiheit am 13. März 1848
Originalstich koloriert, Verlag Franz Barth o.J., 315 × 205, HM IN 20.106.

Karl Heinrich Spitzer war der erste jüdische Gefallene der Revolution 1848. Eine sehr starke Heroisierung seiner Person führte zu zahlreichen Schriften und Darstellungen, die ihn zum Symbol der Revolution machten. Stichhaltige Aussagen über sein Leben und seine Stellung innerhalb der revolutionären Studentenbewegung können jedoch kaum gemacht werden.

Lit.: *K. Streng,* Ausführliche Biographie des am 13. März 1848 gefallenen Freiheitshelden Carl Heinrich Spitzer, Wien 1848.

N. M.

142

Leichenbegräbniss (sic!) der am 13. und 14. März 1848 Gefallenen
Originalstich von Cajeto, Wien o.J. bei L. T. Neumann, 370 x 290, HM IN 89.403 (Mappe 816, 17. März).

Unter den Gefallenen der Märzrevolution befanden sich zwei Juden: der Student K. H. Spitzer und der Webergeselle Bernhard Herschmann. Das Begräbnis der Revolutionsopfer fand am 17. März am Schmelzer Friedhof statt, wobei alle für die Freiheit Gestorbenen ungeachtet ihrer konfessionellen Zugehörigkeit in einem Grab beigesetzt wurden. Die Einsegnung nahmen der katholische Geistliche Anton Füster, der protestantische Superintendent Dr. Josef Pauer und der jüdische Prediger Isaak Noa Mannheimer gemeinsam vor. ,,Altes und neues Testament reiheten sich unter die Fahne der Freiheit'' schreibt Füster darüber in seinen Erinnerungen. Füster sollte als erster Trauerredner sprechen, er überließ jedoch Mannheimer den ersten Platz. In diesem Begräbnis der Märzgefallenen manifestiert sich auf schönste Weise der Geist, der in diesen Tagen herrschte: der gemeinsame Kampf um die Freiheit verwies die jahrhundertealten Schranken zwischen den Religionen und Klassen in die Unbedeutsamkeit.

Lit: *A. Füster,* Memoiren, 2 Bde., Frankfurt 1850; *M. Smets,* Das Jahr 1848. Geschichte der Wiener Revolution, 2. Bd., Wien 1872.

N. M.

143

Rede am Grabe der Gefallenen. Gesprochen von I. N. Mannheimer. Freitag den 17. März 1848
Flugblatt 145 x 210, Original, WStLB C 52533.

Rede I. N. Mannheimers am Grab der Märzgefallenen: ,,Als Diener des göttlichen Wortes trete ich hin an dieses Grab, um das Gebet zu sprechen für das Seelenheil unserer dahingeschiedenen Brüder, die gefallen sind im Kampfe für ihr Vaterland.
Gott, mein Gott, du bist es, der Geist und Herz prüfet und erforschet. Wenn der gerecht ist, der in dem Glauben an dein unwandelbares Recht auf Erden aus innerem Herzenstriebe und Drange mit Leib und Seele einsteht für das, was des Menschen Köstlichstes auf Erden ist, für Wahrheit, Freiheit, Recht und Würde; wenn der gerecht ist, der den Geist und die Kraft, die von dir uns sind gegeben, will geschirmt wissen in Macht und Geltung; so sind die, für die ich in dieser Stunde bete; so sind sie Alle, die mit ihnen in einem Grab ruhen, gestorben den ,Tod des Gerechten'. Sie haben ihren Lohn dahin; sie haben die Palme sich errungen, die wir für des Lebens Ende uns erbeten; denn es ist das höchste Gut, um das wir zu beten haben, — leben in Treu' und Glauben — sterben den Tod des Gerechten.
Sie haben ihrem Vaterlande mit ihrem Blute und Leben einen Sieg errungen, den die Weltgeschichte in ihren Jahrbüchern verewigt. Und Gott, du weißt es, wäre die Sache, für die sie gekämpft und geblutet, in dieser Stunde nicht die s i e g e n d e, wäre sie die u n t e r l i e g e n d e gewesen, und ich stünde da an ihrem Grabe, ich hätte ein Gleiches gesprochen, Herr! vor dir, ein Gleiches im Angesichte der Menschen. So bete ich für sie und für sie alle; denn sie sind uns allen, und sind meinem Herzen Einer wie der Andere werth und theuer; es sind Menschenseelen, geschaffen in deinem Ebenbilde und Gleichnisse, die deinen Namen geheiliget auf Erden; so bete ich für sie mit aller Kraft meiner Seele, um eine lichte Himmelsstätte in deinem Gottesreiche.
,Möge Dein Verdienst vor Euch hergehen, die Herrlichkeit Gottes Dich empfangen!' das sey der Segen Gottes; Ihr habt den einst so glorreichen Namen Israel für Euer Theil gerettet von dem, was ihm die Welt Schmähliches hat angehängt. Ihr habt Euch gezeigt und bewähret als Sprößlinge aus dem heldenmüthigen Stamme, aus dem Ehud und Simson, Gideon, Jephta, David und Jonathan, und die ritterlichen glorreichen Makkabäer entsprungen und entsprossen. Geht ein zur ewigen Ruhe! Möge Euer Name vor Gott angeschrieben stehen, ,zum ewigen Gedächtnisse unter denen, die ihn ehren, und seinen Namen heiligen', wie er in unserem Herzen angeschrieben steht. Möge Gott Eure Seele empfangen in seiner göttlichen Huld und Milde, wie wir sie ihm anvertrauen und übergeben, in dessen Hand der Geist ist al-

les Fleisches und die Seele alles Lebens geheiliget sey dein Name!
Und noch ein Gebet zu dir, Vater im Himmel, bevor dieses Grab sich schließt! Er war seines Vaters einzig Kind, sein letztes, seines Herzens Trost und Freude. Sende ihm den Trost aus deinem Himmelreiche, daß an dem Tage, der mit allen seinen Schrecken und Grauen als ein Ehrentag und Freudentag in unserm Herzen angeschrieben steht, keine blutige Erinnerung hafte, und uns allen den Trost, daß aus diesen Gräbern ein neues Leben sprieße. Amen!
Es sey mir noch ein Wort vergönnt an meine christlichen Brüder! Ihr habt gewollt, daß die todten Juden da mit Euch ruhen in Eurer, in einer Erde. Sie haben gekämpft für Euch, geblutet für Euch! Sie ruhen in Eurer Erde! Vergönnt nun aber auch denen, die den gleichen Kampf gekämpft und den schwereren, daß sie mit Euch leben auf einer Erde, frei und unbekümmert wie Ihr. Ich habe mir selbst angelobet, daß ich fortan keine Bitte, keine Klage mehr erhebe um meines Stammes Recht. Aber ich bin es mir und ihnen schuldig, daß ich das Wort, das sich mir auf die Lippe drängt, nicht verschließe in meinem Herzen. Ich rede nicht für mich. Mein Lebensweg ist abgeschlossen, geht abwärts, und seinem Ende zu. Aber die mit Euch gerungen um das Licht der Wissenschaft und ihre Befähigung bewähret, die mit Euch gekämpft den blutigen Kampf, und ihren Freimuth und ihre Seelenstärke erprobt, die werden morgen, wenn sie den Lohn ansprechen für ihren Fleiß — nicht den Lohn und Ehrensold, nein, das Gebiet, und wäre es noch so beschränkt, noch so klein und eng, das Gebiet, daran und darauf sie ihre Tüchtigkeit bewähren könnten, ab- und zurückgewiesen werden, und auf das Leben hingewiesen, das nun seit so vielen Jahren und Jahrhunderten unser trauriges aber unverschuldetes Geschick auf Erden ist. Ihr seyd die freien Männer. Gott weiß es, keiner unter Euch Allen fühlt es inniger und wärmer, wie viel die Errungenschaft der hingeschiedenen Tage gilt. Nehmet auch uns auf als freie Männer, und Gottes Segen über Euch! Ich segne Euch Alle, die Tausende nah und fern im Namen Gottes des Allmächtigen! Amen!"

Einen ähnlichen Appell wie Mannheimer im letzten Absatz seiner Rede richtete auch Isidor Busch in seinem Gedicht „Der Gefallenen Ehrendenkmal" an die christlichen Mitkämpfer:

Wir haben die Edlen zu Grabe gebracht,
Die für uns're Freiheit gefallen,
In Liebe und Thränen sei ihrer gedacht!
Ihr Name geehret von Allen —

Doch mehr, als ein prachtvoller Denkstein sie ehrt,
Wird's ihnen im Himmel gefallen,
Wenn wir der errungenen Freiheit uns werth
Und würdig uns zeigen vor allem.

Und der nur verdienet der Freiheit Glück,
der gerne es theilet mit Allen;
Drum, Brüder! wenn Ihr nun kehret zurück —
Denkt — daß auch ein J u d e gefallen!

N. M.

144

Anton Füster (1808—1881)

Foto nach Lithographie von Rannabauer, Druck und Verlag F. Werner, Wien o.J.; in der Hand den Hut der akademischen Legion; NB 513.143.

A. Füster war Professor der Theologie an der Wiener Universität und Feldkaplan der akademischen Legion. Er nahm sehr aktiv am revolutionären Geschehen teil, war Abgeordneter zum Reichstag und mußte nach dessen Auflösung im Jahre 1849 nach Amerika fliehen. 1856 wurde er in Abwesenheit zum Tode verurteilt.

Lit.: *Paul Molisch,* Anton Füster als Politiker und politischer Schriftsteller, in: Mitteilungen des Vereines für Geschichte der Stadt Wien 5 (1925), 78—92.

N. M.

145

Isaak Noa Mannheimer (1793—1865)

Foto nach Lithographie von Eduard Kaiser 1858, NB 501.587.

Zu Mannheimer vgl. Nr. 109.

N. M.

146

Habts Acht!

Originalkreidelithographie, 251 x 339, Druck Josef Höfelich, HM IN 20.402 (Mappe 828, Satiren Juden 1848).

Dasselbe Jahr, das zum Symbol für den Kampf um Freiheit, Gleichheit und Brüderlichkeit wurde, sah auch das Entstehen einer Reihe bösartigster judenfeindlicher Karikaturen. Die gegenständliche Darstellung dürfte in die Reihe jener zu dieser Zeit entstandenen Karikaturen gehören, die gegen die Aufnahme der Juden in die Nationalgarde polemisierten. Sie zeigt einen Zug bewaffneter, im Gleichschritt marschierender Juden, die eine Fahne mit der Aufschrift „Profit. Gleiche Rechte mit den Christen" vor sich her tragen. Auf der Fahne ist auch noch ein in einem Wagen fahrender Jude mit Krone und Peitsche dargestellt, der von zwei nackten Christen gezogen wird. Die verschiedensten Elemente des Judenhasses sind in dieser Zeichnung vereint. Der Text unter der Karikatur lautet: „Habts Acht! Nehmt's euch zusam Hascheln! mer kümmen zu gehen vor unsern Kümandanten sein Haus! Regimentstremler! schlog ein! trum! bum! trum!".

N. M.

147—187

Politisch-ideologische Strömungen im österreichischen Judentum des ausgehenden 19. und beginnenden 20. Jahrhunderts

Im letzten Drittel des 19. Jahrhunderts führte das Erwachen eines jüdischen Nationalismus zu einer Polarisierung im Selbstverständnis der österreichischen Juden. Auf der einen Seite standen die Vertreter der Assimilation, die im Angleichen an die nichtjüdische Umwelt oder sogar im Aufgehen in ihr die einzige fortschrittliche Lösung der Judenfrage sahen, auf der anderen Seite bildeten sich Richtungen aus, deren Vertreter sich sehr bewußt zu ihrer jüdischen Identität bekannten.
Dieser Gegensatz in der Geisteshaltung des österreichischen Judentums fand auch in dessen politischer Gruppierung seinen Ausdruck. Die Befürworter der Assimilation finden wir in der deutsch-liberalen Partei, der sogenannten Verfassungspartei, die den letzten Jahrzehnten des 19. Jahrhunderts in Österreich wirtschaftlich und politisch ihren Stempel aufdrückte, oder in der sozialdemokratischen Bewegung, deren Ideologie des Internationalismus den Assimilationstendenzen entgegenkam. Aus dem Lager der jüdisch-national Gesinnten entwickelten sich mit der Zeit Gruppierungen, von denen sich bei etwas schematisierender Betrachtung drei Hauptströmungen abzeichneten: der territoriale jüdische Nationalismus, der für die jüdische Nation Land zur Errichtung eines eigenen Staatswesens forderte (Zionismus), der autonomistische jüdische Nationalismus, der innerhalb des Gastlandes als nationale Minderheit mit gewissen autonomen Rechten anerkannt werden wollte, und schließlich die jüdische Arbeiterbewegung, die den Entschluß eines Teils des jüdischen Proletariats dokumentiert, sich für den Weg zum Sozialismus in eigenen, jüdischen Organisationen zusammenzuschließen.

N. M.

147—170

Zwischen den drei dokumentierten ‚nationalen' Strömungen gibt es viele Querverbindungen. So existierte innerhalb der jüdischen Arbeiterbewegung auch eine zionistische Richtung, und auch die Trennung in ‚territoriale' und ‚autonomistische' jüdische Nationalbewegung ist später nicht mehr so klar durchzuführen. Während noch zur Zeit Herzls der „Jüdische Volksverein", der sich das Betreiben nationaljüdischer Innenpolitik zur Aufgabe gemacht hatte, in Opposition zu den Zionisten stand, da Herzl die Beschäftigung mit der In-

nenpolitik des Gastlandes ablehnte, kam es nach dem Ersten Weltkrieg zu einer starken Annäherung dieser beiden Strömungen.

N. M.

147—157

Zionismus

Die Idee des Zionismus existierte bereits lange vor dem Auftreten Theodor Herzls. Bereits 1861, also ein Jahr nach Herzls Geburt, veröffentlichte Moses Hess (1812—1875) sein Werk „Rom und Jerusalem", in dem er die Juden zur Staatsbildung auffordert. Einen ähnlichen Aufruf stellt die Schrift „Autoemanzipation" des russisch-jüdischen Arztes Leon Pinsker dar, die 1882 erschien. Im selben Jahr entstand in Rußland — unter dem Eindruck der Pogromwelle der Jahre 1881/82 — die sogenannte Bilu-Bewegung, deren Mitglieder nach Palästina auswanderten und sich dort als Siedler niederließen.

Von all diesen Ideen und Vorgängen wußte Theodor Herzl nichts, als er, der typische assimilierte, liberale Jude jener Zeit, unter dem Eindruck des Dreyfus-Prozesses, über den er als Korrespondent der Neuen Freien Presse zu berichten hatte, sein Buch „Der Judenstaat" schrieb, das 1896 in Wien erschien. In diesem Werk, in dem er die Errichtung eines jüdischen Staates postuliert, stellt er nüchtern fest, daß die Assimilation der Juden nicht geglückt sei: „Wir haben überall ehrlich versucht, in der uns umgebenden Volksgemeinschaft aufzugehen und nur den Glauben unserer Väter zu bewahren. Man läßt es nicht zu. Vergeblich sind wir treue und an manchen Orten sogar überschwengliche Patrioten ... In unseren Vaterländern ... werden wir als Fremdlinge ausgeschrien" (Th. Herzl, Der Judenstaat, Wien 1806, 11). Nach der Veröffentlichung des „Judenstaates" bildete sich um Herzl ein kleiner Kreis junger Anhänger, der sich in erster Linie aus Mitgliedern der Wiener jüdischen Studentenverbindungen — vor allem der „Kadimah" — rekrutierte. 1897 fand in Basel der erste Zionistenkongreß statt, bei dem das offizielle Programm der Bewegung festgelegt wurde:

„Der Zionismus erstrebt für das jüdische Volk die Schaffung einer öffentlich-rechtlich gesicherten Heimstätte in Palästina. Zur Erreichung dieses Zieles sieht der Kongreß folgende Maßnahmen vor:

1. Die zweckdienliche Besiedlung Palästinas mit jüdischen Ackerbauern, Handwerkern und Gewerbetreibenden.
2. Die Gliederung und Zusammenfassung der gesamten Judenschaft durch geeignete örtliche und allgemeine Veranstaltungen nach den Landesgesetzen.
3. Die Stärkung des jüdischen Volksgefühls und Volksbewußtseins.
4. Vorbereitende Schritte zur Erlangung der Regierungszustimmungen, die nötig sind, um das Ziel des Zionismus zu erreichen."

Herzl, der politische Garantien für seinen Judenstaat haben wollte, begann nun eine rege Verhandlungstätigkeit mit Persönlichkeiten der höchsten politischen Ebene, die ihm dafür wichtig schienen: mit dem türkischen Sultan, dem russischen Innenminister Plehwe, Kaiser Wilhelm II. und Papst Pius X., um nur die prominentesten davon zu nennen. 1902 bot der britische Kolonialminister Joseph Chamberlain Herzl für seinen Judenstaat ein Gebiet in Britisch-Ostafrika an. Dieses sogenannte Uganda-Projekt, das Herzl anzunehmen bereit

war, führte zu einem heftigen Konflikt innerhalb der zionistischen Bewegung. Erst nach Herzls Tod (2. Juli 1904) wurde auf dem 7. Zionistenkongreß, der 1905 in Basel stattfand, der Uganda-Plan endgültig abgelehnt. Während des Ersten Weltkrieges fanden Verhandlungen zwischen den Führern der Zionisten und Vertretern der britischen Regierung statt, die zur sogenannten Balfour-Erklärung vom 2. Nov. 1917 führten. Diese Erklärung ist ein Brief des britischen Außenministers Balfour an Lord Rothschild, in dem es heißt, daß die britische Regierung zur „Schaffung eines Nationalheimes für das jüdische Volk in Palästina" die „größten Anstrengungen machen" werde. Die Ereignisse in Hitler-Deutschland verursachten jedoch ab 1933 eine Masseneinwanderung von Juden in das nunmehrige britische Mandatsgebiet, was zu schweren Konflikten mit den Arabern führte. So sah sich die britische Regierung am 17. Mai 1939 veranlaßt, ein Weißbuch zu erlassen, nach dem im Laufe der folgenden 10 Jahre nur mehr 75.000 Juden nach Palästina einwandern durften. Nach dem Zweiten Weltkrieg legte Großbritannien das Mandat über Palästina zurück (1947), und am 14. Mai 1948 wurde auf Grund des Beschlusses der UNO-Vollversammlung vom 29. Nov. 1947 die Gründung des Staates Israel ausgerufen.

Lit.: *W. Laqueur,* Der Weg zum Staat Israel, Wien 1975; *A. Hertzberg* (ed.), The Zionist Idea, New York 1977.

N. M.

147

Dr. Theodor Herzl (1860—1904)
Foto nach Mikrographie. JNUL, Jerusalem.

Porträt Theodor Herzls in Mikrographie aus einem jüdischen Text (zur Tradition der Mikrographie im Judentum vgl. Nr. 58).

Theodor Herzl wurde am 2. Mai 1860 in Budapest geboren, übersiedelte später mit seinen Eltern nach Wien, schloß an der Wiener Universität sein Rechtsstudium ab, wandte sich aber bald darauf der Schriftstellerei zu (vgl. Nr. 201). 1891 wurde er Korrespondent der Neuen Freien Presse in Paris, wo ihn der ihm beim Dreyfus-Prozeß entgegenschlagende Antisemitismus zum Verfassen seiner Broschüre ,,Der Judenstaat'' veranlaßte, mit der er zum Begründer der Bewegung des politischen Zionismus wurde. Ausführlicher über ihn: Ruth Burstyn, Theodor Herzl — Krisenzeit und Selbstbesinnung, Artikelteil.

Lit.: *A. Bein,* Theodor Herzl, Wien 1934.

N. M.

148

Kadimah 1924/25
Foto aus H. Gold, Geschichte der Juden in Wien, Tel-Aviv 1966.

Die Kadimah war eine jüdisch-nationale, später zionistische Studentenverbindung. 1883 wurde sie als akademischer Verein gegründet, 1893 in eine Verbindung umgewandelt. Ihr Ziel war, dem ,,Indifferentismus im Innern des Judentums'' entgegenzuwirken, wie es im ersten Aufruf der Kadimah an die ,,Stammesgenossen'' heißt. Auf dem Kommers vom 20. Februar 1896 präsentierte Theodor Herzl seinen ,Judenstaat'', und von nun an stellte sich die Kadimah engagiert in den Dienst zionistischer Aktivität. Sie stellte Redner für zionistische Veranstaltungen, und ihre Mitglieder gehörten zu dem ersten engen Kreis um Herzl.

Lit.: *A. Gaisbauer,* Eine Jugendbewegung. Zur Geschichte der jüdisch-nationalen Studentenbewegung in Österreich, in: Zeitgeschichte Jg. 2 (1975), Heft 6, 135—147.

N. M.

149

Theodor Herzl mit seiner Mutter in seinem Arbeitszimmer in Wien
Foto. Central Zionist Archives, Jerusalem.

Die Aufnahme stammt aus dem Jahre 1902. Zu dieser Zeit wohnte Herzl im 18. Bezirk, Haizingergasse 29.

N. M.

150

Statuten des Vereines „Zion"
Original, 215 x 345, AVA Min. d. Inn., Allg., Sign. 15/16, Zahl 30 304/00.

Der Gedanke des Zionismus führte zu einer Anzahl von Vereinsgründungen. Der Verein ,,Zion — Verband der österreichischen Vereine für Colonisation Palästinas und Syriens'' war als Dachverband der verschiedenen zionistischen Vereine in den einzelnen Städten der Monarchie gedacht. Das ausgestellte Original ist das im Jahre 1900 zur Änderung eingereichte Exemplar der Vereinsstatuten. Die ersten drei Artikel lauten:
Artikel I
Zion Verband der österreichischen Vereine für Colonisation Palästinas und Syriens hat seinen Sitz in Wien siehe Artikel VII.
Artikel II
Der Verband bezweckt die Förderung einer rechtlich gesicherten Colonisation Palästinas durch Juden. Die Erreichung dieses Zwecks wird angestrebt durch Propagierung der Colonisations-Idee und durch finanzielle Unterstützung der Colonisation.
Artikel III
Der Verband wird in der Weise gebildet und eventuell erneuert, dass Vereine und Verbände im Gebiete der im Reichsrathe vertretenen Königreiche und Länder, welche den im Artikel II bezeichneten Zweck verfolgen, demselben als Mitglieder (Einzelvereine) beitreten. Jeder derselben hat sich mit dem Namen des Ortes, in welchem er seinen Sitz hat, zu bezeichnen, und dort keine Bestimmung in seine Statuten aufzunehmen, welche dem Verband Statute widerspricht. Diese Vereine und Verbände können jedoch neben dem im Artikel II angeführten Hauptzweck noch andere gesetzlich zulässige Zwecke verfolgen.

N. M.

151

Tages-Rapport der kk Polizei-Direktion in Krakau vom 21. November 1904
Original, 215 x 345, AVA Min. d. Inn., Präs., Sign. 15/3, Zahl 8231/1904, Kt. 1630.

Der Polizei-Rapport berichtet über eine Versammlung eines zionistischen Vereines, bei der es zwischen den Zionisten und den anwesenden Mitgliedern der polnisch-sozialistischen Partei zu Handgreiflichkeiten zu kommen drohte, wodurch sich der der Versammlung beiwohnende Regierungsvertreter veranlaßt sah, die Versammlung aufzulösen und den Saal räumen zu lassen.
Die jüdischen Sozialisten standen in scharfem Gegensatz zum Zionismus, in dem sie eine bürgerliche Bewegung sahen, die das jüdische Proletariat vom Klassenkampf ablenkte. Auch die rein jüdischen sozialdemokratischen Parteien lehnten den Zionismus durchwegs ab (mit Ausnahme der Poale Zion, vgl. Nr. 162 bis 165). Die größte jüdische Arbeiterpartei, der ,,Bund'', wandte sich stets scharf gegen die Zionisten, selbst dann, wenn es sich um zionistische Sozialisten handelte. In der vom 6. Parteitag des Bundes im Oktober 1905 herausgegebenen Resolution heißt es über die zionistisch-sozialistischen Fraktionen u. a.: ,,... erblickt der 6. Parteitag des Bundes in der Bildung verschiedener zionistischer Gruppen das Resultat des Strebens des bürgerlichen Zionismus, mit Hilfe inhaltloser, quasi sozialistischer Phraseologie die jüdischen Proletariermassen ihrem Einfluß zu unterwerfen ...''.

Lit.: *C. Schitlowsky,* Zionismus und Sozialismus, o. O. 1899; *R. Abramowitsch,* Zionismus, Judenfrage und Sozialismus, in: Der Kampf Bd. 22 (1929), 509.

N. M.

152

Zwi Perez Chajes (1876—1927)
Foto nach Mikrographie. JNUL, Jerusalem.

Porträt des Oberrabbiners Zwi Perez Chajes in Mikrographie (vgl. Nr. 58). Zwi Perez Chajes wurde 1876 in Brody in Galizien geboren und verstarb 1927 in Wien. Er erhielt sowohl die jüdisch-traditionalistische Ausbildung als auch jene des österreichischen Gymnasiums. Ebenso besuchte er das Rabbinerseminar und die Universität in Wien. 1902 wurde er an das Collegio Rabbinico Italiano nach Florenz berufen und betreute daneben seit 1904 eine Dozentur für Bibelexegese an der Universität Florenz. 1912 folgte er einer Berufung als Oberrabbiner nach Triest, und 1918 trat er in Wien die Nachfolge von Moritz Güdemann als Oberrabbiner von Wien an. Chajes setzte sich eindeutig für den Zionismus ein. Das gegenständliche Porträt wurde aus seiner Wiener Antrittspredigt im Jahre 1918 „Mein Amt" mit Hilfe der Mikrographie hergestellt.

Abb. 62: Kat. Nr. 153

Lit.: *Jacob Allerhand,* Die Rabbiner des Stadttempels von J. N. Mannheimer bis Z. P. Chajes, in: Studia Judaica Austriaca VI (1978), 5—28, bes. 21—28.

K. Sch.

153

Besuche die Palästina Ausstellung
Plakat, Wien 1925, 700 x 950, WStLB P 13 312.

Vom 18. bis 31. August 1925 fand in Wien der 14. Zionistenkongreß statt. Anläßlich dieses Kongresses wurde im Konzerthaus eine Ausstellung über Palästina gezeigt, auf die das ausgestellte Plakat aufmerksam machte. Der zionistische Wiener Oberrabiner Dr. Zwi Perez Chajes hielt die Eröffnungsansprache, in der er auf die enorme Aufbauarbeit hinwies, die „ein Häuflein jüdischer Menschen, vor allem Arbeiter, geleistet haben". Während der Kongreß tagte, kam es zu schweren antisemitischen Ausschreitungen, die zahlreiche Verletzte forderten.

N. M.

154

Theodor Herzl, Der Judenstaat
Erstauflage, M. Breitenstein, Wien 1896, WStLB A 32028.

Am 14. Feruar 1896 erschien die erste Auflage von Theodor Herzls „Judenstaat". Das in dieser Broschüre beschriebene Konzept zur Gründung eines souveränen jüdischen Staates stieß bei den assimilierten Juden Wiens zuerst auf Ignorierung bis Ablehnung, führte Herzl aber andererseits aus dem seit einigen Jahren bestehenden nationaljüdischen Lager die ersten aktiven Anhänger zu.

N. M.

155

Max Nordau (1849—1923)
Foto. NB Pf 9606:C(1).

Max Nordau, einer der ersten Anhänger Herzls, wurde 1849 in Budapest geboren. Nordau lebte als Schriftsteller und Korrespondent verschiedener großer Zeitungen in Paris, wo er 1892 Herzl kennenlernte. Nach dem Erscheinen des ,,Judenstaates'' schloß er sich Herzls zionistischer Aktivität an und wurde sein engster Mitarbeiter. Nach dem Tode Herzls sollte er die Führung der Bewegung übernehmen, lehnte aber zugunsten David Wolffsohns ab. Nordau stand zu einigen zionistischen Richtungen in Opposition, blieb aber weiter aktiv in der Bewegung in führender Stellung tätig. 1921 zog er sich von der aktiven Tätigkeit zurück. 1923 verstarb er in Paris.

N. M.

155a

Einladung zur Trauerfeier für Dr. Max Nordau am 20. Februar 1923

Original, 150 x 235, Steiermärk. Landesbibliothek, Kt. 21.

Anläßlich des Ablebens Max Nordaus (vgl. Nr. 155) wurden zahlreiche Gedenkkundgebungen und Trauerfeiern abgehalten. Die gegenständliche Einladung stammt von der zionistischen Ortsgruppe Graz.

N. M.

156

Theodor Herzl, Altneuland

2. Aufl., H. Seemann, Leipzig 1902, Wiener Stadt-und Landesbibliothek A 37.844.

Im Herbst 1898 war Theodor Herzl mit einer Gruppe zionistischer Funktionäre nach Palästina gereist, um dort den deutschen Kaiser Wilhelm II. zu treffen. Nach dieser Fahrt reifte die Idee zu dem großen Roman ,,Altneuland''. Der erste Entwurf zu dem Werk war bereits 1899 fertig, aber erst drei Jahre später, im Oktober 1902, veröffentlichte er die 1. Auflage des Romans bei H. Seemann in Leipzig. ,,Altneuland'' ist die utopische Schilderung des Lebens im Judenstaat des Jahres 1923. Das Titelblatt des Buches trägt das Motto ,,Wenn Ihr wollt, ist es kein Märchen''. Im Nachwort des Verfassers heißt es darauf bezugnehmend:

,,... Wenn Ihr nicht wollt, so ist und bleibt es ein Märchen, was ich Euch erzählt habe.

Ich gedachte, eine Lehrdichtung zu verfassen. Mehr Dichtung als Lehre! werden die einen sagen — — mehr Lehre als Dichtung die anderen.

Denn jetzt, nach drei Jahren der Arbeit, müssen wir uns trennen, und es beginnen deine Schmerzen, du mein liebes Buch. Durch Feindschaften und Entstellungen hindurch wirst du deinen Weg nehmen müssen, wie durch einen finsteren Wald.

Wenn du aber zu freundlichen Leuten kommst, so grüße sie von deinem Herrn Vater. Er meint: das Träumen sei immerhin auch eine Ausfüllung der Zeit, die wir auf der Erde verbringen. Traum ist von der That nicht so verschieden, wie mancher glaubt. Alles Thun der Menschen war vorher Traum und wird später zum Traume.''

Lit.: *Ernst Pinchas Blumenthal,* Diener am Licht. Eine Biographie Theodor Herzls, Frankfurt am Main—Köln 1977, S. 275 ff.; *Theodor Herzl,* Wenn ihr wollt, ist es kein Märchen. Altneuland/Der Judenstaat. Hrsg. und eingeleitet von Julius Schoeps, Kronberg/Ts 1978, S. 6 ff.; *Desmond Stewart,* Theodor Herzl. Artist and Politican, London—Melbourne—New York 1981, S 291 ff.

B. D.

157

Die Welt

1. Jg., Nr. 1, 4. Juni 1897, UB III 204. 696 II.

Der Journalist Herzl sah bald nach Beginn seiner zionistischen Tätigkeit die Notwendigkeit ein, für die zionistische Bewegung eine Zeitschrift als Sprachrohr zu schaffen. 1897 gründete er aus eigenen Mitteln die ,,Welt'', deren erste Nummer am 4. Juni 1897 erschien. Die gelbe Farbe des Umschlages sollte an den Judenfleck des Mittelalters erinnern. Herzl entwarf auch selbst das Titelblatt. Das Blatt existierte in Wien bis zu Herzls Tod (1904), später wurde es in Deutschland herausgegeben. Mit dem Ausbruch des Ersten Weltkrieges wurde sein Erscheinen eingestellt.

Lit.: *A. Pollak,* Die Welt, Index, Zionistische Chronologie 1897—1914, 2 Bde., Tel-Aviv 1949.

N. M.

Kriegsunglück haben wir auszuhalten, gegen uns wendet sich noch der blutige Zarismus mit seinen teuflischen Überfällen, an uns kühlen die bestialischen Kosaken ihre mörderischen Gelüste und — wie bitter es auch ist, sich daran zu erinnern — wir leiden auch unter den Feindgefühlen der finsteren Elemente der polnischen Gesellschaft im Königreich Polen.

Aber wenn sich auch alle Gefühle von Leid und Zorn, von Verzweiflung und Schmerz in unsere Feiertagsgefühle für den 1. Mai mischen — es ist doch unser Feiertag. Und die Zeit ist nicht fern, in der — unter dem Einfluß des internationalen Proletariats — der wüste Kriegswahnsinn wieder klaren Friedensgedanken Platz machen wird. Heute am 1. Mai wollen wir vor uns und der ganzen Welt erklären, daß wir dieselben sind wie früher. Mit denselben Idealen des jüdischen Sozialismus. Wie früher fühlen wir uns einig mit dem jüdischen Proletariat der ganzen Welt, verbunden mit ihm durch das gemeinsame Schicksal und gemeinsame Streben für unsere Zukunft.

Leider werden nicht alle jüdischen Proletarier Österreichs heuer den Mai-Aufruf der Jüdischen Sozialistischen Arbeiterpartei Poale Zion lesen können, aber wir, die wir unsere Arbeits- und Wohnplätze verlassen mußten, und in den dumpfen Häusern von Wien und Prag leben, in den Baracken von Mähren oder in verschiedenen Orten von Böhmen usw., wir wollen auch heute, vertrieben und zerstreut, in Jahren des Krieges und der Schlachten, nicht vergessen den 1. Mai zu feiern, den Verkünder einer schöneren und besseren Zukunft.
Mit allen unseren Kräften wollen wir zusammen mit dem ganzen internationalen Sozialismus danach streben, daß dieser Kampf der letzte Versuch gewesen sein soll, den Frieden zwischen den Völkern zu zerstören und daß der Kriegsrüstung ein Ende gemacht werden soll.

Wir fordern, daß bei den kommenden Friedensverhandlungen die Rechtlosigkeit aller Juden abgeschafft werden soll, daß das blutig geraubte Recht auf Gleichberechtigung erfüllt werden soll, daß die Störungen des jüdischen Volkes auf dem Weg der freien nationalen Entwicklung aus der Welt geschafft werden sollen. In diesem Moment wenden sich unsere Blicke auch zu der aufblühenden jüdischen Besiedlung von Erez Israel, und wir fordern die Sicherung ihrer weiteren Entwicklung.
Genossen! Jüdische Arbeiter!
Wir feiern auch heute den 1. Mai. Wir wollen die goldene Kette unserer Mai-Feiertage nicht unterbrechen und unseren Ruf nach sozialer Gleichheit und nationaler Freiheit nicht verstummen lassen.
Es lebe das jüdische Volk!
Es lebe der internationale Sozialismus!
Es lebe der Poale Zionismus!
Jüdische Sozialistische Arbeiterpartei Poale Zion"

(Übersetzung vom Verf.)

N. M.

162

Einladung der Poale Zion an die Gesamtexekutive der österreichischen Sozialdemokratie zur Teilnahme an der 4. Weltkonferenz der Poale Zion
Brief vom 8. August 1913, Original, 215 x 290, AVA SD-Parteistellen, Kt. 128.

Der Brief trägt die eigenhändige Unterschrift Ber Borochows, des Gründers der Jüdischen Sozialistischen Arbeiterpartei Poale Zion (vgl. Nr. 163). Auch die Grußformel dürfte von seiner Hand stammen. B. Borochow hielt sich mit Unterbrechungen von 1907 bis 1914 in Österreich auf.

N. M.

163

Ber Borochow (1881—1917)
Foto. Sammlung Prof. M. Minc.

B. Borochow war der Begründer der Poale Zion (= Arbeiter Zions), der sozialistisch-zionistischen Partei, aus deren rechtem Flügel die heutige Arbeiterpartei Israels hervorging. Borochow entwickelte die Vorstellung einer Synthese von Klassenkampf und Nationalismus, während die marxistische Ideologie den Nationalismus — ganz besonders den jüdischen — ablehnte.
Borochow wurde in Zolotonoscha (Ukraine) geboren, besuchte ein russisches Gymnasium in Poltava, bekam aber nach dessen Absolvierung keinen Studienplatz an der Universität, da im zaristischen Rußland nur ein kleiner Prozentsatz jüdischer Studenten an die Universität zugelassen wurden. Borochow trat in die Reihen der russischen Sozialdemokratie, die Beschäftigung mit dem jüdischen Problem ließ ihn jedoch 1901 in Jekaterino-

slav den „Zionistisch-sozialistischen Arbeiter-Verband" gründen. In den folgenden Jahren entstanden in Rußland und auch im Ausland Poale-Zion-Gruppen. Auf der Konferenz von Poltava 1906 wurde die Partei in „Jüdische Sozialdemokratische Arbeiterpartei Poale Zion" umbenannt. 1907 nahm Borochow an der Gründung des Weltverbandes der Poale Zion teil. Im selben Jahr verließ er Rußland und lebte bis 1914 in Wien. Von Wien aus begab er sich in die U.S.A., wo er — wie auch in Wien — aktiv in der Poale-Zion-Bewegung tätig war. Nach dem Ausbruch der Februar-Revolution 1917 in Rußland kehrte Borochow nach Rußland zurück, wo er im September desselben Jahres an einer Lungenentzündung starb.

Lit.: *B. Borochow,* Die Grundlagen des Poalezionismus, Frankfurt/M. 1969; *M. Minc,* Borochow ulekache mahepechat 1905 be'rusia, Jerusalem 1972; *ders.,* Borochow: Early Ideas, Later Lessons, in: Jewish Frontier, Vol. XLVIII, Nr. 7, New York 1981, 14; *I. Smotricz,* Ber Borochows wissenschaftliche Begründung des Zionismus, in: Zeitschrift f. d. Gesch. d. Juden, 3. Jg. (1966), 13. N. M.

164

Protokoll der konstituierenden Generalversammlung der Jüdischen Sozialistischen Arbeiterjugend Österreichs

Original, 215 x 345, AVA Min. d. Inn., Allg., Sign. 15/1, Zahl 121.169/34.

Die Jüdische Sozialistische Arbeiterjugend Österreichs wurde 1927 gegründet (Nichtuntersagungsbescheid vom 13. April 1927, Zahl 108.265/9). 1934 wurde der Verein auf Grund des Betätigungsverbots der Sozialdemokratischen Partei behördlich aufgelöst.

N. M.

165

Jüdische Sozialistische Arbeiterjugend beim Mai-Aufmarsch in Wien

Foto aus R. Körber, Rassesieg in Wien, der Grenzfeste des Reiches, Wien 1939.

Die jüdischen sozialdemokratischen Parteien und Gruppen schlossen sich meist an das 1. Mai-Programm der österreichischen Sozialdemokratischen Partei an. So nahmen natürlich auch am traditionellen Aufmarsch am Ring die verschiedenen jüdischen sozialistischen Gruppen teil.

N. M.

166—170

Nationaljüdische Partei

Die Nationaljüdische Partei war ein Sammelbecken für Wählerstimmen aus den verschiedensten jüdisch-nationalen Richtungen. Bei den ersten Wahlen nach dem allgemeinen Wahlrecht 1907 konnten drei nationaljüdische Kandidaten ein Mandat erringen (in galizischen Wahlkreisen) und in den österreichischen Reichsrat einziehen. Bei den Wahlen zur konstituierenden Nationalversammlung 1919 erhielt die Nationaljüdische Partei ein Mandat, das Robert Stricker ausübte.

Lit.: *J. Hawlik,* Die politischen Parteien Deutschösterreichs bei den Wahlen zur konstituierenden Nationalversammlung 1919, Wiener Diss. 1971.

N. M.

166

Juden!

Foto nach Plakat, Wien 1918, WStLB P 7 650.

Aufruf des Jüdischen Nationalrates (vgl. Nr. 167) zu einer Kundgebung gegen die Pogrome, die kurz nach Kriegsende in Galizien aufflammten.

N. M.

167

Denkschrift des Jüdischen Nationalrates für Deutschösterreich

Original, 215 x 340, AVA STA d. Inn., 152/18, Sign. 25/1.

Ende Oktober 1918 rief die Parteiexekutive der Nationaljüdischen Partei alle jüdisch-nationalen Gruppen auf, in allen Gebieten der Monarchie jüdische Nationalräte zu bilden. Am 4. November 1918 konstituierte sich in Wien der Jüdische Nationalrat für Deutschösterreich. Die politischen Forderungen dieses Nationalrates wurden in der gegenständlichen Denkschrift der neuen deutschösterreichischen Regierung zur Kenntnis gebracht. Gefordert wurden Selbstverwaltung in allen internen jüdischen Angelegenheiten, absolute bürgerliche Gleichberechtigung und Vertretung in den territorialen Repräsentationskörpern und Behörden.

N. M.

168

Juden wählet jüdischnational
Plakat, Wien 1919, Original, 630 x 950, WStLB P 771.

Wahlplakat der Nationaljüdischen Partei für die Wahl zur konstituierenden Nationalversammlung 1919. Es gelang der Partei unter der Führung von Robert Stricker, ein Mandat zu erringen.

N. M.

169

Robert Stricker (1879—1944)
Foto nach R. Körber, Rassesieg in Wien, der Grenzfeste des Reiches, Wien 1939.

Der in Brünn geborene R. Stricker war einer der bedeutendsten Führer der Jüdischnationalen in Österreich. 1919 wurde er in die konstituierende Nationalversammlung gewählt. Bei den Wahlen von 1920 verlor er dieses Mandat auf Grund des zuungunsten der kleineren Parteien geänderten Wahlgesetzes. In den zwanziger und dreißiger Jahren war er aktiv in der zionistischen Bewegung tätig. Nach dem Anschluß Österreichs an Nazi-Deutschland schlug er eine ihm angebotene Emigrationsmöglichkeit aus, wurde von den Nazis verhaftet und 1944 in Auschwitz vergast. N. M.

Abb. 64: Kat. Nr. 168

170

Schadet der jüdische Nationalismus den Juden?
Flugschrift, Wien 1919, ÖNB Flugschriftensammlung. Foto.

Von den assimilierten Juden wurde den Jüdischnationalen oft vorgeworfen, daß ihre Bewegung den Antisemitismus fördere. In der gegenständlichen Flugschrift nimmt R. Stricker, der Führer der Nationaljüdischen Partei, dazu Stellung. U. a. heißt es darin:

„Es ist natürlich klar, daß eine Reihe von Juden nach Anerkennung der Juden als Volk völlig den Boden unter den Füßen verlieren wird. Es sind dies jene Assimilationsjuden, die sich bereits ‚arangiert' haben und als Abgeordnete, Zeitungsleute, Vereinsmacher etc. hohe Ehren verdienen wollen. Der Verlust dieser jüdischen Existenzen ist jedoch ein Gewinn für das jüdische Volk".

N. M.

171—187

Für die assimilierten oder assimilitionsbereiten Juden des 19. Jahrhunderts gab es — spätestens seit den siebziger Jahren — zwei politische Möglichkeiten: die deutschliberale oder die sozialdemokratische Richtung. Beide Parteien bekamen auch von jüdischer Seite großen Zulauf, und beiden Parteien blieb es nicht erspart, von ihren Gegnern als „Judenpartei" bezeichnet zu werden.

N. M.

171—178

Deutschliberale bzw. Deutschnationale

Das Wiener jüdische Großbürgertum gehörte fast ausnahmslos der deutschliberalen Partei, der sogenannten Verfassungspartei, an. Diese Partei trat vehement für eine Vormachtstellung der deutschsprachigen Staatsangehörigen der Monarchie ein und wandte sich scharf gegen Zugeständnisse an die anderen Nationen. Sie stand somit stets in Opposition zur Regierungspartei, vor allem zur Regierung Taaffe, die eine Aussöhnung mit den slawischen Völkern des Reiches zu erreichen suchte. Diese Aufwertung des Deutschtums führte zur Verschiebung der deutschliberalen Ideologie in Richtung einer deutschnationalen. Die jüdischen Anhänger und Führer dieser Partei erkannten die Konsequenz dieses Trends erst, als er sich gegen sie kehrte: die Deutschnationalen gelangten nämlich schließlich zu der Ansicht, daß das Blut in den Adern eines Großteils ihrer Parteigenossen nicht als rein deutsch zu betrachten sei, und schlossen ihre jüdischen Mitglieder aus. Prof. Moritz Benedikt (vgl. Nr. 245), ein Demokrat und Befürworter der Versöhnungspolitik zwischen den Nationalitäten im österreichischen Vielvölkerstaat, schreibt in seinen Memoiren: „Auch mir trugen viele jüdische Ärzte mein Einstehen für die Versöhnung nach; die Schmöcke waren auch fanatisch deutschnational, bis sie die Deutschnationalen vor die Tür setzten" (M. Benedikt, Aus meinem Leben, Wien 1906, 271).

Lit.: *K. Eder,* Der Liberalismus in Alt-Österreich, München 1955; *S. Mayer,* Die Wiener Juden. Kommerz, Kultur, Politik 1700—1900, Wien—Berlin 1917.

N. M.

171

Dr. Ignaz Kuranda (1813—1884)

Originallithographie von Dauthage, Wien 1881, Druck L. Schilling, 295 x 425, HM IN 29 244 (Mappe 369).

I. Kuranda wurde 1812 in Prag geboren, betätigte sich in seinen jungen Jahren mit einigem Erfolg als Bühnenautor, wandte sich aber bald der liberalen Politik zu. Er gründete in Paris ein internationales Büro der Liberalen, ging dann nach Brüssel und gab dort das deutschsprachige Blatt „Die Grenzboten" heraus, in dem er hauptsächlich die durch die Zensur in Deutschland und Österreich verbotenen Artikel publizierte. 1848 wurde er in das Frankfurter Parlament gewählt. Von 1848 bis 1866 leitete er in Wien die „Ostdeutsche Post". 1867 wurde er in den österreichischen Reichsrat gewählt, dem er bis zu seinem Tode angehörte. Er war Führer der liberalen Verfassungspartei und somit als überzeugter Deutsch-

Abb. 65

liberaler Gegner jeder Art von Zugeständnissen an die nationalen Minderheiten.

Lit.: *M. Baumgartner,* Kurandas ,,Ostdeutsche Post'' und die deutsche Frage von 1859 bis 1863, Wiener Diss. 1947.

N. M.

172

Ost-Deutsche Post
Nr. 1, Wien 1. Oktober 1848. Foto.

Titelseite der ersten Nummer der von I. Kuranda herausgegebenen Ost-Deutschen Post. Die Zeitung vertrat die großdeutsche Richtung, trat für die Gleichberechtigung und Assimiliation der Juden ein und bekämpfte das Konkordat. Wegen letzterem lag sie in ständiger Fehde mit der Wiener Kirchenzeitung Sebastian Brunners, was 1860 zu einem Prozeß zwischen den beiden Zeitungsherausgebern führte, den Kuranda gewann. 1866 wurde das Blatt eingestellt.

Lit.: *K. Paupié,* Handbuch der österreichischen Pressegeschichte 1848—1959, 2 Bde., Wien 1960.

N. M.

173

Unerklärliches, was man erlebt

Kikeriki, XXIII. Jg., Nr. 72, 9. Sept. 1883, Seite 3. Foto.

Die Darstellung zeigt auf der einen Seite drei hausierende Ostjuden, auf der anderen durch das offene Fenster einer Redaktionsstube zwei jüdische Redakteure. Dazwischen steht der ,,Kikeriki'', die namengebende Figur der politisch-satirischen Zeitung, in der die gegenständliche Karikatur erschien, der auf die Ostjuden weist und dessen Gedanken die Bildunterschrift angibt: ,,So und nicht anders haben ihre Väter ausgesehen! Und die Söhne von solchen polnischen Juden wollen uns Wiener heute im Deutschtum unterrichten!''
Die betonte Hervorhebung des Deutschtums in den liberalen Zeitungen durch die jüdischen Redakteure forderte zu solchen Reaktionen heraus. Die um diese Zeit aus dem Osten zahlreich in die Reichshauptstadt strömenden Ostjuden, unter denen sich ein großer Teil Pogromflüchtlinge aus Rußland befand, bot die willkommene Gelegenheit, die Vertreter der deutschliberalen ‚Judenpresse' an ihre Herkunft zu erinnern, was diese gar nicht gerne sahen. Die assimilierten Wiener Juden des Hochliberalismus besaßen keinerlei Identität mehr mit den orthodoxen Glaubensgenossen aus dem Osten und empfanden auch keinerlei Gefühl der Loyalität. Da sie aber wußten, daß man sie mit ihnen in Verbindung brachte, und fürchteten, dies könnte die Assimilation gefährden, standen sie den ostjüdischen Flüchtlingen sehr feindlich gegenüber.

N. M.

Abb. 66: Kat. Nr. 173

174

Dr. Heinrich Friedjung (1851—1920)
Foto. NB 505.610.

Der in Mähren geborene Historiker H. Friedjung war ein fanatischer Deutschnationaler. Auf dem 4. deutsch-österreichischen Parteitag der Verfassungspartei am 14. November 1880 legte er ein Programm vor, das die Grundlage für die Umwandlung der Verfassungspartei zu einer deutsch-nationalen Partei sein sollte. In diesem Programm wird u. a. gefordert, daß die deutsche Sprache zur Staatssprache erklärt werden soll und daß niemand ein öffentliches Amt bekleiden dürfe, der ihrer nicht in Wort und Schrift mächtig sei. Die außenpolitischen Programmpunkte zielen auf eine Vereinigung Österreich-Ungarns mit dem Deutschen Reich ab. Das Programm wurde von den Delegierten nicht angenommen, sondern einem Komitee zur Beratung übergeben, von diesem aber nicht weiterbehandelt. Ein Teil seiner Programmpunkte findet sich jedoch im sogenannten ,,Linzer Programm'' von 1882 wieder, an dessen Formulierung er maßgeblich beteiligt war. Das ,,Linzer Programm'' bildete die Grundlage für die deutschnationale Bewegung. Auch in ihm findet sich das Postulat einer deutschen Staatssprache und einer möglichst engen Bindung an das Deutsche Reich.
1882 sprengte er mit einer Gruppe sogenannter jungdeutscher und jüdischer Studenten die konstituierende Versammlung der ,,Deutschen Volkspartei'' Dr. A. Fischhofs, die als Vereinigung deutscher und nichtdeutscher Demokraten gedacht war (vgl. Nr. 139). Von 1883 bis 1886 gab er die ,,Deutsche Wochenschrift'' heraus, die er dann zugunsten der ,,Deutschen Zeitung'', deren Chefredakteuer er wurde, aufgab.
Friedjungs fanatisches Eintreten für das Deutschtum wurde schlecht gelohnt: seine immer ,,arischer'' werdende Partei schloß ihn wegen seines Judentums aus.

N. M.

175

Deutsche Wochenschrift
Probenummer, 4. November 1883, Foto.

Titelblatt der ersten Nummer der Deutschen Wochenschrift H. Friedjungs. Die Richtung, welche die Zeitung vertrat, ist aus dem Untertitel ersichtlich: Organ für die gemeinsamen nationalen Interessen Österreichs und Deutschlands. Das Blatt spiegelte also den deutsch-nationalen und großdeutschen Standpunkt seines Herausgebers wider. 1886 stellte H. Friedjung die Herausgabe der Zeitung ein.

N. M.

176

Satzungen des Verbandes nationaldeutscher Juden
Original, 215 x 345, AVA Min. d. Inn., Sign. 15/16, Zahl 51.217/23.

Die Liebe der assimilierten Juden zum Deutschtum bekam durch den nach dem Ersten Weltkrieg immer stärker werdenden Germanenmythos noch zusätzliche Nahrung. Die Statuten des Verbandes nationaldeutscher Juden aus dem Jahre 1923 bringen dies deutlich zum Ausdruck. Die Termini ,,undeutscher Geist'', ,,deutsche Volkskraft'', ,,deutsche Volksgenossen'' etc. finden sich auch im Vokabular jener Ideologie, deren Vertreter einige Jahre später die Nürnberger Rassengesetze formulierten.
Ein ,,Verband nationaldeutscher Juden'' mit Statuten dieser Art mag uns, in deren Bewußtsein das geschichtliche Faktum des Holocausts verankert ist, als Kuriosum erscheinen. Jenen Generationen aber, in deren historischer Erfahrung nicht die Massenvernichtung, sondern eine seit mehr als 100 Jahren fast ungestörte Annäherung an die nichtjüdische Umwelt lag, stellte sich einer Identifizierung mit der deutschen Kultur nichts in den Weg.

N. M.

177—187

Österreichische Sozialdemokratie

Die Idee des Sozialismus zog viele Juden in ihren Bann. Der Sozialdemokratischen Arbeiterpartei Österreichs gehörten zahlreiche jüdische Mitglieder an, und auch ihre Führungsschicht rekrutierte sich zu einem großen Teil aus Juden. Dies führte dazu, daß von antisemitischer Seite bald von einer „Verjudung" der Sozialdemokratie gesprochen wurde. Die jüdischen Sozialdemokraten traten niemals für speziell jüdische Angelegenheiten ein. Sie waren der Auffassung, daß die siegreiche Beendigung des Klassenkampfes auch die Lösung des jüdischen Problems bringen würde. In der neuen sozialistischen Gesellschaft würde es keine Grundlage mehr für ein Judenproblem geben. An die Stelle des Zugehörigkeitsgefühls zu den Glaubens- oder Stammesgenossen war das Bewußtsein der Verbundenheit mit den Proletariern aller Länder getreten. Und tatsächlich litten jüdische und nichtjüdische Arbeiter auch unter denselben drückenden Lebensumständen, lebten im selben Elend (vgl. dazu B. Frei, Jüdisches Elend in Wien, Wien—Berlin 1920).

Lit.: *F. Kaufmann,* Sozialdemokratie in Österreich, Wien—München 1978; *H. Hautmann/R. Kropf,* Die österreichische Arbeiterbewegung vom Vormärz bis 1945. Sozialökonomische Ursprünge ihrer Ideologie und Politik, Wien ²1976; *F. Kreissler,* Von der Revolution zur Annexion, Wien 1970; *L. Brügel,* Geschichte der österreichischen Sozialdemokratie, Wien 1925.

N. M.

177

Dr. Otto Bauer (1881—1938)
Foto. NB 512.954.

Otto Bauer stammte aus einer jüdischen Fabrikantenfamilie. Er kam also wie viele andere seiner Kollegen in der Parteiführung aus dem Großbürgertum. O. Bauer gehörte dem linken Flügel der Sozialdemokratischen Arbeiterpartei Österreichs an. Nachdem Victor Adler, der in der ersten Regierung der Republik Deutschösterreich das Amt des Staatssekretärs des Staatsamtes für Äußeres bekleiden hätte sollen, einen Tag vor der Ausrufung der Republik gestorben war, übernahm O. Bauer dieses Amt. In dieser Funktion und auch als Abgeordneter zur konstituierenden Nationalversammlung trat er vehement für einen Anschluß Österreichs an das Deutsche Reich ein. Nach den Februarkämpfen des Jahres 1934 mußte Bauer fliehen. Vier Jahre nach seiner Emigration verstarb er in Paris. Bauer gehörte bis an sein Lebensende der jüdischen Religionsgemeinschaft an, obwohl die Zugehörigkeit nur eine formelle war. In der Judenfrage vertrat er entschieden den Standpunkt der totalen Assimilation, eine Ansicht, die er in seinem 1907 herausgegebenen Werk ,,Die Nationalitätenfrage und die Sozialdemokratie'' ausführlich darlegte.

Lit.: *O. Leichter,* Otto Bauer. Tragödie oder Triumph, Wien—Frankfurt 1970; *O. Bauer,* Die Nationalitätenfrage und die Sozialdemokratie, Wien [1]1907 (2. Auflage Wien 1924).

N. M.

178

Geehrter Herr Dr. Adler!

Brief des Simon Grossmann aus Lodz vom 26. 2. 1906 an Victor Adler, Original, 215 x 290, AVA SD-Parteistellen, Kt. 11 (Korrespondenz V. Adler 1883—1912).

Der gegenständliche Brief dokumentiert in berührender Weise die ideologische Verunsicherung, die den einfachen jüdischen Sozialdemokraten durch die Existenz jüdischer sozialistischer Parteien zu erfassen vermochte, da er sie mit dem dem Sozialismus impliziten Internationalismus nicht in Einklang bringen konnte. Der Jude Simon Grossmann, der ein guter Sozialist sein möchte, wendet sich in seiner Unsicherheit an den ,,Doktor'' in Wien, um ihn um genaue ideologische Richtlinien zu bitten. Es herrsche hier, schreibt er, große Unklarheit über das richtige Parteiprogramm. Es gäbe drei Parteien, von denen jede behaupte, sozialdemokratisch zu sein. Er zählt sie auf: 1. die Sozialdemokratische Partei für Polen und Litauen, ,,welche ja International (sic!) ist''; 2. ,,der Bund welcher auch Socialdem. (sic!) ist jedoch in vielen Punkten von ersteren abweicht'' und 3. die Zionisten, die ebenfalls den Anspruch erheben, eine sozialdemokratische Partei zu sein (gemeint ist sicher die Poale Zion, vgl. Nr. 158—165). Um keine ideologischen Irrtümer zu begehen, bittet er Victor Adler, ihm ,,in kurzer Zusammenfassung das richtige Partheiprogram (sic!)'' zuzusenden.

N. M.

179

3 Correspondenz-Karten an Dr. Victor Adler

Originale, 145 x 90, AVA SD-Parteistellen, Kt. 11 (Korrespondenz V. Adler 1883—1912).

Die Tatsache, daß die jüdischen Führer der Sozialdemokratie ihr Judentum niemals hervorkehrten, hindert ihre Gegner nicht daran, sie als Juden anzufeinden. Ein Beispiel dafür bieten die gegenständlichen drei Korrespondenzkarten, die Victor Adler erhielt.

a) Anschriftseite:
Aufgabestempel Wien 25. 4. 1898
An den Juden
Dr. Adler 9. Bz. Färstelgasse
Retaktör der Arbeit Zeitung
in Wien
Soci
Textseite:
Herr Adler
sind die Juden schon gewält, die Juden die Pilcher die dem Volk das Blut aussaugen und die follen Kassen leren. Der ein Jud ist, ist schon ein Schuft.

b) Anschriftseite:
Aufgabestempel Wien 25. 4. 1898
An Dr. Viktor Adler
Redaktör der Arb. Zeitung
9. Bz. Färstelgasse
in Wien
Textseite:
Sie Jud.
das gefällt euch halt a folle Kassa da wern wider Henderl und a guter Wein abergehn da wern die Juden wider gute Teg haben und die Handelsangestellten grigen an Drek Sie Pilcher Pfui Pfui Pfui Pfui

c) Anschriftseite:
Aufgabestempel Wien 26. 4. 1898
An Herrn Viktor
Adler 9. Bz. Färstelgasse

Arbeiter Zeitung
in Wien
Textseite:
Hr. Adler
Ich ersuche Sie alle krumme Nasen für Sontag ein zu laden das kein Jud nicht in Prater fehlt und bitte machen Sie es in ihrem Blatt bekant in welchem Gasthaus wir uns treffen
Pfürti Gott Jud

(Die Texte sind in der Originalschreibweise wiedergegeben.)

N. M.

180

Maturitätszeugnis Victor Adlers

Original, 215 x 345, Sozialistische Partei Österreichs, Adler-Archiv, Mappe 1, lfd. Nr. 3 (im Verein f. Gesch. d. Arbeiterbewegung).

Victor Adler (vgl. Nr. 184) absolvierte das Schottengymnasium in Wien. Am 27. Juli 1870 maturierte er. Sein Religionslehrer war Rabbiner Dr. Moritz Güdemann (vgl. Nr. 266), der ihm im Fach Religion die Note ,,vorzüglich'' gab.

N. M.

181

Protokoll der Sitzung des Wiener Vorstandes vom 18. Feber 1924, 10 Uhr vormittags im Wiener Sekretariat

Original, 215 x 324, AVA SD-Parteistellen, Kt. 86 (Sitzungsprotokolle 1921/34).

Unter Tagesordnungspunkt 1 wird die Bitte der jüdischen Genossen der Bezirksorganisation Leopoldstadt diskutiert, ihnen die Teilnahme an der Wahl zur Wiener Israelitischen Kultusgemeinde zu gestatten. Es gibt, obwohl der Parteivorstand die Erlaubnis bereits erteilte, viele Gegenstimmen bei den Mitgliedern des Wiener Vorstandes, da man sehr leicht geneigt war, in Aktionen dieser Art separatistische Tendenzen zu erblicken.

N. M.

182

Hugo Breitner (1873—1946)

Foto. NB, Pf 3080:B(1).

H. Breitner stammte aus einer jüdischen Kaufmannsfamilie, die sich 1870 in der Leopoldstadt niederließ, wo H. Breitner am 9. November 1873 geboren wurde. Nach Absolvierung der Wiener Handelsakademie wurde Breitner 1894 als Volontär bei der Länderbank eingestellt, wo er rasch Karriere machte. Ende Jänner 1917 war der erst Dreiundvierzigjährige bereits Direktor. In den letzten Kriegsmonaten 1918 sah er den Zusammenbruch der Währung voraus und legte Vorschläge zur Abstoßung der Kronenwährung vor. Als die Generaldirektion diese mit dem Hinweis ablehnte, die Bankpolitik falle nicht in seine Kompetenz, reichte er sein Pensionsgesuch ein und trat in den Ruhestand.

Im Sommer 1918 wurde Julius Deutsch, damals Parteisekretär, auf Hugo Breitner aufmerksam, und es gelang, ihn für die Sozialdemokratie zu gewinnen. Von 1919 bis 1932 war er Wiener Stadtrat für Finanzwesen. In dieser Funktion schuf er ein neues Steuersystem, dem der Gedanke zugrunde lag, die Steuerlast auf die einzelnen sozialen Schichten je nach ihrer Leistungsfähigkeit zu verteilen und den notwendigen Lebensbedarf der Bevölkerung möglichst zu schonen, jeden darüber hinausgehenden Aufwand aber im Interesse der Allgemeinheit steuerlich zu erfassen. So gelang es Breitner, den nach dem Ersten Weltkrieg völlig zusammengebrochenen Finanzhaushalt der Stadt Wien wieder zu sanieren und den Ausbau des Wohlfahrtswesens zu finanzieren. Natürlich fand Breitners Steuerpolitik nicht bei allen ungeteilte Zustimmung. Er war in bürgerlichen Kreisen wohl der meistgehaßte sozialdemokratische Politiker der Ersten Republik. Eine ganze Serie von Wahlplakaten und Flugschriften der Christlichsozialen wendet sich gegen den ,,Steuersadisten''. Wie grenzenlos der Haß gegen H. Breitner im christlichsozialen Lager war, demonstriert die Äußerung des Heimwehrführers Ernst Rüdiger Starhemberg: ,,Erst wenn der Kopf dieses Asiaten in den Sand rollt, wird der Sieg unser sein'' (Neue Freie Presse, Morgenblatt vom 5. 10. 1930, Seite 11). Die Bezeichnung ,,Asiat'' bezieht sich auf Breitners Judentum.

1934 wurde Breitner verhaftet und saß 14 Wochen im Gefängnis. Zu Beginn des Jahres 1938 erkannte er klar, daß das Ende Österreichs nahe war, und verließ Österreich. Nach einigen Zwischenstationen in Italien und Frankreich ließ er sich schließlich in Claremont (Californien) nieder, wo er am 5. März 1946 starb.

Lit.: *H. Kaudelka,* Hugo Breitner. Biographische Skizze, in: Wiener Schriften, Heft 4, 166—199. *B. Denscher,* ,,Hinaus mit dem Asiaten aus Wien!'' Hugo Breitner — Zielscheibe politischer Haßtiraden in den Wahlkämpfen von 1927 und 1930, in: wien aktuell 1978, Heft 8/9, XXXVI ff.

N. M.

183

Dr. Julius Deutsch (1884—1968)
Foto etwa 1930, in Schutzbunduniform, NB, P 738:C (4).

Julius Deutsch wurde am 2. Februar 1884 in Lackenbach (Burgenland) als Sohn eines Gastwirtes geboren. Er war erst Hilfsarbeiter, legte später extern die Reifeprüfung ab und studierte anschließend an der Universität Zürich, wo er 1908 zum Doktor promoviert wurde. Von 1918 bis 1920 war Deutsch, der bereits seit seiner frühen Jugend in der Arbeiterbewegung tätig war, Staatssekretär des Staatsamtes für Heerwesen. Im Februar 1934 nahm er als Schutzbundführer an den Kämpfen teil und flüchtete anschließend in die Tschechoslowakei. 1936 ging er nach Spanien und kämpfte auf der Seite der Republikaner im spanischen Bürgerkrieg. 1940 emigrierte er in die USA. 1946 kehrte er nach Österreich zurück, wo er 1968 verstarb.

Lit.: *J. Deutsch,* Ein weiter Weg. Lebenserinnerungen, Wien—Leipzig 1960.

N. M.

184

Ketubba (Heiratsurkunde) Victor Adlers, 5. Elul 5638 (3. Sept. 1878)

Original, 210 x 330, Sozialistische Partei Österreichs, Adler-Archiv, Mappe 31, lfd. Nr. 3 (im Verein f. Gesch. d. Arbeiterbewegung).

Am 3. September 1878 wurde Victor (Chajim) Adler mit Emma Braun, die aus einer wohlhabenden jüdi-

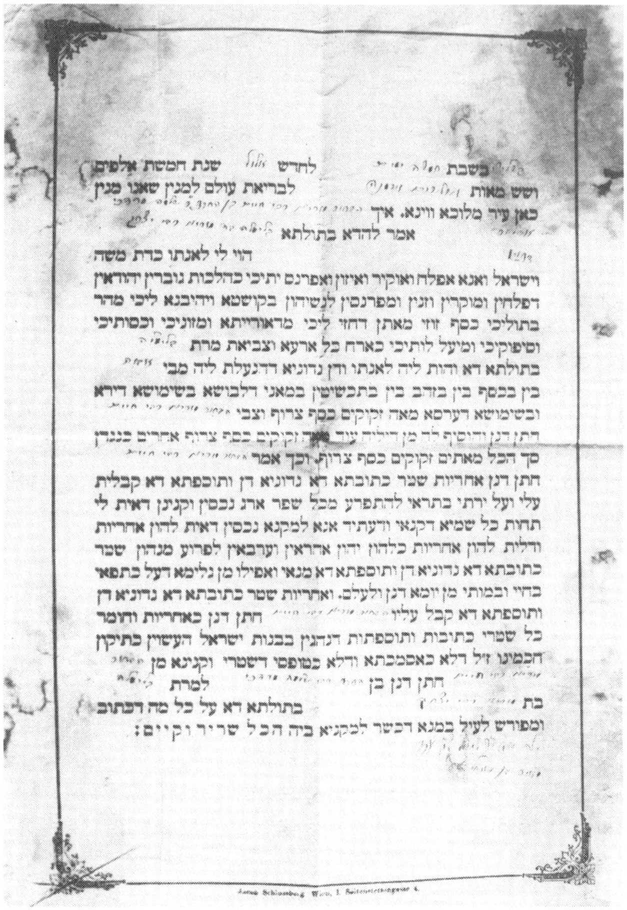

Abb. 67

schen Familie stammte, in der Wohnung der Eltern der Braut nach jüdischem Ritus getraut.
Victor Adler wurde am 24. Juni 1852 in Prag als Sohn eines jüdischen Kaufmannes geboren. 1855 übersiedelte die Familie Adler nach Wien, wo Salomon Markus Adler, der Vater Victors, es zu großer Wohlhabenheit brachte. Victor Adler besuchte das Schottengymnasium (vgl. Nr. 180) und studierte anschließend Medizin. Er gehörte der deutsch-nationalen Burschenschaft ,,Arminia'' an und war glühender Verfechter der Assimilation. Auch nach der Beendigung seines Studiums blieb er der deutsch-nationalen Bewegung treu. Er war 1882 ge-

meinsam mit Engelbert Pernersdorfer, Heinrich Friedjung und Georg v. Schönerer an der Abfassung des ,,Linzer Programms'' (vgl. Nr. 174) beteiligt. (Der antisemitische Punkt 12 wurde dem Programm allerdings erst 1885 beigefügt.) Anfang der achtziger Jahre wandte sich Adler jedoch der Arbeiterbewegung zu, der er sich 1886 offiziell anschloß. Allerdings war zu diesem Zeitpunkt die österreichische sozialdemokratische Bewegung völlig zersplittert. Das große Verdienst V. Adlers war es, die untereinander verfeindeten Gruppen auf dem Hainfelder Parteitag von 1888/89 zu einer Partei zu vereinigen.

1905 zog V. Adler zum ersten Mal als Abgeordneter in den österreichischen Reichsrat ein. In der beim Zusammenbruch der Monarchie gebildeten provisorischen Regierung übernahm er die Leitung des Staatsamtes für Äußeres, verstarb jedoch am 11. 11. 1918, einen Tag vor der Ausrufung der Republik.

Victor Adlers Verhältnis zum Judentum war seit seiner frühesten Jugend problematisch. Bereits im Gymnasium wurde er mit der Tatsache konfrontiert, daß die von ihm gewünschte und gelebte Assimilation bei den nichtjüdischen Kollegen auf Widerstand stieß. Auch an der Universität traf er auf massiven Antisemitismus. Es war die Zeit, in der Billroth mit seinen Angriffen gegen die jüdischen Medizinstudenten (vor allem die aus Galizien kommenden) und seine Aussage, daß er die Kluft zwischen rein deutschem und rein jüdischem Blut heute noch ebenso tief empfinde, wie sie ein Teutone gegenüber einem Phönizier empfunden haben mag, eine Welle völkisch-rassischen Antisemitismus an der Wiener Universität, besonders an der medizinischen Fakultät, auslöste. Diese entschiedene Absage an die Assimilation der Juden traf V. Adler an der Wurzel. Er fühlte sich persönlich betroffen und wandte sich mit einem Vortrag gegen die Theorie Billroths, daß die Juden nicht assimilierbar seien. Aus all diesen für ihn schmerzvollen Jugenderfahrungen resultierte sein Entschluß, nach seiner Verehelichung zum Protestantismus überzutreten, um wenigstens seinen Kindern das Los Jude zu sein zu ersparen. Seine Frau Emma Adler allerdings weigerte sich, die Taufe anzunehmen. Sie blieb jüdisch. Der Religionswechsel befreite V. Adler aber keineswegs von seinem jüdischen Problem. Man warf der Partei vor, ihre Führungsschicht sei ,,verjudet''. Vergeblich bemühte sich Adler, nur ja nicht den Verdacht aufkommen zu lassen, die Partei könnte ,,philosemitisch'' sein. Die Sorge darüber brachte ihn, der von Leid und Elend stets tief berührt wurde, sogar dazu, sich auf dem zweiten Kongreß der Internationale 1891 in Brüssel gegen eine Sympathiekundgebung der Sozialistischen Internationale für die von Pogromen und wüster antisemitischer Hetzpropaganda verfolgten jüdischen Arbeiter im zaristischen Rußland auszusprechen. Den Antisemitismus hielt er noch 1887 für einen ,,Wahn'', der nicht lange dauern könne. Die Erfahrung einiger Jahre ließen ihn allerdings seine Meinung ändern: auf dem Parteitag 1898 sagte er: ,,Der letzte Antisemit wird erst mit dem letzten Juden sterben''. Er sah sich auch selbst als Belastung für die Partei. In einem Brief an Dr. Karpeles aus dem Jahre 1897 schreibt er: ,,... Weil ich die Partei bis in die Niere kenne, ist auf Jahre hinaus ein ,jüdischer Doktor' in der Partei eine Verlegenheit''.

V. Adlers Beziehung zum Judentum ist von eigenartiger Ambivalenz. Das Judentum als Ganzes lehnte er ab. Von jüdischer Tradition fühlte er sich eher abgestoßen. Aber er bezeichnete sich selbst oft als Jude, wobei ihn die Tatsache seiner Zugehörigkeit zur protestantischen Konfession gar nicht störte. Als Zwanzigjähriger schrieb er an Pernersdorfer über eine antisemitische Bemerkung eines Studienkollegen: ,,Daß er das Judentum nicht mag — ich mag's auch nicht. Aber die Juden lass' er mir ungeschoren, ich bin auch einer''. Um die Zwiespältigkeit in der Identität V. Adlers in Bezug auf das Judentum noch deutlicher zu dokumentieren, sei noch eine Episode aus seinem Leben erzählt: Im Adler-Archiv liegt ein Erinnerungsbericht des Vertrauensmannes L. Fuchs, in dem dieser berichtet, er sei im Jahre 1911 mit einem Parteikollegen zu Victor Adler gekommen, um diesen um die Übersetzung eines in hebräischen Lettern geschriebenen Flugblattes zu bitten. V. Adler aber habe sie angefahren: ,Ja, könnt's ihr nicht selbst lesen? Was seid Ihr für Juden! Schämt Euch!''

(Die Briefe, aus denen die Zitate stammen, befinden sich im Adler-Archiv.)

Lit.: *J. Braunthal,* Victor und Friedrich Adler. Zwei Generationen Arbeiterbewegung, Wien 1965; *F. Adler* (Hsg.), Victor Adlers Aufsätze, Reden und Briefe, 11 Hefte, Wien 1922—1929; *E. Adler,* Erinnerungen (Unveröffentlichtes Manuskript im Adler-Archiv); *M. Ermers,* Victor Adler. Größe und Aufstieg einer sozialistischen Partei, Wien 1932; Victor Adler im Spiegel seiner Zeitgenossen, Wien 1968.

N. M.

185

Reisepaß Victor Adlers

Original. Sozialistische Partei Österreichs, Adler-Archiv, Mappe 1, lfd. Nr. 33 (im Verein f. Gesch. d. Arbeiterbewegung).

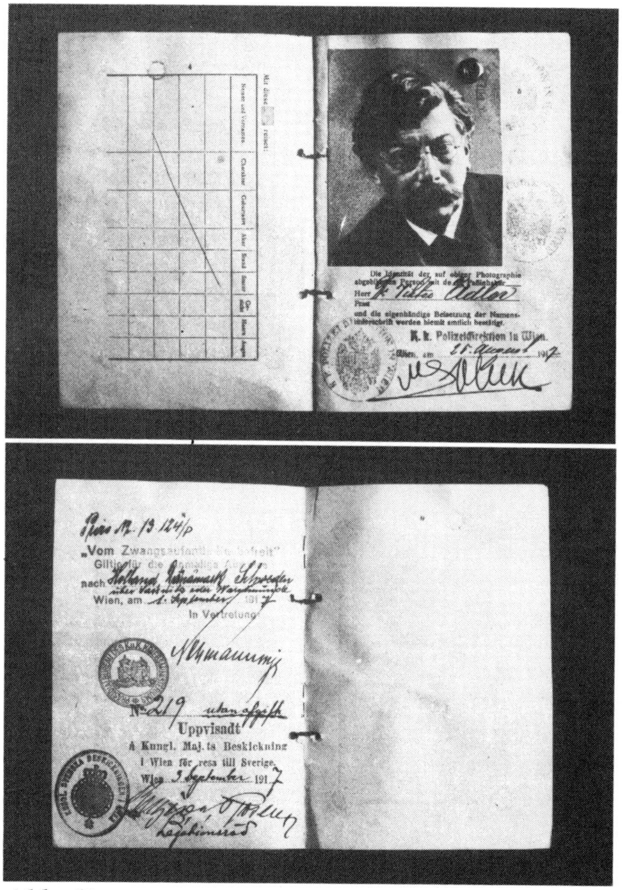

Abb. 68

Der Paß wurde am 25. August 1917 ausgestellt und berechtigte V. Adler zur Reise nach Deutschland, Schweden, Norwegen, Holland und zurück. In diesem Paß, befindet sich die Ausreiseerlaubnis für V. Adlers Reise zur Friedenskonferenz in Stockholm.

N. M.

185A

Parteimitgliedsbuch Victor Adlers

Original. Sozialistische Partei Österreichs, Adler-Archiv, Mappe 1, lfd. Nr. 31 (im Verein f. Gesch. d. Arbeiterbewegung).

Zu V. Adlers Parteitätigkeit vgl. Nr. 184.

N. M.

186

Eigenhändiger Brief Hugo Breitners an O. Pollak vom 5. 12. 1943

Original, 210 x 295, Verein für Geschichte der Arbeiterbewegung, Personenarchiv, Lade 19, Mappe 62.

Bereits im Jahre 1943 ist Breitner überzeugt, daß ein unabhängiges Österreich wieder entstehen wird, wie aus dem gegenständlichen Brief an den ebenfalls in der Emigration befindlichen O. Pollak ersichtlich ist. Diesem neuen Österreich wollte er wieder seine Erfahrung zur Verfügung stellen. Am 4. Oktober 1945 schrieb er an Karl Seitz, daß er zurückkommen wolle, um ,,zum Schlusse noch etwas im Dienste des Socialismus leisten zu dürfen''. Am 5. Dezember 1945 erhielt er ein Schreiben Karl Renners: ,,... ein Grund zu übereilter Rückkehr besteht nicht''.

N. M.

187

Brief Otto Bauers an Julius Deutsch vom 13. März 1919 mit eigenhändiger Unterschrift

Original, 210 x 275, Verein für Geschichte der Arbeiterbewegung, Parteiarchiv, Mappe 116/4.

Otto Bauer als Staatssekretär des Äußeren bittet Julius Deutsch, den Staatssekretär des Heerwesens um eine Gefälligkeit für den Führer der polnischen Sozialdemokratie (PPS). Auf der Rückseite des Briefes ist das Konzept für die Antwort in der Handschrift Julius Deutschs geschrieben.

N. M.

188—211 Literatur

188

Karl Beck, Lieder vom armen Mann
Mit einem Vorwort an das Haus Rothschild. 2. unveränderte Aufl. B. Hermann, Leipzig 1846, Wiener Stadt- und Landesbibliothek A 39.737.

Die erste Auflage der ,,Lieder vom armen Mann'' von Karl Beck erschien im Jahr 1846. Das Buch war so erfolgreich, daß gleich im selben Jahr eine zweite unveränderte Auflage nachgedruckt werden mußte. Karl Beck wandte sich darin an das Gewissen der Reichen und Mächtigen, die nach Ansicht des Dichters die Möglichkeit hätten, soziale Gerechtigkeit herrschen zu lassen. Als bewußten Gegenpol zu dem poetischen Vorwort ,,An das Haus Rothschild'' befindet sich in dem Band das ergreifende Gedicht ,,Der Trödeljude'', in dem das ärmliche und beschwerliche Leben dieses Standes beschrieben ist:

Die Straßen auf, die Straßen nieder!
Die Knochen matt, die Stirne heiß!
Die Woche flieht, die Woche bietet
Nur fünf der Tage Deinem Fleiß.
O, spute Dich, Du Atemloser,
Wirb, wirb um Deinen Tagelohn.
Am Samstag will es nicht der Vater,
Am Sonntag will es nicht der Sohn.

Lit.: *Antal Mádl,* Politische Dichtung in Österreich (1830—1848), Budapest 1969, S. 108 ff.

B. D.

189

Moritz Hartmann, Reimchronik des Pfaffen Maurizius
2. Aufl. Literarische Anstalt (J. Rütten), Frankfurt am Main 1849, Wiener Stadt- und Landesbibliothek A 44.891.

Moritz Hartmann war nicht nur unmittelbarer Beobachter der revolutionären Ereignisse des Jahres 1848, sondern auch aktiver Teilnehmer. Im Frühjahr war er in Prag, daraufhin als Vertreter des linken Flügels bei der Frankfurter Nationalversammlung, dann kam er gemeinsam mit Robert Blum nach Wien, wo er mit der Waffe in der Hand an den Oktoberkämpfen teilnahm. Hartmann konnte im letzten Moment aus Wien flüchten, sein Gefährte Robert Blum wurde hier bekanntlich gefangengenommen und hingerichtet. Nach Frankfurt zurückgekehrt, empörte ihn die Untätigkeit der ,,Versammlung der Professoren'' umso mehr. Diese Mißstände bewogen Hartmann die ,,Reimchronik des Pfaffen Maurizius'' zu verfassen, in der es um eine satirische Abrechnung mit den reaktionären Kräften, aber auch mit den halbherzigen ,,Revolutionären'' geht. Antal Mádl meint zu der ,,Reimchronik'', die Ende des Jahres 1848 entstand: ,,Die Grundstimmung des gesamten Werkes wird im wesentlichen dieser Periode entsprechend von drei wichtigen Momenten beeinflußt: von der Unzufriedenheit mit der Frankfurter Nationalversammlung, von den Wiener Ereignissen der nahen Vergangenheit und von dem sich damals mit voller Kraft entfaltenden ungarischen Freiheitskampf. Sie sind natürlich für den Dichter die drei Faktoren eines und desselben Zieles, nämlich des Erfolges der Revolution.''

Lit.: *Antal Mádl:* Politische Dichtung in Österreich (1830—1848), Budapest 1969, S. 330 f.

B. D.

190

Leopold Kompert, Geschichten einer Gasse

Novellen. 1. Bd. L. Gerschel, Berlin 1865, mit eigenhändiger Widmung des Verfassers an Constantin von Wurzbach, Wiener Stadt- und Landesbibliothek A 31.048.

Beschreibung vgl. S. 211

B. D.

191

Karl Emil Franzos, Der Pojaz. Eine Geschichte aus dem Osten

2. Aufl. J. G. Cotta, Stuttgart—Berlin 1905, Wiener Stadt- und Landesbibliothek A 43.007.

Beschreibung vgl. S. 215 B. D.

192

Theodor Herzl, Was wird man sagen?

Lustspiel in 4 Acten, G. Steiner, Wien 1890, mit eigenhändiger Eintragung des Verfassers, Wiener Stadt- und Landesbibliothek A 126.272.

,,Was wird man sagen?'' ist eine von den zahlreichen Komödien, die Theodor Herzl verfaßt hat. In dem vieraktigen Lustspiel geht es gegen die gesellschaftlichen Konventionen, gegen die Haltung, die schon im Titel des Stückes ausgedrückt wird. Der Autor wendet sich gegen die Neigung der Menschen, sich zu sehr um die Kritik der Umwelt zu kümmern. Eine der Hauptpersonen kritisiert dieses Verhalten unter anderem auch vom sozialen Standpunkt aus:
,,Und so pflanzt sich die Gesellschaft fort, nämlich die Classen der Gesellschaft! Denn das ,Was wird man sagen?' grenzt die Classen nach wie vor von einander ab, läßt sie nicht verkehren, zwängt sie ein, wie Schafe in ihren Pferch. Da die Wohlhabenden, da die Reichen, da die Vornehmen und dort und dort und dort die Armen. So war es immer. Neu ist aber, daß die höheren Classen jetzt daran denken, was wohl die niederen sagen werden. Eine neue Angst!''
Bemerkenswert an dem vorliegenden Exemplar ist eine handschriftliche Eintragung auf dem Titelblatt, die vom Autor selbst stammt und folgendermaßen lautet: ,,Es steckt allerlei Knechtschaft, Leibeigenschaft in uns.''

B. D.

193

Theodor Herzl, Das neue Ghetto

Schauspiel in 4 Acten. Verlag der ,,Welt'', Wien 1897. Wiener Stadt- und Landesbibliothek A 31787.

Theaterzettel, Carltheater 23. Jänner 1898

Wiener Stadt- und Landesbibliothek C 64.525.

Das Lieblingsstück von Theodor Herzl selbst war ,,Das neue Ghetto''. Herzl schuf es — wie er selbst einmal bekannte — in ,,drei seeligen Wochen der Glut und Arbeit'' in den Monaten Oktober und November des Jahres 1894. Doch erst 1898 konnte das Stück im Wiener Carltheater uraufgeführt werden. Die meisten Theaterdirektoren hatten sich vor dem Schauspiel gescheut, das in so schonungsloser Offenheit die Probleme des Judentums behandelt. Auch der S. Fischer Verlag, dem es Herzl unter einem Pseudonym durch Arthur Schnitzler anbieten ließ, lehnte ab. Die ,,Welt'', in deren Verlag das Drama schließlich 1897 erschien, war die von Theodor Herzl und seinem Freund Max Nordau gegründete zionistische Zeitung.
Über die Premiere am 5. Jänner 1898 war in der ,,Neuen Freien Presse'', deren Mitarbeiter als Feuilletonredakteur Herzl selbst war, folgendes zu lesen: ,,Theodor Herzl's vieractiges Schauspiel ,Das neue Ghetto' ist heute unter enthusiastischem Beifall in Scene gegangen; Darsteller und Dichter wurden nach jedem Aufzuge stürmisch und häufig gerufen — der Dichter ließ sich durch den Regisseur vertreten. Das Herzl'sche Schauspiel trägt den Geist der Zeit an sich, will auch wohl auf die Zeit einwirken und ist insofern ein Tendenzstück. Wie das Judenthum selbst unter Antisemitismus auf Geist, Gemüt und Thatkraft eines hochgesinnten Juden einwirkt, wird an dem Advocaten Jacob Samuel gezeigt, der fast zum Helden heranwächst, indem er sich einem hochmütigen Rittmeister, der ihn und die Seinigen beschimpft hat, im Zweikampfe stellt. Der Advocat fällt, von einer Kugel durchbohrt, und wir stehen schließlich einem unfruchtbaren Heldenthum gegenüber, das nicht im Stande ist, die Juden aus der neuen ,Gasse', aus dem moralischen Ghetto herauszuführen. Andere Mittel, dem wüsten Zustand ein Ende zu machen, werden nur angedeutet. Neben der Tendenz kommt die reine Freude an der dramatischen Gestaltung nicht zu kurz. Eine Reihe jüdischer Gestalten zieht an uns vorüber, die theils mit unbefangenem Humor, theils mit satirischem Griffel geschildert sind; Fehler und Vorzüge der Juden,

unter den Vorzügen ihr tiefer Familiensinn, werden mit der muthigsten Wahrhaftigkeit gekennzeichnet. ‚Das neue Ghetto' ist kein Stück, das geschrieben ist, um die Juden schön zu machen, es ist offenbar aus dem Herzensbedürfnis hervorgegangen, zu der Lösung einer nachgerade blutig gewordenen Frage einen poetischen Beitrag zu liefern."

Lit.: *Josef Fränkel,* Theodor Herzl. Des Schöpfers erstes Wollen, Wien 1934, S. 112 ff; *Desmond Stewart,* Theodor Herzl, Artist and Politican, London-Melbourne-New York 1981, S. 146 ff; *Harry Zohn,* Wiener Juden in der deutschen Literatur. Essays, Tel Aviv 1964, S. 44.

B. D.

193 A

A. Schnitzler, Die Hirtenflöte, mit 9 Radierungen von Ferdinand Schmutzer, Deutschösterr. Verlag, Wien 1912

WStLB A 71.794.

Die Erstausgabe der Novelle „Die Hirtenflöte" von A. Schnitzler ist mit 9 Originalgraphiken v. F. Schmutzer versehen, der Einband wurde nach einem Entwurf von Josef Hoffmann in der Wiener Werkstätte angefertigt. Das Buch erschien in einer Auflage von lediglich 400 durchnumerierten Exemplaren.

Schnitzler selbst, der Ferdinand Schmutzer persönlich sehr schätzte, fand diese Radierungen allerdings, wie er in sein Tagebuch notierte, technisch zwar außerordentlich, aber nur von „mäßiger Phantasie". Am besten gefiel dem Dichter noch sein eigenes Porträt.

Dennoch stellt das Werk in seiner Gesamtheit eine außerordentlich bibliophile Kostbarkeit dar und ist damit ein ansprechendes Zeugnis für die künstlerisch hochstehende Wiener Kultur vor dem Ersten Weltkrieg.

B. D.

194

Peter Altenberg

Eigenhändige Portraitansichtskarte an Karl Kraus, Venedig 14. 6. 1913, Wiener Stadt- und Landesbibliothek, Handschriftensammlung I.N. 138829.

Vgl. S. 203

B. D.

195

Stefan Zweig, Eigenhändiger Brief an Karl Emil Franzos, Wien, 27. 1. 1900

Wiener Stadt- und Landesbibliothek, Handschriftensammlung I.N. 36960.

Stefan Zweig gehörte in seiner Jugend zu den großen Verehrern von Karl Emil Franzos. Bereits im Alter von sechzehn Jahren hatte Zweig einen regen Briefwechsel mit dem arrivierten Schriftsteller geführt und dieser hatte in der von ihm herausgegebenen Zeitschrift „Deutsche Dichtung" die ersten Gedichte Zweigs veröffentlicht. Gemeinsam mit dem vorliegenden Brief übersandte Zweig ein Heft des „Jüdischen Volksblattes" mit einem von ihm verfaßten Feuilleton über Karl Emil Franzos: „Ich weiß nicht, ob Ihnen das Feuilleton gefallen wird, denn Sie haben jedenfalls bessere Worte und aus berufenerem Munde gehört, vielleicht wird Ihnen aber der Gedanke nicht unangenehm sein, daß auch bei der heutigen Jugend, die mit ausgebreiteten Armen zur Moderne hinübergreift, das Verständnis und die Wertschätzung für die Meisterschöpfungen der Älteren noch nicht ganz verloren gegangen ist. Dies zu zeigen war die Absicht, die mich bei dieser Arbeit geleitet hat. Ich hoffe Sie noch einmal deutlicher und ausführlicher zum Ausdruck bringen zu können."

B. D.

196

Ephraim Moses Lilien, Exlibris für Stefan Zweig, um 1900

Sammlung Berger Inv.-Nr. 2204.

Stefan Zweig hatte in E. M. Lilien erstmals einen Ostjuden näher kennengelernt und er war fasziniert von der Person und der Kunst dieses Graphikers. Zweig übernahm auch bei ihm die Rolle eines Mittlers und Förderers. In der Einleitung zu einer Monographie über den Künstler schrieb er: „Lilien ist der erste, der den chassidischen Fanatikern die Darstellung des Nackten gewiesen hat, ohne daß sie ihn des Religionsfrevels zu zeihen wagten. Er ist der erste, der die Formenfülle des alttestamentarischen Ritus zu ornamentaler Verwertung brach-

te, der die hebräische Majuskel neue beseelte. ... Noch ist seine Leistung zwar nicht das, was man definitiv die jüdische Kunst nennen könnte, ... aber zweitausendjährige Versäumnisse können nicht zehn und nicht hundert schöpferische Jahre einholen.''
Lilien schuf als Nationaljude und Zionist zahlreiche Graphiken für Zionistenkongresse und gehörte auch zu den Gründern der demokratischen Fraktion des 5. Zionistenkongresses (1901). Von ihm stammen etwa 200 Radierungen mit palästinensischen Landschaften und jüdischen Menschen. Von 1906 bis 1914 war er mit Unterbrechungen Lehrer an der Kunstschule Bezalel in Jerusalem.

Lit.: *Max Berger — Wolfgang Häusler — Erich Lessing,* Judaica. Die Sammlung Berger. Kult und Kultur des europäischen Judentums, Wien—München 1979, S. 292; *Donald Prater — Volker Michels,* Stefan Zweig. Leben und Werk im Bild, Frankfurt am Main 1981, S. 52.

B. D.

197

Stefan Zweig, Sternstunden der Menschheit. 5 historische Miniaturen
Insel-Vlg, Leipzig 1927 (= Insel Bücherei 165. Bd), mit eigenhändiger Widmung des Verfassers, Wiener Stadt- und Landesbibliothek A 172.590.

Die ,,Sternstunden der Menschheit'' sind wohl das populärste Werk Stefan Zweigs geworden. Das Bändchen entwickelte sich auch bald zu einem der erfolgreichsten in der Reihe der Insel-Bücherei und hat bis heute eine Gesamtauflage von rund 800.000 Exemplaren erreicht. Die ersten fünf Miniaturen, die später noch um sieben weitere ergänzt wurden, tragen die Titel ,,Die Weltminute von Waterloo'', ,,Die Marienbader Elegie'', ,,Die Entdeckung Eldorados'', ,,Historischer Augenblick'' und ,,Der Kampf um den Südpol''. Franz Theodor Czokor meinte zu dem Werk, daß hier zwischen Bericht und Novelle ,,eine neue episch-dramatische Gattung'' entstanden sei.

Lit.: Das 20. Jahrhundert. Von Nietzsche bis zur Gruppe 47. Ausstellung des Schiller-Nationalmuseums und des Deutschen Literaturarchivs Marbach am Neckar 1980, Nr. 130. *Donald Prater — Volker Michels,* Stefan Zweig. Leben und Werk im Bild, Frankfurt am Main 1981, S. 168.

B. D.

198

Ludwig August Frankl, Die Universität
J. Stöckholzer, Wien 1848, Wiener Stadt- und Landesbibliothek E 16.202.

Anonym, Vertonung von „Die Universität"
Wien 1848, Wiener Stadt- und Landesbibliothek, Musiksammlung M 4871/C.

Der politische Kampf wurde im Jahr 1848 besonders intensiv auch mit Hilfe der Literatur geführt. Dieses ,,während des Wachstehens'' geschriebene Gedicht von dem Mediziner und Schriftsteller Ludwig August Frankl entwickelte sich sehr bald zur Hymne der Revolution. Es wurde, wie auf diesem Exemplar stolz vermerkt ist, ,,als erstes censurfreies Blatt gedruckt'', was aber auch von Castellis ,,Lied für die Nationalgarde'' behauptet wurde. Die zahlreichen Vertonungen der ,,Universität'' belegen die Popularität des Gedichtes.
Vgl. auch S. 208.

Lit.: *Wolfgang Häusler,* Die Revolution von 1848 und die österreichischen Juden, in: Studia Judaica Austriaca 1, Wien 1974, Nr. 63; *Antal Mádl,* Politische Dichtung in Österreich (1830—1838), Budapest 1969, S. 233, 237.

B. D.

199

Ludwig August Frankl, An Jerusalem
Hebräische Nachdichtung der Elegie von Max Letteris, (= Beiträge zu Nr. 28 der ,,Wiener Mittheilungen''), Wien 1858, Wiener Stadt- und Landesbibliothek E 50.831.

Neben seiner vielfältigen literarischen Tätigkeit war Ludwig August Frankl auch auf humanitärem Gebiet sehr aktiv. Als Sekretär der Israelitischen Gemeinde in Wien unternahm er im März 1856 eine Reise in den

Orient, um in Jerusalem eine durch eine private Stiftung finanzierte „Kinder-Bewahranstalt" ins Leben zu rufen. 1858 publizierte Frankl ein zweibändiges Werk über diese Fahrt unter dem Titel „Nach Jerusalem!". Das Buch hatte zu seiner Zeit großen Erfolg und wurde ins Hebräische, Italienische, Holländische, Englische und Französische übersetzt. Die Elegie „An Jerusalem" stammt aus dieser poetischen Reiseschilderung und drückt die Enttäuschung und Betroffenheit Frankls über die damals in Jerusalem herrschenden Zustände aus.
Das vorliegende Blatt erschien als Beilage zu den „Wiener Mittheilungen", die nach eigener Werbung die „einzige in der österreichischen Monarchie bestehende Wochenschrift für Israeliten" zu dieser Zeit waren.
Der Herausgeber und Redakteur der Zeitschrift, Max Letteris, besorgte auch die hebräische Nachbildung des Gedichtes. Letteris (1807—1871) selbst war ein bedeutender hebräischer Schriftsteller und Dichter, der sich besonders um die Übersetzung deutscher und französischer Literatur ins Hebräische sehr verdient machte.

B. D.

200

Richard Beer-Hofmann, Schlaflied für Mirjam
4., 5. Aufl., S. Fischer, Berlin 1921, Wiener Stadt- und Landesbibliothek E 72.112.

Zur Geburt seines ersten Kindes verfaßte Richard Beer-Hofmann im Jahr 1897 das „Schlaflied für Mirjam". Beer-Hofmann wurde mit diesem Gedicht berühmt: Rainer Maria Rilke, Alfred Kerr und Lou Andreas-Salomé gehörten zu dessen prominenten Bewunderern; Hermann Bahr bezeichnete es als das beste deutsche Gedicht seit Goethes „Über allen Gipfeln ist Ruh". Für den Literaturwissenschaftler Harry Zohn ist „dieses Wiegenlied nicht nur ein vollendeter Ausdruck der seelischen Verfassung seiner Generation, sondern das schönste jüdische Gedicht in deutscher Sprache".

Lit.: Jugend in Wien. Literatur um 1900. Eine Ausstellung des Deutschen Literaturarchivs im Schiller-Nationalmuseum Marbach a. N. 1974, Nr. 196; *Solomon Liptzin,* Richard Beer-Hofmann, New York 1936, S. 12 ff; *Harry Zohn,* Wiener Juden in der deutschen Literatur. Essays, Tel-Aviv 1964, S. 35 ff.

B. D.

201

Theodor Herzl, Eigenhändiger Brief an einen Freund, Berlin, 10. 1. 1898
Wiener Stadt- und Landesbibliothek, Handschriftensammlung I. N. 37540.

Nach der so erfolgreich verlaufenen Wiener Premiere des „Neuen Ghetto" reiste Herzl nach Berlin um der dortigen Aufführung des Stückes beizuwohnen. Das Schauspiel wurde jedoch dort nicht so positiv aufgenommen. In Berlin nützte Herzl auch die Gelegenheit, weitere Kontakte für seine zionistische Arbeit zu knüpfen. In dem vorliegenden Brief an einen Freund beklagte er sich über die Zurückhaltung der „Neuen Freien Presse", wenn es darum ging über seine Erfolge zu berichten: „Und die N. Fr. Pr., der ich doch seit Jahr und Tag nicht schlecht diene, d. h. wenigstens so gut ichs kann, hat dem Erfolg ihres Mitarbeiters kein Feuilleton bewilligt".
Nach seiner Rückkehr nach Wien konnte Herzl jedoch in sein Tagebuch notieren: „In der N. Fr. Pr., wo man über mein ‚Ghetto' vor der Aufführung gewütet und mir wieder nervöse Herzschmerzen bereitet hatte, war durch den großen Theatererfolg die Stimmung zu meinen Gunsten umgeschlagen."

Lit.: *Theodor Herzl,* Tagebücher, Berlin 1934, 2. Bd, S. 55 f.

B. D.

202

Karl Emil Franzos, Eigenhändiger Brief an Ludwig August Frankl, Gmunden, 18. 9. 1877
Wiener Stadt- und Landesbibliothek, Handschriftensammlung I. N. 101.437.

Neben seiner eigenen schriftstellerischen Arbeit war K. E. Franzos auch als Herausgeber tätig. Noch bevor er die Anthologie „Deutsches Dichterbuch" (1883) herausgab, wollte er ein „Familienbuch für das jüdische

Haus'' zusammenstellen. ,,Der Grundton soll jüdisch, aber nicht orthodox und möglichst vielseitig sein'', schrieb Franzos an seinen Freund L. A. Frankl, den er zur Mitarbeit gewinnen wollte. Dieses Projekt konnte dann nicht verwirklicht werden, im ,,Deutschen Dichterbuch aus Österreich'' ist Ludwig August Frankl allerdings mit einigen Texten vertreten.

Lit.: *Jong-Dae Lim,* Das Leben und Werk des Schriftstellers Karl Emil Franzos, phil. Diss., Wien 1981, S. 146 ff., S. 456.

B. D.

203

Arthur Schnitzler, Lieutnant Gustl, Neue Freie Presse, 25. 12. 1900, S. 34 ff.
Wiener Stadt- und Landesbibliothek F 19.124.

,,Lieutnant Gustl'' erschien erstmals im Jahr 1900 in der Weihnachtsbeilage der ,,Neuen Freien Presse''. Schnitzler hat in dieser berühmten Novelle die epische Technik des sogenannten ,,inneren Monologs'' als erster in der deutschen Literatur verwendet und damit, wie Hofmannsthal bemerkte, ,,ein Genre für sich'' geschaffen. Die Novelle gibt die Gedanken eines Offiziers wieder, der von einem ,,satisfaktionsunfähigen'' Bäckermeister beleidigt worden ist und der nun beschließt, sich zu erschießen, um seiner Ehre Genüge zu tun. Am nächsten Morgen erfährt der Lieutnant, daß den Bäcker der Schlag getroffen hat. Durch dieses ,,Mordsglück'' fühlt sich der Offizier von der Schande befreit.
Ohne Kommentar des Erzählers entlarvt sich Lieutnant Gustl selbst und die Oberflächlichkeit des seltsamen Ehrbegriffes seines Standes — es wird deutlich, daß dem Ehrenkodex des Offizierskorps ein völlig verschobener Moralbegriff zugrunde liegt.

B. D.

204

Arthur Schnitzler. Ungültig gemachtes Offizierspatent
Wien, Kriegsarchiv, Dekret, 350 × 450, 1901, L.W. Präs. 1123.

Die Reaktionen, die es nach der Veröffentlichung des ,,Lieutnant Gustl'' vor allem in Militärkreisen gab, erscheinen nicht bloß als Bestätigung für die berechtigte Kritik an der Leere der gesellschaftlichen Konventionen, die Ereignisse, die folgten, muten nahezu wie eine Fortsetzung zu der Novelle selbst an. Anfang Jänner erhielt der Autor, der auch Reserveoffizier war, den folgenden schriftlichen Befehl: ,,Seiner Hochwohlgeboren Herrn k. und k. Oberarzt im Verhältnis der Evidenz A. S. — Sie haben bekannt zu geben, ob Sie der Verfasser des am 25. Dezember 1900 in der Neuen fr. Presse erschienenen Feuilletons ,,Leutnant Gustl'' sind. Diese Meldung hat bis 6. d. M. eingesendet zu werden. — Sekker, Major.'' Schnitzler selbst schilderte die weiteren Ereignisse in der Angelegenheit folgendermaßen: ,,Nach Empfang dieses Schreibens setze ich mich mit Hofrat Burckhardt in Verbindung, früher Burgtheaterdirektor, jetzt im Verwaltungsgerichtshof (er wohnt mit mir im gleichen Haus), mit dem ich von nun an diese Angelegenheit in all ihren Phasen weiter berate. Ich antworte am 6. Jänner dem L. E. K.: ‚Ich erachte mich in keiner Weise verpflichtet, dienstliche Meldungen oder Auskünfte über meine literarische Tätigkeit zu erstatten, da ich als Oberarzt im Verhältnis der Evidenz im Sinne des § 62 des Wehrgesetzes nur mehr jenen Beschränkungen unterworfen bin, welche für die Evidenzhaltung erforderlich sind. Nach dieser Feststellung nehme ich selbstverständlich keinen Anstand, zu erklären, daß ich der Verfasser der am 25. Dezember 1900 in der N. Fr. Pr. erschienenen, mit meinem vollen Namen gezeichneten Novelle ,,Leutnant Gustl'' bin. — Dr. A. S.''
Nach weiteren Vorladungen wurde Schnitzler in Abwesenheit vom K. K. Landwehrkommando in Wien der ,,Verletzung der Standesehre'' für schuldig erkannt und seines ,,Offizierscharakters für verlustig'' erklärt.

Lit.: Jugend in Wien. Literatur um 1900. Eine Ausstellung des Deutschen Literaturarchivs im Schiller-Nationalmuseum Marbach a. N. 1974, Nr. 328; *Arthur Schnitzler,* Die Wahrheit über ,,Leutnant Gustl'', in: Die Presse, 15. 12. 1959.

B. D.

205

Jakob Julius David, Portrait
Bild von seinem Grabmal
Wiener Stadt- und Landesbibliothek, Handschriftensammlung.

Vgl. auch S. 221
In Variation des Titels seines wohl wichtigsten Romanes lautet die Inschrift auf dem Grab des Dichters ,,Er starb am Wege''. Kein Geringerer als Stefan Zweig verfaßte einen Nachruf für Jakob Julius David. Die Kritik Zweigs darin an der Ignoranz des literarischen Publikums hat bis heute nichts an Aktualität eingebüßt: ,,Aber nicht alles soll mit ihm begraben sein. Zweierlei soll bleiben. Sein Werk: für alle, die noch Freude an ernster Kunst, an großer Schöpfung haben können. Und dann seine Bitterkeit: sie muß heute in uns sein und ihn anklagend überleben. Wenn wir an das Verlorene, an das viele unnütz Erlittene denken, brennt sie herb auf der Zunge und läßt einen nicht schweigen. Was er uns sagte, muß heute öffentlich gesagt sein: wie man einen Dichter, einen der Besten in Österreich mißachtet hat. Man muß anklagen. Anklagen ein deutsches Lesepublikum und seine Führer, daß es ihm nicht vergönnt hat, auf den vollkommensten Werken die Worte ‚zweite Auflage' zu lesen. Anklagen ein Vaterland, das einen solchen Dichter die besten Jahre in journalistischer Tretmühle verkommen ließ. Anklagen das von der Theaterseuche gepackte Wiener Publikum — das ängstlich gezittert hätte bei eines Opernsängers Katarrh — das nie um Nachricht frug, wie bitter seit Monaten im Bannkreis der Stadt einer der Begabtesten mit dem Tode rang''.

Lit.: Jugend in Wien. Literatur um 1900. Eine Ausstellung des Deutschen Literaturarchivs im Schiller-Nationalmuseum Marbach a. N. 1974, Nr. 236; *Stefan Zweig,* Dem Gedächtnis J. J. Davids, in: Österreichische Rundschau, 1906/07, 3. H., S. 218 f.

B. D.

206

Karl Isidor Beck (1817—1879)
Originallithographie von Mittag nach Zeichnung von Alex. Schramm, 310 x 440, mit Bildunterschrift: Abfiel von mir / mein eigenes Leid, / Ich trinke meine ganze Seele / Der Menschheit zu, HM IN 43.124 (Mappe 283).

K. I. Beck war ein Vertreter der oppositionellen Dichtung des Vormärz. Ausführlicher über ihn: B. Denscher, Vergessene jüdische Literatur, Artikelteil.

N. M.

207

Leopold Kompert (1822—1886)
Foto aus L. Kompert, Sämtliche Werke, 1. Bd., Leipzig 1906.

L. Kompert war Romanschriftsteller und Redakteur des ,,Österreichischen Lloyd''. Ein großer Teil seiner Werke beschreibt das Leben des Judentums seiner böhmischen Heimat. Ausführlicher über ihn: B. Denscher, Vergessene jüdische Literatur, Artikelteil.

N. M.

208

Karl Emil Franzos (1848—1904)
Originalkohlezeichnung mit Weißhöhung von Jef van de Fackere um 1900, 380 x 460, HM IN 138.316 (Mappe 321).

Der in Galizien geborene Spätaufklärer studierte in Wien und Graz die Rechte, widmete sich aber ganz der Dichtung. Die bedeutendsten seiner Werke zeichnen liebevoll die Menschen seiner galizischen Heimat, wobei aus der Erzählung stets der heiße Wunsch des Autors nach Liebe und Verständnis zwischen den Völkern und Religionen, die in seiner Heimat ansässig waren, deutlich wird. Ausführlicher über ihn: B. Denscher, Vergessene jüdische Literatur, Artikelteil.

N. M.

209

Arthur Schnitzler (1862—1931)
Originalradierung von Irene Hölzer-Weinek (um 1930), 310 x 380, HM IN 58.242 (Mappe 427).

Beschreibung siehe B. Denscher, Der jüdische Anteil an der Literatur der Jahrhundertwende, Artikelteil.

N. M.

Abb. 69: Kat. Nr. 210

210

Richard Beer-Hofmann (1866—1945)
Originalstich, 230 x 290, HM IN 132.648 (Mappe 283).

Der früh verwaiste R. Beer wurde von seinem Onkel Alois Hofmann 1884 adoptiert, studierte die Rechte und wurde 1890 zum Dr. jur. promoviert. Er wandte sich der Schriftstellerei zu und gehörte dem literarischen Kreis „Jung-Wien" um Hermann Bahr an. Von den jüdischen Literaten dieses Kreises besaß er als einziger jüdische Identität. Das Problem der besonderen Stellung der Juden in der nichtjüdischen Gesellschaft beschäftigte ihn. So schrieb er 1913 in einem Brief an Martin Buber:

„Wir stehen unter anderen Gesetzen der Beurteilung als andere Völker; ob wir nun wollen oder nicht — was wir Juden tun, vollzieht sich auf einer Bühne — unser Los hat sie gezimmert. Art und Unart anderer Völker wird selbstverständlich hingenommen. Aber alle Welt darf auf Publikumssitzen lümmeln und die Juden anstarren. Blicke, Stimme, Haltung, die Farbe der Haare, die Maße des Körpers — alles soll gehäßigen Blicken Rede stehen — und wehe, wenn wir nicht als Halbgötter über die Szene schreiten." (M. Buber, Briefwechsel aus sieben Jahrzehnten, Bd. I: 1897—1918, Heidelberg 1972, 327).

N. M.

211

Stefan Zweig (1881—1942)
Foto. NB 505.612.

Beschreibung siehe B. Denscher, Der jüdische Anteil an der Literatur der Jahrhundertwende, Artikelteil.

N. M.

212—232

Die Kultusgemeinden

Der Name Kultusgemeinde besagt, daß die jüdische Gemeinde als Religionsgesellschaft, aber nicht als politische Gemeinde anerkannt wurde, wie das beispielsweise bis 1794 in Prag der Fall war. Die Organisation im Inneren entsprach aber durchaus der traditionell gewachsenen Judengemeinde, wie sie sich im Mittelalter auch in Österreich ausgebildet hatte.

Die Einrichtungen der Gemeinde konnten direkt unter der Verwaltung des Vorstandes (Parnassim) stehen, oder aber von privaten Vereinen betrieben werden. Diese Vereine standen aber unter einer gewissen Aufsicht der Gemeinde.

Direkt verwaltet wurden zumeist:
1. Die Religionsschule
2. Das rituelle Bad
3. Der Schlachthof
Von Vereinen oder Stiftungen wurden betreut:
1. Das Spital Siechenhaus — Altersheim
2. Das Armenhaus
3. Der Friedhof
4. Private Religionsschulen
Am 21. März 1890 wurde ein Gesetz betreffend die Regelung der äußeren Rechtsverhältnisse der israelitischen Religionsgesellschaft erlassen. Damit wurden die Kultusgemeinden einer gewissen staatlichen Kontrolle unterworfen. Der Staat hielt sich zwar aus den inneren Angelegenheiten der Kultusgemeinde heraus, versuchte aber, die Bildung von Sprengeln, die Ausbildung der Rabbiner und die Voraussetzungen für die Qualifikatin als Vorstandsmitglied zu reglementieren. Es blieb aber bei dieser Absichtserklärung, die Durchführung wurden nie erlassen. Von dieser Regelung waren jedoch die im heutigen Burgenland liegenden Gemeinden nicht betroffen, da sie in der ungarischen Reichshälfte lagen und daher in Kultusangelegenheiten eigener Legislative unterstanden. Überdies konnten die westungarischen Gemeinden in höherem Maße als die österreichischen auf eine kontinuierliche Entwicklung als Institution zurückblicken.

K. L.

212

Gesetz vom 21. März 1890 betreffend die Regelung der äußeren Rechtsverhältnisse der israelitischen Religionsgesellschaft

Reichsgesetzblatt XVIII. Stück, S. 109 (Jahrgang 1890).

Das Gesetz nimmt schon im § 1 auf eine innerjüdische Organisationsform Bezug, die in Österreich schon im Mittelalter bestand, nämlich auf die jüdische Gemeinde. Die seit damals Kultusgemeinde genannte Form des Zusammenlebens wurde die Grundlage der israelitischen Religionsgemeinschaft. Schon 1851 waren die provisorischen Statuten der israelitischen Religionsgenossenschaft in Wien vom Ministerium für Cultus und Unterricht genehmigt worden. In den folgenden Jahren etablierten sich auch Kultusgemeinden in Krems und St. Pölten. In den sechziger Jahren entstanden weitere Gemeinden. Im Sinne einer geregelten Verwaltung sollte zu jeder Gemeinde ein bestimmter Sprengel gehören, dessen jüdische Einwohner dem Rabbiner des Hauptbethauses unterstanden. Unbeschadet dessen konnten sich aber dennoch eine Reihe von Tempelvereinen bilden, die eigene Synagogen erbauten oder zumindest Bethäuser einrichteten. Der Staat verzichtete hier auf jede Einmischung, solange keine Gefährdung der öffentlichen Ordnung ersichtlich war. Jede Kultusgemeinde hatte einen gewählten Vorstand, der auch die Aufsicht über private jüdische Vereine hatte, die vor allem für das Schulwesen und karitative Aufgaben zuständig waren. Diese Vereine hatten sich schon im 18. Jahrhundert als Chewra Kadischa gebildet. Alten-, Kranken- und Armenpflege standen dabei im Vordergrund. Die Friedhöfe wurden meist auch von einem Beerdigungsverein betreut. Direkt in der Verwaltung der Gemeinde stand meistens die Religionsschule, das rituelle Bad und der Schlachthof. Zusätzlich gab es eine Reihe von Stiftungen, die der Gemeinde unterstanden, die Stifterfamilie behielt sich aber häufig einen gewissen Einfluß vor. Das Israelitengesetz ist bis heute gültig.

Lit.: Österreichisches Staatswörterbuch, 2. Band, 1. Hälfte, Wien 1896, 193 ff.

K. L.

213

Geburtsbuch für die israelitische Cultusgemeinde in Wien

650 x 455, 1826 — 1848. Wiener Stadt- und Landesarchiv, Rep. 169 2/1, fol. 5. aufgeschlagen.

Vor 1826 war die Führung der jüdischen Geburtenbücher Angelegenheit des Magistrates gewesen, dann aber führte der erste jüdische Religionslehrer, der als Stellvertreter des Rabbiners galt, diese Bücher. Zugleich wurden sie aber von der Polizeioberdirektion zur Kontrolle geführt.

K. L.

214

Entwurf für das in der Leopoldstadt in Wien zu errichtende israelitische Bethaus von Prof. L. Förster, k.k. Architect, April 1854

Aquarell von L. Förster, 1854, 500 x 390, Verein Österr. Jüd. Museum in Eisenstadt.

Der Leopoldstädter Tempel, der sich Ecke Tempelgasse/Ferdinandstraße befand, war die zweite Synagoge der Wiener Kultusgemeinde. Der Dichter L. A. Frankl brachte von einer Jerusalemreise den Grundstein für dieses Gotteshaus mit (vgl. Nr. 198). Die Baupläne wurden 1855 vom Wiener Magistrat genehmigt, und bald darauf begann man mit der Errichtung der Synagoge, die 1858 eingeweiht werden konnte.

Der Architekt, Ludwig Förster, erbaute sie in maurischem Stil. Um sie freistehend zu gestalten, legte er sie in die Mitte zwischen zwei Nebentrakten, von denen sie durch Höfe getrennt war. Die Synagoge war dreischiffig angelegt, was außen auch in der Gliederung der Fassade in Erscheinung trat. Durch den hohen Torbogen betrat man ein kleines Vestibül, von dem aus man in die Vorhalle kam. Dahinter lag der Hauptraum der Synagoge. 1920 wurde links und rechts neben dem Haupttor je ein Eingang zur zweiten Galerie gebrochen (WStLA, Altbestand, EZ 2141, 2. Bez.). Die Fassade der Synagoge war zur Gänze mit bunten, zum Teil maurisch verzierten gebrannten Tonziegeln bedeckt.

Der Leopoldstädter Tempel war die größte Synagoge Wiens, er bot Fassungsraum für nahezu 2000 Personen.

Lit.: *Hammer-Schenk,* Synagogen in Deutschland, Hamburg 1981.

N. M.

215

Der gesprengte Leopoldstädter Tempel
Foto DÖW.

In der sogenannten Reichskristallnacht vom 9. zum 10. November 1938 wurde die Synagoge verwüstet und später gesprengt.

N. M.

216

Inneres des Leopoldstädter Tempels
Originalaquarell von Richard Moser, Wien 1922, 290 x 385, HM IN 46.076 (Mappe 107).

Beschreibung vgl. Nr. 214.

N. M.

217

Jüdischer Friedhof vor der Währinger Linie
Foto. Sammlung B. D. Almogi.

1783 ordnete Kaiser Joseph II. an, daß Bestattungen nur mehr außerhalb des Linienwalls durchgeführt werden dürfen. Da der seit dem 16. Jahrhundert bestehende jüdische Friedhof in der Seegasse daher nicht mehr belegt werden konnte, wurde der Währinger Friedhof angelegt, der bis zur Eröffnung des jüdischen Teiles des Zentralfriedhofs (1. Tor) 1879 der Begräbnisplatz der Wiener Juden war.

N. M.

218

Die Synagoge des Bethausvereines „Am Volkert"
Plan der Fassade. 645 x 445, 1910 Juli. Wiener Stadt- und Landesarchiv, M. Abt. 236 Altbestand EZ 1260, 2. Bezirk.

In den letzten beiden Jahrzehnten vor dem Ersten Weltkrieg wurde in ganz Österreich und vor allem in Wien eine große Anzahl von Synagogen errichtet. Diese Entwicklung ist auch mit Tendenzen im nichtjüdischen Vereinswesen vergleichbar: in der selben Zeitspanne entstand auch eine Reihe katholischer Kirchen. Der vorliegende Plan aus dem Jahre 1910 ist der ursprüngliche

Entwurf, der an der Hauptfassade zwei flankierende Türme in der Art eines Westwerkes vorsah. In der Ausführung, für die 1911 die Pläne geändert wurden, gestaltete man die Türme niedriger und die Fassade zugunsten eines Anbaues an der linken Seite etwas schmäler. Die Synagoge erlitt in der Kristallnacht schwere Schäden und 1939 wurde die Demolierungsbewilligung erteilt. Der Männerraum im Parterre umfaßte über 500 Plätze, der Frauenchor ungefähr 300.

K. L.

219
Israelitisches Krankenhaus und Armenhaus Seegasse 9

Originalstich o. J., 275 x 215, HM IN 63.364 (Mappe 160).

1698 gründete Samuel Oppenheimer vor dem alten Judenfriedhof ein Krankenhaus für seine Glaubensgenossen. Zwei Jahre zuvor hatte ein Nachkomme der Brüder Fränkel, die bei der Vertreibung der Wiener Juden im Jahre 1670 mit einer Zahlung von 4000 Gulden an den Wiener Magistrat für die Erhaltung des Friedhofes gesorgt hatten, das formale Eigentumsrecht an Samuel Oppenheimer abgetreten. 1792 wurde das Spital neu gebaut und vergrößert, 1844 erfolgte die Errichtung des Krankenhauses, mit dem gleichzeitig die Errichtung eines von Sigmund Edlen von Wertheimstein finanzierten Armenhauses verbunden war. 1888 wurde aus Anlaß des vierzigjährigen Regierungsjubiläums Kaiser Franz Josefs anstelle der beiden Gebäude ein neues großes erbaut,

Abb. 70: Kat. Nr. 219

das bis in die siebziger Jahre unseres Jahrhunderts bestand. 1888 wurde es nicht mehr als Krankenhaus, sondern als ,,Alterversorgungshaus'' der Israelitischen Kultusgemeinde eingerichtet, da bereits das Rothschildspital am Währinger Gürtel bestand. 1898 wurde es um einen Krankensaal erweitert, 1910 bekam es eine Dampfwäscherei, und erst nach dem Zweiten Weltkrieg wurde es wieder zu einem Spital umgebaut (WStLA, EZ 894 9. Bez. CN 50 Roßau).
Der gegenständliche Stich zeigt das Spital und das von Wertheimstein gegründete Armenhaus, muß also zwischen 1844 und 1888 entstanden sein.

N. M.

220

Koscheres Gasthaus im Eisenstädter Judenviertel
Foto um 1915. NB 173.625.

Zu den wichtigen Einrichtungen einer geschlossenen jüdischen Siedlung gehört auch das koscher geführte Gasthaus. Zu beiden Seiten der Aufschrift ,Gasthaus' auf dem Schild über der Tür steht in hebräischer Schrift das Wort ,koscher'.

N. M.

221

Fleischkreuzer

Kupferstück. 1825/26 (?) Sammlung Berger.

Im Jahre 1824/26 wurde der Fleischkreuzer in Mattersdorf/Mattersburg zum ersten Mal genannt. Kaufte ein Mitglied der Mattersdorfer Judengemeinde ein Pfund Rindfleisch, mußte man einen Fleischkreuzer dazukaufen. Sein Wert betrug in der frühesten Zeit 3

Abb. 71: Kat. Nr. 220

Kreuzer und sank dann bis auf einen Kreuzer. Dieser Aufschlag diente dazu, die Belastung der Toleranztaxe auf einen längeren Zeitraum zu verteilen. Der Kassier der Toleranztaxe nahm zur Zeit, wenn er die Steuern einhob, die Fleischkreuzer entgegen und verrechnete sie gegen den Gesamtbetrag, den das einzelne Gemeindemitglied zu leisten hatte. Die Wertsenkung des Fleischkreuzers hatte vor allem soziale Gründe: auch die ärmeren Gemeindeangehörigen sollten ihre Taxe kleinweise abstatten können.

Lit.: *Fritz Hodik,* Beiträge zur Geschichte der Mattersdorfer Judengemeinde im 18. und in der ersten Hälfte des 19. Jahrhunderts. Burgenländische Forschungen 65, Eisenstadt 1975, 111 ff.

K. L.

222

Erinnerungsbuch der Chewra Kadischa der Gemeinde Rechnitz

Original, 1833, Burgenländisches Landesarchiv, Jüdisches Zentralarchiv, Bestand Rechnitz.

1527 kam die Herrschaft Rechnitz in den Besitz des Geschlechtes Batthyány, und zu dieser Zeit ließen sich auch die ersten Juden hier nieder. 1649 besaßen sie bereits eine Synagoge. Im Jahre 1718 wurde mit Unterstützung Samson Wertheimers ein neuer, größerer Tempel gebaut. 1727 errichteten die Rechnitzer Juden eine Schule. Zu dieser Zeit gehörten 157 jüdische Familien der Rechnitzer Gemeinde an. Um die Mitte des 19. Jahrhunderts waren es etwa 850 Personen. Mit dem Jahr 1938 kam das Ende der Rechnitzer jüdischen Gemeinde. Mitte April 1938 wurden alle Juden von Rechnitz in Autobusse verladen und in Richtung Jugoslawien abtransportiert. Über ihr weiteres Schicksal ist nichts bekannt. Nach dem Krieg kam nur eine jüdische Familie wieder nach Rechnitz zurück.

Wie in jeder jüdischen Gemeinde gab es auch in Rechnitz eine Chewra Kadischa. Die Chewra Kadischa ist eine Vereinigung, deren Aufgabe vor allem Beistand bei Krankheits- und Todesfällen ist. Ihre Mitglieder machen Krankenbesuche, stehen den Angehörigen bei, sorgen

Abb. 72

dafür, daß dem Sterbenden bei seinem Ableben möglichst von einem Minjan (= 10 Glaubensgenossen) das „Schema Israel" vorgelesen wird, kümmern sich um die Beerdigung und vieles anderes mehr.

Von der Rechnitzer Chewra Kadischa wurde 1833 das gegenständliche *sefer ha'sikaron* (= Erinnerungsbuch) verfaßt. Die Datierung ergibt sich aus dem am Ende des Textes der ersten Seite stehenden Satz: „Gnade und Wahrheit trafen einander, Gerechtigkeit und Frieden küßten einander". Die Summe der Werte der groß ge-

schriebenen Buchstaben dieses Satzes ergibt die Jahreszahl 5593 (= 1833).
Das Bild ober dem Text stellt Adam und Eva beim Sündenfall dar. Am unteren Bildrand steht der Vers Gen 3,7: Und sie gab auch ihrem Mann, der mit ihr war, und er aß. Die Bilder 1—10 rings um den Text stellen Szenen aus dem Ablauf eines jüdischen Lebens dar, genauer gesagt aus dem Leben eines jüdischen Mannes.

Bild 1: *Geburt*
Über dem Bett steht das Wort *joledet* (= Wöchnerin). Am Bett, an der Tür und an den Fenstern sind Zettel mit der Aufschrift *masal tobh* angebracht, Glückwünsche zur Geburt des Kindes.

Bild 2: *Beschneidung*
Das Bild zeigt das Innere einer Synagoge. Im Bild links ist die Beschneidung dargestellt. Über der Gruppe stehen die Worte *brith mila* (= Beschneidung). Die Aufschrift am unteren Bildrand lautet: Möge er heranreifen zur Tora, Chuppa und zu guten Taten. Diesen Wunsch sprechen die Verwandten und Gäste nach der Beschneidung den Eltern gegenüber aus.

Bild 3: *Schule*
Die Aufschrift über der Tür lautet: Das Kind kommt zur Schule.

Bild 4: *Bar Mizwa*
Die Bar Mizwa ist die Feier der Religionsmündigkeit des dreizehnjährigen jüdischen Knaben. Zum ersten Mal legt er Gebetsriemen an und trägt die Haftara (= Abschnitt aus den biblischen Büchern, der thematisch dem Wochenabschnitt aus der Tora verwandt ist) vor. Über dem mit Tefilin (= Gebetsriemen) und Talit (= Gebetsmantel) dargestellten Knaben steht die Aufschrift: Bar Mizwa — Tefilin am Arm und an seinem Kopf.

Bild 5: *Hochzeit*
Dargestellt ist ein Brautpaar unter der Chuppa (= Traubaldachin). Links von der Chuppa steht das Wort *nisuin* (= Heirat). Der Schriftzug am unteren Bildrand gibt den vom Bräutigam beim Anstecken des Trauringes gesprochenen Satz wieder: Siehe du bist mir angetraut mit diesem Ring nach der Religion Moses und Israels.

Bild 6: *Krankheit*
In der linken Bildhälfte stehen die Worte: Kranker und Arzt, in der rechten: Ein Schreiber schreibt das Testament.

Bild 7: *Sterbestunde*
Um den Sterbenden stehen die Mitglieder der Chewra Kadischa mit Gebetbüchern in den Händen.

Bild 8: *Leichenzug*
Über dem Sarg befindet sich die Aufschrift Leichenzug. Dargestellt ist auch das traditionelle Sammeln für wohltätige Zwecke bei den Leichenbegängnissen, das von den Worten *zdoko tazl mimowes* (= Wohltätigkeit errettet vom Tod) begleitet wurde, die auch im Bild bei jedem Mann mit Sammelbüchse geschrieben stehen.

Bild 9: *Begräbnis*
Das Bild ist überschrieben mit dem Satz: Der Tod nahm ihn für ewig. Über dem offenen Grab steht das Wort Begräbnis. Am rechten unteren Bildrand steht: Gott möge trösten.

Bild 10: *Auferstehung der Toten*
Der Schriftzug im oberen Teil des Bildes bedeutet: Gesegnet der die Toten erweckt. Am unteren Bildrand steht der Vers 16 des 72. Psalms: Und sie werden hervorblühen aus der Stadt wie das Gras des Landes.

N. M.

223

Grazer Synagoge
Foto um 1900, Steiermärkisches Landesarchiv, Ortsbildersammlung.

Die Grazer Synagoge wurde 1890 bis 1892 nach jahrzehntelangen Finanzierungsschwierigkeiten errichtet (Tempel ca. 20 × 20 m, Kuppelhöhe 30 m). Neben dem Tempel ist das Gemeindehaus zu sehen.

W. W.

224

Es gibt nur einen Gott und nur eine Menschheit
Original, Steiermärkische Landesbibliothek, Kt. 21.

Druck der Rede, die Rabbiner Samuel Mühsam zur Einweihung der Grazer Synagoge am 15. September 1892 hielt.

N. M.

225

Salzburger Synagoge
Foto aus A. Altmann, Geschichte der Juden in Stadt und Land Salzburg, Frankfurt/M. 1930, 2. Band.

Die Salzburger Juden, die bis 1911 keine eigene Gemeinde bilden durften, sondern der Israelitischen Kultusgemeinde in Linz zugewiesen waren, errichteten im Jahre 1893 eine Synagoge in der Lasserstraße Nr. 8. Die Einweihung erfolgte noch im selben Jahr. 1938 wurde die Synagoge von den Nazis zerstört und 1939 in das Eigentum der SS überführt.

Lit.: *A. Altmann,* Geschichte der Juden in Stadt und Land Salzburg, 2 Bde., Frankfurt/M. 1930.

N. M.

226

Dr. Adolf Fischhof
Altersbildnis. Foto nach Kohlezeichnung mit Weißhöhung von Alex. Naschitz, HM IN 49.249 (Mappe 319).

Der in Emmersdorf lebende Dr. A. Fischhof war maßgeblich an der Gründung der ersten jüdischen Vereine in Klagenfurt beteiligt. Genauer über ihn vgl. Nr. 139.

N. M.

227

Außenansicht der Klagenfurter Synagoge
Foto aus dem Jahre 1928, Kärntner Landesarchiv, Top. Samml. Zenegg III/3.

Das Gebäude wurde 1905 durch die Chewra Kadischa erworben und war gleichzeitig Bethaus und Vereinslokal (Platzgasse 3, im Krieg zerstört).

W. W.

228

Innenansicht der Klagenfurter Synagoge
Foto aus dem Jahre 1928, Kärntner Landesarchiv, Top. Samml. Zenegg III/3.

Beschreibung vgl. Nr. 227.

W. W.

229

Jüdischer Friedhof in Innsbruck
Foto aus H. Gold, Geschichte der Juden in Österreich, Tel-Aviv 1971.

Die Innsbrucker Juden besaßen keine eigene Gemeinde, sie gehörten zur jüdischen Gemeinde Hohenems. Es bestand jedoch von alters her ein eigener jüdischer Friedhof in Innsbruck.

N. M.

230

Jüdische Schule in Hohenems
Foto. Sammlung Prof. W. Pass.

1851 wurde in Hohenems eine jüdische Schule im Range einer dreiklassigen Bürgerschule gegründet. Sie bestand bis 1913 und wurde zu manchen Zeiten auch von andersgläubigen Schülern besucht. Die Lehrgegenstände waren Religion, Lesen, Schreiben, Rechnen, Sprachlehre, Rechtschreiben und Diktando, Anschauung und Denkübung (entspr. d. Geometrie), Stil, Geographie und Geschichte, Zeichnen, Hebräisch und Italienisch.

Lit.: Hohenems,Band II der Gesamtdarstellung, Bregenz 1978.

N. M.

231

Innenraum des Linzer Tempels
Foto aus H. Gold, Geschichte der Juden in Österreich, Tel-Aviv 1971.

Der Monumentalbau der Linzer Synagoge wurde am 17. Mai 1877 eingeweiht. Wie fast alle jüdischen Gotteshäuser wurde auch dieser Tempel im Jahre 1938 von den Nazis vernichtet.

N. M.

231A

Landheim des Linzer jüdischen Wanderbundes „Blau-Weiß"
Foto aus H. Gold, Geschichte der Juden in Österreich, Tel-Aviv 1971.

1911 wurde die Ortsgruppe Linz des jüdischen Wanderbundes ,,Blau-Weiß'' gegründet. Nach dem Ersten Weltkrieg konnte dank einer großzügigen Spende das in der Nähe von Linz liegende Landheim erworben werden, das bis 1938 bestand. N. M.

232

Synagoge in St. Pölten
Foto aus dem Jahre 1925, aus H. Gold, Geschichte der Juden in Österreich, Tel-Aviv 1971.

Am 16. Februar wurde den St. Pöltener Juden die gemeinsame Religionsausübung in einem eigenen Bethaus gestattet. Erst wurde der Gottesdienst in dafür gemieteten und adaptierten Räumen oder Gebäuden gefeiert. Erst 1912 begann man mit dem Bau einer Synagoge, die am 17. August 1913 eingeweiht wurde. In der Kristallnacht wurde auch dieses Gotteshaus vollständig zertrümmert.

N. M.

233—263

Jüdische Ärzte

Als Träger von Wissen, das besonders im östlichen Mittelmeerraum verbreitet war, spielten Juden als Ärzte zu jeder Zeit eine bedeutsame Rolle. Schon zwischen 798 und 821 erbat sich vermutlich der Erzbischof von Salzburg Arn einen jüdischen oder slawischen Arzt (vgl. Nr. 233). Zur Zeit Maria Theresias wurde wieder darüber diskutiert, ob man Juden zum Beruf des Arztes zulassen sollte. Gerard van Swieten der Ältere, der Reformer der Wiener medizinischen Fakultät, äußerte sich dazu ablehnend, indem er meinte, das Wissen der östlichen Medizin sei ohnehin seit dem Fall von Konstantinopel in das Abendland gelangt. Trotzdem war der Arztberuf einer der ersten, dem sich Juden nach 1782, als sie prinzipiell alle Berufe ausüben konnten, in besonderem Maße zuwandten. Deutlich zeigen dies die Matrikel der Universität, die den Zuwachs an jüdischen Medizinstudenten ausweisen. Daher waren auch Juden in maßgeblicher Weise an den Forschungsleistungen der Wiener medizinischen Schule beteiligt. Größtenteils kamen diese Ärzte aus dem liberal-großbürgerlichen Assimilationsjudentum, später waren einige von ihnen im Bereich der Sozialmedizin und in der sozialdemokratischen Gesundheitspolitik von umwälzender Bedeutung (J. Tandler, vgl. Nr. 246—249).

Lit.: *S. Krauss,* Geschichte der jüdischen Ärzte vom frühesten Mittelalter bis zur Gleichberechtigung, Wien 1930; *M. Neuburger,* Die Entwicklung der Medizin in Österreich, Wien 1918; *E. Lesky,* Die Wiener medizinische Schule im 19. Jahrhundert, Graz—Köln 1978; *R. Landau,* Geschichte der jüdischen Ärzte. Ein Beitrag zur Geschichte der Medizin, Berlin 1895.

K. L. — N. M.

233

Jüdische Ärzte im Frühmittelalter
Salzburger Formelbuch. Foto. 798—821.

Die erste Erwähnung eines jüdischen Arztes im Gebiete des heutigen Österreich fällt in die Regierungszeit Karls des Großen bzw. Ludwigs des Frommen. Der damalige Erzbischof von Salzburg Arn ließ ein Formelbuch anfertigen, d. h. eine Sammlung von Brief- und Urkundenmustern. Darunter befindet sich ein Brief, in dem der Erzbischof bittet, ihm einen jüdischen oder slawischen Arzt zu schicken. Da nun dieser Brief in einer solchen Sammlung aufscheint, ist damit zu rechnen, daß der Erzbischof von Salzburg sich öfter auch von jüdischen Ärzten behandeln ließ. Offenbar waren die Juden Träger des medizinischen Wissens der östlichen Mittelmeerwelt, denn jüdische Ärzte waren im gesamten Abendland an den Höfen der Fürsten tätig.

Lit.: *Aronius,* Regesten 80.

K. L.

234

Jüdische Ärzte 1576 in Kärnten
Foto eines Briefes (Poschinger), Kärntner Landesarchiv. Millstatt, Fasz. 52, XXIV, fol. 30.

Brief von Hans Pest, Münzwardein in Klagenfurt, an seinen Schwager Jörg Raidhaupt, Pfleger in Kraig: „ …

Es sein 2 Juden hie, sein gwaltige arzt; ich hör sagen, sy haben dem herrn landtshaubtman guets than; mer hab ich gestern hörn muessen: sy thuen den jungen weibern kinder machen, die sunst keine kinder tragen. Wan du zu mir kombst, so wolt wir sy in schliten fueren. Darumb eil flux herab!'' Ungeachtet der Ausweisung der Juden aus Kärnten (1496) rief man zwei jüdische Ärzte zur Behandlung des Landeshauptmannes Georg Freiherr von Khevenhüller ins Land. Die allgemeine Wundergläubigkeit der Zeit schrieb diesen Ärzten magische Fähigkeiten zu.

Lit.: *W. Wadl,* Juden in Kärnten, Klagenfurt 1982.

K. L.

235

Josef Breuer (1842—1925)

Bildnis im Alter von 45 Jahren. Kopie einer Zeichnung von E. Fuchs, Rom 1897. Inst. f. Gesch. d. Med., Sign. 110/2.

J. Breuer veröffentlichte 1895 gemeinsam mit S. Freud die ,,Studien über Hysterie'', in denen er auch den ‚Fall Anna O.' beschrieb. Später kam es zur Trennung beider Gelehrten.

Lit.: *D. Wyss,* Die tiefenpsychologischen Schulen von den Anfängen bis zur Gegenwart. Entwicklung, Probleme, Krisen., Göttingen 1961; *K. König,* Die Schicksale Sigmund Freuds und Josef Breuers, Stuttgart 1962.

H. L. — N. M.

236

Sigmund Freud (1856—1939)

Bildnis in älteren Jahren. Foto nach Ölgemälde von H. Frank, Wien o. J.; das einzige Ölbild, das in Wien von S. Freud existiert. Inst. f. Gesch. d. Med., Sign. 579/8.

S. Freud war der Begründer der Psychoanalyse. Seine Lehre wurde trotz mancher Kritiken zur Grundlage der modernen Tiefenpsychologie. Knapp 3 Monate nach dem Anschluß, am 3. Juni 1938, verließ der bereits schwerkranke Freud Österreich, ,,to die in freedom'', wie er an seinen Sohn in England schrieb.

Lit.: *E. Jones,* Sigmund Freud. Life and work, London 1953—1955; *H. Leupold-Löwenthal,* Freud und das Judentum, in: Sigmund Freud House Bulletin, Vol. 4, Nr. 1, 32—41, Wien 1980; *J. Miller,* Interpretations of Freud's Jewishness, in: J. Hist. Behav. Sc., Vo. 17, Nr. 3, 257—274, Brandon/Vermont 1981; *P. Loewenberg,* ‚Sigmund Freud as a Jew': a study in ambivalence and courage, in: J. Hist. Behav. Sc., Vol. 7, Nr. 4, 363—369, Brandon/Vermont 1971.

H. L. — N. M.

237

Karl Koller (1857—1944)

Bildnis in jüngeren Jahren. Originalfotografie 1883, 130 x 180, Inst. f. Gesch. d. Med., Sign. 184/4.

K. Koller führte 1884 das Kokain als Lokalanästhetikum am Auge ein. S. Freud hatte Koller auf die anästhetisierende Wirkung des Extraktes der amerikanischen Koka-Pflanze aufmerksam gemacht.

Lit.: *F. Cole,* Milestones in anesthesia. Readings in the development of surgical anesthesia. 1665—1940, Lincoln 1965.

H. L. — N. M.

238

Maximilian Leidesdorf (1816—1889)

Bildnis in mittleren Jahren. Originallithographie von F. Würbel o. O. o J., 320 x 400, Inst. f. Gesch. d. Med., Sign. 255/2.

M. Leidesdorf war einer der Begründer des klinisch-psychiatrischen Universitätsunterrichtes.

Lit.: *Wagner v. Jauregg,* Max Leidesdorf, in: Th. Kirchhoff, Deutsche Irrenärzte. Einzelbilder ihres Lebens und Wirkens, Berlin 1924, 2. Bd., 15.

H. L. — N. M.

239

Karl Stoerk (1832—1899)

Bildnis in älteren Jahren. Originalfoto von Isidor Holschek, Wien o. J., 120 x 170, Inst. f. Gesch. d. Med., Sign. 3964/6.

K. Stoerk war der erste, dem ein Eingriff im Kehlkopf gelang. Er ätzte mit Hilfe eines Lapisträgers, den er eigens dafür konstruiert hatte, erstmals eine geschwürig veränderte Kehlkopfschleimhaut. 1862 gelang ihm als zweitem (nach V. v. Bruns in Tübingen 1861) die Abtragung eines Kehlkopfpolypen. Stoerk war auch der Erfinder einer Vielzahl von Instrumenten der Kehlkopfchirurgie.

Lit.: *O. Chiari,* Karl Stoerk, WikliWo, Jg. 12, 954—955, Wien 1899.

N. M.

240

Karl Landsteiner (1868—1943)
Bildnis in älteren Jahren, im Arbeitsraum vor einem Mikroskop sitzend. Originalfotografie o. J., 180 x 230, Inst. f. Gesch. d. Med., Sign. 2538/4.

Bereits 1900 äußerte Landsteiner in einer Fußnote die Vermutung, die er ein Jahr später bestätigen konnte: das Vorhandensein von verschiedenen Blutgruppen. Im Jahre 1930 erhielt er dafür den Nobelpreis für Medizin.

Lit.: *P. Speiser,* Karl Landsteiner. Entdecker der Blutgruppen und Pionier der Immunologie. Biographie eines Nobelpreisträgers aus der Wiener medizinischen Schule, Wien [2]1975; *A. D. Farr,* Blood Group Serology — the first four decades (1900—1939), in: Medical History, Vol. 23, Nr. 2, 215—226, London 1979.

H. L. — N. M.

241

Erster Hinweis Landsteiners auf die mögliche Existenz verschiedener Blutgruppen
Fußnote im Artikel „Zur Kenntnis der antifermentativen, lytischen und agglutinierenden Wirkungen des Blutserums und der Lymphe" von K. Landsteiner im Centralblatt für Bakteriologie, 27. Bd., 1900, Nr. 10—11, Seite 361. Foto.

In dieser Fußnote deutete Landsteiner das erste Mal die Möglichkeit der Existenz verschiedener Blutgruppen an.

Lit.: Vgl. Nr. 240.

N. M.

242

Robert Bárány (1876—1936)
Bildnis in jungen Jahren. Originalfotografie o. J., 180 x 250, Inst. f. Gesch. d. Med., Sign. 224/1.

R. Bárány erhielt für seine Arbeiten über die Physiologie und Pathologie des Vestibularapparates (= Gleichgewichtsorgan im Innenohr) im Jahre 1915 den Nobelpreis für Medizin.

Lit.: *E. Ruttin,* Privatdozent Dr. Bárány als Nobelpreisträger, in: Wien. med. Wschr., Jg. 65, Sp. 1680—1681, Wien 1915.

H. L. — N. M.

243

Otto Loewi (1873—1961)
Bildnis in älteren Jahren im Kreis seiner Schüler in einem Laboratorium des Institutes für Pharmakologie der Universität Graz. Foto. Inst. f. Gesch. d. Med., Sign. 2715/3.

O. Loewi erbrachte mit seinen Experimenten den Beweis der neurohumoralen Reizübertragung. Loewi konnte den Vagus-Stoff später als Azetylcholin identifizieren. Für diese Entdeckung erhielt er 1936 (zusammen mit dem Engländer H. Dale) den Nobelpreis für Medizin. 1938 mußte er aus Österreich emigrieren.

Lit.: *D. Lehr,* The Life and Work of Otto Loewi, in: Med. Circle Bull., Vol. 9, Nr. 8, 126—131, New York 1962; *F. Lembeck,* Otto Loewi. Ein Lebensbild in Dokumenten. Dokumentation und Bibliographie, Berlin—Heidelberg 1968.

H. L. — N. M.

244

In der neurologischen Abteilung der Wiener Allgemeinen Poliklinik
Originalfotografie um 1900, 300 x 250, Inst. f. Gesch. d. Med., Sign. 282/12.

Ganz hinten im Bild Max Neuburger (mit Brille), links neben ihm Moriz Benedikt, der Vorstand der Abteilung.

Lit.: Vgl. Nr. 245.

N. M.

245

Moritz Benedikt (1835—1920)

Bildnis in mittleren Jahren. Originalfotografie o. O., o. J., mit eigenhändiger Unterschrift und Widmung an A. Politzer: ,,Amicissimo A. Politzer amicissimus'' (dem besten Freund A. Politzer sein bester Freund), 200 x 280, Inst. f. Gesch. d. Med., Sign. 282/5.

M. Benedikt war Vorstand der neurologischen Abteilung der Wiener Allgemeinen Poliklinik und beschäftigte sich besonders mit Elektrotherapie. Aber auch die Hypnose verwendete er bereits in den siebziger Jahren des 19. Jahrhunderts als therapeutische Maßnahme in schweren Fällen der Hysterie. Nach ihm ist das Benedikt'Syndrom benannt (= Lähmung des N. oculomotorius mit gleichzeitigem Zittern der Extremitäten der anderen Körperhälfte), dessen Symptomenkomplex er als erster beschrieb.

Lit.: *M. Benedikt,* Aus meinem Leben, Wien 1906; *M. Benedikt,* Elektrotherapie, Wien 1868.

N. M.

246

Julius Tandler (1869—1936)

Bildnis in mittleren Jahren. Foto mit eigenhändiger Unterschrift o. J., 215 x 300, Inst. f. Gesch. d. Med., Sign. 231/2.

Tandler, ein Schüler Zuckerkandls (1849—1910), war bestrebt, die Anatomie in den Dienst der Klinik zu stellen. Als sozialdemokratischer Politiker war er wesentlich an der Organisation der österreichischen Gesundheitspolitik der zwanziger Jahre beteiligt. Auf seine Initiative ging u. a. die kostenlose Vergabe eines Säuglingswäschepaketes an jedes neugeborene Wiener Kind zurück. (Gemeinderatsbeschluß vom 3. Juni 1927, Beschlußprotokoll, WStLA Z. 636) Aus dem Jahre 1927 stammt auch sein Ausspruch: ,,Was wir auf Jugendhorte verwenden, ersparen wir an Gefängnissen. Was wir in der Schwangeren- und in der Säuglingsfürsorge ausgeben, ersparen wir an Irrenanstalten'' (J. Tandler, Kinderheim der Stadt Wien ,,Wilhelminenberg'', Sonderdruck der

Abb. 73

Blätter für das Wohlfahrtswesen der Stadt Wien 26, 1927, Nr. 264).

Lit.: *A. Goeztl,* Julius Tandler. A biography, San Francisco 1945; *A. Gisel,* Anatomen als Sozialreformer. Zu Julius Tandlers 25. Todestag, in: Die Zukunft, Jg. 1961, H. 9, 257—261, Wien 1961; *K. Sablik,* Julius Tandler als sozialer Reformer. Enquete anläßlich des 60. Gründungstages des Wiener Sozialamtes, 3—15, Wien 1981; *K. Sablik,* Julius Tandler — Wege aus der Not (in Vorbereitung).

H. L. — N. M.

247

Kinderübernahmstelle (Lustkandlgasse/Ecke Ayrenhoffgasse)
Foto. Inst. f. Gesch. d. Med., Sign. S 4843.

J. Tandler war von 1920 bis 1934 amtsführender Wiener Stadtrat für das Wohlfahrtswesen. In dieser Funktion setzte er sich auch für den Bau der Kinderübernahmstelle ein, die am 18. Juni 1925 eröffnet wurde. Diese Institution ist eine zentrale Sammelstelle für Kinder in Notsituationen, in der die medizinische u n d psychologische Erstbehandlung durchgeführt wird und von der die Kinder dann entweder in ein Spital, Kinderheim, zu Pflegeeltern oder wieder zurück in die Familie gebracht werden.

Lit.: Vgl. Nr. 246

N. M.

248

Anatomisches Institut nach den antisemitischen Ausschreitungen gegen Prof. J. Tandler im Februar 1931
Foto. Nachlaß Tandler, Inst. f. Topographische Anatomie, Prof. Gisel.

J. Tandler war sowohl als Universitätsprofessor als auch als Stadtrat schweren antisemitischen Angriffen ausgesetzt. In den zwanziger und frühen dreißiger Jahren ist sein Institut ständig Ziel antisemitischer Studentenunruhen. In einem Schreiben J. Tandlers an den Dekan der medizinischen Fakultät heißt es darüber: „Ich fühle mich verpflichtet, ... Vorkehrungen zu treffen, weil eine nun mehr als zehn Jahre angesammelte Erfahrung mich darüber unterrichtet hat, dass es nahezu alljährlich mindestens einmal in meinem Hörsaal und an meinem Institut zu einem Einbruch gewalttätiger Studenten kommt ... Der Überfall vollzieht sich mit geringen Varianten der Durchführung immer so, dass die Ruhestörer während der Vorlesung mit dem Rufe: ‚J u d e n hinaus' den Hörsaal stürmen ... Die Geschichte der Prügeleien lehrt, dass es sich um feindselige Akte gegen meine Person handelt, die ... nahezu gesetzmäßiges Erbgut einer bestimmten Studentengruppe geworden sind" (Schreiben Tandlers an Dekan Grassberger v. 12. Nov. 1930, Univ. Arch. Z. 291 ex 1930/31).

Lit.: Vgl. Nr. 246

N. M.

249

Tagebuchseite Julius Tandlers
Eintragung vom 13. IX. 1933. Foto. Tagebücher im Besitz von William Tandler, USA. Foto nach Kopie, die W. Tandler, ein Enkel Julius Tandlers, an Dr. K. Sablik mit der Erlaubnis zur wissenschaftlichen Verwendung übergab.

J. Tandler machte diese Eintragung auf einer Reise durch den Suez-Kanal und das Rote Meer.

„Rotes Meer, Fülle der Erinnerung an stammesgeschichtliche Vergangenheit in eigener Individualgeschichte gelernt u. erlebt. Vor mir steigt der weißgedeckte Sedertisch auf an dessen Ende der Vater die alten Weisen aus der Hagada im überlieferten Singsang recitiert. Daneben das ernste Gesicht der Mutter, dessen Sorgenfalten durch den Hoffnungsschimmer besserer Zukunft leicht geglättet sind. Nächstes Jahr in Jeruscholaim. Für sie kein geographischer Begriff, sondern Hoffnung auf Besserung, auf Schwinden der Not. So trugen wir sie u. ich den Erlösungsgedanken Jeruscholaim im Herzen von einem Sederabend zum andern. Und so tragen ihn die Menschen abgeändert und doch immer gleichbleibend in sich und richten sich an ihm auf. Wir sahen in der Hagada den König der Ägypter auf seinem Streitwagen, sahen wie die Wellen über ihm u. seinen Mannen zusammenschlugen, die selben Wellen die etwas weiter vorne im selben Bild wie die Mauern geduldig standen und die von Moses geführten Juden vorüber ziehen ließen. Ich weiß nicht wo im roten Meer sich dieses Wunder vollzog, weiß nur dass die Stelle nicht sichtbar war und dass ich sie auch auf keiner Landkarte fand. Frühmorgens auf Deck sah ich im Osten einen hohen Gebirgsstock. Den Berg Sinai von Wolken gekrönt.
Mystische Geburtsstätte der 10 Gebote und der auf sie gestützten Sittlichkeit. Und vor mir erscheint der Moses von Michelangelo, erscheint der Zorn des großen Gesetzgebers und die Unwürdigkeit der Juden. Und in rasender Eile läuft das Schicksal dieses meines Volkes vor mir ab bis zum heutigen Tag, der Leidensweg eines Vol-

letzten drei Zeilen seines Artikels hin: „Endlich sei noch erwähnt, dass die angeführten Beobachtungen die wechselnden Folgen therapeutischer Menschenbluttransfusionen zu erklären gestatten".

N. M.

257

R. Bárány, Untersuchungen über den vom Vestibularapparat des Ohres reflektorisch ausgelösten rhythmischen Nystagmus und seine Begleiterscheinungen (ein Beitrag zur Physiologie und Pathologie des Bogengangapparates)
Berlin 1906, WStLB A 178.354.

Mit diesem Buch veröffentlichte R. Bárány (vgl. Nr. 242) die Ergebnisse der Untersuchungen über die Auswirkungen krankhafter Veränderungen des Gleichgewichtsorgans, die er im Laufe von zwei Jahren an der Klinik A. Politzers anstellte. Er erkannte, daß unter bestimmten pathologischen Umständen der Vestibularapparat das rhythmische Augenzittern (= Nystagmus) auslösen kann.

Lit.: Vgl. Nr. 242.

N. M.

258

Elektrisiergerät
Inst. f. Gesch. d. Med., Sign. 751, 754.

Elektromagnetischer Induktionsapparat und Plattenelektrode zur Behandlung von Nervenkrankheiten (auf Foto Nr. 244 im Vordergrund abgebildet).

Lit.: *E. Stainbrook,* The Use of electricity in psychiatric treatment during the nineteenth century, in: Bull. Hist. Med., Vo. 22, 156—177, Baltimore 1948.

H. L. — N. M.

259

Otoskop (Ohrspiegel)
Inst. f. Gesch. d. Med., Sign. 445.

Otoskop aus dem Besitz von J. Gruber (1827—1900), der zusammen mit A. Politzer (vgl. Nr. 263) in Wien die erste Ohrenklinik der Welt gründete. Das Instrument dient zur Betrachtung des äußeren Gehörganges und des Trommelfells unter Beleuchtung durch eine über einen Spiegel reflektierte Lichtquelle.

H. L.

260

Gummiball zur Durchführung des Politzer-Verfahrens
Inst. f. Gesch. d. Med., Sign. 635.

Das Politzer-Verfahren (zu Politzer vgl. Nr. 263) dient zum Nachweis der Tubendurchgängigkeit und als Behandlungsmethode bei Tubenmittelohrkatarrh. Der Gummiball wird an ein Nasenloch angesetzt, das andere wird zugehalten, der Nasenrachenraum durch Schluckbewegungen abgeschlossen und auf diese Weise Luft durch die Nase und Tube ins Mittelohr geblasen.

N. M.

261

Mitteilungsblatt der Vereinigung jüdischer Ärzte in Wien
Nr. 6, Juni 1934, Inst. f. Gesch. d. Med., Sign. 8977/1934.

Von 1913 bis 1938 bestand in Wien die „Vereinigung jüdischer Ärzte", die ab 1933 ihre monatlich erscheinenden „Mitteilungen" herausgab. Neben Beiträgen über die Geschichte der jüdischen Ärzte finden sich auch in fast jeder Nummer Berichte über die medizinische und naturwissenschaftliche Forschung und ärztliche Versorgung im jüdisch besiedelten Palästina.

N. M.

262

Vollzugsbericht über die behördliche Auflösung der Vereinigung jüdischer Ärzte, 13. August 1938
Original. AVA Stiko, Reg. Nr. III-2-455 V 3 31, Stiko Ordner Nr. 1377.

Im August 1938 wurde die Vereinigung jüdischer Ärzte wie fast alle jüdischen Vereine vom Stillhaltekommissar für Vereine, Organisationen und Verbände aufgelöst, das Vereinsvermögen mußte auf das Konto des Stillhaltekommissars überwiesen werden.

N. M.

263

Adam Politzer (1835—1920)

Bronzebüste von L. B. Bernstamm, Paris o. J., 450 x 600, Inst. f. Gesch. d. Med., Sign. 1844.

A. Politzer gründete 1873 zusammen mit Josef Gruber (1827—1900) an der Universität Wien die erste Ohrenklinik der Welt. Sein Name ist heute noch mit dem Wort ,,politzern'' verbunden: durch Einblasen von Luft in die Nase kann die Durchgängigkeit der Ohrtrompete geprüft werden (,,Luftdusche'').

Lit.: *F. Lederer,* A Tribute to Adam Politzer, in: Archives of otolaryngology, Vol. 74, 130—133, Chicago 1961.

H. L. — N. M.

264—288

Josef Samuel Bloch (1850—1923)

Dr. J. S. Bloch wurde 1850 in Dukla (Galizien) geboren und verstarb 1923 in Wien. Er erhielt erst die traditionelle ostjüdische Ausbildung in Talmund und Traditionsliteratur und absolvierte anschließend ein Universitätsstudium. Der Umstand, traditionell-jüdisches u n d weltliches Wissen zu besitzen, kam ihm bei seiner apologetischen Tätigkeit sehr zustatten. Von 1883 bis 1895 war Bloch Abgeordneter zum österreichischen Reichsrat, in dem er beständig und vehement für die Interessen des Judentums ein- und gegen den immer stärker werdenden Antisemitismus auftrat. Auch außerhalb seiner parlamentarischen Tätigkeit war er stets zur Verteidigung des immer häufiger und schärfer angegriffenen Judentums bereit. Zwei seiner bedeutendsten Erfolge sind hier dokumentiert.

Lit.: *J.S. Bloch,* Erinnerungen aus meinem Leben, 3 Bde., Wien-Leipzig 1922 u. 1933; *I. A. Hellwing,* Der konfessionelle Antisemitismus im 19. Jahrhundert in Österreich, Wien—Freiburg 1972.

N. M.

264—276

Kontroverse mit August Rohling

August Rohling, der Professor für Bibelstudium und Exegese des Alten Bundes an der Prager Universität, war einer der großen Vertreter des konfessionellen Antisemitismus. 1871 verfaßte er ein antisemitisches Pamphlet mit dem Titel „Der Talmudjude". In diesem Buch führt er eine Reihe von Zitaten aus der rabbinischen Literatur an, die beweisen sollten, daß die Juden religionsgesetzlich verpflichtet seien, den Christen Schaden an Leib und Vermögen zuzufügen. Diese Zitate sind aus einem älteren Werk dieser Geisteshaltung abgeschrieben, nämlich aus J. A. Eisenmengers Schrift „Entdecktes Judentum", die 1700 verfaßt wurde und eine Sammlung falsch übersetzter und aus dem Kontext gerissener Zitate aus dem rabbinischen Schrifttum darstellt.
1882 behauptete ein gewisser Franz Holubek in einer öffentlichen Rede in Wien, daß im Talmud die Nichtjuden als Hunde, Schweine und Esel bezeichnet seien. Die Staatsanwaltschaft erhob Anklage wegen Vergehens gegen die öffentliche Ruhe und Ordnung. Bei der Verhandlung berief sich Holubek auf Rohlings „Talmudjuden" und wurde auf Grund dessen freigesprochen. Daraufhin veröffentlichten die beiden Rabbiner der Wiener Israelitischen Kultusgemeinde, M. Güdemann und A.Jellinek, in den Tageszeitungen eine Erklärung, daß dergleichen Aussagen im Talmud nicht vorkämen. Rohling antwortete mit ei-

nem Zeitungsartikel in der „Tribüne" und bezeichnete die Erklärung der Rabbiner als „arge Schelmerei". Als von den beiden Wiener Rabbinern keine Antwort kam, trat J. S. Bloch — damals Bezirksrabbiner in Floridsdorf — auf den Plan. Er publizierte in der „Wiener Allgemeinen Zeitung" einen Artikel, in dem er Rohling als Abschreiber bezeichnete und die Behauptung aufstellte, der k. k. Universitätsprofessor sei nicht imstande, auch nur eine einzige Seite im Talmud zu lesen.

Im Sommer 1883 fand in Nyiregyházá (Ungarn) die Schlußverhandlung im sogenannten Ritualmordprozeß von Tisza-Eszlar statt. Rohling beeilte sich, seinen Amtseid für die Behauptung anzubieten, daß das Vergießen nichtjüdischen Blutes für die Juden eine heilige Handlung sei; eine Tatsache, die Bloch, der mittlerweile Abgeordneter zum österreichischen Reichsrat geworden war, sofort wieder in den Ring klettern ließ. In einer vierteiligen Artikelserie (1. bis 4. Juli 1883) in der „Morgenpost" bezichtigte er Rohling unumwunden des Meineides. Dies konnte ein k. k. Professor nicht ohne gerichtliche Antwort lassen. Am 10. August 1883 überreichte Rohling die Klage gegen Dr. Bloch wegen Ehrenbeleidigung. Bloch hatte erreicht, was er wollte. Er bot den Wahrheitsbeweis an. Die Prozeßvorbereitung dauerte fast zwei Jahre. Über 300 Texte aus der rabbinischen Literatur wurden ausgesucht und den Sachverständigen übergeben. Im Juni 1885 langten die Gutachten ein. Sie ließen keinen Zweifel am Ausgang des Prozesses. Blochs Wahrheitsbeweis war geglückt, die Sachverständigen hatten alle Zitate Rohlings widerlegt. Der Verhandlungsbeginn wurde für den 18. November 1885 festgesetzt. Und am 20. Oktober 1885 zog Professor Rohling seine Klage zurück. „Es sollte Licht werden — vor dem Lichte verbirgt er sich" (Kommentar Dr. J. Kopps, des Verteidigers Blochs, zur Rücknahme der Klage).

Lit.: *J. S. Bloch,* Israel und die Völker, Berlin—Wien 1922; Acten und Gutachten in dem Prozesse Rohling contra Bloch, Wien 1890; *J. Kopp,* Zur Judenfrage nach den Akten des Prozesses Rohling-Bloch, Leipzig 1886.

N. M.

264

Erklärung

Neue Freie Presse, 31. Okt. 1882, Nr. 6531, Morgenblatt, Seite 5. Foto.

Die beiden Seelsorger der Wiener Israelitischen Kultusgemeinde A. Jellinek und M. Güdemann veröffentlichten diese Erklärung in allen großen Wiener Tageszeitungen, nachdem bei einer Schwurgerichtsverhandlung Rohlings ,,Talmudjude'', ein gegen den Talmud gerichtetes Pamphlet, als Beweismittel zugelassen worden war.

N. M.

265

Dr. Adolf Jellinek (1821—1893)

Bildnis im Alter von 70 Jahren. Foto nach Lithographie von Baelz, Wien 1891, NB 508.218.

A. Jellinek wurde 1858 nach der Fertigstellung des zweiten Wiener Tempels (in der Leopoldstadt, Tempelgasse) als Prediger nach Wien berufen. Nach dem Tode Mannheimers (1865) übte er dieses Amt im Stadttempel (Seitenstettengasse) aus.

Von J. S. Bloch befragt, warum er nicht den Verleumdungen Prof. Rohlings entgegentrete, antwortete er: ,,Rohling wird mit immer neuen Zitaten aus dem Eisenmenger kommen und der Öffentlichkeit vorlegen. Ich kann unmöglich den ganzen Eisenmenger widerlegen'' (Bloch, Erinnerungen, Bd. 1, 64).

Lit.: *M. Rosenmann,* Dr. Adolf Jellinek, sein Leben und Schaffen, Wien 1931.

N. M.

266

Dr. Moritz Güdemann (1835—1898)
Bildnis in älteren Jahren, JNUL, Schwadron-Sammlung, Jerusalem.

M. Güdemann wurde 1866 nach Wien berufen und war Prediger im Tempel in der Leopoldstadt (Tempelgasse), ab 1868 auch Rabbiner.

N. M.

267

Der Talmud und Prof. Dr. Rohling
Tribüne, Nr. 341, 11. Dez. 1882, Seite 2. Foto.

Artikel Prof. August Rohlings, in dem er die Erklärung M. Güdemanns und A. Jellineks, im Talmud gäbe es keine christenfeindlichen Stellen, als ,,arge Schelmerei'' bezeichnet.

N. M.

268

Prof. Rohling und das Wiener Rabbinat oder die arge Schelmerei
Wiener Allgemeine Zeitung, Nr. 1014, 22. Dez. 1882, Morgenblatt, Beilage, Seite 13. Foto.

Nachdem A. Jellinek und M. Güdemann die Angriffe Rohlings (vgl. Nr. 267) unbeantwortet gelassen hatten, antwortete Dr. J. S. Bloch mit diesem Artikel und trat damit zum ersten Mal als Apologet des Judentums in das Licht der Öffentlichkeit.

N. M.

269

Dr. Joseph Samuel Bloch (1850—1923)
Altersbild mit Faksimile des Namenszuges. Foto aus J. S. Bloch, Erinnerungen aus meinem Leben, Bd. 1, Wien—Leipzig 1922.

Die Bildüberschrift stammt von der Titelseite einer Dankadresse der Israelitischen Kultusgemeinde Raudnitz an Dr. Bloch für sein Auftreten gegen Rohling.

N. M.

Abb. 75: Kat. Nr. 269

270

Das Angebot des Meineides

Wiener Morgenpost, Nr. 179, 2. Juli 1883, Seite 1. Foto.

Beginn des zweiten Teils der Artikelserie Blochs ,,Das Angebot des Meineides'' vom 1. bis 4. Juli 1883, in der er den k.k. Univ. Prof. A. Rohling öffentlich des Meineides bezichtigte. Diese vier Artikel führten zur Ehrenbeleidigungsklage gegen Dr. Bloch.

N. M.

271

Anklageschrift des Dr. August Rohling
Aus Acten und Gutachten in dem Prozesse Rohling contra Bloch. Wien 1890.

Auf Grund der Artikelserie Blochs ,,Das Angebot des Meineides'' (vgl. Nr. 170) reichte A. Rohling am 10. August 1883 beim k.k. Landesgericht Wien die Klage gegen J. S. Bloch wegen Ehrenbeleidigung ein. Da Bloch als Abgeordneter zum österreichischen Reichsrat Immunität genoß, die das Abgeordnetenhaus erst aufheben mußte, konnte die förmliche Anklageschrift erst am 18. März 1884 überreicht werden.

N. M.

272

Mitteilung des k.k. Landesgerichtes an Dr. J. S. Bloch über Rückziehung der Klage Dr. A. Rohlings
Foto aus J. S. Bloch, Erinnerungen aus meinem Leben, Bd. 1, Wien—Leipzig 1922.

Am 20. Oktober 1885, knapp vor Beginn der bereits angesetzten Verhandlung, zog A. Rohling seine Klage gegen Bloch zurück, da nach dem Eintreffen der Gutachten der Sachverständigen kein Zweifel mehr über den für ihn negativen Ausgang des Prozesses bestehen konnte.

N. M.

273

Rohling's Flucht
Foto aus J. S. Bloch, Erinnerungen aus meinem Leben, Bd. 1, Wien—Leipzig 1922.

Karikatur zu Rohlings plötzlichem Abstehen von der Klage gegen Bloch. Die Karikatur ist in Blochs Erinnerungen zitiert mit ,,Karikatur aus dem ‚Kikeriki' 1885'', in dem entsprechenden Jahrgang dieser Zeitung allerdings nicht vorhanden.

N. M.

Abb. 76: Kat. Nr. 273

274

J. A. Eisenmenger, Entdecktes Judentum, Königsberg 1711

Johann Andreas Eisenmenger wurde 1654 in Mannheim geboren. Sein Interesse gehörte bereits in jungen Jahren der hebräischen Sprache. 1681 begann er bei jüdischen Gelehrten talmudische und midraschische Werke zu studieren. Nach 19 Jahren eifrigen Studiums gab er 1700 sein ,,Entdecktes Judentum'' heraus, eine Sammlung zum Teil falsch übersetzter und aus dem Zusammenhang gerissener Zitate aus der rabbinischen Literatur. Mit diesem Werk wollte er der Öffentlichkeit die ,Wahrheit' über das Judentum mitteilen. Die Frankfurter Juden wandten sich daraufhin mit der Bitte an Samuel Oppenheimer und Samson Wertheimer in Wien, den Versuch zu machen, die Veröffentlichtung zu verhindern. Oppenheimer und Wertheimer erreichten tatsächlich von Kaiser Leopold I. eine Verfügung, die den Druck des Werkes untersagte. 1711 gaben die Erben das Werk in Berlin heraus, gaben allerdings Königsberg als Druckort an.

N. M.

275

A. Rohling, Der Talmudjude, Münster 1877, 6. Auflage
Inst. f. Judaistik, KonA 6546-6547.

Die erste Auflage dieser von Eisenmenger abgeschriebenen antijüdischen Schmähschrift erschien 1871. Das 1877 bereits die sechste Auflage erschien, zeigt deutlich, welch großer Beliebtheit diese Art von ,Literatur' sich in der damaligen Öffentlichkeit erfreute.

N. M.

276

Talmudexemplar
Institut für Judaistik, Rab Ic 11.

Der im 5. Jahrhundert abgeschlossene babylonische Talmud beinhaltet die jüdischen Religionsgesetze mit ihren Erklärungen und Durchführungsbestimmungen.

N. M.

277—288

Prozeß gegen Pfarrer Dr. Josef Deckert

1893 erschien in Wien eine Broschüre mit dem Titel „Ein Ritualmord. Aktenmäßig nachgewiesen" (vgl. Nr. 277), in der versucht wurde, die Schuld der Juden am Tode Simon von Trients (vgl. Nr. 38) als einwandfrei erwiesen darzustellen. Der Verfasser dieses Werkes war Dr. Josef Deckert, der Pfarrer von Weinhaus. Dr. Bloch, der zu dieser Zeit schon eine Zeitung für die Interessen des Judentums herausgab, die „Österreichische Wochenschrift", wandte sich in dieser mit einem Artikel, der den Titel „Eine Schandschrift" trug, gegen diese Broschüre. Daraufhin begann eine heftige Fehde zwischen Bloch und Pfarrer Deckert. Den Artikeln Deckerts folgten jeweils durch das Pressegesetz erzwungene Berichtigungen Blochs von beachtlicher Länge. Deckert verstieg sich in einem seiner Artikel zu der Behauptung, einen Augenzeugen eines jüdischen Ritualmordes zu kennen und dessen schriftlichen Bericht in Form eines Briefes zu besitzen. Dieser angebliche Augenzeuge war der Konvertit Paulus Meyer, der von Prof. A. Rohling zu Deckert geschickt worden war, um gegen monatliche Entlohnung ein Werk über den Ritualmord bei den Juden zu verfassen. Am 11. Mai 1893 wurde im „Vaterland" der angekündigte Brief Meyers veröffentlicht, in dem die Schächtung eines christlichen Knaben geschildert wurde. Die Staatsanwaltschaft lehnte es ab, Anklage gegen Meyer und Pfarrer Deckert zu erheben. Als Begründung führte sie dem Oberstaatsanwalt gegenüber u. a. an, es „müßten Erhebungen über russische Gerichte geführt werden, die allem Anschein nach erfolglos bleiben werden" (AVA Justiz, 10.955/1893, Kt. 3496). Es blieb also nur die Möglichkeit der Privatklage. Doch diese konnten nur die namentlich genannten und des Ritualmordes beschuldigten Personen einreichen. Aber diese — wenn es sie überhaupt gab — im fernen Rußland aufzutreiben, war

ein schier aussichtsloses Unterfangen. Allein Dr. Bloch war nichts zu aufwendig, wenn es darum ging, die Antisemiten vor die Schranken des Gerichtes zu schleppen. Er stellte privat die „Erhebungen" an, die nach Ansicht der Staatsanwaltschaft „erfolglos bleiben" müßten, und brachte es fertig, von allen vier betroffenen Personen (drei der Genannten lebten noch, der beschuldigte Rabbiner war zwei Jahre vor dem angeblichen Ritualmord, den er begangen haben sollte, gestorben, doch seine Tochter wurde ausgeforscht) Vollmachten für die Klage gegen Pfarrer Deckert, Paulus Meyer und den verantwortlichen Redakteur des „Vaterlandes" Franz Doll zu bekommen. Dr. Josef Kopp, der 10 Jahre vorher Blochs Verteidigung gegen Rohling übernommen hatte, vertrat die Kläger. Am 15. September 1893 fand die Verhandlung statt. Alle drei Angeklagten wurden für schuldig erkannt und verurteilt.

Lit.: *J. S. Bloch*, Erinnerungen aus meinem Leben, Bd. 2, Wien—Leipzig 1922.

N. M.

277

J. Deckert, Ein Ritualmord. Aktenmäßig nachgewiesen
Dresden, 1893, WStLB, A 66.396.

1893 erschien in Wien die Broschüre „Ein Ritualmord. Aktenmäßig nachgewiesen". Der Autor, Pfarrer J. Deckert aus Weinhaus, versuchte in dieser Schrift, den Tod des Knaben Simon von Trient (vgl. Nr. 38) als gerichtlich erwiesenen jüdischen Ritualmord darzustellen. Die Tatsache, daß die Geständnisse der Beschuldigten nur unter massivem Einsatz der Tortur zustande kamen, widerlegte seiner Ansicht nach in keiner Weise ihre Beweiskraft. Vor allem aber ging es Deckert darum, den Bezug zur Gegenwart herzustellen, da zur gleichen Zeit in Xanten über einen angeblichen Ritualmord verhandelt wurde. So schreibt er in seiner Broschüre: „Es ist möglich, daß auch heutzutage noch Juden Christenblut in ihren Mazzes essen, ohne es vielleicht zu wissen ... Die rabbinische Blutlehre hat als Geheimlehre existiert, der Trienter Prozeß gibt Zeugnis hiefür; sie existiert wohl auch heute noch. Es hat jüdische Ritualmorde gegeben; der an dem Christenkind Simon Gerber verübte ist gerichtlich erwiesen; es gibt solche Morde wohl auch in neuerer Zeit, nur sind sie schwerer greifbar ...".

N. M.

278

Eine Schandschrift
Österreichische Wochenschrift, Nr. 14, 7. April 1893.

Dr. Bloch prangerte in diesem Artikel die Broschüre „Ein Ritualmord. Aktenmäßig nachgewiesen" von Pfarrer Deckert als ‚Schandschrift' an. Dieser Artikel leitete eine heftige Fehde zwischen Bloch und Deckert ein, die über das Medium der Presse ausgetragen wurde und in der Veröffentlichung eines ‚Augenzeugenberichtes' über einen jüdischen Ritualmord gipfelte.

N. M.

279

Der Brief des Konvertiten
Vaterland, Nr. 129, 11. 5. 1893, Seite 3.

Pfarrer Deckert behauptete im Verlaufe seiner Fehde gegen Bloch einen Brief zu besitzen, in dem ein Augenzeuge eines Ritualmordes, der in chassidischen Kreisen verübt worden sein soll, über dieses Erlebnis berichtet. Am 11. Mai 1893 wurde dieser Brief im „Vaterland" veröffentlicht. Der Unterzeichner des Briefes, der Konvertit Paulus Meyer, schildert die rituelle Ermordung eines Christenknaben zur Zeit des Pesachfestes (Fest zum Gedenken an den Auszug aus Ägypten) des Jahres 1875, an der er als junger Zaddikschüler teilgenommen haben wollte.

N. M.

280

Namen der des Ritualmordes beschuldigten Personen
Auszug aus dem im Vaterland, Nr. 129, 11. Mai 1893, Seite 3 veröffentlichten Brief Paulus Meyers. Foto.

In seinem Bericht nennt Paulus Meyer auch den Ort, an dem der Ritualmord geschehen sein soll — Ostrowo (heute Polen, in der Nähe von Lublin) — und die Namen der Beteiligten. Diese sichtlich aus seinen Jugenderinnerungen stammenden Namen gaben J. S. Bloch die Möglichkeit, die Verleumder vor Gericht zu bringen. Bloch ging von der Überlegung aus, daß Meyer die Namen nicht einfach erfunden hatte, sondern daß er mit ihren Trägern zu irgend einer Zeit in Kontakt stand. Die von Bloch angestellten Ermittlungen führten auch tatsächlich zum Ziel. Die betroffenen Personen konnten ausgeforscht werden und reichten gegen die Initiatoren dieser Verleumdung Klage ein.

N. M.

281

Ausschnitt aus dem Bericht der Wiener Oberstaatsanwaltschaft betreffend die Ablehnung der Anklageerhebung gegen Pfarrer Deckert, Paulus Meyer und Franz Doll
AVA Justiz VI/d in gen. 10.955/1893, Seite 3. Foto.

Eine der Begründungen dafür, daß von der Staatsanwaltschaft nicht Anklage erhoben wurde, lautete: „... Zudem müßten einer Schwurgerichtsverhandlung Erhebungen vorausgehen, welche zum größten Theile durch russische Gerichte veranlaßt werden müßten und einen Erfolg nicht erwarten lassen ...". Dr. J. S. Bloch führte die für die Klage notwendigen Erhebungen auf privater Ebene erfolgreich durch.

N. M.

282

Pfarrer Dr. Josef Deckert (1843—1901)
Foto. NB 155.982.

J. Deckert wurde am 17. November 1843 in Drösing, N.Ö., geboren. Er absolvierte das Priesterseminar und empfing 1866 die Priesterweihe. Im Oktober 1874 wurde J. Deckert Pfarrer von Weinhaus. 1880 begann er, sich um den Neubau der Pfarrkirche zu bemühen, die 1889 fertiggestellt wurde. Bei der Aufbringung der Mittel dürfte er nicht wählerisch gewesen sein, jedenfalls beschäftigten sich die Gerichte einige Male mit den näheren Umständen dieser Finanzierung. In den neunziger Jahren widmete er sich unermüdlich der Hetze gegen die Juden. 1901 starb er als vermögender und geehrter Mann.

N. M.

283

Gerichtssaal. Paulus Meyer's Enthüllungen vor Gericht
Neues Wiener Tagblatt, 27. Jg., Nr. 256, 16. Sept. 1893, Seite 6. Foto.

In den meisten Wiener Tageszeitungen erschienen ausführliche Berichte über die Gerichtsverhandlung gegen Pfarrer Deckert, Paulus Meyer und Franz Doll. Die gegenständliche Gerichtssaalreportage gibt auszugsweise das Verhör Pfarrer Deckerts wieder. Die vollständige Veröffentlichung des Prozeßprotokolls findet sich im 2. Band von J. S. Blochs Erinnerungen.

N. M.

284

Urteil
Neues Wiener Tagblatt, 27. Jg., Nr. 256, 16. Sept. 1893, Seite 7. Foto.

Die Geschworenen erkannten Deckert, Meyer und Doll schuldig. Das Urteil lautete: 4 Monate Arrest für Paulus Meyer, 400 Gulden Geldstrafe für Pfarrer Deckert und 200 Gulden Geldstrafe für Franz Doll.

N. M.

285

Nach dem gewissen Prozesse. 3 Langröcke, die zu kurz gekommen sind
Der junge Kikeriki, Nr. 813, 24. Sept. 1893, Seite 2. Foto.

Die Karikatur erschien ohne jede Namensnennung oder Erklärung. Der Prozeß war Tagesgespräch. Jeder wußte, wer und was gemeint war.

N. M.

286

Ein Nachtbild aus Weinhaus

Der junge Kikeriki, Nr. 814, 1. Okt. 1893, Seite 3. Foto.

Die Karikatur macht sich über die angebliche Leichtgläubigkeit Pfarrer Deckerts lustig.

N. M.

287

Bericht der Staatsanwaltschaft über die Ablehnung der Anklageerhebung gegen Pfarrer Deckert, Paulus Meyer und Franz Doll

Original, 215 x 345, AVA Justiz, 10.955/1893, Kt. 3496.

Vgl. Nr. 281.

N. M.

288

Gemeinderaths-Beschluß vom 27/10 1899 Z. 10 166 womit dem Herrn Pfarrer Dr. Jos. Deckert die große goldene Salvator-Medaille verliehen wird

Original, 220 x 350, WStLA, St.Z. 10 166 ex 1899.

Die Verurteilung hinderte Deckert nicht daran, sich weiter in den Dienst der antisemitischen Agitation zu stellen. Interpellationen an den Justizminister wurden wegen seiner Hetztätigkeit eingereicht, die Staatsanwaltschaft erhob Anklage wegen einiger seiner von Judenhaß strotzenden Konferenzreden, aus denen bereits die Wandlung Deckerts zum Rassenantisemiten ersichtlich ist — aber 1899 wird ihm auf Beschluß des Gemeinderates die große goldene Salvatormedaille verliehen „... in Würdigung seines vieljährigen und verdienstvollen Wirkens in der Seelsorge und auf humanitärem (!) Gebiete ..." (Amtsblatt der k.k. Reichs- und Residenzstadt Wien, Nr. 87, 31. 10. 1899, Jg. 8).

N. M.

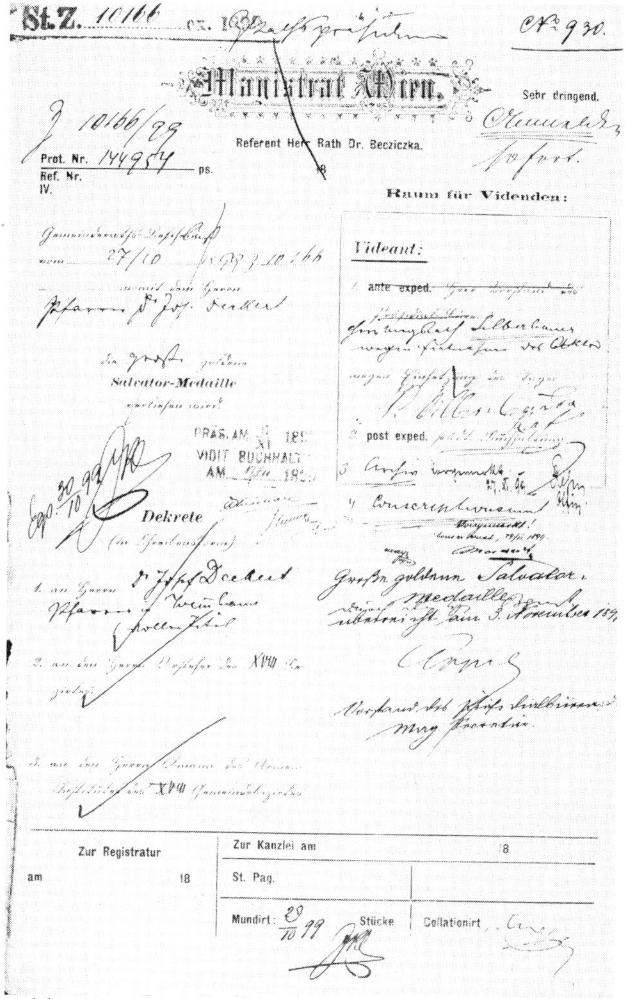
St.Z. 10166 ex. 18
Magistrat Wien.
Sehr dringend.
Referent Herr Rath Dr. Becziczka.
Prot. Nr. 144954 ps.
Ref. Nr.
IV.
Raum für Videnden:
Videant:
ante exped.
Salvator-Medaille
PRÄS. AM 18
VIDIT BUCHHALT
post exped.
Dekrete
Zur Registratur
am 18
Zur Kanzlei am 18
St. Pag.
Mundirt: 29/10 99
Stücke
Collationirt

Abb. 77: Kat. Nr. 288.

289 — 311

Antisemitismus

Die von der Kirche durch Jahrhunderte betriebene Verteufelung der Juden legte die Basis für die im 19. Jahrhundert entstandenen zwei Richtungen des Antisemitismus: für den kleinbürgerlich-kommerziellen (christlichsozialen), als dessen typischer Vertreter Dr. Karl

Lueger gelten kann, und den rassischen Antisemitismus, der untrennbar mit dem Namen Georg von Schönerer verbunden ist. Beide Richtungen mündeten reibungslos in den im „Stürmer" in reinster Form manifestierten Antisemitismus der Nazi-Ideologie.

Lit.: *P. G. Pulzer,* The Rise of Political Antisemitism in Germany and Austria, New York—London 1964; *J. Hendels,* Hitler war kein Zufall. Ein Beitrag zur Soziologie der Nazibarbarei, Wien—Frankfurt 1962; *P. Klein,* Der Antisemitismus in der Wiener Presse von 1848 bis 1873, Wiener Diss. 1948; *K. Schubert,* Der Weg zur Katastrophe, in: Studia Judaica Austriaca V. (1977); *W. Sulzbach,* Die zwei Wurzeln und Formen des Judenhasses, Stuttgart 1959; *E. Treu,* Der Antisemitismus in der Wiener Presse von 1880 bis 1890, Diss. d. Université de Haute Bretagne 1978.

N. M.

289—290

Konfessioneller Antisemitismus

Bei dieser Form des Antisemitismus wurden die Begründungen für den Judenhaß und die Argumente gegen die Juden aus dem Bereich des Glaubens geholt. Die Skala der Anschuldigungen reicht vom Gottesmord über Christenfeindlichkeit, Hostienschändung bis zum Ritualmord. Besonders letzterer wurde im letzten Drittel des vorigen Jahrhunderts von den Vertretern des konfessionellen Antisemitismus arg strapaziert (vgl. Nr. 264—288).

Lit.: *I. A. Hellwing,* Religiös motivierter Antisemitismus unter besonderer Berücksichtigung der Verhältnisse in Österreich-Ungarn im letzten Drittel des 19. Jahrhunderts, Wiener Diss. 1966; *P. Nathan,* Der Prozeß von Tisza-Eszlár. Ein Antisemitisches Culturbild, Berlin 1892.

N. M.

Abb. 78: Kat. Nr. 289

289

Der Siegeszug des neuen Christentums

Neue Glühlichter Nr. 122, 6. Dez. 1900, Seite 1029. Foto.

Die Darstellung karikiert den Eifer, mit dem manche christlichen Kreise versuchten, den Juden einen Ritualmord nachzuweisen und den Talmud als blutrünstiges Werk darzustellen. Vergani, der Herausgeber des ,,Deutschen Volksblattes'' reitet auf einem Esel einem Zug wenig schmeichelhaft dargestellter Christen voran. In der einen Hand schwenkt er eine Fahne mit der Aufschrift ,,2000 Kronen für jeden Ritualmörder'', mit der anderen weist er auf einen Galgen, den der obskure Zug mitschleppt. Die sich auf diesen beziehende Bildunterschrift lautet: ,,In diesem Zeichen (gemeint ist der Galgen, d. Verf.) müssen wir siegen!''

N. M.

290

Das Vater unser in der Judennoth

Original, 90 x 140, AVA Justiz IV, Öst. in gen., Zl. 10.093/1894, Kt. 3069.

Im April des Jahres 1894 schuf Pfarrer Dr. Josef Deckert (vgl. Nr. 277—288) diese bemerkenswerte Modifizierung des Vaterunsers, die er in Form eines Flugzettels vor seiner Kirche verteilte. Der Text lautet:

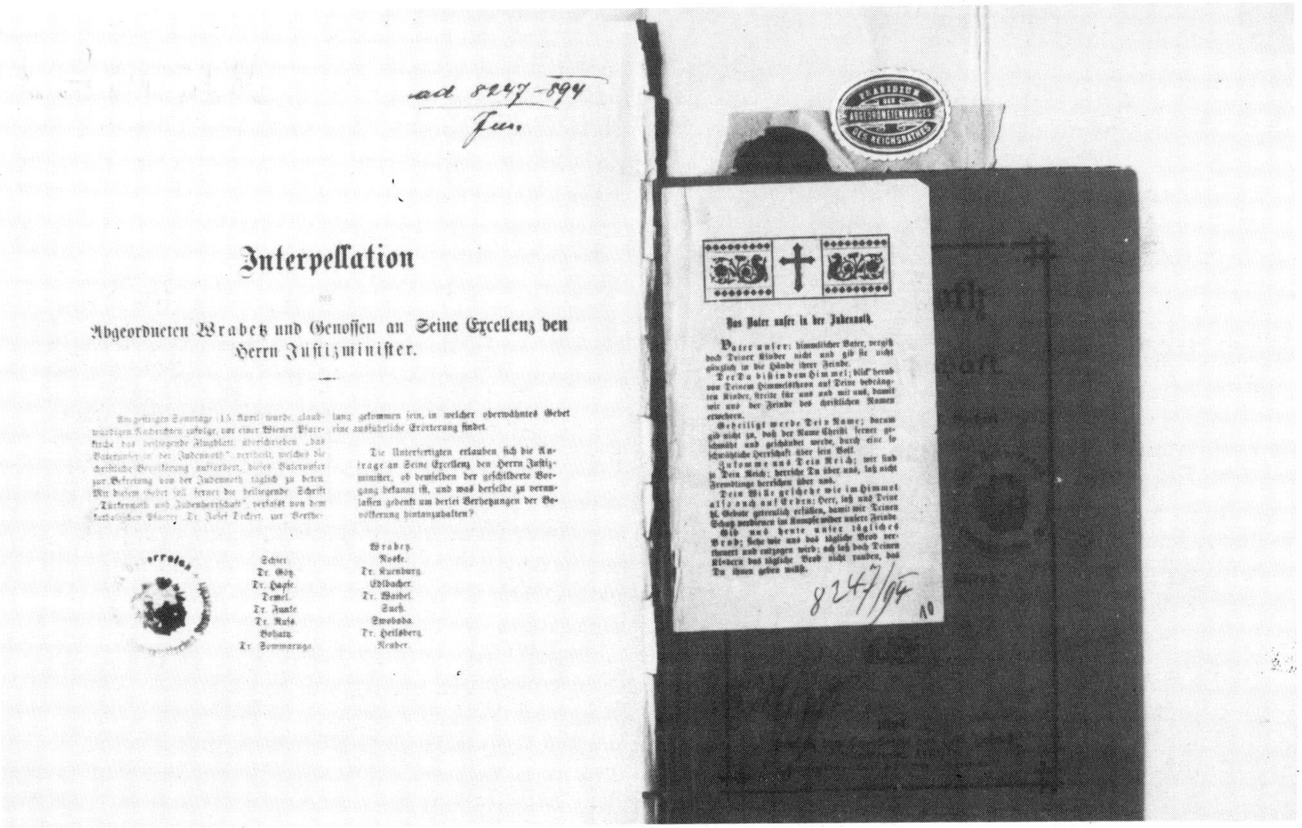

Abb. 79: Kat. Nr. 290

„*Vater unser;* himmlischer Vater, vergiß doch Deiner Kinder nicht und gib sie nicht gänzlich in die Hände ihrer Feinde.
Der Du bist in dem Himmel; blick' herab von Deinem Himmelsthron auf Deine bedrängten Kinder, streite für uns und mit uns, damit wir uns der Feinde des christlichen Namen erwehren.
Geheiligt werde Dein Name; darum gib nicht zu, daß der Name Christi ferner geschmäht und geschändet werde, durch eine so schmähliche Herrschaft über sein Volk.
Zukomme uns Dein Reich; wir sind ja Dein Reich; herrsche Du über uns, laß nicht Fremdlinge herrschen über uns.
Dein Wille geschehe wie im Himmel also auch auf Erden; Herr, laß uns Deine hl. Gebote getreulich erfüllen, damit wir Deinen Schutz verdienen im Kampf wider unsere Feinde.
Gib uns heute unser tägliches Brod; siehe wie uns das tägliche Brod vertheuert und entzogen wird; ach laß doch Deinen Kindern das tägliche Brod nicht rauben, das Du ihnen geben willst.
Vergib uns unsere Schuld, als auch wir vergeben unseren Schuldigern; ja Herr, wir bekennen, daß wir gesündigt haben wider Dich; daß wir an unserem Elende selbst Schuld sind, besonders durch unsere Gleichgiltigkeit im Glauben und durch unsere Uneinigkeit. Sei uns Sündern gnädig, denn auch wir wollen versöhnlich sein und uns enger aneinanderschließen. Keinen anderen Feind wollen wir kennen als die Feinde des christlichen Namens. Auch diese wollen wir nicht hassen als solche; aber uns wehren gegen ihre Herrschsucht und Habsucht.
Und führe uns nicht in Versuchung; hilf uns Herr, daß wir den Gefahren des Kampfes nicht unterliegen und durch Uneinigkeit den Sieg des Christentums nicht verhindern und verzögern.
Sondern erlöse uns von den Uebel; ja erlöse uns von dem Uebel, besonders von dem gegenwärtigen Uebel, unter dem wir leiden, hilf uns das schmähliche Joch abschütteln, unter dem wir seufzen. Amen.
‚O heil. Joseph, unser Führer, beschütze uns und die heil. Kirche.'
Das ist das ‚Vater unser' in der Judennoth; so sollen die Christen täglich beten. Und wenn auch nicht wie einst in der Türkennoth die Türkenglocke heutzutage die Judenglocke täglich geläutet wird, so hindert uns ja niemand, das Vater unser täglich etwa beim Angelusläuten in dieser Absicht zu beten."
Gegen dieses üble Machwerk und gegen die ebenfalls von Deckert verfaßte Schrift „Türkennoth und Judenherrschaft" wandte sich eine an den Justizminister gerichtete Interpellation des Abgeordneten Wrabetz, die von 14 weiteren Abgeordneten mitunterzeichnet wurde.

N. M.

291—298
Kleinbürgerlich-kommerzieller Antisemitismus

Diese Spielart der Judenfeindschaft hatte ihre Wurzeln in der Konkurrenzangst der kleinen Händler und Handwerker. Das Feindbild ist der arbeitsscheue, dafür aber unsaubere Geschäfte machende ‚Handels-Jud', der durch seine üblen Praktiken bald zum kapitalistischen ‚Geldsack-Juden' wird.

N. M.

291
Der newe Scharfrichter von Wienn (aus einer mittelalterlichen Chronik)

Der junge Kikeriki, IX. Jg., Nr. 602, 8. Sept. 1889, Seite 1. Foto.

Die Karikatur stellt Dr. Karl Lueger dar, der in der Linken einen Galgen und in der Rechten ein Scharfrichterschwert hält. Ein Jude prüft mit ängstlichem Blick die Schärfe der Schneide des Schwertes mit dem Finger. Der Text unter der Darstellung lautet:
„Dieweyl der Frumbe und Gottgelahrte Herr Doctor Lueger anno Dom. 1889 in der Vorstadt, sobenamset Leopoldusstadt, bey aynem Wahlbespruch von wegen der hayligen Sach das Malefizwerk so säuberlich verkläret hat, wurde er hierumb Ehrenhalber zum newen Scharfrichter von Wienn ernennet, wie obiges Bildnuß ihme auch in seiner Ambtstracht vor dem Volk zeigen thut".

Die Karikatur nimmt sichtlich Luegers in volkstümlich-aggressivem Ton gehaltenen Wahlreden aufs Korn, die er besonders gern in Wirtshausgärten abhielt, worauf das vor Lueger stehende Bierkrügel anspielt.
Der am 24. 10. 1844 in Wien geborene K. Lueger gehörte in seinen jungen Jahren politisch der Gruppe der Demokraten um Fischhof an. Noch 1882 nahm er mit F. Kronawetter, Prof. M. Benedikt, Dr. Th. Hertzka und anderen an der von H. Friedjung (vgl. Nr. 139 und 174) vereitelten Gründungsversammlung der ,,Deutschen Volkspartei'' Dr. A. Fischhofs im Musikvereinssaal teil. Bereits 1888 allerdings schloß er sich dem ,,christlich-sozialen Verein'' an, aus dem 1889 die ,,Christlich-soziale Partei'' entstand, deren bedeutendster Führer er wurde. Lueger benützte als politisches Vehikel den Antisemitismus kleinbürgerlicher Prägung, mit dem er durchschlagenden Wahlerfolg hatte. Die Gemeinderatswahlen von 1895 brachten seiner Partei die Mehrheit, und Lueger wurde zum Bürgermeister gewählt, von Kaiser Franz Josef, dem wie alles Radikale auch der Antisemitismus zuwider war, jedoch nicht in seinem Amt bestätigt. Erst nach dreimaliger Wiederholung der Wahl konnte er 1897 endlich den Bürgermeisterstuhl einnehmen, den er bis zu seinem Tod im Jahre 1910 innehatte. Seine Leistungen auf kommunal-politischem Gebiet sind unbestritten. Unter seiner Amtszeit wurden die Vororte eingemeindet und — am wichtigsten — die Strom- und Gasversorgung und auch die Straßenbahn unter städtische Verwaltung gestellt. Seine politische Strategie änderte er niemals: er agitierte konsequent und erfolgreich auf der Linie eines leicht zu verstehenden Vulgärantisemitismus mit einfachen Feindbildern, der seiner Partei den Stempel aufdrückte und von dem sie sich auch nach seinem Tod niemals ganz befreien konnte.

N. M.

292
Ein schönes Wort

Lucifer, Nr. 5, 4. April 1903, Seite 3. Foto.

Die Karikatur zeigt K. Lueger, der freundschaftlich den einen Arm um die Schulter eines Christen, den anderen um die eines Juden geschlungen hat. Darunter steht der Vers:

,,Einst sagte er — erinnert Euch des Falles!
,Gott ist mein Zeuge, daß mir alles
Eins ist, ob Jude oder Christ!'
Wie leicht man so was doch vergißt!''

Den Ausspruch, auf den hier hingewiesen wird, tat K. Lueger zu einer Zeit, als er noch als Demokrat dem Kreis um Fischhof angehörte und vom Antisemitismus bei ihm noch keine Spur zu finden war. 1882 noch erbot er sich, Dr. J. S. Bloch im Prozeß gegen Rohling (vgl. Nr. 264—276) zu verteidigen, was Bloch allerdings ablehnte, weil ihm von W. Ritter v. Gutmann einer der ersten Verteidiger von Wien, Dr. J. Kopp, zur Seite gestellt wurde. Erst aus dem Jahre 1887 stammt die erste judenfeindliche Äußerung Luegers, von da an jedoch bleibt er konsequent bei dieser Linie, die ihm auch den gewünschten politischen Erfolg bringt.

N. M.

293
In Czernowitz

Kikeriki, XXV, Jg., Nr. 18, 1. März 1885, Seite 3. Foto.

Der nur am ,Rebach' (= Gewinn) interessierte Handelsjude war einer der wichtigsten Topoi vor allem des kommerziellen Antisemitismus. Der Text unter dem Bild lautet: ,,Aufgehebt werden soll hier de Ueneversität, wo mer hot doch gehabt a Rebach vün de Stüdenten? Ist denn die Regierung aach schon gegangen unter de Antisemiten?''

N. M.

294
Im Schweiße des Angesichts arbeiten, das ist nicht das System der Juden

Kikeriki, XXIII. Jg., Nr. 73, 13. Sept. 1883, Seite 2. Foto.

Die Karikatur stellt drei Juden dar, die sich weigern, Bauernarbeit zu leisten. Es ist hier das alte Vorurteil aufgegriffen, daß Juden zu keiner manuellen Arbeit, sondern nur zum Handeln taugen. Der Text unter der Karikatur lautet: ,,Probire es doch ein Landwirth, drei Ju-

den, seien sie noch so arm, zu dem leicht erlernbaren Dreschen zu bewegen. — ‚Püh' werden sie sagen, ‚wie kümmen Sie uns vor? San mer Hausknecht? Wissen Sie was, Herr von Wazlawek, was Sie soll'n thun, wenn Sie uns woll'n geben a Arbeit? Wir wer'n Ihnen bringen den Perlhefter, der Ihnen abkauft das Getreid', und Sie wer'n uns zahl'n a klane Provision' ''.
Im Jahre 1883 ist im ,,Kikeriki'' ein starkes Umschwenken zum kleinbürgerlich-kommerziellen Antisemitismus festzustellen. Während sich bis etwa zur Mitte des Jahres 1883 beißende Karikaturen gegen die Antisemiten finden, treten plötzlich ab der zweiten Hälfte des Jahres grobe antisemitische Angriffe an deren Stelle.

N. M.

295

Warum ist der Jude ein guter Rechner? — Weil schon der ganze Typus sozusagen aus den Ziffern zusammengesetzt erscheint

Kikeriki, XXV. Jg., Nr. 39, 14. Mai 1885, Seite 3. Foto.

In dem aus Ziffern gebildeten Judenkopf kommt die Klischeevorstellung des ‚Geldjuden' wohl am deutlichsten zum Ausdruck. Die Karikatur ist hervorragend dazu geeignet, in den Denkschemen der Betrachter die Assoziation Jude = Geldgier einzugraben.

N. M.

296

Gleiches Recht für Alle!

Kikeriki, Jg. 1886. Foto.

Die Karikatur besteht aus zwei Bildern. Das Linke zeigt die beiden Löwen vor dem Justizpalast, das rechte den Eingang zur Börse, der von zwei Juden flankiert ist, die in der Haltung von Löwen auf einem Podest sitzen. Der Text zu der Darstellung lautet: ,,Nachdem man vor dem Justizpalast zwei Löwen aufgestellt hat, sollte man füglich auch vor der Börse wenigstens einen Löw und einen Löwl aufpflanzen.''
Der reiche ‚Börsenjude' war eines der Feindbilder des Wiener Kleinbürgertums, vor allem, als durch die große Wirtschaftskrise des Jahres 1873 eine Verarmung des Mittelstandes herbeigeführt wurde.

N. M.

297

Deutschösterreichisches Wappen in Poesie und Prosa

Foto. NB 155.964.

Der Titel der Karikatur will den Sinn des Dargestellten verdeutlichen: der ‚Poesie'-Form des Wappens der ersten Republik wird das ‚reale' Wappen, die ‚Prosa'-Form, gegenübergestellt. Aus dem Bundesadler wird ein an allen Fingern Ringe tragender Jude, aus der Krone ein Davidstern, aus der Zunge eine dicke Zigarre und im rot-weiß-roten Feld befinden sich zwei Geldsäcke und eine Zwiebel. Der Karikatur liegt die Klischeevorstellung des kapitalistischen ‚Geldsack-Juden' zugrunde, die typisch für den christlichsozialen Antisemitismus ist.

N. M.

298

Deutsche Christen rettet Österreich!

Wahlplakat der Christlichsozialen Partei, Wien 1920, WStLB, P 306, Foto.

Die Wahlpropaganda der Christlichsozialen Partei stand bei den Wahlen 1920 ganz im Zeichen des Antisemitismus. Das gegenständliche Wahlplakat zeigt den österreichischen Wappenadler, der von einer Schlange mit karikiertem jüdischen Kopf erwürgt wird.
Mit dieser antisemitischen Propagandastrategie sollten gleich zwei Gegner auf einmal getroffen werden: die Kapitalisten und die Sozialdemokraten. Zu der Figur des kapitalistischen jüdischen Ausbeuters war eine neue getreten, nämlich die des ‚Revolutionsjuden'. Die große Zahl jüdischer Führer in der Sozialdemokratie bot dafür die willkommene Grundlage. Die Propagandataktik wurde konsequent durchgezogen: im gegenständlichen Plakat zielen die Geldsäcke, die den Hals der jüdischen Schlange bilden, auf den jüdischen Kapitalismus ab, der dem Adler aus den Krallen gefallene Hammer jedoch soll die durch jüdischen Einfluß vom Staat abgefallene Arbeiterschaft symbolisieren. In einem weiteren

Abb. 81:
Bibel, Deutschland, 13. Jh., Biblioteca Ambrosiana Mailand

Kat. Nr. 25d

Abb. 82:
Bibel, Deutschland, 13. Jh., Biblioteca Ambrosiana Mailand

Kat. Nr. 25c

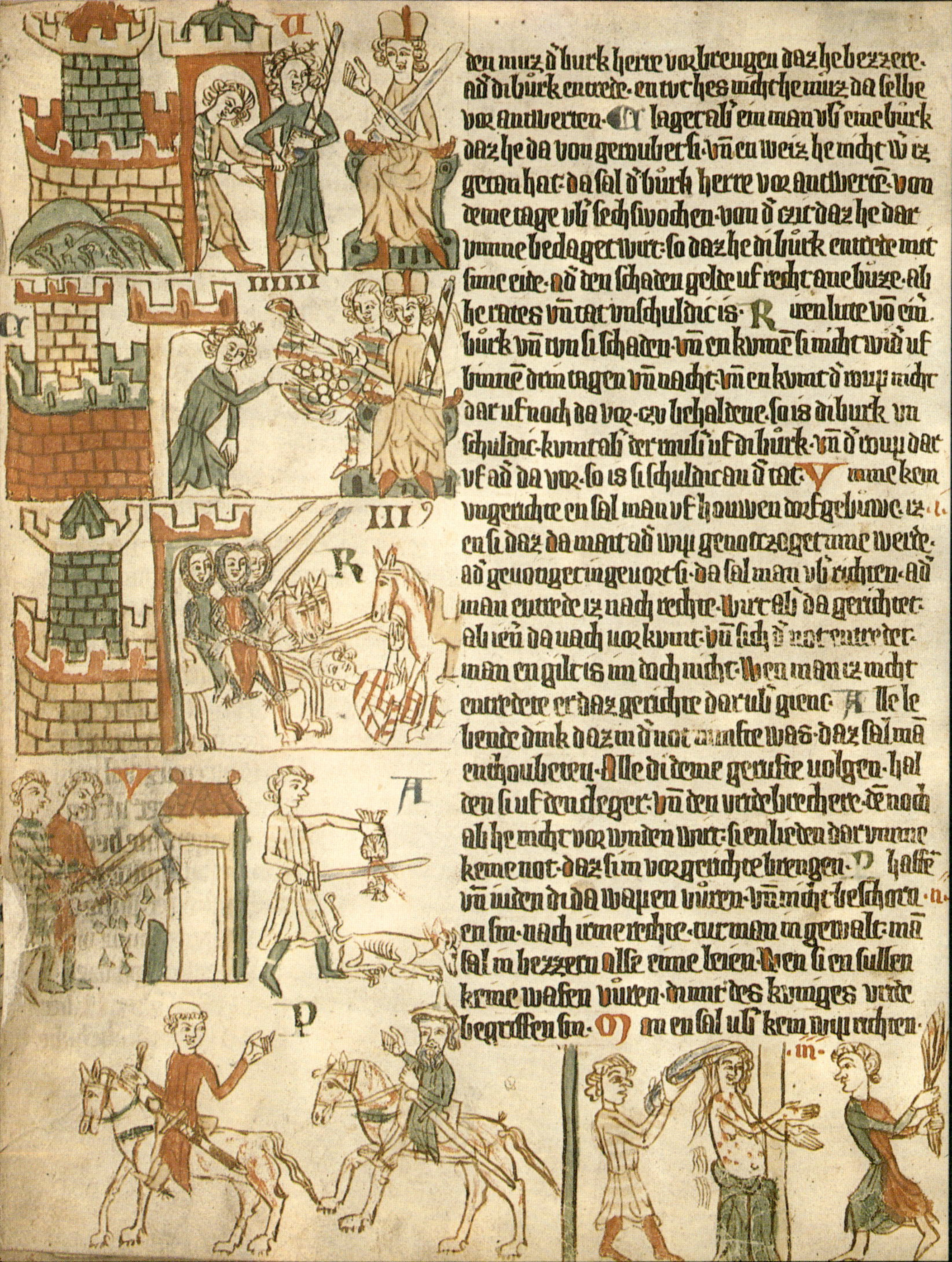

Abb. 83: Darstellung eines berittenen und bewaffneten Juden im Sachsenspiegel

Kat. Nr. 29

Abb. 84:
Stellung der Juden in der Gerichtsordnung

כל שלא אומר שלשה
דברים אלו בפסח לא יצא
ידי חובתו אלו הן פסח
מצה ומרור פסח שהיו
אבותינו אוכלין בזמן
שבית המקדש קיים על
שום מה על שום שפסח
המקום על בתי אבותינו
במצרים שנ׳ ואמרתם זבח
פסח הוא לי״י אשר פסח
על בתי בני ישר׳ במצרים
בנגפו את מצרים ואת בת

Abb. 85:
Pesach Haggada, Deutschland, gegen 1300. Israel Museum Jerusalem, Vogelkopfhaggada

Kat. Nr. 33

Abb. 86:
Flugblatt, Frankfurt M., 1678. Historisches Museum Frankfurt M.

Kat. Nr. 40

Zu Ehren dem Gemåld / so erst renoviret unter dem Franckfurter Brůcken-Thurn / Anno 1678. im May.

1475 am Grünen Donnerstag war das Kindlein Simon 2½ Jahr alt von den Juden umbracht

DEr Rabbi Schilo ich / bin lang herumb gerltten/
Uff dieser důrren Sau / und habe sehr gestritten/
Vor meine Brůder all / nun sie erlőset seyn/
So schenck ich ihnen gern auß diesem Becher ein.
Den Schwantz ich hebe auff / der Teuffel wolle halten/
Eines jeden Juden Kopff / von Jungen und von Alten/
So spritzt die liebe Muck von hinden ihren Safft/
Dem Schmůlgen in die Gosch / es giebet ihnen Krafft.
Die allerliebste Milch låßt sie ein jeden saugen/
Sie heilet euren Krind / sie dienet euch zur Laugen/
Zu zwagen eure Bårt / zu reinigen den Wust/
Ach! allersůste Milch / O lieblich Schweinen-Brust.
Die Sarle meine Frau / bemåntelt und zerschleyert/
Auff einem weissen Hengst / andåchtig reit und feyert/
Zwey Hőrner hat das Roß / als wie der Sůnden-Bock
Mit dem sie durch die Lufft / fåhrt über Stein und Stock.

Ihr Brůder kommt herbey / auch brauchet solche Pferde/
Versammlet euch zu mir / daß wir nun eine Heerde
Uffs zierlichst machen all / denn es ist die hohe Zeit/
Daß wir ins Heilig-Land Marchieren ohngescheut.
Es möcht sonst unser Mord / den wir vor långst erwiesen/
An eines Gårbers Kind / kundt werden und verdriessen
Die Goyen wiederumb / die That dort zu Trient
Gar brechen Hals und Bein / und machen uns ein End.
Drumb fort und såmbt euch nicht / wir haben lang gestuncken/
Der Christen Schweiß und Bluth / mit Boschlit eingetruncken/
Verderben manchen Mann / entzogen sein Gewerb/
Eilt euch so viel ihr kőnnt / wir seind allschon zu merb.
Den Galgen- und das Rad / wir haben långst verschuldet
Ob schon zu einer Straff wir worden sein gedultet/
So ist es nun mehr auß / weil wir so unverschambt/
Kein Buß nicht nehmen an / so sein wir all verdambt.

(o)

Gedruckt und zu finden in der Juden Gassen am obersten / mittelsten und untersten Thor / wo man bey dem Wollgraben hinein gehet.

Abb. 87:
Das „Lebende Kreuz" von Thörl/Kärnten

Kat. Nr. 45

Abb. 88:
Pesach Haggada, Deutschland, 15. Jh., Bibliothèque Nationale Paris

Kat. Nr. 41

הרבים ההם וימת מלך מצ
מצרים ויאנחו בני ישראל ויז
ויזעקו ותעל שועתם אל האל
האלהים מן העבודה
וישמע יי את קולנו כמו
שנ׳ וישמע אלהים את נאקתם
ויזכור אלהים את בריתו את ב
בריתו את אברהם ואת יצחק
ואת יעקב וירא את עני
עינינו זו פרישות דרך ארץ כי
כמו שנ׳ וירא אלהים את בני יש
ישראל וידע אלהים ואת

Abb. 89:
Arba'a Turim, Mantua 1435, Biblioteca Apostolica Vaticana

Kat. Nr. 47

Abb. 90:
Älteste Erwähnung eines Judentores in Wien
Kat. Nr. 52A

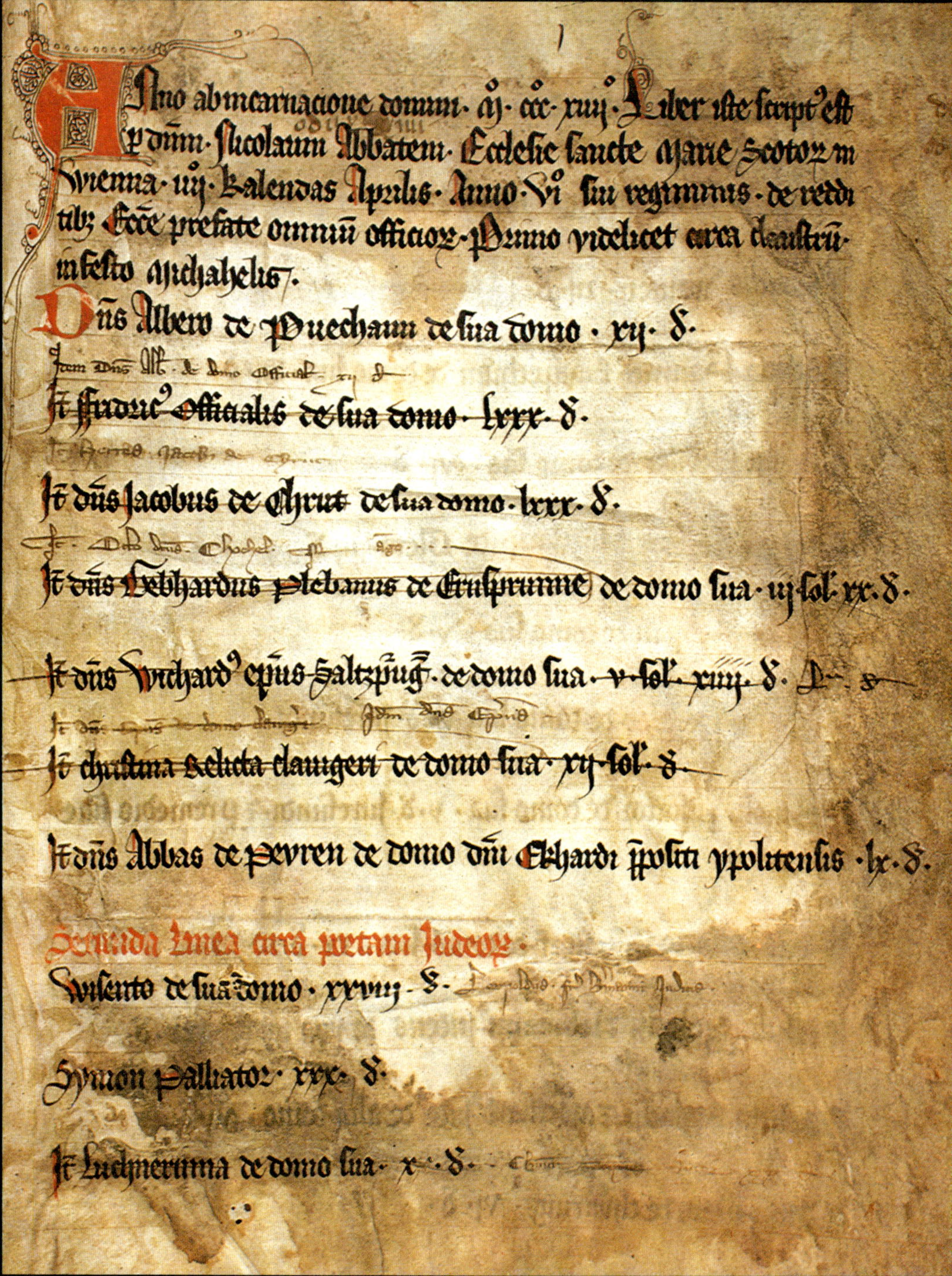

Anno ab incarnacione domini m. cc. xiiij. Liber iste script(us) est per dominum Nicolaum Abbatem Ecclesie sancte Marie Scotorum in Wienna iiij Kalendas Aprilis Anno vi sui regiminis de redditibus Ecce prefate omnium officiorum Primo videlicet circa claustrum in festo Michahelis.

Dominus Albero de Puechaim de sua domo xij d.

Item Fridricus Officialis de sua domo lxxx d.

Item dominus Jacobus de Chrut de sua domo lxxx d.

Item dominus Gebhardus plebanus de Ernstprunne de domo sua vi sol. xx d.

Item dominus Wichardus episcopus Saltzpurg. de domo sua v sol. xiiij d.

Item Christina relicta Claugeri de domo sua xij sol. d.

Item dominus Abbas de Pevren de domo domini Ekhardi prepositi Ypolitensis lx d.

Secunda linea circa portam Judeorum.

Wisento de sua domo xxviij d.

Symon palliator xxx d.

Item Luchmerinna de domo sua x d.

Abb. 91:
Machzor, Ulm 1345.
Biblioteca Apostolica
Vaticana

Kat. Nr. 59

Abb. 92:
Machzor, Ulm 1345.
Biblioteca Apostolica
Vaticana

Kat. Nr. 59

Abb. 93:
Machzor, Ulm 1345.
Biblioteca Apostolica
Vaticana

Kat. Nr. 59

Abb. 94:
Samson Wertheimer
Kat. Nr. 107

Abb. 95:
Wappen des Lazar Wer-
mer

Kat. Nr. 107B

Abb. 96:
Wappen Hofmann von Hofmannsthal

Kat. Nr. 113

Abb. 97:
Ketubba, Conegliano 1741. Österr. Nationalbibliothek

Kat. Nr. 99

Abb. 98:
Widmungsblatt für Kaiser Karl VI. und seine Frau Elisabeth, Wien 1732, Österr. Nationalbibliothek

Kat. Nr. 129

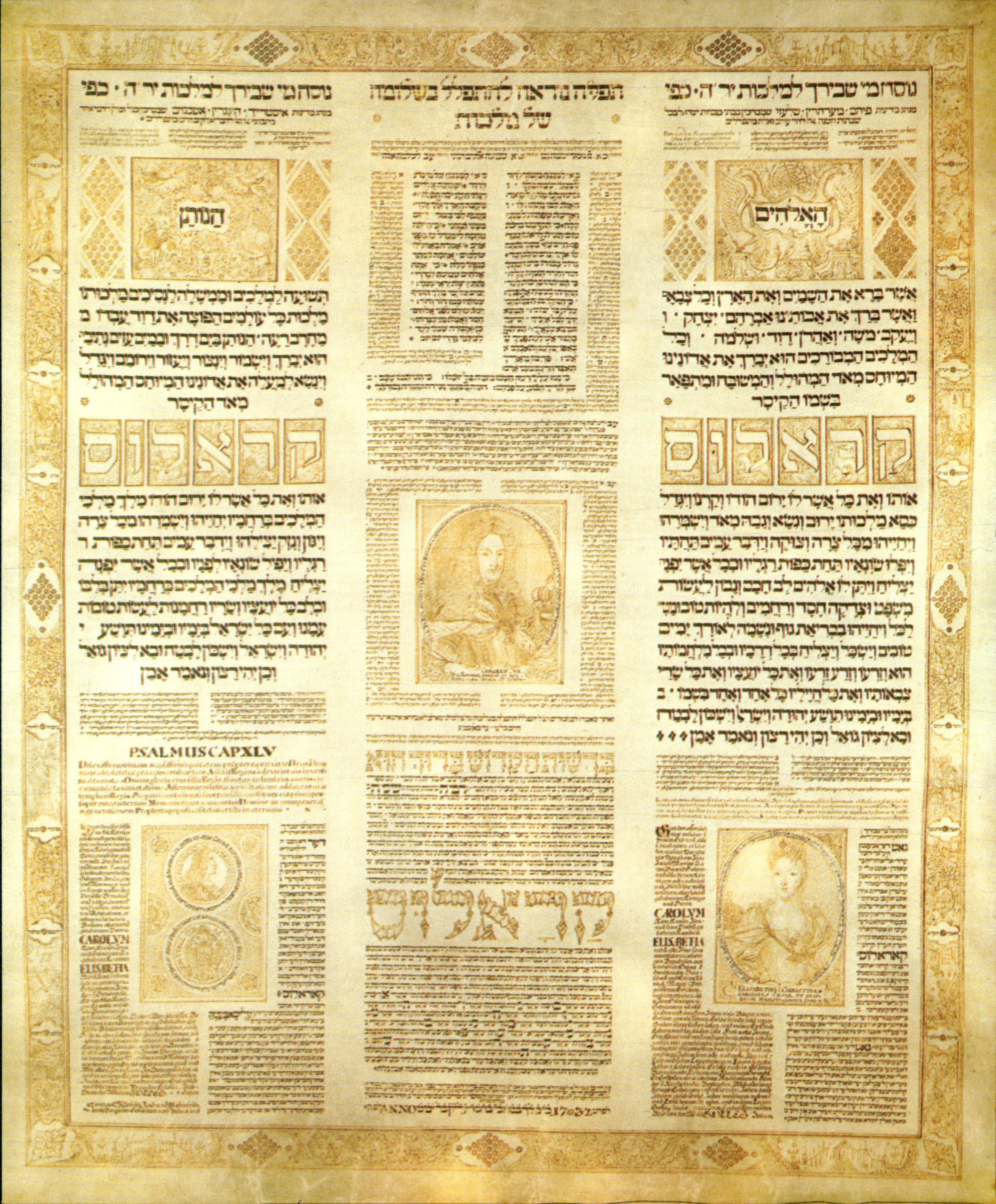

Abb. 99:
Pesach Haggada,
Hamburg 1740. British Library

Kat. Nr. 135

Abb. 100:
Pesach Haggada,
Kittsee (Bgld.) 1770.
Privatbesitz Meir
Ayali

Kat. Nr. 136

Abb. 101:
Ketubba, Gradisca
1744. Kärntner Landes-
museum

Kat. Nr. 137

Abb. 102:
Pesach Haggada,
Kittsee (Bgld.) 1770.
Privatbesitz Meir
Ayali

Kat. Nr. 136

הגדה של פסח

מה

נשתנה הלילה הזה מכל הלילות · שבכל הלילות
אנו אוכלין חמץ ומצה · הלילה הזה כלו מצה
הלילות אנו אוכלין שאר ירקות · הלילה הזה מרור
שבכל הלילות אין אנו מטבילין אפילו פעם אחת
הלילה הזה שתי פעמים · שבכל הלילות אנו
אוכלין בין יושבין ובין מסבין · הלילה הזה כלנו
מסבין ׃

עבדים היינו לפרעה במצרים · ויוציאנו
ה' אלהינו משם ביד חזקה ובזרע
נטויה · ואלו לא הוציא הקדוש ברוך הוא את
אבותינו ממצרים · הרי אנו ובנינו ובני בנינו משועבדים
היינו לפרעה במצרים · ואפילו כלנו חכמים · כלנו

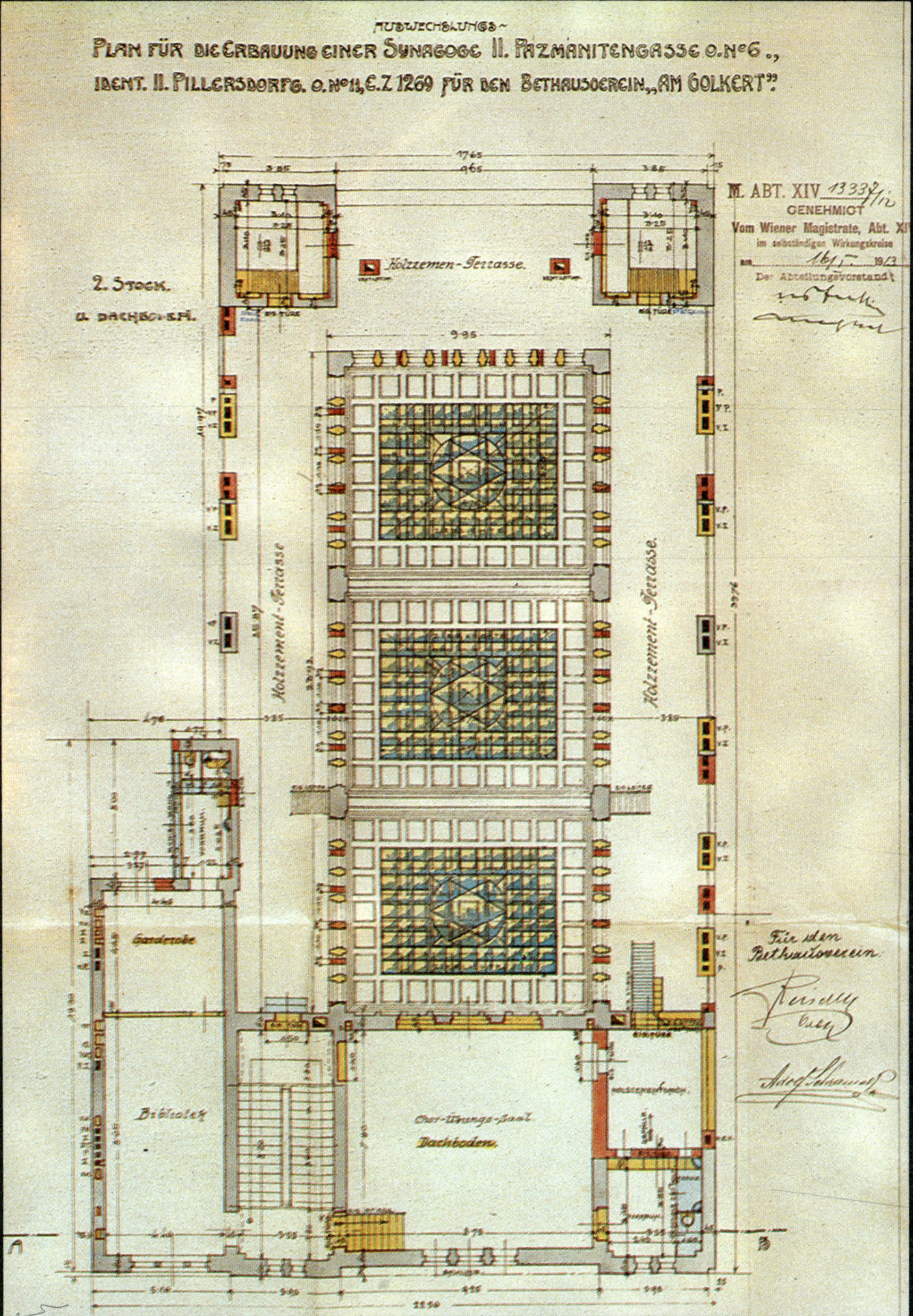

Abb. 103:
Plan des Dachgeschosses
der Synagoge in Wien II
Pazmanitengasse 6

Kat. Nr. 218

Abb. 104:
Besuch Kaiser Ferdinands im Mauthnerschen Kinderspital.
Aquarell von R. v. Alt

Kat. Nr. 250A

BIBLIOGRAPHIE

Acten und Gutachten in dem Prozesse Rohling contra Bloch, Wien 1890

J. Allerhand, Hartwig Wessely. Das Porträt eines hebräischen Aufklärers, in: Kairos 14 (1972), 98—109

A. Altmann, Geschichte der Juden in Stadt und Land Salzburg, 2 Bde., Frankfurt/M. 1930

A. Altmann, Geschichte der Juden in Salzburg, Berlin 1913

J. Aronius, Regesten zur Geschichte der Juden im fränkischen und deutschen Reich bis zum Jahr 1273, Berlin 1902

J. Babad, Jüdische Grabsteine in Kärnten, in: Monatsschrift für Geschichte und Wissenschaft des Judentums 80 (1936), 56ff.

S. Baron, Die Judenfrage auf dem Wiener Kongreß, auf Grund von zum Teil ungedruckten Quellen dargestellt, Wien-Berlin 1920

H. Bärwald, Die Beschlüsse des Wiener Conciliums über die Juden aus dem Jahre 1267, in: Wertheimers Jahrbuch für Israeliten (1859/60), 181 ff.

L. Bato, Die Juden im alten Wien, Wien 1928

U. Baudisch, Der Antisemitismus der Christlichsozialen im Spiegel der parteinahen Presse 1890 bis April 1897, Wiener Diss. 1967

A. Bein, Theodor Herzl, Wien 1934

K. Berchtold (Hg.), Österreichische Parteiprogramme 1868—1966, Wien 1967

W. Bihl, Bibliographie der österreichischen Hochschulschriften über Judentum und jüdische Persönlichkeiten 1962—1974, Wien 1976

W. Bihl, Bibliographie der Dissertationen über Judentum und jüdische Persönlichkeiten, die 1872—1962 an österreichischen Hochschulen approbiert wurden, Wien 1965

J. S. Bloch, Erinnerungen aus meinem Leben, 3 Bde., Wien-Leipzig 1922 u. 1933

K. Blum, Aufklärung und Reform bei den Wiener Juden, Wiener Diss. 1935

O. Brunner, Das Archiv des Landmarschalls Ulrich von Dachsheng, in: Mitteilungen des Vereins für Geschichte der Stadt Wien 7 (1927), 63—90

W. J. Cahnmann, Adolf Fischhof and his Jewish Followers, in: Year Book of the Leo Beack Institute of Jews from Germany 4 (1959), 111—139

G. Caro, Sozial- und Wirtschaftsgeschichte der Juden im Mittelalter und der Neuzeit, 2 Bde. (Neudruck), Hildesheim 1964

R. Charmatz, Adolf Fischhof. Das Lebensbild eines österreichischen Politikers, Stuttgart-Berlin 1910

P. Csendes, Studien zum Urkundenwesen Kaiser Friedrichs II., Mitteilungen des Instituts für österreichische Geschichtsforschung 88 (1980)

Sch. Czaczkes-Tissenboim, Der Anteil der Juden an der Wiener Revolution von 1848, Wiener Diss. 1926

W. Daim, Der Mann, der Hitler die Ideen gab, München 1958

P. J. Diamant, P. Weidner von Billerburg, Mitteilungen des Vereins für Geschichte der Stadt Wien, 13/14 (1933)

H. Dolenz, Judendorf bei Villach, in: Blätter für Heimatkunde 13 (1935), 124 ff.

A. Drabek / W. Häusler / K. Schubert / K. Stuhlpfarrer / N. Vielmetti, Das österreichische Judentum. Voraussetzungen und Geschichte, Wien-München 1974

W. P. Eckert, Aus den Akten des Trienter Judenprozesses, in: Miscellania Mediaevalia 4 (1966), 281—336

H. Ehrenböck, Das jüdische Darlehensgeschäft auf Liegenschaften in Wien im späten Mittelalter, Wiener Diss. 1932

O. Eigner, Die Judenstadt in Bockfließ, in: Monatsblatt des Vereins für Landeskunde von Niederöstereich 5 (1910/11), 374ff

A. Elon, Theodor Herzl. Eine Biographie, Wien 1979

I. Fischer, Wiens Mediziner und die Freiheitsbewegung des Jahres 1848, Wiener medizinische Beiträge, I (1935)

J. Fraenkel (Hg.), The Jews of Austria, London 1967

B. Frei, Jüdisches Elend in Wien, Wien 1920

A. Füster, Memoiren, 2 Bde., Frankfurt 1850

I. Gastfreund, Wiener Rabbiner, Wien 1879

Germania Judaica, Bd. 1, hrsg. v. I. Elbogen, A. Freimann und H. Tykocinski, Tübingen 1934; Bd. 2, hrsg. v. Z. Avneri, Tübingen 1968

R. Geyer / L. Sailer, Urkunden aus Wiener Grundbüchern, Quellen und Forschungen zur Geschichte der Juden in Österreich 10, 1931

M. Gilbert, Jewish History Atlas, London 1969

H. Gold, Gedenkbuch der untergegangenen Judengemeinden des Burgenlandes, Tel-Aviv 1970

H. Gold, Geschichte der Juden in Wien, Tel-Aviv 1966

H. Gold, Geschichte der Juden in Österreich, Tel-Aviv 1971

A. Goldmann, Das Judenbuch der Scheffstraße zu Wien, Quellen und Forschungen zur Geschichte der Juden in Deutsch-Österreich 1, Wien 1908

M. Grunwald, Geschichte der Juden in Wien von 1625 bis 1740, Geschichte der Stadt Wien 5, Wien 1913

M. Grunwald, Samuel Oppenheimer und sein Kreis, Quellen und Forschungen zur Geschichte der Wiener Juden bis 1914, Wien 1926

F. Hann, Die Sage vom heiligen Blute und die auf dieselbe sich beziehenden Gegenstände, in: Carinthia I., 1898, 8ff.

W. Häusler / E. Lessing / M. Berger, Judaica. Die Sammlung Berger. Kult und Kultur des europäischen Judentums, Wien 179

W. Häusler, Die Revolution von 1848 und die österreichischen Juden, in: Studia Judaica Austriaca 1, Eisenstadt

W. Häusler, Der Weg des Judentums von der Toleranz zur Emanzipation, in: Jahrbuch des Vereins für Geschichte der Stadt Wien 30/31 (1974/75)

W. Häusler, Das galizische Judentum in der Habsburgermonarchie im Lichte der zeitgenössischen Publizistik und Reiseliteratur von 1772—1848, Wien 1979

J. Hawlik, Die politischen Parteien Deutschösterreichs bei den Wahlen zur konstituierenden Nationalversammlung 1919, Wiener Diss. 1971

I. A. Hellwing, Religiös motivierter Antisemitismus unter besonderer Berücksichtigung der Verhältnisse in Österreich-Ungarn im letzten Drittel des 19. Jahrhunderts, Wiener Diss. 1966

I. A. Hellwing, Der konfessionelle Antisemitismus im 19. Jahrhundert in Österreich, Wien 1972

J. Hendels, Hitler war kein Zufall. Ein Beitrag zur Soziologie der Nazibarbarei, Wien/Frankfurt 1962

A. Hertzberg (ed.), The Zionist Idea, New York 1977

D. Herzog, Das Juden-Puech des Stiftes Rein, in: Zeitschrift des Historischen Vereins Steiermark 28 (1934), 79 ff.

D. Herzog, Urkunden und Regesten zur Geschichte der Juden in der Steiermark (1475—1585), Graz 1934

D. Herzog, Jüdische Grabsteine aus Urkunden aus der Steiermark, in: Wissenschaft des Judentums 75 (1931) und 80 (1936)

F. Hodik, Beiträge zur Geschichte der Mattersdorfer Judengemeinde im 18. und in der ersten Hälfte des 19. Jahrhunderts, Burgenländische Forschungen 65 (1975)

H. Jäger-Sustenau, Die geadelten Judenfamilien im vormärzlichen Wien, Wiener Diss. 1950

Judentum im Mittelalter. Ausstellungskatalog, Eisenstadt 1978

D. Kaufmann, Die letzte Vertreibung der Juden aus Wien und Niederösterreich, ihre Vorgeschichte und ihre Opfer, Wien 1889

D. Kaufmann, Samson Wertheimer, der Oberhoffaktor und Landesrabbiner (1658—1724) und seine Kinder, Wien 1888

A. Kessler, Die Juden in Österreich unter Kaiser Franz Joseph I., Wiener Diss. 1932

R. Kestenberg-Gladstein, Neuere Geschichte der Juden in den böhmischen Ländern, Tübingen 1969

G. Kisch, Ausgewählte Schriften. Forschungen zur Rechts-und Sozialgeschichte während des Mittelalters, 2 Bde., Sigmaringen 1978—1979

J. Klampfer, Das Eisenstädter Ghetto, Burgenländische Forschungen 51 (1965)

H. Klein, Zur Geschichte der Juden in Salzburg, in: Mitteilungen der Gesellschaft für Salzburger Landeskunde 108 (1968), 181—196

H. Klein, Judendörfer im Salzburgischen, Festschrift für Herbert Klein, in: Mitteilungen der Gesellschaft für Salzburger Landeskunde (1965), 631—635

P. Klein, Der Antisemitismus in der Wiener Presse von 1848 bis 1873, Wiener Diss. 1948

G. Köfler, Zur Geschichte der Juden in Tirol, in: Das Fenster 25 (1979), 2530 ff. und 27 (1980), 2733 ff.

J. Kopp, Zur Judenfrage nach den Akten des Prozesses Rohling-Bloch, Leipzig 1886

S. Krauss, Geschichte der jüdischen Ärzte vom frühesten Mittelalter bis zur Gleichberechtigung, Wien 1930

S. Krauss, Die Wiener Geserah, Wien 1920

F. Kreissler, Von der Revolution zur Annexion, Wien-Frankfurt 1970

R. Kuppe, Lueger und seine Zeit, Wien 1933

M. Landau, Der Zionismus in Österreich-Ungarn, Wiener Diss. 1932

W. Laqueur, Der Weg zum Staat Israel. Geschichte des Zionismus, Wien 1975

R. Leitner, Die Judenpolitik der österreichischen Regierung in den Jahren 1848—1859, Wiener Diss. 1924

H. Leupold-Löwenthal, Freud und das Judentum, in: Sigmund Freud House Bulletin, Vol. 4, 32—41, Wien 1980

K. Lohrmann, Das österreichische Judentum zur Zeit Maria Theresias und Josephs II., in: Studia Judaica Austriaca VII (1980)

A. Löw, Die soziale Zusammensetzung der Wiener Juden nach den Trauungs- und Geburtsmatrikeln 1784—1848, Wiener Diss. 1951

S. Maderegger, Die Juden im österreichischen Ständestaat, Wien 1973

A. Mädl, Politische Dichtung in Österreich (1830—1848), Budapest 1969

S. Mayer, Die Wiener Juden, Wien 1917

W. Messing, Beiträge zur Geschichte der Juden in Wien und Niederösterreich, in: Jahrbuch des Vereins zur Geschichte der Stadt Wien 1 (1939)

E. Morpurgo, La famiglia Morpurgo, Padua 1909

J. Moser, Von der Emanzipation zur antisemitischen Bewegung. Die Stellung Georg Ritter v. Schönerers und Heinrich Friedjungs in der Entwicklungsgeschichte des Antisemitismus (1848—1896), Wiener Diss. 1962

J. Moser, Die Judenverfolgung in Österreich 1938—1945, Wien 1966

L. Moses, Geschichte der Juden in Niederösterreich, Wien 1935

L. Moses, Synagogenbauten und deren Reste in Niederösterreich, in: Unsere Heimat 10 (12932)

L. Moses, Eisenstädter Juden im 16. Jahrhundert, in: Burgenländische Heimatblätter 3/4 (1934)

I. Münz, Jüdische Ärzte im Mittelalter, Frankfurt 1922

P. Nathan, Der Prozeß von Tisza-Eszlar. Ein antisemitisches Culturbild, Berlin 1892

W. Neumann, Zur frühen Geschichte der Juden in Kärnten, in: Festschrift für Gotbert Moro (Beigabe zu Carinthia I 1962), 92 ff.

W. Neumann, Die Juden in Villach, in: Carinthia I (1965), 327ff.

S. J. Plaschkes, Die ersten jüdischen Ärzte der Wiener Universität und ihre Schicksale, in: Bulletin des Leo Baeck Institutes 5 (1962), Nr. 12

M. Pollak / L. Moses, Die Juden in Wr. Neustadt, Wien 1927

F. Popelka, Der Name Judendorf in den österreichischen Alpenländern und seine handelsgeschichtliche Bedeutung, in: Blätter für Heimatkunde, hrsg. v. Historischen Verein für Steiermark, 13 (1955), 57—60

A. F. Pripram, Urkunden und Akten zur Geschichte der Juden in Wien, 2 Bde., Wien 1918

P. G. J. Pulzer, Die Entstehung des politischen Antisemitismus in Deutschland und Österreich 1867—1914, Gütersloh 1966

H. Rechauer / M. Smets, Das Jahr 1848. Geschichte der Wiener Revolution, 2 Bde., Wien 1872

M. Reich-Ranicki, Über Ruhestörer. Juden in der deutschen Literatur, Frankfurt 1977

K. H. Rengstorf / S. Kortzfleisch (Hg.), Kirche und Synagoge. Geschichte von Christen und Juden. Darstellung mit Quellen, Stuttgart 1968/1970

A. Rosenberg, Beiträge zur Geschichte der Juden in Steiermark, in: Quellen und Forschungen zur Geschichte der Juden in Österreich 6, 1914

H. Rosenkranz, „Reichskristallnacht". 9. November 1938 in Österreich, Wien-Frankfurt 1968

M. Rosenmann, Dr. Adolf Jellinek, sein Leben und Schaffen, Wien 1931

P. W. Roth, Die ältesten Judenniederlassungen in Österreich, in: Blätter für Heimatkunde (1975), 40 ff.

H. Rotter / A. Schmieder, Das Ghetto in der Wiener Leopoldstadt, Wien 1926

R. Saitschik, Beiträge zur Geschichte der rechtlichen Stellung der Juden . . . vom 10. bis 16. Jahrhundert, Wien 1890

J. E. Scherer, Die Rechtsverhältnisse der Juden in den deutsch-österreichischen Ländern, Leipzig 1901

H. Th. Schneider, Zur Geschichte der jüdischen Gemeinde in Klagenfurt, in: Die Landeshauptstadt Klagenfurt, hrsg. v. Gotbert Moro, Bd. II., Klagenfurt 1970, 280—290

J. H. Schoeps, Theodor Herzl, Wegbereiter des politischen Zionismus, Göttingen 1975

G. Schramm, Die Ostjuden als soziales Problem des 19. Jahrhunderts, in: Gesellschaft, Recht und Politik (= Soziologische Texte 35), Neuwied-Berlin 1968

K. Schubert, Der Einfluß des Josefinismus auf das Judentum in Österreich, in: Kairos 14 (1972)

K. Schubert, Der Weg zur Katastrophe, in: Studia Judaica Austriaca V (1977)

I. Schwarz, Geschichte der Juden in Wien bis 1675, in: Geschichte der Stadt Wien, Band 5, Wien 1913

I. Schwarz, Das Wiener Ghetto, seine Häuser und seine Bewohner, Quellen und Forschungen zur Geschichte der Juden in Deutsch-Österreich 2 (1909)

S. Schweinburg-Eibenschitz, Documents sur les juifs de Wiener-Neustadt, in: Revue des études juives 28—30 (1894/95)

I. Shacher, The Judensau — A Medieval Anti-Jewish Motif and its History, London 1974

H. Spiel, Fanny von Arnstein oder die Emanzipation. Ein Frauenleben an der Zeitwende 1758—1818, Frankfurt 1962

L. Spira, Feindbild Jud, Wien 1981

S. Spitzer, The Jews in Austria in the Middle Ages till the Reformation (1520) (hebr.), Diss. der Bar Ilan Universität 1974

S. Spitzer, Das Wiener Judentum bis zur Vertreibung im Jahre 1421, in: Kairos 19 (1977), 134—145

G. Staudner, Die Wiener Juden als Geldgeber im Mittelalter, Wiener Diss. 1966

M. Stern, Die Niederlassung der Juden in Berlin im Jahre 1671, in: Zeitschrift für die Geschichte der Juden in Deutschland 2 (1930), 132

D. Stewart, Theodor Herzl, Artist and Politican, London 1974

O. Stowasser, Zur Frage der Besitzfähigkeit der Juden in Österreich, in: Mitteilungen des Vereins für Geschichte der Stadt Wien 4 (1923), 23—27

R. Straus, Die Juden in Wirtschaft und Gesellschaft, Frankfurt 1964

I. Taglicht, Nachlässe der Wiener Juden im 17. und 18. Jahrhundert, in: Quellen und Forschungen zur Geschichte der Juden in Deutsch-Österreich, Wien-Leipzig 1917

A. Taenzer, Geschichte der Juden in Vorarlberg und Tirol, Meran 1905

H. Tietze, Die Juden Wiens, Leipzig 1933

E. Treu, Der Antisemitismus in der Wiener Presse von 1880 bis 1890, Diss d. Universitě de Haute Bretagne, 1978

E. Tschech, Maximilian und sein Verhältnis zu den Juden, Grazer Diss. 1971

B. Wachstein, Urkunden und Akten zur Geschichte der Juden in Eisenstadt und den Siebengemeinden, Eisenstädter Forschungen 2, Wien 1926

B. Wachstein, Die Gründung der Chewra Kadischa im Jahre 1763, Mitteilungen zur jüdischen Volkskunde (1910), Hefte 32, 33

B. Wachstein, Die Inschriften des alten Judenfriedhofes in Wien (Quellen und Forschungen zur Geschichte der Juden in Deutsch-Österreich), Wien 1912

B. Wachstein / A. Landau, Jüdische Privatbriefe aus dem Jahre 1619 (Quellen und Forschungen zur Geschichte der Juden in Deutsch-Österreich 3), Wien 1911

B. Wachstein, Die ersten Statuten des Bethauses der Inneren Stadt, Wien 1926

B. Wachstein / I. Taglicht / A. Kristianopoler, Die hebräische Publizistik in Wien, 3 Bde., Wien 1930

W. Wadl, Geschichte der Juden in Kärnten im Mittelalter. Mit einem Ausblick bis zum Jahre 1867, Klagenfurt 1981

E. Weinzierl, Zu wenig Gerechte. Österreich und die Judenverfolgung 1938—1945, Graz-Wien 1969

D. Weiß, Der publizistische Kampf der Wiener Juden um ihre Emanzipation in den Flugschriften und Zeitungen 1848, Wiener Diss. 1971

M. Wenninger, Man bedarf keiner Juden mehr. Ursachen und Hintergründe ihrer Vertreibung aus den deutschen Reichsstädten im 15. Jahrhundert, Wien, Köln, Graz 1981

M. Wenninger, Zur Geschichte der Juden in Salzburg, in: Geschichte Salzburgs, Bd. I/2, hrsg. v. H. Dopsch, Salzburg 1981 (in Druck)

M. Wiener, Regesten zur Geschichte der Juden in Deutschland während des Mittelalters, Hannover 1862

G. Wolf, Judentaufen in Österreich, Wien 1863

G. Wolf, Ferdinand II. und die Juden, Wien 1859

G. Wolf, Geschichte der Juden in Wien (1156—1867), Wien 1876

G. Wolf, Jüdische Ärzte in der vorjosefinischen Zeit in Wien, in: Blätter des Vereins für Landeskunde von Niederösterreich, Neue Folge, 19 (1885), 491—495

G. Wolf, Vom ersten zum zweiten Tempel. Geschichte der israelitischen Kultusgemeinde in Wien (1820—1860), Wien 1861

G. Wolf, Die Juden in der Leopoldstadt, Wien 1864

G. Wolf, Studien zur Jubelfeier der Wiener Universität, Wien 1865

H. Zohn, Österreichische Juden in der Literatur, Tel-Aviv 1969

H. Zohn, Wiener Juden in der deutschen Literatur. Essays, Tel-Aviv 1964

PERSONEN- UND SACHREGISTER

A

B

C

G

H

I

J

K

L

M

P

R

S

T

U

V

W

Y

Z

Bibliographie: Judentum

VERBAND DER WISSENSCHAFTLICHEN GESELLSCHAFTEN ÖSTERREICHS

früher "NOTRING"

A-1070 Wien
Lindengasse 37

Wolfdieter Bihl: Bibliographie der Dissertationen über Judentum und jüdische Persönlichkeiten, die 1872—1962 an österreichischen Hochschulen (Wien, Graz, Innsbruck) approbiert wurden
1965, 51 S., brosch., öS 30.— / DM 4,30

Wolfdieter Bihl: Bibliographie der österreichischen Hochschulschriften über Judentum und jüdische Persönlichkeiten 1962—1974
1976, 32 S., brosch., öS 35.— / DM 5.—

Verlag des Verbandes der wissenschaftlichen Gesellschaften Österreichs, A-1070 Wien, Lindengasse 37

Die ältere Arbeit stellt 504 Dissertationen in zehnteiliger Fachgebietsgliederung mit einem Anhang ,,Theologische Dissertationen'' zusammen und erschließt sie zusätzlich durch ein Namensregister. Dr. Othmar Spachinger hat in ,,Wissenschaft und Weltbild'' eine kleine Statistik gegeben: Allein 100 Arbeiten wurden in den Jahren 1890 bis 1918 approbiert, weitere 201 bis 1938, 49 zwischen 1947 und 1952. Nur 16 Arbeiten sind ganz oder teilweise im Druck erschienen. Themen aus Literatur, Theater, Presse und Geschichtswissenschaft liegen mit 144 Titel an der Spitze, es folgen Jüdisches Schrifttum/Religionsgeschichte mit 91 sowie Philosophie und Psychologie mit 79 Titeln. 1918 bis 1938 war Sozial-, Rechts-, Wirtschafts-und Kulturgeschichte das meistbehandelte Teilgebiet. Die am häufigsten bearbeiteten Persönlichkeiten: Spinoza (17), Hofmannsthal (13), Karl Marx (12) und Heinrich Heine (9). Unter den Autoren findet man bekannte Namen wie Rudolf Kassner, die Universitätsprofessoren Wolfgang Beiner, Kurt Paupie und Werner Welzig, die Politiker Ernst Koref und Bruno Pittermann, die Schriftsteller und Journalisten Helmut Fiechtner, Wolfgang Kraus, Hugo Obergottsberger und Eleonore Thun-Hohenstein.
Der Ergänzungsteil in etwas abgeänderter und verfeinerter 13teiliger Gliederung verzeichnet 5 Nachträge und 185 Titel. An der Spitze der Persönlichkeiten nun Marx (11), Sigmund Freud (9), Hofmannsthal und Max Reinhardt (je 8), Wittgenstein (7); unter den Verfassern Herwig Büchele SJ (Habilitationsschrift) und Ernst Haeussermann (Dissertation).